DAS GRILLPARZER-BILD DES 20. JAHRHUNDERTS

FESTSCHRIFT
DER
ÖSTERREICHISCHEN AKADEMIE DER WISSENSCHAFTEN
ZUM 100. TODESTAG VON

FRANZ GRILLPARZER

Ella von Lang-Littrow

Franz Grillparzer
Ölgemälde
(Historisches Museum der Stadt Wien)

ÖSTERREICHISCHE AKADEMIE DER WISSENSCHAFTEN
PHILOSOPHISCH-HISTORISCHE KLASSE
SITZUNGSBERICHTE, 275. BAND

DAS GRILLPARZER-BILD DES 20. JAHRHUNDERTS

FESTSCHRIFT
DER
ÖSTERREICHISCHEN AKADEMIE DER WISSENSCHAFTEN
ZUM 100. TODESTAG VON

FRANZ GRILLPARZER

HERAUSGEGEBEN VON HEINZ KINDERMANN

MIT 1 TITELBILD UND 41 ABBILDUNGEN AUF 16 TAFELN

WIEN 1972
HERMANN BÖHLAUS NACHF. / WIEN-KÖLN-GRAZ
KOMMISSIONSVERLAG
DER ÖSTERREICHISCHEN AKADEMIE DER WISSENSCHAFTEN

Vorgelegt in der Sitzung am 5. November 1971

Gedruckt mit Unterstützung durch den
Wiener Gemeinderat und den
Verein der Freunde der Österreichischen Akademie der Wissenschaften

Abbildung auf dem Frontispiz und dem Schutzumschlag:
Franz Grillparzer, Ölgemälde von Ella v. Lang-Littrow,
mit Reproduktionsgenehmigung des Historischen Museums der Stadt Wien

ISBN 3 205 03665 4 geb.
ISBN 3 205 03665 6 br.

Druck: R. Spies & Co., 1050 Wien

INHALT

GELEITWORT

Franz Grillparzer war von 1847 bis zu seinem Tode wirkliches Mitglied der Österreichischen Akademie der Wissenschaften. Die Abfassung seiner Selbstbiographie wurde durch diese Mitgliedschaft verursacht. Diese Fakten allein würden es rechtfertigen, daß unsere Akademie der Wissenschaften dem großen österreichischen Dichter anläßlich seines hundertsten Todestages eine Festschrift widmet. Dazu kommen freilich noch viel triftigere Gründe: das Grillparzer-Bild hat sich seit einiger Zeit von Grund auf verändert. Das Klassiker-Epigonen-Schema des 19. Jahrhunderts ist endlich überholt; und in voller Deutlichkeit tritt uns nun — von vielen ganz verschiedenartigen Aspekten her anvisiert — der ideell und dem Menschenbild nach weit über seine eigene Zeit hinausragende, der auf uns zukommende Grillparzer entgegen.

Dieser Umwertungsprozeß, der das typisch Österreichische Grillparzers nur in noch helleres Licht rückt, zugleich freilich auch sein Menschlich-Allgemeingültiges wesentlich schärfer als bisher erkennen läßt, hat in einzelnen Ansätzen schon in den zwanziger Jahren unseres Jahrhunderts begonnen. Er hat mit voller Intensität und auf viele Territorien verteilt, seit dem Ende des Zweiten Weltkriegs eingesetzt. Auch das rechtfertigt das Zustandekommen dieser Festschrift: heute gibt es Grillparzer-Forschungen keineswegs nur in Österreich oder im weiteren deutschen Sprachraum, sondern in vielen Teilen der ganzen Welt.

Dieses Grillparzer-Bild unseres 20. Jahrhunderts festzuhalten, ist das Ziel unserer Festschrift, an der dankenswerterweise Grillparzer-Forscher aus vielen Ländern Europas, aus Amerika und aus Ostasien selbstlos mitgearbeitet haben. Solch eine Zusammenfassung der zuständigen Fachkräfte wäre gewiß ohne die zehnjährige Vorarbeit des Grillparzer-Forums Forchtenstein nicht so leicht möglich geworden. So aber ist hier ein neues Kapitel der Wissenschaftsgeschichte entstanden, das weit über den Spezialfall: Grillparzer hinaus auch zeitsymptomatische Bedeutung in einem ähnlichen Sinn erhält wie in früheren Stadien unseres Jahrhunderts etwa die Entdeckung der Barockliteratur und des Barocktheaters oder wie die Neuentdeckung und völlige Umwertung Büchners.

Da das Ehrenmitglied unserer Akademie der Wissenschaften, Carl J. Burckhardt, von seinem weitgespannten kulturhistorischen Horizont her, mit zu den frühesten Verfechtern und Gestaltern eines neuen Grillparzer-Bildes gehörte, haben wir ihn gebeten, gleichsam als Ouvertüre eine seiner grundlegenden Grillparzer-Analysen, mit einem gegenwartsbezogenen Vorspruch versehen, an den Beginn dieser Festschrift setzen zu dürfen. Sodann folgen die Einblicke in die neuen Grillparzer-Forschungen nach dem Alphabet der behandelten Territorien. Nur der erst nach dem Umbruch eingetroffene Beitrag über Bulgarien mußte nachgereiht werden. Den Abschluß aber bildet ein Versuch, den Profilwandel der Grillparzer-Inszenierungen im 20. Jahrhundert zu erläutern.

Vielleicht wird diese Festschrift zum hundertsten Todestag mit ihrer Pluralität und Divergenz der neuen Einsichten den Anstoß bieten sowohl zur Eröffnung noch gar mancher weiterer Grillparzer-Perspektiven als auch zur Beseitigung noch restlicher Grillparzer-Mißverständnisse, damit endlich doch sein Wort Erfüllung finden kann:

„*Ich komme aus andern Zeiten*
Und hoffe in andre zu gehn.“

Wien, 21. Januar 1972 — HEINZ KINDERMANN

CARL JAKOB BURCKHARDT
(Vinzel)

GRILLPARZER UND DAS MASS[1]

[1] Vortrag, gehalten bei Anlaß der 150sten Wiederkehr seines Geburtstages

Bei Anlaß der Jubiläen großer Gestalten wird vieles über ihre Persönlichkeit, ihr Werk, ihre Lebensumstände geschrieben, in Reden zusammengefaßt und durch die Instrumente unseres technischen Zeitalters in alle Welt ausgestrahlt.

Im Falle einer so diskreten Figur wie Franz Grillparzer, ließe sich denken, die Aufgabe, seinem eigentlichen Wesen nahezukommen und es der heutigen Generation vertraut zu machen, begegne unüberwindlichen Schwierigkeiten.

Seit den Jugendjahren, die ich in Wien verbringen durfte, ist mir Grillparzer immer nahe geblieben, leise, unendlich zurückhaltend, aber jedesmal, wenn ich versuchte, ihn über etwas zu befragen, erhielt ich Antworten, die von einem eisern disziplinierten Geist ausgingen. Grillparzer kam, wie er uns mitteilt, aus anderen Zeiten als den seinen, und er hoffte in andere zu gehen. Er hoffte, und dieses Hoffen veranlaßte ihn auszusprechen, was ihn bewegte. Was er uns mitteilt, enthält uralte, eminent europäische Weisheit, sicherstes Urteil über vergangenes Geschehen, über Vorgänge seiner eigenen Epoche und über Kommendes, wobei ihm stärker als allen anderen bewußt war, daß alle Perioden unserer Geschichte Übergangsperioden sind. Sein Sinn für Übergänge, für das Aufblühen und das Welken, seine Kenntnis der Menschen, die gleichzeitig einem unerforschbaren Ablauf gehorchen und ihn in blinder Weise fördern, ist wohl einzigartig. Um diesen Sinn zu erkennen, ihn aus seinem Werk herauszuhören, ist eine Sorgfalt des Aufmerkens nötig, die, durch das Waffengetöse der heutigen Kämpfe lärmender Theorien übertönt, einen ständigen Willensakt erfordert.

Grillparzer ist innerhalb seiner Lebensjahre als Bürger des damaligen Wien ein Angehöriger einer Großmacht und der Bewohner einer auf allen Gebieten führende Leistungen vollbringenden Großstadt. Überall, im alten Zentrum des damaligen Europa, fühlt er sich ebenbürtig. Er urteilt, ohne von einem Hauch des durch Nietzsche angeprangerten Ressentiments auch nur angeweht zu werden. Aber er sagt, was er zu sagen hat, in einem fast mürrischen Ton, er ist allzu erfahren, um die Unerfahrenen strahlend anzusprechen — halbes Licht, leichte Schattenränder!

Um in den Gehalt seines Werkes einzudringen, das stets auch, oft vor allem, einen politischen Sinn enthält, muß man immer wieder zu seinen unerschöpflichen politischen Aphorismen greifen, einer scharf redigierten Sammlung von bis zu größter Tiefe reichenden, verstandesmäßig streng kontrollierten Prägungen.

Zweimal habe ich als Außenstehender versucht, habe ich es gewagt, über Grillparzer, diese Summe altösterreichischer Großmachtserfahrung und völlig unprovinzieller Menschenkenntnis, etwas aufzuschreiben. Die eine Fassung möge hier wiedergegeben werden.

Carl J. Burckhardt

La Bâtie, 3. Dezember 1971

Des Denkenswerten, Wesentlichen ist in der Welt viel weniger, als gemeinhin angenommen wird. Des Wissenswerten dagegen ist unbegrenzt viel vorhanden. Es ist eine Regel, daß diejenigen, die sich an das Wesentliche halten, ihren Zeitgenossen oft als unzeitgemäß und begeisterungsunfähig erscheinen. Später, wenn die Generation vorüber ist, wird dann allerdings die Rangordnung eine andere: jene, die in allen Zwangsvorstellungen des Zeitalters aufgingen, gehören nun zu den Rhetoren, deren Rede verklungen ist, sie gehören zum Wesen- und Gehaltlosen, und einige Außenseiter, von Wenigen bei Lebzeiten erkannt, sind nun die wirklich Lebendigen, nämlich jene, die auf das Dauernde gerichtet waren, als solche, die dem Verhängnis, diesem Strom von Sucht und Wahn, widerstanden, unter lauter Hingerissenen stehenblieben, sich nicht an das Jahrhundert verloren, sondern es nach großen, lautern und einfachen Grundsätzen erkannten und durchschauten. Zu diesen letztern gehört der Dichter Franz Grillparzer, der, im Jahre 1791 zu Wien geboren, im Jahre 1872 daselbst verstorben ist und von einigen Reisen abgesehen seine Lebenszeit als Beamter in der Kaiserstadt verbrachte, ohne äußere Erfolge in seinem Beruf, obwohl er als früh und gleich mit dem ersten Werk berühmter Dichter hohe Förderung genoß, die aber in untergeordneten Intrigen stets wieder zunichte wurde.

Was Grillparzer auszeichnet, gehört zu den seltenen Werten innerhalb der Nation und der neueren Geschichtsperiode überhaupt. Ihn zeichnet aus zumal und vor allem die Scheu, die Ehrfurcht und in reiner Weise hieraus sich ergebend: die Erkenntnis des Tragischen als der Folge, die unausweichlich dort eintritt, wo die Scheu verletzt wird. Dann die Wahrhaftigkeit bis zur schmerzlichen Kargheit, die Unfähigkeit, etwas zu beschönigen; die innere Stille sodann, das Hinhören, groß Hinblicken, diese Fähigkeit, die eigene Seele nicht künstlich zu steigern, sondern sie für die Eingebungen, Erfahrungen, Erkenntnisse und Anblicke bereitzuhalten.

Ich fragte vor einigen Jahren einmal einen befreundeten Philosophen, was er für die bezeichnendste Eigentümlichkeit unserer Zeit halte. Er antwortete ohne Zögern: die Indiskretion.

Grillparzer ist ein ungewöhnlich diskreter Mensch; auch das hängt mit seiner Scheu zusammen, aber noch mit anderem, mit seinem echten Mitleiden, sagen wir, mit seinem scheuen Herzen, dem nichts entgeht und das alles verschweigt, was nicht ins Reine und Allgemeine sich erheben läßt, dem Herzen, das ihm nur ein einsames Leben, ein strenges Leben neben der hie und da plötzlich einsetzenden Fülle seines Werkes erlaubte, weil der Klarsicht dieses Menschen, der Unbestechlichkeit dieses Gemütes die üblichen Lebensverhältnisse, Freundschaft oder Ehe beispielsweise, als Rechnung nicht ohne ein ihm unerträgliches Ungefähr, ein Wegdenken, eine Unwahrhaftigkeit aufgingen.

Mürrisch, ablehnend, in gesteigerten Augenblicken priesterlich verhalten, verharrt er in seiner völligen Diskretion und verteidigt diese in einer Weise, die den Mitlebenden als Schrullenhaftigkeit erscheint. Das Eigenschaftswort „schrullenhaft" wird im deutschen Sprachgebiet der Person Grillparzers ganz automatisch angehängt; es ist aber ein verdächtiges Wort, wie das spätere, das Hauptwort, die „Hemmung", das einen beinahe vorwurfsvollen Klang gewonnen hat, als sei Hemmungslosigkeit an sich eine Tugend. Nein, in diesen Schrullen des Österreichers, der über den Lauf der neueren Zeitenfolge das harte Wort prägte: „*Von der Humanität über die Nationalität zur Bestialität*", wäre wohl bei einiger Genauigkeit und Schärfe der Beobachtung sehr viel Beachtliches abzulesen über die Zielrichtung, die Treffsicherheit seiner Abneigungen, die Zähigkeit seines unverträglichen Ablehnens, und es würde sich daraus eine Kritik des historischen Ablaufes nach rückwärts und auch nach vorwärts bis zu unseren Tagen ergeben, die sehr ernst zu nehmen ist. Und in diesem Zusammenhang verweise ich auf seine Schriften zur Tagespolitik, seine Tagebücher und Studien.

Ein diskreter Mensch, sagten wir, und nun, wenn es voll erfaßt wird, dasselbe auf einer höheren, weil aktiveren Stufe: ein selten gerechter Mensch.

Der Wiener Phänomenologe Rudolf Kaßner erzählt in seinen Erinnerungen an den Fürsten von Thurn und Taxis, er sei einmal im Gespräch darauf gekommen, daß es zwei Arten von Gemüts- und Charakteranlagen gebe, die eine, welche vergesse, aber nicht verzeihe, die andere, welche verzeihe und nicht vergesse. Grillparzer, sagt er, habe nach eigenem Geständnis zu denen gehört, die vergessen, aber nicht verzeihen. Kaßner meint, ihm scheine die Art Grillparzers die noblere zu sein; es heiße dieses Selbstzeugnis des Dichters, er habe sich aus dem Gefühl der Verantwortlichkeit und Verbundenheit zum Richter berufen gefühlt, ohne jede Anmaßung, indem er zwar vergessen, aber nicht die Umrisse zwischen Recht und Unrecht habe verwischen können. Es kommt darauf heraus, daß das Verzeihen dem Menschen ebensowenig gehört wie die Rache; zwischen ihm und dem einen wie dem anderen soll die Scheu stehen, die ihn verhindert, das zu entscheiden, was er nicht zu überblicken vermag.

Somit Ehrfurcht, Zartgefühl von eiserner Festigkeit, Gerechtigkeit; diese seltenen Eigenschaften des Charakters scheinen mir den Grundriß zu bezeichnen, über welchem dieser merkwürdige Spätling einer großen literarischen Epoche einsam in ein Zeitalter von Epigonen hineinwächst; Epigonen auf dem Gebiete, dessen Beherrschung dieser Österreicher bis zum Äußersten erstrebte, dem Gebiete des Theaters, wobei zu sagen ist, daß er in das rein Theatermäßige vielleicht von allen deutschen Autoren von Rang am stärksten eindringt, daß aber die Stunde des großen deutschen Versdramas, des gereimten klassischen Lustspiels schon unter abendlichen Schatten lag, und der geheimnisvolle Vorrat, den nicht die Dichter schaffen, sondern von dem sie zehren, nahezu aufgebraucht war und neuer, strenger Entschluß gefaßt werden mußte, um in undichterischer Zeit die Dichtung lebendig in völlig andere Voraussetzungen hinüberzuretten.

Die Grundeigenschaften dieses Mannes wollen wir festhalten als einen leisen, bestimmten Akkord, der über dem Ganzen schweben möge. Das Individuelle, Biographische will ich nur streifen, ich vermag darauf nicht mehr sehr viel zu geben. Auf die Gestalt in ihrer Erfüllung kommt es an, mehr als auf das zufällig Individuelle, vor allem aber auf das im Werk Erreichte. Denn, dies sei festgehalten, diese Stichflamme des Ich, die weder die Antike, noch das Mittelalter kannten, ist auch Grillparzer nicht eigen; einmal befragt, wer er sei, antwortete er: „*ein dramatischer Dichter*" und nicht: „ich bin Franz Grillparzer".

Grillparzers Vaterstadt Wien. Deutsche, Slawen und Romanen haben sich in ihr verbunden. Keine Stadt vom Wesen der Reichsstädte hat sich dort gebildet. Wien bleibt durch Jahrhunderte das Hoflager zweier Dynastien, der Babenberger, der Habsburger. Hof und Adel; die Bürger sind in ihren sozialen und politischen Möglichkeiten begrenzt, sie schauen dem Schauspiele zu. Aber vieles wird ihnen zugeführt, ununterbrochen tausend Jahre lang, das Römische, das Byzantinische, die frühen slawischen Hochkulturen, fränkischer Gesang, bajuwarische Kraft der Schaustellung, italienische Kunst, spanisches Wesen in Fülle zur Zeit der spanischen Weltmacht. Über allem ist Musik, in allem „*eine Sinnlichkeit, die der Hang zum Jenseitigen im Zaume hält*", eine völlig undialektische, unrhetorische Geistigkeit, Selbstkritik, Geschmack ohne erdachte Regel, die jede Selbstüberhebung ausschließen. Etwas Ländliches, Volksmäßiges bleibt auch in den herrschaftlichen Lebensformen als Natur vorhanden, und alles ist in einer Schicksalsgemeinschaft zusammengefaßt, immer wieder hart am Abgrund und Untergang, „*Wohl bei Wehe*", wehmütige Heiterkeit wie bei Schubert, aber das ist schon verbraucht, schon etwas anrüchig, gehört schon zu dem späten Wien des Verfalls, in welchem ein Zauber von Literaten zerredet wird.

Das alte Wien, dem Grillparzer entstammt, war herb, genau, die Stadt der kunstgerechten Handwerker, der gewissenhaften Beamten, der noch tief ins 19. Jahrhundert hinein so humanen Gelehrten, groß vor allem in der Kenntnis des Orients seit der Gründung der orientalischen Akademie, groß in der Kenntnis des menschlichen Körpers durch eine medizinische Fakultät, die lange die erste der Welt ist. Und diese Stadt ist eine Stätte des Schauspiels.

Wenn dem Wiener Bürger sein politisch beschränkter Zustand und ein angeborenes Zögern, ein Zweifel das Selbstbewußtsein trüben, so sucht er eine Erfüllung, indem er etwas vorstellt. Schon im 16. Jahrhundert ist Wien die erste Theaterstadt der christlichen Welt. Nach Karls des VI. erfolgreich geführtem Zweifrontenkrieg aber, in dem wiedergewonnenen Gefühl von Sicherheit und Kraft kennt die aus dem Wesen der Ecclesia triumphans sich erhebende Theaterblüte keine Grenze mehr; alles um die barocken Säulen herum, die man nach der Beendigung der großen Pest errichtet, ist Theater: die Paläste, die Häuser, die Dienerschaft, die Gewerbe, Kleidung, Pferde, Wagen. Das Jesuitendrama ist lateinisch, in der Kaiseroper wird italienisch gesungen. 5000 Zuschauer faßte der hölzerne Bau der Kaiseroper; während sechs bis acht Stunden wurde gespielt. Und nun strömte in diese bereite Welt die ganze europäische Musik und erfüllte sie unvergleichlich: in Gluck, in Haydn und Mozart wird, begnadet durch die italienische Musik, das deutsche Ingenium mündig. Am Ende betritt Beethoven gewaltig diesen Raum, und zu allerletzt, als ein Zeitgenosse Grillparzers, kommt noch Schubert „*und sammelt, was vom ungetrübten Gesang des Volkes im Verhallen war*“.

Mimisch, musikalisch, choreographisch erschien auch das an Typen so reiche, in unverkennbar sich darstellenden Ständen so vielfach gegliederte tägliche Leben.

> „*Man lebt in halber Poesie,*
> *gefährlich für die Ganze*“

sollte Grillparzer sagen.

Als dann der nationale Ansturm, die schneidend bewußten Kräfte der Französischen Revolution losbrechen, erlebt man in Österreich die seltsame landesväterliche Bemühung der Dynastie und ihrer Berater, die Völker der Monarchie abzuschließen, dem „*Raisonieren und Spekulieren*“ fernzuhalten, sie mit Bildern, welche frühere, kindhafte Schichten im Menschen bewegen, mit Märchen-, Ritter-, Räuber-, Traum- und Possenspielen zu binden und abzulenken. Verwandlungs- und Zauberspiel und immer die Oper. Durch die Oper zuerst, die in „Figaros Hochzeit“

Beaumarchais einschmuggelt, durch die deutschen Klassiker sodann, die von oben durch die Bildungsschicht eindringen, kommt westliches Gedankengut in diese schwebend in sich selbst beruhende, gestufte, vielfältige, genuine Welt und zerstört sie — zerstört sie vorerst indem sie den stärksten Nenner aller Zwietracht, den Nationalismus schafft.

In dieser beschwichtigenden Märchen-, Zauber- und Possenvision, in den Volksfesten, der Musik, die aus allen Fenstern klingt, wächst Grillparzer auf; all diese Elemente hat er mit der Lebensluft als scheues Kind eingeatmet und hat, tief verborgen hinter seinem untrüglich sachlich messenden Geist, unter den aus beladener Geschlechterfolge auf ihn eindringenden Lasten des Gemütes sich einen erfrischenden Zaubergarten der Phantasie erhalten, in dem er immer wieder in beglückten Momenten sich ergehen konnte und aus dem er in die Dürre der österreichischen vierziger, der fünfziger und noch der für Österreich so schweren sechziger Jahre ein beinah heidnisch sicheres Wissen um die Wirkung der Gebärde, der richtigen Augenblicke im Verlauf sichtbarer Handlung, um ein gewisses jenseits der Worte wirkendes mimisches Wesen, eben um das völlig Theatermäßige geholt hat.

Grillparzer wächst während der Französischen Revolution und in den napoleonischen Kriegen auf, sein Vater, ein Bauernsproß, wird durch die Kriege ruiniert und stirbt, die Mutter, die aus einem Wiener Bürgerhaus stammte, zwei Brüder verfallen dem Wahnsinn, die vormärzliche Reaktion erdrückt den jungen Dichter durch Zensurmaßnahmen, Enge und Mißtrauen, die achtundvierziger Revolution enttäuscht ihn, widert ihn an und läßt ihn unaufhaltsamen Niedergang voraussehen; 1866 beginnt sodann das Sterben des einzigen in einem Großraum verwirklichten föderalistischen Staatswesens des europäischen Festlandes, das Sterben seiner Heimat; im Augenblick der deutschen Reichsgründung stirbt er selbst.

Er beginnt seinen Weg als Hauslehrer, dann als kleiner Beamter, der es im Laufe des Lebens bis zum k. u. k. Hofrat bringt. Die einzige mächtige Förderung, die er erhält, läßt ihm Graf Franz Stadion zuteil werden, von dem er schreibt: „*Graf Stadion, der großartigste Mann, dem ich je begegnet bin.*"

Wenn wir uns an Dichter wenden, mitten aus dem Tag, so ist es, damit wir uns an ihnen erheben. Es ist ein Zufall, daß ich heute zu Ihnen von Grillparzer rede. Zufällig kamen im Dezember die sechzehn Bände seiner gesammelten Werke auf meinen Tisch, und mitten in der auf uns einhämmernden Epoche fielen mir an Feiertagen einige stille Stunden zu; ich blätterte und begann in dieser mit Herrlichkeiten, wie auch mit toten Trümmern übersäten Welt eines sechzig Jahre dauernden dichterischen Bemühens unter der so großen Zahl von Theaterstücken das Lieblichste zu lesen, die zarteste deutsche Tragödie „Des Meeres und der Liebe Wellen“, Hero und Leander, diese reifste Auferstehung eines ewigen Stoffes. „Ein Saitenspiel von Liebe, ein leuchtender Bogen aus gedankenvollem Licht, unter dem für immer die Tragödie der Liebe sich erneuert. Liebe stürmt über das nächtliche Meer heran, macht aus einem einsamen Turm die Stätte der Seligkeit, sie ruft die schützende Nacht herauf, und taumelnd reicht sie ihrem Bruder Tode die Hand. Man fühlt sie sich herabschwingen, fühlt ihren Hauch in der Luft, und beständig steht schon da im Schatten das, wodurch sie vernichtet wird.“ Es ist auf der Harfe gespielt, mit zwei jungen, sehnsüchtigen Stimmen von sehr ferne her, die sich suchen, beseligt einen Augenblick zusammenklingen und brechen in schuldiger Unschuld —. Ein Zug: im Augenblicke, da Hero Leander ihr Gefühl gesteht, spricht sie kein Wort, sie stellt nur die brennende Ampel hinter eine Säule. — Ein reines Gedicht, wie kaum ein anderes, dabei völlig wienerisch, bürgerlich, zufällig im antiken Gewand. Mit schwebender Sicherheit über der Tiefe, aus der es wie von Glockentönen einer versunkenen Stadt herauftönt, wenn der Priester zu Hero spricht:

Du hast genannt den mächtigen Weltenhebel,
Der alles Große tausendfach erhöht
Und selbst das Kleine näher rückt den Sternen,
Des Helden Tat, des Sängers heilig Lied,
Des Sehers Schaun, der Gottheit Spur und Walten.
Die Sammlung hat's getan und hat's erkannt,
Und die Zerstreuung nur verkennt und spottet.

Sammlung, welch ein Gut! Unter nichts hat Grillparzer so schwer gelitten im Laufe seines Lebens, wie unter den Lagen, in welchen seine Sammlung durch äußeren Zwang zerstört wurde. Als er im Jahre 1832 in seiner Beamtenlaufbahn es endlich zu einer festen Berufsstellung gebracht hatte und zum Archivdirektor ernannt worden war, schrieb dieser unablässig fleißige Mensch in sein Tagebuch: „Diese letzten neun Monate gehören unter die furchtbarsten meines Lebens. Es war mir durchaus unmöglich, die seit zehn Jahren zum erstenmal wieder ernstlich betriebenen Amtsgeschäfte mit meinen sonstigen inneren Beschäftigungen nur einigermaßen auszugleichen, und die letzteren zogen sich darüber so ganz zurück, daß ich mir selbst zum Grauen ward und der Gedanke eines gewaltsamen Abschlusses einige Male ganz nahe trat.“

Man ermißt, was Sammlung ihm bedeutete, wenn man die ungeheure Willensleistung erkennt, die er aufbringen mußte, um sie zu erwerben. Wie er sein erstes zur Aufführung gelangtes Stück schrieb, „Die Ahnfrau", war er sechsundzwanzigjährig; es ging damals für ihn um den geistigen Tod oder um den Durchbruch im Werk, die lyrische Befreiung. Da entstand denn dieses ebenso kühne als in seinen Motiven gewagte und in seinen Mitteln absurde Werk. Es wäre manches über die Gespenster zu sagen, die in Grillparzers Aszendenz, seinem engsten Familienkreis umgingen und die er hier in diesem völlig aus dem Zauber und Märchenstil der Wiener Vorstadtbühnen geborenen Theaterstück mit Ingrimm bannte. „Die Ahnfrau" ist ein noch heute ungeheuer bühnenwirksames Stück, in dem uns nichts erspart bleibt von Fluch und Grauen, Räuberhauptmännern, entmenschten Spießgesellen, Verwechslungen, die bis zum Rand des Inzestes führen und unter Höllengelächter in einer schaurigen Familiengruft eines böhmischen Schlosses enden, wo denn Schuldige und unschuldig Schuldige allesamt vom alten aus Schuld geborenen Fluch wie von einem Sturm in fahlem Dunkel vor sich her getrieben werden bis zum Abgrund.

Der junge Grillparzer erwähnte einmal dem Burgtheaterdirektor Schreyvogel gegenüber ein Volksmärchen, in welchem die letzte Enkelin eines alten Geschlechtes vermöge ihrer Ähnlichkeit mit der als Gespenst umgehenden Ahnmutter zu den unleidlichsten Verwechslungen Anlaß gab. Er meinte, das wäre ein großer Stoff zu einer Novelle oder gar zu einer dramatischen Dichtung.

Einige Monate später begegnet er Schreyvogel wieder auf einem Spaziergang, und dieser rief ihm schon von weitem zu: „*Nun, wie geht's mit der Ahnfrau?*" Grillparzer antwortete: „*Es geht nicht.*" Schreyvogel erwiderte: „*Dieselbe Antwort habe ich einst Goethe gegeben, als er mich zu literarischer Tätigkeit aufmunterte. Goethe aber meinte: Man muß nur in die Hand blasen, dann geht's schon!*" Grillparzer lief nach Hause, blies in die Hand, schrieb die ersten acht oder zehn Verse auf ein Stück Papier, während er einen Bissen aß, und legte sich zu Bette.

Und nun erzählt er in seiner Selbstbiographie:

„Da entstand ein seltsamer Aufruhr in mir, Fieberhitzen überfielen mich. Ich wälzte mich die ganze Nacht von einer Seite auf die andere. Kaum eingeschlafen, fuhr ich wieder empor. Und bei all dem war kein Gedanke an die Ahnfrau, oder, daß ich mir irgend meines Stoffes erinnert hätte. Des anderen Morgens stand ich mit dem Gefühl einer herannahenden, schweren Krankheit auf, frühstückte und ging wieder in mein Zimmer. Da fällt mir jenes Blatt Papier mit den gestern hingeschriebenen, seitdem aber rein vergessenen Versen in die Augen. Ich setze mich hin und schreibe weiter und weiter, die Gedanken und Verse kommen von selbst, ich hätte kaum schneller abschreiben können. Des nächsten Tages dieselbe Erscheinung, in drei oder vier Tagen war der erste Akt, beinah ohne ein durchstrichenes Wort, fertig. Dann trat ein Wetterwechsel ein, und es war, als seien alle Gedanken vergangen ... Nach zwei- oder dreitägiger Unterbrechung vollendete ich das Stück mit derselben Raschheit, mit der es begonnen war. In nicht mehr als 15 Tagen habe ich es geschrieben."

Das war der innere Durchbruch und zugleich, nach dem ungemeinen Erfolg der Aufführung, auch der Ruhm, dessen Anfechtung dann allerdings gleich darauf einsetzte.

Grillparzer hat im Laufe seines Schaffens zehn vollendete Theaterstücke und noch acht, von denen große Teile vorhanden sind, geschrieben. Wenn wir den Weg erkennen wollen, der von diesem Durchbruch in der „Ahnfrau" bis zu der großen Stille und Reife seines Spätwerkes führte, so wenden wir unsere Aufmerksamkeit am besten derjenigen seiner Prosaarbeiten zu, die mir als zweite Lektüre nach „Des Meeres und der Liebe Wellen" wieder nach langen Jahren zum erstenmal vor Augen kam und die das Entzücken, an das ich mich von einer ersten frühen Begegnung noch zu erinnern vermochte, in gesteigertem Maße wiedergebracht hat. Es ist dies die Erzählung „Der arme Spielmann".

Grillparzer hat das wahre Gesetz dichterischer Rangordnung mit großem Ernst erkannt und befolgt, wonach das wirklich Gedichtete, Gefügte, die hymnische, die lyrische, die dramatische Dichtung das Höchste innerhalb des Lebens der Nation, nur in seltenen Epochen verliehene, die Erzählung aber eine in ihren Ansprüchen, vor allem an den Leser, leichter zugängliche und spätere Form des literarischen Abstieges sei.

Die Novelle ist beinahe ein zufälliges Nebenprodukt seines Schaffens, in ihrer Weise aber ist sie so vollendet, wie es nur das Werk eines Mannes sein kann, der an ungleich höheren, strengeren Aufgaben sich geschult hat. Es liegt eine Welt zwischen dem fieberhaften ersten Stück und diesem leise und bestimmt erzählten Lebensschicksal aus einer Wiener Vorstadt des letzten Jahrhunderts. Die Hieroglyphe der völligen Sammlung steht jetzt aber wie ein Sternbild über diesem Werk.

Diese Erzählung steht innerhalb der deutschen Literatur vereinzelt da. Sie ist jedes Zierates entkleidet, sotto voce vorgetragen, dabei so fest gefügt, so sehr durch die völlige Wahrheit des Gehaltes künstlerisch vollendet. Sie ist autobiographisch in doppeltem Sinn. Grillparzer schildert in ihr ein eigenes Erlebnis mit einem alten Straßenmusikanten, den er an einem Volksfest in der Brigittenau wahrnimmt, der ihm auffällt, weil er mit äußerster Sorgfalt, und völlig begabungslos, unbeachtet, den leeren Hut vor sich auf dem Boden — keine Münze fällt hinein — schwere, ernste Musik nach sauber geschriebenen Noten spielt, die auf einem leichten Pult vor ihm stehen; wie das Fest recht in Gang kommt, die Stunde beginnt, in der die vielen Bettelmusikanten auf einen Gewinn rechnen dürften, setzt der Alte den Bogen ab, nimmt die Noten an sich und drängt sich unbeholfen, durch das Pult behindert, der stets noch heranströmenden Menge entgegen, stadtwärts. Im Augenblick, da er den Bogen absetzt, murmelt er die lateinischen Worte: „sunt certi denique fines" und verrät dadurch dem Dichter, daß er andere Tage gekannt hat. Er erregt seinen Anteil. Grillparzer folgt ihm, findet ihn in einer stillen Gasse und spricht ihn an. Es bildet sich eine durch äußerste Zurückhaltung beiderseits geschützte Beziehung, und es kommt dazu, daß der Alte eines Tages dem Dichter, der ihn in seiner Kammer aufsucht, sein Leben erzählt.

Dieses Leben ist die Geschichte der völligsten Rücksicht, des reinsten Vertrauens und der höchsten Herzenshöflichkeit als einer Kraft, die alles, was das Dasein an Härten, Enttäuschungen und Ungerechtigkeiten bringt, mit dem Heroismus wahrster Bescheidenheit ohne Anflug von Niedrigkeit meistert, überwindet und in der Weise auflöst, daß dieses Leben schließlich gestillt, versöhnt und wahrhaft wie unter dem stillen Licht der Gnade dahinfließt. Ich möchte es nicht unternehmen, nachzuerzählen; denn das ist schlechthin Unmöglichkeit. Auch bei der größten Vorsicht würde man hier ein Ganzes zerreißen, in dem jedes Wort, jeder Rhythmus, das Unwägbare des Ausgelassenen einen wunderbaren Vorgang berichtet. Ich sagte, die Erzählung sei autobiographisch in doppeltem Sinne, denn wie gesagt, einmal erscheint der Dichter selbst als handelnde und erleidende Figur in ihr, sodann aber glaube ich, daß der arme Spielmann, die Hauptfigur, Grillparzer selbst ist. Daß wir hier, wenn irgendwo, den Schlüssel zu dem geheimen Wesen seines innersten Herzens haben, gewissermaßen seine Anima, entblößt von allen Zutaten der Abwehr, als da sind Verstand, Talent, Bildung, Streben nach Befreiung, Verwirklichung, eine Seele in der vollkommenen Haltung der Scheu, der Frömmigkeit, ja der staunenden Dankbarkeit vor der Gabe des Daseins und der Hilfe, die von oben kommt. Ich möchte wünschen, daß ein jeder in der schweren Epoche, die wir durchleben, eine stille Stunde finden möchte, um diese etwas altertümliche, durch das Zeremoniell einer vergangenen Höflichkeit wie bei Stifter stellenweise umständliche Geschichte zu lesen, in welcher ein vergessener Ton deutschen Wesens aufklingt, der daran erinnert, wie tausendfältig das Wunder einer Nation ist. Der Spielmann bezeichnet einen allgemeinen hohen, schon völlig freien menschlichen Zustand, er gehört in die Umgebung von Dostojewskys Alioscha, um einen Grad aber ist er kindhafter, selbstverständlicher, auch westlicher durch die ungemeine Genauigkeit dieser Zeichnung, durch dieses beseligende Wehen auch von Musik, das über das Ganze dahingeht.

Da eine Stelle nur aus dem Zusammenhang: Der Spielmann sagt, gesteigert von der ihn durchströmenden Erinnerung:

„Sie spielen den Wolfgang Amadeus Mozart und den Sebastian Bach, aber den lieben Gott spielt keiner. Die ewige Wohltat und Gnade des Tons und Klangs, seine wundertätige Übereinstimmung mit dem durstigen, zerlechzenden Ohr, daß" — fuhr er leise und schamrot fort — „der dritte Ton zusammenstimmt mit dem ersten und der fünfte desgleichen und die Nota sensibilis hinaufsteigt, wie eine erfüllte Hoffnung, die Dissonanz herabgebeugt wird als vermessener Stolz, und die Wunder der Bindung und Umkehrung, wodurch auch die Sekunde zur Gnade gelangt in den Schoß des Wohlklanges. Und wovon ich aber nichts verstehe, die Fuga und das Punctum contra punctum und der canon a duo, a tre, ein ganzes Himmelgebäude, eines ins andere greifend, ohne Mörtel verbunden, und gehalten von Gottes Hand."

Es ist aus der in diesen Sätzen enthaltenen Harmonie, daß auch die völlige Richtigkeit, die ohne jede im späteren Realismus übliche Nachahmung überzeugende Echtheit des Volksmäßigen herstammt. Barbara, die andere Hauptfigur, eines Gewürzkrämers Tochter, ist mit wenigen Strichen meisterlich gezeichnet, derb, ehrlich und eben volksmäßig fein, mit dem Takt der Stärke und des Verzichtenkönnens begabt, von einer nie ins Bewußtsein tretenden Ahnung für das Höhere im Bereich der Seelenkräfte, bewegt und stark wie alle Frauengestalten Grillparzers, stärker als die Männer, was auf das wahre Wort Goethes hinweisen dürfte, daß alle Kulturen mit starken Frauen und schwachen Männern enden, wobei aber in dieser tiefen und schönen Geschichte auf alle diese üblichen Maße wie Kraft und Schwäche ein Licht fällt, das sie tiefsinnig vertauscht, so daß zuletzt, und das ist wohl der eigentliche Sinn dieses Kunstwerkes, die Schwäche durch den Einblick in eine höhere Rangordnung recht eigentlich zur Kraft wird.

Es brennt in diesem Stück großer, völlig schmuckloser Prosa eine heiße reine Flamme menschlichen Gefühls, aber es ist kein Hauch darin von falschem Gemüt, von Gefühlsseligkeit, es liegt die Helle der Wahrheit darauf und es ist jeder Satz ohne Anflug jener Demagogie späterer Schilderungen sozialer Tragödien. Nüchtern geschrieben, mit dem gesunden, ja trockenen Verstand eines wahrhaftigen Herzens, und ich möchte nun sagen, mit einem Sinn für das wahrhaft Reale.

In diesem hohen Lied der Wahrhaftigkeit äußert sich Grillparzers tiefinnere Abneigung vor jeder Übertreibung, vor jedem falschen Pathos, jeder Unfreiheit auch gegenüber der menschlichen Person, dieser Haltung der Gleichberechtigung, die durch sein Leben hindurchgeht und nur ganz selten durchbrochen wird, nur dann, wenn die Gleichberechtigung objektiv nicht vorhanden ist, und in einem Augenblick am allerwenigsten, demjenigen, den Grillparzer als den wichtigsten seines Lebens bezeichnet.

Hier wollen wir einen Augenblick verweilen:

Am Ende der zwanziger Jahre des letzten Jahrhunderts machte Grillparzer einen Besuch in Weimar. Von der Weimarer Gesellschaft wurde er schon als ein bekannter Schriftsteller gefeiert, doch ihn trieb nur eines, er wollte Goethe sehen. Aber gerade in Weimar rührte ihn zum erstenmal die tödliche Erkenntnis an, daß der eigentliche Grund, auf dem er erwachsen war, Österreich, unwirklich zu werden beginne, sodann daß ihm selbst, dem Dichter, sein eigener allzu wacher erkennender Geist wie der Geier an der Leber fresse.

Trotzdem, kaum war er im Hotel zum Elephanten abgestiegen, schickte er den Kellner mit seiner Karte zu Goethe. Es ist wohl das einzige Mal in seinem Leben, daß er einen solchen Schritt getan hat, sonst ließ er immer alles an sich herantreten, und gerade auf seinen Reisen, beispielsweise der französischen Reise im Jahre 1836, blieb er abseits.

Von Goethe aber wurde er noch für denselben Abend zur Stunde nach Tisch eingeladen. Im Hause am Frauenplan fand er eine größere Gesellschaft vor, und als Goethe spät, in fast starrer Haltung erschien und Cercle hielt, erfaßte Grillparzer ein Gefühl der Beklemmung und Verzweiflung; wie er ins Hotel zurückkehrte, bestellte er für den übernächsten Tag schon die Pferde. Nun erfolgte aber eine Einladung Goethes zur Mittagstafel: „*Als ich im Zimmer vorschritt*“, erzählt Grillparzer, „*kam mir Goethe entgegen und war so gütig, als er das erste Mal kalt gewesen war.*“ Und er fährt fort: „Das Innerste meines Wesens begann sich zu bewegen. Als es aber zu Tische ging und der Mann, der mir die Verkörperung der deutschen Poesie, der mir in der Entfernung und unermeßlichem Abstand beinah zu einer mythischen Person geworden war, meine Hand ergriff, um mich ins Speisezimmer zu führen, da kam einmal wieder der Knabe in mir zum Vorschein, und ich brach in Tränen aus. Goethe gab sich alle Mühe, um meine Albernheit zu maskieren.“ An das Gespräch erinnert sich Grillparzer nicht mehr. Er weiß nur noch, daß es sehr lebhaft war; ihm ist nur ein ganz kleiner Zug erinnerlich, und zwar, daß er erregt sein Brot zerkrümelte; da tippte denn Goethe auf jeden Brosamen und legte sie alle auf einem regelmäßigen Häufchen zusammen. Goethe forderte ihn dann auf, am nächsten Tag wiederzukommen, um sich zeichnen zu lassen. Wie Grillparzer anderntags eintraf, war der Künstler noch nicht zugegen. Man wies ihn daher an Goethe selbst, der in seinem Hausgärtchen auf und nieder ging, und da sieht ihn Grillparzer einen Augenblick unvergeßlich; er berichtet: Mit einem langen Hausrock bekleidet, eine kleine Schirmkappe auf den weißen Haaren, sei er vornübergebeugt mit den Zeichen seines hohen Alters langsam auf und ab geschritten. Der Anblick habe etwas unendlich Rührendes gehabt, und er setzt hinzu: „*Er sah halb wie ein König aus, und halb wie ein Vater.*“

Als Goethe Grillparzer durch den Kanzler Müller einladen ließ, einen Abend allein mit ihm zu verbringen, da faßte den Österreicher wieder die Angst.

„*In dem ganzen Bereich meines Wissens schien mir nichts vorhanden gewesen zu sein, was würdig gewesen wäre, Goethe gegenüber vorgebracht zu werden*“, schreibt er.

So kam er um das, was er dann lebenslang als den größten Verlust seines geistigen Daseins betrauerte.

Noch einen anderen Zeitgenossen hat Grillparzer von ganzem Herzen verehrt, ja, wie er selbst bezeugt, tief geliebt. Von Kind auf kannte er ihn, und doch hat er ihn nie, wenn nicht ein sachlicher Anlaß es ergab, aufgesucht. Dieser Zeitgenosse war Beethoven. In einer Aufzeichnung Grillparzers wird der Gewaltige in verschiedenen Lebensstufen immer wieder ohne die leiseste Zutat trocken, chronikartig erwähnt; dabei aber völlig sichtbar gemacht, wie er dastand, als ein Kind und ein Dämon, mit dem trotzigen erstaunten Lachen enttäuschter Güte. Wieder aber heißt es, von seinen Äußerungen wisse er nur wenig zu erzählen, und das komme daher, „*weil mich an einem Künstler nicht das interessiert, was er spricht, sondern das, was er macht*“, und er fährt fort: „Wenn Sprechen einen Maßstab für Künstlerwert abgäbe, so wäre unser Vaterland gegenwärtig so voll von Künstlern, als es in der Tat nach dem Tode der Großen leer ist. Ja der eigentlichen Schöpfungskraft kommt nur jenes, bereits im Talent gegebene, gleichsam gebundene Denkvermögen zugute, das sich instinktmäßig äußert und die Quelle von Leben und individueller Wahrheit ist. Je weiter der Kreis, um so schwerer seine Erfüllung. Als Goethe wenig wußte, da schrieb er den ersten, als er viel wußte, den zweiten Faust.“

Es wäre verlockend, anstatt eines Vortrages einen Zyklus von Vorträgen über Grillparzer zu halten; schon allein über seine Beziehung zu Zeitgenossen ließen sich Dinge sagen, die ein tiefes Zeitbild widerspiegeln könnten. Ein erstaunliches Thema wäre auch: Grillparzer als aktiver Politiker. Aber nur eines möchte ich heute aus diesem biographischen Zusammenhang noch streifen.

Auf seiner Reise nach Weimar hielt er sich einige Tage in Berlin auf. Er bewunderte damals die Schauspielerin Fräulein Sontag. Ein Bekannter sagte ihm, daß er sie bei einem Philosophieprofessor treffen könne, bei dem er ihn gerne einführe, und so geschah. Grillparzer erschien, erklärte dem Philosophen, daß er von seinen Arbeiten noch nichts zur Kenntnis genommen habe. „*Um so besser*“, antwortete der berühmte Mann, und liebenswürdigerweise teilte er seinerseits Grillparzer mit, dagegen nehme er den größten Anteil an seinem dramatischen Werk, vor allem an der großen Trilogie „Das Goldene Vließ“. Grillparzer notiert, er habe seinen Gastgeber angenehm, verständig und konziliant gefunden. Das ist alles. Dieser Philosophieprofessor hieß Hegel. In der Folge aber hat Grillparzer sich wiederholt über Hegels System geäußert und hat unter anderem folgendes darüber gesagt; einmal die Zeilen: „*Möglich, daß Du uns lehrst prophetisch das Göttliche denken, aber das Menschliche, Freund, richtest Du wahrlich zugrund.*“ Und später hat er notiert: „*Hegels Werk ist die monstroseste Ausgeburt des menschlichen Eigendünkels; sie hat durch die das Gesetz des Widerspruches verschmähende Spekulation das natürliche Denken des gesunden Menschenverstandes beeinträchtigt.*“

Bemerkenswert ist wieder die völlige Freiheit von Persönlichem an diesem Urteil. Er bewahrt Hegel, dem Menschen, das beste Andenken, aber mit zäher Kraft lehnt er sein Werk ab, wobei weder er recht noch Hegel unrecht haben, sondern wobei er genau in der Funktion hervortritt, in der er verstanden sein will, nämlich im Sinne der Wiedergewinnung eines Gleichgewichtes, das ein so epochales Ereignis wie Hegel stören muß, sobald man seine Konsequenzen nicht nur denkt, sondern auch lebt.

Die Einschränkung, die Grillparzer in unbeirrbarer Stetigkeit Beethoven gegenüber macht, den er, wie wir eben sagten, liebte, weisen genau in dieselbe Richtung. Er hat sie in Versen ausgesprochen, wie auch in der folgenden Stelle einer Rede, wo es heißt: „Wie der Behemoth die Meere durchstürmt, so durchflog Beethoven die Grenzen seiner Kunst.

Von der Verwendung eigensinnigster Kunstmittel bis zu dem furchtbaren Punkt, wo das Gebilde übergeht in die regellose Willkür streitender Naturgewalten. Alles hat er durchmessen, alles umfaßt; der nach ihm kommt aber wird nichts fortsetzen; denn sein Vorgänger hörte nur auf, wo die Kunst aufhört!"

Sagen wir es anders. Grillparzer gehört zu den Menschen, die niemals dem Denken, die aber stets den Ideen mißtrauten.

Von Jean-Jacques Rousseau schrieb er, der Schlüssel seines Lebens liege in dem: „*J'ai besoin de me recueillir pour aimer.*" Er halte nämlich seine Ideen für Wirklichkeiten und sei völlig von Ideen beherrscht. Dann sagt er: „*Wenn man sich seinen Ideen, zumal in der Einsamkeit, ganz hingibt, so verschlingen sie die ganze Welt, nähren sich mit allem, was darin für sie genießbar ist, und bleiben zuletzt allein mit dem, der sie trägt, in einer wesen- und freudenlosen Wüste.*"

Und ein anderes Mal notiert er: „Kein Dichter in der Welt ist wohl bei Schöpfung eines Meisterwerkes von einer allgemeinen Idee ausgegangen. Daß heute dieses verderbliche Bestreben einsetzt, kommt von der beliebten Einmischung der Philosophie in die Kunst. Wer aufs Verallgemeinern verfällt, ist für das Dichten ebenso verloren wie für die schöpferische Politik." Auch spricht er einmal von einer gewissen gefährlichen Richtung der neueren Zeit, in unehrlicher Vortäuschung von Tiefe überall tiefen Grund und strenge Zweckmäßigkeit zu sehen.

Es ist nicht viel anders, wenn er über Religion spricht. Die Gelehrten haben sich darüber gestritten, ob er ein Christ gewesen sei oder nicht. Daran, daß er im tiefsten Sinne religiös war, wird wohl keiner zweifeln, der ihn rein betrachtet. Daß er sich vielfach antiklerikal geäußert hat, hat damit nichts zu tun und liegt auf einer anderen Ebene. In einer Tagebuchaufzeichnung der vierziger Jahre heißt es: „Das Gräßliche in der neuesten Religiosität, oder der Religiosität der Gelehrten, ist, daß sie von einem theoretischen Bedürfnis ausgehen. Sie wollen das Geheimnis des Werdens, das Werden der Substanz, das Verhältnis der Notwendigkeit zum Willen einsehen, indes der Kern des Christentums kein theoretischer, sondern ein praktischer ist. Zwar nicht die Moral, wie die Aufklärung meinte, wohl aber die Heiligung, die Austilgung der bösen Anlage. Wenn der Zweck Jesu die Erleuchtung des Verstandes gewesen wäre, so läge der Haupteinwurf gegen die Göttlichkeit seiner Sendung in dem Unzureichenden seiner Erklärungen!"

Immer in diesem selben Sinne beklagt er den Verlust der Unschuld durch das theoretische Denken. Als Rossinis „Stabat mater" in Wien am 1. Mai 1842 zum ersten Male aufgeführt wurde und durchfiel, zeichnete

Grillparzer auf: „*Wenn das Publikum mit den Augen hört, mit den Ohren sieht, mit dem Kopfe fühlt, ist es nicht wert, daß man sich kränkt; eins aber ist verloren gegangen, eins, der Unschuld Glück.*“

„*Nichts ist gefährlicher*“, schreibt er, bei Anlaß einer Bemerkung über Robespierre, „*als die Exaltation eines kalten Gemütes.*“ Nur „*das Gemüt, das den Verstand menschlich zu erwärmen vermag*“, meint er, könne die Liebe zur Wahrhaftigkeit bedingen.

Die Idee hat für Grillparzer immer etwas vom Usurpator, dessen Macht auf einer Lüge beruht, auf einer Fälschung. Auch hier noch ein Beispiel: wie in der „Ahnfrau“ fieberhaft fortstürzende Trochäen, diesmal aus dem „Traum ein Leben“. Auch hier in diesem Stücke, das auf Grillparzers Napoleon-Erlebnis zurückgeht, klagen die Hellsichtigen, indem sie vom Tyrannen sprechen:

„*Schwinden täglich nicht die Besten,*
Denen seine Furcht mißtrauet,
Unbemerkt aus unsrer Mitte.“

Und der Verführer, der dem Usurpator zuredet, wenn ihm aus menschlichem Erinnern verletzter ungerechter Konsequenz graut:

„*Mit so ärmlich halbem Mute*
Wolltest Du der Herrschaft Sprossen
Du den steilen Weg zum Großen
Du erklimmen Macht und Rang.
Bunt gemengt aus manchen Stoffen
Ist das Roherz der Gewalt.
Kaum der Brand von zehen Reichen
Gnügt die Mischung auszugleichen,
Die im Tiegel kocht und wallt.“

Dann der Entschluß des Herrschers:

„*Ich will dieses Land durchflammen*
Wie ein reinigend Gewitter,
Niederschmettern seine Stämme,
Aus dem Grund die Wurzeln hauen
Und dem Boden wenn gereutet
Meine Samen anvertrauen.“

Grillparzer sagt einmal, die Lüge als stärkste Verführung habe er selbst einmal als eine seiner Grundanlagen gefürchtet. Nicht das bedrücke ihn, spricht er in den Tagebüchern aus, daß er um des Scherzes willen lüge, nein, was ihn erschrecke, sei eine Neigung, sein Wohlgefallen an der Lüge.

Mit den Mitteln, die in ihm waren, hätte Grillparzer eine große Scheinwelt aufrichten können, hätte er nicht den eisernen Entschluß zur Wahrhaftigkeit durchgehalten. So hoch war seine Vorstellung vom Dichter, daß dieser für ihn vor allem als Wahrheitskünder die Welt zu befreien hatte. Dieses Geheiß lag auf Grillparzers ganzem Werk wie ein blendendes Licht, vor dem ganze Reihen des dichterischen Einfalles verdorrten. In der „Sappho" hat er Gericht gehalten über den dichterischen Menschen, der nicht als Dichter lebt. Jahre seines Lebens war Grillparzer wie ein Wüstenwanderer, weil er sich nichts Läßliches, nichts leichthin Tröstendes gestattete, aber ich möchte sagen, sein Werk, dem Alter entgegen immer mehr und mehr, sei so ernst und reif, weil es die Probe der Wahrhaftigkeit bestanden habe.

In der Trilogie „Das Goldene Vließ", wie in dem Habsburger-Drama „König Ottokars Glück und Ende", im „Ein treuer Diener seines Herrn", in der „Libussa", wie in dem Lustspiel „Weh' dem, der lügt!", in den Nachfahren des altösterreichischen Staatsdramas, den drei Trauerspielen des Nachlasses: „Ein Bruderzwist in Habsburg", „Die Jüdin von Toledo" und das Fragment „Esther" — Grillparzer ließ diese letzten Stücke nicht mehr spielen, weil sein so helles und tiefsinniges Lustspiel, dies das eigentliche Spiel von der Wahrhaftigkeit, eine allgemeine Ablehnung erfahren hatte — in allen diesen großen Bühnenwerken kann man keine leitenden Ideen finden. Das was sie alle verbindet, was durchgeht, ist der Trieb, nicht das Leben zu bestimmen, zu verändern, oder zu erklären, sondern der Wille, es zu erkennen und auf einer höhern Ebene gegenständlich zu machen. Das Problem, um das es aber immer geht, ist ein sittliches und ein soziales, im höheren Sinne ein politisches:

Es geht um die Vielfalt, das Polyphone des Menschenwesens, den Zusammenklang, die Kunst des Zusammenlebens. Es ist auch dieses Werk völlig wie Goethes Werk, nur viel später, nach Sonnenuntergang, aus der Vielfalt des alten Römischen Reiches Deutscher Nation heraus geschrieben. Bei Grillparzer ist der zu erfüllende Kreis enger. Es stimmt, wenn er sagt, sein Werk könne nur verstanden werden, wenn man den Blick vom Kahlenberg auf Donau und kleine Karpaten vor Augen habe. Alles was er schrieb, wendet sich an die Völker der österreichisch-ungarischen Monarchie, darum auch ist vieles historisch und fast schon unlesbar geworden; vieles ist undeutsch, konventionell aus der italienischen Theatertradition übernommen oder bildungsmäßig aus der gesamten spanischen Theaterliteratur, zuerst Calderon, später vor allem

Lope, mit ungeheurem Fleiß und Scharfsinn, von Grillparzer als einem der größten Kenner zusammengetragen und eingebaut. Und es liegt am Absterben der Assoziation in uns selbst, dem Mangel an mitschwingender Erinnerung, wenn wir das nicht zu lesen vermögen, wie er und seine Zeitgenossen es vermochten.

Aber selbst, wenn diese Bestandteile für uns heutige Leser wieder leitend und lebendig werden sollten, so blieben der schwachen toten Stellen noch genug; denn sie sind ohne Zahl, sie schrecken ab, man spürt durch sie hindurch eine eigentümliche physiologische Erschöpfung, einen Stupor, eintöniger Bildungsqualm scheint bisweilen in drückender Luft auf einer trostlosen Ebene zu lagern; plötzlich jedoch schlägt der Wind um, der Qualm hebt sich, und in klarer Luft blitzt ein ganzes Gebirgssystem auf in Höhe und Glanz. Man ermißt die furchtbaren toten Stunden dieses einsamen Menschen, der unter selbstgestellter allzu harter Bedingung mit allzu viel Erinnern, allzu viel Voraussicht ein allzu großes Erbe zu verwalten hatte. In den meisten Gedichten beispielsweise herrscht etwas dichterisch Gnadenloses, verselang klingt es wie Kapellmeistermusik. Beständig begegnet man gänzlich totem Inventar, alten abgegriffenen Leihgaben. Es läßt sich sagen, daß unter Grillparzers so zahlreichen Versen sich kaum ein wirkliches Gedicht befindet, daß dann aber plötzlich einige Strophen lang Sublimes hier und dort, ja fast überall, diese oft absurden holprigen, im Klang oft unschönen Zeilen mit ihren gewöhnlichen Reimen wettmacht und diesen Band mit seiner rhetorisch ironisierenden, verlegenen Lyrik, seinen unscharf gefaßten satyrischen und anderen Gelegenheitsgedichten zu einer Fundgrube nicht nur von Weisheit und seltener Erkenntnis, sondern auch von beglückender Schönheit macht. Aber es braucht sehr viel Geduld, um dahin vorzudringen. Gelingt dieses Vordringen, so geschieht folgendes: Die erwähnten abgestorbenen Zonen des Werkes werden gleichgültig, vielmehr im Ganzen gesehen erhalten sie plötzlich ihre Funktion; sie führen mitten in die dichterische Verwirklichung. Dieses Phänomen bleibt nie aus. Es ist, als habe das vollendete Gebilde, das mit solcher Plötzlichkeit vor einem steht, alles Leben aus den umliegenden Bezirken gezogen, um doppelt lebendig zu sein.

Und es ergibt sich nun dies: auch dieses Werk ist im höchsten Sinne aphoristisch, und zwar dadurch, daß es immer wieder in ganz großen Formulierungen gipfelt. Es ließe sich ein Kompendium von Zitaten zusammenstellen. Noch niemals hat sich jemand der Mühe unterzogen, aus den Tagebüchern, den Briefen, den zerstreuten Aufzeichnungen, vor allem aber aus den Gedichten und Dramen, die Fülle von sichtbar und gegenständlich gemachter, in höchster Weise geprägter Lebensweisheit herauszuziehen. Ich will nur ganz kurz einige Beispiele herausgreifen, Beispiele einer lapidaren Aphoristik in prosaischer Form:

„*Nachahmen oder anfeinden ist der Charakter der Menge.*“ Oder dieses wunderbare Wort, das jeder, der sich mit Historie zu befassen hat, beherzigen sollte: „*In die Zukunft schauen ist schwer, in die Vergangenheit rein zurückschauen noch schwerer; ich sage: rein, ohne von dem, was in der Zwischenzeit sich begeben oder herausgestellt hat, etwas in den Rückblick mit einzumischen.*“ Und nun für die Moralisten folgende Stelle aus dem Jahre 1833: „*Die aktiven Faktoren der Menschennatur sind die Neigungen und Leidenschaften; ihr Übermaß zu hemmen, ist die Aufgabe des Sittlichen. Letzteres ist daher negativ und kann als solches nicht der Zweck der Menschen sein.*“

Dies Letztere für diejenigen, die in Grillparzer einen Moralisten sahen. Nein, schon aus Wahrheitsliebe war er kein solcher. Zuerst handelt es sich um das Leben, dann erst in weitem Abstande um die Regelung dieses Lebens. Wäre die Regelung das Erste, dann wäre es besser, daß es gar kein Leben gäbe. Dies ist die politische Grunderkenntnis, die durch dieses ganze, so eminent politische Werk hindurchgeht. Hegen des Lebens, Zusammenleben und die Kunst des Verzichtens um dieses Zusammenlebens willen, das wirkt sich durch das ganze Werk Grillparzers aus. Wenn man ihm nach 1848 vorwarf, er sei ein Reaktionär, so schreibt er: „Der Despotismus hat mein literarisches Leben zerstört, ich dürfte daher wohl Sinn für Freiheit gehabt haben. Aber nebst dem, daß die Bewegung des Jahres 48 mein Vaterland zu zerstören drohte, das ich aus tiefster Seele liebte, schien mir der Zeitpunkt für diese Freiheit nicht gekommen zu sein. In Deutschland hatte die ganze Bildung einen solchen Charakter von Unnatur, Übertreibung und Eigendünkel angenommen, daß an etwas Vernünftiges und Maßhaltendes nicht zu denken war. Gerade durch das im Leben Unausführbare der philosophischen oder literarischen Theorien war der im zweiten Gliede stehenden Schlechtigkeit die Bahn geöffnet. Zur Freiheit gehört vor allem gesunder Menschenverstand und Selbstbeschränkung, und gerade daran fehlte es am meisten.“ „*Politik ist Kunst des Umgangs auf einer höheren Ebene.*“ Und Umgang heißt wahr sehen, richtig messen und dem anderen dazu verhelfen, zu bleiben, was er ist, ohne deshalb jemals auf das eigene Wesen zu verzichten. Menschenkunde und Kunst des Umganges auf einer höheren Stufe hat Grillparzer an sich, dieses Wesenhafte, das den ungeheuer seltenen Typus des wirklich politischen Menschen bezeichnet. Seinen ganzen Werken, vor allem den späteren, teilt er dieses Gefühl mit, und wenn er an die Massen und nicht mehr an den einzelnen denkt, das Gefühl für das Geologische der Geschichtsepochen, für die endgültigen Verschiebungen und Veränderungen, den bleibenden Charakter gewisser Gesteinsarten, als welche nationale Einheiten erscheinen, für die Spannungen, die zwischen ihnen entstehen, den Augenblick und die Richtung der Entladung.

Dasjenige seiner Werke, das diese Erkenntnis am reichsten zum Ausdruck bringt, ist der „Bruderzwist in Habsburg", das er nie der Bühne übergab; das Drama einer Zeitenwende, das heute wieder ungeheuer aktuell ist, das größte Trauerspiel des alten Reiches, eine politische Hintergrundshandlung inmitten der Folgen der Reformation, der einbrechenden Katastrophe des Dreißigjährigen Krieges. Grillparzer hat in Kaiser Rudolf die Gestalt geschaffen, in der nicht nur sein eigenes politisches Testament erhalten ist, sondern in welcher wie im Spielmann er selbst nochmals sich verwirklicht, und zwar so, daß, wenn in der Hauptfigur der Novelle sein heimlichstes Wesen sich dartut, der tiefsinnige habsburgische Fürst zur tragenden, zusammenfassenden Gestalt wird all dessen, was Grillparzer seiner gesamten Natur nach und von dem kollektiven tieferen Wissen der südöstlichen Stämme, des südöstlichen deutschen Geschichtsraumes besaß. Hier die eine Probe zusammenfassender Schau der Geschichte einer der großen europäischen Dynastien. Rudolf antwortet dem Widersacher, sein Haus werde recht behalten,

„Weil es mit eitler Menschenklugheit nicht
Dem Neuen vorgeht oder es hervorruft.
Nein, weil es einig mit dem Geist des All
Durch klug und scheinbar unklug rasch und zögernd
Den Gang nachahmt der ewigen Natur
Und in dem Mittelpunkt der eignen Schwerkraft
Der Rückkehr harrt der Geister, welche schweifen."

Das ist Aphoristik, geschichtliche Prägung einer ganzen Geschichtsepoche. Und ein anderes noch; hier variiert der Dichter durch Rudolfs Mund des Spielmanns Ausspruch über die Harmonie:

„Ich glaub an Gott und nicht an jene Sterne,
Doch jene Sterne, auch sie sind von Gott,
Die ersten Werke seiner Hand, in denen
Er seiner Schöpfung Abriß niederlegte.
Und hätt es später nicht dem Herrn gefallen,
Den Menschen hinzuzusetzen, das Geschöpf,
Es wären keine Zeugen seines Waltens,

Als jene hellen Boten in der Nacht.
Der Mensch fiel ab von ihm, sie aber nicht,
Drum ist in Sternen Wahrheit, im Gestein,
Und wer's verstände, still zu sein wie sie,
Gelehrig fromm den eigenen Willen meisternd
Ein aufgespanntes demutsvolles Ohr,
Ihm würde leicht ein Wort der Wahrheit kund.
Fragst aber Du: ob ich sie selber kenne
Die hohe Wahrheit aus der Wesen Munde,
So sag ich: Nein und aberwieder: Nein
Ich bin ein schwacher unbegabter Mann.
Der Dinge tiefster Kern ist mir verschlossen,
Doch ward mir Fleiß und noch ein andres: Ehrfurcht."

Und da wären wir wieder beim Ausgang angelangt. Ehrfurcht, vor allem Lebendigen und Unbestechlichkeit der Erkenntnis, Scheu vor jeder Täuschung, jeder Fälschung, Sinn für das Zusammenwirken aller Verschiedenartigen, Rücksicht auf jedes Wachstum und Unnachsichtigkeit gegenüber den falschen Schossen, das ist das Um und Alles aller Politik. Der Sinn für Grenzen ist das Zeichen der Reife und der Dauer; ohne ihn kann es nichts Dauerhaftes und nur ewiges Fortstürzen hin bis zum Nichts geben; von Mozart schreibt der Dichter:

„*Nennt Ihr ihn groß:*
Er war es durch die Grenze.
Was er gekonnt
Und was er sich versagt,
Wiegt gleich schwer
In den Schalen seines Ruhmes."

Und so möchte ich denn zum Schluß dem Manne danken, der uns, durch schweren Verzicht ermahnend, solange die deutsche Sprache gesprochen wird, das stille Licht des Maßes erhielt und vor dem Erlöschen wahrte. Messend, wägend, unbestechlich ist er durchs Leben gegangen; um dieser Unbestechlichkeit willen ist er ein großes unveräußerliches Gut. Er ist uns nötig, damit wir vom Übermaße immer wieder zurückfinden zum Gemäßen, in dem allein das Ewige, von der Zeit Befreite sich erhält.

HERBERT SEIDLER
(Wien)

DIE ENTWICKLUNG DES WISSENSCHAFTLICHEN GRILLPARZER-BILDES IM DEUTSCHEN SPRACHRAUM

Abkürzungen:

DU	Der Deutschunterricht
DVjs	Deutsche Vierteljahrsschrift für Literaturwissenschaft und Geistesgeschichte
Euph	Euphorion
Forum	Grillparzer-Forum Forchtenstein. Vorträge, Forschungen, Berichte
GRM	Germanisch-Romanische Monatsschrift
Jb.	Jahrbuch der Grillparzer-Gesellschaft
ÖGL	Österreich in Geschichte und Literatur
WB	Weimarer Beiträge
WW	Wirkendes Wort
ZfD	Zeitschrift für Deutschkunde
ZfdPh	Zeitschrift für deutsche Philologie

EINLEITUNG[1]

Grillparzers Wirkungsgeschichte beginnt mit der Uraufführung der „Ahnfrau" im Theater an der Wien am 31. Jänner 1817. Jede Wertung und Wirkung Grillparzers hängt zunächst mit den Bühnenaufführungen und deren Besprechungen zusammen. Sein übriges Schaffen tritt auch in der Kritik hinter den Dramen zurück. Von wissenschaftlicher Erfassung kann dabei noch nicht die Rede sein. Doch lassen die Grillparzer-Aufführungen im 19. Jahrhundert, die am dichtesten in den zwanziger und dann wieder in den fünfziger Jahren unter der Burgtheaterleitung Laubes liegen, schon eine Art Wirkungsgeschichte erkennen. Norbert Fürst hat sie in einem Buch entworfen, das er trotz der reichen Dokumentation selbst nur als „*fragmentarische Geschichte*" bezeichnet[2]. Eine Einbeziehung und Beleuchtung aller Äußerungen der Zeitgenossen würde die Entwicklungslinie seiner Wertung deutlicher hervortreten lassen. Eine solche Sammlung und Darstellung ist in Vorbereitung[3]. Die Grillparzer-Pflege im Ausland hat Arthur Burkhard übersichtlich zusammengestellt[4]. Die wissenschaftliche Betrachtung von Grillparzers Schaffen setzt erst mit Sauers Bemühungen um die vierte (1887/88) und fünfte (1892) Auflage der Cotta-Ausgabe und mit den Einleitungen zu diesen Ausgaben ein. Aber sonst ist im 19. Jahrhundert nur eine noch heute beachtliche Arbeit erschienen: die von Johannes Volkelt über Grill-

[1] Die Abgrenzung auf den deutschen Sprachraum ist nicht ganz einfach. Im allgemeinen gilt, was sich wissenschaftsgeschichtlich am leichtesten rechtfertigen läßt, daß der Blick auf das gerichtet ist, was im geschlossenen deutschen Sprachgebiet erschienen ist. So gehören FARINELLIS deutsch geschriebene und in Deutschland erschienene Arbeiten selbstverständlich dazu, aber ebenso ROGER BAUERS „*Réalité royaume de Dieu*", das in München erschienen ist, nicht aber Beiträge ALEWYNS in den *Publications of the English Goethe Society* oder Beiträge in den *Monatsheften* (Wisconsin), auch wenn sie deutsch geschrieben sind. Das Werk von CLAUDIO MAGRIS über den Habsburger-Mythos in der österreichischen Literatur, ursprünglich italienisch geschrieben, aber auch in deutscher Übersetzung erschienen, ist wegen des Zusammenhangs doch einbezogen worden. Vgl. Anm. 39.

[2] NORBERT FÜRST, *Grillparzer auf der Bühne*. Wien 1958. — Dazu auch: D. HÜBSCH, *Grillparzer-Aufführungen im deutschsprachigen Raum von 1945 bis April 1968*. Diss. Wien 1968.

[3] O. PAUL STRAUBINGER, Prolegomena zu Grillparzer im Urteil seiner Zeitgenossen, in: *Forum* 1969, 106—110.

[4] ARTHUR BURKHARD, *Grillparzer im Ausland*. Im Selbstverlag 1969. — Vgl. dazu noch: EDMUND HEIER, „Die Ahnfrau" auf der russischen Bühne, in: *Forum* 1970, 44—61.

parzer als Dichter des Tragischen 1888[5]. Erst im 20. Jahrhundert setzt eine eigentliche Grillparzer-Forschung ein; sie nimmt an Menge und Gewicht dauernd zu, seit 1945 erreicht sie Ausmaße, daß sie nur noch schwer zu überblicken ist. Diese Intensität wissenschaftlicher Forschung und Darstellung in bezug auf Grillparzers dichterisches Schaffen ist zugleich verbunden mit dem immer deutlicher werdenden Bewußtsein vom künstlerischen Rang dieses literarischen Werkes, vom Bemühen, den Wert von Grillparzers Werken wissenschaftlich zu erfassen und zu erkennen. Bedenken und Einwände gegen manche Züge an Grillparzers Dichtungen gehören dabei auch zu solchen wissenschaftlichen Bemühungen um die Erkenntnis seines Werkes und dessen literarischen Ranges. Meinungsverschiedenheiten und Auseinandersetzungen in Hinsicht auf einzelnes fördern nur fortschreitende Erkenntnis und Wertung, bleiben aber in überwiegendem Maße auf dem Boden des einen Gemeinsamen: Einsicht in die große, wenn auch sehr eigenartige literaturgeschichtliche Bedeutung und in die hohe dichterische Qualität von Grillparzers Schaffen. Journalistische Seitensprünge von Schreibern, die sich auf Kosten Grillparzers in Positur setzen wollen, die Einzelheiten aufbauschen, ohne sie im Gesamtzusammenhang des jeweiligen Kunstwerkes begreifen und sehen zu wollen, und die großzügig auf ernste wissenschaftliche Begründung ihrer Bonmots verzichten, stehen abseits und berühren das wissenschaftliche Bemühen um das Grillparzer-Bild nicht[6]. Aber ein Tatbestand muß herausgearbeitet werden. Schon Fürst und Dietrich Hübsch haben darauf hingewiesen, daß Grillparzer in erster Linie aus politischen Anlässen und zu Gedenktagen an vielen Bühnen des deutschen Sprachraums aufgeführt wurde, wenngleich sich die Anzahl natürlich mit Shakespeare- oder Schiller-Aufführungen nicht messen kann.

---

[5] JOHANNES VOLKELT, *Franz Grillparzer als Dichter des Tragischen.* Nördlingen 1888.

[6] Zwei seien immerhin erwähnt: HANS WEIGEL, sonst durch Gespür für literarische Qualität (Nestroy, Stifter, Schönherr usw.) ausgezeichnet, reitet immer wieder Attacken gegen Grillparzer, dem er nichts abzugewinnen vermag (z. B. in: *Flucht vor der Größe*, Wien 1960, 101—139, und in: *Götterfunken mit Fehlzündung. Ein Antilesebuch*, Zürich 1971, 45—52). Freilich fehlt Weigels Arbeiten jede wissenschaftliche Methode und Gewissenhaftigkeit. Mit Nachdruck zurückgewiesen werden muß das Büchlein von GUNTER SCHÄBLE, „Grillparzer", das als Band 28 der Reihe *Friedrichs Dramatiker des Welttheaters* 1967 erschienen ist: ein journalistisches Gewäsch; vom hohen Roß des Neunmalklugen werden Zensuren verteilt. Es ist falsch, von Grillparzers oft raunzender Selbstkritik den Beurteilungsmaßstab zu nehmen. Die Frage der Ablehnung Grillparzers auf deutschen Bühnen müßte mit Ernst angegangen werden.

In Österreich selbst steht es besser, besonders das Burgtheater pflegt ihn dauernd, und die seit 1960 jährlich stattfindenden Freilichtaufführungen auf der Burg Forchtenstein im Burgenland im Rahmen des Grillparzer-Forums sind besonders zu erwähnen. Aber es bleibt im ganzen bei einem gewissen Widerspruch: auf dem deutschen Theater tritt dieser ausgesprochene Bühnendichter etwas zurück, zu gleicher Zeit aber arbeitet die Literatur- und Theaterwissenschaft dauernd in zahlreichen Untersuchungen seinen Rang und seine Bedeutung heraus. Einzig in Hinsicht auf den „Bruderzwist in Habsburg" gehen Wissenschaft und Bühnenpflege gleiche Wege. Die Frage, wie dieser Widerspruch zu erklären sei, ist nicht leicht zu beantworten. Im sogenannten Österreichertum Grillparzers allein liegen die Ursachen für das Problem „Grillparzer auf der Bühne" sicher nicht, wenn es auch manches erklärt. Aber es zeigt sich immer wieder, daß ein Aufführungsstil, der an Schiller und Goethe erarbeitet wurde, Grillparzer nicht gerecht werden, daher ihn auch nicht wirksam darstellen kann; Shakespeare bietet sich, aus den Textverhältnissen verstehbar, aber auch durch die Möglichkeit, daß jede Generation ein neues Verhältnis zu ihm gewinnen kann, zu ständig neuen Versuchen geradezu an. Und umgekehrt: den gegenwärtig immer häufigeren „Umstrukturierungen" der großen Dramatiker auf der deutschen Bühne, die heute die Dichter vielfach nur noch als Vorwurf, als Anlaß, als Textanregung für ihre Experimente gelten läßt, widersetzt sich gerade die bis ins letzte durchdachte und eigengeartete Baukunst von Grillparzers Dramen. Sie verlangen dauerndes Mühen, ihre Struktur, in der ja auch der dramatische Gehalt lebendig wird, herauszustellen und wirken zu lassen. Wird sie nicht beachtet und wird nach üblicher Gepflogenheit gekürzt und das Gefüge zerbrochen, dann muß Grillparzer auf der Bühne versagen. Die Literaturwissenschaft aber hat gerade im raschen Wechsel der Methoden und Aspekte immer neue Seiten an Grillparzers Kunst herausarbeiten können, das Kontinuum der Reflexion (Friedrich Schlegel) zeigt gerade hier seine Bedeutung: immer neue Blicke, immer neue Ansätze vermögen gerade in ihrem Wechsel das dichte Geflecht der Grillparzerschen Dramenstruktur allseitig zu beleuchten und damit in ihrer Kunst zu verstehen.

Damit ist zugleich ein anderes gesagt: die verflossenen Jahrzehnte der Grillparzer-Forschung spiegeln Methodenwandel, Methodenkämpfe und Krisen der Literaturwissenschaft derselben Zeitspanne. Ob diese Erscheinungen der Literaturwissenschaft selbst immer förderlich waren, steht hier nicht zur Frage; dem Verstehen der großen Dichter kam dies insofern zugute, als sie gerade so in ihrer Unerschöpflichkeit heraustraten. Das gilt auch für Grillparzer. Die Zeit des Positivismus in der Wende zum 20. Jahrhundert schuf auch für die Grillparzer-Forschung die notwendigen Unterlagen und Vorraussetzungen. Der Psychologismus in der Kunst- und Literaturwissenschaft hat gerade in Grillparzer ein sehr günstiges Feld für Untersuchungen und Deutungen gefunden. Doch hat sich die psychoanalytische Betrachtungsweise erst später und dann bis heute vor allem in den Vereinigten Staaten ausgewirkt. Die geistesgeschichtlich ausgerichtete Forschung, die ja starke Anregungen vom deutschen Idealismus und von Hegel und in deren Gefolge von der neu ausgebauten Verstehenspsychologie Diltheys und Sprangers erhielt, also von Richtungen, die wesentlich im protestantischen Norden wurzelten, hat Grillparzer stark von Weimar und Jena, also von der deutschen Klassik und Romantik her gesehen und sich damit, wie noch zu zeigen sein wird, den Zugang zum Eigentlichen der Grillparzerschen Kunst verbaut, auch in dem Sinne manchmal, daß er solcher Betrachtung überhaupt nicht ins Gesichtsfeld rückte. Erst mit dem Starkwerden der phänomenologischen Methode und mit dem Ausbau der eingehenden wissenschaftlichen Interpretation des literarischen Kunstwerks ergaben sich günstigere Voraussetzungen für die Erkenntnis gerade der Grillparzerschen Kunst. Und erst recht hat dann die Wende von 1945 mit der Abwendung von jeder engen, zu national ausgerichteten Blickweise günstige Voraussetzungen geschaffen für Betrachtung der österreichischen Geschichte und Literatur. Neueste Richtungen der Literaturwissenschaft haben sich in der Erforschung und Deutung Grillparzers noch wenig ausgewirkt, wohl aber hat die marxistische Literaturforschung Beachtliches vor allem zur zeitgeschichtlichen Erfassung Grillparzers beigetragen.

Für den folgenden Versuch, das Werden des wissenschaftlichen Grillparzer-Bildes im deutschen Sprachraum aufzuzeigen, drängt sich naturgemäß eine Auswahl auf. Die entscheidenden Arbeiten mußten herausgestellt und in ihrem Beitrag beleuchtet werden. Daß dabei selbständige Veröffentlichungen mehr im Vordergrund stehen, ergibt sich wohl von selbst. Doch sind auch Aufsätze, besonders was die Deutung einzelner Werke Grillparzers anlangt, oft von entscheidender Bedeutung gewesen und sind daher hier einzubauen. Manche Arbeiten könnten in mehreren Kapiteln dieses Überblicks beinahe mit gleichem Recht gebracht werden. Wenn nötig, ist das auch, mindestens durch Verweise, geschehen. Im allgemeinen sind aber die Arbeiten dort eingereiht, wo sie für den forschungsgeschichtlichen Blick ihrem wissenschaftlichen Ertrag nach hingehören. Die Darstellung baut sich so auf: Es werden zuerst die Aufbereitung der Voraussetzungen und die Tatsachenbearbeitung betrachtet; sie setzen ja noch im 19. Jahrhundert ein, erstrecken sich aber weit ins 20. Jahrhundert hinein; dazu gehören neben den Ausgaben, Übersetzungen und Anthologien die Leistungen der Jahrbücher usw., ferner die Forschungsberichte und Bibliographien, dann vor allem die Beziehungen Grillparzers zu allerhand Persönlichkeiten und Zeitrichtungen, endlich Gesamtdarstellungen. Besonders wichtig sind dann die Versuche der literaturgeschichtlichen Einordnung Grillparzers. Es folgt die Herausarbeitung von Grillparzers Persönlichkeit und Weltbild, vor allem aus seinen nichtdichterischen Schriften. Die Erforschung der Dichtung Grillparzers, sowohl im Gesamtblick als auch der einzelnen Werke, schließt in breiter Weise daran an. Lücken und offene Stellen werden sich als Abschluß daraus leicht ergeben.

Die Tatsachenbearbeitung

Die ersten wissenschaftlich brauchbaren Ausgaben sind die schon erwähnten, von August Sauer betreuten Auflagen vier und fünf der Cotta-Ausgabe: jene in 16 Bänden 1887/88, diese in 20 Bänden 1892. Ihnen schließt sich 1911 die bis damals vollständigste bei Bong in 20 Bänden an, von Stefan Hock besorgt. Aber schon 1909 begann die große historisch-kritische Ausgabe der Stadt Wien. Sie wurde erst 1948 notdürftig abgeschlossen. Die erste Abteilung enthält in 23 Bänden alle Schriften seit 1816; die zweite in den Bänden eins bis sechs die Jugendschriften, in den Bänden sieben bis dreizehn die Tagebücher und die literarischen Skizzenhefte; die dritte in sechs Bänden Briefe und Dokumente. Schon dieser Überblick zeigt einige Merkwürdigkeiten. Und damit öffnet sich der Blick auf die großen Schwierigkeiten bei der Durchführung dieser Ausgabe. Die wiederholten einschneidenden politischen Wandlungen Österreichs während der Entstehungsjahre (1918, 1938, 1945) geben gleichsam den Rahmen und erklären manche äußeren Hemmnisse. Aber sie dürfen den Blick nicht von der inneren Geschichte ablenken. Die Schwierigkeiten mit den Verlagen (zuerst Gerlach und Wiedling, ab 1922 Schroll u. Co.), eine peinliche Unterbrechung des Erscheinens zwischen 1916 und 1922, natürlich immer wieder auch große finanzielle Schwierigkeiten begleiten und umgeben den eigentlichen Kern: die Herausgeber, ihre Arbeit und Einstellung[7]. August Sauer

[7] Karl Gladt hat davon genau und nüchtern berichtet: Die historisch-kritische Gesamtausgabe der Werke Franz Grillparzers. Vom Werdegang der Editionsarbeit, in: *Forum* 1966, 91—97.

können trotz seiner unableugbaren großen und gültigen Verdienste doch manche Vorwürfe nicht erspart werden. Er hat den gesamten handschriftlichen Nachlaß Grillparzers recht eigenwillig geordnet und vor der Planung der Ausgabe nicht bis ins letzte genau durchgearbeitet, so daß während der Arbeit an der Ausgabe noch Änderungen des Gesamtplanes notwendig wurden. Auch die Anmerkungen vermehrten sich während der Ausgabe, so daß neue Bände eingeplant werden mußten. Bedenken muß heute auch erregen, daß nach Sauers Tod (1926), nachdem mehrere maßgebliche Gelehrte aus verschiedenen Gründen ausfielen, der Plauener Studienrat Reinhold Backmann, der fleißigste Mitarbeiter Sauers, mit der Fortsetzung der Ausgabe betraut wurde. Die Anlage wurde teilweise noch verwickelter, vor allem aber hat Backmann nicht das volle Verständnis für das Österreichische gerade in Grillparzer gehabt und ab 1938 dann auch Grillparzer in einseitiges, der damaligen politischen Lage entsprechendes Licht zu rücken versucht. Der letzte Band kam erst, betreut von Oskar Katann und Karl Gladt, nach Backmanns Tod heraus. Der Lesartenapparat zeigt leider die Schwerfälligkeit der kritischen Ausgaben der letzten Jahrzehnte des 19. Jahrhunderts, so daß die Ausgabe mit dem Abschluß, etwa gegenüber den bereits begonnenen Schiller- und Hölderlin-Ausgaben, in dieser Hinsicht schon veraltet war. Wichtige Richtigstellungen des Textes konnten nur noch in Lesarten und Anmerkungen untergebracht werden. Und vor allem: bis heute fehlen die Registerbände, die erst eine ergiebige und zuverlässige wissenschaftliche Auswertung der Ausgabe ermöglichen könnten. Trotz aller Bemühungen und trotz Bereitschaft zweier bedeutender Fachmänner (Paul Straubinger und Karl Gladt) besteht wegen verlegerischer und finanzieller Schwierigkeiten noch keine Aussicht, daß die Registerbände zustande kommen. So wird diese Ausgabe leider ein teilweise unübersichtlicher Torso bleiben, der auch in der Textgestaltung nicht einwandfrei ist. Es kann nicht Zweck dieser Darstellung sein, alle wichtigen und brauchbaren Ausgaben (teilweise mit bedeutenden Einleitungen oder Nachworten) zu besprechen. Drei müssen aber herausgehoben werden. Zunächst die von Reinhold Backmann besorgte sogenannte Vaduzer Ausgabe. Sie ist eine fünfbändige Auswahlausgabe, zu der Nadler 1963 noch einen weiteren Dramenband, vor allem mit Fragmenten, hinzufügte[8]. Die Bedeutung der Ausgabe beruht in der Textgestaltung: die Korrekturen und Verbesserungsvorschläge der Anmerkungs- und Lesartenbände der histo-

[8] 1947—1949 in Vaduz erschienen mit Lizenzausgaben für Österreich und Deutschland. Vgl. meinen Forschungsbericht *ZfdPh* 83 (1964) 230, bes. Anm. 4.

risch-kritischen Ausgabe sind bereits in den Text hineinverarbeitet. Diese Besserungen bringt auch die Hanser-Ausgabe in vier Dünndruckbänden[9]. Es ist eine Gesamtausgabe (nur von den Briefen wird lediglich eine Auswahl geboten), auch die Tagebücher sind vollständig enthalten, aber auf die Bände zwei bis vier verteilt: die Notizen über Pläne und Fragmente stehen im zweiten, die verschiedenen Studien und diesbezüglichen Tagebuchaufzeichnungen im dritten, die biographischen Aufzeichnungen und Reisetagebücher im vierten Band. Gedichte und Epigramme samt den Sprüchen sind voneinander getrennt, innerhalb jeder Gruppe herrscht chronologische Ordnung, so daß hier ein erstes Mal Grillparzer als Epigrammatiker klar heraustritt. Auch sonst herrscht innerhalb jeder Gruppe die zeitliche Folge. Die Anmerkungen sind reichhaltig und gut fundiert, auch wichtige Varianten und Lesarten werden mitgeteilt. Ein Gesamtregister und ein Verzeichnis der Tagebuchnummern nach der historisch-kritischen Ausgabe wären dringend zu wünschen; denn erst so wäre diese neben der Wiener Ausgabe wissenschaftlich beste Edition von Grillparzers Werken völlig verwendbar. Die 1941 von Heinz Kindermann bei Reclam herausgegebene sechsbändige Auswahlausgabe wurde 1957 in Leipzig neu aufgelegt und mit einer großen und wertvollen Einführung von Claus Träger versehen. Die marxistische Grundhaltung drängt hier im Gegensatz zu dessen späteren Arbeiten noch nicht vor[10]. Grillparzers Werke wurden schon in verschiedene Sprachen übersetzt, besonders wichtige liegen in englischer, französischer, italienischer und spanischer Sprache vor. Es gibt aber noch keine zusammenfassende Übersicht oder gar kritische Würdigung dieser Übersetzungen[11]. Einen Einblick in Grillparzers Gedankenwelt geben auch Ausgaben und Auswahlen von Selbstzeugnissen, die oft ganze Gedichte und auch größere Stücke bringen. Drei Möglichkeiten solcher Anthologien sind für Grill-

[9] *Franz Grillparzer: Sämtliche Werke, ausgewählte Briefe, Gespräche, Berichte.* Hrsg. von Peter Frank und Karl Pörnbacher, München, C. Hanser, 1. Bd. 1960 (2. durchgesehene Aufl. 1969), 2. Bd. 1961 (2. durchgesehene Aufl. 1970), 3. Bd. 1964, 4. Bd. 1965.

[10] *Franz Grillparzer: Werke.* 6 Bände, Leipzig, 2. Aufl. 1957. — 1967 gab Claus Träger mit einer neuen Einleitung eine Auswahl von Grillparzers Werken (1 Band Gedichte und Prosa, 2 Bände Dramen) in der im Aufbauverlag in Berlin und Weimar erscheinenden ‚*Bibliothek deutscher Klassiker*' heraus.

[11] Vgl. dazu meinen Forschungsbericht *ZfdPh* 83 (1964) 234 und 88 (1969) 301. Ferner erscheinen ab dem 3. Bd. der dritten Folge des *Jb. d. Grillparzer-Gesellschaft* (also ab 1960) hier auch Übersetzungen, darunter auch der gesamte „Traum ein Leben" ins Spanische von Narciso Sánches Morales (5.—8. Bd.).

parzer in die Tat umgesetzt worden[12]. Enzinger gibt nach Sachgruppen einen Einblick in die Geisteswelt Grillparzers; Helbig will im Leben die Persönlichkeit Grillparzers nahebringen durch Abdruck der Selbstbiographie, des „Armen Spielmanns", ausgewählter Briefe und Tagebuchaufzeichnungen; Pörnbacher gibt Grillparzers Aufzeichnungen und Notizen zu eigenen Gedichten, Dramen, Prosaarbeiten und Allgemeines über das eigene Dichten.

Beinahe weltverbreitet im Rahmen der literarischen Einrichtungen ist die Gründung von Gesellschaften, die sich der Pflege und Erforschung einer bestimmten dichterischen Persönlichkeit widmen, und zwar neben Vorträgen besonders durch Herausgabe von Reihen oder Jahrbüchern. 1890 bildete sich in Wien die heute noch bestehende Grillparzer-Gesellschaft, die in nicht ganz regelmäßiger Folge Jahrbücher herausgibt[13]. Die 34 Bände der ersten Folge (1890—1937) wollten ein Archiv der Grillparzer-Forschung und der österreichischen Literaturgeschichte seiner Zeit sein. Ihre Bedeutung am Aufbau des wissenschaftlichen Grillparzer-Bildes kann in vierfacher Richtung gesehen werden. Die Jahrbücher bringen erstens Beiträge zur Biographie in vielen Einzelheiten, neu gefundene Briefe von Grillparzer und aus seinem Kreis, Dokumentationen zur Zeitgeschichte, z. B. auch literarische Geheimberichte aus dem Vormärz und einmal auch eine umfassende Bibliographie. Sie bringen zweitens viele Aufsätze zu einzelnen Werken Grillparzers und vertiefen so die Blicke ins einzelne. Sie untersuchen drittens in mannigfachen Richtungen die biographischen, vor allem aber die literarischen und geistigen Beziehungen Grillparzers zu Geistesströmungen (etwa: Antike, Politik, Wiener Akademie der Wissenschaften, romantische Lyrik) und zu Persönlichkeiten in menschlicher und künstlerischer Hinsicht (Schreyvogel, Byron, Schiller, Goethe, Kleist, Calderón, Shakespeare). Sie bieten viertens wichtige Abhandlungen zur geistigen Welt Grillparzers, besonders die Beiträge Volkelts (Grillparzer als Dichter des Zwiespalts

---

[12] MORIZ ENZINGER, *Genius Österreichs. Franz Grillparzers geistiges Vermächtnis. Aus seinen Werken zusammengestellt.* Innsbruck 1948. — *Franz Grillparzer. Sein Leben und Schaffen in Selbstzeugnissen.* Hrsg. von GERHARD HELBIG, Leipzig 1957. — Franz Grillparzer. Hrsg. von KARL PÖRNBACHER in der Heimeran-Reihe *Dichter über ihre Dichtungen*, München 1970.

[13] Die erste Folge brachte es von 1891 bis 1937 auf 34 Bände, eine neue Folge von 1941 bis 1944 auf 4 Bände. Seit 1953 erschienen nun bis jetzt 8 Bände einer dritten Folge. Als Einleitung zum 1. Bd. (5—17) gab der damalige Präsident KURT FRIEBERGER eine kurze Geschichte der Gesellschaft und ihrer Wiedererrichtung um 1950. Die 8 Bände erschienen in folgenden Jahren: 1953, 1956, 1960, 1965, 1966, 1967, 1969, 1970.

zwischen Gemüt und Leben, als Dichter des Willens zum Leben und als Dichter des Komischen, die Psychologie der Liebe in Grillparzers Dramen)[14] und Jodls (Grillparzer und die Philosophie, Grillparzers Ideen zur Ästhetik)[15], ferner solche von W. Huber über die Tragik Grillparzers und über sein religiöses Denken[16]. Das alles stellt im allgemeinen ein wertvolles Arsenal von Bausteinen zu einer umfassenden Kenntnis Grillparzers dar. Die vier Bände der „Neuen Folge" sind zeitgemäß auf „akutere" Themen eingestellt; so schreibt Backmann über den nationalen Gedanken bei Grillparzer, Nadler über Europa in seinem Leben und Denken[17]. Die bisher acht Bände der dritten Folge (mit zunehmendem Umfang und sich verkürzenden Erscheinungsabständen) hatten es schwer, nach dem Zusammenbruch, auch der Grillparzer-Gesellschaft, langsam wieder aufzubauen. Sie haben zunächst nicht mehr das Gewicht der ersten Bände der ersten Folge, vor allem die Bände vier und fünf sind etwas flach geraten, der dritte und vor allem der siebente und achte sind wieder bedeutender. Nach wie vor wird die Dokumentation zur Biographie in verschiedener Weise fortgesetzt, ab sechstem Band erscheinen auch Übersetzungen von Grillparzerschen Stücken in fremde Sprachen, was in diesem Rahmen wohl eher den Wert einer Dokumentation hat. Wichtig dagegen sind manche Untersuchungen zu einzelnen Werken und Werkgruppen[18].

Inzwischen ist eine zweite Einrichtung entstanden, die sich der umfassenden Pflege Grillparzers widmet: das Grillparzer-Forum Forchtenstein. Nachdem Intendant Herbert Alsen seit 1960 im Hof der Burg Forchtenstein im Burgenland mit jährlichen, im Juni und Juli stattfindenden Aufführungen eines Grillparzer-Stückes begonnen hatte[19], bildete sich unter Leitung von Professor Heinz Kindermann 1962 das Grillparzer-Forum Forchtenstein, das jährlich auch zu Beginn des Juli auf Burg Forchtenstein zusammenkommt. Es ist ein Symposium, wo Literatur- und Theaterwissenschaftler, Intendanten, Regisseure, Kritiker und

---

[14] Sie stehen der Reihe nach in 4 (1894), 10 (1900), 15 (1905), 19 (1910).

[15] 8 (1898) und 10 (1900).

[16] 33 (1935) und 34 (1937).

[17] 2 (1942), 4 (1944).

[18] Sie werden später bei der Betrachtung der Einzelinterpretationen erwähnt.

[19] Bisher wurden aufgeführt: 1960 „Ahnfrau", 1961 „Ein treuer Diener seines Herrn", 1962 „Weh' dem, der lügt!", 1963 „König Ottokars Glück und Ende", 1964 „Der Traum ein Leben", 1965 „Libussa", 1966 „Medea", 1967 „Die Jüdin von Toledo", 1968 „Des Meeres und der Liebe Wellen", 1969 „Ein Bruderzwist in Habsburg", 1970 „Sappho", 1971 „Weh' dem, der lügt!".

Journalisten aus verschiedenen Ländern (auch USA und Japan sind häufig vertreten, ebenso meistens England, Norwegen, Frankreich, Italien, Jugoslawien, Ungarn, Tschechoslowakei, selbstverständlich auch die Bundesrepublik Deutschland) zusammenkommen, um in Vorträgen, Diskussionen, Arbeitsgemeinschaften Werk und Persönlichkeit Grillparzers neu zu erschließen. Begeisterte Anhänger Grillparzers stoßen hier oft mit Gegnern und Skeptikern zusammen. Dabei aber gelingt es doch, die Anhänger zu sachlichen Begründungen ihrer Wertschätzung, die Gegner zur Besinnung und zum Neudurchdenken ihrer Einstellung zu veranlassen. Seit 1965 erscheint auch eine Art Jahrbuch[20]. Es bringt die Vorträge des jeweiligen Symposiums, die meist ergiebige Beiträge zur Grillparzer-Forschung sind, ferner Berichte über die Grillparzer-Pflege (Forschung, Lektüre, Aufführungen) in verschiedenen Ländern und über die jeweilige Aufführung in Forchtenstein, endlich eine fortlaufende Grillparzer-Bibliographie.

Damit ist zugleich auf andere Bibliographien und auf die Forschungsberichte zu Grillparzer verwiesen[21]. Besonders die Forschungs-

---

[20] *Grillparzer-Forum Forchtenstein. Vorträge, Forschungen, Berichte.* Und zwar 1965 (erschienen 1966 im Österreichischen Bundesverlag, ebenso die zwei folgenden Bände), 1966 (erschienen 1967), 1967 (erschienen 1968), 1968 (erschienen 1969 bei L. Stiehm, Heidelberg), 1969 (erschienen 1970, von nun an bei Böhlau, Wien), 1970 (erschienen 1971).

[21] Bibliographien (außer den laufenden im *Grillparzer-Forum-Forchtenstein:)* KURT VANCSA, Grillparzer-Bibliographie 1905—1937, in: *Jb.* 1. F. 34 (1938) 107—182. — O. P. STRAUBINGER, Grillparzer-Bibliographie 1937 bis 1952, in: *Jb.* 3. F. 1 (1953) 33—80. — Forschungsberichte: STEFAN HOCK, Zur Einführung in das Studium Grillparzers, in: *GRM* 1 (1909) 721—733 (Forschung bis 1908). — KURT VANCSA, Das Grillparzerbild der Gegenwart (Grundsätzliches zur Grillparzer-Literatur der Gegenwart), in: *GRM* 19 (1931) 361—371. — DERS., Das neue Grillparzer-Bild, in: *Dichtung und Volkstum. Euph.* 36 (1938) 333—347. — ERICH HOCK, Zur Grillparzer-Forschung, in: *GRM* 35 (1954) 27—46 (Forschung 1937—1953). — WALTER WEISS, Die Entwicklung des Grillparzer-Bildes von August Sauer bis zur Gegenwart, in: *Neue Beiträge zum Grillparzer- und Stifter-Bild*, hrsg. vom INSTITUT FÜR ÖSTERREICHKUNDE, Graz 1965, 46—68. — CLAUS TRÄGER, Geschichte, „Geist“ und Grillparzer. Ein klassischer Nationalautor und seine Deutungen, in: *WB* 7 (1961) 449—519. — HERBERT SEIDLER, Franz Grillparzer. Ein Forschungsbericht, in: *ZfdPh* 83 (1964) 228—242, 472—505 (Grillparzer-Forschung 1954—1964). — DERS., Grillparzer-Forschung 1964 bis 1968, in: *ZfdPh* 88 (1969) 299—316. Ich möchte hier insofern auf meine Forschungsberichte hinweisen, weil sie bibliographische Einzelheiten bringen, die in der vorliegenden Arbeit nicht am Platz sind; denn diese verfolgt doch einen anderen Zweck als eine Aufblätterung aller möglichen Detailuntersuchungen.

berichte sind wichtig, weil sie doch für einen bestimmten Zeitraum die Tendenzen der Grillparzer-Forschung und damit auch Wandlungen im wissenschaftlichen Grillparzer-Bild sichtbar machen. Auf den marxistischen Forschungsbericht von Claus Träger müssen wir noch in anderem Zusammenhang eingehen.

Wichtige Voraussetzung für das Erfassen von Grillparzers Persönlichkeit und Kunst ist auch sein Bezug zu anderen großen Menschen, während die zu den Kulturbereichen doch wohl wichtiger sind für die literarhistorische Einordnung Grillparzers. Der Gesamtbereich aller dieser Beziehungen, die sich auf die Formel „Grillparzer und x" bringen lassen, ist ein beliebtes Betätigungsfeld für Dissertanten. Soweit Gewissenhaftigkeit und ein einigermaßen sicherer Umblick mitwirkten, entstanden mindestens wertvolle Tatsachensammlungen, auf denen dann weitere Forschung aufbauen konnte.

Was die große Kultur- und Literaturtradition angeht, in die sich Grillparzer einreiht und die er zu erfassen sich bemühte, wurden alle Einzelzusammenhänge im Laufe der Zeit abgeleuchtet: die Antike, besonders natürlich die spanische Literatur, Grillparzers Blick auf die italienische Literatur, sein Verständnis für die französische Klassik, das zwischen Anziehung und Abstoßung eingespannte Verhältnis zu Shakespeare und die dauernde Auseinandersetzung mit der gesamten deutschen Goethezeit. Dabei zeigte sich, daß Kant und die beiden Klassiker Grillparzer immer wieder anregten, daß sie stark auf ihn wirkten, daß er sie aber deutlich zusammensah mit der Kultur der Aufklärung. Die Romantik trennte er in seiner Schau davon; er lehnte sie ab. In dieser Tatsache enthüllt sich ein interessanter geistesgeschichtlicher Zusammenhang: es zeigt sich Grillparzers Verbundenheit mit der Aufklärung, die ihn auch dazu führt, das, was ihn an Kant, an Schiller und Goethe anregt, in den gesamten Geist der Aufklärung einzufügen. Das ist aber nicht bloß ein Zug Grillparzers; es ist bezeichnend für beinahe die gesamte Einstellung im österreichischen Geistesleben in der ersten Hälfte des 19. Jahrhunderts. Es zeigt sich in der gesamten literarischen Kritik, aber auch bei einzelnen anderen Männern dieser Zeit, z. B. bei Feuchtersleben. Und es steht auch im Zusammenhang mit bestimmten künstlerischen Zügen Grillparzers, vor allem mit seiner Sprachkunst, sie weist, besonders in der Lyrik, noch starke Bindungen an das 18. Jahrhundert auf. Es läßt sich beinahe so formulieren: Grillparzer wird vom deutschen Idealismus (Kant) und der deutschen Klassik nur insofern angesprochen und angeregt, als er sie mit dem Geist der Aufklärung in einen Zusammenhang bringen kann; und da ist Grillparzer beispielhaft für das österreichische Geistesleben. Man stößt da wieder auf die Tatsache, daß die österreichische Literatur keine Sturm-und-Drang-Bewegung kannte, und höchstens bestimmte Einzelwerke, nicht aber die Gesamtbewegung in Österreich wirkten. Wie sich weiter aus der Aufbereitung der Dokumente ergibt, sind Grillparzers Beziehungen zu Zacharias Werner, Feuchtersleben und Laube von größerem Belang gewesen. Im Verhältnis zu Stifter ist wohl dessen Verehrung für Grillparzer das Wichtigere. In Grillparzers Verhältnis zu Beethoven[22] wird, trotz Orels schon sehr eindringlichen Feststellungen, noch immer zuwenig erkannt, wie Grillparzer auf der Suche nach einem Beethoven entsprechenden Libretto ein Stück schrieb, das ganz in der Tradition des Wiener Volksstücks stand, Beethoven, dem Nichtwiener, aber gerade diese Kunstübung fremd blieb[23].

Beachtlich ist der Versuch Walter Seitters, Anregungen Grillparzers für Nietzsche, allerdings nur für eine kurze Zeit, wahrscheinlich zu machen; besonders gilt das für die Bestimmung der schwachen Persönlichkeit, die sich aus Historischem auffüllen müsse. So sagt Nietzsche in „Vom Nutzen und Nachteil der Historie" mit deutlicher Beziehung auf Grillparzer, den er zweimal zitiert. Es verdient dabei vermerkt zu werden, daß auch Broch an einer Stelle seines Essays über Hofmannsthal Grillparzer und Nietzsche zusammenbringt als zwei überragende Größen im geistigen Vakuum Deutschlands im 19. Jahrhundert[24]. Am Ende seines Aufsatzes sagt Seitter, Grillparzer habe die Wahrheit als etwas Selbständiges anerkannt, Nietzsche mache sie abhängig vom menschlichen Wollen. Er öffnet dabei nicht den geistesgeschichtlichen Blick, der sich hier bietet. Denn hier wird ein Unterschied zweier Geisteshaltungen spürbar, den wir dann bei der Betrachtung der literaturgeschichtlichen Stellung Grillparzers noch mit Nachdruck aufzuweisen haben[25]; es zeigt sich nämlich schon an dieser Unterscheidung zwischen Grillparzer und Nietzsche in Grillparzers Denken eine gewisse Priorität übergreifender Sinnzusammenhänge, bei Nietzsche eine solche des menschlichen Willens.

Die Biographie sollte im allgemeinen einen Abschluß der Tatsachenbearbeitung unter dem Gesichtspunkt des Lebensablaufs bilden. Doch

---

[22] Vgl. die vollständige Zusammenstellung alles diesbezüglichen bei ALFRED OREL, *Grillparzer und Beethoven*. Wien 1941.

[23] Einzelne Angaben zu all diesen „Beziehungen" in meinem Forschungsbericht: *ZfdPh* 83 (1964) 473—475, und 88 (1969) 305.

[24] WALTER SEITTER, Franz Grillparzer und Friedrich Nietzsche. Ihre Stellung zueinander, in: *Jb.* 3. F. 8 (1970) 87—107 .— HERMANN BROCH, *Hofmannsthal und seine Zeit.* München 1964, 36 f.

[25] Siehe 51 f. und Anm. 36.

zeigt sich auch bei Grillparzer, daß neue Quellen und Sichtweisen immer wieder auch unser wissenschaftliches Bild vom Leben eines Menschen ergänzen und sogar verändern. Nach den Einleitungen Laubes und Sauers zu den ersten Cotta-Ausgaben legte der Franzose Auguste Ehrhard 1900 die erste wissenschaftliche Monographie vor[26]. Die zweite Auflage der deutschen Übersetzung von Moritz Necker wurde tiefgreifend umgebaut. Während Ehrhard im ersten Teil „l'homme et son temps", im zweiten „l'œuvre dramatique" darstellte, ging Necker in dieser Neubearbeitung chronologisch vor und arbeitete so in die Erzählung des Lebenslaufs an passenden Stellen die Betrachtung der Werke ein. Damit wurde er der Vorläufer der bisher umfassendsten und ausschließlichsten Biographie Grillparzers von Josef Nadler[27]. Denn dieser nimmt sich vor, einfach das Leben Grillparzers ausführlich zu erzählen und den Blick in die geistige Welt des Dichters zu öffnen. Er hat zu diesem Zweck den ganzen Reichtum der bis damals zugänglichen Quellen ausgeschöpft und eingebaut. Ohne Gewaltsamkeit führt Nadler Grillparzers Leben durch vier Zeiträume: Jugend, Hoftheaterdichter, Archivdirektor und Alterszurückgezogenheit. In diesen Jahren bewegte sich Europa von der Französischen Revolution über die napoleonischen Wirren, den Wiener Kongreß, die Metternichzeit und die Wiener Revolution bis zum Frankfurter Frieden — es vollzog sich eine völlige Umwandlung Europas, auf deren Hintergrund Grillparzers Leben abläuft. Und Nadlers beachtliche Darstellungskunst läßt es vor uns in all seiner Mannigfaltigkeit, seiner geistigen Weite und Fülle und seinen inneren und äußeren Spannungen erstehen. Grillparzers Liebeswirren, dabei auch in feinsinniger Weise seine Beziehungen zu Heloise Hoechner, seine ausgedehnten Studien, sein Verhältnis zu Staat und Politik, zu Religion und Philosophie und seine Weltanschauung werden eingehend dargestellt, ebenso die schwere seelische Last, die ihm Erbe und Familie aufbürdeten. Knapp, aber genau schildert Nadler auch Grillparzers Privatleben und seine Beamtenlaufbahn. Die Grenzen von Nadlers Werk liegen in der Betrachtung von Grillparzers dichterischem Schaffen. Die Eigenart von Grillparzers Persönlichkeit, seine beinahe ins Pathologische gehende Seelenverfassung hat nicht nur Literarhistoriker zu Analysen angeregt, z. B. vor allem Politzer, sondern auch der Psychiatrie Anlaß zu Studien

---

[26] Auguste Ehrhard, *Franz Grillparzer. Le théâtre autrichien.* Paris 1900. Die erste Auflage der deutschen Übersetzung durch Moritz Necker erschien mit einem Vorwort Ehrhards in München 1901, die zweite 1910 (wieder mit einem Vorwort Ehrhards).

[27] Josef Nadler, *Franz Grillparzer.* Vaduz 1948.

gegeben, wobei anerkannt werden muß, daß das nie zu irgendwelchen Aussagen über seine Kunst geführt hat oder die Ehrfurcht vor Grillparzer als Menschen vermissen läßt[28]. Dabei wird auf das belastende Familienerbe hingewiesen. Es ergeben sich vor allem zwei Züge: eine depressiv-sensitive Psychopathie, aus der die deutliche Schwermut des Dichters erwächst, und die starke seelische Differenziertheit. Aus solchen Zügen erklärt sich auch das eigenartige Verhältnis Grillparzers zu den Frauen: solche, die Grillparzer wirklich ehrte und liebte, konnte er nicht körperlich begehren, da Hingabe nach ihm aus Rausch erwächst und zu Vernichtung und Verachtung führt. Grillparzers Fluchtwege und Heilungsversuche waren Verdrängungen, Traum, die Aufrichtung an Vorbildern, vor allem aber das Leitbild der inneren Sammlung. Die aus den Depressionen erwachsende Unbehaustheit Grillparzers erscheint geradezu als Vorstufe des modernen Existenzialismus. Auf kleinstem Raum hat Joachim Müller eine Gesamtdarstellung zu Grillparzer gegeben, die das Leben und das Schaffen darstellt, das Wesen seiner Dichtung zeichnet, Einzelwürdigungen seiner Werke bietet und damit auch die Forschungsgeschichte verbindet. Er umreißt damit den gegenwärtigen Stand der Grillparzer-Forschung und zugleich auch den Weg bis dahin[29].

DIE LITERATURGESCHICHTLICHE EINORDNUNG

Wir rühren damit an eine der wichtigsten Fragen der Grillparzer-Forschung und zugleich an eine, die für die Wandlung des Grillparzer-Bildes besonders wichtig und aufschlußreich ist. In diesem Problemkreis trifft man immer noch auf Einseitigkeiten und falsche Ausgangspunkte, neuestens freilich auch auf Umschläge und gegenteilige Verengung. Die eigentliche Grillparzer-Forschung beginnt zu einer Zeit, wo Scherers „Geschichte der deutschen Literatur“ (1883) maßgeblich den Blick auf die deutsche Dichtungsgeschichte prägte: mit Goethes Vollendung erreicht für Scherer die deutsche Literatur den neuzeitlichen Höhepunkt. Was nachher kam, war für ihn *„zerstreuter oder zerstreuender*

[28] FLORIN DECURTINS, Grillparzer in psychopathologischer Beleuchtung, in: *Zeitschr. f. die gesamte Neurologie und Psychiatrie* 148 (1933) 620—654; DERS., Beiträge zur Erkenntnis der Persönlichkeit Franz Grillparzers (1791 bis 1872), in: *Allg. Zeitschr. f. Psychiatrie* 102 (1934) 313—330. — HANS HOFF und IDA CERMAK, *Grillparzer. Versuch einer Pathographie.* Wien 1961 (Österreich-Reihe 152/53). Merkwürdigerweise weiß diese letzte Schrift nichts von den Arbeiten von Decurtins.

[29] JOACHIM MÜLLER, *Franz Grillparzer.* Stuttgart, 1. Aufl. 1963, 2. Aufl. 1966 (Sammlung Metzler M 31).

Anhang"[30]. Die Darstellung der deutschen Dichtungsentwicklung von Gottsched über Lessing zu Goethe und Schiller führt Scherer dazu, auch Grillparzer hier anzureihen, obwohl er bereits die Eigenarten des Wiener Theaterlebens sieht. Aber er sagt: „*Grillparzer fällt gleichsam in die fortgesetzte gerade Linie, die von Gottsched über Lessing zu Schillers Wallenstein führt.*"[31] Damit wurde für lange Zeit der Standpunkt fixiert, von dem aus, trotz mancher kleiner Korrekturen, Grillparzers gesamtes Schaffen gesehen und gewertet wurde: von der Weimarer Klassik aus und im Bereich des Liberalismus. Das wirkt sich in Einzelheiten und manchen Sichten bis heute aus; und zwar in verschiedenen Spielarten: man wertet ihn als Epigonen ab (Scherer, Gundolf), man betont seine Kunsthöhe unter Anlegung von weimarischen Maßstäben (Ehrhard-Necker), man gerät ob seiner Sonderstellung in Verlegenheit und gönnt ihm in einer deutschen Literaturgeschichte nur ein Nachwort (Korff-Linden), man sieht in „Sappho" eine Verirrung zur Klassik hinüber, ohne ihre davon abhebbare künstlerische Eigenart zu erkennen (Wedel-Parlow)[32]. Sogar ein Grillparzer-Forscher wie Gerhart Baumann, der mit unaufhörlichem Nachdruck das Österreichische an Grillparzer herausarbeitet, wird der Sprache Grillparzers manchmal deshalb nicht gerecht, weil er sie, ohne sich dessen ganz klar bewußt zu sein, an der klassischen deutschen Dramensprache als an einem Modell mißt.

Frei konnte der Weg zu einem angemessenen Grillparzer-Bild erst werden, wenn der ausschließliche Blick von der deutschen Klassik (und auch von der Romantik) her aufgegeben wurde, wenn Grillparzer aus anderen geistesgeschichtlichen und künstlerischen Zusammenhängen gesehen wurde. Das war aber erst möglich, als man begann, die geistige und literarische Entwicklung des deutschen Raumes der Habsburger-Monarchie in ihrer Eigenart und in ihrem Zusammenhang zu sehen[33].

---

[30] Vgl. 723 der 5. Aufl. 1889.

[31] a. O. 696.

[32] FRIEDRICH GUNDOLF, Franz Grillparzer, in: *Jb. d. freien deutschen Hochstifts* 1931, 3—94. — EHRHARD-NECKER, siehe Anm. 26. — *Aufriß der deutschen Literaturgeschichte nach neueren Gesichtspunkten.* Hrsg. von HERMANN AUGUST KORFF und WALTER LINDEN, Leipzig 1930, 218: Nachwort über Grillparzer. — L. VON WEDEL-PARLOW, *Grillparzer.* Wertheim 1932.

[33] Das geschah nicht durch ein Sammelwerk wie das von NAGL-ZEIDLER-CASTLE, das in ausschließlichem Blick je auf die konkreten Einzelheiten zunächst einmal versuchte, den Stoff der gesamten literarischen Tradition aufzubereiten: NAGL-ZEIDLER-CASTLE, *Deutsch-österreichische Literaturgeschichte. Ein Handbuch zur Geschichte der deutschen Dichtung in Österreich.* 4 Bände, Wien 1899—1937.

Erst damit konnte langsam Grillparzer in seiner geistigen, geschichtlichen und künstlerischen Art immer eindringlicher erfaßt werden. Freilich zeichneten sich so auch bald Verengungen ab: Völlige Ausschaltung jedes Bezugs zur deutschen Klassik ist von biographischen und literaturgeschichtlichen Tatsachen her unmöglich; es gilt nur, diese Bezüge im rechten Maße ins Gesamtbild einzuordnen. In drei zeitlich verhältnismäßig weit auseinander liegenden Ansätzen ist das Herauswachsen Grillparzers aus den österreichischen Zusammenhängen dargestellt worden[34]. Enzingers Untersuchung über die Beziehungen Grillparzers zum Wiener Volkstheater arbeitet mit Eindringlichkeit ganz bestimmte Tatsachen heraus: die Jugendeindrücke Grillparzers, das Aufgreifen bestimmter Züge des Volksstücks (Gebärden, Talismane, Verkleidungen), ferner bestimmte Motive (Drachen, Entführungen, Sprüche, Zaubergeräte), vor allem das Weiterwirken der lustigen Figur in manchen Variationen, endlich die Neigung zu Parodie und Satire. Aber zugleich wird deutlich gemacht, wie schon im Abstreifen des Possenhaften, dann durch Veredlung, Vertiefung und Verinnerlichung Grillparzer hier eindeutig den Weg zum Hochstildrama geht. Da macht sich nun tatsächlich eine Wirkung der klassischen deutschen Dichtung bemerkbar. Daß Grillparzer auch eine andere Richtung des österreichischen Dramas, die Linie von Metastasio über Kalchberg und Ayrenhoff zu den Brüdern Collin aufgreift und daß sich somit in ihm eine Synthese abzeichnet, kommt hier vom Thema her noch nicht zur Sprache. Man mag zum Nadlerschen Ansatz, die deutsche Literatur aus dem mannigfaltigen Zusammenwirken und Wechselspiel der deutschen Stämme und Landschaften darzustellen, stehen, wie man will, man kann das Konstruierte und oft Verfehlte dieses großen Konzepts betonen, eines darf nicht vergessen werden: hier wird ein erstes Mal im Blick auf die gesamte deutschsprachige Literatur die Stellung und Eigenart der österreichischen Literatur aus der Struktur der Habsburger-Monarchie verstanden. Damit wird auch Grillparzer das erste Mal in den geistigen und künstlerischen Zusammenhang gestellt, aus dem er herauswächst. Manches ist da noch kühne Setzung und gewaltsame Schematisierung, aber der Blick ist nun geöffnet: Grill-

[34] MORIZ ENZINGER, *Die Entwicklung des Wiener Theaters vom 16. zum 19. Jahrhundert*, 2 Bände, Berlin 1918 f. — DERS., Franz Grillparzer und das Wiener Volkstheater, in: *Grillparzer-Studien*, hrsg. von O. KATANN, Wien 1924, 9—39. — JOSEF NADLER, *Literaturgeschichte der deutschen Stämme und Landschaften*. Regensburg, 4 Bände (1. Aufl. 1912—1928, 2. Aufl. 1923 bis 1928, 3. Aufl. 1929—1931). — Zur Barockforschung vgl. ERICH TRUNZ, Die Erforschung der deutschen Barockdichtung, in: *DVjs* 18 (1940), Erg.-Heft 1—100.

parzers dichterisches Werk aus dem Lebensraum Wiens als des Mittelpunktes der Habsburger-Monarchie zu sehen. Erst Jahre später hat Gerhart Baumann Grillparzer als den typisch österreichischen Dichter herauszuarbeiten versucht[35]. Er geht natürlich anders vor als Nadler. Baumanns Anliegen ist es, das typisch Österreichische am Werk des Dichters herauszuarbeiten; es zeigt sich vor allem am Zusammenwirken von fremden Anstößen und einheimischen Grundkräften, in der Spannung von geistiger Problematik und sinnlicher Gestaltung und in der Bedeutung des Volkstümlichen auch in höchster Kunst. Es treten nun bisher zuwenig beachtete Züge am Dichter heraus, vor allem das Schwermütige, Stille, Altershafte. So wird in eindringlicher Weise die Kunst des Dichters deutlich: sein Theaterinstinkt, das Motiv des Lebens als Rollenspiel (Welttheatermotiv), die eigenartige Zeitgestaltung, indem von einem heftigen Einsatz vielfach alle Regungen langsam und breit ausgespielt werden, die Kunst der Personenkonfiguration und der dramatischen Situation, die beide für Grillparzers Kunst kennzeichnend sind. Manches aber an diesem Grillparzer-Bild gibt doch auch zu Bedenken Anlaß: die starke Ablehnung der Sprachkunst und das Zurücktreten der Rahmentechnik, vor allem aber des tragischen Weltbildes. An solcher Darstellung darf die methodische Gefahr nicht verkannt werden, an Grillparzer das österreichische (genauer: das Wiener) Wesen herausarbeiten zu wollen, um dann Grillparzer selbst als typisch österreichischen Dichter bezeichnen zu können. Mit diesen drei Ansätzen Enzingers, Nadlers und Baumanns ist ein Rahmen geschaffen worden für die literaturgeschichtliche Erfassung Grillparzers. Es wird nun allmählich von drei Zeitbezügen her ausgefüllt: vom Blick auf Barock und Aufklärung, vom Blick auf die Moderne um die Wende zum 20. Jahrhundert und vom Blick auf die Restaurationszeit selbst.

Grillparzers Zusammenhänge mit dem Barock und der österreichischen Aufklärung werden, seit sie einmal erkannt sind, oft gerne übertrieben. Das hat aber mit dem wissenschaftlichen Grillparzer-Bild nichts zu tun. Bei der Bindung Grillparzers an diese beiden Epochen ist immer zweierlei zu beachten: die geistige Bedeutung des Katholizismus in diesem Raum, mag der einzelne sich auch distanzieren, und das Verhältnis zwischen Barock und Aufklärung, insbesondere ihrer österreichi-

---

[35] Gerhart Baumann, *Franz Grillparzer. Sein Werk und das österreichische Wesen*. Freiburg 1954. Die zweite Auflage unter dem Titel: *Franz Grillparzer. Dichtung und österreichische Geistesverfassung*. Frankfurt a. M. 1966, ist sorgfältig überarbeitet und auch erweitert, behält aber die Grundkonzeption unverändert bei.

schen Ausprägung im Josephinismus. Die Zusammenhänge beider Perioden gerade in ihrer Bedeutung für Grillparzer werden dabei auch einleuchtend. In drei Stufen wird dieser geistige Zusammenhang untersucht, geklärt und fortschreitend auseinandergefaltet[36].

Alkers Buch ordnet Grillparzer in die eigenartige Gespanntheit der Habsburger-Monarchie ein, in der eine beinahe jenseitsgerichtete Universalstaatsidee mit der diesseitigen Organisation eines Beamtenstaats unter Joseph II. zusammenzuwachsen sucht. In Grillparzer wiederholt sich nun in gewissem Sinne diese Spannung: Im Innersten ist Grillparzer nach Alker noch dem barocken Universalstaatsgedanken, dem Patriarchalischen der Monarchie verbunden, darüber aber legt sich die Schicht des aufgeklärten Josephinismus; dieser bewußten Schicht seines Wesens gehöre auch Grillparzers positive Stellung zur deutschen Klassik an. Damit sieht Alker auch die literaturgeschichtliche Stellung Grillparzers so: seine Dramen stellen die letzte mögliche Anpassung der Barockkunst an die neue Psychologie des Realismus dar; ein Anschluß an die allgemeine deutsche Entwicklung war so nicht möglich, aber in seiner Art hat er sie überholt. Grillparzers Werk sollte Vollendung des südlichen Barocks in literarischer Form sein; aber er wirkte zur Zeit, als die Lebenskraft des habsburgischen Staatsgebildes schon sank, er kam also gleichsam zu spät. Alker hat aber auch die religiösen Spannungen in Grillparzer deutlich gemacht und stößt dabei bereits in die Nähe von Sichten, die erst auf der zweiten und dritten Stufe sich öffnen.

Die zweite zeigt sich im bedeutsamen Versuch Mühlhers, Grillparzers Werk vom deutschen Idealismus abzuheben. Er unterscheidet, aufbauend auf Guardini, eine prometheische und eine epimetheische Geisteshaltung. Die prometheische stellt den Menschen als sich selbst gesetzgebendes, sittlich autonomes Wesen in den Mittelpunkt; sie wurzelt in protestantischer Religiosität des Nordens und erreicht ihre vollste Ausprägung im deutschen Idealismus eines Kant und Schiller; die epimetheische sieht den Menschen eingeordnet in eine ihn übergreifende Seinsordnung, seine Sittlichkeit ist heteronom bestimmt; sie

---

[36] ERNST ALKER, *Franz Grillparzer. Ein Kampf um Leben und Kunst.* Marburg 1930. — ROBERT MÜHLHER, Grillparzer und der deutsche Idealismus. Ein Beitrag zum Säkularisationsproblem, in: *Wissenschaft und Weltbild* 1/1 (1948) 62—75. — ROGER BAUER, *La réalité royaume de Dieu. Etudes sur l'originalité du théâtre viennois dans la première moitié du XIX*^{e} *siècle.* München 1965. — Die hier gegebenen Ansätze erfahren in Einzelheiten wertvolle Stützung und konkrete Ausfüllung in den später zu erwähnenden Arbeiten von K. PARTL und H. A. REGER (Anm. 94 und 81).

wurzelt in einem Geist, der sich aus katholischem Denken des Südens säkularisiert hat, und erreicht ihre Höhe in Bolzano und Grillparzer.

Auf einer dritten Stufe hat Roger Bauer diese Ansätze aufgegriffen und ein Bild der österreichischen Geistesentwicklung in einer Fülle von Einzelheiten entfaltet, in das nun auch Grillparzer sich eindrucksvoll einfügt. Bauer zeigt an der Wiener Theaterentwicklung das Fortleben des Barocks als einen geistigen Prozeß, als einen Wandel in der Dauer; das war deshalb möglich, weil sich trotz des Josephinismus die gesellschaftlichen und kulturellen Grundlagen vom 17. bis ins 19. Jahrhundert kaum ändern. Geistig entscheidend war dabei, daß im Süden schon im Barock das Diesseits nicht starr abgewertet, sondern die irdische Welt als Schöpfung Gottes betrachtet wird. Daraus ergibt sich ein gewisser Konservativismus, der alles Revolutionäre und Reformerische als Eingriff in diese Schöpfung ablehnt. Das setzte sich geistesgeschichtlich auch in einer völlig säkularisierten Form weiter fort. In diesem Zusammenhang sieht nun Bauer auch Grillparzer. Vor allem in der Medea-Gestalt zeige sich die endgültige Anerkennung des Gegebenen in einer säkularisierten Sicht. Dieses anzuerkennende Wirkliche entfaltet sich nach Bauer von da an in zwei Richtungen bei Grillparzer; als vérité de la nature de l'âme und als Wirklichkeit in Geschichte und Staat: im Unterschied vom Barock, Josephinismus und Idealismus erscheinen beide Grillparzer als zwiespältig; sie sind ihm Ausdruck kosmischer Ordnung und menschlicher Schwäche zugleich; aber auf alle Fälle scheine bei Grillparzer auch im Zufälligen das Absolute immer irgendwie durch. So zeigt Bauer gerade an Grillparzer die Kontinuität eines Weltbildes der Anerkennung der Seinsordnung in allen Wandlungen vom Barock über den Josephinismus bis ins 19. Jahrhundert des Realismus gerade im österreichischen Raum auf und verankert so Grillparzer auf eine durchaus wissenschaftliche Weise in diesem Geistes- und Lebensraum.

Die zweite Ausfüllung des modernen Grillparzer-Bildes erfolgt von der österreichischen Moderne um die Wende zum 20. Jahrhundert her[37]. Schon Baumann versucht in seiner Monographie, Grillparzer immer wieder vom frühen Hofmannsthal, von Beer-Hofmann und vor allem von Musils „Mann ohne Eigenschaften" her zu beleuchten. Sicher werden so manche Seiten an Grillparzer erhellt: das Feine, Scheue, Differenzierte und oft Ambivalente. Aber dabei besteht die Gefahr, doch zu sehr ein gewisses Seniles in Grillparzer ganz allgemein hineinzusehen. Klarmann

---

[37] ADOLF KLARMANN, Grillparzer und die Moderne, in: *Neue Rundschau* 67/1 (1956) 137—152. — WALTER NAUMANN, Die Form des Dramas bei Grillparzer und Hofmannsthal, in: *DVjs* 33/1 (1959) 20—37.

übersteigert das noch, indem er Grillparzer mit seinen Anzeichen von Hysterie, Anfälligkeit, Brüchigkeit und Dämonie zum ersten „Modernen" macht und ihn ständig in bezug zu Hofmannsthal, Werfel und Schnitzler bringt. Er sieht dadurch manches an Grillparzer deutlicher, vereinseitigt es aber. Walter Naumann geht da in seiner Gegenüberstellung der Dramenform Grillparzers und Hofmannsthals vorsichtiger und gründlicher vor. Dabei gelingt es, Ähnlichkeiten, die wieder auf die gemeinsame süddeutsche und österreichische Geisteshaltung zurückführbar sind und beide Dramatiker etwa von Schiller und Kleist abheben, und auch Verschiedenheiten, die aus der geschichtlichen Lage verstehbar sind, sorgfältig gegeneinander abzuwägen. Auf jeden Fall decken solche Bemühungen eines auf: Grillparzers Kunst holt letzte Züge aus dem Wesen des Menschen heraus, die die Moderne, vor allem um 1900, in engerem Blick, in vereinseitigter Form gestaltet. Damit ist ein wertvoller Beitrag zur geschichtlichen Erfassung Grillparzers zwischen Barock und Moderne geleistet, zugleich aber auch ein Neuansatz zur Wertung von Grillparzers Dichtung. Damit sind endlich auch Schritte getan, dem österreichischen Wesen näherzukommen, soweit es überhaupt in allen geschichtlichen Wandlungen als ein Einheitliches abhebbar ist.

Die dritte Ausfüllung ist endlich die Einordnung Grillparzers in die deutsche Literatur der sogenannten Restaurationszeit. Auch dieser Zusammenhang, natürlich eine geschichtliche Selbstverständlichkeit, ist von vielen Seiten beleuchtbar, und damit wird nicht nur Grillparzers enge Verflechtung mit der literarischen und theatralischen Kunst seiner Zeit deutlich, sondern auch seine überragende Bedeutung in ihr. Grillparzers gesamtes Schaffen, nicht bloß das dramatische, erscheint im ganzen dieser Epoche in dreifacher Brechung: es ist Bewahrung großer Traditionen, es ist deren Fort- und Weiterführung und es ist auch schon Neuland[38]. Diese dreifache Sinngebung kann immer wieder in den hier darzustellenden Bemühungen um Grillparzers literaturgeschichtliche Einordnung in die Restaurationsepoche erkannt werden[39]. Man erkennt,

[38] HERBERT SEIDLER, Grillparzer und das Drama seiner Zeit, in: *Anz. d. Phil.-hist. Kl. d. Österr. Akademie d. Wiss.* 103 (1966) 117—126.

[39] FRANZ KOCH, *Idee und Wirklichkeit — Deutsche Dichtung zwischen Romantik und Naturalismus.* Düsseldorf 1956, 2, 93—148. — KLAUS ZIEGLER, Das deutsche Drama der Neuzeit, in: *Deutsche Philol. im Aufriß* (hrsg. von W. STAMMLER) [1]2 (1954), Sp. 949—1298, [2]2 (1960), Sp. 1947—2350. — MARTIN GREINER, *Zwischen Biedermeier und Bourgeoisie. Ein Kapitel deutscher Literaturgeschichte.* Göttingen 1953, 51—76. — JOST HERMAND, *Die literarische Formenwelt des Biedermeier.* Gießen 1958, 107—113, 177—195. — WALTER HÖLLERER, *Zwischen Klassik und Moderne. Lachen und Weinen in der*

daß in Grillparzer die große Tradition des europäischen Dramas bis ins 19. Jahrhundert weiterwirkt (Ziegler), daß er damit der Verwalter eines großen Erbes ist (Greiner), in dem Barock und Klassik verschmelzen (Koch); freilich scheint sich für manchen (Hermand) dieses Erbe wie eine Bildungsüberlastung auszuwirken. Jedenfalls aber kann man an Grillparzers Dramatik sehen, wie sich aus der Verhaftetheit in die Zeit eine Dramatik höchsten Ranges emporringt (Greiner, Höllerer). Zugleich aber tritt im Bewußtsein der literarisch Gebildeten mit Grillparzer Österreich vollgültig in den Zusammenhang der gesamtdeutschen Literatur ein (Koch). Damit wird der Blick durch Grillparzer nun auf die österreichische Geistigkeit der Zeit und auf die gesellschaftlichen Verhältnisse gelenkt. Die Untersuchungen Bietaks haben gezeigt, wie in Österreich die Entfaltung des Bürgertums anders verlief als in den deutschen Räumen, wo der Sturm und Drang und dann die Romantik die geistig Aufgeschlossenen zu Subjektivismus und dann im Zusammenhang der napoleonischen Wirren zu politischem Enthusiasmus führte. Ab 1815 trat dann in ganz Deutschland eine Wiederherstellung des bürgerlichen Lebensgefühls ein, das in Österreich eigentlich kaum je unterbrochen worden war. Hier sah man an der Romantik, wofür gerade Grillparzers Einstellung kennzeichnend ist, vor allem das Phantastische, Schwärmerische, Irrationale; und das lehnen die österreichischen Kritiker und auch Grillparzer ab. Aber eine Spannung zwischen der Wirklichkeit des bürgerlichen Lebens und einer Idealwelt im geistigen Raum besteht

---

Dichtung einer Übergangszeit. Stuttgart 1958, 240—294. — Wilhelm Bietak, *Das Lebensgefühl des Biedermeier in der österreichischen Dichtung.* Wien 1931. — Hermann Böschenstein, *Deutsche Gefühlskultur. Studien zu ihrer dichterischen Erscheinung.* 2. Bd. 1830—1930, Bern 1966 (über Grillparzer 37—52). — Claus Träger, Geschichte, „Geist" und Grillparzer. Ein klassischer Nationalautor und seine Deutungen, in: *WB* 7 (1961) 449—519. — Ders., Problematische Freiheit und Irrwege der Tragödie. Der junge Grillparzer und die Krise des bürgerlichen Geschichtsbewußtseins, in: *Sinn und Form* 12/4 (1960), 613—650. — Claudio Magris: *Il mito absburgico nella letteratura austriaca moderna.* Turin 1963, 103—149; in deutscher Übersetzung von Madeleine von Pásztory, *Der Habsburgische Mythos in der österreichischen Literatur.* Salzburg 1966, 91—134 (Zitat 45). — Ulrich Fülleborn, *Das dramatische Geschehen im Werk Franz Grillparzers. Ein Beitrag zur Epochenbestimmung der deutschen Dichtung des 19. Jahrhunderts.* München 1966. — Heinz Kindermann, Grillparzer und das Theater seiner Zeit, in: *Anz. d. Phil.-hist. Kl. d. Österr. Akademie d. Wiss.* 103 (1966) 97—117. — Friedrich Sengle, *Biedermeierzeit. Deutsche Dichtung im Spannungsfeld zwischen Restauration und Revolution 1815—1848.* Bd. 1: Allgemeine Voraussetzungen — Richtungen — Darstellungsmittel, Stuttgart 1971.

durchwegs, und diese Spannung führt zu einer Art Resignation, zu einem Zwischenreich der Entsagung, zum Streben nach Ruhe, Frieden, Ordnung. Die denkerische Durcharbeitung dieses Lebensgefühls wird mit den geistigen Beständen von Barock, Aufklärung und Idealismus vor allem von Philipp Karl Hartmann, Ernst von Feuchtersleben und Grillparzer geleistet. So arbeitet also Bietak den Ansatz Kluckhohns aus, der im Biedermeier die bürgerliche Nachblüte des deutschen Idealismus sah, und dabei tritt die geistige Stellung Grillparzers deutlich heraus. In diesem Streben nach einer Mitte, nach einem Ausgleich der Extreme prägt sich zum ersten Mal im 19. Jahrhundert in Österreich eine bestimmte Art der Humanität aus, die durch die Darstellung von Hermann Böschenstein genauer umschrieben wurde. Die in der Dichtung sich ausprägende Gefühlskultur der Goethezeit erhält nach ihm im Österreich des 19. Jahrhunderts bestimmte Züge, vor allem ist diese österreichische Gefühlskultur gekennzeichnet durch Großräumigkeit, Großzügigkeit und ruhige Entwicklung mit gesunderhaltenden Zuschüssen von Parodie und Satire, besonders auf der Bühne. Gerade Grillparzer weist in diesem Zusammenhang eine klar erkennbare Art auf: er betont, eben besonders in der Kunst, das natürliche Fühlen, er lehnt alle verschwommene Gefühlsduselei ab, er will klar begrenzte und zielweisende Gefühle.

Diese bürgerliche Gefühlskultur, in der Grillparzer mitteninne steht, wird nun von soziologischer Warte marxistischer Prägung auch anders gesehen. Zuerst hat Claus Träger die marxistische Sehweise angewendet. Für ihn ist der Ansatz die Frage nach Möglichkeiten und Grenzen des bürgerlichen Humanismus in der österreichischen Restaurationszeit. Daraus ergibt sich ihm die Stellung der Grillparzerschen Kunst: Grillparzer habe erkannt und gestalten wollen, wie die subjektive Unruhe im Gefolge des geschichtlichen Prozesses, die sich seit Shakespeare in der Individualisierung der Dramengestalten widerspiegle, letztlich zur Selbstzerstörung des Menschen führe. Dieser Selbstzerstörung suche nun Grillparzer einen Widerhalt in einer als ewig gedachten Ordnung der Dinge entgegenzustellen. Aber mit dieser Welt der Ordnung meine Grillparzer, im bürgerlichen Denken seiner Epoche verhaftet, noch die konkrete geschichtliche Ordnung des Habsburger-Reiches seiner Zeit. Verwandt mit diesem Konzept, aber von anderer Warte aus, ist die großzügige Darstellung von Claudio Magris. Nach ihm bildet sich nach 1806 langsam besonders in der Literatur ein Mythos vom großen Habsburger-Reich, einem Reich der Ruhe, des Seins, der Besinnlichkeit und Schönheit; aber dieser Mythos stelle sich als Ideologie heraus, als ein Instrument der Politiker einer bestimmten Lage. Dieser Mythos habe sich dann verselbständigt und eine bestimmte literarische Atmosphäre in Österreich gebildet. Dieser Habsburg-Mythos erscheint Magris als eine „Reaktion auf die Französische Revolution, die die Vorherrschaft der Aristokratie, und damit die Voraussetzungen des Habsburger-Reiches selbst, aus den Angeln gehoben hatte. Der Mythos entsteht also nicht nur durch das selbständige Hervortreten von Werten, sondern auch als Instrument und Funktion, und zwar mit eindeutig feudaler, paternalistischer Prägung. Er durchdringt schließlich das österreichische Bewußtsein so sehr, daß er später das Aussehen einer unabhängigen, ihrer Instrumentalität ledigen Wertordnung annimmt." In dieses Bild ordnet Magris Grillparzer ein, dem er einen breiten Raum gibt. Er deckt dabei vielfach die geschichtlichen Antriebe einzelner seiner Werke auf, so des „Ottokar", des „Treuen Dieners", der „Libussa", aber auch des „Armen Spielmanns". Für ihn ist Grillparzers Werk im ganzen der erste vollendete künstlerische Ausdruck dieses Habsburger-Mythos. Die Traditionen, in denen Grillparzer steht, beachtet er nicht, kaum auch die kritischen Äußerungen Grillparzers gegenüber dem österreichischen Staat, er sieht den Dichter als Repräsentanten des österreichischen Geistes des 19. Jahrhunderts mit der Tendenz zur Zurückgezogenheit, zur Bürokratie, zum Verzicht auf alles Revolutionäre. Im allgemeinen läßt Magris freilich außer acht, wie sich bei Grillparzer aus diesen geschichtlichen Antrieben eine reine, auf Verwesentlichung ausgehende dichterische Gestalt ausformt, die das Zeitbedingte zurücktreten läßt. Nur in der Interpretation des „Bruderzwists" gelingt es ihm, zu zeigen, wie Grillparzer hier die ganze Tragik des damaligen Habsburger-Reiches ins höchste Dichterische gehoben hat: in die Mythisierung der Schwäche in hohe Weisheit.

Zur geschichtlichen Einordnung Grillparzers in die Restaurationsepoche gehört es auch, ihn in den gesamten Raum der deutschen Literatur einzufügen. Das geschieht unter betonter Aussparung der ausschließlichen österreichischen Zusammenhänge in dem bedeutsamen Versuch von Fülleborn, Grillparzer als den repräsentativen Dichter einer Epoche herauszustellen, die er als Frührealismus bezeichnet, die also dem entspricht, was wir Restaurations- oder Biedermeierzeit nennen. Von sprachlichen Beobachtungen fortschreitend zu umfassenderen Blicken erkennt er bei Grillparzer zwei Möglichkeiten, Vorgänge der Wirklichkeit dichterisch darzustellen: einmal als erweisloses — ein Ausdruck Grillparzers —, einfach daseiendes Geschehen, dann als in eine Kausalreihe eingefügtes und vom menschlichen Willen gesetztes Gesehehen. Die Eigenart von Grillparzers Dramatik besteht nun nach Fülleborn darin, daß Spontaneität und Kausalität gleichzeitig in ihrer Wirkung gezeigt werden. Seine Dramen setzen meist mit einem erweislosen Geschehen ein, das dann Ursache einer Handlungsreihe wird. Von solcher Sicht her fällt auch Licht auf die Rahmenkunst bei Grillparzer; denn diese gründet eben vielfach in der Verflechtung von Spontaneität und Kausalität. Auch die Geschlossenheit des dramatischen Gesamtablaufs eines Werkes wird so greifbar. Fülleborn deutet nun durch Blicke auf andere bedeutende Dichter dieser Epoche an, daß auch bei ihnen diese zwei Ansichten der Wirklichkeit in ihrer Verflochtenheit gestaltet werden; er sieht darin einen epochebestimmenden Zug der Zeit. Da Grillparzer außerdem noch überlieferte Formen einbeziehe, erscheint er wirklich als umfassendster Dramatiker des Frührealismus. Zugleich wird nun auch erkennbar, daß Grillparzer besonders mit seiner Kunst der psychologischen Differenzierung, die sich sehr deutlich auch in den sprachlichen Bildern zeigt, auf den kommenden Realismus vorausweist. Damit wird auch Grillparzers merkwürdig ambivalenter Zusammenhang mit dem Theater seiner Zeit greifbar; Kindermann hat ihn herausgearbeitet: Grillparzer, der seine Dramen immer im Hinblick auf die Bühne und die schauspielerischen Möglichkeiten geschrieben hat, wirkte in einer Zeit starker Wandlungen in Theater, Politik, Kultur und Weltbild. Mit seiner psychologisch äußerst differenzierten Personengestaltung überforderte Grillparzer die damaligen Schauspieler und fand so noch nicht volle Erfüllung auf der Bühne seiner Zeit, aber er gehört zu den großen Anregern nicht nur moderner, sondern jeglicher Schauspielkunst. Eine sehr umfassende und gründliche Darstellung Grillparzers im Rahmen seiner Epoche ist von Sengles großem Biedermeierwerk zu erwarten. Schon der erste Band zeigt das an der Einordnung der Grillparzerschen Sprache in die Zeit. Der zweite Band wird Grillparzers Stellung innerhalb des Dramas der Epoche deutlich machen, der dritte Band, der die großen schöpferischen Kräfte der deutschen Literatur der Biedermeierzeit, nicht bloß des Biedermeiers, in Einzeldarstellungen behandeln wird, soll mit Grillparzer beginnen.

Die Bemühungen um die literaturgeschichtliche Stellung Grillparzers dauern jetzt im deutschen Sprachraum über ein halbes Jahrhundert an. Das Ergebnis ist deutlich: die Sicht auf Grillparzer als einen bloßen Epigonen Weimars tritt jetzt zurück. Man erkennt seinen vielfachen Zusammenhang mit der gesamten österreichischen Theater- und Literaturtradition; man sieht, wie in seiner Kunst bereits Ansätze greifbar werden, die erst später, teilweise erst in unserem Jahrhundert, von Bedeutung wurden. In Grillparzer verdichten sich Bestände aus dem österreichischen Barock und der Aufklärung, vereinigen sich die Linien aus dem Volksstück und dem klassizistischen Sprechdrama zu einem Hochstildrama, an dessen Ausprägung auch Grillparzers dauernde schöpferische Auseinandersetzung mit dem klassischen deutschen Drama mitgewirkt hat, er erscheint gerade in dem, was er dichterisch geleistet hat, als ein großer Repräsentant der Literatur seiner Zeit und gibt, gemäß der Zeit, in der er lebte und wirkte und die schon eindeutig nach der Goethe-Zeit liegt, Anregungen für die weitere dramatische Entwicklung. Grillparzer, der Dichter des Burgtheaters, des letzten klassischen Theaters Europas, schulte sich am Vollendeten der Weltliteratur von den Griechen über Shakespeare und Calderón zu Goethe und Schiller und schuf, überzeugt vom Sinn überlieferter Ordnung, Vollendetes aus seiner geschichtlichen Situation; in diesem weiten Blick könnte man ihn mit Sengle[40] noch einen Klassiker nennen.

Persönlichkeit und Weltbild

Die Grillparzer-Forschung unseres Jahrhunderts hat in fortschreitendem Auf- und Ausbau auch die Eigenart der Persönlichkeit Grillparzers und seines Weltbildes herausgearbeitet. Da stellt sich als ein wesentlicher durchgehender Grundzug heraus: Grillparzer ist bestimmt durch eine Reihe von Gegensätzen; sie bilden ein dauerndes Spannungsgefüge, das nie zu einem Ausgleich kommt; es fehlt weitgehend der Antrieb zu einer Entscheidung. Das ist letztlich ein Willensproblem, und dieses spielt denn auch in Grillparzers eigenem Beobachten und Denken eine große Rolle. Dieser Zug von Grillparzers Persönlichkeit ist schon verhältnismäßig früh vor allem in den Arbeiten von Stefansky, Beriger und Alker herausgestellt worden. Breitenbruch und Böschenstein haben das in einzelnen Bereichen ergänzt. Eine eigenartige Wendung vollzieht jetzt Schafroth, indem er das Vorhandensein und die Bedeutung des Willensentscheids im Denken und Leben Grillparzers aufzuweisen versucht und die Auswirkungen davon in seinen Werken verfolgt[41].

---

[40] Friedrich Sengle, Klassik im Drama, in: *DU* 1952/5, 13—17.

[41] Georg Stefansky, Grillparzers geistige Persönlichkeit, in: *Festschrift August Sauer*, Prag 1925, 233—269. — Leonhard Beriger, *Grillparzers Persönlichkeit in seinem Werk*. Zürich 1928. — Ernst Alker: *Franz Grillparzer*. 1930 (vgl. Anm. 36). — Bernd Breitenbruch, *Ethik und Ethos bei Grillparzer. Denkerische Bemühung und dramatische Gestaltung*. Berlin 1965. — Hermann Böschenstein, vgl. Anm. 39. — Heinz F. Schafroth, *Die Entscheidung bei Grillparzer* (Sprache und Dichtung, neue Folge 19). Bern 1971. Da dieses Buch erst während des Satzes der vorliegenden Dar-

Eine besonders starke Spannung, um die man immer wußte, ist die von Verstand und Gemüt bei Grillparzer; er selbst hat sich schon darüber ausgesprochen. Dabei läßt sich der Gemütsbereich noch genauer bestimmen. Neben einer oft heftig ausbrechenden Leidenschaftlichkeit handelt es sich bei Grillparzer auch um die Einsicht in die Bedeutung des Gefühls für alles menschliche Handeln, besonders bei Entscheidungen und in Wenden. Für die Kunst ist ihm richtiges Empfinden die Grundlage. Zur Reife kommt der Mensch aus tiefstem Innern. Grillparzers Gefühlsleben läßt sich in seiner Art an seinem Verhältnis zur Natur erkennen, wie Alker zeigt. Als Kind schon hatte er ein besonderes Verhältnis zum Urwüchsigen, Urwaldhaften, das zeigt sich auch noch in manchen Dramen („Ahnfrau", „Argonauten", „Weh' dem, der lügt!" „Libussa"), wenn auch der Rationalismus später dieses üppige Naturgefühl zurückdrängt und die Natur zu verdinglichen strebt. Eine weitere, natürlich mit der von Verstand und Gemüt zusammenhängende Spannung ist die zwischen rücksichtslosem Wahrheitsstreben und Phantasie. Damit hängt auch der Gegensatz von Neigung zum Liberalismus, ja zur Freigeisterei und von ehrfurchtsvollem Glauben an eine höhere Ordnung zusammen, die besonders in späteren Jahren spürbar wird. Die Spannung zwischen betonter Individualität und Einordnung in ein Höheres, aber auch Grillparzers Einsicht in die fortschreitende Vermassung betont Stefansky. Besonders wichtig ist aber, auch für seine Kunst, der Grillparzer völlig klar bewußte Gegensatz von vollem Leben der Wirklichkeit und von abstrahierter Idee. Dabei sieht Grillparzer die Priorität beim Leben vor der Erkenntnis, obwohl jede Begegnung mit der Wirklichkeit in einer Desillusion endet. Diesen Vorrang des Lebens vor der Idee bei Grillparzer hat auch Breitenbruch betont. Was in vielen Dramen als Gegensatz von vita contemplativa und vita activa erscheint, hat in Grillparzer selbst eine Entsprechung im Gegensatz von Zerstreuung und Sammlung. Zerstreuung ist dem Dasein des gewöhnlichen Menschen eigen. Auch Grillparzers Reisen sieht Beriger damit in Zusammenhang. Ihr Gegengewicht ist die Sammlung; in ihr allein sieht Grillparzer die Möglichkeit schöpferischer Tätigkeit und die Konzentration auf Großes; freilich birgt sie auch die Gefahr des

stellung erschien, kann dazu nicht mehr ausführlich Stellung genommen werden, besonders nicht zu den Auslassungen über Grillparzers Dichtungen. — Arbeiten, in denen die Spiegelung von Grillparzers Art in seinem dichterischen Werk im Vordergrund steht, werden an Ort und Stelle erwähnt. Selbstverständlich handelt es sich auch hier um eine Auswahl des Wichtigen.

Egoismus und der Einsamkeit (Stefansky). Damit hängt auch die Spannung zwischen Selbstbewahrung und Selbstentfremdung zusammen, die Grillparzer in sich spürte und die auch für viele seiner Gestalten bezeichnend ist. Mit Recht weisen im Hinblick auf diese innere Gespanntheit und Unausgeglichenheit Erich Hock und Kurt Vansca[42] auf die Härte hin, die Grillparzer abverlangt wurde, diese seelischen Lasten zu tragen, und auf den dauernden vollen geistigen Einsatz für die Kunst und gegen alles Herabziehende.

Zum Bild von Grillparzers Persönlichkeit gehört es auch, daß er sich immer — besonders in seinen Tagebüchern — mit einer Fülle vom Problemen der Welt, der Politik, der Kultur und der Philosophie denkerisch auseinandersetzt. Auch diese Fragenkreise hat die Forschung immer wieder und immer von anderen Seiten beleuchtet, sie hat damit Grillparzers Persönlichkeit besonders in bezug auf sein Weltbild immer genauer erkannt. Schwierig bleibt es, bei den sich wandelnden und oft sich widersprechenden Äußerungen Grillparzers sich über seine religiösen und sittlichen Anschauungen ein eindeutiges Bild zu machen. Dabei müssen der Zusammenhang, in dem die Äußerungen stehen, ihr Zeitpunkt und die augenblickliche seelische Lage Grillparzers beachtet werden, ferner auch, ob es sich um Aufzeichnungen Grillparzers oder um dichterische Gestaltungen handelt[43]. Rowas arbeitet vor allem den Gegensatz zwischen der Unbedingtheit der göttlichen Ordnung und der Bedingtheit der menschlichen heraus. Peter von Matt hat Zweifel geäußert, ob das Göttliche in Grillparzers Denken wirklich eine Rolle spiele; Grillparzer habe eine tiefe Scheu, auf diese Bereiche hinzuweisen, und wenn etwa Rudolf II. sie anspreche, so dürfe das nicht ohneweiters als Grillparzers Anschauung genommen werden. Aus dem Vorrang des Lebens gegenüber der Idee leitet Breitenbruch den immer wiederkehrenden Zug der Scham bei Grillparzer ab, die sich als Scheu zeige, sich über sich selbst zu äußern, als Einsicht, daß Reflexion das Handeln hemme, und als Ehrfurcht vor den Kräften des Lebens; auch der Wert von Milde und Vergebung im Verkehr der Dramenfiguren untereinander wird so verständlich gemacht. Wichtig ist, daß Breitenbruch auch zeigt, wie Grillparzer das Heilen über das Heil stellt, er sieht darin den Ausdruck einer typisch österreichischen Seinsfrömmigkeit.

---

[42] Vgl. zu Erich Hock und Kurt Vancsa Anm. 21 und Kurt Vancsa, *Franz Grillparzer. Eine Studie*. Wien 1946.

[43] Franz Rowas, *Die Religion in Grillparzers Weltbild und Dichtertum*. Diss. München 1945 (Mschr.). Vgl. dazu auch das in Anm. 73 erwähnte Buch von Peter von Matt.

Immer wieder kreisen Grillparzers Gedanken um den Fragenbereich von Staat und Politik[44]. Da ist es sehr wichtig, daß Roschek nun klar die Anschauungen des Bürgers und Menschen Grillparzer von denen auseinanderhält, die in seinen Dichtungen gestaltet sind. Die Äußerungen des Staatsbürgers Grillparzer sind immer geistige Reaktionen auf konkrete geschichtliche Situationen, daher mag er bald als Liberaler, bald als Reaktionär erscheinen. Als Dichter hat Grillparzer Staatsbilder aufgestellt, die Roschek herausarbeitet: im „Ottokar" und im „Treuen Diener" das Gericht des Staates, im „Traum ein Leben" den Widerstreit von Recht und individueller Gewalt, im „Bruderzwist" den Staat als von Gott begründete Instanz und in „Libussa" die zwei Stufen von Gnade und Recht. In den Ähnlichkeiten dieser Staatsbilder mit den Kaiserspielen der Jesuiten sieht er keine geschichtlichen Zusammenhänge, wohl aber erkennt er in der dichterischen Darstellung Bezüge zu Calderón und Lope und zur Oper am Ende des 18. Jahrhunderts (Gerichtsmotiv im „Don Giovanni" und Bewährungsmotiv in der „Zauberflöte"). Rassem betont, wie Grillparzer aus der Spannung zwischen Bindung zum Herrscherhaus und Josephinertum zu Staatsfragen gedrängt wurde und sie so mannigfach in seinen Dramen gestaltete. Im „Treuen Diener" wird vor allem die Tragik des Widerspruchs zwischen Staatserstarrung und Ausartung des Lebens deutlich, in der „Jüdin" der Widerspruch von Staatsordnung und Leben als Kampf von Geist und Sünde; eine Lösung bahne sich in einer Neugeburt des Staates im Durchstehen der Krise an.

Trotz einer dauernden Skepsis gegen Philosophen und philosophische Systeme hat Grillparzer ihnen Zeit seines Lebens große Aufmerksamkeit gewidmet und war in der Philosophie von Platon bis Hegel sehr belesen[45]. Alker hat in seinem Grillparzer-Buch dieses Verhältnis schon genau herausgestellt: das im Grunde Unphilosophische Grillparzers, dem es nicht lag, die Fülle des wirklichen Lebens auf wenige leitende Ideen zurückzuführen; seine Art, nicht so sehr Prinzipielles zu verfolgen, sondern das ihn jeweils Interessierende aufzugreifen; seine tiefen Eindrücke von Spinoza und Kant. Im Sinne der Arbeit Roger Bauers über

---

44 MANFRED ROSCHEK, *Grillparzers Staatsauffassung*. Diss. Köln 1961. — MOHAMMED RASSEM, Der Bann des Staates bei Grillparzer, in: *DVjs* 30/4 (1956) 417—448.

45 ROGER BAUER, Der Idealismus und seine Gegner in Österreich, in: *Beihefte zum Euph.* 3, 1966. — WALTER SEITTER, *Franz Grillparzers Philosophie.* Diss. München 1968. — INGRID STROHSCHNEIDER-KOHRS, Wirklichkeit und Erweis. Notizen zu einem Problem im Denken Grillparzers, in: *Unterscheidung und Bewahrung (Festschrift Kunisch)*, Berlin 1961, 363—380.

den Antiidealismus in Österreich und als Erweiterung dazu sollte einmal auch Grillparzers Denken in die von Bauer entworfenen Zusammenhänge eingeordnet werden. Einen Ansatz dazu können wir in Breitenbruchs Feststellung sehen, daß Grillparzers Ethik geistesgeschichtlich dadurch bestimmt sei, daß der in ihm noch wirksame Optimismus des Aufklärungsdenkens durch seinen Skeptizismus gedämpft werde. Walter Seitter hat versucht, Grillparzers Gedankenwelt in eine Art von System zu bringen; so gelingt ein guter Überblick, der nur zu wenig die Stellung der zerstreuten Äußerungen Grillparzers in seinem gesamten Schaffen beachtet und überhaupt die geschichtlichen Zusammenhänge etwas zurückdrängt. Dagegen tritt Grillparzers Kunstphilosophie heraus: daß sich im Kunstwerk alle Elemente der Wirklichkeit vereinigen, ferner die Betonung des Göttlichen in der Kunst und die Bedeutung der Wertfrage. Die Hinrichtung auf Werte erscheint nach Seitter überhaupt als ein Grundzug von Grillparzers Denken. Einen kleinen, aber auch für Grillparzers Kunstdenken und Künstlertum wichtigen Ausschnitt aus Grillparzers Weltverhältnis betrachtet Frau Ingrid Strohschneider-Kohrs: Grillparzer trennt wissenschaftliches Welterfassen und künstlerisches Weltgestalten. Die Wissenschaft baut ihr Weltbild auf dem Prinzip der ratio auf und sucht dieses Weltbild durch Gründe zu erweisen. Sie schafft dadurch aber eher ein Gedankending und verfehle das eigentlich Wirkliche; dieses bedürfe keines Erweises, ihn zu wollen sei Anmaßung; Ehrfurcht allein sei da am Platz. Die Kunst vermag aber nach Grillparzer diese Wirklichkeit zu gestalten, daher überzeuge sie wie die Natur. Hier sind Gedanken angesponnen, die im Zusammenhang der Epochenlage und der Kunstgestalt von Grillparzers Dramen Fülleborn mit seinem Begriff des erweislosen Geschehens aufgegriffen und ausgebaut hat.

Zugleich sind damit bereits Fragen über Grillparzers Kunstauffassung angeschnitten. Grillparzer hat viel über Kunst nachgedacht und geschrieben. In Monographien über Grillparzer ist manches dazu gesagt, doch ist die Zahl der Forschungen, die sich Grillparzers Kunsttheorie zum Gegenstand nehmen, nicht allzu groß[46]. Schon 1905 erschien die

---

[46] Fritz Strich, *Grillparzers Ästhetik.* Berlin 1905. — Urs Helmensdorfer, *Grillparzers Bühnenkunst.* Bern 1960 (Kapitel: Zu Grillparzers Kunstbegriff, 5—29). — Margret Dietrich, *Europäische Dramaturgie im 19. Jahrhundert.* Graz 1961 (Grillparzer: 154—171). — Franz Forster, *Grillparzers Theorie der Dichtung und des Humors.* Wien 1970. Da es nicht so sehr Sinn der vorliegenden Darstellung ist, Kritik an Arbeiten über Grillparzer zu üben, kann von dieser Arbeit Forsters nur das wirklich Handgreifliche zu Grillparzers Kunsttheorie herausgehoben werden. Eine Auseinandersetzung mit dieser geistreichen, aber verkrampften Arbeit wäre dringend

ausführliche und grundlegende Arbeit von Fritz Strich. Natürlich war ihm damals noch nicht das ganze diesbezügliche Material zur Hand. Strich erscheint hier einsichtigerweise noch als Vertreter der Epoche, die Grillparzer auf die Literatur der Aufklärung, Klassik und Romantik ausrichtet. Das bietet Ansätze zur Erkenntnis von Grillparzers dauernder kunsttheoretischer Auseinandersetzung mit diesen Richtungen. Aber der Gefahr einseitiger Beurteilung von Weimar und Jena her konnte Strich nicht entgehen. Doch stellt er folgende geschichtliche Zusammenhänge fest: Grillparzers Bildung und daher auch seine Kunstanschauung wurzeln in der abendländisch-antiken, nicht in der mittelalterlichen Geisteswelt. Dieser Zusammenhang wird noch verstärkt durch Grillparzers Beharrlichkeit und Festhalten an der Tradition. Zugleich aber zeigt sich auch in diesem Bereich, daß Grillparzer in die positivistische Zeit hineinreicht. Er erscheint als Vorläufer der induktiven Ästhetik. Einen Grundbegriff für Grillparzers Kunstverständnis hat schon Strich sehr deutlich herausgehoben: die Empfindung, worunter Grillparzer eine natürliche, letzte Auffassungsart versteht, eine Stimmung, einen Zustand des in seinen Vermögen noch ungesonderten Menschen. Grillparzer meint damit geradezu den Ausdruck des Gesamtwesens eines Menschen. Wohl treffend stellt hier Strich Beziehungen zum Begriff des gesunden Menschenverstandes der Aufklärung und im besonderen des common sense der schottischen Schule her. Helmensdorfer arbeitet in seiner etwas zerflatternden Darstellung, die zu sehr nur auf Grillparzers Tagebüchern aufbaut, ohne jeweils die Gewichtigkeit der einzelnen Eintragungen zu prüfen, auch die Bedeutung der Empfindung in ihrer Verbindung von Gefühl und Gedanken, vor allem aber die von Samlmung und Begeisterung als Konzentration aller schöpferischen Kräfte heraus. Helmensdorfer erkennt, wie Grillparzer im Gegensatz zur Romantik für eine klare Trennung der einzelnen Kulturgebiete, also z. B. von Kunst und Wissenschaft, aber auch der einzelnen Künste und Dichtungsgattungen eintritt, und den umfassenden, alle menschlichen Kräfte beanspruchenden Charakter der Kunst. Nach Helmensdorfer bedeutet der immer wieder herangezogene Gegensatz von Kunst und Leben nicht einen allgemeinen Tatbestand im Rahmen von Grillparzers Kunstanschauung, sondern ein persönlich erlebtes Schicksal. Grillparzer schätze mehr als die Formvollendung des Kunstwerkes dessen Lebensfreundlichkeit; dabei scheint Helmensdorfer der Nachweis davon nicht ganz gelungen, vor allem aber kann er zunächst den Einklang zwischen diesem Motiv und

nötig. Leider muß gesagt werden, daß hier vieles zu Grillparzers Dichtungslehre gar nicht angeschnitten wird.

dem weitgehend tragischen Charakter seiner Kunst nicht voll herstellen. Aber immerhin ist da an Grillparzers Kunstauffassung ein Zug herausgegriffen, den jetzt Franz Forster in anderem Zusammenhang wieder aufgreift. Nach ihm geht es Grillparzer in seinem Kunstdenken immer wieder um die Überwindung des Gegensatzes zwischen den beiden umfassenden Bereichen von Leben und Ordnung, unter die Forster sehr Mannigfaltiges subsumiert, und um ihre Versöhnung. Das Mißlingen der Aussöhnung, das Fortbestehen dieses Grundgegensatzes führt zur Tragik. Forster sieht die volle Aussöhnung beider Bereiche in der Haltung des Humors gegeben. Auch so kommen wir wieder zum Begriff der Lebensfreundlichkeit. So zeigen wohl Helmensdorfer und Forster mit dem Hinweis auf die Forderung der Lebensfreundlichkeit der Kunst in Grillparzers Kunstdenken eine neue Spannung im Dichter, nämlich zwischen seinen theoretischen Forderungen und seinem Kunstschaffen. Die tragische Dichtung Grillparzers könnte so geradezu in einem tragischen Licht erscheinen. An Grillparzers Dramaturgie, also an seinen theoretischen Anschauungen über das Drama, hebt Margret Dietrich drei Züge heraus: die Forderung nach poetischer Anschauung, d. h. nach einer in den Gesetzen des Dramas ruhenden dichterischen Bildhaftigkeit, die Wesentliches öffnet; in diesem Zusammenhang erscheint ihm das Schicksal als Mittel, Unbegreifliches ahnen zu lassen; nach Grillparzer soll das Drama nicht sittlich wirken, sondern den Menschen in seiner Existenz gestalten.

Von einer ganz anderen Seite hat Thurnher Grillparzers Stellung zum Drama beleuchtet: von seinem Verhältnis zur französischen Klassik aus[47]. An Voltaire hat Grillparzer die Anregungskraft geschätzt, er ist ihm von der Aufklärung her nahe, aber als Dichter lehnt er ihn weitgehend ab; das bedeutet aber keine Abwertung der französischen Klassik; denn Grillparzer leitet als erster seit Lessings Ablehnung eine gerechtere Würdigung der tragédie classique in die Wege. Ihm wurde sie in Wien nie zum Problem, da hier Lessing und August Wilhelm Schlegel mit ihrer Abwertung nie durchdrangen. Grillparzer beurteilt die französische Tragödie nicht in ihrer Bedeutung für die deutsche, hier gibt er Lessing recht; sondern er wertet sie als dichterische Leistung an sich. Freilich sieht er Racine noch zu sehr von Corneille her.

---

[47] EUGEN THURNHER, Grillparzer und Voltaire, in: *Anz. d. Phil.-hist. Kl. d. Österr. Akademie d. Wiss.*, 1961/7, 44—62. — DERS., Staat und Liebe. Racines „Bérénice" und Grillparzers „Jüdin von Toledo", in: *Literaturwissenschaftliches Jahrbuch der Görresges.*, N. F. 2 (1961) 117—133. — DERS., Grillparzer und die französische Tragödie, in: *Un dialogue des nations, A. Fuchs zum 70. Geburtstag.* München 1967, 145—158.

DAS DICHTERISCHE SCHAFFEN

Trotz der vielen Einzeluntersuchungen schon seit dem Ende des 19. Jahrhunderts und trotz bedeutender Gesamtdarstellungen: eine Darstellung, die sich ausschließlich der dichterischen Kunst Grillparzers, dieser aber in ihrer Gesamtheit widmet, gibt es nicht. Am ehesten nähert sich diesem Ziel das Buch Walter Naumanns, obwohl es natürlich im Hinblick auf ein so umfassendes Ziel mehr skizzenhaft erscheint[48]. Von drei Ansätzen her versucht Naumann einen Zugang zu Grillparzers künstlerischer Art: zuerst von der Sprache; dabei gelingen ihm — etwa gegenüber Baumann — manche wichtige Einblicke: in die Bedeutung bereitliegender Bilder und in die Pathetik des politischen Sehertums; die Verhaltenheit, die Ballung und die Andeutungskraft der Sprache beachtet er kaum; die Antithetik von Rhetorischem und Verhaltenheit, die Grillparzers Sprachkunst kennzeichnet, ist also in diesem Buch noch nicht herausgearbeitet. Zweitens weist Naumann den „Armen Spielmann" als Selbstdarstellung des Dichters mit dem Zug zur Selbstgeringschätzung nach. Und drittens interpretiert er den „Bruderzwist" als deutsches Zeitdrama; in ihm verflechten sich drei Themen: Sein und Schein, Gericht, Zeit. Mit dieser Themenverflechtung weist Naumann auf etwas hin, was gerade für Grillparzers gesamte Dramenkunst kennzeichnend ist; er arbeitet das selbst aber am Gesamtwerk noch nicht heraus, hier setzen erst spätere Arbeiten ein. Auch andere für Grillparzer wesentliche Züge treten in dieser Interpretation heraus: das Abwerten des Handelns, die Spannung zwischen Eigenwilligkeit des Individuums, die Naumann als Demokratisierung bezeichnet, und Idee der Majestät, und endlich die Bedeutung von Gnade, Ordnung und Ehrfurcht als Grundbegriffe einer göttlichen Seinsordnung. Die eben erwähnten drei Themen des „Bruderzwistes" werden im Mittelteil der Arbeit Naumanns durch alle Werke Grillparzers durchverfolgt; dabei betont Naumann, wie in Grillparzers tragischer Gestaltung das Leben immer als das Mächtigere gegenüber Wissen und Einsicht erscheint. Im

[48] WALTER NAUMANN, *Grillparzer. Das dichterische Werk.* Stuttgart 1956. Er hat in diese Arbeit drei frühere Aufsätze hineinverarbeitet, deren Titel als Überschriften erhalten geblieben sind: Der Dichter und die Sprache, in: *Monatshefte* (Wisconsin) 45/6 (1953) 337—354; Grillparzers Drama „Ein Bruderzwist in Habsburg", in: *Euph.* 48/4 (1954) 412—434; Grillparzer und das spanische Drama, in: *DVjs* 28/3 (1954) 345—372. 1962 erschien das Buch in der Kohlhammer-Reihe *Sprache und Literatur* in zweiter Auflage. Im Aufbau und im Konzept ist es unverändert geblieben trotz kleiner Änderungen; die Grillparzer-Forschung seit der ersten Auflage ist nicht berücksichtigt.

letzten Teil vergleicht Naumann Grillparzer mit Goethe, besonders aber mit dem spanischen Drama, vor allem natürlich mit Calderón und Lope de Vega. Von jenem hebt er Grillparzer dadurch ab, daß dieser alles aufs Individuelle beziehe; während für Lope die Gemeinschaft noch eine selbstverständliche Gegebenheit ist, wird sie bei Grillparzer sittliche Forderung und damit Grundlage der Bewährung. Leider berührt gerade in diesen Vergleichen Naumann nicht die künstlerischen, besonders die stilistischen Seiten.

Grillparzers nichtdichterische Prosaschriften, vor allem seine zahlreichen Studien, aber auch die Satiren sind noch kaum in ihren künstlerischen Seiten untersucht worden. Man hat sie natürlich immer zur Erkenntnis seines Wesens und vor allem seiner künstlerischen Anschauungen herangezogen und ausgewertet. Hier zeigt sich eine Lücke der Grillparzer-Forschung. Besonders auffällig ist das in bezug auf seine Tagebücher und seine Selbstbiographie, die gerade auch vom Standpunkt der literarischen Kunst bedeutsam sind und in dieser Hinsicht auch sehr wesentlich zur Kenntnis von Grillparzers Künstlertum beitragen könnten. Hier auch wird Grillparzers mannigfache gesellschaftliche Verflochtenheit sprachkünstlerische Wirklichkeit.

Anders steht es mit Grillparzers Lyrik, besonders mit seiner Epigrammatik. Freilich ist in bezug auf die Lyrik i. e. S. ein merkwürdiger Tatbestand festzustellen. Sie ist vor allem in den zwanziger und dreißiger Jahren erforscht worden, dann kaum mehr, mit einer ganz jungen Ausnahme. Eine sehr kritische Betrachtung der Lyrik durch Enzinger bildet den Auftakt zur eigentlichen Erforschung von Grillparzers Gedichtschaffen[49]. Er geht von der Auffassung aus, daß der bairische Stamm Reflexion und Didaktik auch in der Dichtung in den Vordergrund treten lasse und daß er im allgemeinen unlyrisch sei. So bemängelt er auch bei Grillparzer Vernachlässigung von Form und Wohllaut und betont die Härte des Stils. Das Verständnis für das schlichte Lied habe Grillparzer gefehlt. Die manchmal anzutreffende Bildpracht sei Umhüllung des Gedanklichen, sie entstehe etwa im „Abschied von Gastein“ über den Umweg der Gedanken[50]. Grillparzer lag die Rollentechnik,

[49] Moriz Enzinger, Grillparzers Gedichte und das bayrische Erbe, in: *Euph.* 23 (1921) 271—287, 389—407.

[50] In bezug auf den „Abschied von Gastein“ sei darauf hingewiesen, daß dieses Gedicht in seiner Komposition ganz dem Summationsschema entspricht, das Gemeingut der spanischen Blütezeit ist und bei Calderón sehr häufig vorkommt. Vgl. E. R. Curtius, *Europäische Literatur und lateinisches Mittelalter*. 1. Aufl. 1948, 291—294. Das betont auch W. Naumann a. O. (Anm. 48) 1. Aufl., 5, 2. Aufl., 17.

seine Lyrik war vor allem Gelegenheitsdichtung. Die von Enzinger gemachten Bedenken regten dazu an, die Gedichte Grillparzers näher zu betrachten. Reinhold Backmann[51] betont gegen Enzinger die formale Seite von Grillparzers Lyrik, weist klangliche Werte und den Zusammenhang von Rhythmus und Gehalt nach. Er erkennt auch die kompositionelle Seite und besonders Grillparzers Neigung zur Zyklenbildung. Freilich seien in dieser Hinsicht die „Jugenderinnerungen im Grünen" nicht ganz gelungen und die endgültige Fassung der „Tristia ex Ponto" nur eine unbefriedigende Notlösung. Zausmer[52] widmete dieser Schaffensseite Grillparzers 1933 die erste selbständige Veröffentlichung. Er erkennt das Lyrische als ursprüngliche Kraft bei Grillparzer an, da ihn die verschiedensten Bereiche zum Gedichtschaffen anregen. Grillparzer erscheint auch ihm als ausgeprägter Gelegenheitsdichter von stark elegischer Stimmung. Metrisch seien seine Gedichte schwach, architektonisch aber meisterhaft. Richtig betont Zausmer, daß Grillparzer gerade an vielen Stellen seiner Dramen die vollendetsten lyrischen Leistungen gelingen. Was Backmann und Zausmer herausgearbeitet haben, hat dann Erich Hock in einem Buch, in einem Aufsatz und in seinem Forschungsbericht weitergeführt und vertieft[53]. Er gibt einen Überblick über die Entfaltung von Grillparzers lyrischem Schaffen und sieht dabei einen Weg von Unruhe zu Frieden. Grundhaltungen sind das Wahrheitsstreben und das Sichverschließen, das allerdings hemmend wirkt. Nach Hock lassen sich dabei vier Erlebnisweisen unterscheiden: Verzweiflung und Bitterkeit, ihr selteneres Gegengewicht Erfüllung und Freude, am häufigsten sprechen sich Trauer und Klage, Trost und Hoffnung aus. Als lyrische Ausdrucksformen Grillparzers nennt Hock Gefühlsentladung, Gefühlsklärung, Überlegungen und Betrachtungen. Besonders ausführlich hat Erich Hock die Kompositionskunst der „Tristia ex Ponto" untersucht, er wendet sich gegen die Bedenken Backmanns und versucht nachzuweisen, daß die Komposition dieses

[51] REINHOLD BACKMANN, Musik, Rhythmus und Komposition in Grillparzers Gedichten. *Jb.* 1. F. 29 (1930) 26—55. — DERS., Grillparzers „Tristia ex Ponto", in: *Jb.* 1. F. 31 (1933) 7—47. — DERS. Grillparzers „Jugenderinnerungen im Grünen", in: *Jb.* 1. F. 32 (1933) 10—42.

[52] OTTO ZAUSMER, *Grillparzers Lyrik als Ausdruck seines Wesens.* Wien 1933.

[53] ERICH HOCK, *Das Schmerzerlebnis und sein Ausdruck in Grillparzers Lyrik.* Berlin 1937. — DERS., Grillparzers Eigenart als Lyriker und der Gedichtzyklus „Tristia ex Ponto", in: *Archiv für das Stud. d. neueren Sprachen*, 176 (1939) 1—11. — DERS., Zur Grillparzer-Forschung (siehe Anm. 21).

Zyklus nicht auf architektonischen, sondern auf musikalischen Prinzipien ruhe. Darauf aufbauend, hat er dann im Forschungsbericht die Fehldeutungen und das erzwungene Kompositionsschema in Nadlers Grillparzer-Biographie abgelehnt. Lange nachher hat nun Peter von Matt im Nachwort seiner Reclam-Auswahl eine knappe, aber sehr beachtliche Wertung von Grillparzers Gedichten gegeben[54]: sie haben einen unverwechselbaren Tonfall und stellen eine künstlerisch eigenartige Verbindung von Persönlichem und Rhetorisch-Objektivem dar, sie sind Ergebnisse kritischer Kontemplation, einer reinen Leidenschaft zu denken. Von Matt sieht in ihnen einen deutlichen Stilwillen: Brechen und Stauen allzu flüssiger Bewegung. Immer schon hat die Epigrammatik Grillparzers Beachtung und hohe Wertung gefunden. Vor allem hat ihr Zdenko Škreb Arbeiten gewidmet[55]. Er arbeitet vor allem die deutliche Formung in Versen und die Kunst der Zuspitzung als Züge heraus, die Grillparzers Epigramme kennzeichnen. Es bleibt allerdings zu fragen, ob das nicht Kennzeichen des Epigramms überhaupt sind. Scharf und klar formuliert Škreb, daß dem Dichter alles das zum Anlaß für Epigramme wird, was ihn verwundet. Eine sehr beachtliche Darstellung von Grillparzer als Epigrammatiker ist von Peter von Matt zu erwarten. Er betont die Spontaneität, vor allem aber die gleichbleibende Art und Kontinuität des epigrammatischen Schaffens Grillparzers von der Jugend bis ins höchste Alter. Die Epigramme stehen immer im engen Zusammenhang mit Grillparzers gleichzeitigem Gesamtdenken; sie werden so zum Spiegelbild seiner unerbittlichen Welt- und Zeitanalyse. Aber auch ein rein künstlerisches Problem waren Grillparzer die Epigramme: er hat dauernd gefeilt und gemodelt; er richtet sich dabei

---

[54] *Franz Grillparzer: Gedichte. Eine Auswahl.* Hrsg. von PETER VON MATT, Stuttgart 1970. Nachwort 113—119. HEINZ POLITZERS Essay über den „Cherubin" im *Forum* 1969, 56—64 ist keine Interpretation, sondern umspielt an diesem besonders geglückten Gedicht Grillparzers Pubertätsunruhe und -phantasie. Richtig ist allerdings gesehen, wie in ihm Grillparzers eigene seelische Lage gestaltet ist. — MICHAEL VON ALBRECHT, Der verbannte Ovid und die Einsamkeit des Dichters im frühen 19. Jahrhundert. Zum Selbstverständnis Franz Grillparzers und Aleksander Puškins, in: *Arcadia* 6/1 (1971) 16—43, arbeitet an Grillparzers Ovid-Gedicht sein Einsamkeitsgefühl als Existenzgefühl heraus.

[55] ZDENKO ŠKREB, *Grillparzers Epigramme.* Diss. Zagreb 1932. — DERS., Grillparzers Epigramme. Ein Beitrag zur Lehre von der reinen Form. *Jb.* 3. F. 3 (1960) 39—55 (wieder abgedruckt in der Veröffentlichung der Wissenschaftl. Buchges. 1969: Das Epigramm). Es wird hier schon jetzt auf den Vortrag PETER VON MATTS auf dem Grillparzer-Forum Forchtenstein 1971 hingewiesen, der dann im entstehenden Jahresband 1972 veröffentlicht wird.

auf Lessing aus. Aber das Eigenartige von Grillparzers Epigrammatik sieht von Matt darin, daß bei ihm diese sonst gesellschaftsbezogene Art von Dichtung eine monologische Form erhalte.

Das erzählerische Werk Grillparzers hat seit je und immer wieder das Interesse der Forschung gefunden. Dabei zeigt sich im Blick auf diese Untersuchungen nicht nur der Wandel des Grillparzer-Bildes überhaupt, sondern auch der Wandel in den Fragestellungen an das Epische, besonders an die Novelle: die Studien zu Grillparzers Novellen sind in ihrer Art mitbestimmt durch die Entwicklung der Novellenforschung. Die kleineren Erzählwerke (Fabeln und Parabeln in Prosa), Fragmente (etwa die zu Fixlmüllner), aber auch das Erzählerische in den Tagebüchern und in den biographischen Schriften sind kaum untersucht. Auch fehlt eine zusammenfassende Arbeit über die Novellistik Grillparzers. Denn Lockemanns Kurzinterpretationen beider Novellen können nicht als solche gelten[56], ebenso können hier Erwähnungen in umfassenderen Arbeiten (Klein, Himmel) vernachlässigt werden; sie sind nicht Bausteine zum wissenschaftlichen Grillparzer-Bild, sondern beruhen vielmehr in ihren diesbezüglichen Ausführungen auf ihm. „Das Kloster bei Sendomir" wird von der Forschung vernachlässigt, obwohl es in mancher Hinsicht für den Novellisten Grillparzer, besonders im Vergleich zum „Spielmann", aber auch für den Dichter Grillparzer überhaupt kennzeichnend und ertragreich ist[57]. Baumgart sucht die polnische Fassung der Walther-Hiltgunt-Sage als Quelle nachzuweisen und bemüht sich, die Entstehungsgeschichte anzudeuten. Schaum aber wendet sich eingehend dem Gehalt und der Tragik der Novelle zu; das Problem von Wahrheit und Lüge ist auch für diese Dichtung Grillparzers wesentlich. Als tieferer Vorgang erscheint der Zusammenstoß des Natürlichen und Guten im Menschen mit dessen dämonischen und bösen Seiten. Starschensky greift durch Elgas Ermordung frevelhaft in höhere Bereiche ein, wird dabei aber in seiner menschlichen Ohnmacht enthüllt, in seiner dauernden Seelenqual wird die göttliche Ordnung offenbar. Himmel

---

[56] FRITZ LOCKEMANN, *Gestalt und Wandlungen der deutschen Novelle. Geschichte einer literarischen Gattung im 19. und 20. Jahrhundert.* München 1957, 108—111.

[57] W. BAUMGART, Grillparzers „Kloster bei Sendomir". Neues zur Quellenfrage, Entstehung und Datierung, in: *ZfdPh* 67 (1942) 162—176. — KONRAD SCHAUM, Grillparzers „Kloster bei Sendomir", in: *Wort in der Zeit* 8/9 (1962) 41—45. — HELLMUTH HIMMEL, Probleme der österreichischen Biedermeiernovellistik. Ein Beitrag zur Erkenntnis der historischen Stellung Adalbert Stifters, in: *Vierteljahresschrift des Adalbert-Stifter-Instituts* 12/1, 2 (1963) 36—59 (über das „Kloster bei Sendomir" 48 f.).

arbeitet an dieser Novelle, in der er den Höhepunkt der ersten Periode vormärzlicher Novellendichtung in Österreich sieht, vor allem die große Kunst heraus: das strenge Erzählprinzip einer in die Er-Form transponierten Ich-Erzählung und damit einer streng personalen Erzählsituation. „Der arme Spielmann" hat nicht nur die deutsche Forschung vielseitig angeregt[58], sondern auch die in andern Sprachen. Sie bleibt natürlich hier unberücksichtigt. Die Fragestellungen sind mannigfach, so daß geradezu im kleinen ein Bild von der Vielseitigkeit der Grillparzer-Forschung entsteht. Die eigentümliche Kunstgestalt hat schon früh zur Untersuchung angeregt. Seuffert hat das Dramatische herausgearbeitet, nicht nur im Gegensatz der Gestalten, sondern auch im Packenden einzelner scharf gesehener Szenen, zugleich hat er den Schluß für tragikomisch gehalten. Mulot betont vor allem den Reichtum des Motivengeflechts gerade in dieser kurzen Dichtung; ohne daß er es selbst ausspricht, deutet er damit auf einen Zug, der gerade auch die reifen und späten Dramen Grillparzers kennzeichnet. Die Kunst und Strenge des Aufbaus, besonders auch der Rahmentechnik, hat schon 1925 Alker eindringlich untersucht: im Binnenteil erkennt er zwei Stufen, in denen je

[58] Die Literatur über den „Armen Spielmann" wird hier chronologisch aufgereiht. BERNHARD SEUFFERT, Grillparzers „Armer Spielmann", in: *Festschrift August Sauer*. Prag 1925, 290—311. — ERNST ALKER, Komposition und Stil von Grillparzers Novelle „Der arme Spielmann", in: *Neophilologus* 11 (1925) 15—27. — KARL KURT KLEIN, *Zur Weltdeutung in Grillparzers Novellen*. Marburg 1928, darin: Zur Weltdeutung in Grillparzers „Armem Spielmann", 9—23. — HERMANN PONGS, Möglichkeiten des Tragischen in der Novelle, in: *Kleistjahrbuch* 1931/32, jetzt in: *Bild in der Dichtung* 2 (Voruntersuchungen zum Symbol), Marburg, 1. Aufl. 1939, 2. Aufl. 1963, 219—227. — JOACHIM MÜLLER, Grillparzers Novelle „Der arme Spielmann", in: *ZfD* 55 (1941) 158—162. — ARNO MULOT, Grillparzers „Armer Spielmann", in: *DU* 5/1 (1953) 51—61. — BENNO VON WIESE, *Die deutsche Novelle von Goethe bis Kafka*. 1. Bd., Düsseldorf 1956, 134—153. — RICHARD BRINKMANN, *Wirklichkeit und Illusion. Studien über Gehalt und Grenzen des Begriffs Realismus für die erzählende Dichtung des 19. Jahrhunderts*. Tübingen 1957 (Franz Grillparzer: „Der arme Spielmann". Der Einbruch der Subjektivität, 87—145). — O. PAUL STRAUBINGER, Der arme Spielmann, in: *Forum* 1966, 97—102. — HEINZ POLITZER, *Franz Grillparzers „Der arme Spielmann"* (Dichtung und Erkenntnis 2). Stuttgart 1967. — WOLFGANG PAULSEN, Der gute Bürger Jakob. Zur Satire in Grillparzers „Armem Spielmann", in: *Colloquia Germanica* 2/3 (1968) 272—298. — GÜNTHER JUNGBLUTH, Franz Grillparzers Erzählung „Der arme Spielmann". Ein Beitrag zu ihrem Verstehen, in: *Orbis Litterarum* 24/9 (1969) 35—51. — JOSEF KUNZ, *Die deutsche Novelle im 19. Jahrhundert* (Grundlagen der Germanistik 10). Berlin 1970, 29—35.

sich Bericht und Szene in gleicher Weise abwechseln. Die rahmenden Glieder sind bis ins einzelne (Bild der Flut und des Tores) parallel gefügt. Alker glaubt, daß der Aufbau der Novelle geradezu nach den Gedanken des Spielmanns über musikalische Komposition angelegt sei. Die Breite und Bedeutsamkeit der Rahmenteile hat Politzer und Paulsen dazu geführt, die Bezeichnung Rahmennovelle abzulehnen; sie haben nicht beachtet, welche reichen Möglichkeiten das Rahmenprinzip gerade in der deutschen Novelle des 19. Jahrhunderts, aber auch in der Dramatik Grillparzers entfaltet hat. Sehr eindringlich und vielseitig ist die Tragik dieser Novelle untersucht worden, damit also ein zentrales Thema bei Grillparzer überhaupt. Karl Kurt Klein sieht sie in der Herausgestaltung der Sinnlosigkeit des Daseins, der aber doch die reine Kindlichkeit Jakobs, gleichsam als Abglanz des Göttlichen, einen Gegenhalt biete. Pongs erkennt gerade an diesem Werk Grillparzers die Möglichkeit des Tragischen in der Novelle überhaupt, hier vor allem im Widerspruch des reinen und reichen Innenlebens zur Art der Umwelt; zugleich trägt die durchgehend doppelte Beleuchtung der Einzelzüge zu diesem tragischen Eindruck bei. Auch Joachim Müller sieht die Tragik gerade im reichen Geflecht der Widersprüche gegeben: zwischen Spielmann und Welt in bezug aufs Absolute, zwischen den verschiedenen Ordnungsvorstellungen, zwischen Phantasie und Wirklichkeit, zwischen hemmungsloser Hingabe ans Absolute und gegenstandsgebundener Gestaltung. Im Opfer für andere erreicht auch das Leben des armen Spielmanns seine Sternstunde. Benno von Wiese geht mit durchaus modernen Kategorien an die tragische Zwiespältigkeit heran, die ihm wesentlich für dieses Werk ist: Grillparzer gestaltet sich selbst als Erzähler und als Spielmann; dieser erscheint als Sonderling und doch sympathisch, er erscheint als Wunschbild und Zerrbild zugleich. Die Umwelt des Spielmanns sieht von Wiese als grotesk, bodenlos, verfremdet an. Er weist damit zugleich auf Züge der Novelle hin, die immer wieder den Psychologen und die psychologische Durchleuchtung anregen. Straubinger weist dabei auf die persönlichen Erfahrungen Grillparzers hin, die mitbestimmend gewesen sein können, Naumann betont die Kunst der Selbstdarstellung[59], besonders aber hat Politzer die Novelle als realistisch-psychologische Studie beleuchtet und eine Fülle von seelischen Feinheiten darin aufgewiesen. Das seelische Geschehen entfaltet sich, wie Politzer zeigt, um die dreimal wiederholte schicksalhafte Begegnung zweier Menschen. Am weitesten geht wohl in der

[59] Vgl. das in Anm. 48 erwähnte Buch.

psychologischen Bezugstiftung zwischen Grillparzer und dem armen Spielmann Jungbluth, der in Jakob die Insuffizienzgefühle Grillparzers als Mann und Künstler gestaltet sieht, zugleich aber im Gestalten auch eine Art Selbstgenuß des Dichters. Neuestens rückt nun auch die gesellschaftskritische Seite der Erzählung ins Licht der Forschung (Paulsen und Kunz); die Novelle erscheint so als Kritik der erstarrten bürgerlichen Familienform, die Liebe scheitert an der Lieblosigkeit der Umwelt. Paulsen kann so die Novelle auch in die vielen Auslassungen Grillparzers zur Gesellschaft seiner Zeit einordnen. Damit wird nun auch die Frage der literaturgeschichtlichen Stellung dieser Novelle brennend. Am umfassendsten hat diese Frage Richard Brinkmann zu beantworten gesucht; er tut dies im Rahmen seines Versuchs, den Realismusbegriff als Kollektivbegriff für die Struktur der Epik im 19. Jahrhundert zu klären. Brinkmann sieht das Wesentliche des Realismus in der Objektivierung des Subjektiven, wobei er allerdings auf Widerspruch gestoßen ist, am gründlichsten und sachlichsten durch Gerhard Kaiser. So gewinnt für Brinkmann diese Novelle Grillparzers ihre klare dichtungsgeschichtliche Stellung: für Grillparzer sei eine umfassende Ganzheit auch nicht mehr im besonderen faßbar wie noch für Goethe, daher versuche er, das Subjektive klar kenntlich zu machen. In dieser Novelle vollziehe sich der Einbruch der Subjektivität. Damit gelingt Brinkmann eine eindringliche Beleuchtung der Ich-Form in dieser Erzählung; das Eigenartige sei, daß die Darstellung des Spielmanns doch zugleich Darstellung durch den Dichter sei: viele Feinheiten darin könnten weder dem Spielmann noch dem Gedächtnis des zuhörenden Dichters (also der Gestalt in der Novelle) zugetraut werden. Man spürt den Erzähler durch alles durch, auch durch die direkte Rede der von ihm geschaffenen Figuren. Darin sieht Brinkmann den Durchbruch des Realismus gerade in dieser Novelle Grillparzers.

Am breitesten und tiefsten hat sich natürlich die Forschung dem Dramenwerk Grillparzers gewidmet. Drei Werke bilden erste Versuche, den Dramatiker Grillparzer in seiner Eigenart und Stellung darzustellen[60]. Lessings und Reichs Arbeiten sind in Anlage und Tendenz ähnlich, beide stellen die Kunst Grillparzers an der Betrachtung der einzelnen Dramen dar; beide betonen besonders stark den künstlerischen Rang der Spätdramen. Beide arbeiten zwar vielfach mit Begriffen herkömmlicher Art,

---

[60] O. E. LESSING, *Grillparzer und das neue Drama*. München 1905. — EMIL REICH, Grillparzers dramatisches Werk. Fünfzehn Vorlesungen, gehalten an der Universität Wien (1. Aufl. mit dem Titel: *Grillparzers Dramen*. Wien 1894), 3. Aufl. 1908, 4. Aufl. 1938. — HERMANN CHRISTIAN METTIN, *Grillparzer. Dramaturgische Essays*. Berlin 1943.

ohne zu fragen, ob sie auf Grillparzers dramatische Kunst anwendbar sind, aber beide rücken ihn dramengeschichtlich von der deutschen Klassik ab. Für beide ist er mit Hebbel (Reich fügt noch Ibsen hinzu) der repräsentative Dramatiker des 19. Jahrhunderts. Lessing versucht, Grillparzers Dramatik in Zusammenhang mit Hegels Philosophie zu bringen, was spätere Forschung als Irrtum erkannt hat. Auch Mettin rückt Grillparzer eindeutig von Weimar ab, stellt ihn ebenfalls zu den großen deutschen Dramatikern des 19. Jahrhunderts Kleist, Büchner, Grabbe, Hebbel, vor allem aber betont Mettin Grillparzers Verwurzelung im Österreichertum; besonders ist ihm die „Jüdin" die völligste und reinste Durchdringung von Wiener Volksstück und hoher Poesie. Er erkennt auch deutlich ein theatergeschichtliches Problem, warum Grillparzer nämlich in Deutschland nicht so intensiv gepflegt werde wie die anderen großen Dramatiker, und sieht zwei Gründe dafür: die feine Individualisierungskunst und die in Spiel und Charakteren an die Wiener Theatertradition gebundene Art. Auch diese Darstellungen versuchen schon, in verschiedener Weise Grillparzers Dramen zu Gruppen zusammenzufassen, um auch auf diese Weise einen Zusammenhang innerhalb dieses Schaffensbereichs des Dichters herauszustellen und sein Schaffen damit als individuelles abzuheben.

Wohl einen sehr gewaltsamen und konstruierten Versuch dieser Art macht Nadler in seiner Grillparzer-Biographie und auch in seiner „Literaturgeschichte Österreichs" (beide 1948). Nadler behauptet, daß Grillparzer dreimal drei Arten von Dramen geschrieben habe: Staatsdrama, Märchenstück und Seelenspiel klassizistischer Prägung. Die erste Dreiergruppe stellen „Blanka", „Ahnfrau" und „Sappho" dar, in der die Sehnsucht nach schuldlosem Dasein im Widerstreit mit Pflicht und Welt gestaltet werde; die zweite, Entzauberung und Sturz aus dem großen Abenteuer des Lebens darstellend, bilden das „Vließ" (Seelendrama), „Melusina" (Märchenspiel) und „Ottokar" (Staatstragödie); in der dritten gehe es Grillparzer um dramatische Selbstdarstellung im Staatsdrama vom „Treuen Diener", in der Seelentragödie Heros und im Märchenspiel „Der Traum ein Leben". Auch die drei Spätwerke aus dem Nachlaß seien Selbstdarstellungen mit dem Grundmotiv des Verzichts in den drei Abwandlungen der Staatstragödie in der „Jüdin", des Märchenspiels „Libussa" und des Seelendramas Rudolfs II. Sicher werden so Grundzüge von Grillparzers Dramenschaffen und eine gewisse Ganzheit deutlich, aber das Konstruierte macht den Sinn einer solchen Gruppierung fragwürdig: die Spätwerke fügen sich diesem Schema nur mit Gewalt, „Melusina" rückt so absichtlich in die Mitte von Grillparzers Dramenschaffen, und tatsächlich will sie Nadler zu dessen bedeutendstem Drama stempeln, wobei künstlerische Fragen gar nicht berührt werden; und daß „Weh' dem, der lügt!“ als bloßer Lustspielversuch aus diesem Dreierschema ausgeschlossen bleibt, läßt die Konstruktion endgültig scheitern.

Immerhin hat Nadler besondere Richtungen und Kennzeichen der Grillparzerschen Dramatik in seinem Schema deutlich gemacht. Das Seelendrama ist in Grillparzers Schaffen wichtig, aber nicht als Gruppe, sondern als dauernde und entscheidende Kraft im dramatischen Geschehen. Man könnte sagen, alle Dramen Grillparzers seien Seelendramen. Märchenspiele bilden wirklich eine deutlich abhebbare Gruppe. Erst jüngst hat das Zdenko Škreb herausgehoben[61]. Volksstück, Calderón, Lope und Shakespeare haben ihn dazu angeregt; das Märchenspiel bot ihm am meisten die Möglichkeit, im Zusammenklingen von Leben, Bild und Phantasie Poesie zu erzeugen. Mit den Staatsdramen aber berühren wir die Gruppe der Geschichtsdramatik. Sengle hat im Rahmen seiner Gesamtdarstellung des deutschen Geschichtsdramas Grillparzers bedeutende Stellung in dieser Hinsicht herausgearbeitet[62]. Dabei hebt er Grillparzers Geschichtsauffassung von der Hegels deutlich ab; Grillparzer sieht nichts Göttliches in der Geschichte, sondern erkennt in Geschichtsdarstellungen nur die Art, wie der Geist des Menschen die Begebenheiten aufnimmt und ordnet. Schon seit dem „Spartakus“-Fragment versucht sich Grillparzer immer wieder am Geschichtsdrama, auch die „Hannibal“-Szene ist hier von Bedeutung. Der Durchbruch zur großen Kunst erfolgt mit dem „Ottokar“, wo nach Sengle Grillparzer die vollendetste Verschmelzung von streng dramatischer Form und geschichtlichem Stoff gelungen sei. Gleich nach ihm ordnet Sengle rangmäßig den „Treuen Diener“ und den „Bruderzwist“ ein.

Für die Erkenntnis von Grillparzers dramatischer Kunst bilden die von früher Jugend bis in die Spätzeit reichenden zahlreichen Skizzen, Pläne und Fragmente eine wichtige Rolle. Nach Arbeiten von Keidel und H. von Wartburg hat Baumann diese Bedeutung herausgestellt[63]:

---

[61] Zdenko Škreb, Das Märchenspiel bei Grillparzer, in: *Jb*. 3. F. 7 (1969) 37—53.

[62] Friedrich Sengle, *Das deutsche Geschichtsdrama. Geschichte eines literarischen Mythos*. Stuttgart 1952 (Neuauflage 1969 unter dem Titel: *Das historische Drama in Deutschland*).

[63] H. Keidel, *Die dramatischen Versuche des jungen Grillparzer*. 1911. — Helmut von Wartburg, *Grillparzers dramatische Fragmente*. Affoltern 1945. — Gerhart Baumann, Franz Grillparzer: Dramatische Fragmente, in: Gerhart Baumann, *Zu Franz Grillparzer. Versuche zur Erkenntnis*. Heidelberg 1969, 118—139.

auch in ihnen lassen sich immer wieder die Grundmotive des Dichters erkennen; in ihnen probt Grillparzer gleichsam immer wieder die Möglichkeiten durch, dramatische Widersprüche und Spannungen zu gestalten. Als das künstlerisch bedeutendste und reifste Fragment erkennt auch Baumann das späte „Esther"-Fragment an; besonders im Reichtum der Personenbezüge sieht er mit Recht gleichsam eine Selbstverwirklichung des Grillparzerschen Dramas.

Weitere Versuche, Grillparzers Dramen zu Gruppen zu ordnen, ergeben sich auch, wenn man bestimmte andere Sichten und Motivkreise analysiert. Als verwandt mit dem Märchenhaften erweist sich das Traumhafte. Die Traumwelt ist, so stellt es Eleonore Frey-Staiger dar[64], für Grillparzer die innere Welt der Phantasie, die die Außenwelterfahrungen vielfach gleichsam überflutet. Freilich vermag wohl die Antithese von Phantasie und Außenwelt nicht alles zu tragen, was über Grillparzers dramatische Kunst zu sagen ist. Eine andere Antithese ist die von Selbstbesitz und Selbstverlust; sie hat Gert Kleinschmidt im Motivbereich der Liebe untersucht[65]. In der Liebesüberwältigung erfahren die Liebenden entweder Unheil („Vließ") oder ein gesteigertes Daseinserlebnis (Hero). Die Liebe führt zur Desillusionierung, sie heilt also nicht, sondern macht die tragische Grundbefindlichkeit des Menschen offenbar, damit auch die Abgründe zwischen Göttlichem und Menschlichem.

Das führt nun unmittelbar zum Problem der Tragik im Drama Grillparzers. Mit ihm hat sich die Forschung immer wieder intensiv auseinandergesetzt. Die Tiefe und Strenge der Tragik bei Grillparzer, die Tatsache, daß mit zwei Ausnahmen alle großen Werke Grillparzers Tragödien sind, und der naheliegende Vergleich mit den anderen großen Tragikern der deutschen und der Weltliteratur haben zu dieser dauernden Beleuchtung geführt. Dabei läßt sich ein Weg der Forschung erkennen. Der Vergleich mit Schiller führte zur Feststellung, bei Grillparzer sei im Gegensatz zu Schiller der Sieg der Notwendigkeit über die Freiheit das Entscheidende. Das hat schon Volkelt betont[66]. Aber auch er schon hat die Eigenart des Menschen in Grillparzers Dramen als Ansatz für das Tragische erkannt: Mangel an Kraft, Übermaß an Innerlichkeit führen zum tragischen Zusammenbruch. Damit verbindet sich der Gedanke an

---

64 ELEONORE FREY-STAIGER, *Grillparzers Gestalt und Gestaltung des Traumes*. Zürich 1966.

65 GERT KLEINSCHMIDT, *Illusion und Untergang. Die Liebe im Drama Franz Grillparzers*. Lahr 1967.

66 Siehe Anm. 5.

das Schicksal als eine überpersönliche, ins Leben eingreifende Macht. Die tragische Situation des Individuums ist dann in drei weiteren Arbeiten herausgestellt worden[67]. Ilse Münch sieht in Grillparzers Tragik nicht eine Störung der Weltordnung, sondern die Auswirkung eines ewig gültigen Lebensgesetzes, einen Zwiespalt zwischen Sein und Leben, den sie durch alle Dramen verfolgt. Sie sieht Voraussetzungen der Tragik bei Grillparzer in österreichischer Stammesart und Umwelt, etwa die Spannung von Innerlichkeit und Bildhaftigkeit, von Lebensscheu und Lebenshunger. Grillparzers Tragödie steht nach Münch in der geistigen Krise um 1830 mit dem Übergang von der Kultur der Innerlichkeit und des Seins in die Äußerlichkeit der Empirie und Aktivität. Joachim Müller leitet die Tragik aus Grillparzers Menschenauffassung ab. In Grillparzers Werk bricht die Tragik des Individualismus auf im Verhängnis, sich entscheiden zu müssen und nicht zu können. Das wirkt sich in mannigfachen Spannungen aus: Sammlung — Richtung, Wagnis — Ausweichen, Weltverpflichtung — Weltflucht. Nicht voll kann der Versuch von Busch befriedigen. Er erkennt christliche Grundbestände in Grillparzer, wertet sie aber ab. Grillparzers Gestalten seien rein passiv, erleben Leidenschaft als unvermeidbares Schicksal; die Tragik werde im christlichen Sinn in Sühne und Buße abgebogen. Die österreichische Geistessituation Grillparzers wird dabei nicht erkannt. Die bisher umfassendste und gründlichste Darstellung des Tragischen im Drama Grillparzers hat Benno von Wiese in seinem großen Werk über die deutsche Tragödie von Lessing bis Hebbel geboten[68]. Er ordnet Grillparzers Tragödienwerk in ein großes Konzept ein. Für von Wiese ist die Geschichte der deutschen Tragödie eine große religiöse Auseinandersetzung, und zwar mit dem Theodizeegedanken. Mit der Zeit entrückt das Bild der Gottheit immer weiter, der Weg in den Unglauben, in den Relativismus wird beschritten, aber bis zu Hebbel bleibt die mythische und die religiöse Kraft noch erhalten. Doch mit Hölderlin und Grillparzer werde die Götterferne in der deutschen Tragödie offenbar: „Die göttliche Ordnung, die nur noch im Schauen für den Menschen erreichbar ist, und die menschliche Geschichte, bereits durch die Erbsünde des Abfalls

---

[67] ILSE MÜNCH, *Die Tragik in Drama und Persönlichkeit Franz Grillparzers*. Berlin 1931. — JOACHIM MÜLLER, *Grillparzers Menschenauffassung*. Weimar 1934. — ERNST BUSCH, Wesen und Ursprung von Grillparzers Idee des Tragischen, in: *Euph.* (Dichtung und Volkstum) 40 (1939) 257—276.

[68] BENNO VON WIESE, *Die deutsche Tragödie von Lessing bis Hebbel*. Hamburg, 1. Aufl. 2 Bände (1948) (Grillparzer: 2. Bd., 142—236), seit 2. Aufl. in 1 Bd. Zitat aus der 1. Aufl. 1, 33.

bedroht und mit jeder Entscheidung des Handelns tiefer in den Abfall verstrickt, sind tragisch voneinander geschieden, weil das Göttliche unter den irdischen Bedingungen nicht mehr zu atmen vermag.“ Die Tragik erscheint in Grillparzer als Abfall der Welt von Gott, sie wird in ihrer Endlichkeit nichtig. Der Mensch hat zur göttlichen Seinsordnung nur noch ein getrübtes Verhältnis. In den frühen Werken herrscht das Wissen um die Gefährdung des Menschen vor, später die ehrfürchtige Anerkennung des Göttlichen, dessen Abglanz aufs Menschliche fällt. Dabei zeigt von Wiese das Tragische bei Grillparzer nicht bloß im Schicksal des Einzelmenschen auf, sondern auch im Staat, der einerseits das Hereingreifen der göttlichen Ordnung ins Menschliche darstelle, anderseits aber durch die Hinfälligkeit alles Irdischen selbst getrübt und gefährdet werde. In eingehender Weise wird dieses Konzept dann durch alle dramatischen Werke Grillparzers durchgeführt. Nach Benno von Wiese ist noch einige Male das Tragische beleuchtet worden[69]: Kommerell sieht in Medea und Libussa das Tragische darin, daß diese Gestalten ihrem eigenen Sein durch Verpflanzung oder Wandel untreu werden. Nach Fricke besteht bei Grillparzer das Tragische in der Bedrohung der innern Freiheit durch ein Äußeres. Um ihr zu entgehen, ziehe sich der Mensch von der Welt zurück. An der Grillparzerschen Dramenform sieht Fricke wohl ganz vorbei. Rindauer beleuchtet die Frage vor allem von der Dramaturgie und Theatergeschichte her. Grillparzer gehe als gewiegter Theaterdichter von der Wirkungsfrage aus. Die Überwindung des Tragischen sieht Grillparzer in dessen Irrealisierung durch die Kunstform des Spiels. Die Katharsis ist für Grillparzer mit Corneille gegen Lessing eine Reinigung durch Mitleid und Furcht, auch den aristotelischen Begriff der φρόνησις greift er wieder auf: Betrachtung und Einsicht mindern die Furcht und erhöhen das Mitleid. Eine Einbeziehung von Otto Manns „Poetik der Tragödie“ (1958) könnte geschichtlich in diesem Zusammenhang zugleich zeigen, daß Grillparzer hier im 19. Jahrhundert noch nicht von der romantischen und Hegelschen Philosophie des Tragischen berührt ist, sondern eben immer noch die Wirkungsform der Tragödie im Auge hat. So hilft

---

[69] Max Kommerell, Grillparzer. Ein Dichter der Treue, in: Max Kommerell, *Dichterische Welterfahrung*. Frankfurt a. M. 1952, 7—23. — Gerhard Fricke, Wesen und Wandel des Tragischen bei Franz Grillparzer, in: *DU* 6/3 (1954) 52—70. — Gerhard Rindauer, *Das Problem des Tragischen in Grillparzers Studien zur Dramaturgie*. Diss. Wien 1956 (Mschr.). — Ders., Grillparzer und das Problem der tragischen Wirkung, in: *Maske und Kothurn* 3/1 (1957) 60—69. — Ders., Die Liebestragik im Drama Grillparzers, in: *ÖGL* 2/1 (1958) 32—34.

auch diese Sicht, die früher dargestellte geschichtliche Einordnung Grillparzers zu stützen.

Es ist für die Wandlung der Grillparzer-Forschung im Rahmen der Entwicklung der Literaturwissenschaften bezeichnend, daß entscheidende Studien zur Eigenart der Kunst in Handlungsführung und Aufbau in Grillparzers Dramen erst aus einer verhältnismäßig jungen Zeit stammen. Klar wird nun die Antithetik von dramatischer Gespanntheit und Konzentration gegenüber der Lebensfülle in Grillparzers Dramen als ein Wesenszug herausanalysiert. Breitenbruch[70] weist darauf hin, daß nicht eine starre Idee, sondern die Lebenskomplexität die Handlung auslöse. Vor allem aber hat Gmür[71] die Gegensätzlichkeit von Sammlung und Lebensfülle als ein künstlerisches Problem bei Grillparzer herausgearbeitet. Gerade diese Spannung wird in reichster Gegensätzlichkeit zueinander konkretisiert: sowohl sichtbare Bilder als auch die Sprachführung gestalten sowohl Konzentration und Sammlung als auch die Fülle wechselvollen Lebens. So werden Sprache und Bild, jedes für sich, Gestaltung der Spannung zwischen Vergänglichkeit des Lebens und Aufblick zu Dauerndem. Was Gmür unter Bild versteht, die theatralische Ausgestaltung bestimmter Komplexe, hat Urs Helmensdorfer als Grillparzers Bühnenkunst näher dargestellt, ohne nach dem, was schon bisher immer von Grillparzers Bühnengemäßheit gesagt worden war, voll zu befriedigen[72]. Er betont Grillparzers Hinarbeiten auf das Szenische als Folge seiner Bedenken gegen die Sprache als reinen Ausdruck. Grillparzer stehe in bezug auf die Szenenkunst theoretisch zwischen der Illusionsforderung Diderots und Lessings und der Forderung nach ästhetischer Spielwirkung bei Corneille und Goethe. Grillparzers Anweisungen für Gebärden, Kleidung und Gegenstände zielen alle auf die Bildhaftmachung des Menschlichen; Grillparzers Text (Bühnenanweisung und Sprachgestaltung) bietet alles, was die Inszenierungskunst braucht. Szenenkunst ist Grillparzer so wichtig, daß er seine Werke geradezu vielfach von einzelnen Szenen her anlege.

Die Handlungsführung in Grillparzers Dramen ist durch zwei beinahe gleichzeitig erschienene Arbeiten in sehr erhellender und auch literaturgeschichtlich fördernder Weise untersucht worden[73]. Peter von

---

70 Vgl. Anm. 41.

71 Hans Gmür, *Dramatische und theatralische Stilelemente in Grillparzers Dramen*. Winterthur 1956.

72 Urs Helmensdorfer, *Grillparzers Bühnenkunst. Studien*. Bern 1960.

73 Peter von Matt, *Der Grundriß von Grillparzers Bühnenkunst*. Zürich 1965. — Ulrich Fülleborn, siehe Anm. 39, Darstellung im Text, 57 f.

Matts These sagt, daß jedes Werk Grillparzers durch das Spannungsverhältnis zweier in sich geschlossenen und gegensätzlich organisierten Welten bestimmt sei. Damit ist zugleich ein neuer Zugang zur Tragik bei Grillparzer gewonnen: die Hauptgestalten brechen aus ihrer Welt aus, sind aber doch nicht fähig, die Brücken zu ihr gänzlich abzubrechen. Von Matt lehnt bewußt eine überwölbende Seinsordnung ab. Ob sich das gerade bei den späten Dramen Grillparzers aufrecht halten läßt, bleibt eine Frage. Auf alle Fälle ist aber hier eine Aufforderung gegeben, auch das Problem des Weltbildes und der Tragik bei Grillparzer nach Benno von Wiese neu zu durchdenken. Von Matt vermag diese Polarität zweier Welten bis in Einzelheiten der dramatischen Durchgestaltung aufzuzeigen: Raumgestaltung, Motiv der Enthüllung als Heraustreten aus einer Ordnung, des Eindringens in eine fremde Welt. Vor allem die Figurengestaltung kann so mannigfach durchleuchtet werden: auch in der Konfiguration spiegeln sich die Gegenwelten, trotzdem entstehen aber auch innerhalb der Figurengruppen wieder Spannungen, etwa mit den Typen des Vermessenen und des Treuen. Die zweite Arbeit, die von Fülleborn, ist schon im Zusammenhang mit der literaturgeschichtlichen Stellung Grillparzers herangezogen worden. Sie ist aber ebenso bedeutungsvoll für die Erkenntnis vom Handlungsablauf der Dramen Grillparzers durch das Verhältnis von Spontaneität (erweislosem Geschehen) und Kausalität (vom menschlichen Willen gesetzter Tat). Zugleich weist, wie schon dort erwähnt, Fülleborn damit auf eine sehr wesentliche Eigenart von Grillparzers Dramentechnik hin, die sich ihm aus dem Verhältnis dieser beiden Vorgangsantriebe ergibt, auf die Rahmung[74]. Sie ist als Aufbauprinzip im „Treuen Diener“, in „Traum ein Leben“ und im Lustspiel offenbar, läßt sich aber in anderen Dramen auch erkennen, so daß sie wohl eine Grundform von Grillparzers Dramatik genannt werden kann. Die geschichtlichen Wurzeln sind mannigfaltig, vor allem kommen das spanische Drama und das Wiener Zauberstück in Betracht. Zugleich wird diese Form für Grillparzer eine Möglichkeit, auch so den Gegensatz von Sammlung und Leben, vita contemplativa und vita activa ins Bild zu heben. Dabei zeigt sich Grillparzers Kunst vor allem in den reichen Mitteln, die Rahmung zu gestalten, und in den vielfachen Modifikationen.

[74] HERBERT SEIDLER, Die Kunst der Rahmung in Grillparzers Dramen, in: *Forum* 1965, 60—74 (jetzt auch: H. S., *Studien zu Grillparzer und Stifter*. Wien 1970, 118—134). — HEIDE ZORKOCZY, *Die Rahmenkunst in den Dramen Franz Grillparzers*. Diss. Wien 1968. — ANDREAS OPLATKA, *Aufbauform und Stilwandel in den Dramen Grillparzers* (Europäische Hochschulschriften 37). Bern 1970. Im Kern handelt diese nicht sehr ergiebige Arbeit von der Rahmung.

Weitere Untersuchungen haben nachweisen können, wie diese Form bis in die Einzelheiten und kleinsten Glieder eines Dramas sich auswirkt. Die Rahmung erweist sich für den Dichter, der die Vollendetheit der Form so hoch hielt, als eine Möglichkeit, die Gefahr des Sichverbreiterns und Zerfließens der dramatischen Handlungsführung durch das Ausspielen aller zu Anfang angeregten Ansätze — eine Gefahr, die gerade auch Grillparzers Dramatik kennzeichnet — am Schluß doch noch aufzufangen. So sind auch die Dramenschlüsse in ihrer Gestaltung ein Zug, der für Grillparzers Dramen wichtig ist[75]. Gerhart Baumann hat gerade das Unschlüssige, das Offene, das Weiterspielen in die Zukunft an Grillparzers Dramenschlüssen betont. Dagegen versuchte ich zu zeigen, daß gewiß einerseits die Schlüsse wirklich das Offensein einer nicht mehr sinngeschlossenen Welt gestalten, anderseits aber zugleich abschließende Funktion haben, d. h. sie sollen, eben ganz im Sinne von Grillparzers künstlerischer Auffassung, die ästhetische Ganzheit des dramatischen Kunstwerks ermöglichen und vollenden. Gerade im Vergleich mit Schillers Dramenschlüssen ließ sich Grillparzers Eigenart noch mehr erhärten. Schiller konzipiert den Schluß schon vom Anfang her im Gegensatz von Idee und Wirklichkeit, im Schluß erreichen Spiel und Gegenspiel ihr Ziel, wodurch gerade der tragische Zusammenstoß erreicht wird; Schillers Schlüsse sind durch prägnante Zuspitzung gekennzeichnet; da Grillparzer aber am Anfang zwei wertambivalente Lebensordnungen gegenüberstellt, entstehen mehrschichtige Einheiten und vielfache Spiegelungen; in den breiten Schlüssen klingen alle Schichten nochmals zusammen, und so wird ein umfassender Seinszusammenhang gerade dadurch spürbar.

Ein wichtiges Problem, sogar eine Streitfrage, ist Grillparzers Sprachkunst. Doch läßt sich gerade hier eine deutliche Wandlung in der Forschung feststellen: von Studien, die mehr Einzelbeobachtungen sammeln, zu Abwertungen aus bestimmten Stilvorstellungen[76] und dann

---

[75] Gerhart Baumann, Unaufhörlicher Beginn und unschlüssiges Ende. Der dramatische Vorwurf und das Drama Franz Grillparzers. Zuerst in: *Forum* 1966, 40—50; jetzt auch in: G. B., *Zu Franz Grillparzer, Versuche zur Erkenntnis.* Heidelberg 1969, 11—29 (vgl. auch 4. Abschnitt der 2. Aufl. von Baumanns Grillparzer-Monographie, 112—117). — Herbert Seidler, Die Schlüsse in den Dramen Franz Grillparzers, in: *WW* 17 (1967) 28—41 (jetzt auch: H. S., *Studien zu Grillparzer und Stifter.* Wien 1970, 135—150). — Robert Pichl, *Dualismus und Ambivalenz. Die Dramenschlüsse Schillers und Grillparzers als Indizien individueller Vorgangsgestaltung* (Wiener Arbeiten zur deutschen Literatur 4). Wien 1972.

[76] Dabei bleiben die unbegründeten Abwertungen wie die effekthascherischen Angriffe Hans Weigels (siehe Anm. 6) wissenschaftlich irrelevant.

zu immer zahlreicheren und intensiveren Bemühungen um das Eigene von Grillparzers Stil und dessen geschichtliche Situation. Sehr früh erkannte und registrierte man die Knappheit und Kürze in Grillparzers Sprache, ohne dies aber in größeren Zusammenhängen zu sehen[77]. Die völlige Abwertung von Grillparzers Sprache als schwach, flau und klapperig durch Gundolf[78] geht vom Modell des klassischen Stils vor allem Goethescher Prägung an den Dichter heran. Diese Auffassung hält sich dann lange und zäh und wirkt sich vielfach bis heute aus, sogar in Werken, die sonst in so verdienstvoller Weise Grillparzers Art und Leistung herausarbeiten, wie das Gerhart Baumann tut. Einen entscheidenden Schritt zur Erkenntnis von Grillparzers dichterischer Sprache tat Walter Naumann im Abschnitt „Der Dichter und die Sprache" seines Grillparzer-Buches[79]. Darauf wurde schon hingewiesen. Schon im ersten Band seiner großen Biedermeierdarstellung hat Sengle im umfassenden fünften Kapitel über die Literatursprache viele verstreute Hinweise auf Grillparzers Sprache gegeben, aus denen sich schon einzelne Züge abheben: die zunehmende Verhaltenheit und damit verbunden eine neue Art der Rhetorik; die konzentrierende und intensivierende Funktion der Metaphern. Ein anderer Weg war die stilistische Interpretation einzelner Werke[80]. In der Hero-Tragödie konnte die Verhaltenheit und Innerlichkeit bis in die einzelnen Stilzüge aufgewiesen werden; die seelische Entfaltung Heros ist bis ins letzte Sprache geworden, dabei bilden sich zentrale und architektonisch bedeutsame Sprachsymbole aus: Meer und Lampe. An einem Vergleich von Grillparzers „Sappho" mit Goethes „Iphigenie" konnte gerade hier die Verschiedenheit vom „klassischen" Stil gezeigt werden: in der Formelhaftigkeit mancher überlieferter Metaphern, in der Dramatik groß ausgebauter Raumbilder in ihrer Gegensätzlichkeit und ihren Wandlungen, im schroffen Wechsel und entsprechender Mannigfaltigkeit von Bau und Gehalt der Bilder

---

[77] L. HRADEK, *Studien zu Grillparzers Altersstil.* Prag 1915. — A. FRIES, *Intime Beobachtungen zu Grillparzers Stil.* 1922.

[78] FRIEDRICH GUNDOLF, Grillparzer, in: *Jahrbuch des Freien Deutschen Hochstifts* 1931, 9—94 (Zitat 68).

[79] Siehe S. 66 f. und Anm. 48.

[80] HERBERT SEIDLER, Zur Sprachkunst in Grillparzers Hero-Tragödie, in: *Festschrift Moriz Enzinger.* Innsbruck 1953 (Schlernschriften 104), 167 bis 184 (jetzt auch in: H. S., *Studien zu Grillparzer und Stifter.* Wien 1970, 47—65). — DERS., Das sprachliche Bild in Goethes „Iphigenie" und Grillparzers „Sappho", in: *Innsbrucker Beiträge zur Kulturwissenschaft* 6 (1959) 155—178 (jetzt auch in: H. S., *Studien zu Grillparzer und Stifter.* Wien 1970, 19—46).

und in der sich breit entfaltenden und sich steigernden Rhetorik des Schlusses. Und als vorläufig letzter Schritt — vor einer noch fehlenden Gesamtdarstellung — sind nun auch Untersuchungen bestimmter Aspekte des Grillparzerschen Stils entstanden[81]. Gerade das sprachliche Bild hat eine zusammenfassende Darstellung gefunden: Harald Antonius Reger stellt die Arten der Metaphern in den einzelnen Dramen dar und dringt dabei zu Grundmetaphern in den Dramen vor. In diesem Zusammenhang soll Grillparzer in den Realismus eingeordnet werden; von der sogenannten Klassik wird er dabei entschieden abgehoben. Reger vermag manche frühere Pauschalurteile durch Beachtung der chronologischen Reihung richtig zu stellen. Vor allem wird die verdichtende, konzentrierende Kraft der Bilder, damit auch ihre architektonische Leistung klar. Besonders wichtig sind in diesem Zusammenhang die Einsichten in den dramatischen Stil Grillparzers. Reiche Beobachtungen dazu bringt Joachim Kaiser. Besonders wertvoll sind die zum gespaltenen Vers, zur Rede, dabei etwa sogar zu den Gedankenstrichen, die bei Grillparzer Zögern, Stocken, Abschwächen andeuten. In der Dialogdurchführung arbeitet Kaiser deutlich die beiden Möglichkeiten der breiten Entfaltung und des raschen Wechsels heraus. Freilich bleibt die Frage nach dem spezifisch Dramatischen all dieser Stilzüge, vor allem auch in ihrer Spannung zu einander noch unbeantwortet. Den Dramenvers Grillparzers hat Urs Helmensdorfer charakterisiert; er ist durch Alltag, Tradition und Bühne bestimmt, er kann nur mit der Bühne und mit der schauspielerischen Sprache zusammen gesehen werden. Dabei hat er allerdings eine besondere Eigenart der Grillparzerschen Dramensprache außer acht gelassen, die ich als Prunkreden bezeichnet habe. Es sind deutlich abgehobene „lange" Stellen, die nicht immer Monologe sind; sie lassen sich von der „Blanka" ab mehr oder weniger durch alle Dramen Grillparzers, in vielen ganz besonders ausgeprägt, erkennen. Dabei ist ihre sprachkünstlerische und dramatische Mannigfaltigkeit zu betonen;

---

[81] Harald Antonius Reger, Das Sprachbild in Grillparzers Dramen, in: *Xerogrammata-Hochschulschriften* 2. Bonn 1968. — Joachim Kaiser, *Grillparzers dramatischer Stil*. München 1961. — Urs Helmensdorfer, Grillparzers Vers, in: *Forum* 1968, 100—115. — Herbert Seidler, Prunkreden in Grillparzers Dramen, in: *Österreichische Akademie der Wissenschaften, Phil.-hist. Kl., Sitzungsberichte* 244/4 (1964) (jetzt auch in: H. S., *Studien zu Grillparzer und Stifter*. Wien 1970, 85—117). — Norbert Griesmayer, *Das Bild des Partners in Grillparzers Dramen. Studien zum Verständnis ihrer sprachkünstlerischen Gestaltung* (Wiener Arbeiten zur deutschen Literatur 3). Wien 1972. — August Obermayer, *Die künstlerische Funktion der Topoi in den Dramen Grillparzers*. Diss. Wien 1968 (Mschr.).

sie wandeln sich im Laufe des Schaffens Grillparzers von mehr lyrischem Stimmungsausdruck (z. B. Jaromir) zu weltanschaulichen Betrachtungen. Auch sprachlich wandeln sie sich: von beinahe uferlosem Dahinfluten zu großer Verknappung und Gedrängtheit der Satzführung. Sie haben eine deutliche dramatische Funktion, einerseits schon durch die Antithetik ihres Gehalts, anderseits aber besonders durch die scharfe Entgegenstellung zu den eigentlichen Handlungsstößen, die sich bei Grillparzer vielfach in knappstem Dialog vollziehen. In den Prunkreden tritt die Kontemplation in den Vordergrund, mit ihr zugleich entfalten sich gerade in ihnen die ganzen sprachkünstlerischen Möglichkeiten Grillparzers. Sie haben damit und durch ihre markante Stellung im Ablauf der Handlung eine ausgeprägte architektonische Funktion. In ihnen erscheint die Form der großen Arie seit der Barockoper, die sich im Volksstück zur Gesangseinlage und zum Couplet wandelt, in eine rein sprachliche Gestalt übergeführt; Grillparzer schließt damit in Wien die Entwicklung zum rein sprachlichen Hochstildrama ab, die schon bei Kalchberg und Heinrich Joseph von Collin ansetzt. An einem besonderen Thema hat Norbert Griesmayer Grillparzers Sprachkunst verfolgt, an den sprachlichen Bildern, die in den Dramen für die einzelnen Figuren geprägt werden; dabei zeigt sich die Verflechtung und Entgegenstellung verschiedener Spannungsebenen, so der zwischen Figur als Individuum und als Gestaltung eines Überindividuellen; dabei gelingt von hier aus überzeugend der Nachweis der künstlerischen Geschlossenheit „Sapphos" und des „Treuen Dieners". Auch der Gegensatz von Handlungsstoß und Rhetorik taucht hier wieder in Form von Kurz- und Großbildern auf. Auch auf die künstlerische Entwicklung Grillparzers fällt von hier aus manches Licht. Endlich hat sich, wie schon beim Studium der Prunkreden, aus den Stileigenarten Grillparzers eine Art historische Beleuchtung ergeben. Obermayer konnte nachweisen, wie stark noch Topoi als Vorstellungsmodelle von literarischer Wirksamkeit in Grillparzers Dramen stilbestimmend sind, besonders in „Sappho", während sie später zurücktreten; aber als Gegenhalt und als anderes Element tritt bei Grillparzer die psychologische Differenzierung der Sprache hinzu. Im Zusammenwirken von toposbestimmter Redeführung und psychologischer Analyse ist die stilgeschichtliche Stellung Grillparzers zu sehen. Die Arbeiten der letzten Jahre haben die Betrachtung von Grillparzers Sprache von der Bindung an den klassischen Kanon gelöst und seinen Stil damit in neues Licht gerückt und ihn in seiner künstlerischen Eigenart sichtbar gemacht.

Ergebnisse aus der Analyse der einzelnen Dramen

Vieles zu den einzelnen Dramen, was auch für das gesamte Grillparzer-Bild wichtig ist, findet sich in umfassenderen Arbeiten zu Grillparzer, die in diesem Überblick schon beleuchtet worden sind. Es wird, wenn nötig, in die folgende Überschau einbezogen. Eine solche ist auch bei dem gegebenen Thema wichtig: denn auch der Blick auf die einzelnen Dramen trägt bei, das wissenschaftliche Grillparzer-Bild zu bereichern und zu präzisieren. Dabei muß gerade hier betont werden, daß es sich um die deutsche Forschung handelt und die oft sehr bedeutende in anderen Sprachen ausgeschaltet bleibt. Das einzige große vollendete Jugenddrama „Blanka von Kastilien" war bisher, durch einige Bemerkungen Grillparzers selbst auch angeregt, als Ableger des „Don Carlos" gestempelt, obwohl man zugleich erkannte, daß manche Züge der späteren Dramen sich schon hier andeuten: die Haltung zur Welt (Benno von Wiese) und die Ohnmacht des Willens (Ilse Münch). Die Einsicht in die künstlerische Struktur des Werkes hat den Seitenblick auf „Don Carlos" jetzt zurückgedrängt. Schon die deutlichen Prunkreden heben dieses Stück vom vermeintlichen Vorbild dadurch ab, daß sie nicht wie die Schillerschen Monologe zu einer Entscheidung führen, sondern eine Stimmung gestalten, die sich aus der Handlung ergibt. Nun haben gleichzeitig und unabhängig voneinander zwei Analysen in der gleichen Richtung weiter geführt[82]. Tönz weist auf die Zusammenhänge mit dem klassizistischen Wiener Theater, auf die Betonung der Affektzustände der Figuren und auf die zehn lyrischen Monologe Blankas hin; Paulsen hebt hervor, daß weder das Sohn-Vater-Problem noch das Freundschaftsproblem, noch das Politische in Grillparzers Stück eine Rolle spielen und auch die Aufbaugrundsätze verschieden sind; er betont auch, daß alle gleichzeitigen Pläne und Fragmente Grillparzers zu fünfaktigen Dramen liegen blieben, hier aber Grillparzer sich geradezu leidenschaftlich bemüht, das Ganze zu vollenden, und zwar in einem aktweisen Schaffen um große Leidenschaftsszenen herum.

Von den drei folgenden Stücken Grillparzers, in denen er in der Auseinandersetzung mit dem Wiener Theater und mit der Weimarer Klassik zu seiner eigenen Art findet, ist die Analyse der „Ahnfrau" für die Erkenntnis der Eigenart Grillparzers von besonderer Bedeutung. Seit

---

[82] Wolfgang Paulsen, Grillparzer und Schiller. Der „Don Carlos" als Vorbild der „Blanka von Kastilien"?, in: *Festschrift Detlev Schumann*. München 1970, 281—293. — Leo Tönz, Grillparzers „Blanka von Kastilien" und Schillers „Don Carlos". *Forum* 1969, 65—84.

der Uraufführung wird das Stück, was Grillparzer bei seiner Wertschätzung dieses Dramas als Last empfand, als Musterexemplar der Schicksalsdramen-Mode abgewertet. Benno von Wiese zeigt umgekehrt, wie gerade in der „Ahnfrau" der Schicksalsgedanke aus der Mode hinübergeführt wird zu einem tragischen Weltbild der hoffnungslosen Determiniertheit und des dunklen Verhängnisses. Eine ganz andere Art, aus der Behaftetheit im Vorurteil herauszukommen, ist die Einsicht in den Zusammenhang der „Ahnfrau" mit dem Wiener Theater[83]. Vor allem hat Enzinger die Züge des Wiener Volkstheaters in der „Ahnfrau" herausgehoben: die Ahnfrau als Schutzgeist, der warnt, aber nicht helfen kann, wurzelt im katholischen Schutzgeisterglauben; auch das Motiv der Erlösung einer sündigen Seele hängt damit zusammen. Das Werk ist nach Škreb aus Grillparzers Drängen nach Bühnenwirkung entstanden und so zum kunstvollen Reißer geworden. Auch die Beachtung der stilistischen Züge war imstande, die unverkennbare Einmaligkeit des Stückes zu umreißen. Vor allem hat Joachim Müller diese Züge herausgehoben[84]. Es sind dies nach ihm: die Bildfelder des Blutes und Grauens; die Emphase, sprachlich geformt durch Wiederholung, Anaphern und Ausrufe; der Verbalstil. Das alles führt zum dahinjagenden Tempo. Müller bezeichnet diese Züge als barock; aber gerade das Tempo, der Verbalstil und das Fehlen der Antithetik in Rhythmus und Gehalt sprechen gegen diese Bezeichnung. Der Stil selbst ist aber von Müller klar umrissen worden. Er schon hat auch Jaromirs Tiraden mit Prunkreden verglichen. Diese rhetorischen Entladungen kennzeichnen die „Ahnfrau" und ließen gerade auch an ihnen die einführende Charakterisierung der Prunkreden entwerfen. Kein deutsches Drama von Lessing bis Hebbel hat eine solche Struktur aufzuweisen: die stark ausgebauten Höhen bestehen in heftigen lyrischen Reaktionen der Hauptgestalt auf Situationen, nicht deren dramatische Ausgestaltung ist die Hauptsache. Wieder andere Züge arbeitet die selbständige Schrift von Wolfgang Paulsen heraus[85]. Sie entwirft zwei Hauptthesen. Einmal die von der weitgehenden Anregung der „Ahnfrau" durch Schiller, und zwar durch die

---

[83] ENZINGERS Aufsatz in O. KATANNS *Grillparzer-Studien*. Wien 1924: Franz Grillparzer und das Wiener Volkstheater, 9—39. — C. NOCH, *Grillparzers „Ahnfrau" und die Wiener Volksdramatik*. Diss. Leipzig 1911. — ZDENKO ŠKREB, Warum hat Grillparzer die „Ahnfrau" geschrieben?, in: Grillparzer-Studien, in: *Festschrift für J. F. Schütz*, Graz 1954, 127—133. — Die Wirkung der „Ahnfrau" im Wiener Volkstheater verfolgt MARGRET DIETRICH, „Die Frau Ahndel", in: *Forum* 1970, 62—76.

[84] JOACHIM MÜLLER, Die sprachliche Struktur von Grillparzers „Ahnfrau", in: *GRM* 24 (1936) 100—112.

„Räuber" in den Motiven, wobei übersehen wird, daß das schon Martin Greiner gesagt hat, und durch die lyrischen Gedichte im viertaktigen Trochäus. Aber der andersartige Charakter der Grillparzerschen Trochäen wird ebenso übersehen wie Grillparzers eigener Hinweis auf Calderón und sein Zusammenhang mit der Wiener Theatertradition. Dann die These, daß die „Ahnfrau" eine Erlebnisdichtung sei: Schundlektüre und Gespensterfurcht im Vaterhaus regen an; dazu tritt der Ahnfrau-Komplex im Thema Mann – Weib (Berta als Urweib, Jaromir als Trieb zum Weib). In Grillparzer selber sind solche Komplexe lebendig gewesen, und daraus gewinnt das Drama die geschlossene Einheit. Dabei hat Paulsen noch sehr präzisierende Angaben zur Quelle des Werkes gemacht. Freilich bleibt die Frage, ob die hier in der Grillparzer-Interpretation das erste Mal deutlich werdenden psychoanalytischen Deutungen nicht zu überspitzt sind. Sie werden abgelehnt in der großen Abhandlung von H. C. Seeba, die mit dem literarischen Kampf um die „Ahnfrau" und ihrer theatergeschichtlichen Wirkung im 19. Jahrhundert beginnt und daran eine gründliche Analyse anfügt. Diese geht von Jaromir als der zentralen Gestalt aus. In ihm wird die Schein-Seins-Problematik des Verwechselns und Erkennens in das Innere verlegt; so sind die aristotelischen Begriffe der Anagnorisis und der Peripetie für die Struktur des Stückes wichtig. Das Schicksal wird entgegen Grillparzers eigener Auffassung als notwendig erkannt, nämlich als Projektion des Inneren ins Äußere und als Form, in der sich Jaromir in der Umarmung der Ahnfrau wieder in den Familienzusammenhang einordnet. Grillparzer hat — und damit stellt Seeba die „Ahnfrau" in einen wichtigen historischen Zusammenhang — den durch Selbstentfremdung Zerrissenen des 19. Jahrhunderts auf der Suche nach sich selbst tragisch gestaltet. Daß das mit den Mitteln des Wiener Volksstücks geschieht, hat Seeba zu wenig betont.

Nachdem Backmann die Entstehungsgeschichte der „Sappho" und die möglichen Quellen herausgearbeitet hat[86], sind vor allem zwei Fragenkreise um dieses Drama häufig beleuchtet worden. Zunächst das Künstlerische[87]. Gegen die Verkennung der Sprachkunst in diesem

---

[85] Wolfgang Paulsen, *Die Ahnfrau. Zu Grillparzers früher Dramatik.* Tübingen 1962 (Untersuchungen zur deutschen Literaturgeschichte 1). Zum Hinweis auf Martin Greiner vgl. Anm. 39. — Heinrich C. Seeba, Das Schicksal der Grillen und Parzen. Zu Grillparzers „Ahnfrau", in: *Euph.* 65/2 (1971) 132—161.

[86] Reinhold Backmann, Zur Entstehungsgeschichte „Sapphos", in: *Grillparzer-Studien* (hrsg. von O. Katann). Wien 1924, 95—129.

[87] Herbert Seidler, vgl. Anm. 80. — Roy C. Cowen, Zur Struktur

Drama durch Gerhart Baumann als librettohaft und süßlich habe ich versucht, deren Art und Bedeutung vor allem am inneren Reichtum der Bilder, ihrer Bewegtheit und ihrer Symbolhaftigkeit in den Raumbildern für Kunst und Leben zu betonen; dabei habe ich auch auf die Rahmung und die rhetorische Durchgestaltung des Finales hingewiesen. Cowen hat die Geschlossenheit dieser Tragödie als besonders streng auszuweisen versucht und dabei eine gewisse Starrheit und Mangel an Fluß feststellen wollen. Demgegenüber hat Griesmayer die künstlerische Ganzheit und Rundung gerade in der Verflechtung von Spannungsebenen aufgedeckt. Dann das Menschliche, das ja vor allem in der Verbindung von Künstler- und Frauenschicksal besteht[88]. Vortriede sieht in diesem Werk die Künstlerproblematik des 19. Jahrhunderts ein erstes Mal aufbrechen, die darin besteht, daß sich der Künstler von der Gesellschaft lostrennt und sich mit seiner Kunst auf sich selbst verwiesen sieht. Dabei werde das Leben nicht in seiner Fülle geformt, sondern als bürgerlich-beschauliches Dasein, die Kunst im Bild des Paradieses wird von Sappho nur mehr als wehmütige Erinnerung gesehen. Benno von Wiese betont den Konflikt zwischen dichterischem Glanz und dem irdischen Verlangen nach Glück und Liebe, der Tod erscheint so als Flucht aus dem unlösbaren Widerspruch. Dyck hat aufgezeigt, wie Grillparzer in Sapphos Leidenschaft als totaler Ergriffenheit vom klassischen Humanitätsbegriff abrückt; freilich hat er dabei übersehen, wie das auch in der Sprache deutlich ist. Was Joachim Müller schon in seinem Buch angedeutet hat, daß Sappho an ihrer Gespaltenheit zugrunde gehe, stellt er jetzt in einer Abhandlung überscharf heraus: Der Weg Sapphos sei der der Verfremdung der hohen Dichterin zur eifersüchtigen Hysterikerin; seit dem Dolchstoß vergehe sie sich gegen Menschenrecht und Menschenwürde, ihre Entmenschung führe im Todessturz zum absoluten Auslöschen. So läßt Müller auch keine Rückkehr zur Kunst gelten, daher komme die Rahmenkonzeption nicht zum Tragen. Ob sich diese Deutung bei genauer Analyse des ganzen vierten und fünften Aufzugs voll aufrecht halten läßt, bleibt doch fraglich. Auf alle Fälle aber zeigt die „Sappho“-Forschung, wie Grillparzer gerade in diesem Drama mit einer neuen

---

von Grillparzers „Sappho“, in: *Forum* 1968, 58—71. — NORBERT GRIESMAYER, vgl. Anm. 81.

[88] WERNER VORTRIEDE, Grillparzers Beitrag zum poetischen Nihilismus, in: *Trivium* 9 (1951) 103—120. — BENNO VON WIESE, siehe Anm. 68. — J. W. DYCK, Goethes Humanitätsidee und Grillparzers „Sappho“, in: *Jb.* 3. F. 4 (1965) 65—79. — JOACHIM MÜLLER, Figur und Aktion in Grillparzers „Sappho“-Drama, in: *Forum* 1970, 7—43.

Kunst psychologische Probleme angeht, die tragischen Möglichkeiten modernen Menschentums formt und damit über den angeblichen Klassizismus hinausgeht.

Auch zum Werdegang des „Goldenen Vließes" hat Backmann eine Studie geschrieben, wobei besonders die inneren Schwierigkeiten und Hemmungen des Dichters heraustreten[89]. Selbstverständlich hat die radikale Tragik in diesem Werk besondere Beachtung gefunden. Das Menschensein selbst erscheint hier schon als Tragödie, gestaltet am Kampf Medeas um die Bewahrung ihres innersten Wesens (Münch); in diesem Kampf wird die illusionslose Erkenntnis der eigenen Wesensvernichtung greifbar (Müller); die umfassende Tragik des Werkes stellt vor allem Benno von Wiese heraus: den unüberbrückbaren Kulturgegensatz, die Verfallenheit an die Vergangenheit und an die Welt und die Tatsache, daß selbst die Gnade des Todes hier versagt ist. Seither sind vier wichtige Arbeiten im deutschen Sprachraum erschienen, die Grillparzers Dichtertum gerade an diesem umfangreichsten dramatischen Werk des Dichters untersuchen[90]. Rudolf Stiefel hält, ausgehend von Walter Muschg, das „Vließ" für Grillparzers größtes Kunstwerk, da es Ausdruck seines tiefsten Wesens sei. Dabei verteilt er die Gewichte der Betrachtung anders, als das bisher üblich war. „Die Argonauten" sind ihm Höhe und Kern des ganzen Werkes; in der Begegnung von Jason und Medea, die das Zentrum der „Argonauten" sei, stelle Grillparzer den Geschlechtsrausch dar. Die reine Ehetragödie „Medea" dagegen drängt Stiefel stark zurück. Konrad Schaum sieht im „Vließ" eine Art Welttheater; denn es verflechten sich in ihm individuelle und universelle Vorgänge: in Medea stößt das an ewige Gesetze gebundene menschliche Sein mit der Unterworfenheit des Menschen unter eine Vielfalt von zeitlichen, kausalen und relativen Möglichkeiten zusammen. Fülleborn hat die Gestaltung des dramatischen Vorgangs bei Grillparzer zunächst gerade an diesem Werk herausgearbeitet. Auch er hält es für Grillparzers umfassendstes und kühnstes Drama. In ihm wird die Kluft von erweislosem Geschehen, dem alle Gestalten, vor allem Medea, unterworfen sind,

---

[89] Reinhold Backmann, Vom Werdegang des „Goldenen Vließes", in: *Grillparzer-Studien* (hrsg. von O. Katann), Wien 1924, 130—183.

[90] Rudolf Stiefel, *Grillparzers „Goldenes Vließ". Ein dichterisches Bekenntnis.* Bern 1959. — Konrad Schaum, Gesetz und Verwandlung in Grillparzers „Goldenem Vließ", in: *DVjs* 38/3 (1964) 388—423. — Ulrich Fülleborn, vgl. Anm. 39. — Horst Steinmetz, *Die Trilogie. Entstehung und Struktur einer Großform des deutschen Dramas nach 1800.* Heidelberg 1968 (über das „Vließ" 118—134).

und Tat als vom menschlichen Willen gesetzte Kausalreihe am tiefsten geführt, aber ebenso ihre Verflechtung, indem gerade das Werden der Tat zugleich auch als Geschehnis erscheint. Eine höchst beachtliche Strukturanalyse der Vließ-Dichtung bietet die Arbeit von Horst Steinmetz über die deutsche Trilogie. Er faßt unter Trilogie eine Großform, in der jeder vorangehende Teil für den folgenden die notwendigen Voraussetzungen bringe, also zwar ein Drama für sich bilde, aber durch die folgenden innerhalb des Ganzen relativiert werde; das sei zyklische Anlage. Im „Vließ" liege im Gegensatz zu den romantischen Trilogien eine einlinige Entwicklung bis zum Ende vor. Der „Gastfreund" ist ein reines Vorspiel; die „Argonauten" führen das im „Gastfreund" Exponierte aus, sie wären aber auch ohne das Vorspiel sinnvoll, dieses aber erhält erst durch die „Argonauten" seinen Sinn; es besteht also kein zyklischer Zusammenhang. „Argonauten" und „Medea" sind beides selbständige Dramen, aber jene enden offener, dieses ist voller Abschluß. Entscheidend ist nun für Steinmetz, daß „Gastfreund" und „Argonauten" als Einheit dastehen, aber von „Medea" her durch die Hauptgestalt Medea einen neuen Sinn erhalten. Die beiden ersten Teile werden so zur großen Exposition der „Medea", der „Gastfreund" zugleich zu einem Teil der „Argonauten". Es liegt also ein zweiteiliger Zyklus vor. Es gibt nur schwache Ansätze zu einer trilogischen Struktur, die aber nicht zum Tragen kommen, das Werk hat nur zwei, nicht drei Schwerpunkte: aus einem Schicksalsdrama entsteht die Charaktertragödie Medeas. Das Vließ selbst ist bloß Symbol und bleibt ohne Einfluß auf die Struktur.

Vor dem Übergang zur zweiten Gruppe der Dramen Grillparzers, in denen in Annäherung an einen mehr realistischen Stil historische Vorgänge gestaltet werden und ein gewisses Abrücken von einer ausweglosen Tragik zu beobachten ist, sei auf das Opernlibretto „Melusina" hingewiesen. Orel hat in seinem Buch[91] alles zusammengestellt, was zur Geschichte des Melusinentextes und zum Verhältnis zwischen Grillparzer und van Beethoven zu sagen ist. Daß es zu keiner fruchtbaren Zusammenarbeit kam, sieht er im Unterschied der beiden Persönlichkeiten und in der Musiktradition, in der Grillparzer stand, begründet; die Tatsache, daß Grillparzer hier wieder ganz aus den Motiven und künstlerischen Eigenarten des Wiener Volksstücks schuf, gerade dies aber Beethoven fremd war, ja fremd sein mußte, hat er zu wenig herausgearbeitet. Nun ist aber noch zweimal der Versuch unternommen worden, „Melu-

[91] ALFRED OREL, vgl. Anm. 22.

sina“ im Rahmen von Grillparzers Schaffen sehr stark hervorzuheben[92]. Nadler rückt in seiner Konstruktion von Grillparzers dramatischem Schaffen, wie wir gesehen haben, „Melusina“ ins Zentrum: es sei Grillparzers tiefste Dichtung und reinste Selbstdarstellung, eine dramatische Gestaltung der Spannung zwischen Idee und Wirklichkeit, des Drängens der Idee nach Verwirklichung, das alles eingeformt in ein Märchenspiel Alt-Wiener Stils. Dasselbe Werturteil, „Melusina“ sei Grillparzers tiefste Dichtung, sucht Suchy tiefenpsychologisch zu unterbauen. Er verfolgt den Melusinenstoff bis in die Zeit Grillparzers. Er sieht im Stück die Verbindung von Denkspiel als Gestaltung poetischer Ideen und Traumspiel, das nun tiefenpsychologisch beleuchtet wird. Dabei deutet Suchy, zum Unterschied von Nadler, Melusine nicht als Idee, sondern als Seele und Elementargeist: anima hat das Streben nach Realisierung im Irdischen; so werde der Weg vom Mythischen zu Individuation und Bewußtseinsbildung dargestellt. Der Beweis, daß „Melusina“ Grillparzers tiefste Dichtung sei, wird nur tiefenpsychologisch zu erbringen versucht, vom Dichterischen her ist er weder von Nadler noch von Suchy erbracht.

Mit „König Ottokars Glück und Ende“ steht nach vielen Plänen und Fragmenten das erste vollendete Geschichtsdrama Grillparzers vor uns, zugleich sein erstes Habsburgerstück. Die Bedeutung des Werkes läßt sich schon aus der Fülle der verschiedensten Fragen erkennen, die die Forscher immer wieder aufgegriffen haben. Dabei sind die Deutungen oft durchaus widersprüchlich, ein Beweis für den Reichtum an Aspekten und mancher Vieldeutigkeit in Gestalten und Szenen. Die ganz große Theaterwirksamkeit steht dabei wohl in allen Interpretationen außer Frage. Dagegen wurde die Entgegenstellung von Ottokar und Rudolf immer schon sehr verschieden beurteilt[93]. Alker sieht in Ottokar eine elementare Kraft barocken Gepräges, in Rudolf einen pedantischen Schulmeister, Fricke umgekehrt in Ottokar einen jämmerlichen Prahlhans. Verwandt sind untereinander die Sichten von Joachim Müller und Benno von Wiese. Müller betont die Hybris Ottokars, der am Schluß trotz Reue innerlich zerstört sei, von Wiese sieht in Ottokar einen starken seelischen Bruch vom Herrscher zur Kreatur; beide heben Rudolf stark

---

[92] Josef Nadler, *Franz Grillparzer* (vgl. Anm. 27), 159—162. — Viktor Suchy, Franz Grillparzers „Melusina“. Versuch einer stoff- und motivgeschichtlichen Interpretation unter tiefenpsychologischem Aspekt, in: *Jb.* 3. F. 7 (1969) 61—135.

[93] Ernst Alker, vgl. Anm. 36. — Grehard Fricke, vgl. Anm. 69. — Joachim Müller, vgl. Anm. 67. — Benno von Wiese, vgl. Anm. 68.

heraus: als den geretteten Menschen und als den aus Gott lebenden Herrscher. Drei Interpretationen sind für die Deutung des Dramas und die Beleuchtung von Grillparzers Dichtertum besonders wichtig[94]. Emil Staiger hebt die Bühnenwirksamkeit des Stückes hervor, ferner den Vanitas-Gedanken, der es mit der Barockhaltung verbindet, aber auch aus der kaum mehr zu bewältigenden Lebensfülle erwächst. Zugleich wird der Drang Grillparzers betont, auch hier einen bewahrenden Raum auszusparen; damit weist Staiger auf die geschichtliche Situation des Österreichers Grillparzer hin. Eindringlich hat Staiger vor allem auch die beiden Frauengestalten im Zusammenwirken ihrer positiven und negativen Züge charakterisiert, vor allem aber Rudolf in seiner Haltung der Ehrfurcht, aber auch in seiner architektonischen Funktion. Walter Naumann erhellt vor allem vom Gehalt her das Werk. Ottokar steht in der Mitte seiner Betrachtung. Es gelingt Grillparzer hier eine neue Gestaltung des Themas Schuld und Schicksal; Ottokar gehe den Weg von Demütigung zu Reue und Machtlosigkeit. Naumann weist zugleich auch auf das Welttheatermotiv hin: Rudolf der Wertmaßstäbe setzende Gott, Ottokar der Mensch, der zu Reue und Einsicht geführt werde; dabei ist aber das Neue: Rudolf ist Mensch und repräsentiert das Historische als Maßstab; so wird deutlich, wie Grillparzer überkommene Formen übernimmt, aber in der Gestalt wandelt und mit neuem Sinn erfüllt. Im eingehenden Vergleich mit „Wallenstein" hebt Kurt Partl wichtige Züge der Ottokar-Dichtung heraus: es ist ein Geschichtsspiel aus dem katholischen Raum, das Walten eines Absoluten wird dabei greifbar. Die Architektur ist durch die Heilsgeschichte der Seele bestimmt: Verblendung; Erschütterung und Sinken; Läuterung und Gnade. In der Personengestaltung sieht Partl mit Recht die beginnende psychologische Differenzierung des 19. Jahrhunderts. Im Stil verbinden sich Sprachrealismus und Weiterwirken der Barockrhetorik. In der Tragik verbindet sich ein geschichtlicher Zusammenhang von Schuld und Sühne mit einer religiösen Sicht, in der sich Züge der Jesuiten- und Benediktiner-Dramatik mit der Festspieltradition der Kaiserspiele verbinden. In dieser Arbeit tritt auch die geschichtliche Stellung des Werkes in der Tradition des österreichischen

[94] EMIL STAIGER, Grillparzer: König Ottokars Glück und Ende, in: *Meisterwerke deutscher Sprache aus dem 19. Jahrhundert.* Ab 2. Aufl. Zürich 1948, 163—185. — WALTER NAUMANN, Grillparzer. König Ottokars Glück und Ende, in: *Das deutsche Drama vom Barock bis zur Gegenwart* (hrsg. von B. v. WIESE), Düsseldorf 1958, 1, 405—421. — KURT PARTL, *Friedrich Schillers „Wallenstein" und Franz Grillparzers „König Ottokars Glück und Ende". Eine vergleichende Interpretation auf geschichtlicher Grundlage.* Bonn 1960 (jetzt in neuer Auflage).

Dramas und in Grillparzers Schaffen selbst heraus. Auch der geschichtsphilosophische und politische Gehalt wird deutlich. Ihn hat schon Sengle herausgearbeitet[95], auch Friedrich Koch beleuchtet ihn in einer Arbeit, die noch später berührt werden muß[96], ohne den beiden Hauptgestalten gerecht zu werden. In ganz eigenartiger und neuer Weise treten nun diese Seiten des Dramas in einer Arbeit von Steinhagen heraus[97]: Ottokar ist der Verblendete, der schrankenlose Subjektivist, der gegen sein Wissen handelt und trotz der Reue keine Umkehr erlebt. Er scheitert, da sein Drang nach Selbstverwirklichung das Recht der anderen Menschen darauf mit Füßen tritt. So gefährdet er die Ordnung, und die Gemeinschaft lehnt sich auf. Grillparzers Werk gestalte also die im Menschen gelegene Möglichkeit eines tragischen Konflikts zwischen Individuum und Gesellschaft. Rudolf ist der Herrscher, dem es darum geht, allen Menschen Selbstverwirklichung zu ermöglichen. Grillparzer gestaltet dieses Geschehen als exemplarischen Fall und läßt das Allgemeine durchleuchten; einmal durch die dem damaligen Publikum bewußte Annäherung an Napoleon, dann durch die wichtigen Vorausdeutungen des Falles Ottokars schon vor dem Beginn des dramatischen Vorgangs. Zugleich weist Steinhagen auf eine verhüllte Zeitkritik hin: Indem Grillparzer Rudolf als idealen Herrscher mit Zügen Josephs II. ausstattet, beleuchtet er zugleich kritisch das Regime seiner Zeit. Das Stück sei nicht konservativ, sondern fortschrittlich, denn Ottokar falle, weil er auf veraltetem Herrschaftsbegriff beharre. Hier sind sicher Züge aufgedeckt, die bisher zu wenig beachtet wurden. Aber es geht nicht an, nur aus dem Gegensatzpaar konservativ-fortschrittlich den sozialen Gehalt des Dramas ganz erfassen zu wollen. Leider hat Steinhagen wichtige Arbeiten, wie die Fülleborns, Partls, Roger Bauers usw. überhaupt nicht zur Kenntnis genommen, so daß er sich jede Möglichkeit einer wissenschaftlichen Auseinandersetzung abgeschnitten hat. Nur mit Claus Trägers Ansätzen setzt er sich auseinander.

Aus mehreren und gegenüber „Ottokar" auch anderen Gründen wird der „Treue Diener seines Herrn" besonders in der jüngsten Forschung immer wieder analysiert. Gerade in dieser Streubreite wissenschaftlicher Interessen enthüllt sich zugleich der dichterische Reichtum

---

[95] Siehe S. 74 f. dieser Arbeit.

[96] FRIEDRICH KOCH, Grillparzers Staatsdramen, in: *GRM* 37/1 (1956) 15—31.

[97] HARALD STEINHAGEN, Grillparzers „König Ottokar". Drama, Geschichte und Zeitgeschichte, in: *Jahrbuch der deutschen Schillergesellschaft* 14 (1970) 456—487.

in Grillparzers Schaffen. Gewiß ist seit den Arbeiten und Einleitungen August Sauers immer schon die Eigenart und Feinheit des Stückes erkannt und unterstrichen worden (Vancsa, Katann). Seit etwa drei Jahrzehnten stehen vor allem zwei Aspekte im Vordergrund. Der eine ist der von Staat und Ordnung. Die etwas zu einfache Aufteilung Kochs[98] vom Staat, der die Ordnung repräsentiert, und von der Unordnung, die in der Königin und ihrem Bruder lebendig wird, hat schon von Wiese vertieft und differenziert, indem er die Vielschichtigkeit des Gehalts betont: Bancban ist tragisch, da er in eine Aufgabe gestellt ist, für die er wohl die Treue, aber nicht die Begabung mitbringt; so opfert er sich und muß auf seine Selbstverwirklichung verzichten, die in der stillen Beschaulichkeit läge. Hier schließt von Wiese an Ilse Münch an. Wichtig ist das Bild des Staates, das von Wiese mit aller Deutlichkeit aufzeigt: als Sinnbild und Garant der Ordnung den Menschen gesetzt, gerät er doch selbst in die Trübung und Anfälligkeit der Menschenwelt. Hier führen die Arbeiten von Schaum und von Matt weiter[99]. Jener hebt hervor, wie das Ringen zwischen Bewahrung der Ordnung und Bedrohung durchs Chaotische in diesem Drama an einer ganz bestimmten geschichtlichen Lage dargestellt werde; dieser arbeitet gerade am „Treuen Diener" das Zusammenstoßen zweier Gegenwelten heraus, das bis in die einzelnen Motive, Gebärden und Bühnenvorgänge anschaulich werde. Der andere Aspekt ist der psychologische. Er wird ja in der neueren Grillparzer-Forschung — nicht bloß in der deutschen — sehr stark betont; einerseits weil ja Grillparzer selbst gerade durch die psychologische Differenzierung der Probleme und Figuren sich von den früheren Perioden der deutschen Dramengeschichte abhebt, anderseits weil er eben dadurch gewissen Richtungen der modernen Literaturwissenschaft besonders entgegenkommt. Schon Joachim Müller wies in seinem Buch über Grillparzers Menschenauffassung auf die Eigenart Ottos und dessen künstlerische Gestaltung hin. Vier Arbeiten sind nun dafür besonders kennzeichnend und verteilen die Schwerpunkte ihrer Betrachtung auf je andere Erscheinungen, so daß gerade alle zusammen die große psychologische Kunst dieses Dramas erkennen lassen[100]. Howald untersucht vor allem

---

98 Siehe Anm. 96.

99 KONRAD SCHAUM, Grillparzers Drama „Ein treuer Diener seines Herrn". *Jb.* 3. F. 3 (1960) 72—93. — PETER VON MATT, vgl. Anm. 73.

100 ERNST HOWALD, Ernys Schuld. Zum Problem der dichterischen Gestaltung bei Grillparzer, in: E. HOWALD, *Humanismus und Europäertum*. Zürich 1957, 230—247. — URS HELMENSDORFER in seinem Anm. 72 erwähnten Buch 30—68. — HEINZ POLITZER, Verwirrung des Gefühls: Franz Grillparzers „Ein treuer Diener seines Herrn", in: *DVjs* 39/1 (1965) 58—86. —

Erny, deren Darstellung durch den Dichter sich auf des Messers Schneide zwischen Unschuld und Gefahr, einer Versuchung zu unterliegen, bewegt. Helmensdorfer intensiviert die psychologische Beleuchtung gegenüber Howald, indem er vor allem das feine Verschweben der Beziehungen zwischen Otto, Erny und Bancban herausarbeitet. Immerhin betont er auch die tiefe Dramatik und die Theaterkunst des Stückes, weniger Verständnis bringt er dem Bau entgegen. Politzer steigert gegenüber Helmensdorfer noch die psychologische Interpretation: er leuchtet in die Bindungen zwischen Erny und Otto hinein und stellt nun auch die Königin, vor allem in ihrer seelischen Bindung an Otto, heraus. Aber Bancban kommt dabei zu kurz, Politzer vermag ihm nichts abzugewinnen, er verkennt damit die Bedeutung der Staatshandlung fürs Stück, vernachlässigt also die Gesamtstruktur des Werkes. Baumann arbeitet seinerseits Bancban in der Bedeutung für das Drama und in der künstlerischen Gestaltung heraus. Gerade das interessante Zusammenspiel zwischen Staatshandlung und Seelenkonflikt im Binnenteil ist das Eigenartige des Stückes. Darauf weisen entgegen diesen beinahe ausschließlich psychologischen Analysen vor allem die Arbeiten hin, die die Rahmenkunst Grillparzers untersuchen[101]. Hier schließt Griesmayer an, der gerade am ,,Treuen Diener“ von seiner Fragestellung aus die Kunst der Verflechtung und Ganzheitsbildung eines reichen Gefüges betont[102].

Die nächsten drei Dramen Grillparzers zeigen die ganz spezifischen Eigenarten seiner Dramenkunst in vollendetster Weise. Von August Sauers Einleitungen zu den ersten von ihm betreuten Cotta-Ausgaben an ist immer wieder die Feinheit und Verhaltenheit der Hero-Tragödie ,,Des Meeres und der Liebe Wellen“ unterstrichen worden, nur Alker hat das Werk in seinem Grillparzer-Buch beinahe ausschließlich negativ gesehen, fast als Abklatsch von Wiener Kleinbürgerverhältnissen. Die Tragik vor allem hat immer wieder zu Interpretationen geführt. Volkelt sah sie im Mißverhältnis zwischen der Endlichkeit des Menschen und der Unendlichkeit des Gefühls, Lessing im Kampf zwischen dem Recht der Natur und den Gesetzen der Sitte. Besonders eindringlich ist die Darstellung Ilse Münchs. Sie betont, daß es sich nicht um den Konflikt zwischen Priesterin und Liebender handle; Hero fühle im Grunde die Unnatürlichkeit der priesterlichen Einschränkung. Hier schließt Mulot

---

Gerhart Baumann, Nachwort zur *Reclam-Ausgabe* (Nr. 4383), auch *Forum* 1965, 26—36, jetzt in: G. B., *Zu Franz Grillparzer, Versuche zur Erkenntnis.* Heidelberg 1969, 30—44.

[101] Vgl. Anm. 74 und Text S. 80 f.

[102] Vgl. Anm. 81 und Text S. 84.

an[103], und auch ich konnte die Äußerlichkeit ihrer Priesterauffassung bis ins Sprachliche nachweisen[104]. Das Entscheidende ist für Münch, daß sich in der Liebe Heros und ihrem Ende der Widerspruch zwischen innerer Selbstbewahrung und Bedürfnis nach liebender Hingabe als unauflöslich herausstelle. Das ist in zweifacher Richtung noch differenziert worden: Joachim Müller betont die Ausgesetztheit der Liebenden, da im Augenblick der Liebe die Welt zum Menschen einbreche. Benno von Wiese sieht das Tragische darin, daß höchste Daseinserfüllung in der Liebe nur mit der Hingabe des Lebens erkauft werden könne. Doch konnte zugleich aufgezeigt werden, wie in der Liebe die Vollendung des Menschen über den Tod hinaus geführt werde[105]. Als besonderer Zug der künstlerischen Durchgestaltung dieser Tragödie ist schon früh die Verhaltenheit erkannt worden. Zugleich zeigt sich, daß der ganze seelische Reichtum in der Hero-Gestalt, aber auch in der Konfiguration der Personen und in ihrer individuellen Art bis ins letzte hinein sprachlich Gestalt wird. In den Wandlungen und Bezügen der Symbole von Lampe und Meer ist der dramatische Verlauf spürbar[106]. Das Künstlerische wird auch in den Überlegungen von Matts sehr deutlich: das Aufeinanderprallen zweier auch räumlich charakterisierter Gegenwelten, das Eindringen des Fremden und das Ausbrechen aus der eigenen Lebenssphäre, das zu einer neuen Daseinsmitte, aber nur für den Augenblick, führt. Noch fehlt aber eine ausführliche Darstellung der Kunst des vierten Aufzugs, die trotz aller von Grillparzer selbst schon erkannten Problematik groß ist in der Art, wie Müdigkeit und Sehnsucht als solche zwar deutlich werden, aber trotzdem auch diese Stimmung durchaus dramatisch und geradezu erregend durchgeführt wird.

So kennzeichnend „Der Traum ein Leben“ für Grillparzer ist, so wenig[107] hat er bisher die Forschung angeregt; ja es ist sogar vorgekommen, daß ein Werk über Grillparzer dieses Drama bewußt ausläßt[108]. Benno von Wiese hat den gebrochenen Charakter Rustans betont und mit Recht das bei Grillparzer so wichtige Motiv, daß Handeln in Schuld führe, auch für dieses Spiel als grundlegend erkannt. Aber der Schluß biete auf keinen Fall eine glatte Lösung: die Gefahr der Gespaltenheit

---

[103] ARNO MULOT, Grillparzers Hero, in: *WW* 5/3 (1954/55) 139—143.

[104] Vgl. Anm. 80.

[105] KURT ADEL, Grillparzers Hero-Drama (und Kleists „Penthesilea“), in: *Jb.* 3. F. 7 (1969) 143—201.

[106] HERBERT SEIDLER, vgl. Anm. 80.

[107] Die einzige selbständige Monographie stammt von STEFAN HOCK, 1904; ERICH HOCK hat in *ZfD* 54 (1940) 49—65 eine Interpretation gegeben.

[108] Die Arbeit BERND BREITENBRUCHS, vgl. Anm. 41.

des Ich bleibt, die Bewährung Rustans muß erst kommen, so ist es ein gedämpftes, ja zweideutiges Ende. Jost Hermand hat in seinem Biedermeierbuch diese an sich sehr bedeutsame Tatsache vielleicht zu stark herausgehoben[109]. Neben dem eigenartigen Umstand, daß Grillparzer hier das erstemal den Bereich der Tragödie zwar verläßt, aber die tragischen Motive doch weiterwirken, ist vor allem die künstlerische Gestaltung doch in ihrer Eigenart erkannt worden. Die beinahe nirgends so offen wie hier zutage liegenden Zusammenhänge mit dem Volksstück hat Enzinger scharf herausgestellt. Ich selbst habe die Rahmentechnik und die Bedeutung der Prunkreden unterstrichen: in diesem Stück haben die Prunkreden besondere rahmende Funktion, zugleich verbinden sich hier beide Züge der Prunkreden, der lyrische Ausbruch und die weltanschauliche Aussage[110]. Gerhart Baumann hat die künstlerische Bedeutung des Werkes in seiner Monographie voll erkannt und vor allem die Meisterschaft Grillparzers in der Auswertung und Weiterführung großer Überlieferungen herausgehoben. Eigenartig hat Mühlher die Komposition beleuchtet[111]. Sie ist ihm bestimmt durch eine Verbindung des barocken Gleichnisses vom Lebenstraum und der Spekulation über den Geist der Musik, wie sie seit dem 19. Jahrhundert wichtig wurde. Grillparzers Skepsis gegen den wachträumenden Tatmenschen gründe in diesem Geist der Musik, der allerdings in seinem Wesen nicht ganz klar wird. Beachtlich für den künstlerischen Reichtum der Komposition ist dabei die Beobachtung, man könne auch den Rahmen für einen Traum halten.

Das Lustspiel Grillparzers „Weh' dem, der lügt!“, das auf dem Theater immer wieder Schwierigkeiten bietet, ist umgekehrt durch die dauernden wissenschaftlichen Bemühungen in seinem menschlichen und künstlerischen Wert immer klarer herausgetreten. Freilich gibt es auch unter den Wissenschaftlern Stimmen, die das Stück ablehnen, z. B. Alker und Gerhart Baumann. Vor allem hat das Wahrheitsproblem zur Untersuchung angeregt[112]. Katann zeigt die Rolle, die diese Frage über-

---

[109] Vgl. S. 180—183 des Anm. 39 erwähnten Buches.

[110] Enzinger, siehe Anm. 34. — Herbert Seidler, die Anm. 74 und 81 erwähnten Arbeiten.

[111] Robert Mühlher, Lebenstraum und Geist der Musik in Grillparzers dramatischem Märchen „Der Traum ein Leben“. In: *ÖGL* 1963, 320—332.

[112] Oskar Katann, „Weh' dem, der lügt!“ und das Problem der Wahrheit, in: *Grillparzer-Studien* (hrsg. von O. Katann), Wien 1924, 184—220. — N. Perquin, S. J., Die Lüge in Grillparzers „Weh' dem, der lügt!“, in: *Verzamelde opstellen* (Festschrift für Scholte), 1947. — Hellmuth Himmel, Die Wahrheit in Grillparzers Lustspiel „Weh' dem, der lügt!“, in: *Peripherie*

haupt in Grillparzers Leben, aber auch in der damaligen Zeit gespielt hat, und rückt in der Frage nach den philosophischen Anregungen den Religionsprofessor Jakob Frint viel stärker als Kant in den Vordergrund. Er weist auf die Entwicklung Leons, besonders auf die entscheidende Wendung beim Fährmannserlebnis hin und versucht darzulegen, daß Bischof Gregor am Schluß von seiner Wahrheitsforderung nicht abgehe, Perquin, den wir als Niederländer hier nur streifen, möchte die Wahrheitsfrage in diesem Spiel nicht zu ernst auffassen. Wohl aber tut das in einer neuen Untersuchung Himmel. Er denkt doch wieder an Kantische Anregungen, wenn auch nicht so sehr direkt als im Rahmen damaliger Diskussionen überhaupt. Er weist an einer sehr eingehenden Interpretation der Lügen und Wahrheitsaussagen Leons dessen innere Entwicklung auf. Die erste und letzte Lüge, beide vor dem Bischof, gehören in den Rahmen. Im Binnenstück seien die Lügen eher rhetorische Figuren und beim (Koch-)Künstler Leon geradezu versteckte Verteidigungen der Freiheit der Kunst durch den Dichter. Die ersten Wahrheitsaussagen bei Kattwald seien gefahrlos, da sie nicht ernst genommen werden, mit der Schlüsselsuche beginne Zunahme des Ernstes in den Wahrheitsaussagen und damit zugleich Gefährdung; von der Wahrheit im bloßen Wort als intellektueller Aufgabe schreite Leon zur Wahrheit in Wort und Tat als sittlicher Aufgabe fort. Der Bischof aber erkenne am Ende, daß auch im bunten Kleid scheinbarer Lüge die Menschen ihr innerstes Wesen eröffnen und damit Wahrheit enthüllen. Der Bildungsgedanke wurde schon von Joachim Müller und auch von van Stockum berührt, besonders aber von Erich Hock herausgearbeitet[113]. Er zeigt, daß im Lustspiel der Weg vom Urzustand zur edlen Menschlichkeit gleichsam synchron in den einzelnen Gestalten Galomir — Kattwald — Edrita — Leon — Atalus — Gregor gestaltet werde. Geistesgeschichtlich sieht Hock das Stück in der Auseinandersetzung zwischen dem humanistischen Menschen- und Götterbild, das noch vom Idealismus her im Dichter nachwirke, und dem religiösen Denken in christlicher Gläubig-

---

und Zentrum. Studien zur österreichischen Literatur (Festschrift Adalbert Schmidt), Salzburg 1971, 87—120. — Das Forum 1971 widmete sich im Zusammenhang mit einer Aufführung auf Forchtenstein besonders dem Lustspiel. Ein besonders ertragreicher Vortrag von ULRICH FÜLLEBORN hieß: Zwischen Wahrheit und Lüge. Die conditio humana in Grillparzers Lustspiel. Er wird im Band 1971 des *Forums* Mitte 1972 erscheinen.

113 TH. C. VAN STOCKUM, Grillparzers blijspel „Weh' dem, der lügt!" en zijn probleem, in: *Mededelingen der Koninklijke Nederlandse Akademie van Wetenschappen*, Afd. Letterkunde, Nieuwe reeks, deel 13 Nr. 4 1950. — ERICH HOCK, Grillparzers Lustspiel, in: *WW* 4/1 (1953/54) 12—23.

keit. Der Erkenntnis des Künstlerischen in diesem Lustspiel dienen vor allem die Arbeiten von Martini, Seidler und Bandet[114]. Martini geht von der Funktion der Sprache als dramatischer Rede aus, besonders von ihrer Vieldeutigkeit zwischen den Polen des Scheins und der Wahrheit. Die Bischofsworte sind in ihrer Klarheit und Geordnetheit an das Absolute gebunden; im Rahmen klinge beide Male das Motiv von Anklage, Verhör und Gericht an. Der Gehalt des Dramas, nämlich der Widerspruch zwischen der Vollkommenheit des Absoluten und seiner Trübung in der Anfälligkeit des Lebens, den schon Ilse Münch und Benno von Wiese hervorhoben, gewinne bis ins letzte Form in der Rede. Ich selbst habe beinahe gleichzeitig mit und unabhängig von Martini eine Interpretation der gesamten künstlerischen Gestalt versucht: Das Motiv der Kulturentwicklung, in der der Humanitätsgedanke eine Rolle spielt, wird in der Redeweise der einzelnen Figuren vernehmbar. Das Aufeinanderabgestimmtsein der Rahmenteile zeigt sich auch im Motiv des Wunders. Die Binnenhandlung ist in ihrer Abfolge durch die Entwicklung Leons in seinem Verhältnis zur Wahrheit bestimmt, was jetzt ja neuerdings Himmel aufgezeigt hat. Am Schluß komme der Bischof zur Einsicht in die Unvollkommenheit des Menschlich-Irdischen gegenüber dem Absoluten. Als Ganzes ist das Stück im Rahmen von Grillparzers Schaffen durch die humorvolle Gestaltung der dramatischen Urgespaltenheit der Welt gekennzeichnet. Es greift zwar die Eigenart des Wiener Besserungsstückes auf, führe es aber doch ins Hochstildrama über. Komische Züge bestimmen vor allem den ersten Teil des Binnenstücks, dann treten die ernsten Züge immer entscheidender hervor bis zu Leons Ruf zu Gott: „*Halt mir dein heilig Wort, weh' dem, der lügt!*" Aber das Ganze ist durch den Zug des Humors bestimmt, dem alles Grelle und Laute abgehe. So gelingt Grillparzer hier eines der großen deutschen Lustspiele. Eine Bereicherung dieses durch die bisherige Forschung erreichten Bildes dieses Stückes bietet Bandets Darstellung vor allem dadurch, daß er, besonders an einem Strukturvergleich mit dem „Goldenen Vließ", nach-

[114] Fritz Martini, „Weh' dem, der lügt!". Oder von der Sprache im Drama, in: *Die Wissenschaft von deutscher Sprache und Dichtung* (Festschrift für Friedrich Maurer), Stuttgart 1963, 438—457. — Herbert Seidler, Grillparzers Lustspiel „Weh' dem, der lügt!", in: *Jb.* 3. F. 4 (1965) 7—29 (jetzt auch: H. S., *Studien zu Grillparzer und Stifter*. Wien 1970, 66—84). — Jean-Louis Bandet, Grillparzers „Weh' dem, der lügt!", in: *Das deutsche Lustspiel*, 1 (hrsg. von H. Steffen), Göttingen 1968, 144—165. — Im *Forum* 1971 (siehe Anm. 20) hat Ulf Birbaumer unter dem Titel „Von Hans Wurst bis zu Leon" die Zusammenhänge mit dem Volksstück dargelegt. Auch dieser Vortrag wird im Band 1971 des Forums erscheinen.

weisen kann, daß das Lustspiel in seiner Anlage auch eine Parodie einer Tragödie sei.

Die drei Spätdramen Grillparzers sind schon immer in ihrer Eigenart und Sonderstellung erkannt worden. Die Tatsache, daß sie alle drei erst aus dem Nachlaß bekannt geworden sind, hat sicher zu diesem gemeinsamen Blick beigetragen. Alle drei reichen ja in ihren Entstehungsphasen in die zwanziger Jahre zurück, die Ausarbeitung und Vollendung aber fällt in die Zeit nach der Ablehnung des Lustspiels. So ist doch, schon was ihre Fertigstellung angeht, etwas Gemeinsames vorhanden. Alker bereits hat auf den Stil ganz eigener Prägung dieser Dramen hingewiesen, den er aber nicht genauer bestimmen kann; jedenfalls aber seien in ihm Renaissance- und Barockelemente, Klassisches und Romantisches nur mehr Einsprengsel. Nadler hat in seiner Grillparzer-Biographie die Einheit der letzten drei Werke, die nochmals den drei Arten des Märchenstücks („Libussa"), der Staatstragödie („Jüdin von Toledo") und des Seelendramas („Bruderzwist in Habsburg") angehören, herausgestellt[115]. Sie stellen eine Art Trilogie des Verzichts dar, und zugleich ist jedes eine Art Selbstdarstellung des Dichters. Alle drei sind auch Spiele um den Staat, in denen Platons Geist nachwirkt: die „Jüdin" sei eine Tragödie des Eros, der „Bruderzwist" stelle die nicht zu verwirklichende urbildliche Ordnung dar und „Libussa" die Unvollendbarkeit des Menschen. Als Staatsdramen sieht sie auch Friedrich Koch[116]. Während aber Grillparzer in den früheren Staatsdramen den Staat absolut als hohen Wert setze, gehe es in den Spätdramen um eine Desillusionierung des Staates, um eine Entlarvung des idealen Herrschers, um ein Versinken der Welt ins Chaos. Beide Seiten dieser These aber werden sich kaum aufrechthalten lassen; denn gerade die Ehrfurcht vor dem Absoluten klingt im Spätwerk deutlich durch, es werden in diesen Dramen nicht ideale Figuren entlarvt, sondern aus dem Blick auf eine — wenn auch nur geglaubte und geahnte — Seinsordnung die Problematik des Lebens, des Staats und der Menschen gestaltet. Das hat Joachim Müller deutlich herausgearbeitet[117]. Er sieht die Spätdramen als Einheit; sie sind Lebensdramen, in denen die geschichtlichen und politischen Probleme als Grundfragen des Lebens gestaltet werden. Er versucht diesen Zusammenhang an Libussa, Primislaus, Rudolf II. und Alfons darzustellen. Gemeinsam ist nach ihm diesen Werken das Fehlen

115 JOSEF NADLER, *Franz Grillparzer* (1948), 411 ff.

116 Siehe Anm. 96.

117 JOACHIM MÜLLER, Die innere dramatische Einheit in Grillparzers Spätwerk, in: *Jahrbuch des Wiener Goethevereins* 71 (1967) 91—112.

von hellen Schlüssen, die Darstellung von Staatskrisen an Wendepunkten geschichtlichen Lebens und die vielfachen Zukunftsblicke, die aber immer wieder durch die Tatsachen gebrochen und beschattet werden. So entstehen Stilspannungen und Antinomien des Tragischen.

„Libussa" hat bisher die Forschung verhältnismäßig wenig angeregt[118]. Backmanns Aufsatz betont schon den Gegensatz von Beschaulichkeit und Tätigkeit, ist aber sonst heute völlig überholt. Die Hauptfragen, die sich immer wieder aufdrängen, sind der Geschlechtergegensatz, die Tragik, die Schlußvision und damit verbunden überhaupt die künstlerische Seite. Erich Hock hat bisher das Werk am umfassendsten und eingehendsten interpretiert. In seine Arbeit ist die vorangehende Forschung eingegangen. Schon Ilse Münch und Joachim Müller haben den Geschlechtergegensatz besonders betont; für Münch ist er ein Symbol menschlicher Gespaltenheit. Für Hock ist darin die Einheit des Kunstwerks in seiner Sinnstruktur gegeben: In der Begegnung der Geschlechter verbindet sich Liebe von den Anfängen bis zur Ehe und über den Tod hinaus und die Spannung von männlicher und weiblicher Welterfassung in allen Einzelheiten. Dabei sind, wie Hock zeigt, Primislaus und Libussa nicht bloß Geschlechtersymbole, sondern auch individuelle, klar umrissene Einzelwesen. In der Spannung zwischen Primislaus und Libussa und in der inneren Problematik jeder der beiden führt Hock die Darlegungen von Wieses über die Tragik weiter. Er sieht die geschichtliche Welt in diesem Werk religiös gedeutet. Es tritt nicht nur die Antinomie von Kontemplation — in der Burg der Schwestern Libussas — und Tätigkeit im männlich bestimmten Staat des Primislaus heraus, sondern auch die tragische Gespaltenheit jeder dieser Haltungen in sich: Libussa gelingt in der Vision der tiefe Blick ins Göttliche und in die Welt, sie versagt aber im tatsächlichen geschichtlichen Handeln, Primislaus handelt zwar geschichtlich, vergeht sich aber am Kontemplativen, am Blick ins Göttliche. Hock zeigt fortführend die Spannung zwischen dem Hohen, dem man sich unterwerfen soll, und der Menschenwelt, die sich anmaßt, ihre eigene Ordnung aufzustellen. Darin offenbaren sich zugleich Grillparzers religiöse Einsichten. Immer wieder ist die Schlußvision Libussas betrachtet, vielfach kritisiert worden. In der dritten Stufe der Weltentwicklung in dieser Vision sieht Alker einen deutlichen Einfluß

---

118 REINHOLD BACKMANN, Grillparzers „Libussa", in *Jb.*, N. F. 2 (1942) 22—47. — ERICH HOCK, Grillparzer. Libussa, in: *Das deutsche Drama vom Barock bis zur Gegenwart* (hrsg. von B. v. WIESE), Düsseldorf 1958, 1, 451—474. — ZDENKO ŠKREB, Grillparzers „Libussa". Versuch einer Deutung, in: *Jb.* 3. F. 6 (1967) 75—93.

Hegels, andere sehen darin ein Ausweichen vor der Tragik der Weltgespaltenheit (Ilse Münch), ich selbst versuchte in diesem Schluß auch stilistische Schwächen als Zeichen des unorganisch Angefügten nachzuweisen. Hock deutet diesen Schluß der Vision nicht als neue, die Gegensätze übergreifende Entwicklungsstufe, sondern als Allgegenwart des Hohen: der Mensch sei auch in der Gefährdung nicht verloren, eben durch die Liebe. Wenn Hock sagt, der letzte Aufzug habe doch nicht die Größe etwa des ersten, so berührt er damit das Künstlerische dieses Werkes auch von dieser Seite. Während Baumann es für das undramatischeste, wenn auch für ein märchenhaft feines und gedanklich tiefes Werk Grillparzers hält, betont Hock die Größe der dramatischen Gesamtgestaltung, verkennt aber, daß gerade vom Blick auf die Prunkreden aus auch der Schluß eine besondere Steigerung darstellt. Eine neue Seite an der „Libussa" hat Škreb gesehen und damit den Gesamtreichtum der Dichtung noch mehr herausgekehrt. Neu sei in der „Libussa" gegenüber den bisherigen Dramen die Gestaltung der Dialektik von Beharren und Fortschritt, Heimat und Fremde. Primislaus ist der Vertreter all dessen, was Grillparzer skeptisch an der gesellschaftlichen Entwicklung seiner Zeit betrachtet, und trotzdem ist er groß gelungen, was sich bis ins Sprachliche zeigt; Libussa aber ist nach Škreb geradezu die symbolische Gestalt seines Hoffens und seines Weltbildes, und darin ruht ihre Größe.

Ähnlich wie der „Treue Diener" hat auch „Die Jüdin von Toledo" besonders wegen der psychologischen Kunst immer wieder die Aufmerksamkeit erregt, die Betrachtung des Künstlerischen tritt unberechtigterweise demgegenüber etwas zurück. Vor allem ist die Tragik im Verhältnis von König, Rahel und Staat beachtet worden[119]. Joachim Müller beleuchtet vor allem die beiden Hauptgestalten, wobei er — wohl etwas überschärft (vergleiche auch seine neueste Deutung der Sappho) — bei Alfons einen völligen Zusammenbruch des Königtums sehen will. Von Wiese rollt, wozu schon Ilse Münch Vorarbeit geleistet hat, die gesamte Tragik des Stückes auf: einerseits die innere Gespaltenheit der Menschen: Reinheit führt zu Absonderung und Lebensfremdheit, Leben aber führt in Leidenschaft und Schuld; darin zeigt sich überhaupt die Verfallenheit des Menschen; anderseits die Verfallenheit des Staates durch die Unvoll-

[119] Neben den Abschnitten in den großen Arbeiten von ILSE MÜNCH (Anm. 67), JOACHIM MÜLLER (Anm. 67) und BENNO VON WIESE (Anm. 68) jetzt EUGEN THURNHER, Staat und Liebe. Racines „Bérénice" und Grillparzers „Jüdin von Toledo", in: *Literaturwissenschaftliches Jahrbuch der Görresgesellsch.*, N. F. 2 (1961) 117—133.

kommenheit der Menschen, die Staatsordnung wird durch sie gestört und gefährdet, er selbst fällt vom Auftrag, die göttliche Seinsordnung im Menschenbereich durchzusetzen, ab, statt Recht setzt er Unrecht und Mord. Grillparzer wertet dabei nicht, sondern gestaltet einfach. Thurnher hat in einer besonderen Frage diese Analysen fortgeführt: am Verhältnis von Staat und Liebe im Vergleich des Grillparzerschen Stückes mit Racines „Bérénice". Hier entsagt der Herrscher aus freiem Entschluß zur Pflicht, ohne die Liebe zu verraten, ohne daß also ein Zwiespalt zwischen Herrscher und Staat entsteht; und an dieser Haltung läutert sich die Liebe der Bérénice zur Entsagung. Bei Grillparzer stößt Rahel in ihrer ungezügelten Leidenschaft die Handlung an, sie geht im Augenblick auf. Der König aber werde durch die erlebte Leidenschaft letztlich zur Pflicht zurückgeführt, nachdem er seine sittliche Kraft überschätzt hat. Thurnher meint, daß Rahels Tod nicht tragisch sei, sondern ein bloßes Naturereignis, was angesichts des Ansatzes echter Liebe zum König gegen Ende doch fraglich bleibt. Die Entscheidung des Königs aber liegt erst im Aufsichnehmen des Krieges. Politzers Interpretation[120], die allerdings im Zusammenhang mit amerikanischen Arbeiten erst in ihrer Stellung ganz klar wird, bleibt durch Aussparung gewisser Seiten des Stücks einseitig, macht also dessen inneren Reichtum nicht einsichtig, gibt aber um so mehr Blicke in die seelische Problematik frei: dieses Drama ist ihm ein Spiel vom Fall, nämlich vom Sündenfall von Mann und Frau im Paradies; Sündenfall sei Wollust, Geschlecht sei Krankheit. Die Kunst dieses Werkes[121] hat vor allem Gerhart Baumann herausgearbeitet: er betont besonders die Meisterschaft der Gefühlsgestaltung, in erster Linie die des Unfesten, Unbestimmten, wobei allerdings gerade im Gegenhalt der festen Staatsordnung das Dramatische auch deutlich wird. Baumann spricht auch vom dramatischen Perspektivismus, von der Gestaltung und Beleuchtung von Situationen und Figuren von immer neuen Seiten, wobei auch die Konfiguration in ihrem Reichtum heraustritt; auch die mannigfache Spiegeltechnik trägt zu diesem Perspektivismus bei. Besonders betont Baumann auch die hohe Kunst Grillparzers in der Gebärdensprache und in der symbo-

---

[120] HEINZ POLITZER, Franz Grillparzers Spiel vom Fall: Die Jüdin von Toledo, in: *ZfdPh* 86/4 (1967) 509–533.

[121] Neben der großen Grillparzer-Monographie (Anm. 35) vgl. von GERHART BAUMANN, „Die Jüdin von Toledo". Zum Spätwerk Franz Grillparzers, in: *Forum* 1967, 7—23 (jetzt auch in: G. B., *Zu Franz Grillparzer. Versuche zur Erkenntnis.* Heidelberg 1969, 96—117, mit dem Untertitel: Das Drama der Phantasie). — Zu PETER VON MATT vgl. Anm. 73.

lischen Zusammendrängung des Gehalts in dichte Situationen. Von Matt hat da angeknüpft und den Zusammenstoß zweier Welten in den für Grillparzer kennzeichnenden Motiven und Gebärden des Ausbrechens und Eindringens gerade an diesem Drama in ihrer ganzen Meisterschaft aufgezeigt.

„Ein Bruderzwist in Habsburg" hat sich langsam, aber sicher die allgemeine Achtung und Hochwertung der Forschung errungen. Dieses Drama Grillparzers ist heute unstreitig am stärksten beachtet; die vielen Ansatzpunkte, von denen aus es beleuchtet wird, und die vielen Seiten, die an ihm erkannt und herausgearbeitet werden, zeigen den inneren Reichtum und die Vielgliedrigkeit und Verflochtenheit des Werkes. Freilich sind manche Arbeiten, die sich ihm widmen, wenig fördernd; viele aber sehr wesentlich, gerade für die Erkenntnis Grillparzers überhaupt[122]. Die Figurenwelt des Dramas ist ein erstes Problemgebiet. Nachdem Münch die klare Profilierung aller einzelnen Figuren betont hatte, arbeitete von Wiese vor allem die Konfiguration heraus: Rudolf II. allein steht allen anderen gegenüber, diese aber bilden in sich keine geschlossene Gruppe, sondern streben — ausgenommen ihre Stellung gegen den Kaiser — in ihren Intentionen zentrifugal auseinander. Rudolf II. selbst ist immer wieder als eine der ganz großen Schöpfungen des deutschen Dramas hervorgehoben worden. Zwei entgegengesetzte Auffassungen bilden gleichsam die Gegenpole einer Reihe von Deutungen, denen allen aber gemeinsam ist, daß man in dieser Gestalt immer wieder auch eine Selbstdarstellung des Dichters sieht. Alker will in seinem Grillparzer-Buch in diesem Drama den Versuch sehen, künstlerisch das Problem des Barockstaats zu bewältigen: Rudolf II. erscheint ihm als der segnende Vater des Vaterlands. Friedrich Koch dagegen in seiner Abhandlung über Grillparzers Staatsdramen sieht in diesem

[122] GERHART BAUMANN (außer der Grillparzer-Monographie), Grillparzer. Ein Bruderzwist in Habsburg, in: *Das deutsche Drama vom Barock bis zur Gegenwart* (hrsg. von B. v. WIESE). Düsseldorf 1958, 1, 422—450. (Diese und die beiden andern Interpretationen von WALTER NAUMANN, Anm. 94, und ERICH HOCK, Anm. 118, in diesem Sammelband gehören zu den besonders wertvollen Beiträgen zur Grillparzer-Forschung.) — URS HELMENSDORFER, vgl. Anm. 72, 69—100. — K. LANGVIK-JOHANNESSEN, „Ein Bruderzwist in Habsburg". Versuch einer Offenlegung der inneren Handlung, in: *Forum* 1967, 34—42; 1968, 43—57. — JOHANNES KLEINSTÜCK, Don Cäsar und die Ordnung. Zu Grillparzers „Bruderzwist in Habsburg", in: *Literaturwissenschaftliches Jahrbuch der Görresgesellsch.*, N. F. 6 (1966) 207—226. — WALTER NAUMANN, siehe Anm. 48, 42—64. — HEINZ POLITZER, Grillparzers Bruderzwist — ein Vater-Sohn-Konflikt in Habsburg, in: *Festschrift für Bernhard Blume*. Göttingen 1967, 173—194.

Drama die Entmythisierung des Herrschers; zugleich entspreche die Anlage des Werkes dem geschichtlichen Chaos, in dem alles versinke. Von Wiese zeigt die Tragik der Kaisergestalt auf: Rudolf wird aus sittlicher Entscheidung in der geschichtlichen Lage gerade zum Nichthandeln gedrängt, er fühlt sich noch an die göttliche Ordnung gebunden. Im Widerspruch zwischen dem Menschen Rudolf und seinem Herrscheramt ruht die Tragik. Gerhart Baumann führt das noch weiter aus: Rudolf erkenne die Welt der Geschichte als Schein und Täuschung, er bleibe daher vor der Enttäuschung der anderen bewahrt; seine Schlußhaltung offenbare hohe Ruhe und jenseitigen Glanz. Die Entgegenstellung Rudolfs gegen andere Figuren führt noch tiefer. Joachim Müller stellt ihn seinem Bruder Mathias entgegen; neuerdings wurde er auch zweimal in sehr gegensätzlichem Sinn zu seinem natürlichen Sohn Don Cäsar in Bezug gesetzt. Kleinstück sieht in Cäsar den eigentlichen Gegenspieler Rudolfs. Er sei von der Leidenschaft des Wissens und dem Drang nach einer Ordnung besessen, während die gesetzlose Unordnung gerade beim Kaiser beginne: in der Zeugung dieses Sohnes, in seinem Urteil über ihn und im Kriegsbefehl an Leopold. Wenn hier Kleinstück auch manches gewaltsam und ungenau deutet, so gibt er doch noch sehr feine Beobachtungen zur Kaisergestalt: Rudolf ist die stärkste Kraft des Stückes trotz seiner Schwäche, er verkörpert nicht nur die Welt, er überragt sie auch; er weiß auch um die Vergeblichkeit alles Handelns. Politzer arbeitet unter Beiseiteschieben aller anderen Aspekte eindringlich das Vater-Sohn-Verhältnis heraus; ihre gegenseitige Verbundenheit ist beiden Fluch und Not; der Sohn erscheint als Opfer für den Frieden des Vaters. Was den Gehalt des Dramas angeht, hat Sengle in seiner Arbeit über das deutsche Geschichtsdrama die Verbindung von Charakterdrama und Geschichtsdrama und die vollendete tragische Leistung gerade als Geschichtsdrama betont. Sie besteht, wie Ilse Münch sagt, vor allem im Widerspruch von gläubiger Verehrung und Kontemplation auf der einen, von Aktivität und Unbedenklichkeit auf der anderen Seite. Naumann faltet den ganzen Reichtum des Werkes auf: in der Verflechtung von drei Themen: Sein und Schein; Gericht über Geschichte; die Macht und die Vergänglichkeit der Zeit; in der negativen Beurteilung des Handelns und in der Spannung zwischen Demokratisierung, wo jeder sich selbst ein Bild der Situation macht, und Idee der Majestät. Der Kunst dieses Werkes ist gerade Helmensdorfer in seinem Buch über Grillparzers Bühnenkunst nicht gerecht geworden. Dagegen sind dafür besonders die Arbeiten von Gerhart Baumann sehr erhellend. Er betont wie von Wiese die Fülle und Vielstimmigkeit dieser Dichtung.

Er sieht den Handlungsablauf durch dauernde Hemmungen charakterisiert, die sich ihm entgegenstellen, ja diese Hemmungen erscheinen geradezu als Thema. Baumann hat weiterhin eine Fülle von Einzelheiten zur künstlerischen Gestaltung aufgezeigt: die Symbolik der Anfangs- und Schlußworte in ihrem gegenseitigen Bezug, die Kunst der Durchführung des dritten und fünften Aufzugs, die Kunst der Charaktergestaltung, der Konfiguration und der Situationsschöpfung. Peter von Matt und K. Langvik-Johannessen haben hier je in besonderer Weise weitergeführt. Jener weist auf die meisterhafte Komposition aus dem streng durchgeführten, für Grillparzer kennzeichnenden Prinzip zweier entgegengesetzten Welten hin. Johannessen hat bisher von seinem umfangreichen Konzept nur die Interpretation des ersten Aufzugs vorgelegt. Aus dem Studium des Barockdramas gewann er die These, daß die Nebenpersonen auch als Symbole von Eigenzügen im Innern der Hauptgestalt gesehen werden können. So erscheint jeder Vorgang im äußeren Handlungsablauf zugleich als Spiegelung der inneren Vorgänge in Rudolf; besonders eindrucksvoll erscheint das im Gespräch zwischen Rudolf und Ferdinand: Rudolf erscheint von einem Extrem ins andere gerissen. Der erste Aufzug offenbart sich so in großer Geschlossenheit als eine erregende Auseinanderfaltung der inneren Spannungen des Kaisers.

Im Laufe unseres Jahrhunderts hat die deutsche Forschung auf einem langen Weg, der nicht frei von Irrgängen und Hemmungen war, ein Bild Grillparzers aufgebaut, das heute doch schon ganz konkrete Züge zeigt. In seiner geschichtlichen Stellung ist der Dichter sehr komplex: aufbauend auf einer langen Tradition österreichischer Theaterentwicklung, ist er doch ganz in den Problemen seiner Zeit verhaftet und hat zugleich, besonders in der psychologischen Verfeinerung und Differenzierung der Themen und Figuren, neue, zukünftige Bereiche eröffnet. In dieser Spannweite liegt eine Problematik, an der nicht zu zerbrechen nur einem großen Wollen und Können gegeben war. Trotz wiederkehrender Grundbestände zeichnen Grillparzers Werke Fülle des Gehalts und Reichtum des Menschen- und Weltbildes aus; eine absolute Sinngebung des Kosmos ist ihm fraglich geworden, sie lebt nur mehr im Glauben und in der Sehnsucht seiner Figuren; das menschliche Dasein ist bedroht und vielfach gebrochen; so wurde Grillparzer einer der großen tragischen Künstler. Er ist trotz aller Verhaltenheit Dramatiker und Theaterdichter, der immer wieder die Welt als eine durch und durch gespaltene und zerrissene gestaltet. Dabei führt er schöpferisch die Möglichkeiten des früheren Dramas in einem großen Reichtum der Durchführungsmodifikationen weiter, betont und erreicht aber immer wieder die Strenge der Gestalt und die innere Geschlossenheit jedes Werkes. Die Wissenschaft hat je länger desto mehr und in den letzten Jahrzehnten in zunehmendem Maße Bedeutung und Größe dieses Dichtertums herausgestellt.

Trotzdem bleiben Wünsche für weitere Forschung. Die soziologische Betrachtung in ernster wissenschaftlicher Arbeit steht auch in bezug auf Grillparzer noch in den Anfängen. Seine Sprachkunst ist in ihrer Gesamtheit und besonders in ihrer geschichtlichen Einordnung noch nicht dargestellt, trotz sich mehrender Vorarbeiten. Auch sind wohl die meisten wissenschaftlichen Voraussetzungen geschaffen, einmal die Dramenkunst Grillparzers in ihrer Gesamtheit geschlossen darzustellen. Und so bleibt die Gesamtwürdigung des Schriftstellers Grillparzer eine Forderung, die der Wissenschaft jeder Generation von neuem gestellt ist.

W. EDGAR YATES
(Durham)

GRILLPARZER-FORSCHUNGEN IN ENGLAND

Abkürzungen:

GLL	German Life and Letters
MLR	Modern Language Review
PEGS	Publications of the English Goethe Society (New Series)

Zu seinen Lebzeiten wurde der dichterische Rang Grillparzers von zwei bedeutenden englischen Zeitgenossen erkannt. Nach seiner Lektüre der „Sappho" (in italienischer Übersetzung) beendete Byron eine Tagebuchaufzeichnung am 12. Januar 1821 mit den Worten: *„Grillparzer ist ... ein durchaus großer und tüchtiger Dichter" ("Grillparzer is ... altogether a great and goodly writer")*. Fünfunddreißig Jahre später erschien in „Fraser's Magazine" ein Aufsatz „Austrian Poets" von dem Romanschriftsteller und Lyriker George Meredith. „*Weder unter den Deutschen noch unter den Österreichern gibt es einen Dichter, den man zwischen Grillparzer und Friedrich Schiller stellen darf*": diese Worte entsprechen Grillparzers eigener, in der „Selbstbiographie" formulierten Selbsteinschätzung als „*der Beste, der nach [Goethe] und Schiller gekommen ist*". Meredith bezeichnet ihn als „*einen genialen Dichter*" und entwirft folgende Charakteristik seiner dramatischen Kunst: „Das Genie Grillparzers ist im innersten Wesen klassisch. Sein Stil ist rein und würdevoll, seine Sprache musterhaft in ihrer Süße, ihrer Angemessenheit und ihrer Kraft, die ohne alle Schroffheit oder Roheit eindrucksvoll wirkt. Die Handlungen seiner Dramen sind bemerkenswert für ihre Einheitlichkeit und für die Strenge, mit der die Leitidee entwickelt wird. Seine Herrschaft über die Emotionen und der hohe Grad seiner tragischen Gestaltungskraft machen viele seiner Szenen ergreifend und auf eine erhabene Weise schön. Seine Charakterdarstellung ist prägnant, jedoch nicht universal. Wenn seine Einsichten in ihrer Breite auch eingeschränkt sind, so sind sie doch tief. Er ist seinen dramatischen Situationen immer gewachsen. Im ganzen ist er die Zierde seines Landes." Weitere Aufzeichnungen Merediths wurden 1931 von H. G. Fiedler veröffentlicht[1]. Seine Randbemerkungen, die er zur sechsten Auflage der „Ahnfrau" machte, bestätigen seine hohe Meinung von Grillparzer: er lobt unter anderem „*die köstliche Schönheit, Zartheit und Wahrheit*" Berthas und insbesondere ihr „*lyrisches*" Gebet für die Sicherheit ihres Geliebten.

In Großbritannien ist aber Grillparzers Name auch heute noch — hundert Jahre nach seinem Tod — mit Ausnahme von Universitätskreisen wenig bekannt. Bestenfalls wird er als ein Freund Schuberts und Beethovens erwähnt. Obwohl fast alle seine Hauptwerke mindestens einmal ins Englische übertragen worden sind, werden seine Stücke, außer

[1] Notes by George Meredith on Grillparzer's „Ahnfrau", in: *MLR* 26, 450—453.

an den Universitäten, nie aufgeführt. Von einem allgemeinen „Grillparzerbild" in England kann nicht die Rede sein. Bereits J. G. Robertson, der einen vermutlich in den zwanziger Jahren verfaßten, aber erst 1935 gedruckten, Vortrag[2] mit einem Zitat aus Byrons Tagebucheintragung begann, mußte feststellen, daß Grillparzer außerhalb des deutschen Sprachraums noch wenig bekannt war. Sein Aufsatz preist „König Ottokars Glück und Ende" als „*das erste europäische Trauerspiel ersten Ranges, in welchem der Versuch gemacht wird, die Grundsätze des Realismus auf die Dramatisierung der Geschichte anzuwenden*"; er betont die Modernität von Grillparzers Werken und bezeichnet den Dichter als „*eines jener verkannten Genies, deren Botschaft mehr für das nächste Menschenalter als für ihr eigenes bedeutet hat*".

Zwar hat schon 1936 ein führender englischer Germanist geschrieben, daß Grillparzer „*für einige von uns der größte Dramatiker deutscher Zunge*" sei[3], und noch 1968 hat ihn der Historiker C. A. Macartney als „*eine große literarische Figur, nach dem Maßstab eines jeden Zeitalters und einer jeden Nation*" bezeichnet[4]. Auch in den sechziger Jahren erschien eine Festschrift, die nicht weniger als zwei Beiträge über Grillparzer enthielt, einen über „Die Jüdin von Toledo", einen über das Verhältnis des Dichters zum Wien seiner Zeit[5]. Und in einer mehr populären Kulturgeschichte seiner Vaterstadt schöpfte Ilsa Barea viele aufschlußreiche Beispiele aus dem Leben und dem Werk Grillparzers[6]. Und doch ist eine nähere Kenntnis seiner Dichtung nach wie vor auf akademische Kreise beschränkt. Es ist deshalb bis zu einem gewissen Grade ein künstliches Verfahren, die Grillparzer-Forschung in England von der internationalen Grillparzer-Forschung absondern zu wollen.

Während des Erscheinens der historisch-kritischen Gesamtausgabe befaßten sich die englischen Germanisten in erster Linie mit einzelnen Problemen der Biographie, der Quellenforschung und der Entstehungsgeschichte verschiedener Werke — gerade den Problemen, deren Lösung erst durch die Veröffentlichung dieser Ausgabe ermöglicht wurde. So konnte zum Beispiel F. E. Sandbach den lebhaften Anteil nachweisen, den Goethe vom Jahre 1818, da Zelter ihm brieflich über eine Aufführung

[2] *Essays and Addresses on Literature.* London 1935, 141—163.

[3] L. A. Willoughby, Austrian Nationality and Austrian Literature, in: *GLL* 1 (1936/37) 47.

[4] *The Habsburg Empire 1790—1918.* London 1968, 213.

[5] *German Studies presented to Walter Horace Bruford.* London 1962, 176—192 (J. P. Stern, Grillparzer's Vienna) und 193—206 (Eric A. Blackall, Die Jüdin von Toledo).

[6] *Vienna. Legend and Reality.* London 1966.

der „Ahnfrau" berichtete, bis 1831 am Werke des jüngeren Dichters nahm[7]. Douglas Yates, ein ehemaliger Schüler von Sandbach, belegte in einer Reihe wichtiger Aufsätze[8] die Autorschaft einer interessanten zeitgenössischen Rezension der Sappho-Tragödie, die Wichtigkeit des Einflusses, den Shakespeares „Romeo und Julia" auf „Des Meeres und der Liebe Wellen" hatte, die Identität des rätselhaften „S" im ersten der „Briefe an Marie" und die Bedeutung des Verhältnisses zwischen Sophie Schröder und Moritz Daffinger für die Entstehung der „Sappho". Schon vorher hatte Alice A. Scott die Hero-Tragödie mit Houwalds „Leuchtturm" verglichen[9], und J. G. Robertson hatte nachgewiesen, daß „Der Traum ein Leben" nicht das erste Werk war, in dem die beiden Namen Rustan und Mirza zusammen aufgetaucht waren[10]. Noch im letzten Dezennium hat Irene V. Morris die Kontroverse um die gattungsgeschichtliche Einordnung der „Ahnfrau" einer gründlichen Untersuchung unterzogen[11], während Sylvia C. Harris die (allerdings wenig überzeugende) Theorie aufgestellt hat, daß Grillparzer, wenn auch unbewußt, bei seiner Konzeption der Erscheinung und des „stillen Sinnes" der Sklavin Sapphos durch Hölderlins Melite beeinflußt wurde, so wie sie in der fragmentarischen Thalia-Fassung des Romans „Hyperion" erscheint, als die Priesterin der Liebe mit ihrer „*lauteren heiligen Einfalt*"[12]. Ein wichtiger Beitrag zur Quellengeschichte des Lustspiels „Weh' dem, der lügt!" ist schließlich ein Aufsatz von G. Waterhouse, der nachzuweisen sucht, daß Grillparzer Bouquets lateinische Ausgabe der „Historia Francorum" gelesen hat, als er 1813 als Praktikant in der Hofbibliothek angestellt war[13].

Was die anderen Quellen dieses Stücks anbelangt, stützt sich Waterhouse auf die Hypothese Farinellis[14], daß Grillparzers Behandlung

---

[7] Goethe's Interest in Grillparzer, in: *PEGS* 3 (1926) 56—82.

[8] Zur Deutung des Grillparzer-Briefes Nr. 150, in: *Euphorion* 26 (1925) 282—284; Grillparzer's Hero and Shakespeare's Juliet, in: *MLR* 21 (1926) 419—425; Goethe's (and Grillparzer's) Cryptic "S", in: *PEGS* 9 (1933) 92—108; Grillparzer's „Sappho", in: *German Studies presented to H. G. Fiedler*. Oxford 1938, 459—492.

[9] Grillparzer's „Des Meeres und der Liebe Wellen" and Houwald's „Der Leuchtturm", in: *MLR* 13 (1918) 487—488.

[10] Rustan and Mirza, in: *MLR* 20 (1925) 80—82.

[11] The „Ahnfrau" Controversy, in: *MLR* 62 (1967) 284—291.

[12] The figure of Melitta in Grillparzer's „Sappho", in: *Journal of English and Germanic Philology* 60 (1961) 102—110.

[13] The Sources of Grillparzer's „Weh' dem, der lügt!", in: *MLR* 17 (1922) 50—62.

[14] Vgl. ARTURO FARINELLI, *Grillparzer und Lope de Vega*. Berlin 1894, 127—134.

des Leo-Stoffes namentlich durch zwei Komödien von Lope de Vega beeinflußt wurde. Noch in der vierten Auflage seiner Ausgabe des Stücks (Manchester 1962) wiederholt er die Argumente Farinellis. Hier begegnen wir also einem typisch internationalen Problem der Grillparzer-Forschung, denn auch Backmann bezeichnet „Weh' dem, der lügt!" als „*ein Lustspiel durchaus im Sinne der Komödien Lopes, verfeinert aber und emporgehoben in die Bereiche lauterster Poesie*"[15]. Die beiden Stücke Lopes, auf die Farinelli hinweist, sind „El gran Duque de Moscovia", in dem die Hauptfigur als Küchenjunge ins Haus eines Grafen kommt und sich am Ende mit der Tochter des Grafen verheiratet, und „Despertar á quién duerme", wo Estela, die die Flucht ihres Geliebten fördert, als Vorbild für Grillparzers Edrita in Frage kommt. (Gerade das Liebesverhältnis zwischen Leon und Edrita fehlt nämlich in Grillparzers Hauptquelle, der „Historia Francorum", wo die Tochter des Barbaren bereits verheiratet ist.) Diese Argumentation scheitert aber an dem dokumentarischen Material in der historisch-kritischen Ausgabe (Die spanischen Studien sind erst 1937 erschienen, der Apparatband zum Lustspiel erst 1939). Farinelli betont, daß Grillparzer „*vor der Arbeit an ‚Weh' dem, der lügt!' mehr spanische Dramen gelesen [hatte] als mancher Kritiker, der sich vornimmt, ein dickbändiges Werk über das Theater der Spanier zu schreiben*". Das Liebesverhältnis ist aber bereits in seinem ersten Plan erwähnt, der aus dem Jahre 1820 oder 1821 datiert — also bevor er ein einziges Stück von Lope kannte. Noch 1824, als er ein Szenar zum 2. und 3. Akt entwarf, hatte er nur die zwölf Komödien Lopes gelesen, die in dem einen Band enthalten waren, den er sich in diesem Jahr aus der Hofbibliothek ausgeliehen hatte. Keines der beiden von Farinelli erwähnten Werke findet sich darunter. Erst in seinen Aufzeichnungen aus dem Jahre 1850/51 erwähnt er sie zum ersten Mal. Es ist zwar möglich, daß er sie schon früher gelesen hat; daß er sich aber gar keine Notizen über sie gemacht hat, deutet wohl darauf hin, daß sie für ihn nicht bedeutsam waren. Ferner bedarf es keiner bestimmten Quelle, um die Erfindung des Liebesverhältnisses zu erklären, da eine Liebesintrige in der internationalen Lustspieltradition beinahe unerläßlich ist. Und wenn wir schließlich ein bestimmtes Vorbild für Edrita suchen, so haben mehrere Kritiker auf Grillparzers junge Freundin der dreißiger Jahre, Heloise Hoechner, hingewiesen — ein Hinweis, der sich zwar nicht dokumentarisch belegen läßt, der aber wenigstens der lebens-

[15] *Grillparzer*, *Sämtliche Werke* (Hist.-krit. Gesamtausgabe), I. Abt., Bd. 15, X.

langen Gewohnheit Grillparzers entspricht, seine eigene Erfahrung in seinen Dichtungen zu verwerten.

Gerade das biographische Element in seinem Schaffen ist das Hauptthema der ersten großen englischen Monographie über Grillparzer: „Franz Grillparzer, a Critical Biography" von Douglas Yates (Bd. I, Oxford 1946). Obwohl dieses Werk leider nie über den ersten Band hinauskam, bleibt es wohl der bisher bedeutendste und selbständigste englische Beitrag zur Grillparzer-Literatur. Der Verfasser hatte bereits in seiner früheren Arbeit „Der Kontrast zwischen Kunst und Leben bei Grillparzer" (Germanische Studien, Heft 75, Berlin 1929) den Versuch gemacht, „die Werke Grillparzers daraufhin zu prüfen, wie sich das Problem, das er selbst ‚Kontrast zwischen Kunst und Leben' nennt, in ihnen spiegelt", und dort den Standpunkt vertreten, „daß diese Werke keineswegs objektive Darstellungen allgemein menschlicher Probleme bieten, sondern in ihrem Ursprung ganz und gar subjektiv sind, daß sie alle im letzten Grunde als Künstlerdramen anzusehen sind". Seine Verfahrensweise im ersten Band der „kritischen Biographie", der Grillparzers künstlerische Entwicklung bis zur Vollendung der Hero-Tragödie darstellt, wurde von einem Rezensenten folgendermaßen beschrieben: „In meisterhafter Weise wird das persönliche Erlebnis des tragischen Menschen Grillparzer im Übermenschlichen seiner Dichtungen erkannt, hinter deren dicht verbergender Hülle Yates' Scharfsinn und Einfühlung den Erlebniskeim entdeckt. Bei diesem Verfahren werden die Grundrichtungen des Grillparzerschen Innenlebens, eben das Auseinanderstreben von Kunst und Leben, zur durchgängigen Leitidee des Buches, das, von ‚Sappho' ausgehend, auch die folgenden Werke als verstellte ‚Künstlerdramen' erläutert."[16] Ein andrer Rezensent, der ebenfalls die grundlegende Bedeutung des Buches erkannte, bemerkte, „daß Yates zur genauesten Philologie als Grundlage seiner Arbeitsweise zurückkehrt. Er zeigt, in einer vorbildlichen Weise, wie jeder kleinste Umstand korrekter Information die Interpretation eines ganzen Dramas, ja einer wesentlichen Lebenshaltung des Dichters beeinflußt."[17] Er fügte hinzu: „Die Biographie von Yates stellt Marie Smolk von Smolenitz in den Mittelpunkt für Grillparzers Leben und Dichten, wie keine andere Arbeit bisher. Den Ausgangspunkt für alle Problemstellungen des Dichters sieht Yates in dem Gegenspiel von Kunst und Leben ... Er ... zeigt, wie der Dichter

[16] Rudolf Majut, Englische Arbeiten 1940—1950 zur deutschen Literaturgeschichte von Goethe bis zum Realismus, in: *Germanisch-Romanische Monatsschrift*, Neue Folge 1 (1951) 285—286.

[17] Walter Naumann, in: *Monatshefte* 40 (1948) 236.

aus dieser für ihn brennendsten Frage die weitesten universalen Folgerungen zieht. Die Tiefe und Durcharbeitung dieser Probleme, die Klarheit im Durchschauen des Verhältnisses zwischen Wirklichkeit und Dichtung . . ., die Herausarbeitung der thematischen Linien von Grillparzers Welt in dem Buch sind charakteristisch für ein Lebenswerk." Ein weiteres wichtiges Ergebnis derselben Arbeit ist die Entdeckung, daß ein englisches Werk, Marlowes Gedicht „Hero and Leander", als Hauptquelle der Hero-Tragödie anzusehen ist. Die Parallelen sind am ausführlichsten in einer 1947 veröffentlichten Ausgabe des Stücks verzeichnet[18].

Seit dem Abschluß der historisch-kritischen Ausgabe (1948) konzentriert sich die Grillparzer-Forschung in England, den Richtungen und Methoden der modernen Literaturkritik entsprechend, im allgemeinen weniger auf biographische oder quellen- und entstehungsgeschichtliche Probleme als auf die kritische Betrachtung vollendeter Werke. Es sind mehrere Einzelausgaben erschienen, mit eingehenden Einleitungen und in einigen Fällen mit ausführlichen Anmerkungen. In einem kurzen Forschungsbericht ist es aus Raumgründen unmöglich, solche Ausgaben, die in erster Linie für Studenten an Universitäten und Schulen in Großbritannien gedacht sind, einzeln zu berücksichtigen. Ein paar bedeutende Artikel müssen andererseits unbedingt verzeichnet werden. Die Novelle „Der arme Spielmann" ist in zwei ausgezeichneten Aufsätzen von J. P. Stern und Martin Swales behandelt worden, die insbesondere das Verhältnis zwischen dem Spielmann und dem ironischen Erzähler erhellen[19]. Im neuesten Buch Sterns dienen ihm die beiden postumen Dramen „Libussa" und „Ein Bruderzwist in Habsburg" als Beispiele für eine Weltanschauung, die er als typisch „*katholisch, österreichisch und konservativ*" bezeichnet[20]. Ein interpretatorisches Problem im „Bruderzwist", das George A. Wells behandelt hat[21], ist das Problem des scheinbaren Kontrasts zwischen Rudolfs Mangel an politischer Tatkraft und seiner Entschlossenheit gegenüber Rußworm und Don Cäsar.

---

[18] *Des Meeres und der Liebe Wellen*, ed. by Douglas Yates, Oxford 1947; zu Marlowe vgl. die Einleitung (XXXII—XXXV) und Anmerkungen.

[19] J. P. Stern, *Re-interpretations. Seven Studies in Nineteenth-Century German Literature*. London 1964, 42—77; M. W. Swales, The Narrative Perspective in Grillparzer's „Der arme Spielmann", in: *GLL*, New Series, Bd. 20 (1966/67), 107—116.

[20] *Idylls and Realities. Studies in Nineteenth-Century German Literature*. London 1971, 19—23: Franz Grillparzer: the conservative vision.

[21] The Problem of Right Conduct in Grillparzer's „Ein Bruderzwist in Habsburg", in: *GLL*, New Series 11 (1957/58) 161—172.

Wells leugnet, daß dieser Unterschied als ein innerer Widerspruch in der Charakterisierung anzusehen ist: Rudolfs Zuversicht beschränke sich auf seine privaten Angelegenheiten, auf dem Gebiete der öffentlichen Politik scheitere sie an seiner weisen Einsicht in die Unsicherheit jener Folgen einer Tat, vor denen „*der gute Mensch auf hoher Stelle / Erzittert*". Margaret E. Atkinson hat schließlich in einem wichtigen, wenngleich etwas kontroversen Aufsatz das bildliche und sinnbildliche Moment in der Sprache der Hero-Tragödie untersucht[22].

Über dasselbe Werk ist auch ein kurzes, aber aufschlußreiches und mit feinem Stilgefühl geschriebenes Buch von Edmund Papst erschienen[23]. Es enthält eine scharfsinnige Analyse der Komposition (der Vers 1060, in dem Heros „*Gute Nacht!*" von Leander beantwortet wird, sei der Mittelpunkt sowohl der Liebeshandlung als auch der inneren Entwicklung Heros) und einen dankenswerten Überblick über die kritische Sekundärliteratur. In einer seither in mancher Hinsicht umstrittenen Interpretation des Stücks wird der dramatische Konflikt nicht nur als ein Konflikt zwischen der Heldin und dem Priester aufgefaßt, sondern auch als ein innerer Konflikt in der Seele Heros. Ein Werk größeren Umfangs ist die Monographie „The Plays of Grillparzer" von G. A. Wells (Oxford 1969). Der Verfasser beschränkt sich auf eine Untersuchung der dramatischen Technik Grillparzers, wie sie sich in seinen vollendeten Dramen (ausschließlich der Jugendwerke und des Opernbuchs „Melusina") manifestiert. Er legt viel Gewicht auf die Bildlichkeit der Dramen, arbeitet aber den Zusammenhang mit der Wiener Theatertradition nicht heraus. Im letzten Kapitel gibt er eine knappe Darstellung von Grillparzers Auffassung des Tragischen.

Aus Anlaß des hundertsten Todestages des Dichters im Januar 1972 erscheint ein neues größeres Grillparzer-Buch, das sich eine „kritische Einführung" nennt[24]. Es hat ein dreifaches Ziel. Erstens bietet es eine detaillierte biographische Skizze, die die Entstehungsgeschichte der Hauptwerke sowohl mit dem Leben Grillparzers als auch mit den wichtigsten politischen und literarischen Ereignissen seiner Zeit in Zusammenhang stellen will. Zweitens will es Grillparzer nicht als Pessimisten darstellen, sondern vielmehr als einen Idealisten, der in seinen Dramen sowie in seinen essayistischen und epigrammatischen politischen

---

[22] Grillparzer's Use of Symbol and Image in „Des Meeres und der Liebe Wellen", in: *GLL*, New Series 4 (1950/51) 261—277.

[23] E. E. PAPST, *Grillparzer: „Des Meeres und der Liebe Wellen"*. London 1967.

[24] W. E. YATES, *Grillparzer. A Critical Introduction.* Cambridge 1972.

Äußerungen, denen ein eigenes Kapitel gewidmet ist, dem Geiste des Humanitätsgedankens treu blieb. Drittens will es alle Hauptwerke Grillparzers, einschließlich der beiden Novellen und des Gedichtzyklus „Tristia ex Ponto", neu analysieren und aus der Perspektive der Gegenwart werten, wobei die psychologische Konsequenz der Charakterdarstellung im einzelnen dargelegt wird und die dramatischen Meisterwerke vor allem als wirksame Bühnenwerke betrachtet werden. Im Vorwort wird der Wunsch ausgedrückt, daß die größten Dramen Grillparzers — vielleicht in einer neuen Übersetzung — endlich einmal in den Spielplan des National Theatre aufgenommen werden sollten. Erst dann wird der Name Grillparzer in der breiteren Öffentlichkeit jene Berühmtheit erlangen, die ihm gebührt und die ihm Byron vor mehr als hundertfünfzig Jahren zuversichtlich prophezeite.

Der heutige englische Leser, der auf den Namen Grillparzer stößt und eine knappe Einführung in sein Werk sucht, kann sich an vier Aufsätze wenden, die das Wesen seines Schaffens in großen Umrissen schildern wollen[25]. Douglas Yates hat „Grillparzers Rang als Dramatiker" im Gegensatz zu seinen theaterfernen Nicht-Wiener Zeitgenossen verteidigt. E. E. Papst stellt ihn ebenfalls als Theatraliker (im besten Sinne des Worts) dar und betont den Einfluß der Volksbühne[26]. Auf den Satz Hofmannsthals hinweisend: „*Grillparzers Signatur: sich selber nicht besitzen*", meint er, eben dieser Mangel am „*Glück des stillen Selbstbesitzes*" sei die eigentliche schöpferische Basis seiner Dichtung. Als Dramatiker sei er „*einer der ersten und größten Repräsentanten des psychologischen Realismus*". Auch Ronald Peacock betont Grillparzers historische Bedeutung in dieser Hinsicht. Zwar erkennt auch er die theatralische Kraft von Grillparzers Dramatik; er betrachtet ihn aber hauptsächlich als den letzten europäischen Dramatiker seines Jahrhunderts, dessen Werke Dichtungen von formaler Reinheit sind. Zugleich sei er ein durchaus moderner Dichter: an seinen Theaterstücken sei bemerkenswert, daß das erhellende Eindringen in die Geheimnisse der

---

[25] D. Yates, Grillparzer's rank as dramatist, in: *GLL* 2 (1938) 298—305; E. E. Papst, Franz Grillparzer, in: *German Men of Letters*, ed. by A. Natan. Bd. 1, London 1961, 99—120; Ronald Peacock, *The Poet in the Theatre.* London-New York 1946, 39—53; I. V. Morris, Grillparzer's Individuality as a Dramatist, in: *Modern Language Quarterly* 18 (1957) 83—99.

[26] Der Einfluß des Alt-Wiener Volkstheaters wird auch in einer Ausgabe vom Märchenspiel „Der Traum ein Leben" (hrsg. von W. E. Yates, Cambridge 1968) belegt, die die Form und den moralischen Gehalt des Werkes aus der Tradition des Besserungsstücks interpretiert. Vgl. die Rezension von J. L. Bandet, *Etudes Germaniques* 24 (1969) 415—416.

menschlichen Psychologie mit den verschiedenartigsten äußeren Handlungen und Begebenheiten verbunden ist. I. V. Morris erblickt die Eigenart des Dramatikers Grillparzer darin, daß er eine Form zu entwickeln wußte, die in mehreren Traditionen wurzelt: namentlich in seinen Geschichtsdramen und den postumen Stücken habe er einen einheitlichen dramatischen Stil geschaffen, der seine dualistische Weltanschauung, sein Schwanken zwischen Verzweiflung und Hoffnung, veranschauliche. Miss Morris vergleicht diesen „*einheitlichen*“ Stil mit den „*Unebenheiten*“ der klassischen Trauerspiele Grillparzers. Im allgemeinen aber scheint unter den englischen Kritikern gerade eines der klassischen Trauerspiele, „Des Meeres und der Liebe Wellen“, immer noch als sein Meisterstück zu gelten.

Unter allen seinen Dramen ist es aber „Weh' dem, der lügt!“, das am engsten mit England verbunden ist. Das Lustspiel, das schon 1835, vor der Reise nach Frankreich und England, begonnen wurde, wurde nämlich erst nach Grillparzers Rückkehr in die Heimat vollendet. Es drängt sich also die Frage auf, ob das Werk in irgendwelcher Hinsicht durch diese Reise, insbesondere durch Grillparzers Erfahrungen in England, beeinflußt wurde.

Seine Eindrücke von dem Monat, den er im regnerischen Sommer 1836 in London verbrachte, sind in einem Tagebuch festgehalten, welches zu den lebendigsten seiner Prosawerke zählt. Merkwürdigerweise befaßt sich der einzige englische Artikel, der ausschließlich von seinen Tagebüchern handelt[27], nicht in erster Linie mit diesem Reisetagebuch, sondern faßt seine lebenslangen Aufzeichnungen — um ein Wort Hebbels zu gebrauchen — als „*ein Notenbuch [des] Herzens*“ auf, das eine tiefe Einsicht in die schöpferische Verfahrensweise des Dichters sowie in seine Selbstkritik gewährt. Ein Aufsatz über „Grillparzers englische Freunde“ von R. Pick handelt zum größten Teil nicht von den Bekanntschaften aus dem Londoner Aufenthalt, sondern vom Geistlichen und Schriftsteller Archer Gurney, den Grillparzer erst 1840 in Wien kennenlernte[28]. I. V. Morris hingegen hat der Englandreise mehrere Seiten eines Aufsatzes gewidmet[29]. Als Höhepunkt der Reise betrachtet sie die Sitzungen, denen Grillparzer im englischen Parlament beiwohnte. Die Debatten sagten seinem in den dreißiger Jahren wachsenden Interesse

---

[27] Edna Purdie, Two Nineteenth-Century Diaries and their Writers (Hebbel and Grillparzer), in: *PEGS* 15 (1946) 21—46.

[28] *Jahrbuch der Grillparzer-Gesellschaft*, 3. Folge, Bd. 3 (1960) 127—138.

[29] Grillparzer's Impressions of the English, in: *GLL*, New Series 14 (1960/61) 1—15.

für politische Fragen zu. Es ist aber bezeichnend, daß er sie „*schon als Schauspiel . . . hinreißend*“ fand, wie er in seiner Selbstbiographie erzählt. Er sah sie also mit den Augen des Dramatikers. In demselben Satz gesteht er, daß er „*kaum die Hälfte der Reden*“ verstanden habe. Beinahe ein Vierteljahrhundert später erzählte er seiner Bekannten Helene Lieben, daß er Englisch „*aus Büchern ohne Lehrer*“ gelernt habe: „*Als ich im Englischen Butter begehrte, brachte man mir eine Flasche Wasser.*“[30] Daß er nicht ohne alle Kenntnisse des gesprochenen Englisch nach London kam, verdankte er einem Engländer namens Brant oder Brand, den er vor Jahren in Wien kennengelernt hatte und der sich in Paris gerne bereit erklärte, ihm englische Unterrichtsstunden zu erteilen. Darüber hinaus wissen wir immer noch so gut wie nichts über diesen Mr. Brant — nicht einmal seine Vornamen. Aus Grillparzers Tagebüchern und seiner Selbstbiographie ist aber zu entnehmen, daß Brants „*Gesetz der Sparsamkeit*“ (Tagebucheintragung vom 28. April) viel dazu beitrug, dem Dichter die Wochen in Paris zu verderben, und daß er als Sprachlehrer wenig Erfolg hatte. Grillparzer fand ihn „*langweiliger als billig*“ (Tagebucheintragung vom 26. Mai), und in der „Selbstbiographie“ erzählt er, daß er kurz vor seiner Abreise aus Paris einsehen mußte, wie himmelweit er immer noch vom „*sprachlichen Chinesentum der Engländer*“ entfernt war.

Trotz seiner mangelhaften Englischkenntnisse besuchte er die Theater in London eifrig. In der „Selbstbiographie“ bezeichnet er das Londoner Theater ausdrücklich als einen „*Hauptgegenstand*“ seiner Aufmerksamkeit. Er interessierte sich besonders für das Lustspiel, das er „*auf einem hohen Grade der Vollkommenheit in England*“ hielt (Tagebucheintragung vom 27. Mai). Es ist also zu vermuten, daß er sich durch seine Theaterbesuche in London angeregt fühlte, sein eigenes Lustspiel wieder aufzugreifen. Es waren besonders die Schauspieler, die ihn beeindruckten. Die „Selbstbiographie“ hält seine Erinnerungen fest: „*[Die Engländer] haben weniger gute Komiker als die Franzosen, aber bessere komische Schauspieler. Ihre Laune hat etwas Männliches, man merkt ihren heitern Menschen an, daß sie auch ernsthaft sein können, wenn es Not tut . . .*“ Diese Worte könnten treffend auf die Laune des ernsthaftheiteren Menschen Leon angewandt werden. Die dringendste Aufgabe, die die spezifisch englische Grillparzer-Forschung zu erfüllen hat, läßt sich also klar erkennen: auf Grund seiner allerdings etwas sparsamen Auf-

[30] Grillparzers Gespräche und die Charakteristiken seiner Persönlichkeit durch die Zeitgenossen, hrsg. von August Sauer, Bd. 4, *Schriften des Literarischen Vereins in Wien*, XII, 148.

zeichnungen über die Eindrücke, die er beim Besuch der Londoner Theater erhielt, muß die Frage untersucht werden, ob er tatsächlich bei der Ausführung seines eigenen Versuchs auf dem Gebiet des Lustpiels im allgemeinen oder auch im einzelnen durch das englische Lustspiel beeinflußt wurde.

AUSWAHLBIBLIOGRAPHIE

MONOGRAPHIEN

E. E. PAPST, *Grillparzer: „Des Meeres und der Liebe Wellen"*. London 1967.

G. A. WELLS, *The Plays of Grillparzer*. Oxford 1969.

DOUGLAS YATES, *Franz Grillparzer. A Critical Biography*. Vol. 1, Oxford 1946.

W. E. YATES, *Grillparzer. A Critical Introduction*. Cambridge 1972.

DIE WICHTIGSTEN AUFSÄTZE

MARGARET E. ATKINSON, Grillparzer's Use of Symbol and Image in „Des Meeres und der Liebe Wellen", in: *GLL*, New Series 4, 261—277.

ERIC A. BLACKALL, Die Jüdin von Toledo, in: *German Studies presented to Walter Horace Bruford*. London 1962, 193—206.

I. V. MORRIS, Grillparzer's Individuality as a Dramatist, in: *Modern Language Quarterly* 18, 83—99; Grillparzer's Impressions of the English, in: *GLL*, New Series 14, 1—15; The „Ahnfrau" Controversy, in: *MLR* 62, 284—291.

E. E. PAPST, Franz Grillparzer, in: *German Men of Letters*, ed. by A. NATAN. Vol. 1, London 1961, 99—120.

RONALD PEACOCK, *The Poet in the Theatre*. London-New York 1946, 39—53.

F. E. SANDBACH, Goethe's Interest in Grillparzer, in: *PEGS* 3, 56—82.

J. P. STERN, Beyond the common indication: Grillparzer, in: *Re-interpretations*. London 1964, 42—77.

M. W. SWALES, The Narrative Perspective in Grillparzer's „Der arme Spielmann", in: *GLL*, New Series 20, 107—116.

G. WATERHOUSE, The Sources of Grillparzer's „Weh' dem, der lügt!", in: *MLR* 17, 50—62.

DOUGLAS YATES, Grillparzer's Hero and Shakespeare's Juliet, in: *MLR* 21, 419—425; Goethe's (and Grillparzer's) Cryptic "S", in: *PEGS* 9, 92—108; Grillparzer's rank as dramatist, in: *GLL* 2, 298—305.

DIE WICHTIGSTEN EINZELAUSGABEN

König Ottokars Glück und Ende, ed. by L. H. C. THOMAS. Oxford 1953.

Der Traum ein Leben, ed. by W. E. YATES. Cambridge 1968.

Des Meeres und der Liebe Wellen, ed. by DOUGLAS YATES. Oxford 1947.

Weh' dem, der lügt!, ed. by GILBERT WATERHOUSE. Manchester 1923.

LAURI VILJANEN
(Helsinki)

GRILLPARZER UND FINNLAND

Grillparzers Dramen standen bereits im frühen 19. Jahrhundert auf dem Spielplan finnischer Bühnen — ein bemerkenswerter Umstand. Die erste Botschaft von ihm kam über Schweden. C. G. Bonuvier begründete nach einer Gastspielreise durch die Provinz in Turku eine schwedischsprachige Bühne. Noch vor dem großen Brand von Turku 1827 wurde „Die Ahnfrau“ aufgeführt. Eine andere Schauspieltruppe spielte das Stück weit im Norden, 1829 in Oulu. Die Primadonna der Truppe, die gebürtige Finnin Maria Silfvan, interpretierte 1836 ebenfalls in nördlichen Kleinstädten sehr eindrucksvoll die Sappho — trotz ihrer stattlichen Erscheinung, die die Bühnenbretter krachen ließ, als sie mit der papierenen Leier im Arm vom Felsen hinab ins Meer stürzte. Das schauerromantische Erstlingsdrama ging noch 1836 in Helsinki über die Bühne, und die Stockholmer Schauspielerin Emilie Högqvist wurde in der Rolle der Berta so gefeiert, daß ihr Bild in den Buchläden ein Verkaufsschlager wurde.

Von diesem vielversprechenden Beginn aus gesehen, ist es erstaunlich, daß weder das schwedischsprachige Theater noch die Forschung im 20. Jahrhundert von dem Wiener Dichter Notiz nahmen. Dafür läßt sich schwer eine Erklärung finden. Auf alle Fälle war die finnischsprachige Seite sehr viel empfänglicher für den wienerischen Zauber, der von Grillparzers Leben, seiner Person und seiner Dichtung ausstrahlt.

Der energische und fähige Begründer der finnischsprachigen Nationalbühne, Kaarlo Bergbom, hatte in bezug auf Grillparzer einen schwachen Start. Er veröffentlichte 1868 seine Dissertation „Das historische Drama in Deutschland“ (etwa von Klinger bis Hebbel); Grillparzer wurde auf einer Seite abgehandelt wie Gottschall, Griepenkerl und Prutz! Bergbom erkennt an, daß Grillparzers liebliche, vornehme Muse ein leidenschaftliches Frauenherz verkörpern konnte, daß aber „*die bürokratische Kasernenluft vollkommen die Fähigkeit in ihr erstickt hat, große historische Leidenschaften zu verstehen*“. „König Ottokars Glück und Ende“ „*leidet an dramatischer Schwindsucht, die eine überall herauszuhörende fügsame Loyalität geboren hat. Vor allem fällt das Stück gegen den ‚Prinzen von Homburg‘ sehr stark ab. Gerade aber als österreichisches Gegenstück zu jenem preußischen Nationaldrama hatte Grillparzer seinen Ottokar geschrieben*“. Die Gegenüberstellung zu Kleist wiederholt sich dann in allen finnischen Äußerungen des 20. Jahrhunderts, allerdings völlig anders interpretiert! An dem Stück „Ein treuer Diener seines Herrn“ kritisiert

Bergbom das „*Sklaventum*“ noch schärfer. Man merkt deutlich, wie das erwachende nationale Selbstbewußtsein in dem finnischen Verfasser brodelt, der den Druck der zaristischen Tyrannei erfahren hat und sich nicht als schöntuender, gefügiger Untertan bekennen will.

Die Schauspielerin Hedvig Raa, von Bergbom bewundert, spielte 1869 als erste die Lea von Aleksis Kivi in finnischer Sprache und interpretierte 1870 die Sappho, allerdings in eigener Regie, denn sie war zeitweilig ohne Engagement. In dieser Phase scheinen Steifheit und überbetontes Pathos im Stimmeinsatz gestört zu haben, so daß Grillparzers klassische Schönlinigkeit wohl kaum zu ihrem Recht kam. „*Im Januar ist Grillparzers großes Fest. Ist er für uns so vorzüglich, daß es begangen werden sollte? Und womit? Mit der Sappho? Medea? Mit Hero und Leander?*“, fragte Bergboms Schwester und Assistentin Emilie ihn in einem Brief im Herbst 1890. (Emilie hatte „Medea“ schon 1863 in Berlin gesehen und ihrem Bruder darüber anerkennend, aber dilettantisch die nachlässige Sprache kritisierend geschrieben!)

Doch Bergboms Theater nahm Grillparzer in finnischer Sprache erst im Herbst 1897 in den Spielplan auf, und zwar „Sappho“. Sie wurde in Helsinki und in drei Provinzstädten gegeben. Die Übersetzung hatte die später fast vergessene religiöse Dichterin Irene Mendelin besorgt. Sie blieb ungedruckt. „Sappho“ wurde in Helsinki nur dreimal aufgeführt; die Hauptrolle spielte Maiju Rängman, eine recht routinierte Tragödin, unter anderem Schiller-Darstellerin. Der wienerische Hellenismus des Dichters blieb noch unentdeckt.

Am meisten Förderung hat Grillparzer im 20. Jahrhundert durch V. A. Koskenniemi, einen vornehmen neuklassizistischen Lyriker und großen Goethe-Kenner, und durch den feinsinnigen Theaterleiter Eino Kalima erfahren.

Natürlich ist die Qualität der Übertragungen ins Finnische von größter Wichtigkeit. Der Historiker der finnischsprachigen Hauptbühne, Eliel Aspelin-Haapkylä, hat sicher guten Grund zu seiner Vermutung, daß die Übersetzung von Irene Mendelin an der wenig erfolgreichen frühen Grillparzer-Aufführung schuld war. Auch das Desinteresse des schwedischsprachigen Theaters an Grillparzer beruht wohl in erster Linie ebenfalls auf dem Fehlen von Übersetzungen. Koskenniemi veröffentlichte 1909/10 seine Übertragungen der Trauerspiele „Des Meeres und der Liebe Wellen“ und „Sappho“. Fünffüßige Jamben eignen sich nicht sehr für die finnische Sprache, doch verlieh der Dichter den Grillparzer-Versen eine bewundernswert leichte, schlichte und angemessene Form. Als finnische Wortkunst könnten sie vielleicht markiger sein, doch hat Koskenniemis lyrisches Empfinden und parnassisch-hellenistische Geisteserziehung seiner Aussage die richtige stilistische Prägung, den richtigen Lebensatem verliehen. Der etwas jüngere Lyriker und Dramenschriftsteller Huugo Jalkanen übersetzte 1918 das dramatische Märchen „Der Traum ein Leben". Auch diese Übersetzung ist vorzüglich — die spanischen Trochäen eignen sich für das Finnische auch sehr viel besser als Jamben. So ist Grillparzer heute in Übersetzungen sogar besser vertreten als Kleist („Der zerbrochene Krug" und „Der Prinz von Homburg"), von Hebbel ganz zu schweigen, von dem nichts auf Finnisch gedruckt vorliegt.

„Des Meeres und der Liebe Wellen" wurde im Herbst 1910 im Finnischen Nationaltheater aufgeführt. Bedauerlicherweise scheint der robuste Regisseur Jalmari Lahdensuo Grillparzer keinen überzeugenden Dienst erwiesen zu haben. Das geht aus einer sehr interessanten gegensätzlichen Auffassung hervor, die sich zeigt, wenn man die „Sappho"-Inszenierung vom Herbst 1919 zum Vergleich heranzieht. Eino Kalima war zwei Jahre vorher Direktor des Nationaltheaters geworden. Der Gegensatz, den ich oben meinte, bezieht sich auf die frühere Darstellung der Hero und die spätere der Sappho. Beide Rollen waren mit der begabten Darstellerin Lilli Tulenheimo besetzt, die als Hero von der großen Gastschauspielerin Ida Aalberg diese Rolle eroberte. Kalima hatte 1910, als er sich als junger Theaterkritiker in scharfer Opposition zur damaligen banalen Atmosphäre des Nationaltheaters befand, über Lilli Tulenheimos Hero folgende scharfe Worte geschrieben: „*Aus der jungfräulichen und bei aller Instinktgebundenheit doch reinen und klar gezeichneten Priesterin wurde ein naiver, durch und durch bürgerlicher Ingénu-Typ, der mit seinem süßlichen Geplapper an eine von ihrer naiven Unwiderstehlichkeit überzeugten Insassin eines Mädchenpensionats erinnerte.*"

Im Hintergrund zeichnet sich vielleicht Ida Aalberg ab. Aber Lilli Tulenheimos Stilbruch ist sicher nicht auf ihre Jugend zurückzuführen, sondern auf die Regie. Acht Jahre später erhielt sie für ihre Sappho glänzende Kritiken. Der gelehrte Literaturkenner V. Tarkiainen schrieb: „*Sie war gemessen und von reiner Linienführung und entsprach damit jenem neuklassizistischen Schönheitsbegriff, der in den Dialogen des Schauspiels atmet.*" Der Regisseur Kalima bekräftigte diese Auffassung in seinen Memoiren „Leitung des Nationaltheaters": „*Die Definition aus Winckelmanns Neuklassizismus, 'edle Einfalt und stille Größe' hätte kaum schöner verwirklicht werden können.*" So seltsam es klingt, diese Betonung des edlen Stils, selbst auf Kosten der Intensität, war in der Lage, das Eis zu Grillparzers Gunsten zu brechen. Die „Sappho" wurde der größte Publikumserfolg der Spielzeit.

„Der Traum ein Leben" wurde 1923 gleich nach Weihnachten zum erstenmal gegeben, als Kenner bereits darauf warteten. Regie führte Pekka Alpo, ein fähiger, gewissenhafter Theatermann, wenn er auch mehr zu äußerlichen Effekten neigte als der lyrische Kalima. Erregende Neuheit dieser Aufführung war das eigenwillig dekorative, mit großartigen Malereien eher märchenhaft als träumerisch gestaltete Bühnenbild von Matti Warén. Da die technischen Einrichtungen der großen Bühne jedoch den Anforderungen noch nicht genügten, war man zu störenden Unterbrechungen und langen Zwischenakten gezwungen, öfter als die Illusion des Traumgesichts erlaubt hätte. Die finnische Versversion soll so gewirkt haben, als sei sie leicht zu sprechen. Als Rustan errang der mit leidenschaftlicher Erlebnisfähigkeit begabte, zu früh verstorbene Aarne Leppänen seinen ersten Jugenderfolg. Zunächst sei er zu erdverbunden gewesen, so heißt es, aber im tragischen Wendepunkt, als die Ruhmesbegeisterung in die verbrecherische Tat umschlägt, erreichte er eine tiefe und schöne Sensibilität.

In der Provinzstadt Tampere führte der aus Helsinki übergesiedelte Lahdensuo im Herbst 1917 das Trauerspiel „Des Meeres und der Liebe Wellen" auf, der Ruhelosigkeit der Zeit zum Trotz. Ihm standen mehrere seinerzeit sehr bekannte Schauspieler zur Verfügung. Einer von ihnen, der stilsichere Darsteller des Oberpriesters, Wilho Ilmari, begann 1919 als Direktor des finnischsprachigen Theaters von Turku eine langjährige, fruchtbare Arbeit im Dienste der Schauspielkunst. Gleich im ersten Herbst nahm er die „Sappho" ins Programm. Die Hauptfigur scheint ohne „*Kraft und Reiz*" geblieben zu sein, doch konnte später Lilli Tulenheimo als Gast verpflichtet werden.

Bezeichnend für das finnische Theaterleben ist es, daß sich auch die kleinen Arbeitertheater nicht gescheut haben, ihre Kräfte an dem hohen Wiener Stil Grillparzers zu versuchen. Das Arbeitertheater von Turku spielte 1940 das Schauspiel „Der Traum ein Leben" (zur selben Zeit auch Kleists Komödie „Der zerbrochene Krug"!) —, und das Niveau wird keineswegs getadelt. Der Name des wagemutigen Regisseurs war Toivo Hämeranta. Einen interessanten Versuch unternahm die Volksbühne von Helsinki, indem sie im Herbst 1945 — Kriegsdepression herrschte überall — auf ihrer recht anspruchslosen kleinen Bühne das Trauerspiel „Des Meeres und der Liebe Wellen" gab. Als Regisseur versuchte sich der als Lyrikrezitator damals allgemein bekannte Ture Junttu, und sein Können hat der Aufführung offenbar ein sehr geschlossenes, wenn auch, denkt man an die Umgebung, ein überraschendes Gepräge verliehen. Der Kritik nach „*verliehen die Schauspieler dem gereimten Text nämlich einen schönen Klang, indem sie jeden Vers rezitierten, als liebkosten sie seine Aussage*". Das war sicher das Hauptverdienst der Hero-Darstellerin Elsa Turakainen, einer hochgewachsenen, warmherzigen Charakterschauspielerin, die wohl kaum die vom Dichter gemeinte Mädchenfigur war.

Die schwedischsprachige Kritik sagte über Grillparzers Schauspiel Worte, die hierher passen, wenn ich zur Untersuchung der andersartigen Kritik der finnischen Literaturforschung übergehe: „*Das Stück ist in vieler Hinsicht veraltet. Vermutlich lassen sich ihm kaum neue Gesichtspunkte abgewinnen, nicht für die Menschen unserer Zeit. Der schönen Verse wegen kann man also dieses Stück aufführen.*"

V. A. Koskenniemi berichtet, er sei als junger, schüchterner Dichter zum Vorsitzenden der Grillparzer-Gesellschaft, Emil Reich, gegangen, um ihm seine Versübertragung ins Finnische zu überreichen. Sein sonst recht altmodischer Universitätslehrer, der schon erwähnte Aspelin-Haapkylä, hat übrigens freisinnig und verständnisvoll über Hero geschrieben und unter anderem vermerkt, daß in diese naive Griechin im 4. Aufzug nichts Moralisierendes hineingelegt worden sei. Koskenniemi selbst hat in seinem schönen Reisebericht „Städte der Poesie", 1914, einen Essay „Wien, die Stadt Grillparzers" aufgenommen. Ein großartiger geschichtsphilosophischer Ausblick vom Kahlenberg eröffnet das Kapitel, dann folgt eine lyrische Plauderei über Grillparzer in Anlehnung an dessen Autobiographie, vor allem über sein Verhältnis zu den deutschen Dichtern. Koskenniemi gibt Grillparzer in seiner Auffassung recht, er sei der größte deutsche Dramendichter nach Schiller. „*Auf alle Fälle schwankt die Waage nur zwischen Grillparzer und Kleist*", fügt Koskenniemi hinzu.

Koskenniemis schön stilisierte Sätze lauten weiter: „*Inmitten der Dickichten der Romantik ist seine Poesie wie ein kleiner dorischer Tempel, zwischen dessen Säulenreihen noch der Klang von Sophokles' Leier verweilt.*" Er versteht Grillparzers zarte Gefühlsart und auch seine scharfe Selbstkritik. Doch findet sich das vielleicht interessanteste Bekenntnis in einem anderen Buch von Koskenniemi, in den Memoiren „Student zu Beginn des Jahrhunderts", 1947: „. . . eine richtige literarische Liebe kann man die Verzauberung nennen, in deren Gewalt ich beim Lesen der Versdramen Grillparzers geriet. Ich näherte mich nach meiner Art in immer engeren Kreisen dem Dichter, Goethe, der mich später jahrzehntelang beschäftigt hat. Grillparzer war eine wichtige Etappe auf meinem Weg zu Goethe."

In diesem Zusammenhang sei mir erlaubt, etwas von meinem eigenen Interesse an Grillparzer zu sprechen. Ich veröffentlichte in einem literarischen Album „Junges Finnland", 1932, eine kleine Abhandlung „Ein

‚psychoanalytisches' Drama von vor einem Jahrhundert" und ließ sie erneut in der umfangreichen Essaysammlung „Kämpferischer Humanismus", 1936, drucken, die unter anderen Goethe, Kleist, Hauptmann und George umfaßte. Die Hauptgedanken des Grillparzer-Essays waren eigentlich schon in einem Referat enthalten, das ich als junger Schüler Koskenniemis in seinem Seminar an der Universität Turku 1924 gehalten hatte. Moderner Schwerpunkt dieses Essays war natürlich die von dem Schauspiel „Der Traum ein Leben" gezogene Verbindung zu der Wiener Seelenkunde und Freud selbst:

„Ohne die Dichtung zu vergessen, können wir die Freilegung der Seele herauslesen, die Lehre und Heilung mit Hilfe des Traumes ... Ein Traumgesicht enthüllt Rustan den Kern seiner Seele: Zu jeder Vorstellung im Zustand des Wachseins gesellt sich nun ein für Rustan typischer Affekt. Er ist klein in großen Augenblicken. Er gewinnt auf Grund der Verdienste eines anderen, nimmt zu einem anderen Zuflucht und bemäntelt das Verbrechen mit einem Verbrechen ... Der Traum hat ihm die Grenzen seiner Seele aufgezeigt, und Rustan unterwirft sich."

Der zweite Hauptgesichtspunkt des jungen Verfassers betrifft Grillparzers Persönlichkeit und seine literaturgeschichtliche Stellung. Träumen ist der glücklichste Zustand der Romantiker. In dem Drama „Der Traum ein Leben" ist der gedankliche Rahmen, in den das Traumgesicht eingeschlossen ist, vollkommen rationalistisch: Das Sehen von Phantasievorstellungen dient einem didaktischen Zweck. Hier tritt dann die Gegenüberstellung zu Kleist hinzu, der Vergleich Rustans mit dem Prinzen von Homburg. Anders als die Romantiker läutert dieser Konflikt Grillparzer und Kleist zu gefestigten humanistischen Persönlichkeiten und stellt sie als einsame Dichtergestalten neben Goethe und Schiller. Der Widerstreit zwischen glühender Phantasie und Sinn für die Wirklichkeit hat sie zu geborenen Dramatikern gemacht.

Der Literaturhistoriker Rafael Koskimies hat in zweien seiner Werke beachtenswert ausführlich über Grillparzer geschrieben: in der „Geschichte der deutschen Literatur", 1936, und in seinem großen Werk „Weltliteratur", III 1964. Seine Beurteilung ist gerecht und von warmem Verständnis. In beiden Werken verweist er wie Koskenniemi auf Grillparzers Bekenntnis, in ihm sei etwas von dem Mitgefühl heischenden Tasso. „Des Meeres und der Liebe Wellen" erinnerte Koskimies besonders an die österreichische Lebensart und ihren späten Vertreter Hugo von Hofmannsthal: „*Grillparzers Verse sind zarter, singender als die irgendeines anderen deutschen Dramatikers der Zeit: ihr weicher und trotzdem kräftiger Klang spricht das Gefühl unmittelbar an.*" In der „Sappho"

„*macht sich Grillparzer in derselben Weise zum Interpreten einer weiblichen Ausnahmeerscheinung wie Kleist bei der Beschreibung seiner Penthesilea*". Es ist ein Kraftakt voll tragischer Leidenschaft, deren Schöpfer nicht mit den romantischen Kraftgenies verglichen werden darf, sondern direkt mit Schiller und Kleist. Koskimies bespricht auch das Drama „König Ottokars Glück und Ende": Es vermittelt die brennende Hingabe des Dichters an Österreich und Wien, aber es ist auch ein Gedicht von großen historischen Persönlichkeiten und männlichen Leidenschaften.

Rafael Koskimies' Beurteilung verglichen mit Kaarlo Bergboms Seite, geschrieben zu Lebzeiten des Dichters, beweist überzeugend, um wieviel sich das Grillparzer-Verständnis in Finnland vertieft hat. Sie bestätigt sein Schlußwort über Grillparzer: „*Erst nach seinem Tode wurde er einstimmig in die Elite der Klassiker deutscher Zunge aufgenommen.*"

JEAN-LOUIS BANDET
(Rennes)

DIE FRANZÖSISCHE GRILLPARZER-FORSCHUNG SEIT 1900

Wer über die französische Grillparzer-Forschung bzw. über die Aufnahme seiner Werke in Frankreich berichten will, muß zunächst eines feststellen: mit dem Werk des österreichischen Dramatikers befassen sich fast ausschließlich nur die Fachspezialisten, die Professoren der Germanistik und manchmal ihre Studenten. Das breitere Publikum aber, sogar das gebildete, kennt nicht einmal den Namen Franz Grillparzer.

Davon ausgehend, könnte man zu einer höher zielenden Betrachtung über die Aufnahme der deutschsprachigen, ja der ausländischen Literatur überhaupt geführt werden, wobei man schließlich bemerken würde, daß die Kenntnis von dieser Literatur weitgehend von der Mode, wenn nicht von der tatsächlichen oder vermeintlichen politischen Stellungnahme der jeweiligen Dichter abhängig ist. Abgesehen von Goethe und Schiller, die doch keinem gebildeten Franzosen fremde Namen sind, und mit deren Werken Schriftsteller ersten Ranges wie André Gide oder Paul Valéry sich eingehend befaßt haben, sind eigentlich nur solche Dichter wie Brecht oder Büchner einerseits, Kafka und, in einem zwar geringeren Maße, Rilke oder Hofmannsthal andererseits bekannt, wenn auch eine gründliche Kenntnis der Werke in der Originalsprache nicht immer vorauszusetzen ist. Von einfachen Modeerscheinungen wollen wir hier nicht reden. Die großen Österreicher des 19. Jahrhunderts aber, Grillparzer und Stifter, sind hier so gut wie gänzlich unbekannt, und man würde ebenso vergebens nach einer Aufführung von „Weh' dem, der lügt!" oder von „Libussa" wie nach einer Übersetzung von „Die Mappe meines Urgroßvaters" oder von „Der Nachsommer" suchen.

Diese Tatsache ist vielleicht auf die leider weit verbreitete Überzeugung der Franzosen zurückzuführen, daß es außer der französischen und einigen bevorzugten ausländischen Werken keine echte Literatur gibt. Von dieser Meinung werden wir sogar in unserem Bericht einige Spuren finden, indem wir feststellen werden, daß fast nur französische Werke zum Vergleich mit Grillparzers Dramen herangezogen werden. Die erste und unmittelbare Folge davon ist, daß die französische Grillparzer-Forschung nur in dem verhältnismäßig kleinen Kreis der Germanisten von Fach und für diesen Kreis betrieben wird. Da stößt man aber auf eine weitere Schwierigkeit: wenn nämlich ein französischer Germanist das Werk eines deutschen Schriftstellers untersuchen will, geschieht es meistens in der Form einer breit angelegten Habilitationsschrift. Dabei sollen aber zwei ungeschriebene Gesetze berücksichtigt werden: 1. Wer eine Habilitationsschrift über ein gewisses Thema angemeldet hat, betrachtet sich als der ausschließliche Besitzer dieses Themas, dieses dichterischen Werks, und wird von seinen Kollegen als ein solcher betrachtet, bis er entweder seine Arbeit zu Ende geführt und vorgelegt hat, oder sich hat pensionieren lassen. 2. Wenn eine Habilitationsschrift geschrieben und veröffentlicht worden ist, gilt das behandelte Thema als erschöpft, und es wird in den nächsten 10 oder 15 Jahren einem angehenden Germanisten dringend abgeraten, sich damit zu befassen. Aus diesen verschiedenen Gründen läßt sich erklären, warum die französische Forschung nur wenige grundlegende Werke und noch weniger Arbeiten kleineren Umfangs aufzuweisen hat. Dafür sind die Arbeiten über Grillparzer sowie über die deutschen Schriftsteller im allgemeinen eben deswegen meistens umfangreich und tief eingehend, weil sie von Spezialisten für Spezialisten geschrieben wurden.

Diese unsere Behauptung, die eigentlich für die jetzt herrschenden Umstände gültig ist, soll aber gleich eingeschränkt werden: die zwei Bücher, die wir zuerst erwähnen werden, waren eben keine Habilitationsschriften; sie erschienen 1900 und 1914, zu einer Zeit, da die französische Germanistik noch eine Vermittlerrolle zwischen der deutschen Kultur und dem französischen Publikum zu spielen hoffte. Im Laufe unseres Berichtes werden wir auch diesen Weg zu einer engeren Spezialisierung und damit zu einer Verengung des Publikums verfolgen können.

In eine Liste von den Büchern, die gänzlich oder vorwiegend dem Werke Grillparzers gewidmet sind, würde man nur drei Titel aufnehmen: AUGUSTE EHRHARD: *Le théâtre en Autriche. Franz Grillparzer.* Paris 1900, 509 S.; ANDRÉ TIBAL: *Etudes sur Grillparzer.* Paris und Nancy, Berger-Levrault éditeurs, 1914, 236 S. (Annales de l'Est, publiées par la Faculté des Lettres de l'Université de Nancy, 28^{éme} année, Fascicule 1) und ROGER BAUER: *La réalité royaume de Dieu. Etudes sur l'originalité du théâtre viennois dans la première moitié du XIX^{éme} siècle*, München, Max Hueber Verlag, 1965, 605 S. Hinzu kommt noch ein Artikel von ELIE LAMBERT in der *Revue de Littérature comparée* 1922, 238—279. Schon die Zusammensetzung dieser vier Daten führt zu der Annahme, daß eine Betrachtung der französischen Grillparzer-Forschung zugleich ein Querschnitt durch die Entwicklung der Methoden der Literaturkritik sein wird.

Als besonderes Fachgebiet entstand die französische Germanistik erst am Ende des 19. Jahrhunderts, und sie ging lange Zeit eigene Wege, von den Grundsätzen der zeitgenössischen deutschen Literaturwissenschaft bzw. -geschichte unberührt. Die erste Arbeit, die in unserem Zusammenhang zu erwähnen wäre, das Buch von Auguste Ehrhard, trägt deutliche Spuren der damals in Frankreich als allgemein gültig anerkannten Methoden. Bezeichnend ist außerdem, daß der damalige Professor an der Universität Clermont-Ferrand früher zwei andere Bücher veröffentlicht hatte: „Molière en Allemagne" und „Henrik Ibsen", ein Beweis dafür, daß die damaligen französischen Germanisten ihre Forschungen gerne auf Gebiete erstreckten, die sich heute als vergleichende Literaturwissenschaft oder als Nordistik von der „reinen" Germanistik entfernt haben. Die Frage, ob eine solche Beschränkung und enge Spezialisierung als ein Fortschritt anzusehen sei, wollen wir vorerst dahingestellt lassen.

Das Buch gliedert sich in zwei Teile: „L'homme et son temps" — „L'œuvre dramatique", ein Schema, das die übliche Formulierung „Leben und Werk" leicht erkennen läßt. In seiner Darstellung des Lebens Grillparzers beruft sich Auguste Ehrhard schon am Anfang auf Goethe: im Gegensatz zu dem Olympier in Weimar habe Grillparzer *„nie das stille lächelnde Glück"* gekannt (1), das Goethe *„sowohl dem Gleichgewicht und dem Einklang seiner verschiedenen Fähigkeiten wie auch — das soll nicht übersehen werden — seiner Gleichgültigkeit den politischen Schicksalen seines Landes gegenüber"* verdankte. Goethe, oder eigentlich ein gewisses Bild von Goethe als von dem heiteren, unbekümmerten Dichter, wird also schon in den ersten Zeilen als Maßstab alles menschlichen und künstlerischen Wertes hingestellt, wenn auch hervorzuheben ist, daß das — tatsächliche oder vermutete — Unbeteiligtsein Goethes am politischen Geschehen leicht gerügt wird. Die deutsche Klassik gilt immer noch als der nie wieder zu erreichende Gipfel aller Kunst und Lebenskunst. Auf der anderen Seite huldigt Auguste Ehrhard verschleiert der Taineschen Theorie des *„race, milieu, moment":* als Sohn seiner Eltern, die in etwas düsteren Farben geschildert werden, als Österreicher des 19. Jahrhunderts mußte Grillparzer zu dem werden, was er wurde.

Bevor wir aber zu dem Bild des damaligen Österreich übergehen, das im zweiten Kapitel des ersten Teiles vermittelt wird, sollten wir näher zu bestimmen versuchen, welche Auffassung des Dichters überhaupt den Ausführungen Ehrhards zugrunde liegt. Die Erinnerung an Goethe war ein erster Hinweis, und schon auf Seite 7 begegnen wir einem charakteristischen Ausdruck: seine Stelle eines Hofbibliothekars habe Grillparzer die *„ruhige Zuflucht"* geboten, in der er glücklich gewesen wäre, *„sein Talent durch die Lektüre der großen Meisterwerke ausbilden zu können"*. Hinter dieser Behauptung steht unverkennbar das

„klassische“ Bild des Otium, das der Dichter in ruhiger Einsamkeit genießen muß, um sich „procul negotiis“ den schöngeistigen Studien widmen zu können. Aber das neue Zeitalter erlaubt dieses sorgenlose Leben eines reich Begüterten nicht mehr. In der Hofbibliothek habe Grillparzer, so behauptet Auguste Ehrhard, zwar die notwendige Ruhe gefunden, aber sein karg bemessenes Gehalt habe ihm keinen sicheren Lebensunterhalt gewährt, und er habe als Beamter den Dichter in sich töten müssen. Ehrhard gibt unausgesprochen zu, daß die veränderten Zeiten das althergebrachte Ideal des Künstlers unmöglich gemacht haben, aber er will die Konsequenz nicht so weit ziehen, daß er dieses Ideal selber als zeitbedingt erkennen würde. Der Fall Grillparzer ist nur eine isolierte Erscheinung, die man als solche bedauert, für die man aber keine andere Erklärung als eine rein individuelle finden kann. Damit erscheint in der Darstellung Ehrhards etwas, was man eine leicht romantische Färbung nennen könnte; von einer Anklage, geschweige denn von einem Schrei der Revolte finden wir keine Spur. Ganz im Gegenteil erscheint der Dichter, der abseits von jeder Gesellschaft leben muß, als ein Erwählter, der auf die Freuden des Lebens stoisch verzichtet, um in seiner Einsamkeit die ewigen Werte zu betrachten. Aber diese Abkehr vom „normalen“ Leben bedeutet noch nicht, daß Dichter und bürgerliche Gesellschaft völlig aneinander vorbeileben müssen; vielmehr bleibt ersterer den Regeln und Meinungen der anderen unterworfen, so z. B., wenn Ehrhard das seltsame Verhältnis Grillparzers zu Kathi Fröhlich eine „*überaus falsche und schmerzliche Lage*“ nennt, während er andererseits den Mißerfolg einiger Theaterstücke als „*unverdient*“ bezeichnet. Die schöngeistige Tradition, deren einziger Vertreter und Wahrer der Dichter ist, behält in Ehrhards Augen ihren allgemein verbindlichen Wert als das Höchste, was ein Mensch erreichen kann, und sie sollte vom Publikum als solche anerkannt werden. Ehrhard muß aber registrieren, daß das Wiener Publikum sich in den dreißiger Jahren des 19. Jahrhunderts so weit von dieser Auffassung entfernt hatte, daß „Weh’ dem, der lügt!“ durchfiel. Andererseits muß derjenige, der sich dem Kultus dieser Tradition widmet, auf das einfache Glück, das nur der roheren Masse gegönnt wird, verzichten. Stillschweigend wird dann eine Diskrepanz zwischen Leben und Kultur, d. h. eine neu eingetretene Sinnlosigkeit der traditionellen Kultur, erwähnt, aber sie wird nicht ausdrücklich festgestellt und als Problem des neuzeitlichen Dichters behandelt. Wäre es übertrieben, eine solche Einstellung, die das ganze Buch durchzieht, als besonders charakteristisch für das Zeitalter des liberalen Bürgertums anzusehen?

Das dritte Kapitel des ersten Teiles, in dem Ehrhard die ästhetischen Grundgedanken Grillparzers erläutert, rechtfertigt unsere Behauptung. Zwar wird dem österreichischen Dramatiker sein Platz in der deutschen Literaturgeschichte zugewiesen, in einer Zeit, die noch von dem Erbe der Romantik lebte. Aber Ehrhard unterscheidet zwischen den „*romantischen Ausschweifungen*" im Stile Schlegels und einer ursprünglicheren, naiveren Romantik, als deren hervorragendster Vertreter der Sturm-und-Drang-Goethe proklamiert wird. Diese letztere Romantik, der, wie man erwarten konnte, Ehrhard seinen Beifall zollt, soll auch diejenige sein, die Grillparzers Schaffen charakterisiert, und sie besteht vor allen Dingen darin, daß die Dichtung die unmittelbare Erregung des Gefühls und der Empfindung ausdrückt. Zwar fußen Ehrhards Behauptungen auf gewissen Äußerungen Grillparzers, so zum Beispiel auf dem berühmten Unterschied zwischen Poesie und Prosa, aber man kann sich des Eindrucks nicht erwehren, daß diese Dichtung, die hier als die spezifisch Grillparzersche angesehen wird, diese besondere Fähigkeit, „*das Poetische des Lebens zu fühlen und den anderen mitzuteilen*" (126) ein etwas blasses Aussehen erhält, um so mehr, als er behauptet, Grillparzer sei ein erklärter Gegner jeder „*außerästhetischen Zielsetzung der Kunst*" gewesen. Diese Auffassung der schönen Form, die (158) nichts „*Abstraktes*" ausdrückt, nichts, was nur dem „*mühsam arbeitenden Intellekt*" zugänglich wäre, und die ein Mittel ist, das reale Leben hinter dem Schleier der Poesie zu verbergen und dadurch zu verschönern, muß als ein beträchtlich abgedämpftes Echo der klassischen Ästhetik erscheinen.

Den Kern der Darstellung des Menschen Grillparzer finden wir eigentlich im zweiten Kapitel des ersten Teiles, in dem der soziale und politische Hintergrund der Jahre zwischen 1815 und 1872 geschildert wird. Zwischen Restauration und Revolution scheint sich der österreichische Dramatiker — oder vielleicht der französische Kritiker — nicht entscheiden zu können. Das System des Fürsten Metternich wird als abscheulich geschildert, aber die Revolutionäre von 1848 erscheinen unter keinem günstigeren Licht. „*Der Mist der Halbgebildeten, der Wirtshauspolitiker, der Marktschreier*" hat das gute, besonnene Volk eine Zeitlang irregeführt (83), nach dem Sturm aber hat die ernüchterte Masse den gewohnten Weg des Gehorsams und der Liebe zu seinem angestammten Herrscherhaus wiedergefunden. Darauf tadelt Ehrhard die Reaktion der Jahre 1849—1855. Besonders bezeichnend ist, daß er sich fast ausschließlich gegen das Konkordat von 1855 empört als gegen eine „*Kapitulation der zivilen Macht vor der kirchlichen Obrigkeit*", während er einige Seiten weiter an Grillparzer lobt, daß er sich durch die „*sentimentale Politik einiger Träumer*" nicht verblenden ließ (93) und in der Frage der Nationalitäten „*sein Ideal der Humanität mit der Verteidigung der Interessen seiner Heimat in Einklang zu bringen wußte*".

Ein liberaler, antiklerikaler aber auch ordnungsliebender Bürger, ein Anhänger des Josephinismus als des Primats der Vernunft, des Juste milieu, so erscheint Grillparzer in dem von Auguste Ehrhard vermittelten Bilde. Als Künstler hütet er sich, etwas anderes als Kunst, das heißt als Verschönerung des Lebens zu betreiben, obwohl er am eigenen Leibe erfahren muß, daß ein solches Unternehmen fragwürdig geworden ist. In diesem ersten Teil finden wir also das beinahe paradigmatische Bild des Dichters, wie ihn nur die bürgerliche Ideologie des endenden 19. Jahrhunderts sehen konnte.

Man soll uns recht verstehen: wir wollen keineswegs den Wert des Buches von Auguste Ehrhard verkennen, wir meinen vielmehr, wie Roger Bauer in der Bibliographie zu seinem oben erwähnten Buch, (574), daß dieses Werk lange Zeit eine grundlegende Arbeit blieb und heute noch Wesentliches bringt. Von einer Vermischung von Literaturgeschichte mit einer unbestimmten, fragwürdigen Amateursoziologie oder gar mit Politik halten wir auch wenig. Uns ist nur daran gelegen, die Wandlung des Grillparzer-Bildes in der französischen Forschung zu verfolgen und dabei die verschiedenen ausdrücklichen oder unausgesprochenen Voraussetzungen aufzudecken, die jedes Werk der Literaturkritik zum Ausgangspunkt nimmt. Wer das Buch von Auguste Ehrhard liest, muß sofort bemerken, daß der Verfasser selber Partei nimmt und dabei gewisse Grundsätze oder Überzeugungen erkennen läßt, die um so deutlicher hervortreten, als wir heutige Menschen sie als veraltet oder mindestens nicht mehr aktuell zu betrachten geneigt sind.

Die Gliederung des zweiten Teiles, in dem Ehrhard zu dem dramatischen Werk übergeht, offenbart, wie sehr seine Auffassung des Menschen Grillparzer für die Gesamtinterpretation des Werkes ausschlaggebend ist. In diesem zweiten Teil versucht er eine thematische Gruppierung der Dramen, was ihn zu folgender Einteilung in fünf Kapitel führt: Die Schicksalstragödie — Die griechischen Tragödien — Die nationalen Dramen — Phantasie und Lustspiel — Verschiedene Werke, wobei gleich hervorzuheben ist, daß unter diesem letzten Titel solche Dramen wie „Die Jüdin von Toledo" oder „Libussa" untersucht werden. Im Namen des guten Geschmacks und der Wahrscheinlichkeit rügt Ehrhard Schiller und seine Epigonen, Werner und Müllner, die die altgriechische Tragödie falsch nachgeahmt haben und in dem „*Schick-*

sal" nur ein bequemes Mittel fanden, „*eine unwahrscheinliche Verkettung von Greueltaten*" glaubwürdig zu machen (210). Grillparzer habe nur scheinbar ein solches Drama geschrieben, das eigentliche Thema der „Ahnfrau" sei „*der Kampf zwischen der Persönlichkeit einerseits, die, um sich nicht zu verlieren, um schmerzliche Verluste zu vermeiden, sich bescheiden beschränkt und der Welt andererseits, die, anstelle des einfachen Glücks, das wir in uns selber gefunden hätten, nur Fallen, Enttäuschungen und Unheil bietet*" (235). Damit wird ein Motiv aufgenommen, dem wir schon im ersten Teil begegnet sind, und das in der Folge noch breiter entwickelt wird: Grillparzers Grundhaltung sei die Sehnsucht nach dem „*einfachen*" Glück im Winkel, die bewußte Abkehr von allem, was Leid und Unordnung mit sich bringt.

Wie Ehrhard den griechischen Geist und darüber hinaus den Sinn der von ihm sogenannten „*griechischen Tragödien*" Grillparzers versteht, geht aus dem zweiten Kapitel des II. Teiles hervor. Griechisch sind das Licht, das Plastische des Bildes und der Gestalten, vom Schicksal, von der drohenden Allgegenwart der feindlichen Götter ist nicht die Rede. Ein solches Griechenland erinnert viel mehr an Winckelmann als an Nietzsche. In „Des Meeres und der Liebe Wellen" sieht Ehrhard das Griechische darin, daß Hero zur Liebe und zur Sinnlichkeit erwacht, „Sappho" soll griechisch sein, weil der Kern der Tragödie in dem Lob der Entsagung, des einfachen Lebens zu finden ist, am griechischsten ist „Das Goldene Vließ", wodurch eine sittliche Lehre vermittelt wird: „*Alles Unheil, das (Medea und Jason) getroffen hat, fand seine Ursache in der Habsucht und in dem Ehrgeiz . . . Jason fiel dem gefährlichen Trugbild des Ruhmes zum Opfer . . . am beneidenswertesten war das Los Kreusas, des sanften Mädchens, dem die Götter vergönnten, selbstzufrieden unter dem Dache des Vaterhauses ein stilles Leben zu führen*" (286—287). Alle Tragik wird aus dieser Darstellung weggezaubert, daneben erscheinen andere Züge, die in eine neue Richtung weisen. In „Des Meeres und der Liebe Wellen" spürt Auguste Ehrhard den Geist des Josephinismus, die Verurteilung des mönchischen Lebens im Namen der gesunden Natur, und der Name Voltaire gerät ganz unvermeidlich unter seine Feder, obwohl er gleich darauf feststellt, daß Grillparzer, im Gegensatz zu dem französischen Philosophen, keine antikirchliche Polemik habe führen wollen.

Bezeichnend ist in diesem Zusammenhang, daß Ehrhard in seinen folgenden Kapiteln die „*politischen*" Dramen nie als solche behandelt. Das Problem des Königs, des Staates, oder die Frage nach der menschlichen Gesellschaft werden nie klar ins Auge gefaßt. Die ganze Intrige von „Ein treuer Diener seines Herrn" wird als „*dunkles Abenteuer*" bezeichnet, Ehrhard rügt Rudolf II., daß er, wie Hero, in müßiger Beschaulichkeit lebt und daß er seinen Sohn zum Tode verurteilt. Es finden sich zwar (389—392) einige Bemerkungen, die auf eine Deutung dieses Kaisers als eine tragische Gestalt hinweisen, sie bleibt aber nur im Ansatz, und die Interpretationen von „Die Jüdin von Toledo" oder von „Libussa" verweisen auf sittliche oder wenigstens auf allgemein menschliche Kategorien. In „Libussa" zum Beispiel soll nur der Konflikt zwischen dem Ideal und dem Leben dargestellt sein, und Ehrhard ist der Meinung, Grillparzer erscheine in diesem Drama mehr als Historiker denn als Politiker.

In seinem Schlußwort lobt Ehrhard den österreichischen Dramatiker, weil er die österreichische Literatur wieder auf den Gipfel des Ruhms gebracht hat: der Dichter soll dem Nationalgenie seines Volkes dienen, sich von fremden Einflüssen fernhalten. Auf das ganze Buch rückblickend, erkennen wir dann, daß Erhard sich zum Ziel gesetzt hatte, durch die Einführung in ein besonders charakteristisches dichterisches Werk den Franzosen die österreichische Kultur zugänglich zu machen. Aber die Forschung war damals noch nicht so weit fortgeschritten, daß er ein rein objektives Bild dieser Kultur hätte vermitteln können.

Methodologisch sind die drei Studien, die André Tibal 1914 veröffentlichte, ganz anderer Art. Zu dieser Methode äußert er sich in der Einleitung: die „*vorzüglichen Arbeiten*" seiner Vorgänger habe er bei anderer Gelegenheit benützt, er habe sie aber beiseitegelegt, sobald er angefangen habe, sein Buch zu schreiben. Impressionistischer kann man kaum verfahren, und es findet sich in der Tat keine Bibliographie, keine Erwähnung der Sekundärliteratur. Drei Essays sind es, die folgende Titel tragen: „Grillparzer und die Natur" — „Grillparzer und die Liebe" — „Grillparzer und die Rassen".

Der Titel des ersten Essays könnte eigentlich der Titel des ganzen Buches sein, das Thema der Natur ist der Leitfaden der Untersuchungen Tibals. Schon am Anfang erscheint aber eine gewisse Unsicherheit in dem Gebrauch des Worts „*nature*", das im Französischen eine vielleicht noch weitere Bedeutung hat als im Deutschen. Am Anfang bedeutet es einfach die Landschaft, und Tibal betont, daß Wien am Ende des 18. Jahrhunderts „*kaum weniger ländlich war als Genf*"; dadurch zieht er eine Parallele mit Rousseau, in dem er ja den geistigen Vorahnen Grillparzers sieht. In diesem Zusammenhang behauptet er, daß der Natur in diesem Sinne eine entscheidende Rolle in solchen Dramen wie „Sappho" oder „Das goldene Vließ" zuzuschreiben sei. Man kann sich des Eindruckes nicht erwehren, und Tibal gibt es implizite zu, daß er nicht wahrhaben will, vielleicht um an seinem Ausgangspunkt festzuhalten, daß es sich vielmehr um eine Kulisse als um eine echte Landschaft handelt. Darauf bekommt das Wort „*Natur*“ einen neuen Sinn: Primislaus wird als derjenige dargestellt, der sich von der Natur entfernt, um die Kultur zu gründen. Wenn Tibal dann die Auffassung der Liebe untersucht, bedeutet „*Natur*“ wiederum etwas anderes: „*die dunklen Elemente der Seele*“ (122). Erst am Ende des Buches versteht der Leser, wo diese scheinbar divergierenden Behauptungen hinzielen: Natur ist für Tibal alles, was das deutsche Denken des 19. Jahrhunderts, Hegels ganz besonders, aufgeopfert hat (180). Die Gleichung Grillparzer = Natur wird zur Gleichung Grillparzer = nichtdeutsch, was endlich zu der Behauptung führt, Grillparzer sei der typische Österreicher.

Das Österreichische, das Tibal also zum Hauptmerkmal des Grillparzerschen Schaffens macht, erscheint vielseitig; zwei besondere Züge zeichnen es aus. Einerseits betet der Österreicher Grillparzer die konkrete Wirklichkeit an, auf der anderen Seite ist er „*der geistige Sohn des 18. Jahrhunderts*“ (186); als solcher verwirft er das politische System der Demokratie ebenso wie die deutsche Literatur und die deutsche Weltanschauung, in denen Tibal nur düstere Grübeleien, Abkehr von der gesunden Natur sieht. Daß das Buch 1914 veröffentlicht wurde, soll vielleicht nicht außer acht gelassen werden.

Trotz der methodologischen und „*ideologischen*“ Voraussetzungen verfolgen also die Arbeiten von Ehrhard und von Tibal das gleiche Ziel; beide wollen das spezifisch Österreichische herausarbeiten und sehen im Werk Grillparzers ein besonders typisches Beispiel. Für beide ist der Österreicher ein Mann des 18. Jahrhunderts, beide betonen den Unterschied zwischen Österreich und Deutschland; während aber Ehrhard Voltaire zum Vergleich heranzieht, beruft sich Tibal auf Rousseau. Dem einen ist „*Natur*“ das Schlüsselwort, der andere preist die nüchterne, abgeklärte Weisheit, die die Dramen predigen sollen.

Die zwei Arbeiten, die wir noch erwähnen wollen, zeigen eine in der französischen Grillparzer-Forschung bisher unbekannte Wissenschaftlichkeit. 1922 veröffentlichte Elie Lambert in der „Revue de Littérature Comparée“ einen Artikel, in dem er versucht, das Problem der Quellen zu „Die Jüdin von Toledo“ zu lösen. Eine genaue Untersuchung des Textes sowie der Äußerungen Grillparzers über sein Werk und der verschiedenen literarischen Werke, die das gleiche Thema behandelt haben, führt ihn zu der Behauptung, Lope de Vega und seine „comedia“ „Las paces de los reyes y judia de Toledo“ habe in der Entstehung des Dramas eine viel geringere Rolle gespielt, als allgemein angenommen wird.

Zwischen der „comedia" und dem Drama sieht er keine wirkliche Ähnlichkeit, er behauptet sogar, daß Grillparzer kein anderes Werk geschrieben hätte, wenn er das genaue Gegenteil von dem hätte machen wollen, was sein angeblicher Vorgänger gemacht hatte (269). Nicht Lope de Vega, sondern Cazotte, und durch Cazotte Garcia de la Huerta, mit seinem Werk „Raquel", haben nach Lamberts Meinung der „Jüdin von Toledo" Pate gestanden. Wenn diese These auch wenig Anklang gefunden hat (das Werk Garcias wird weder bei Roger Bauer noch in dem bei Metzler erschienenen Buch von Joachim Müller noch in dem Kommentar zu der Hanser-Ausgabe erwähnt), so beweist doch dieser Artikel, daß das Werk von Grillparzer zum Gegenstand der exakten philologischen Forschung und nicht mehr des Essays geworden war.

1965 erschien Roger Bauers umfangreiches Werk: „La réalité royaume de Dieu. Etudes sur l'originalité du théâtre viennois dans la première moitié du XIX^{éme} siècle." Wie schon in dem Titel bemerkbar, beschränkt sich der Verfasser nicht auf Grillparzer. Die drei Kapitel, die er seinem Werk widmet, fügen sich in ein umfassenderes Ganzes, in dem nicht nur das Wiener Theater, sondern auch die österreichische Kultur im 18. und im 19. Jahrhundert ausführlich dargestellt wird. Bauer geht von der Feststellung ab, daß Barock und Josephinismus, die üblich als zwei völlig entgegengesetzte Pole betrachtet werden, in einer historischen Kontinuität stehen; der Josephinismus ist ein *„modernisierter Barock"* (9). Das Barocktheater, das *„kaiserlich, aristokratisch, katholisch"* ist, schildert den Kampf des Menschen gegen eine feindliche Welt, drückt aber zu gleicher Zeit den unerschütterlichen Glauben an den Wert des menschlichen Wirkens aus und preist einen zugleich skeptischen und vertrauensvollen, asketischen und triumphierenden Heroismus. Dadurch wird das Weltliche als Feld des menschlichen heroischen Handelns rehabilitiert. Die Literatur des Josephinismus unterscheidet sich von der des Barocks insoweit, als sie in deutscher Sprache geschrieben ist und soziologisch eine bürgerliche Literatur ist. Der Ausbruch der französischen Revolution aber und die daraus entstehende Schreckensherrschaft haben zur Folge, daß *„das österreichische Bürgertum, d. h. die Beamtenkaste"* der Ideologie des Josephinismus mißtraut. Das Trauma, das damals erlitten wurde, führte zu dem Glauben, die Einrichtungen des Staates, die Ordnung der menschlichen Gesellschaft seien ebenso heilig und gottgewollt wie die Ordnung der Dinge in der realen Welt. Am Ende seiner Einleitung schreibt Roger Bauer zusammenfassend (34): *„Vom Barock bis zum Biedermeier beruht die österreichische Literatur auf dem selben Grundgedanken, dem einer gottgewollten Schöpfung und Weltordnung."*

Daraus erhellt schon, daß der methodologische Ausgangspunkt sich bei Roger Bauer nicht so leicht feststellen läßt wie bei André Tibal oder bei Auguste Ehrhard. Von einem Essay kann nicht die Rede sein, von einer unausgesprochenen Theorie des Dichters und der Dichtung noch weniger. Hervorzuheben ist, daß die Literatur im allgemeinen und das Werk Grillparzers im besonderen als bevorzugte Zeugen einer weit umfassenderen Weltanschauung aufgefaßt werden. Um eine Reduktion der Literaturwissenschaft auf die Kulturgeschichte oder gar auf die historische Soziologie handelt es sich aber nicht, es wird vielmehr der Versuch gemacht, eine Epoche der Kulturgeschichte in ihrer Vielfältigkeit und Einheit zu erfassen.

In seiner chronologischen Entwicklung betrachtet, weist das Werk Grillparzers — so glauben wir wenigstens Roger Bauers ausführliche und tiefgehende Analysen verstehen zu dürfen — eine Neuentdeckung, wenn nicht eine Neubelebung der oben skizzierten österreichischen Tradition auf. Nur scheinbar huldigt der Verfasser in seinem ersten Kapitel über Grillparzer (393 ff.) der althergebrachten, halbwegs psychologischen Theorie des „Leben und Werk". Er betont zwar die Rolle der angeerbten Melancholie, er erwähnt die zerstörerischen Kräfte, die die vier Brüder Grillparzer in der Seele hegten und denen alle, bis auf Franz, erlagen. Dies macht aber Roger Bauer im Rahmen einer weiter umfassenden Psychologie des Künstlers: der junge Grillparzer habe durch sein Werk und in seinem Werk seine morbide Introversion überwunden; die österreichische Tradition erscheint fast als ein Heilmittel, als ein Weg der Rettung.

Grillparzer ging — so faßt Roger Bauer seine Entwicklung auf — von der elegischen, an Rousseau und den Dichtern des Göttinger Hainbunds genährten Klage um den Verlust der Heimat, von der Sehnsucht nach der glückseligen Insel Otaheiti aus. Die ersten Dramen — „Blanka von Kastilien", „Die Ahnfrau", „Sappho", „Medea" — drücken noch dieses Gefühl des Exiliertseins aus. Fast zu gleicher Zeit aber öffnet sich der Ausweg. Wenn „Das Goldene Vließ" zum größten Teil „*Klage, Bekenntnis, Selbstanklage*" (416) ist, so macht sich am Ende von „Medea" die spezifisch Grillparzersche Lösung kund: dem „*Pathos des dem Leben und der Zeit ausgelieferten Menschen*" stellt sich „*der Trost der wiedergefundenen oder doch wenigstens erblickten Ordnung*" entgegen. Entscheidend wird dann in diesem Zusammenhang die Bedeutung, die der Zeit zuerkannt wird: Ort des Exils und des Unglücks in den frühen Werken, wird sie mit „König Ottokars Glück und Ende", mit der Hinwendung zum historischen Drama also, zur wirklichen Dimension des menschlichen Lebens und Wirkens. Ab 1830 wendet sich Grillparzer endgültig von der elegischen Klage um das verlorene Paradies ab, dem Studium und der Darstellung der zwei „*Wirklichkeiten*“ zu, die er entdeckt hat: die menschliche Seele und das historisch-politisch Gegebene.

In seinen Interpretationen von „Des Meeres und der Liebe Wellen“, „Die Jüdin von Toledo“, „Melusina“, „Der Traum ein Leben“, „Weh' dem, der lügt!“ und „Esther“, die er unter dem gemeinsamen Titel „*Die menschliche Natur als objektive Wirklichkeit*“ studiert, betont Roger Bauer zuerst die „*amorale Objektivität*“ Grillparzers. Das Lebendige, das Ursprüngliche ist als solches unschuldig, aber in „Die Jüdin von Toledo“, die „*die Tragödie der unschuldigen Liebe*“ genannt wird, entschleiert sich, wie sehr das menschliche Leben aus Lüge und Wahrheit zugleich besteht. Durch seine Liebe zu Rahel gelangt der König zur Wahrheit, zur Freiheit seines Selbst, er wird aber auch zum Sklaven. Seine Weisheit eines tugendhaften Herrschers wiederum entschleiert sich als Lüge, als Hybris. Leben heißt dann, die Unvollkommenheit des Menschen annehmen, sich der Ordnung des Staates als einer überlegenen gottgewollten Wirklichkeit unterwerfen. Die unbedingte Freiheit, die ursprüngliche Reinheit sind im Leben unerreichbar, der Mensch kann nur das unvollkommene Abbild des Ideals betrachten.

Dadurch erhält Roger Bauers Werk eine andere Dimension. Das echt Grillparzersche Problem ist, wie der Verfasser am Ende feststellt, die Frage nach der Inkarnation des Logos, ein an die Religion grenzendes Problem. In diesem Zusammenhang erhalten die Geschichte und der Staat eine entscheidende Bedeutung: der Staat ist der Ort, in dem das Vollkommene der göttlichen Ordnung und das Unvollkommene des Menschlichen ineinander übergehen, und der Herrscher ist zugleich Mensch und Sinnbild der Weltordnung. Roger Bauer verfolgt aber sehr genau die Entwicklung, die von „König Ottokars Glück und Ende“ zu „Ein Bruderzwist in Habsburg“ führt: während Rudolf I. noch selbstsicher auftritt, kann Rudolf II. nur machtlos dem Aufstieg der ordnungsfeindlichen und zerstörerischen Kräfte beiwohnen. In diesem Kaiser konzentriert sich, wenn wir Bauers Ausführungen richtig verfolgt haben, die echte Tragik, die das Werk Grillparzers ausdrückt. Darüber hinaus ist dieses Problem der unmöglichen Verwirklichung der göttlichen Ordnung die Frage, die die österreichische Kultur des 19. Jahrhunderts immer verzweifelter, immer tragischer also, gestellt hat.

Ein langer Weg führt von dem weisen, nur heimlich gequälten Grillparzer, wie ihn Ehrhard sah, zu der Tragik, die Roger Bauer herausarbeitet. Diese Entwicklung zeugt von einem immer vertiefteren Eingehen der französischen Forscher in die Probleme der österreichischen Kultur und beweist zu gleicher Zeit, daß das Anliegen der verschiedenen Arbeiten immer dasselbe geblieben ist: die österreichische Literatur und Kultur in ihrer Eigentümlichkeit zu erfassen. Die Stellungnahme für oder gegen Österreich war bis Ende des 19. Jahrhunderts eines der entscheidenden Probleme der französischen Innen- und Außenpolitik, es kann scheinen, daß die Literaturhistoriker sich angelegen sein ließen, nachdem die politische Leidenschaft ausgetobt hatte, ein immer präziseres Bild des in seiner Wirklichkeit unbekannten Landes aufzustellen. Von reinen Strukturanalysen, deren die österreichische und deutsche Forschung viele aufzuweisen hat, findet man in Frankreich keine Spur, immer bleibt der Wille bestehen, ein im vorigen Jahrhundert abwechselnd gepriesenes und gehaßtes Land in den Schöpfungen seines Geistes näher kennenzulernen.

GIOVANNA TOSCHI
(Bologna)

DIE GRILLPARZER-FORSCHUNG IN ITALIEN (1819—1971)

ABKÜRZUNGEN

introd. . . . introduzione
trad. . . . traduzione

Erst gegen Ende des vorigen Jahrhunderts widmet die italienische Germanistik dem österreichischen Dichter eine umfassende Studie. Grillparzers Werk war zu diesem Zeitpunkt in Italien noch nahezu unbekannt. Zwar lag dem italienischen Leser eine Übersetzung der Grillparzerschen ,,Sappho“ schon seit ihrer Entstehung im Jahre 1819 (durch Guido Sorelli, Fiorentino) vor. Eine Übersetzung, die ihrerseits Literaturgeschichte machte — wurde doch Byron durch ihre Lektüre überhaupt erst auf Grillparzer aufmerksam und zu seinem glühenden Verehrer —, die aber andererseits so unzulänglich war, daß sie den Zorn des englischen Romantikers erregte und jedenfalls nicht dazu beitrug, bereits damals schon Interesse für Grillparzer zu wecken.

Was die italienischen Übersetzer reizte — denn schon 1820 folgte in Unkenntnis der ersten eine zweite Übersetzung der ,,Sappho“ (diesmal durch den Grafen Ferdinando Mozzi de'Capitani, den eine Aufführung der ,,Sappho“ in der Wiener Burg mit der Schröder angeregt hatte) —, war ganz offensichtlich nicht der österreichische Dichter Grillparzer, sondern die griechische Dichterin Sappho. Das klassische Motiv also, dem italienischen Publikum sowohl durch griechische und lateinische Autoren als auch durch interessante Fassungen seiner eigenen Schriftsteller seit längerem vertraut. Schon 1780 hatte der Literat und Schriftsteller Alessandro Verri seinen Roman ,,Avventure di Saffo, poetessa di Mitilene“ mit großem Erfolge veröffentlicht, 1824 erschien ,,L'ultimo canto di Saffo“ von Leopardi, und später haben wir noch weitere Fassungen der ,,Sappho“ durch Leopoldo Marenco, Luigi Scevola, Salvatore Cammarano, dessen Tragödie von Giovanni Pacini 1840 vertont wurde.

Bezeichnenderweise setzt sich diese ausschließlich am klassischen Sujet interessierte italienische Grillparzer-Übersetzung bis ins 20. Jahrhundert fort. Nachdem 1864 eine dritte und 1878 eine vierte italienische Übersetzung der ,,Sappho“ erschienen waren — wiederum in Unkenntnis der vorangegangenen — (der Übersetzer des ersten Stückes war der Literat G. B. Bolza, und der Übersetzer des zweiten, Casimiro Varese, hatte es als einziges Werk Grillparzers in einem Sammelband mit Dramen Goethes und Zacharias Werners veröffentlicht), bekam der italienische Leser im Jahre 1919 endlich eine auch literarischen Ansprüchen genügende, wenngleich allerdings auch sehr freie Übersetzung der Grillparzerschen ,,Sappho“. Vincenzo Errante hatte sie in Versen mit stilistischen

Nuancierungen, die den Verehrer Foscolos und D'Annunzios verraten, verfaßt (während die vier früheren Übertragungen sich wörtlich an das Original gehalten hatten).

Daß die Wahl des Übersetzers nun schon zum fünftenmal auf die „Sappho" fällt, ist symptomatisch; wenn auch Errante in seiner ausführlichen kritisch-historischen Einführung keine besondere Begründung für diese Wahl gibt. Wie sehr jedoch auch in diesem Falle die italienische Vorliebe für das „Klassische" den Ausschlag gegeben haben dürfte, beweisen die vorangegangenen Übersetzungen der „Medea" (1879 durch den Grafen Andrea Maffei) und ihre Aufführung im Jahre 1880 im Teatro Nuovo von Verona mit Virginia Marini in der Titelrolle (allerdings ohne den 5. Akt) sowie die Übertragung der gesamten „Goldenen Vließ"-Trilogie im Jahre 1919 durch den „Sappho"-Übersetzer Errante.

Von den nicht „klassischen" Werken Grillparzers war in italienischer Übertragung lediglich „Die Ahnfrau" erschienen (1875 durch Rota Giuseppe und 1877 durch Maffei). Und da sich die jeweiligen Vorworte der Übersetzungen, ebenso wie die Veroneser Theaterkritik, nur auf das gerade übertragene bzw. aufgeführte Werk bezogen und zudem oft mehr von den Schwierigkeiten des Übersetzers als von Grillparzer sprachen, stellte sich den italienischen Germanisten zunächst einmal die Aufgabe, den österreichischen Dichter als solchen vorzustellen.

S. Friedmann kommt das Verdienst zu, 1893 diese Aufgabe in seiner 201 Seiten umfassenden Arbeit „Francesco Grillparzer" — für seine Epoche — mustergültig gelöst zu haben. Die Darstellung, die als 3. Band eines vierteiligen Werkes mit dem Titel „Il dramma tedesco del nostro secolo" konzipiert und aus Vorlesungen an der „R. Accademia Scientifico-Letteraria" in Mailand hervorgegangen war, unterrichtet den italienischen Leser über sämtliche Werke Grillparzers.

Grillparzer selbst wird in unmittelbarer Nachbarschaft Goethes und abhängig von Schiller nur in seinem Frühwerk gesehen. Im übrigen liegt die Betonung auf sämtlichen historischen Quellen. Woher nahm der Dichter den Stoff? Wer sind seine Anreger und Vorgänger? Von wem wurden die Aufgaben am überzeugendsten gelöst? Was sagen die verschiedenen Kritiker dazu? Kurz, die Scherer-Schule meldet sich — durch Friedmann ins Italienische übertragen — zu Wort.

Immer neue Stoff- und Motivquellen werden dem Leser aufgetan. Zu immer weiteren internationalen Vergleichen, zu immer neuen überraschenden Querverbindungen wird er angeregt. Mit stets gleichbleibender imponierender Akribie bespricht Friedmann Werk für Werk, ob nun Drama, Fragment, Novelle oder Gedicht in chronologischer Folge.

Besondere Akzente setzt er nicht. Allem (Drama, Lyrik, Prosa) mißt er gleiche Bedeutung zu. Alles, auch das kleinste Detail, ist ihm wichtig.

Scherer, sein großes Vorbild, der sich doch so spät erst zu Grillparzer bekannte, erwähnt er häufig. Aber wen an Kritikern, an vergleichbaren oder nicht vergleichbaren Schriftstellern anderer Epochen und Sprachen, an Übersetzern, Anregern, Förderern usw. erwähnt und zitiert Friedmann eigentlich nicht?

Lope de Vega und sein Einfluß auf Grillparzer wird von ihm übersehen oder jedenfalls nicht genügend gewürdigt. Eben hier setzt ein Jahr nach Friedmann, nämlich 1894, der damals erst 27jährige Arturo Farinelli ein. „Grillparzer und Lope de Vega" überschreibt er seine 333 Seiten, die er in Berlin in deutscher Sprache veröffentlicht.

Farinelli, Freund von Erich Schmidt und Jacob Minor, läßt Friedmann und die Scherer-Schule, der er ja auch generationsmäßig nicht mehr angehört, weit hinter sich. „*Alles Wirkliche hat ja sein Maß, all unser Forschen eine Beschränkung. Nicht nach der Weite, sondern nach der Tiefe müssen wir streben. Nicht die unbegrenzte äußere Welt, sondern das unbegrenzte Individuum sollen wir ergründen. (. . .) Nur im Labyrinthe der Menschenbrust regen sich die Fluten des ewigen Lebens.*" Also Erkenntnis des Menschen im Dichter solle eines der wichtigsten Ziele des Kritikers nach Farinelli sein und entsprechend diesem seinem späteren Motto legt der junge Farinelli bereits seine Untersuchung über Grillparzer und Lope de Vega an.

Historisch ist sein Vorgehen nur insofern, als er von den deutschen Romantikern ausgeht, die mit ihrer einseitigen, unvernünftigen Verehrung Calderons ein falsches Licht auf Lope geworfen hätten, dessen Dichtung sie vollkommen ignoriert hätten. Übrigens sei Calderon für die Romantiker eine verklärte Gestalt; den wirklichen Gehalt seiner Dichtung hätte kein einziger (Tieck allein ausgenommen) erfaßt. Der erste, der die Bedeutung Lopes erkannt, ihn geliebt, bewundert und — wie die Tagebücher bewiesen — zur regelmäßigen Frühstückslektüre und der aus seinen Werken ein Lebensstudium gemacht habe, sei der große Österreicher gewesen.

Obwohl Farinelli fast in allen Dramen Grillparzers Einflüsse Lopes nachweist — und Grillparzer selbst zum Zeugen anführt, daß dieser, wenn er selbst keine Einfälle mehr gehabt, zu Lope gegriffen habe, kommt Farinelli doch zu folgendem Schluß: Von Nachahmung Lopes durch Grillparzer könne trotz des elegischen Grundtons beider nicht die Rede sein. Grillparzer sei völlig originär. Denn, wo Lope sich von seiner

Phantasie ins Uferlose treiben lasse, habe Grillparzer stets sein einmal gefaßtes Ziel im Auge, gehe äußerst planmäßig, systematisch und konzentriert vor. Wie sachlich, exakt, ja nahezu wissenschaftlich Grillparzer arbeite, bewiesen nicht zuletzt seine „Skizzen" über Lope de Vega, die die beste Einführung in dessen Werk darstellen. Grillparzer hätte also am schönsten gezeigt, wie man „*aus dem Studium der Spanier Begeisterung, Anregung zum eigenen Schaffen, ohne die nationale, deutsche Eigenart darum einzubüßen, schöpfen kann, wie man in den Werken der Spanier Stoffe und Motive zur weiteren Verarbeitung finden, wie man die Spanier bewundern und doch in ganz anderem Sinne als sie dichten kann*" (326).

Mit Farinellis „Grillparzer und Lope de Vega" beginnt in Italien die Einzelforschung, d. h. (nach der Gesamtdarstellung durch Friedmann) die Untersuchung bestimmter Themen bei Grillparzer. Doch vergehen bis zum Erscheinen weiterer Arbeiten genau zwanzig Jahre. Niveau, Qualität, Genauigkeit, wenngleich nicht den Schwung von Farinellis Buch können allenfalls die Untersuchungen seines Meisterschüllers Giuseppe Gabetti für sich buchen.

1914 veröffentlichte er (auch erst 27jährig) zwei 55 bzw. 63 Seiten lange Aufsätze mit den Titeln: „Conflitto di nazionalità e idea del fato nella ‚Medea' del Grillparzer" (Torino) und „I riflessi del viaggio in Italia nell'attività poetica del Grillparzer" (Rivista d'Italia 1914, II). Italienische Einflüsse auf Grillparzers Schaffen bilden das Leitmotiv beider. Denn erst durch seine Italienreise habe sich der bis dahin in der Weiterarbeit gehemmte Grillparzer von der „Schicksals"-Idee in seiner Trilogie freigemacht und sie durch den „Konflikt der Nationen" — zwischen der „nordischen" und der „mittelmeerischen" Seele (Medea und Jason) ersetzt. Italien sei es auch gewesen, das Grillparzer zahllose Anregungen für weitere Dichtungen gegeben habe, wenn sich diese auch später nur in Gedanken und Skizzen, bestenfalls in Bruchstücken (Spartacus, Brutus, Marino, Hannibal usw.) artikulierten, die seinem Drange Genüge getan hätten, so daß er kein Interesse mehr für die wirkliche Ausführung gehabt hätte. Durch den Italienaufenthalt sei auch die Bedeutung Tassos für Grillparzer lebendiger geworden; Boccaccio, Ariosto, Machiavelli, Bandello, Gozzi und Dante werden in den Briefen und Tagebüchern oft erwähnt und wiedergelesen.

Objektive Darstellung der Ereignisse und realistische Züge seien eine Charakteristik der Dramen „Ottokar", „Hero und Leander" und „Ein treuer Diener seines Herrn", eine Charakteristik, die aber ohne das Italien-Erlebnis undenkbar sei. Diese neue Richtung habe aber nicht lange gedauert, und der Dichter sei in seine Welt zurückgekehrt: *L'avventura italiana non solo lo lasciò ritornare nuovamente al suo proprio mondo, ma, dandogli, per la sua antiteticita, una più esatta coscienza di sé, ve lo confermò.*"

Aus „*italienischer*" Perspektive wird Grillparzer auch im Jahre 1920 von Vincenzo Errante gesehen. Im Vorwort seiner Übersetzung der „Sappho", dem er die Überschrift gibt: „Franz Grillparzer e i poeti austriaci del secolo XIX", stellt er Grillparzer in eine Reihe mit Lenau, Raimund, A. Grün und Zedlitz. Sie alle seien „*Zerrissene*" und hätten unter der politischen Situation und dem damit verbundenen Druck der Zensur sehr gelitten und seien daher den italienischen Schriftstellern des Risorgimento vergleichbar. Beide, Italiener wie Österreicher, hätten ihre Aufgabe im Kampfe gegen diese Zeitzustände gesehen.

Abgesehen davon, daß Errante das Konservative in Grillparzer völlig ignoriert, bleibt er dem Leser jeglichen Beweis für seine Behauptungen schuldig. Sie sind auch wohl mehr als Bemühungen zu verstehen, den Italienern Grillparzer in einem ihnen vertrauten, d. h. „*italienischen*" Licht vorzustellen.

Demgegenüber müssen die 21 Seiten Giovanni Angelo Alferos über „‚L'Ahnfrau' di Franz Grillparzer e la tragedia fatalistica", die drei Jahre nach Errantes Vorwort (1922, in der Rivista d'Italia I) erschienen, als ausgesprochen minuziös bezeichnet werden. Obwohl natürlich auch Alfero mit seiner Studie dem besonderen Interesse der Italiener entgegenkommt. Denn das Stück war in Italien nicht nur durch die Übersetzung Maffeis, sondern auch durch die zwei Jahre frühere (1875), allerdings weniger flüssige von Giuseppe Rota bekannt.

Basierend auf den Arbeiten Sauers, hebt Alfero den Einfluß Calderons, Shakespeares und Schillers hervor. Aber Grillparzer wird eben nur als der Autor dieser seiner ersten Tragödie behandelt. Das Positive dieses Aufsatzes von Alfero besteht darin, daß er Grillparzer deutlich von den übrigen Schicksalstragödienschreibern à la Zacharias Werner und Müllner abhebt und das Geniale in ihm betont. Lyrik, inneres Gleichgewicht, Musikalität und feurige Leidenschaft zeichnen dieses Drama für Alfero aus.

Weniger beschränkt in der Perspektive, dafür aber wieder um so ungenauer, unwissenschaftlicher und damit auch uninteressanter präsentiert sich sechs Jahre später (1928) eine weitere Arbeit über Grillparzer („Il dramma di Grillparzer", Torino). Ihr Verfasser ist Italo Maione, damals Ordinarius in Neapel. Seine 123 Seiten berühren zwar sämtliche „Dramen" Grillparzers, ohne jedoch irgendwelche neuen Gesichtspunkte beizutragen oder auch nur die bereits vorhandenen kritisch zu beleuchten; statt dessen werden immer wieder Musik und bildende Künste zu mehr oder weniger überzeugenden Vergleichen herangezogen. Bibliographische Angaben fehlen in diesem Buch ebenso wie in dem allerdings nur 30 Seiten langen „Grillparzer"-Aufsatz von Federico Sternberg-Montaldi aus dem Jahre 1937. Auch er verdient innerhalb der italienischen Grillparzer-Forschung keine weitere Erwähnung.

Es mußten wohl erst weitere Übersetzungen Grillparzers folgen und dem italienischen Leser bekannt werden, bevor die Germanisten Italiens gründlicher in Werk und Epoche des österreichischen Dichters eindringen konnten.

1906 waren „Der arme Spielmann" und „Das Kloster bei Sendomir" zwar unzulänglich, aber immerhin auf Italienisch herausgekommen. 1931 folgte eine italienische Übersetzung einiger Grillparzer-Gedichte. 1934 wurde „Der arme Spielmann" zweimal herausgegeben. 1937 erschien eine neue (nunmehr die sechste) Übersetzung der „Sappho", in einem Band mit dem jetzt erstmals übertragenen „Der Traum ein Leben" vereinigt. 1942 lernten die Italiener „Des Meeres und der Liebe Wellen" kennen, und im selben Jahre erschien eine neue Übersetzung der Novelle „Das Kloster bei Sendomir", die nochmals 1944 und wieder 1946 zusammen mit „Der arme Spielmann" übersetzt wurde. 1946 erschien auch die „Esther" und 1956 „Die Jüdin von Toledo". Und drei Jahre darauf (1959) kamen nochmals „Das Kloster bei Sendomir" und „Der arme Spielmann" in italienischer Sprache heraus. Ein Jahr später erschien eine neue Ausgabe des „Armen Spielmanns", die schon im Jahre 1942 Leonello Vincenti sorgfältigst ediert hatte. 1960 wurden einige Gedichte und 1962 nochmals die „Jüdin von Toledo" übertragen. 1967 wird zum erstenmal „Weh' dem, der lügt!" übersetzt.

Dennoch war der „halbe" Grillparzer dem großen italienischen Publikum nach wie vor unbekannt. Nicht nur die historisch-politischen, d. h. „österreichischen" Dramen, die den Italiener wohl ohnehin weniger interessierten, blieben (übrigens bis heute!) unübersetzt, sondern auch ein großer Teil der Lyrik und die gesamten autobiographischen Schriften. Obwohl gerade ihre Übersetzung ins Italienische besonders nahegelegen hätte, und sei es auch nur wegen Grillparzers italienischem Reisetagebuch und seiner Italien-Gedichte.

So bemerkt Leonello Vincenti (bis zu seinem Tode 1963 Ordinarius in Turin) 1958, als er sein für italienische Leser noch heute unübertroffenes Buch „Grillparzer e i suoi drammi", mit einem Anhang, „Grillparzer e la letteratura italiana" veröffentlicht, sicher zu Recht, daß es das eigentliche Ziel seines Unternehmens sei, die Italiener überhaupt erst richtig mit Grillparzer bekanntzumachen.

Ausgangspunkt ist auch für Vincenti der „*klassische*“ Grillparzer. 1941 bereits veröffentlichte Vincenti seine Studie über „La ‚Medea‘ di Franz Grillparzer“, die er dann 17 Jahre später nahezu wörtlich in seine große Gesamtdarstellung Grillparzers integriert.

Aus der Schule Groces und Voßlers hervorgegangen und direkter Schüler von Arturo Farinelli, stellt Vincenti in seiner Grillparzer-Studie die Frage nach dem „*Geist*“ der Epoche. Arbeiten über die Romantik, den Barock und die Aufklärung waren vorangegangen, bevor er sich der Zeit des Wiener Vormärz und des „*Neo-Absolutismus*“ Franz Josephs widmet, als deren prototypischen Vertreter er eben Grillparzer sieht.

Offenbar aus dem Bewußtsein heraus, diesen 1848er-„*Geist*“ in den Dramen Grillparzers nicht genügend profiliert zu haben, läßt Vincenti noch im selben Jahre 1958 seinen Essay über „Grillparzer e la libertà“ folgen, auf den sich dann später sein Schüler Magris wiederholt bezieht.

Daß Vincenti sich im leicht mißzuverstehenden Titel seines Werks auf die Dramen beschränkt (tatsächlich wird das Gesamtwerk behandelt), begründet er mit den in erster Linie dramaturgischen Qualitäten Grillparzers: „*il poeta si espresse pienamente e diede il meglio della sua arte come drammaturgo*“.

Für Vincentis Standort ist die Anlage und Kapiteleinteilung seines Buches bezeichnend. Ausdrücklich distanziert er sich von aller modischer Ideologie in den Geisteswissenschaften. Und ohne den historisch-politischen Hintergrund zu vernachlässigen, betont er, daß das Entscheidendste und „*Würdigste*“ doch immer die „*Kunst*“ sei.

So beginnt er seine Darstellung mit einem kurzen, „prospettiva storica“ betitelten Einführungskapitel. Das österreichische Bürgertum nach dem Wiener Kongreß wird hier beschrieben: glücklich und frei innerhalb seiner engen privaten Sphäre, poetisch eingelullt und umschlungen von den romantischen Klängen aus Deutschland und den barocken Schnörkeln der österreichischen Tradition.

Nach Vincenti ist Grillparzer einer der ersten, der die politisch prekäre Situation und die Gefahr für sein geliebtes Vaterland erkennt. Vergeblich habe er sich bemüht, die revolutionäre Entwicklung einzudämmen und sich schließlich — als der typisch kontemplative und für jede Aktion ungeeignete Mensch — in einen immer pessimistischeren Konservativismus zurückgezogen. Doch sei er sein ganzes Leben lang von der Politik angezogen worden, wie nicht nur seine bissigen Epigramme bewiesen, in denen sich der alte Aufklärer josephinischer Prägung offenbare, sondern auch sein letztes historisches, in Wirklichkeit politisch-moralisches Drama.

Mit diesen historisch-politischen Interessen begründet Vincenti Grillparzers Liebe für Schiller. Während er die Wurzeln seines dramatischen Schaffens im barocken Wiener Volkstheater und im gleichzeitigen spanischen sieht. Von den Romantikern trenne ihn sein Sinn für Realitäten und Vernunft. Von Goethe wiederum, dem er im Hinblick auf das „*Entsagen*“ so verwandt sei, sein Österreichertum.

Grillparzer erscheint so gleich am Anfang von Vincentis Darstellung nicht als der Epigone, sondern als der durchaus Eigenständige: der typische Vertreter des österreichischen Biedermeier und der österreichischen Nation überhaupt.

Nach seinem Exkurs über das historisch-politische Milieu skizziert Vincenti im folgenden Kapitel („natura e sorte“) Grillparzers Leben. Hatte er sich zuvor von der Überbetonung des „*Ideologischen*“ distanziert, so jetzt von der Überbetonung des Biographischen. Es sei gerade der Fehler früherer und besonders österreichischer Kritiker gewesen, im Werk nur Ausdruck privaten und persönlichen Wollens und Scheiterns zu sehen. Im Sinne der werkimmanenten Methode — ohne sich jedoch ausdrücklich auf sie zu berufen — greift Vincenti auf Grillparzers Tagebücher, Briefe und Gedichte nur insoweit zurück, als sie Aufschluß über seine Dramen und seine Dramaturgie zu geben scheinen. Denn auch „il poeta del teatro“ — so der Titel des dritten Kapitels — wird aus dem Autobiographischen und hier besonders aus den Gedichten deduziert. Wobei Vincenti zu dem Schluß kommt, daß die Gedichte vom künstlerischen Standpunkt aus betrachtet bedeutungslos seien und in ihren Elementen, Struktur oder Sprache bewiesen, das Werk eines Dramatikers zu sein. „*Il miglio lirismo di cui Grillparzer fosse capace, è da cercare nei momenti più alti dei suoi drammi.*“

Interpretation der Grillparzerschen Dramen ist denn auch das eigentliche Ziel Vincentis. Ihr widmet er die folgenden Kapitel: die dramaturgischen Lehrjahre von 1806 bis 1816 („tirocinio decennale“), in denen das künftige Konzept bereits sichtbar werde: Themen, Motive, Charaktere, Situationen. Mit einem Wort: der Verzicht auf Macht, Glück und Erfolg — zugunsten einer schuldbefreiten, inneren Harmonie.

Am Ende dieses Kapitels untersucht Vincenti den Einfluß Gozzis und des italienischen Volksmärchens auf Grillparzer. Bestreitet jedoch weitere Abhängigkeiten vom italienischen Theater. Grillparzers Bewunderung für Machiavelli und Metastasio sei kein Gegenbeweis. Denn das italienische Theater und die italienische Literatur überhaupt habe für ihn nur bis zur Renaissance Größe und Bedeutung gehabt.

Mit diesem Urteil widerspricht Vincenti Giuseppe Gabetti und dessen schon erwähnten, rund 44 Jahre zuvor publizierten „Riflessi del viaggio in Italia sull'attivitá poetica del Grillparzer", worin gerade die Bedeutung Italiens für Grillparzer und sein Werk behauptet wurde, auch wenn schließlich Gabetti zugibt, dieser Einfluß habe aber nicht lange gedauert.

Gestützt auf Grillparzers eigene Urteile, wie sie sich in seinen autobiographischen Schriften dokumentieren, unterteilt Vincenti das dramatische Werk in fünf Gruppen:

1. Die „*Schicksalsdramen*": hier analysiert er „Die Ahnfrau", „Sappho" und „Das Goldene Vließ"; indem er zwischen „*innerem*", „*äußerem*" und „*symbolischem*" Schicksal unterscheidet.

2. „*I drammi della fortuna e della fedeltà*", d. h. „König Ottokars Glück und Ende", „Ein treuer Diener seines Herrn", „Melusina" und „Der Traum ein Leben"; also Ambivalenz zwischen blindem, barockem Glück und einfacher, sich selbst genügender Treue.

3. „*La tragedia dell'amore*": „Des Meeres und der Liebe Wellen".

4. „*La commedia della verità*": „Weh' dem, der lügt!"

5. „*I drammi del raccoglimento solitario*" — die in der Zurückgezogenheit verfaßten Dramen und Fragmente: „Ein Bruderzwist in Habsburg", „Die Jüdin von Toledo", „Esther" und „Libussa".

Das letzte Kapitel widmet Vincenti Grillparzers Novellen. Es bedeutet — im Sinne seiner Deutung — keinen Widerspruch zum Titel „I drammi". Denn, wie in der Lyrik, so herrscht für Vincenti auch in den Novellen Grillparzers das dramatische Moment vor.

Im Rahmen der Emil Staiger verpflichteten, werkimmanenten italienischen Germanistik stehen Vincentis tiefbegründete Grillparzer-Interpretationen isoliert da. Die nach ihm in den letzten Jahren erschienenen Grillparzer-Darstellungen in Italien folgen anderen Schulen, Strömungen und Kriterien. Eine so objektive, ausführliche Studie, wie die von Vincenti, die das gesamte Werk Grillparzers untersucht, ist nicht mehr darunter. Die drei jüngsten italienischen Grillparzer-Arbeiten behandeln entweder nur ein Werk Grillparzers — so Luciano Zagari 1963 in seiner 48 Seiten langen „Libussa"-Studie; sehen ihn 46 Seiten hindurch innerhalb eines bestimmten politisch-soziologischen Konzepts — so Claudio Magris im selben Jahre in seinem „Il mito asburgico nella letteratura austriaca moderna", oder widmen Grillparzer nur 23 gedrängte Seiten im Rahmen einer allgemeinen deutschen Literaturgeschichte — so Ladislao Mittner 1971. Die faszinierendste und trotz gewisser unvermeidlicher Einseitigkeiten originellste Darstellung von diesen dreien ist zweifellos die von Magris. Schüler Vincentis, dessen Turiner Lehrstuhl er jetzt einnimmt, spiegelt sich in „seinem" Grillparzer das Credo einer neuen Generation. Einer Generation, der das dichterische Werk „an sich" nicht mehr genug aussagt, sondern die es eingebettet sieht in einem soziologischen Kontext.

Im Fall Grillparzer ist dieser Kontext die schon damals gestrige, schon damals anachronistische und deshalb melancholische, voller Sehnsucht beschworene, wie eine herrliche Erinnerung geliebte Habsburger-Welt. Denn der Mythos besteht nach Magris eben darin, daß eine historische, nun aber überlebte Realität durch eine fiktive, illusionistische ersetzt wird, und eine konkrete Gesellschaft durch eine phantastische, pittoreske. In der Hand der Regierenden sei diese Umwandlung von Wirklichkeit in Fiktion zum Machtinstrument, für den österreichischen Bürger jedoch zum Lebensstil geworden. Grundlegendes Element dieses Mythos sei das Ideal des Internationalismus, als ideologische Basis der Donaumonarchie, und damit habe sie ihren politisch-propagandistisch wirkungsvollen Kampf gegen das Erwachen der Nationalitäten führen können. Bürokratismus, Sinn für Ordnung um jeden Preis, Abscheu vor jeder Machtprobe und damit Mittelmäßigkeit, Verzicht auf jede Veränderung der Dinge und damit politischer Immobilismus seien weitere Kennzeichen.

In Grillparzer sieht Magris — ebenso wie Vincenti und Baumann — den ersten und typischsten Vertreter des Habsburger-Mythos. Und zwar eben in dem Moment, da der österreichische Kaiser auf den Titel eines Herrschers über das Heilige Römische Reich Deutscher Nation verzichtet, nur noch Österreicher ist und sich patriarchalisch an „seine" Völker wendet.

Zwar, so betont Magris, seien schon Studien gemacht worden, die Grillparzer als „*Österreicher*" herausgestellt hätten. Aber entweder nur im „*rhetorisch-patriotischen*" Sinn oder unter ausschließlicher Berücksichtigung des Politischen. Das Poetische sei darüber zu kurz gekommen. Magris beweist demgegenüber, daß nicht nur Grillparzer selbst, sondern auch alle seine Gestalten prototypische Vertreter des Habsburger-Mythos sind. Sie alle bedienten sich der kaiserlichen Tugend der Untätigkeit, und wie dem realen Bürger der Epoche bliebe auch ihnen als einzige Ausweichmöglichkeit nur der Schritt ins Reich der Phantasie. Private Bekenntnisse, sei es nun der Freude oder des Schmerzes, würden gegen die melancholische Würde dieses Mythos verstoßen und sich damit von selbst verboten haben. Würden sie dennoch laut werden, hätten sie Scheitern und Reue zur Folge. „*Realität*“, „*Illusion*“ und „*Reue*“ bezeichnet Magris daher als die typischen Merkmale der Grillparzerschen Dichtung.

Nicht die politische Dichtung der Zeit, die nur eine kurze Spanne Gültigkeit habe, sondern gerade Grillparzer spiegle die Tendenz des Beharrenwollens und den Verzicht auf jede Dynamik. Dadurch vertrete Grillparzer nicht nur seine eigene Epoche, sondern die Habsburger-Welt bis zu ihrem Untergang. Und zwar in dem Maße, daß ein Jahrhundert später noch Hofmannsthal ohne Grillparzer undenkbar wäre.

Dennoch würden auch in Grillparzers Werk (so in „Meine Erinnerungen“) freiheitlichere Gedanken laut; hier beruft sich Magris wiederholt auf Vincentis „Libertà“-Aufsatz. Vom politischen Standpunkt betrachtet, sei Grillparzers Haltung daher ambivalent: einerseits von Freiheitsliebe und Haß gegen die Metternichsche Tyrannei gekennzeichnet, andrerseits von Vaterlandsliebe, die jeden revolutionären Gedanken verdrängte.

Völlig eindeutig aber seien Grillparzers Grundmotive. Selbstbewahrung, Entsagung, Reue, Beharren, Verlieren, Entpersönlichung, Selbstentfremdung — seien Worte, die Grillparzer ständig wiederhole. Wie überhaupt sein Thema immer das gleiche sei: eben der Habsburgische Mythos.

Daß bei einer derart eigenwilligen Betrachtung nur bestimmte Werke ins Konzept, d. h. in den Habsburger-Mythos-Rahmen passen, versteht sich, mindert aber keineswegs die von ihr ausstrahlende Bezauberung. „König Ottokars Glück und Ende“, „Ein treuer Diener seines Herrn“, „Der arme Spielmann“, die Gedichte für Radetzky und „Als ich ein Knabe war“, „Libussa“ und „Ein Bruderzwist in Habsburg“ sind die Dichtungen Grillparzers, auf die sich Magris ausschließlich innerhalb einer 336 Seiten langen soziologisch-historischen Abhandlung stützt, die schon 1966 ins Deutsche übertragen wurde.

Die Frage bleibt ja überhaupt, ob und wieweit dem italienischen Leser ein Autor schmackhaft zu machen ist, der so ausschließlich als Inkarnation seines österreichischen Vaterlandes gesehen wird. Luciano Zagari hat diese Frage in seinem Aufsatz über „La Libussa e la crisi della poetica drammatica di Grillparzer“ 1963 (also im Erscheinungsjahr des Habsburger-Mythos) verneint.

Das Gewicht des verstaubten österreichischen 19. Jahrhunderts hänge so schwer an Grillparzer, daß man vom italienischen Publikum wohl keine positive Antwort erwarten dürfe, frage man es nach dem dichterischen Wert der Grillparzerschen Werke.

Gerade an der „Libussa", die von diesen historischen Gewichten so besonders belastet scheint, zeigt Zagari nun die poetische, die ausschließlich poetische Bedeutung.

Zagari geht vom Motiv der „Libussa" aus, das sich im wesentlichen nicht von denen der übrigen Dramen Grillparzers unterscheide. Angst vor Kommunikation und menschlicher Bindung, Angst, sich diesen Bindungen nicht mehr entziehen zu können, sei das Charakteristikum dieses Motivs. Grillparzers Leben spiegle es in allen Nuancen wider. Familiär, beruflich, schöpferisch (unter dem Druck der politischen Verhältnisse) habe Grillparzer selbst diese Angst personifiziert. Sie sei also ein typisch existentielles Motiv. Hinzukomme das „*erotische*" Moment. Die Unmöglichkeit, in der eigenen „*jungfräulichen*" Welt zu bleiben und in der künftigen ein neues Gleichgewicht zu finden. Diese Merkmale verbinden sich für Zagari gerade und in der intellektuellsten Form in der „Libussa". In ihr also nicht mehr das primitive Märchenwesen zu sehen, wie es die bisherige Literatur tat, sondern eine aus der existentiellen Situation Grillparzers heraus entstandene, bis ins letzte durchdachte dichterische Konzeption, ist Zagaris Absicht. Unter diesem „*Dichterischen*" versteht er jedoch nicht die äußere ästhetische Form (die Alexandriner bezeichnet er als eher „*unmusikalisch*"), sondern die geniale Anlage und Abfolge des Dramas, das er Akt für Akt und Szene für Szene analysiert.

Ausdrücklich distanziert Zagari die „Libussa" auch vom bloß psychologischen „*Seelendrama*" und beruft sich immer wieder auf die existentielle Basis.

Mit seiner „Libussa" flüchte sich Grillparzer in eine „*vorstaatliche*" Utopie und entsage jeder Hoffnung auf eine konkrete politische Änderung. So stelle sie den Höhepunkt der Grillparzerschen Dramaturgie dar, über den hinauszugelangen für den in sich abgekapselten Dichter unmöglich gewesen sei. Gegenüber der fundierten, durch zahlreiche Hinweise bzw. Auseinandersetzungen mit der bisherigen Kritik gekennzeichneten Studie Zagaris dürfen die knapp sechs Seiten, die Vittorio Santoli in seiner „Storia della letteratura tedesca" (1967, also vier Jahre nach Zagari) Grillparzer widmet, kaum Erwähnung beanspruchen. Zumal Santoli (zu jener Zeit Ordinarius in Florenz) Grillparzer erneut das inzwischen längst überholte Etikett des „*Eklektikers*" und „*Neoklassikers*" aufklebt und die einzelnen Werke dementsprechend abhängig von Goethe oder merkwürdigerweise auch von Kleist sieht. „Sappho" sei das erste reife Werk des Dichters, aber es sei mit Unrecht mit dem goetheschen „Tasso" verglichen worden, dessen Verse „*di una delicatezza suprema non tollerano un paragone qualitativo con quelli dello scrittore viennese*". Der Inhalt sei vollkommen verschieden, und wenn man unbedingt einen Vergleich ziehen wolle, dann könnte man die ,,Penthesilea" von Kleist heranziehen: ,,Sappho" sei also eine Penthesilea ,,*meno vulcanica e patologica, ma ugualmente ossessa dall'erotismo*". Eine besondere Würdigung der Werke Grillparzers, wenn auch in den Grenzen eines Handbuches, bringen dagegen die ,,Storia della letteratura tedesca" von Giovanni Antonio Amoretti (1970) und die von Rodolfo Bottacchiari - Rodolfo Paoli (1960), wobei Amoretti besonders die Dramen ,,Der Traum ein Leben", ,,Libussa", ,,Sappho", ,,Die Jüdin von Toledo" und die Erzählung ,,Der arme Spielmann" mit dessen typisch-österreichischen Biedermeier-Bewußtsein hervorhebt, während Bottacchiari-Paoli die ,,klassischen Dramen" und ,,König Ottokar" analysieren.

Erst im Rahmen einer anderen ,,Storia della letteratura tedesca" — nämlich der großen, dreibändigen von Ladislao Mittner, Ordinarius an der Universität Venedig — findet Grillparzer wieder eine ihm gebührende Darstellung.

Mit Mittner schließt sich der Bogen der bisherigen italienischen Grillparzer-Forschung. An ihrem Anfang stand eine Gesamtdarstellung. Friedmann hatte sie — im ausladenden Stil des Positivismus — über 201 Seiten hinweg mit allen literarischen Quellen, Motiven und Querverbindungen vor dem italienischen Leser ausgebreitet. An ihrem vorläufigen Ende steht noch einmal der ganze Grillparzer. Konzentriert jetzt auf 23 Seiten, in 25 Paragraphen zusammengepreßt, ein Resümee der vorangegangenen Forschung sowie eine tiefgreifende, einfallsreiche Auseinandersetzung mit ihr — und noch mehr.

Denn Mittner beschreibt Grillparzer im I. Band des zweiten Teils seines Werks (,,Dal Pietismo al Romanticismo 1750—1820, 1964, I. Teil, und ,,Dal Realismo alla Sperimentazione 1820—1970", II. Teil, 1971). Und diese große, erst 1971 abgeschlossene und in der italienischen Germanistik bis heute unvergleichbare Literaturgeschichte erklärt Dichtung als Ausdruck, Manifestation, ja Inkarnation aller politischen, sozialen und kulturellen Strömungen der jeweiligen Zeit. Das heißt, auch Grillparzers Werk ist — nach Mittner — das gebündelte Licht aller Strahlen, die von der Epoche des Biedermeier ausgehen. Blitzartig und mit der Durchschlagskraft der ganz großen Dichtung beleuchtet es Österreich und die Periode zwischen 1820 und 1850.

Für Mittner ist es die Epoche der ,,*Bürgerlichkeit*" und mithin des Pessimismus. Zu dieser Mentalität sei allein das Bürgertum imstande gewesen. Epigonentum, Zerrissenheit, Weltschmerz, Eklektizismus,

Pseudomonumentalität und einen ausgeprägten Sinn für Realismus führt Mittner — neben der biedermeierlichen Angst vor jedem Engagement (Liebe, Leidenschaft, Ehe) und jeder Aktion — als weitere Kennzeichen des Biedermeier an. Der Wille, alles zu bewahren und auch das Heterogenste miteinander in Einklang zu bringen, dominierte. Grillparzer, der rationalste Dichter der Zeit, der sich dieser Zusammenhänge am meisten bewußt gewesen sei, spiegle sie in seinem Werk auch am reinsten wider.

Unter Berufung auf Magris kommt auch Mittner zu dem Schluß, daß das Biedermeier keine nur zeitlich begrenzte Epoche, sondern eine an keine bestimmte Zeit gebundene Geisteshaltung sei. Auch er unterstreicht die spezifisch österreichische Komponente bei Grillparzer und spricht von „*katholisch-österreichischem Klassizismus*", wobei er sich auf protestantische Kritiker stützt. Im Hinblick auf Weimar nennt er diesen österreichischen Klassizismus „*verspätet*". Allerdings bedeutet das für Mittner nicht nur ein negatives Element, sondern hat, wegen des großen Realismus im österreichischen Klassizismus, auch seine positive Seite.

Die Überschriften und Untertitel, die Mittner seinen Grillparzer-Kapiteln gibt, beweisen, daß er den Dichter ausschließlich als Repräsentanten seiner Epoche und einer bestimmten Geisteshaltung versteht:

„*Grillparzer I: Eklektizismus und Introvertiertheit*";

„*Grillparzer II: Das Biedermeier als Produkt des Wiener Klassizismus, der josephinischen Aufklärung und des spanisch-österreichischen Barock.*" Worauf sich die Besprechung der einzelnen Werke anschließt.

Mittners Belesenheit, seine Kenntnis und seine fortwährende Auseinandersetzung mit der übrigen Grillparzer-Kritik vermitteln dem heutigen italienischen Leser sicher das umfassendste Bild Grillparzers und seiner Epoche. Geformt von Tradition und Gegenwart präsentiert sich ihm ein weniger goethescher als mozartscher und barocker Epigone, ein zerrissener, kühl rationaler, Gefühle und Entscheidungen fürchtender, konservativer und liberaler Dichter mit seinem Werk.

Zieht man das Fazit der rund achtzigjährigen italienischen Grillparzer-Forschung, schneidet Italien gar nicht einmal so schlecht ab: zwei Standardwerke (Friedmann und Vincenti); neun Einzeluntersuchungen bzw. kleinere Gesamtdarstellungen (Farinelli, Gabetti, Alfero, Maione, Sternberg, Vincenti [3], Zagari, Bottacchiari-Paoli, Santoli, Amoretti) — von allerdings recht unterschiedlichem Umfang und gelegentlich zweifelhafter Qualität; zwei profunde Abhandlungen innerhalb eines größeren literarischen Rahmens (Magris und Mittner) — quer durch alle geisteswissenschaftlichen Richtungen und Schulen. Dazu zahlreiche

Übersetzungen mit Einführungen in Grillparzers Werk. Überdies eine ausgesprochene italienische Grillparzer-Tradition, ja Schule, die mit Farinelli beginnt, sich über dessen Schüler Gabetti und Vincenti fortsetzt und gegenwärtig in Magris (sein Lehrer war ja Vincenti) ihren vorläufigen Abschluß findet. Das alles ist für einen Dichter, der nicht zuletzt gerade von der italienischen Germanistik als typischer Vertreter Österreichs dargestellt wurde, ein eher beachtlicher Erfolg.

Bleibt demgegenüber die Tatsache des zu einem Drittel noch immer nicht ins Italienische übersetzten Grillparzer (historisch-politische Dramen, ein Teil der Fragmente, Gedichte, autobiographische Schriften). Aber wir wollen uns der Hoffnung hingeben, daß auch diese Lücke bald gefüllt werde.

BIBLIOGRAPHIE

GESAMT- UND EINZELDARSTELLUNGEN, UNTERSUCHUNGEN

Giovanni Alfero, L'Ahnfrau di Franz Grillparzer e la tragedia fatalistica, in: *Rivista d'Italia*, 1922 (I), 154—175.

Giovanni Antonio Amoretti, Franz Grillparzer, in: *Storia della letteratura tedesca.* Milano 1970, 342—347.

Rodolfo Bottacchiari-Rodolfo Paoli, Franz Grillparzer, in: *Storia della letteratura tedesca.* Roma 1960, 266—271.

Guido De Vescovi, Incontro fra Grillparzer e Goethe, in: *Annali Triestini dell'Università di Trieste, Giurisprudenza, Economia e Lettere.* 1950, 157—172.

Arturo Farinelli, *Grillparzer und Lope de Vega.* Berlin 1894 (VIII—333 S.).

Arturo Farinelli, *Grillparzers Welt- und Lebensanschauung.* 1895. Vortrag, gehalten in der Universitätsaula in Innsbruck am 25. Januar 1895, gedruckt Leipzig, 1897, jetzt in: *Aufsätze, Reden und Charakteristiken zur Weltliteratur.* Bonn-Breslau-Leipzig 1925, 121—142.

Sigismondo Friedmann, *Il dramma tedesco del nostro secolo.* 3. Bd.: Francesco Grillparzer. Milano 1893 (201 S.).

Giuseppe Gabetti, *Conflitto di nazionalità e idea del fato nella „Medea" del Grillparzer.* Torino 1914 (55 S.).

Giuseppe Gabetti, I riflessi del viaggio in Italia nell'attività poetica del Grillparzer, in: *Rivista d'Italia*, 1914 (II), 707—770.

Claudio Magris, *Il mito asburgico nella letteratura austriaca moderna:* Franz Grillparzer, l'ordine e il tempo. Einaudi, Torini 1963, 103—149.

Italo Maione, *Il dramma di Grillparzer.* Torino 1928 (123 S.)

Ladislao Mittner, Grillparzer, in: *Storia della letteratura tedesca dal Pietismo al Romanticismo* (1700—1820), 1. Teil, Torino 1964 (1042 S.); *Dal realismo alla Sperimentazione* (1820—1970), 2. Teil: — 2 Bde., Torino 1971 (1926 S.) (1. Bd., 2. Teil: 65—88, §§ 14—21).

Mario Pensa, Euripide e Grillparzer, in: *Annuario del Liceo-Ginnasio di Rovereto.* Rovereto 1932.

VITTORIO SANTOLI, F. Grillparzer, in: *Storia della letteratura tedesca.* 1967, 369—375.

FEDERICO STERNBERG-MONTALDI, Grillparzer, in: *Annali della R. Università degli Studi Economici e Commerciali di Trieste.* 1937/38, 299—245.

LEONELLO VINCENTI, La „Medea" di Franz Grillparzer, in: *Atti della R. Accademia delle Scienze di Torino* 76 (1940/41) 337—378, jetzt in: *Saggi di letteratura tedesca.* Milano-Napoli 1953, 185—225.

LEONELLO VINCENTI, Grillparzer e la letteratura italiana, in: *Atti della Accademia delle Scienze di Torino* 88 (1953/54) 184—216, jetzt als Anhang in: *Grillparzer e i suoi drammi.* Milano-Napoli 1958, 257—283.

LEONELLO VINCENTI, Grillparzer e le libertà, in: *Atti della Accademia delle Scienze di Torino* 92 (1957/58) 143—196, jetzt in: *Nuovi saggi di Letteratura tedesca. Raccolta di saggi di L. Vincenti,* hrsg. von S. LUPI. Milano 1968, 177—230.

LEONELLO VINCENTI, *Grillparzer e i suoi drammi,* con una appendice: Grillparzer e la letteratura italiana. R. Ricciardi, Milano-Napoli 1958 (290 S.).

LUCIANO ZAGARI, La Libussa e la crisi della poetica drammatica di Grillparzer, in: *Studi germanici* (nuova serie). Roma 1963, 173—221.

GRILLPARZER-ÜBERSETZUNGEN UND -AUSGABEN

G. L. ARRIGHI e E. LANDI, *Il povero suonatore. Il chiostro di Sendomir* (trad.). Roma 1906.

G. BATTISTA BOLZA, *Saffo* (trad. in versi). Wien 1864.

MARCELLO CORA, Ester (trad.), in: *Teatro tedesco. Raccolta di drammi dalle origini ai nostri giorni.* A cura di GIAIME PINTOR (introd.) e LEONELLO VINCENTI. Milano 1946.

IGINIO DELNERI, *Il convento di Sendomir. Il povero suonatore* (trad. e introd.). Modena 1959.

VINCENZO ERRANTE, *Saffo* (trad. in versi e introd. storico-critica: 40 S.). Lanciano 1919.

VINCENZO ERRANTE, *Il vello d'oro* (trad. in versi e introd. storico-critica: 18 S.). Lanciano 1919.

SEVERINO FILIPPON, *Il povero suonatore* (trad.). Lanciano 1922.

CARLOTTA GIULIO, *Saffo. Il sogno è una vita* (trad. in prosa e introd.). Torino 1937.

CARLOTTA GIULIO, *Guai a chi mente* (trad. in prosa e introd.). Torino 1967.

LIVIO JANNATTONI, *Roma e i poeti* (curatore, testo, introd. e note), Liriche di Grillparzer tradotte da M. P. CAROSELLA. Palermo 1960.

ANDREA CONTE MAFFEI, L'Avola (trad. in versi), in: *Tragici tedeschi.* Firenze 1877.

ANDREA CONTE MAFFEI, *Medea* (trad. in versi, introd.). Firenze 1879.

LAURA MANCINELLI, L'Ebrea di Toledo (trad.), in: *Teatro tedesco dell'età romantica* (curato e introdotto da BONAVENTURA TECCHI). Torino 1962.

LINA MORPURGO, *Der arme Spielmann* (testo, introd. e note e vita dell'autore). Brescia 1934.

FERDINANDO CONTE MOZZI DE'CAPITANI, *Saffo* (trad. in versi). Venezia 1820.

RODOLFO PAOLI, Das Kloster von Sendomir (trad. e introd.), in: *Germania*. Milano 1942, a cura di L. TRAVERSO.

IPPOLITO PIZZETTI, L'Ebrea di Toledo (trad. in prosa), in: *Teatro tedesco dell'età romantica* (curato, introd. da B. TECCHI). Torino 1956.

ULISSE RAPONI, *Onde di mare e d'amore* (trad.). Roma 1942 (introd. di E. LAMA: 22 S.).

SERGIO ROMAGNOLI, *Il povero suonatore. Il convento di Sendomir* (trad. e introd.). Torino 1944.

GIUSEPPE ROTA, *L'Avola* (trad. in versi). Pavia 1875.

GUIDO SORELLI, *Saffo* (trad. in versi). Marenigh, Firenze 1819.

ALBERTO SPAINI, Novelle, in: *Novellieri tedeschi. Panorama della letteratura novellistica tedesca* (trad. e introd.). Roma 1946.

CASIMIRO VARESE, *Saffo* (trad. in versi con introd.). Firenze 1878.

LEONELLO VINCENTI, *Der arme Spielmann (Il povero suonatore)*, con una appendice di scritti autobiografici (testo, introd. e note). Torino 1942, 1960.

LEONELLO VINCENTI, *Medea* (testo, introd. e note a cura di L. Vincenti). 1962.

EMMA VIRGILI, *Der arme Spielmann* (testo, introd. e note). Napoli 1934, 1948.

ANTONIO ZAMBONI, *Visione* (trad. in versi sciolti). Bolzano 1826.

ANTONIO ZARDO, Poesie, in: *Lirici tedeschi dei secoli* XVIII—XIX (trad. in versi). Firenze 1931.

RYUICHI SUGAWARA
(Sapporo)

GRILLPARZER-FORSCHUNG IN JAPAN

Obwohl schon H. Seidler, A. Burkhard und J. Gunert gelegentlich japanische Grillparzer-Forschungen besprochen haben[1], möchte ich hier einen umfassenden Überblick über die bisher erschienenen japanischen Abhandlungen vorlegen. Dieser Bericht umgrenzt freilich den Forschungsbereich nur nach einem Gesichtspunkt: nämlich, nicht wie, sondern was von Grillparzer in Japan behandelt worden ist.

Meines Wissens sind die ersten zwei Arbeiten über Grillparzer in Japan erst 1952 erschienen. Im Anschluß daran aber sind stetige Bemühungen um das Werk Grillparzers in Gang gekommen. In den drei Jahren nach 1952 sind je zwei Aufsätze, dann drei oder vier Aufsätze pro Jahr (mit Ausnahme des Jahres 1969, wo die Studentenunruhen am regsten waren) in japanischen Zeitschriften veröffentlicht worden. So erschienen allein im Jahre 1966 sieben Arbeiten über Grillparzer.

Es ist auffällig, könnte man sagen, daß „Sappho" am meisten Beachtung gefunden hat; neun Aufsätze (47), (22), (11), (54), (55), (41), (25), (15), (16)[2] sind diesem Werk gewidmet. Darauf folgen „Die Ahnfrau" (44), (32), (53), (2), „Das Goldene Vließ" (45), (9), (10), (62) und „Libussa" (34), (58), (60), (7), schließlich „König Ottokars Glück und Ende" (12), (56), (63). „Ein treuer Diener seines Herrn" (12), (42), „Der Traum ein Leben" (3, 4), (57) und „Weh' dem, der lügt!" (51), (38) sind zweimal, „Des Meeres und der Liebe Wellen" (43), „Ein Bruderzwist in Habsburg" (35) und „Die Jüdin von Toledo" (36), nur einmal behandelt worden, ebenso das Jugendwerk „Blanka von Kastilien" (37). Grillparzers Novelle „Das Kloster bei Sendomir" ist leider noch nicht analysiert worden, während „Der arme Spielmann" immer neues Interesse fand (21), (17), (27), (28). Über seine Gedichte liegen nur zu „Tristia ex Ponto" (46), (33) und über seine Fragmente nur zu „Faust" (52) Studien vor. Es fällt schwer, zu sagen, was diese zahlenmäßigen Differenzen bedeuten. Ebenso wie die Zahl der Übersetzungen[3] zeigen sie aber doch wenigstens, was von Grillparzer in Japan wissenschaftlich oder künstlerisch anspricht.

---

[1] H. SEIDLER, Franz Grillparzer. Ein Forschungsbericht, in: *Zeitschr. f. dt. Philol.* 83 (1964) 474, 491 und 498.— DERS., Grillparzer-Bibliographie, in: *Grillparzer-Forum Forchtenstein* 1968, 133. — A. BURKHARD, *Grillparzer im Ausland.* München 1969, 66 ff. — J. GUNERT, Jahresbericht, in: *Jahrbuch der Grillparzer-Gesellschaft* 3. F., 7. Bd., 252 ff. und 3. F., 8. Bd., 183.

[2] Die Zahlen zeigen die Nummern der Abhandlungen in der Bibliographie.

[3] R. SUGAWARA, Werke Franz Grillparzers in japanischer Übersetzung, in: *Grillparzer-Forum Forchtenstein* 1969, 117 f.

Ein allgemeiner Überblick über die Altersdramen (39), aber auch über das Gesamtwerk Grillparzers (18) ist erarbeitet und der tragische (50), zwiespältige (48) Charakter des Dichters, das Aktivistische und das Kontemplative (31) in seinen Dichtungen ergründet worden. Auch das Verführerische von Grillparzers Frauengestalten ist untersucht worden (13). Grillparzers Dramaturgie (1), (64) und seiner Musiktheorie (61) wurden eingehende Studien gewidmet.

Grillparzers Leben ist auch dargestellt worden, von seiner Kindheit bis zur Entstehungszeit des „Goldenen Vließes" (24); und vor allem das Verhältnis zu Katharina Fröhlich (26) wurde auf seine schöpferischen Auswirkungen hin beleuchtet. Grillparzers Wirken als Staatsbeamter wurde ebenfalls ausführlich behandelt (30).

Neben den Gesamtdarstellungen Grillparzers versucht man, ihn in den Beziehungen zu seinen Zeitgenossen zu verstehen. Grillparzers Verhältnis zu Goethe bot Anregung zu mehreren Untersuchungen (23), (40), (8), die Verschiedenheit von Grillparzer und Goethe ist besonders hervorgehoben worden (6). Seine Beziehungen zu Schiller (49), zu Schopenhauer (20) und Stifter (27) sind ebenfalls eingehend untersucht worden. Außerdem wurde Grillparzer im Zusammenhang mit dem österreichischen Barock (5), mit dem Biedermeier (59) und mit der allgemeinen österreichischen Literaturentwicklung (29), (14) beurteilt.

In Japan hat es noch keine Gelegenheit gegeben, Grillparzer auf der Bühne zu sehen, und die Japaner haben in Grillparzer eher seine Gedanken und seine Philosophie als die wesentliche, dramatische Seite seiner Stücke schätzen gelernt. Es ist daher erfreulich, daß man seit kurzem begonnen hat, seinen engen Zusammenhang mit der Wiener Theatertradition zu erkennen.

BIBLIOGRAPHIE

JAPANISCHE ABHANDLUNGEN

1. Kazuyuki Aoki (Technische Hochschule Nagoya), Phantasie und Ausdruck. Eine Untersuchung über Grillparzer, in: *Jubiläumsforschungsberichte zum 5. Jahrestag der Gründung der Pharmazeutischen Hochschule Shizuoka.* Shizuoka 1958, 134—140.
2. Kazuyuki Aoki, Grillparzers Trauerspiel „Die Ahnfrau", in: *Forschungsberichte der Technischen Hochschule Nagoya* Nr. 15. Nagoya 1963, 73—81. (In deutscher Sprache.)
3. Kazuyuki Aoki, Grillparzers „Der Traum ein Leben". Versuch einer Deutung (1), in: *Zeitschrift für Germanistik* Nr. 3. Zweigbezirk Tokai der Japanischen Gesellschaft für Germanistik. Nagoya 1964, 56—72.

4. KAZUYUKI AOKI, Grillparzers „Der Traum ein Leben". Versuch einer Deutung (2), in: *Zeitschrift für Germanistik* Nr. 4. Zweigbezirk Tokai der Japanischen Gesellschaft für Germanistik. Nagoya 1966, 58—71.
5. KAZUYUKI AOKI, Die Tradition des österreichischen Barock in der Grillparzerschen Theaterkunst, in: *Doitsu Bungaku (Die deutsche Literatur)* Heft 36. Japanische Gesellschaft für Germanistik. Tokyo 1966/3, 82—91, (Mit deutscher Zusammenfassung.)
6. KAZUYUKI AOKI, Goethes Einwirkungen auf das Schaffen Grillparzers, in: *Jahrbuch der Goethe-Gesellschaft in Japan (Neue Folge)*, Bd. 8. Tokyo 1966, 245—258. (Mit deutscher Zusammenfassung.)
7. HIROSHI FUJIMURA (Tokyo-Universität), Die Problematik des Rechts in Grillparzers „Libussa", in: *Doitsu Bungaku (Die deutsche Literatur)* Heft 40, Japanische Gesellschaft für Germanistik. Tokyo 1968, 52—61. (Mit deutscher Zusammenfassung.)
8. SETSUO HATA (Osaka-Universität), Grillparzers Bemerkungen über Goethes „Wahlverwandtschaften", in: *Jahrbuch der Goethe-Gesellschaft in Japan (Neue Folge)*, Bd. 9. Tokyo 1967, 33—47. (Mit deutscher Zusammenfassung.)
9. ISAO HORI (Yamagata-Universität), Über das Goldene Vließ in der Trilogie „Das Goldene Vließ", in: *Doitsu Bungaku (Die deutsche Literatur)*, Heft 19. Japanische Gesellschaft für Germanistik. Tokyo 1957, 34—39.
10. ISAO HORI, Medeas Tragik in Grillparzers „Das Goldene Vließ", in: *Forschungsberichte der Yamagata-Universität* 4/2. Yamagata 1959, 117—139.
11. ISAO HORI, Sapphos Tragik in Grillparzers Trauerspiel „Sappho", in: *Doitsu Bungaku (Die deutsche Literatur)*, Heft 25. Japanische Gesellschaft für Germanistik. Tokyo 1961, 89—96. (Mit deutscher Zusammenfassung.)
12. ISAO HORI, Grillparzers Staatsdramen „König Ottokars Glück und Ende" und „Ein treuer Diener seines Herrn", in: *Forschungsberichte der Yamagata-Universität* 5/4. Yamagata 1964, 577—597. (Mit deutscher Zusammenfassung.)
13. ISAO HORI, Die weiblichen Gestalten als verführerische Wesen in Grillparzers Dramen, in: *Doitsu Bungaku (Die deutsche Literatur)*, Heft 44. Japanische Gesellschaft für Germanistik. Tokyo 1970, 59—68. (Mit deutscher Zusammenfassung.)
14. NOBUO IIZUKA (Meiji-Universität Tokyo), Die Tradition der österreichischen Literatur — Friedrich Heers „Humanitas Austriaca", in: *Forschungsberichte der Meiji-Universität*, Nr. 36. Tokyo 1966, 98—106.
15. KOJI ITO (Yamagata-Universität), Ein literarischer Versuch über Grillparzers „Sappho" — Der Zwiespalt zwischen der Sehnsucht nach dem Leben und dem Dasein als Dichterin, in: *Forschungsberichte der Handelshochschule Sapporo* Nr. 4. Sapporo 1970, 47—65. (Mit deutscher Zusammenfassung.)
16. SHOGO KATO (Handelshochschule Osaka), Grillparzers „Sappho", in: *Forschungsberichte der Handelshochschule Osaka* Nr. 29. Osaka 1970, 145—161.

17. KAZUNOBU MASUDA (Sophia-Universität Tokyo), Glanz des Narren — Grillparzers „Der arme Spielmann“, in: *Sophia, Studies in Western Civilization and the Cultural Interaction of East and West.* Sophia-Universität Vol. 14, No. 1. Tokyo 1965, 39—54.

18. KOKYO MORIKAWA (Städtische Universität Osaka), Das Trauerspiel von Grillparzer, in: *Forschungsberichte der Kyoto-Universität* Nr. 2. Kyoto 1953, 36—58.

19. KOKYO MORIKAWA, *Grillparzers „Das Kloster bei Sendomir“.* Nachwort seiner zweisprachigen Ausgabe. Daisan-Verlag Tokyo 1954, 5. Auflage 1964, 108—116.

20. KOKYO MORIKAWA, Grillparzer und Schopenhauer, in: *Jimbun Kenkyu (Studies in the Humanities)* 7/11. Literarische Fakultät der Städtischen Universität Osaka. Osaka 1956, 1—23 (1142—1164).

21. KOKYO MORIKAWA, Grillparzers „Der arme Spielmann“, in: *Festschrift zum 60. Geburtstag von Prof. T. Uchiyama*, Osaka-Universität. Osaka 1957, 17—33.

22. KOKYO MORIKWA, Entstehung und Interpretation. Grillparzers „Sappho“, in: *Jimbun Kenkyu (Studies in the Humanities)* 11/3. Literarische Fakultät der Städtischen Universität Osaka. Osaka 1960/3, 1—21 (199—219).

23. KOKYO MORIKAWA, Grillparzer und Goethe, in: *Kakyo (Die Überbrückung)*. Kyoto-Universität Nr. 6. Kyoto 1960, 38—41.

24. KOKYO MORIKAWA, Franz Grillparzer — Eine Biographie, in: *Jimbun Kenkyu (Studies in the Humanities)* 15/10. Literarische Fakultät der Städtischen Universität Osaka. Osaka 1964, 111—140.

25. KOKYO MORIKAWA, Grillparzers „Sappho“ — Entstehung und Erläuterung, in: *Jahrbuch der Grillparzer Gesellschaft*, 3. F., 6. Bd. Wien 1967, 101—119.

26. KOKYO MORIKAWA, Franz Grillparzer — Eine Biographie (Fortsetzung), in: *Jimbun Kenkyu (Studies in the Humanities)* 21/10. Literarische Fakultät der Städtischen Universität Osaka. Osaka 1970, 151—162.

27. ITSUO MOTOOKA (Doshisha-Universität Kyoto), Stifters „Der arme Wohltäter“ in Vergleich mit Grillparzers „Der arme Spielmann“, in: *Jimbungaku (Studies in Humanities)* Nr. 106. Gesellschaft für Literatur. Doshisha-Universität, Kyoto 1968, 1—19.

28. SHIGEO NAKAHARA (Handelshochschule Matsuyama), „Der arme Spielmann“. Notizen zu einem Problem der Wirklichkeit bei Franz Grillparzer, in: *Doitsu Bungaku Ronshu (Die deutsche Literatur)* Nr. 2. Zweigbezirk Chugoku-Shikoku der Japanischen Gesellschaft für Germanistik. Tokyo 1968, 27—34.

29. MASAMI OGAWA (Städtische Fremdsprachenuniversität Kobe), Grillparzers Dramen, in: *Journal der Städtischen Fremdsprachenuniversität Kobe* 12/1. Kobe 1961, 1—26.

30. KOICHI OKADA (Waseda-Universität Tokyo), Das Leben von Franz Grillparzer — Ein Dichter aus Wien, in: *Waseda Hogakukaishi (Journal of Philosophy, Literature and Natural Science)*. Waseda-Universität Nr. 9, Tokyo 1958, 1—22.

31. TAKESHI OZEKI (Städtische Universität Osaka), Das Aktivistische und das Kontemplative in Grillparzers Dichtungen, in: *Jimbun Kenkyu (Studies in the Humanities)* 3/11. Literarische Fakultät der Städtischen Universität Osaka. Osaka 1952, 49—59.

32. JIRO SATO (Nagoya-Universität), Probleme in Grillparzers „Die Ahnfrau", in: *Forschungsberichte der Nagoya-Universität* Nr. 7. Nagoya 1954, 147—164.

33. JIRO SATO, Die Erschöpfung der Schaffenskraft — Grillparzers „Tristia ex Ponto", in: *Forschungsberichte der Toyama-Universität* Nr. 4. Toyama 1955, 72—84.

34. JIRO SATO, Grillparzers „Libussa" — Überwindung der Problematik. In: *Forschungsberichte der Toyama-Universität* Nr. 5. Toyama 1956, 14—27.

35. JIRO SATO, Grillparzers „Ein Bruderzwist in Habsburg", in: *Forschungsberichte der Toyama-Universität* Nr. 7. Toyama 1957, 8—18.

36. JIRO SATO, Grillparzers „Die Jüdin von Toledo" — Die Problematik und die tragischen Elemente, in: *Forschungsberichte der Toyama-Universität* Nr. 9. Toyama 1959, 1—15.

37. JIRO SATO, Grillparzers „Blanka von Kastilien" — Die keimende Problematik, in: *Forschungsberichte der Toyama-Universität* Nr. 10. Toyama 1960, 29—46.

38. JIRO SATO, Grillparzers „Weh' dem, der lügt!", in: *Doitsu Bungaku (Die deutsche Literatur)* Heft 27. Japanische Gesellschaft für Germanistik. Tokyo 1961/10, 16—25. (Mit deutscher Zusammenfassung.)

39. JIRO SATO, Grillparzers Werke in seinem reifen Alter. Die Konstruktionen der Tragödien und ihre Problematik, in: *Forschungsberichte der Nagoya-Universität* Nr. 28. Nagoya 1962/3, 121—160.

40. JIRO SATO, Goethe und Grillparzer, in: *Jahrbuch der Goethe-Gesellschaft in Japan (Neue Folge)*, Bd. 5. Tokyo 1963, 25—36. (Mit deutscher Zusammenfassung.)

41. JIRO SATO, Grillparzers „Sappho" — Seine keimende Problematik, in: *Forschungsberichte der Nagoya-Universität* Nr. 37. Nagoya 1965/3, 267—286.

42. JIRO SATO, Grillparzers „Ein treuer Diener seines Herrn", in: *Forschungsberichte der Nagoya-Universität* Nr. 43. Nagoya 1967/3, 103—119.

43. JIRO SATO, „Des Meeres und der Liebe Wellen" von Grillparzer — Die Tragik und der Dichter, in: *Jubiläumsforschungsberichte zum 20. Jahrestag der Gründung der Literarischen Fakultät der Nagoya-Universität.* Nagoya 1968/12, 693—709.

44. TAKEO SATO (Tokushima-Universität), Grillparzers „Die Ahnfrau", in: *Journal of Gakugei, Forschungsberichte der Tokushima-Universität* Nr. 2. Tokushima 1952, 59—69.

45. TAKEO SATO, Grillparzers „Das Goldene Vließ", in: *Journal of Gakugei, Forschungsberichte der Tokushima-Universität* Nr. 3. Tokushima 1953, 87—97. (Mit deutscher Zusammenfassung.)

46. TAKEO SATO, Franz Grillparzers „Tristia ex Ponto". In: *Forschungsberichte der Tokushima-Universität* Nr. 4. Tokushima 1954, 127—139.

47. TAKEO SATO, Grillparzers „Sappho", in: *Forschungsberichte der Tokushima-Universität* Nr. 5. Tokushima 1956, 7—14.
48. TAKEO SATO, F. Grillparzer — seine Tragik, in: *Forschungsberichte der Tokushima-Universität* Nr. 7. Tokushima 1957, 23—32.
49. TAKEO SATO, Schiller und Grillparzer, in: *Doitsu Bungaku (Die deutsche Literatur)* Heft 23. Japanische Gesellschaft für Germanistik. Tokyo 1959/11, 63—68. (Mit deutscher Zusammenfassung.)
50. KEISUKE SHINDO (Hauptstädtische Universität Tokyo), F. Grillparzer, in: *Forschungsberichte der Hochschule für Mädchen Shizuoka* Nr. 1. Shizuoka 1955, 83—92.
51. RYUICHI SUGAWARA (Hokkaido-Universität), Grillparzers „Weh' dem, der lügt!", in: *Zeitschrift für Germanistik* Nr. 4. Deutsches Seminar. Tohoku-Universität. Sendai 1960, 45—57.
52. RYUICHI SUGAWARA, Grillparzers Fragment „Faust", in: *Zeitschrift für Germanistik* Nr. 5. Deutsches Seminar, Tohoku-Universität. Sendai 1961, 20—30.
53. RYUICHI SUGAWARA, Grillparzers „Die Ahnfrau", in: *Zeitschrift für Germanistik* Nr. 6. Deutsches Seminar, Tohoku-Universität. Sendai 1962, 47—58.
54. RYUICHI SUGAWARA, Grillparzers „Sappho", in: *Zeitschrift für Germanistik* Nr. 7. Deutsches Seminar, Tohoku-Universität. Sendai 1963, 71—80.
55. RYUICHI SUGAWARA, Über den Tod der Sappho in Grillparzers Trauerspiel „Sappho", in: *Norden* Nr. 1. Zweigbezirk Hokkaido der Japanischen Gesellschaft für Germanistik. Deutsches Seminar, Hokkaido-Universität. Sapporo 1963, 24—31.
56. RYUICHI SUGAWARA, Grillparzers „König Ottokars Glück und Ende", in: *Essays in Foreign Languages and Literature* Nr. 13. Literarische Fakultät der Hokkaido-Universität. Sapporo 1965, 50—61.
57. RYUICHI SUGAWARA, Grillparzers „Der Traum ein Leben", in: *Festschrift zum 60. Geburtstag von Prof. J. Shibata.* Tohoku-Universität. Sendai. (Erscheint bald.)
58. KEIICHI TOGAWA (Sophia-Universität Tokyo), Zentralprobleme in Grillparzers Alterswerk „Libussa", in: *Mitteilungen der Germanistenvereinigung der Sophia-Universität* Nr. 4. Tokyo 1962, 109—124.
59. TOKUJI TOKUZAWA (Senshu-Universität Tokyo), Die Literatur der Biedermeierzeit, in: *Forschungsberichte der Senshu-Universität* Nr. 3. Tokyo 1966, 1—23.
60. YOSHIHIKO WAKABAYASHI (Sophia-Universität Tokyo), Grillparzers Tragödie „Libussa" — Geschichte als Auftrag und Tragik, in: *Bulletin der Fakultät für Fremdsprachen und Auslandskunde.* Sophia-Universität, Nr. 1. Tokyo 1966, 173—189.
61. MAMORU WATANABE (Tokyo-Universität), Die Musikanschauungen Grillparzers, in: *Journal of the Japanese Musicological Society* Nr. 4. Ongakunotomo-Verlag, Tokyo 1958, 22—27.
62. SHIGEO YAMAGUCHI (Tenri-Universität), Grillparzers „Medea", in: *Die europäische Literatur der Tenri-Universität* Nr. 1. Tenri 1961/9, 79—87.

63. SHIGEO YAMAGUCHI, Grillparzers „König Ottokars Glück und Ende", in: *Forschungsberichte der Tenri-Universität* 17/2. Tenri 1966/1, 112—124.

64. YOSHIRO YOKOYAMA (Kinki-Universität Higashiosaka), Über die kunstwissenschaftlichen Betrachtungen von F. Grillparzer 1, in: *Zeilen der Kinki-Universität* 3/3 Higashiosaka 1955/3, 20—29.

JAPANISCHE ÜBERSETZUNGEN

Die unten angeführten Übersetzungen sind eine Ergänzung zu „Werke Franz Grillparzers in japanischer Übersetzung", *Grillparzer-Forum Forchtenstein* 1969, 117 f.

65. HIDEO KIKUMORI, Franz Grillparzer: Der arme Spielmann, in: *Sekaibungakuzenshu*, Bd. 47, Shinchosha-Verlag, Tokyo 1964.

66. KENJI OZAKI, Franz Grillparzer: Zur Dramaturgie. (Ästhetische Studien. Grillparzers Sämtliche Werke, 4. Ausgabe in 6 Bdn., hrsg. v. A. Sauer. Stuttgart 1887. S. 174—192), in: *Beiträge zur deutschen Literatur*. Gesellschaft für Germanistik der Sophia-Universität Nr. 2. Tokyo 1965, 83—98.

Neben zweisprachigen Ausgaben zum Selbststudium: „Sappho", „Das Kloster bei Sendomir" und „Der arme Spielmann" ist auch eine deutschsprachige Grillparzer-Ausgabe von R. Niizeki herausgegeben worden.

67. RYOZO NIIZEKI, *Franz Grillparzers Selbstbiographie*. Ikubundo-Verlag, Tokyo 1927.

ZDENKO ŠKREB
(Zagreb)

GRILLPARZER IN JUGOSLAWIEN IN UNSEREM JAHRHUNDERT

Mag Grillparzer mit der Wirkung der Dramen seiner Reifezeit auch mit Recht unzufrieden gewesen sein, für die südslawischen Kulturzentren, die das deutsche Drama und die Impulse deutschsprachigen Theaterlebens von Wien empfingen, nahmen Grillparzer und sein Dramenwerk jene Stelle ein, die der Dichter selbst für sich beanspruchte: sie standen, „*wo Schiller und Goethe stand*“, d. h. als Glieder der Gattung klassischer deutscher Blankverstragödien. Die erste kroatische Literaturzeitschrift höheren Ranges, der seit 1869 in Zagreb erscheinende „Vijenac“ (Kranz), bringt im VI. Jahrgang (1874) unter seinen regelmäßigen Berichten „Aus der Theaterwelt“ folgende Notiz (112): „Unter den deutschen dramatischen Dichtern der älteren Zeit ist Grillparzer zweifellos der beste — viel besser als der verstorbene Baron Münch-Bellinghausen bzw. Friedrich Halm, der alle seine Dramen über einen Leisten geschlagen hat. Von seinen Werken ist bei uns nur ‚Die Ahnfrau‘ bekannt, gewiß eines seiner schwächsten, weil es von Romantik überschäumt. Seine besseren Stücke, wie ‚Des Meeres und der Liebe Wellen‘, ‚Sappho‘, ‚Medea‘, ‚Die Jüdin von Toledo‘, sind bei uns noch nicht in kroatischer Übersetzung aufgeführt worden, obwohl sie durchaus solide gearbeitet sind und eine auf durchaus natürlicher Grundlage aufgebaute Handlungsführung aufweisen . . . ‚Des Meeres und der Liebe Wellen‘ wurde vor längerer Zeit übersetzt von unserem I. T.[1], ‚Medea‘ ist vor kurzem übersetzt worden . . . das Drama ‚Libussa‘ wurde am 21. Januar d. J. zum erstenmal aufgeführt auf dem Wiener Hofburgtheater mit außergewöhnlichem Erfolg.“ Das Werk ist „*hervorragend*“. Die Notiz ist nicht signiert, Stil und Ausdrucksweise lassen sie aber mit großer Sicherheit August Šenoa zuweisen, dem Lyriker, Erzähler und Kritiker (1838 bis 1881), der durch sein schöpferisches und kritisches Wirken das kroatische Literatur- und Theaterleben um eine bedeutende Stufe heben konnte; ein kroatischer Lessing. Demnach darf sein Urteil über Grillparzer und dessen Dramenwerk als Stimme der höchstgebildeten kroatischen Bürgerschicht in den heroischen Jahren des kroatischen Bürgertums gewertet werden.

„*In kroatischer Übersetzung*“ — bis zum November 1860 weilten nämlich in Zagreb, als ständiges Theater, einander für kürzere oder län-

[1] Für die Leser des „*Vijenac*“ sofort erkennbar als Initialen des kroatischen Lyrikers und überaus fruchtbaren Übersetzers lyrischer Dichtungen Ivan Ritter von Trnski (1819—1910).

gere Zeit ablösende deutsche Schauspielertruppen. Parallel entstanden und entwickelten sich kroatische Liebhabervereine. Einzelne erhielten sogar im Ausland regelmäßigen Schauspielunterricht. Es konnte dann, dank dem Vorbild des deutschsprachigen Theaters und der an ihm und in ihm gesammelten Erfahrungen, ab November 1860 ein kroatisches Schauspielerensemble, als Nationaltheater, ohne große Mühe die Bühne übernehmen; so legte sich die wachsende Empörung des Zagreber Theaterpublikums über die unnatürliche und anachronistisch lange Herrschaft der deutschen Sprache auf der Bühne der kroatischen Landeshauptstadt. Dieses Publikum brauchte also nicht auf kroatische Übersetzungen zu warten, um Grillparzer von der Bühne her zu erleben, seine Stücke wurden bereits von den deutschen Truppen in Zagreb aufgeführt[2]. So wurde in Zagreb 1826 „Die Ahnfrau" aufgeführt, und wieder 1838 (im ganzen fünfmal), 1827 „König Ottokars Glück und Ende", 1834 „Ein treuer Diener seines Herrn", 1838 „Der Traum ein Leben", 1858 „Des Meeres und der Liebe Wellen", in der Regel jeweils eine Aufführung; das Theaterpublikum des kleinen Zagreb brachte keine Zuschauer auf für mehr als eine Aufführung klassischer Stücke, nur leichte Ware, Lust-

---

[2] Vgl. BLANKA BREYER, *Das deutsche Theater in Zagreb (1780—1840)*. Zagreb 1938; NIKOLA BATUŠIĆ, Uloga njemačkoga kazališta u Zagrebu u hrvatskom kulturnom životu 1840—1860 (Die Rolle des deutschen Theaters in Zagreb im kroatischen Kulturleben 1840—1860), in: „*Rad Jugoslavenske akademije znanosti i umjetnosti u Zagrebu*" (*Sitzungsberichte der Südslawischen Akademie der Wissenschaften und Künste in Zagreb)*, Band 353, 1958. Für die weitere Entwicklung vgl. ŠKREB, Deutsche Dichtung in kroatischem Gewande, in: *Koschmieder-Festschrift*. München 1967, 121 ff. DERS.: Šenoa i njegovo doba prema njemačkoj književnosti, 1860—1881 (Šenoa und seine Zeit in ihrer Beziehung zur deutschen Literatur, 1860—1881), in: *Hrvatska književnost prema evropskim književnostima od narodnog preporoda k našim danima (Die kroatische Literatur in ihren Beziehungen zu den europäischen Literaturen von der nationalen Wiedergeburt bis zur Gegenwart)*. Zagreb 1970, mit der darin verzeichneten Spezialliteratur (173—174). Die Angaben über Grillparzer-Aufführungen in Jugoslawien hat für mich mit der größten Liebenswürdigkeit und Opferwilligkeit zusammengestellt Dr. NIKOLA BATUŠIĆ, Dozent für Literaturwissenschaft an der Zagreber Akademie für Theaterkunst, auf Grund der angeführten Literatur wie auch unter Benützung ungedruckten Zagreber Archivmaterials. Für Serbien und die Wojwodina unterrichtet am ausführlichsten ARTHUR BURKHARD, *Grillparzer im Ausland*. Im Selbstverlag, München 1969, 54—56; leider fehlen in seinem überaus verdienstlichen Werk die Slowenen ganz. Hier konnte wieder DR. BATUŠIĆ aushelfen auf Grund der slowenischen Publikation *Repertoar slovenskih gledališč 1867—1967, popis premier in obnovitev (Repertoire der slowenischen Theater 1867—1967, Verzeichnis der Erst- und Wiederaufführungen)*. Ljubljana 1967.

spiele, Possen, Singspiele u. ä. konnte wiederholt aufgeführt werden. Über deutsche Aufführungen von Grillparzers Werken auf jugoslawischem Boden außerhalb von Zagreb fehlen bisher jegliche Angaben.

Während des Bestehens der alten Monarchie werden slowenische, kroatische und serbische Bühnen in ihrem Verhältnis zu Grillparzer kaum von ästhetisch anders wertenden Voraussetzungen ausgegangen sein als Šenoa. Ljubljana ließ am 23. 9. 1900 „Sappho“ aufführen (zweimal) in der Übersetzung von Vekoslav (Alojzij) Benkovič, am 3. 11. 1907 „Die Ahnfrau“ (zweimal) in der Übersetzung von Vladimir Levstik, am 24. 10. 1911 „Sappho“ in neuer Regie und Rollenbesetzung; Zagreb gab am 7. 3. 1868 „Die Ahnfrau“ in der Übersetzung von Franjo Žigrović-Pretočki, die am 12. 1. 1870 und am 16. 3. 1884 (im ganzen fünfmal) wiederholt wurde, am 29. 3. 1874 „Medea“ (fünfmal) in der Übersetzung von Petar Brani, am 11. 4. 1878 „Sappho“ in der Übersetzung von Tomo Maretić, die am 5. 12. 1903 wiederholt wurde (im ganzen neunmal), am 3. 10. 1888 „Des Meeres und der Liebe Wellen“ in der von Šenoa erwähnten Übersetzung Ivan Trnskis, wiederholt am 20. 9. 1894 (im ganzen fünfmal), am 22. 10. 1897 den „Gastfreund“ und „Die Argonauten“ in der Übersetzung von Milan Begović. Am 22. 1. 1916 wurde „Medea“ wiederaufgeführt (im ganzen viermal) in der neuen Übersetzung Milan Bogdanovićs.

Die Namen der Übersetzer sind ein lebendiger Beweis für die Hochachtung, deren sich Grillparzers Werke beim kroatischen Bildungsbürgertum immer erfreuten. Tomo (Thomas) Maretić (1854—1938), der namhafteste kroatische Sprachforscher aus der Schule der Junggrammatiker, jahrzehntelang Professor für kroatische Sprache an der Zagreber Universität, Autor einer noch immer grundlegenden großangelegten „Kroatischen Grammatik“ (1899), war zugleich fruchtbarer Übersetzer. Als kroatischer Voss übersetzte er Homers Epen und Vergils „Äneis“ in Hexametern, die, in Neuauflagen mehrfach geglättet von ihm selbst und seinen Herausgebern, noch immer als Meisterübersetzungen gelten; so übersetzte er auch Mickiewiczs „Pan Tadeusz“ und im „Vijenac“ VII (1875) den vierten Gesang von Hamerlings „Ahasver in Rom“, allerdings auch Gottschalls „Rose vom Kaukasus“ im folgenden Jahrgang (VIII, 1876). Daß Maretić kurz danach „Sappho“ übersetzte, zeugt gewiß davon, daß er über sie urteilte wie, einige Jahre vorher, der damals schon hochangesehene Kritiker Šenoa. — Milan Begović (1876—1948) gehört als Lyriker, Dramatiker und Erzähler unter die erfolgreichsten Autoren der kroatischen sogenannten „Moderne“; besonders fruchtbar als überaus theaterkundiger Dramenschöpfer, konnte er mit einzelnen seiner Werke den Weg auch auf deutsche und österreichische Bühnen finden. — Milan Bogdanović (1876—1942) war der erste kundige und gewandte Shakespeare-Übersetzer bei den Kroaten, ein kroatischer Schlegel, dessen Übersetzungen, soweit sie nicht durch dichterisch beschwingtere ersetzt, andere wieder behutsam erneuert wurden, noch heute dem kroatischen Lesepublikum gute Shakespeare-Kenntnis vermitteln. — Petar Brani war ein angesehener Schauspieler der Anfänge des kroatischen Theaters, Franjo Žigrović-Pretočki ein wohlhabender und angesehener Liebhaber der Literatur und des Theaters, Vizekanzler der kroatischen Regierung und 1869/70 Vorsitzender des Zagreber Theaterausschusses, der zweifellos durch die spanischen Trochäen der „Ahnfrau" zum exzentrischen Unternehmen verleitet wurde, nach der „Ahnfrau" auch Schillers „Don Carlos" in spanischen Trochäen zu übersetzen: in diesem metrischen Gewande wurde „Don Carlos" in Zagreb ein einziges Mal aufgeführt, am 29. 1. 1870, als Benefizvorstellung[3]. Keine einzige dieser Übersetzungen ist im Druck erschienen!

„*Auf den serbischen Bühnen hatte Grillparzer kein Glück*" (Đordević), die Zahl der Aufführungen, Ljubljana ähnlich, bleibt weit hinter den kroatischen zurück. Am 28. 4. 1879 wurde „Sappho" im Serbischen Nationaltheater in Beograd aufgeführt, in der erwähnten Übersetzung Maretićs, im Serbischen Nationaltheater in Novi Sad (Wojwodina) am 2. 12. 1911, aber in der Übersetzung Jovan Grčićs; am 2. 1. 1912 wurde die Aufführung wiederholt. Die serbische Theatergeschichte kennt auch einige Grillparzer-Übersetzungen, die, für eine Theateraufführung bestimmt, dennoch weder gespielt wurden noch im Druck erschienen sind: für Novi Sad übersetzte 1897 Branko Mušicki, „*ein Sekretär des Außenministeriums in Beograd*", „Libussa", Jovan Grčićs Übersetzung der „Esther" „*wurde im Serbischen Nationaltheater in Novi Sad am 2. 4. 1902 angenommen, jedoch nie aufgeführt*". Jovan Grčić (1855—1941), geboren in der Nähe von Novi Sad, war überaus fruchtbar als Schriftsteller: Essayist, Zeitschriftenredakteur, Übersetzer aus dem Deutschen (neben Grillparzer und anderen auch Heine und Wilbrandt), Verfasser kurzgefaßter Literaturgeschichten (römische Literatur, serbische Literatur), Lexikograph (Deutsch-serbisches Wörterbuch 1905, Fremdwörter-

---

[3] Vgl. die hierauf bezüglichen Angaben in der sehr wertvollen, leider ungedruckt gebliebenen Doktorarbeit von MARIJA MAKUC, *Izvedbe njemačkih klasika na zagrebačkoj pozornici od 1860. do 1870. (Die Aufführungen deutscher klassischer Dichter auf der Zagreber Bühne von 1860 bis 1870)*. Zagreb 1955, bes. 235, 254/5. Das in der Arbeit Makucs unerklärt gebliebene Metrum von Žigrovićs Don-Carlos-Übersetzung hat jetzt seine Aufklärung gefunden.

buch), Grammatiker (Deutsche Grammatik für Selbstunterricht 1906).

Ganz anders sieht es aber aus, wenn wir die in Jugoslawien im Druck erschienenen Übersetzungen von Grillparzers Werken in Betracht ziehen. Da überragt Serbien gewaltig alle übrigen jugoslawischen Länder. Die in Novi Sad erscheinende Zeitschrift „Javor" brachte in Jahrgang XII (1885), „Das Goldene Vließ" in der Übersetzung Steva Tokins, in Jahrgang XVIII (1891) Jovan Grčićs „Sappho"-Übersetzung, die im gleichen Jahr in Novi Sad in Buchform erschien, Grčićs Übersetzung der „Jüdin von Toledo" erschien 1895 in Novi Sad, dann wieder in einer „Kleinen Bibliothek" 1903 in Mostar (Herzegowina). In der grillparzerfreundlichen Zeitschrift „Javor" sind außerdem zwischen 1871 und 1891 einige Gedichte Grillparzers übersetzt worden, vier Gedichte Grillparzers in der kroatischen Übersetzung Enver Čolakovićs wurden im Jahrbuch der Grillparzer-Gesellschaft (dritte Folge, sechster Band, 1967, 75) veröffentlicht. Die Gedichtübersetzungen dürften als Kuriosa gelten, Werke von Literaturkundigen, die aber weder auf größeres Verständnis noch auf weiteren Anklang Anspruch erheben konnten. Daß Novi Sad sich Grillparzers so angelegentlich annahm, darf nicht wundernehmen; bis 1918 bildete die Wojwodina einen Teil der ungarischen Hälfte der Monarchie, das wohlhabende und gebildete serbische Bürgertum der Wojwodina war deutschsprachigen Einwirkungen durchaus nicht abhold. Aber Serbien darf für sich den Ruhm in Anspruch nehmen, den Plan einer zwanzigbändigen Gesamtausgabe von Grillparzers Werken in serbischer Übersetzung verzeichnen zu dürfen: 1898 erschien in Beograd ein 132 Seiten umfassender Band, der sich stolz als erster einer zwanzigbändigen Gesamtausgabe ankündigte, und keine Meisterwerke Grillparzers, sondern nur seine größeren Dramenfragmente in Prosa enthielt. Dieser erste Band sollte auch, in der Übersetzung von Stevan B. Bodi, der einzige des stolzen Plans bleiben. Die Beograder Germanistik hat auch in allerjüngster Zeit (1964) eine Ausgabe von Grillparzers Prosa betreut: Mara Jovanović übersetzte die beiden Novellen, denen Fragmente aus der Selbstbiographie beigefügt wurden. Die Auswahl aus der Selbstbiographie besorgte der eine Beograder Germanist, Branimir Živojinović, das kurzgefaßte, aber gehaltvolle Nachwort verfaßte der andere, Professor Miloš Đordević.

Der Zerfall der Monarchie scheint nur in dem aus dem Status eines österreichischen Kronlandes in den eines jugoslawischen Landes übergetretenen Slowenien keinen Wandel verursacht zu haben. Maribor führte am 15. 4. 1920 „Sappho" auf (dreimal), „Die Ahnfrau" am 1. 4. 1922 und am 21. 11. 1925 in neuer Regie (im ganzen neunmal),

Ljubljana am 4. 4. 1945 „Des Meeres und der Liebe Wellen“ (fünfmal) in der Übersetzung von Janko Moder, Ptuj am 7. 11. 1953 „Des Meeres und der Liebe Wellen“ (elfmal). Von den kroatischen und serbischen Bühnen aber ist Grillparzer seither verschwunden. Das alte Jugoslawien, unter der Herrschaft der Karađorđević, war keineswegs deutschfreundlich gesinnt. In allen Spielarten des achtklassigen Gymnasiums wurde zwar, neben Französisch in allen Klassen, Deutsch als zweite Fremdsprache in sechs Klassen, von der dritten bis zur achten, unterrichtet, aber, da die lebendigen Bindungen an deutschsprachige Kulturzentren abrupt und energisch abgerissen wurden, mit wenig Erfolg. Die klassische deutsche Blankverstragödie war ja seit der großen Literaturwende der achtziger Jahre des vorigen Jahrhunderts in den südslawischen Ländern ohnehin immer nur ein Bildungserlebnis Hochgebildeter gewesen, tiefere Wurzeln hatte sie nie gefaßt.

Außerdem wurde unter den Kroaten eine gewichtige Kritik laut, die Grillparzers Qualitäten ganz anders bewertete, als es diejenige Šenoas gewesen war. Der weitaus bedeutendste lebende kroatische Schriftsteller, der heute fast achtzigjährige Miroslav Krleža (geb. 1893), sammelte im Namen Grillparzers und in seiner Vorstellung von Grillparzers Werk und Wirkung seine unauslöschlichen Ressentiments gegen das Schicksal, das Kroatien und das kroatische Volk im Gefüge der Monarchie erlitten hatten. In seinen Erzählungen, seinen Romanen und seinen dramatischen Schöpfungen ließ Krleža eine Galerie von Gestalten aus der geistlosen, macht- und geldgierigen, korrupten kroatischen Bürgerwelt auftreten, einem innerlich ungebildeten Beamten- und Handelsbürgertum, das, ob geadelt oder nicht geadelt, immer devot zum Adel aufblickte und nach diensteifriger Verbindung mit ihm strebte; in der Nachäffung von Wiener gesellschaftlichen und literarischen Moden, vom Wiener Lebensstil, erblickte es das Ideal von Kultur. Die Monarchie mit ihrem feudalen Großgrundbesitz, ihrer barocken Beamtenhierarchie und der bis zum Hof aufsteigenden Adelspyramide, nicht zuletzt mit dem im spanischen Zeremoniell erstarrten Hof, wurde als gottgewollte Ordnung verehrt und bewundert. Krleža sah die Entwicklung der kroatischen Geschicke und der kroatischen Kultur unter der Einwirkung dieses Rahmens als ein böses Verhängnis an, als eine Art Grabstein der ohnehin traurig verlaufenden anderthalbtausendjährigen kroatischen Geschichte. Das Kennwort dazu lautete für ihn: Grillparzer.

Als profunder Kenner der Weltliteratur und der Weltgeschichte, die er, vor allem die letztere, aus marxistischer Blickrichtung betrachtete und bewertete, hatte er neben seiner unermüdlichen Schöpferkraft gleich Thomas Mann ein immenses und stupendes Wissen, das er in geistvollen, brillant geschriebenen Essays niederlegte[4]. Der Name Grillparzers taucht nicht selten auf diesen Seiten auf, immer mit verächtlicher, haßerfüllter Gefühlstönung. In einem 1953 zuerst veröffentlichten Essay erwähnt Krleža Grillparzers „*vor hundert Jahren*" gesprochene Worte: „*Shakespeare hat uns Neuere alle verdorben*"[5], und fährt weiter fort: „*Mit Bezug auf das Aufkommen des romantischen sog. Nationalbewußtseins bei Serben und Kroaten um die Mitte des 19. Jahrhunderts könnte dieser Satz Grillparzers paraphrasiert werden: ‚Grillparzer hat uns alle verdorben'.*" Eine sonderbare Behauptung, wenn man bedenkt, daß mit vollem Recht für Grillparzer festgestellt werden konnte: „*... er hat niemals für die Nationalitätsidee des 19. Jahrhunderts Sympathie oder auch nur den guten Willen zum Verständnis aufbringen können.*"[6] Im gleichen Aufsatz schildert Krleža ausführlich die die südslawischen Länder durchziehenden Schauspielertruppen mit den „*provinzlerischen Grillparzero-Shakespearo-Schillerschen Szenen*". Nun wird es klar, worauf es Krleža abgesehen hat: er brandmarkt das kitschige, hohle und künstlerisch gehaltlose Pathos des aus den brennenden Fragen der Gegenwart in ein idealisches Niemandsland hinaufstilisierten „hohen" Dramas der Wandertruppen. Gewiß ist ihr „Hohes" mißverstandenem, trivialisiertem, unkünstlerisch nachgeäfftem deutschem Blankverspathos entsprungen, das, wie die ersten für das kroatische Nationaltheater seit 1860 verfaßten Übersetzungen deutscher Blankverstragödien beweisen, der in neuer Bildung und Umbildung begriffenen kroatischen und serbischen „hohen" Dichtersprache aus mehr als einem Grund wesensfremd war — aber dazu hat Grillparzer wohl das mindeste beigetragen. In einem weiteren Aufsatz 1954 beklagt Krleža die Verunstaltung „*unseres romantischen Dramas*" durch „*Grillparzersches, pseudoshakespeareshes Pathos*". Gewiß gelangte shakespearesches Pathos in die kroatische und die serbische Dichtersprache bzw. auf die Bühne bei Kroaten und Serben nur durch deutsche Vermittlung — hat ja doch noch August Šenoa Shakespeares Dramen ins Kroatische übertragen aus deutschen Übersetzungen! Aber warum dies, wenn es Schuld sein soll, Grillparzer anstatt Schlegel in die Schuhe schieben? Ganz klar drückt Krleža seinen Gedanken aus im erwähnten

---

[4] Gesammelt in sechs Bänden der *Krleža-Gesamtausgabe* des Zagreber Verlags Zora, 1961 ff.

[5] *Hist.-krit. Wiener Ausgabe*, II. Abt., Bd. 8, Nr. 1674, 323.

[6] Vgl. Oswald Redlich, *Grillparzers Verhältnis zur Geschichte.* Wien 1901, 5.

Aufsatz von 1953: „In der zweiten Hälfte des 19. Jahrhunderts wandelte sich unser Theater zur politischen Bühne, der Schauspieler wirkte als politischer Agitator . . . all das predigte gemäß den Ideen und in der Technik Ifflands, Kotzebues, Eckartshausens, Schillers, Goethes, Körners und Grillparzers staatsrechtliche, legitimistische, royalistische und dynastische Programme je nach Umständen und Konjekturen . . ." In diesem Satz stellt Krleža eine Behauptung für das kroatische Drama auf, die lange vor ihm Šenoa und die Jüngeren, die sich um Šenoa scharten, oder auch von ihm wegrückten, zu behaupten nicht müde wurden: daß die infolge der staatlichen Bindung in Kroatien ausschließlich einwirkende deutschsprachige Kulturwelt für die werdende neue kroatische Literatur keineswegs von Segen, sondern geradezu verhängnisvoll war; aber, um auch im einzelnen überzeugend zu wirken, müßte doch die im Satz enthaltene Vielheit von Verschieden- und Andersartigem sauber in durchaus getrennte Sparten von Einwirkungen aufgespalten werden. Das gleiche gilt für die später gefaßten Sätze mit bescheidenerer Namenhäufung, so 1948: „*Shakespeare aber bei uns, in der deutschen Variante unserer patriotischen Dramatik des 19. Jahrhunderts, ist eine Apotheose Körners, Ifflands, Schillers und Grillparzers, die für uns, zu jener Zeit, wirklich völlig überflüssig war.*" Sonderbare Verblendung! Das große Vorbild der südslawischen Dramatik, ja des serbischen und kroatischen hochpathetischen Stils, war ja keineswegs Grillparzer, sondern Schiller — worin hätte denn neben ihm und über ihn hinaus Grillparzer wirken können?[7] Einzig Grillparzers „Ottokar" mit dem scheinbar darin enthaltenen Habsburgerkultus, der außerhalb von Wien notgedrungen viel stärkere „*staatsrechtliche, legitimistische, royalistische und dynastische*" Klangfarben annehmen mußte, als der Dichter sie ihm mitgegeben hatte, könnte Krležas Behauptung rechtfertigen[8]. Allerdings war der „Ottokar" keineswegs ein überall gespieltes Lieblings- oder Paradestück, so daß Krležas Vorwurf doch ziemlich ins Leere trifft. Trotzdem wird Krleža noch 1963 behaupten, „*über den lächerlich negativen Einfluß von Grillparzers Macaroniaden auf die Ausbildung des romantischen südslawischen Dramas müßte eine Komödie geschrieben werden*".

Richtig oder unrichtig — in der Literatur der Zwischenkriegszeit in Jugoslawien war Krleža als bewußtem und mit großartiger Schöpfer-

---

[7] Vgl. die umfassende wertvolle Studie des verstorbenen Beograder Germanisten Pero Slijepčević (früher in Skopje), *Šiler u Jugoslaviji (Schiller in Jugoslawien)*. Skopje 1937.

[8] Vgl. Harald Steinhagen, Grillparzers „König Ottokar", in: *Jahrbuch der Schiller-Gesellschaft* 14 (1970) 456 ff.

kraft begabtem Neutöner, Neutöner in Ausdrucksweise und Gedankengehalt, im Kreise der Intellektuellen, ganz besonders der Jugend, und dann der gesamten bildungshungrigen Linken, eine gewaltige Wirkung beschieden. Krležas über Grillparzer ausgesprochenes Verdammungsurteil erstreckte sich allerdings auch auf Schiller und Goethe; die beiden wurden aber doch durch eine ganz andere Tradition in den jugoslawischen Ländern geschützt und getragen als Grillparzer[9]. So konnte beispielsweise in der Nachkriegszeit eine richtige Goethe-Renaissance in der kroatischen und serbischen Übersetzungsliteratur vermerkt werden, ja noch früher, 1932, wurde der Goethe-Gedenktag in ganz Jugoslawien als eine Art Nationalfeiertag begangen. Jahrelang war Goethes „Iphigenie", in der Übersetzung des seither verstorbenen kroatischen Literaturforschers Professor Mihovil Kombol, als Freilichtaufführung eine Hauptattraktion der Festspiele von Dubrovnik. Ein Ähnliches wäre für Grillparzer ganz undenkbar; für keines seiner Versdramen hat sich im Jugoslawien der Nachkriegszeit ein Kombol gefunden.

Die einzige Möglichkeit, Grillparzers Werk wachzurufen für die Literaturfreunde in Jugoslawien, wären Gastspiele prominenter deutschsprachiger Bühnen mit bis ins kleinste ausgefeilten Aufführungen von Grillparzers Werken — wie die Aufführung des „Bruderzwistes" während des Gastspiels des Burgtheaters in Paris tonangebende französische Literatur- und Theaterkritiker ausrufen ließ, es sei eine Schande für die französische Kritik, keine Notiz genommen zu haben von diesem einzigen Dichter neuerer Zeit, der sich Shakespeare an die Seite stellen dürfe. Nun absolvierte das Burgtheater tatsächlich im März 1955 ein Gastspiel in Jugoslawien; die Direktion bot vorher dem Beograder Bundesministerium eine Auswahl von Aufführungen an, darunter an erster Stelle „Medea" — tatsächlich hatte das Burgtheater um diese Zeit eine herrliche „Medea"-Aufführung im Spielplan. Aber Krležas Stimme war stärker — Krleža, nach 1945 auch offiziell als eine Art geistiger Vater des

[9] Außerdem hat Krleža selbst, in zahlreichen anderen, auch längeren Ausführungen über Goethe und Schiller keineswegs den überragenden Wert der beiden deutschen Hochklassiker in Frage gestellt oder herabgesetzt, vgl. die überaus aufschlußreiche Studie des Beograder Germanisten Zoran Konstantinović (jetzt Ordinarius für vergleichende Literaturgeschichte in Innsbruck), Krleža o nemačkoj i skandinavskoj književnosti (Krležas Urteile über deutsche und skandinavische Literatur), in: *Krleža*. Beograd 1967. Sonderbarerweise werden Krležas Urteile über Grillparzer bei Konstantinović überhaupt nicht erwähnt. Von österreichischer Seite wurde, wie Konstantinović nachweist (184), Krležas innere Einstellung zur versunkenen Welt von Alt-Österreich als „*Haßliebe*" bezeichnet.

neuen sozialistischen Jugoslawiens verehrt, konnte, auch ohne persönliche Einwirkung, seinen Einfluß geltend machen: „Medea" wurde gestrichen und durch Goethes „Iphigenie" ersetzt.

So bleibt Grillparzer in Jugoslawien augenblicklich der Pflege der Germanisten überlassen, woran sich Beograd und Zagreb aktiv beteiligen. Die serbische Übersetzung von Grillparzers Prosa, die von Beograder Germanisten betreut wurde, fand bereits Erwähnung. Miloš Đorđević hat 1938, angeregt, wie er selber anführt, durch Gerhard Reckzehs Studie „Grillparzer und die Slawen" (Weimar 1929), in der Zeitschrift „Letopis Matice Srpske" in Novi Sad *„einen umfangreichen Aufsatz gleichen Namens erscheinen lassen"* (in Band 350 der Zeitschrift). Der Verfasser des vorliegenden Berichtes, Germanist in Zagreb, bemüht sich in seinen Aufsätzen (Schütz-Festschrift, Graz 1954 — Jahrbuch der Grillparzer-Gesellschaft, dritte Folge, Band 3, 6, 7) Grillparzers Dichtung vom Standpunkt der Weltliteratur zu betrachten, nicht von dem eines hypothetischen Österreichertums. Er findet, daß die Idee der Ordnung, der man Grillparzers Dramenwerk unterzuordnen pflegt, von Grillparzer erstens anders aufgefaßt wurde, als es die Mehrzahl der Forschungen annimmt, zweitens aber durchaus nicht die Bedeutung für ihn hat, die die Forschung ihr beilegt. Grillparzer darf nicht als Dichter der Ordnung bezeichnet werden. Will man seine Dichtung schlagwortartig mit einigen Kennworten bestimmen, so ist er vor allem ein Dichter der Rebellion gegen alles Herkömmliche, Starrgewordene, Konventionelle, in seinen Herrscherdramen ein Dichter des Herrscherproblems, des Problems der Herrscherpersönlichkeit, des Problems, wie mit Recht in der Grillparzer-Forschung hervorgehoben wurde, von *„Notwendigkeit und Unmöglichkeit des Regierens zugleich"*[10]. In seinen Märchenspielen hingegen bekennt sich Grillparzer immer deutlicher und eindeutiger zur Idee helfender und aufbauender menschlicher Tätigkeit — als ausgesprochener Gegner alles herkömmlich Heldischen, vor allem des kriegerischen Heldenideals. Sein Menschenbild, worin wohl seine größte Originalität bestehen dürfte, dargestellt im Rahmen der strengen klassischen Form der deutschen Blankverstragödie, zeigt die Vielschichtigkeit des menschlichen Seelenlebens auf, das nicht mehr im hellen Bewußtsein allein seine Ausprägung findet. So wird bei Grillparzer alle Problematik tief ins Psychologische gesenkt und davon durchtränkt, die psychologischen Bindungen ersetzen die metaphysischen. Durch dieses durchaus als „modern" zu bezeichnende Menschenbild ist es Grillparzer gelungen, in seinen durch Vers-

---

[10] Vgl. MOHAMMED RASSEM, Der Bann des Staates bei Grillparzer, in: *Dt. Vierteljahrsschrift f. Literatur u. Geistesgeschichte* 30 (1956) 439.

art und Komposition „klassisch" anmutenden Werken durchgehend moderne Problematik zu gestalten, sie zu aktuellen Problemstücken auszuweiten. Wenn die offensichtliche Einwirkung des Wiener Volksstücks auf Grillparzers Dramenkunst diese, durch viele Transmissionen hindurch, letzten Endes geschichtlich mit dem Barock verbindet, so hat seine Dramenkunst selbst nicht das geringste mehr mit dem Barock gemein.

JOHN WHITON
(Waterloo)

GRILLPARZER-FORSCHUNG IN KANADA

Trotz Byrons bekanntem Lob hat Grillparzer wohl weniger Anklang in der angelsächsischen Welt gefunden, als ihm gebührt. Karl S. Guthke stellt in einem Aufsatz über die Germanistik in Kanada fest, daß es Heine ist (und erst nach ihm Goethe), dem man bisher am meisten Interesse entgegengebracht hat. Setzte man diese Beobachtungen fort, so fiele man nach Heine und Goethe eher auf Kafka, Brecht, Thomas Mann und Hesse als auf Grillparzer. Nicht daß man in Kanada Grillparzer nicht kennt oder schätzt, nur: die Zahl der über ihn erschienenen Veröffentlichungen (von denen gleich zu sprechen sein wird) ist gering. Natürlich hat Grillparzers Werk auch hier seinen festen Platz im germanistischen Lehrplan der Universitäten, wo vor allem „Sappho", „König Ottokar", „Der Traum ein Leben" und „Der arme Spielmann" gerne gelesen werden.

Wenn man nun den Blick auf die Grillparzer-Publikationen kanadischer Germanisten wendet (es handelt sich um die fünf in der Bibliographie angeführten Titel), fällt sofort auf, daß Grillparzer an sich in keinem der Fälle Gegenstand der Betrachtung ist. Entweder, wie in drei von den fünf Beiträgen, wird Grillparzers Stellung zum goetheschen Erbe erörtert, oder (wie bei den anderen zwei Arbeiten) es werden komparatistische Momente untersucht. Auch nicht uninteressant ist die Tatsache, daß es sich ausschließlich um Forschungsergebnisse jüngeren Datums handelt, daß vor 1965 also nichts über Grillparzer veröffentlicht worden ist.

In einem Artikel, der 1965 im „Grillparzer-Jahrbuch", erschien, untersucht J. W. Dyck das Verhältnis Grillparzers zu der Humanitätsidee Goethes. Gleich am Anfang wird betont, daß „Sappho" bis heute lebendig geblieben ist. Das, was uns an diesem Werk anspricht, sei nicht das Klassische, sondern die Glut der Leidenschaft der Heldin. Das Drama ist zu jener Zeit entstanden, als Goethes Humanitätsidee im allgemeinen und auf Grillparzer selbst seine stärkste Wirkung ausübte. Goethes Lebensphilosophie wirkte aber oft stärker als sein literarisches Werk, und dies besonders auf Grillparzer.

Aus einem Brief Grillparzers an Adolf Müllner geht hervor, warum der Dichter gerade auf den Sappho-Stoff verfiel. Grillparzer sah Sappho als einen Sammelplatz glühender Leidenschaften, wobei die äußere Ruhe nur angeworben sei und also nur eine dünne Zivilisationsschicht bilde. Als solche sei sie anfällig, besonders wenn das Ursprünglich-Menschliche stark in den Vordergrund trete. Daß es möglich oder auch nur wünschenswert sei, bei starkem Übernehmen der Leidenschaft die von Goethe propagierte Mäßigung und Entsagung zu üben, scheint Grillparzer in Frage zu stellen. Der Ausbruch leidenschaftlicher Urkräfte des Dichters und seiner Helden sei ja sogar die Vorbedingung zu einem größeren dramatischen Werk in den Augen Grillparzers. Und eben wegen dieser Einstellung sieht Grillparzer Goethe zwar als ein großes episches, aber als kein dramatisches Talent.

An Goethe als Menschen bewunderte Grillparzer jedoch das Humanitätsbestreben, den Einklang mit der Welt. Diesem strebte er nach, ohne aber auch als Dichter Goethe blinde Folge leisten zu wollen.

Goethe fand Gefallen an „Sappho", und Grillparzer selbst meinte, das Lob Goethes ginge daraus hervor, daß er das Drama in der Nachfolge Goethes geschrieben hätte. Doch das Epigonentum war ja nur ein scheinbares. Es bezog sich hauptsächlich auf die goethesche Form, auf dessen dichterisches Werkzeug. Den großen Gestalter des Worts bewunderte Grillparzer, nicht Goethes Fähigkeit, in die letzten Tiefen einer suchenden Seele einzudringen. Der große Unterschied zwischen den beiden Dichtern lag darin, daß Goethe eine Abneigung gegen alles Heftige und Gewaltsame hatte, während Grillparzer eine ruhelose Phantasie an den Tag legte.

Dycks Meinung nach sei Grillparzer davon überzeugt gewesen, daß die Leidenschaft weder durch Bildung noch durch Gesetz oder Vernunft aufgehoben werden kann. Bei Sappho wird der durch Bildung und Lebenskunst mühevoll erworbene Glanz zerschmettert, sobald die leidenschaftliche Liebe den ganzen Menschen total ergreift. Mit „Sappho" habe Grillparzer eben gezeigt, wie das goethische Bildungsgerüst zur höheren Humanität zusammenbricht, wenn es sich im empfindlichsten Keim der Gefühlsexistenz angegriffen sieht. Daß die Natur am Ende immer der Sieger bleibt, trotz zivilisierender Selbstgestaltung, zeigen außer Sappho auch Melitta und Phaon. Einen freiwilligen Verzicht gäbe es bei Grillparzer überhaupt nicht, und er habe einen solchen auch bei dem klassischen Goethe für unnatürlich, d. h. unecht gehalten. Grillparzer habe die einschränkende Seite des goetheschen Humanitätsgedanken unterstrichen und gemeint, daß Goethes Humanität wohl eine Lösung für Goethe war, aber nicht als Rezept für die Allgemeinheit gedacht werden könnte. Jedenfalls war sie kein Vorbild für Grillparzer, so sehr er auch Goethe sonst als Dichter und Menschen bewundern mochte.

Ein Kapitel in Hermann Boeschensteins 1966 erschienenem zweiten Band seiner „Deutschen Gefühlskultur" ist zur Hälfte Grillparzer gewidmet. Boeschenstein sieht Grillparzer als einen der bezeichnendsten Vertreter der spezifisch österreichischen Humanität. Die Gefühlsdichtung war in diesem Land zu Hause, denn durch die ruhige Entwicklung hatte sie eine größere Sicherheit und zähere Lebendigkeit als in Deutschland. Sie erschien in Österreich weniger forciert.

Grillparzer war der Meinung, daß ein naives Gemüt echt empfinde und daß die große Kunst aus dem echten Gefühl hervorgehe, und gerade in Österreich habe man noch naiv und gesund zu fühlen vermocht. Also hielt er sein Volk für erkoren, sein Größtes in der Kunst, nicht in der Wissenschaft zu leisten.

Im Gegensatz zu Goethe und Schiller dachte Grillparzer hoch vom Publikum, welches mit unverdorbenem Sinn miterlebt und -arbeitet und dadurch den Dichter wissen läßt, ob er mit seiner Darstellung die allgemeine Menschennatur getroffen habe.

Grillparzer ging es aber um mehr als bloß um das sichere Urteil des Volkes durch das unverbildete Empfinden. Er strebte danach, durch das Kunstwerk Geist und Gemüt in Einklang zu bringen. Idee und Gefühl müßten verbunden werden, um gemeinsam die Aufgabe von der Bildung der Menschheit leisten zu können. Die Kunst sollte die Idee dem Menschen als lebhaft gefühlte Kraft nahebringen. Also sei die Aufgabe des Dichters, den Gefühlsgehalt des Gedankens zu aktivieren, damit seine innerste Natur enthüllt werden könne. Die Kunst schafft also Wirklichkeit; sie ist nicht bloße Darstellung oder Illustration von Ideen. Ein Gedicht sei ja beispielsweise etwas Sinnliches und unmittelbar Ergreifendes, viel wirklicher also als eine logische Aussage.

Die Dichtung ist Grillparzer noch mehr als eine empfundene Idee, sie ist auch Form. Eben durch die Form ist die Kunst allem Wissen überlegen. Durch die Form, meint Boeschenstein, wird eine gewisse Art des Fühlens bedingt, die der gewöhnliche Mensch nicht kennt. Der Dichter kann also durch die Form des Kunstwerkes bestimmen, was gefühlt werden soll. Er kann Normen aufstellen, indem er dem Gefühl eine im Leben nicht anzutreffende Intensität verleiht und diese mit einer Kontinuität des Gefühls verbindet.

Grillparzer sieht also in der Dichtung ein Mittel zur Erziehung. Das Gefühl, das das Kunstwerk festhält, hat wegen der Form begrenzende und zugleich belebende Ziele aufzuweisen. Normative, maßgebende Gefühle geben dem Menschen Klarheit über seine Bestimmung. Und Grillparzer geht in dieser Vorstellungsweise sogar so weit, daß er sich einen Staat wünscht, der den Fähigkeiten der Menschen, ihrem Willen zur Bestätigung, einen Zweck vorschreibt. Diesen das Humane erstrebenden Staat macht er zur Voraussetzung einer human wirkenden Literatur.

In „König Ottokar" hat Grillparzer das Wunschbild von einem humanen Staat und dem humanen Herrscher dichterisch verwirklicht. Im „Traum ein Leben" geschieht ähnliches auf einer einfacheren Stufe. Beide Male gilt es, die Gesellschaft auf das Kommen des ewigen Friedens vorzubereiten. Die konstruktive Wechselbeziehung zwischen dem einzelnen und der Öffentlichkeit wird hervorgehoben.

Es gibt aber auch eine Kehrseite zu diesem humanen Optimismus bei Grillparzer, wobei der Dichter eine scharfe Trennung zwischen Humanität und Öffentlichkeit vornahm und eine Parteinahme für das stille Glück im abgesonderten Winkel ergriff („Armer Spielmann", „Spartakus", „Blanka von Kastilien").

In beiden Fällen ist das gesteckte Ziel die Menschheit (sogar bei Ottokar, denn auch er wollte das Gute, obwohl er den falschen Weg ging). Alle Gestalten Grillparzers sind lebhaft fühlende Menschen, bei denen sich die Vernunft von dem Herzen belehren lassen muß und dies dann seinerseits aufklärt. Als Dramatiker brauchte er das Explosive, Gefährdende und mutete allem jugendlichen Drängen solche Bedrohung zu. Dem sinnlichen Fühlen durfte er Zugeständnisse machen, weil er das Normative immer auch anmeldet. Den gesund-natürlichen Verstand, richtiges Empfinden preist Grillparzer immer als die höchsten Gaben.

Bernard R. Anderson legt in einem 1968 erschienenen Aufsatz dar, wie der Unterschied zwischen Grillparzer und Goethe an Hand des Verhältnisses beider Dichter zum für sie sehr wichtigen Thema „Verzicht und Entsagung" veranschaulicht werden kann. Er kommt zu dem Ergebnis: „*Blieb . . . Entbehrung wesentlich Verzicht und Verlust für Grillparzer, so war sie im Gegenteil Vollendung und Gewinn für Goethe*" (34). Anderson schickt sich dann an zu zeigen, wie sich dieser Unterschied aus dem verschiedenartigen Weltbild beider Dichter erklären lassen kann. Als erstes wird betont, daß Goethe dem Geist eines protestantisch-leibnizschen Optimismus entstammt, während bei Grillparzer die Einwirkung des pessimistisch-barocken Erbes noch zu verspüren war. Ist es dem goethischen Menschen ferner möglich, gerade durch einen Verzicht auf das dem außermenschlichen Bereich entstammende Dämonische sich des Tragischen zu entheben, so ist der Mensch bei Grillparzer gerade durch die Unmöglichkeit, auf die eine Sphäre zugunsten der anderen zu verzichten, und doch verzichten zu müssen oder unterzugehen, tragisch gespalten, wie es das Schicksal etwa Heros, Medeas, Libussas oder Sapphos, mit dem des Faust verglichen, zeigt. Die goethische Synthese von Geist und Leben im Alterswerk ist Grillparzer nicht mehr möglich. Nicht einem abgeklärten Wilhelm Meister begegnet man bei Grillparzer, sondern Rudolf II., der weiß, daß das Handeln Schuld und innerliche Unruhe mit sich bringt, das Gewissen abstumpft und das sittliche Gefühl tötet, daß aber andererseits das Denken die Tatkraft schwächt und einen dem rohen Leben machtlos ausliefert. Gerade hier sieht Anderson in Grillparzer einen modernen Dichter heutiger Gültigkeit: ,,*Die Gegensätze sind heute nicht mehr Grillparzers; die Gegensätzlichkeit aber doch*" (44).

Wenden wir uns nun den beiden Arbeiten der vergleichenden Literaturgeschichte zu.

Raymond Immerwahr hat 1967 das Traum-Leben-Motiv bei Grillparzer und seinen Vorläufern in Europa und Asien untersucht. Wohl hat Grillparzers ,,Der Traum ein Leben" mit Calderons Stück ,,Das Leben ein Traum" einiges gemeinsam: die didaktische Einwirkung des Traums und die daraus gezogene Lehre von der Schattenhaftigkeit irdischen Ruhms, irdischer Größe und Tätigkeit. Doch gibt es auch einen bedeutenden Unterschied. Bei dem Spanier handelt es sich nur um einen Scheintraum, bei Grillparzer träumt der Held wirklich. An Hand dieses Unterschiedes geht Immerwahr dann auf andere über, die Grillparzers Stück abgrenzen, nicht nur ,,La vida es sueño", sondern auch anderen Werken der Weltliteratur gegenüber, in denen Träume vorkommen. Es handelt sich unter anderem um folgende Momente: Es ist stets der Traum eines einzelnen Menschen. Der Traum dient als abschreckendes Beispiel für das weitere wache Leben. Das Traumleben ist zwar bunter und begehrenswerter als das Leben vor dem Einschlafen, aber der Träumende wird eines Besseren belehrt. Er hat zu erkennen, daß ein schlichteres, aber verantwortungsvolleres waches Leben entschieden vorzuziehen sei.

Dieses nun genau umrissene Traum-Leben-Motiv wird an eklatanten Beispielen in der Weltliteratur untersucht: Voltaires ,,Le blanc et le noir", Klingers ,,Geschichte Giafars des Barmeriden", Grillparzers ,,Der Traum ein Leben", einem gewissen japanischen Nō-drama, ,,Kantan", und insbesondere der altchinesischen (8. bzw. 13. Jahrhundert n. Chr.) Hantan-Dichtung.

Immerwahr fragt nun nach dem ethischen Sinn der drei europäischen Traumdichtungen gegenüber den orientalischen und kommt zu dem Ergebnis, daß die Verwandtschaft Grillparzers zu den östlichen Dichtungen viel größer ist als die von Voltaire und Klinger. Bei Voltaire befreit das Erwachen den Helden von sinnloser Befangenheit in theologischer Grübelei über das Verhältnis von Bösem und Gutem. Bei Klinger weckt der Traum die Überzeugung von der Gültigkeit von Streben und Tat, von sittlicher Freiheit und Nächstenliebe (faustische Motive). Bei Grillparzer jedoch bringt der Traum die Einsicht in die Nichtigkeit jeder irdischen Größe und die sittliche Gefährlichkeit des bewegten, tätigen Lebens. „*Gerade in dieser quietistischen Verneinung des äußeren Ruhmes der irdischen Größe und der Tätigkeit auf hochgestelltem Posten*", schlußfolgert Immerwahr, „*kommt Grillparzer der taoistischen und buddhistischen Behandlung des Traum-Leben-Motivs in China und Japan vom 8. Jahrhundert bis in unsere Tage erstaunlich nahe*" (282).

Immerwahr schließt mit der Feststellung, daß der Traumstoff bei Voltaire und Klinger keine kongeniale Behandlung erfahren konnte. Bei Voltaire nicht, da dieser „*die Dinge des wachen Lebens gerade nicht für schattenhaft hielt*" (287), bei Klinger nicht, da für seinen Giafar als faustischen Menschen keine Lebensweisheit aus Träumen zu schöpfen ist. Gelungen ist aber die Behandlung dieses Traummotivs eigentlich nur im taoistischen bzw. buddhistischen Ostasien und im nachnapoleonischen Wien, das die Fragwürdigkeit von aufklärerischem Lebensoptimismus, Sturm und Drang, Romantik und faustischem Streben tief erlebt hat.

Die 1971 erschienene Arbeit von Edmund Heier verfolgt die Wirkungsgeschichte von der „Ahnfrau" in Rußland. Während Goethe und Schiller einen großen Einfluß auf die russische Literatur im 19. Jahrhundert ausübten, blieb Grillparzer nahezu unbeachtet. Er hatte sich ja 1838 nach dem Mißerfolg von „Weh' dem, der lügt!" von der Bühne zurückgezogen, und als seine Werke dann erst gegen Ende des 19. Jahrhunderts dem russischen Geistesleben zugänglich gemacht wurden, fanden sie bei der sozialpolitisch engagierten Intelligenz keinen Anklang mehr. Nur „Die Ahnfrau" (von zwei an sich weniger bedeutenden Aufführungen von „Sappho" am Anfang der neunziger Jahre abgesehen) hat in Rußland Epoche gemacht, und zwar einmal in den dreißiger Jahren des 19. Jahrhunderts und wieder einmal am Anfang unseres Jahrhunderts, als der Symbolist Alexander Blok „Die Ahnfrau" wieder entdeckte und (wie Heier veranschaulicht) geradezu meisterhaft übersetzte. Sehr bemerkeswert ist die Tatsache, daß beide Male die Russen das von Grillparzer nicht gerade betonte sozial-psychologische Moment des Stückes hervorhoben und es somit einer neuen Interpretation unterzogen. War es zunächst wohl die Beliebtheit der Räuber- und Schicksalsdramen, die die Aufmerksamkeit im Rußland der dreißiger Jahre auf „Die Ahnfrau" lenkte, so haben die gebildeten Kreise alsbald eine tiefere Bedeutung im Stück gesehen. Die ungeheuerlichen Ereignisse der napoleonischen Kriege, der mißglückte Aufstand der Dekabristen, die darauffolgende

Unterdrückung Nikolaus' I. und schließlich die Choleraepidemie der frühen dreißiger Jahre bedrohten die Existenz des Individuums und machten manchen Russen zum Fatalisten. Angst vor dem Tode und vor allem das unerwartete Eingreifen des Schicksals, wie es in den Schlußszenen bei Grillparzers Drama geschildert wird (der Kritiker Aksakov nannte sie „*seelenzerreißend*"), erhöhten im Zuschauer das Gefühl, sich dem unheimlich dämonischen Schicksal wehrlos ausgeliefert zu sehen. „*Die Ahnfrau*", schreibt Heier, „*wird somit nicht vom Standpunkt des Erbfluches interpretiert, obwohl der Erbfluch eine der treibenden Kräfte der Tragödie ist, sondern vielmehr sah man in den Schlußszenen die Betonung der Fragwürdigkeit und Brüchigkeit der menschlichen Existenz überhaupt*" (196).

Was nun Bloks Interesse an der „Ahnfrau" zunächst erregte, war die Reflexion von seiner eigenen Auffassung vom lyrisch-romantisch gestimmten Drama, die Bloßlegung des Kampfes der scharfen Gegensätze einer leidenden Seele, das Eingreifen „*unsichtbarer Kräfte*", wie er sie selbst nach 1905 vernommen zu haben vermeinte. Als aber der Prozeß seiner inneren Auseinandersetzung mit dem Stück vorantrieb, sah er mehr. Das Stück wurde auch ihm zum Symbol der menschlichen Leiden, der menschlichen Existenz überhaupt. Er sah auch eine tiefsinnige Ironie des menschlichen Daseins in dem Stück darin ausgedrückt, daß gerade diejenigen, die so leidenschaftlich am Leben hängen, zugrunde gehen müssen, und sie, die nur ruhen wollte, als einzige am Schluß triumphiert. Aber vielleicht am interessantesten ist die sozialpolitische Komponente, die Blok in der „Ahnfrau" verkörpert sah. Er war sich der allmählichen Umschichtung der Klassen in Rußland bewußt. Die Zeit des Adels, wußte er, war vorbei, aber anders als die Sozialdemokraten freute er sich nicht darüber. Er war zu tief in dem geistigen Leben der Aristokratie verwurzelt, ihren Beitrag zur russischen Kultur liebend und dankend anerkennend, um ihm nicht nachzutrauern. Darum wurde für ihn „Die Ahnfrau" ein Symbol für den Untergang des Adels. „*Wer ihn [den Adel]*", so zitiert Heier Blok, „*wirklich geliebt hat, wer sich dankend an seinen wunderbaren Beitrag zur russischen Kunst . . . des vergangenen Jahrhunderts erinnert, wer wirklich begriffen hat, daß . . . seine wohltuenden Säfte für ewig zur Mutter Erde zurückgekehrt sind . . ., wird verstehen, mit welcher Atmosphäre das Familienschloß der Borotins gesättigt war . . .*" (206).

Aus unserem Bericht über diese Grillparzer-Arbeiten kann man einige Schlüsse ziehen. Von einem „kanadischen Grillparzer-Bild" kann keine Rede sein. Es handelt sich nur um verschiedene Ergebnisse verschiedener in Kanada wirkender Germanisten. Anderson und Dyck z. B. betonten das Zwiespältige bei Grillparzer gegenüber der Goetheschen Synthese, während Boeschenstein sie zwar zugibt, aber auch überbrückt sieht in der humanen Norm, die, wenn auch unterschwellig, immer vorhanden ist. Und doch ist man versucht zu sagen, ist allen fünf Arbeiten eines gemeinsam: der Hang zur Geistesgeschichte unter Außerachtlassung formaler Aspekte der Grillparzerschen Dichtung — mit der möglichen Ausnahme der Arbeit Heiers, die immerhin genau nachweist, wie es Blok gelungen ist, „Die Ahnfrau" sogar bis in die letzten Feinheiten von Metrik und Reim ins Russische zu übertragen.

BIBLIOGRAPHIE

BERNARD R. ANDERSON, Verzicht und Entsagung bei Grillparzer und Goethe, in: *Tribute, Festschrift für G. Joyce Hallamore*, hrsg. v. R. PIROZZI. Vancouver 1968, 34—45.

HERMANN BOESCHENSTEIN, Die Österreichische Humanität, in: *Deutsche Gefühlskultur*. Bern 1966, 37—77 [über Grillparzer: 37—52].

J. W. DYCK, Goethes Humanitätsidee und Grillparzers „Sappho", in: *Grillparzer-Jahrbuch*, 1965, 65—79.

KARL S. GUTHKE, Germanistik in Kanada, in: *Colloquia Germanica*, 1968, 3, 322—331.

EDMUND HEIER, Grillparzers „Ahnfrau" in Rußland, in: A. BLOK, *Comparitive Literature* XXIII (1971) 3, 193—208; verlesen als Vortrag beim Grillparzer-Forum, 1970.

RAYMOND IMMERWAHR, Das Traum-Leben-Motiv bei Grillparzer und seinen Vorläufern in Europa und Asien, in: *Arcadia* II (1967) 2, 277—287.

Folgendes wäre hier noch zu erwähnen: 1968 leitete Professor FRED KRÜGEL † ein Grillparzer-Seminar an der University of British Columbia. 1970/71 hielt Professor HERBERT SEIDLER während seiner Gastprofessur an der University of Toronto einige Gastvorträge unter anderem über Grillparzer an verschiedenen kanadischen Universitäten. Zur Zeit sind in Kanada auch einige Doktorarbeiten über Grillparzer im Entstehen.

WERNER SCHULTHEIS
(Amsterdam)

GRILLPARZER-FORSCHUNG IN DEN NIEDERLANDEN

Insgesamt wurden in den Niederlanden sechs Aufsätze über Grillparzer veröffentlicht, einer im 19., fünf im 20. Jahrhundert. In einer Gesamtdarstellung über die Entwicklung von Drama und Theater wurden Grillparzer einige Seiten gewidmet. In den beiden wichtigsten niederländischen dramaturgischen Werken[1] dagegen wird Grillparzer nicht erwähnt. Eine umfangreichere Studie über ihn liegt nicht vor.

Angesichts dieser wenig eindrucksvollen Bilanz der Grillparzer-Forschung in den Niederlanden ist Bescheidenheit am Platz. Statt auch nur den Versuch zu wagen, das Grillparzer-Bild in den Niederlanden zu entwerfen, möchte der Verfasser sich deshalb von Anfang an mit der Rolle eines Referenten bescheiden und den Inhalt jener wenigen Aufsätze in den wichtigsten Punkten angeben.

1875 verteidigt Taco H. de Beer[2] anläßlich der Sappho-Übersetzung von N. Donkers dieses Drama Grillparzers. Vor allem gegen den möglichen Vorwurf, daß dieses Drama undramatisch sei, richten sich seine Argumente. Bei seiner Argumentation beschränkt de Beer sich ausschließlich auf äußere Aufbauprinzipien, ohne jedoch auf die innere Spannkraft dieses Werkes einzugehen. Eine Reaktion auf diesen Aufsatz ist nicht erfolgt.

In seiner Gesamtdarstellung „Het drama en het toneel in hun ontwikkeling“ (Das Drama und das Theater in ihrer Entwicklung) urteilt Leo Simons[3]: Grillparzer sei ein zartfühlender Dichter philosophischer Natur, ein Lyriker, weniger aber ein Dramatiker. Am besten gelungen seien die seinem Charakter entsprechenden, verhalten tragischen Dichtungen wie „Sappho“, „Ein treuer Diener seines Herrn“, „Des Meeres und der Liebe Wellen“ und „Der Traum ein Leben“. Simons glaubt aber nicht, daß diese Dramen auf der Bühne Erfolg haben werden. Seine Ausführungen bestätigen fast sechs Jahrzehnte später die Vermutung Taco de Beers, daß man in den Niederlanden die Dramen Grillparzers als undramatisch und bühnenfremd bezeichnen würde.

---

[1] J. VAN DER KUN, *Handelingsaspecten in het drama*. Nijmegen 1938.— B. VERHAGEN, *Dramaturgie*. Amsterdam 1927.

[2] T. H. DE BEER, Grillparzers Sappho, in: *Nederlandse Kunstbode* II (1875) 84—86.

[3] L. SIMONS, *Het drama en het toneel in hun ontwikkeling* IV. Amsterdam 1932, 146—155.

Der Aufsatz Perquins[4] über „Weh' dem, der lügt!" trägt einen stark polemischen Charakter. Er richtet sich gegen die Ansicht Johannes Volkelts (Franz Grillparzer als Dichter des Tragischen, München 1909), daß dieses Lustspiel gleichsam ein Glaubensbekenntnis des Dichters sei. Perquin betont den humoristischen Charakter dieses Lustspiels und widersetzt sich den schwerfälligen Interpretationen, wie sie etwa von Fritz Strich (Franz Grillparzers Ästhetik, Berlin 1905) und E. Alker (F. Grillparzer, Ein Kampf um Leben und Kunst, Marburg a. L. 1930) vorgenommen wurden. „*Man hat namentlich in Deutschland viel zu ernst über ‚Weh' dem, der lügt!' geschrieben. Man hat sich in die von Grillparzer spielerisch leicht aufgeworfenen Fragen begraben.*"

Perquin betrachtet es als die größte Tragik Grillparzers, daß ihm in dem Augenblick vom Publikum und der Kritik ein furchtbarer Schlag versetzt wurde, da er einmal versuchte, humorvoll, freundlich und gütig zu lächeln.

Van Stockum schließt sich in seinem Aufsatz über dasselbe Drama[5] der Auffassung Perquins an. Auch er ist der Auffassung, daß „Weh' dem, der lügt!" kein Glaubensbekenntnis des Dichters sei. Van Stockum macht eine ausführliche Analyse von Leons Entwicklung, die er als einen Weg vom naiv ethischen Opportunismus zur konsequentesten und unerschrockensten Offenherzigkeit und Wahrhaftigkeit charakterisiert. Aus dieser von Grillparzer dargestellten Entwicklung dürfe aber keineswegs die Schlußfolgerung gezogen werden, daß dieses Drama im ganzen als ein „Besserungsstück" aufzufassen sei. Vielmehr habe Grillparzer in der Entwicklung Leons zum praktisch ethischen Christentum seinen eigenen Wunschtraum, seine Sehnsucht nach der schon früh verlorenen Glaubensgewißheit gestaltet.

Mit seinem Aufsatz über „Ein Bruderzwist im Hause Habsburg"[6] möchte van Stockum den ersten Schritt zum Entstehen einer Monographie über dieses Drama machen. Es ist seine Absicht, die Grillparzer-Spezialisten zum Widerspruch zu reizen, um gemeinsam die bestehende Lücke in der Grillparzer-Forschung zu schließen. Als charakteristisches Merkmal der äußeren und inneren Struktur dieses Dramas betrachtet van Stockum das Fehlen jeglicher dramatischen Spannung. Er erklärt

[4] N. Perquin, Die Lüge in Grillparzers „Weh' dem, der lügt!", in: *Feestbundel J. H. Scholte.* Amsterdam 1947, 304—319.

[5] Th. C. van Stockum, Grillparzers blijspel „Weh' dem, der lügt!" en zijn probleem, in: *Mededelingen der Koninklijke Nederlandse Akademie van Wetenschappen*, Afd. Letterkunde 9, Rs. 13 D, Nr. 4, Amsterdam 1950, 77—92.

[6] Th. C. van Stockum, Grillparzers „Ein Bruderzwist im Hause Habsburg", ein Versuch, in: *Neophilologus* XXXV (1951) 24—29.

dies, was die äußere Struktur betrifft, aus der zu großen Zeitspanne, die Grillparzer hat einfangen wollen. Für den Charakter der inneren Struktur sei es wesentlich, daß der mit dem Dichter charakterlich verwandten Hauptgestalt ein ebenbürtiger ideologischer Gegenspieler fehle. Innerhalb des Gesamtwerkes hebt van Stockum die ideologische Übereinstimmung mit „Libussa" hervor. In beiden Dramen stünden „*die Probleme von Konservatismus und Fortschrittsglauben, von Beharren im Gewordenen und Hinausschreiten ins rational Geplante, von Idealismus und Gemeinschaftssinn, von Beschaulichkeit und Tätigkeit, von Ideal und Wirklichkeit [...] im gedanklichen Zentrum*".

Ferdinand van Ingen versucht in seinem Aufsatz „Grillparzer und Beethoven"[7] die Frage zu beantworten, weshalb die Zusammenarbeit der beiden Künstler scheiterte. Van Ingen weist in diesem Zusammenhang auf ihre grundverschiedene Einstellung zum gegenseitigen Verhältnis der Kunstgattungen und auf ihr entgegengesetztes ästhetisches Empfinden hin. Während Beethoven eine innige Verbindung von Musik und Poesie erstrebe, sei Grillparzer der Ansicht, daß eine scharfe Trennung zwischen den verschiedenen Kunstgattungen notwendig sei. Die disharmonische Formlosigkeit der Werke Beethovens sei dem Ästheten Grillparzer zuwider gewesen.

In seinem Aufsatz über Grillparzers „Das Goldene Vließ"[8] betont van Stockum die Modernität des Medea-Dramas. Im Gegensatz zu Euripides' und Senecas Medea-Dramen sei der dritte Teil der Grillparzerschen Trilogie ein Eifersuchtsdrama, eine „*romantische Ehetragödie*". Das Goldene Vließ deutet van Stockum nicht nur als Symbol für die Nemesis, sondern auch für den Schopenhauerschen Willen zum Leben. In bezug auf den trilogischen Charakter des „Goldenen Vließes" weist van Stockum darauf hin, daß das Zurücktreten des Vließ-Symbols im Medea-Drama zugunsten des ethnischen Gegensatzes die Einheitlichkeit der Trilogie beeinträchtige. Das Drama als ganzes bezeichnet von Stockum als eine „*durch die schwere weltanschauliche Belastung charakteristisch deutsche Tragödie*".

In seiner Dissertation „Biedermeier und poetischer Realismus"[9]

---

[7] F. VAN INGEN, Grillparzer en Beethoven, in: *Mens en Melodie* XVIII (1963) 199—203.

[8] TH. C. VAN STOCKUM, Grillparzers „Medea-Trilogie", „Das Goldene Vließ" (1818—1820) und ihre antiken Vorbilder, in: *Neophilologus* XLVII, 2 (1963) 120—125.

[9] A. P. BERKHOUT, *Biedermeier und poetischer Realismus, stilistische Beobachtungen über Werke von Grillparzer, Mörike, Stifter, Hebbel und Ludwig*. Diss. Amsterdam 1942.

vergleicht A. P. Berkhout stilistische Merkmale der Werke Grillparzers, Mörikes, Stifters, Hebbels und Otto Ludwigs. Da es unmöglich ist, auf Einzelheiten dieser Dissertation einzugehen, sei ein Teil der sich auf Grillparzers Stil beziehenden Zusammenfassung zitiert: „In ihm [Grillparzer] haben wir ein deutliches Beispiel dafür, wie eine übermächtige Tradition, die Klassik, mit ihrem Kunstideal der Typisierung, der ‚Idealisierung', auch in ihren sprachlichen Stilmitteln Einfluß ausübt auf eine Dichternatur, die von sich aus anderen Zielen zustreben muß; wie sich der klassische Stil an einer solchen Natur ‚bricht'. Dadurch entsteht das Neben- und Durcheinander von klassischen und realistischen Stilmerkmalen, das für Grillparzers Werk so bezeichnend ist.

Sein Wortgebrauch und seine Syntax weisen am entschiedensten den realistischen Charakter auf, während in der Bildersprache und der Darstellung Züge der beiden Stile einander aufwiegen dürften. Kennzeichnende realistische Züge wären etwa: Einfluß der Umgangssprache und der Mundart, Vorherrschen des Hauptsatzes, freie affektische Wortstellung. Dagegen zeigen sich deutliche Merkmale des klassischen Stils im typisierend gebrauchten zusammengesetzten Substantiv und Adjektiv, in traditionellen bildreichen Ausdrücken, in reichen Bestimmungen und Appositionen, welche das lyrische Seelendrama so recht charakterisieren, im abschließenden Charakter der Verszeile und dem wenig häufigen Enjambement, im Einfluß der Bildersprache der Klassiker usw.

Spezifisch biedermeierliche Elemente prägen sich nicht so sehr in stilistischen Merkmalen als vielmehr in Motivverwendung, direkter Aussprache usw. aus. Darin hebt sich das Biedermeier erst schärfer von Klassik, Romantik und Realismus ab. Am persönlichsten berühren besonders manche realistischere Stilelemente, wie z. B. Ellipse, Ausruf, affektische Wortstellung und auch die wenigen biedermeierlichen Wörter. Aber ebenso persönlich-bezeichnend wäre auch wohl das ausgesprochene Nebeneinander verschiedener Stilmerkmale zu nennen."

Sowohl auf den niederländischen Bühnen[10] als auch in akademischen Kreisen ist Grillparzer ein seltener Gast. In letzter Zeit haben Prof. Dr. P. B. Wessels an der Universität Nimwegen und Dr. D. Hensing an der Städtischen Universität von Amsterdam Seminarübungen über Grillparzer veranstaltet. Von Dr. D. Hensing ist mir bekannt, daß er in Kürze eine Studie über Grillparzers „Kunst der Darstellung" veröffentlichen wird; besondere Aufmerksamkeit widmet er dem Motivkomplex „Heimat und Fremde".

[10] 1828 „Die Ahnfrau" (zwei Aufführungen); 1875 „Sappho"; 1889 „Sappho" (vier Aufführungen); 1907 „Medea".

KÅRE LANGVIK-JOHANNESSEN
(Oslo)

DAS GRILLPARZER-BILD DES 20. JAHRHUNDERTS IM NORDEN

Franz Grillparzer gehört im nordischen Kulturraum nicht zu den bekanntesten unter den Klassikern der deutschsprachigen Literatur. Manchmal muß man sogar feststellen, daß er selbst unter den Akademikern, insofern sie nicht gerade deutsche Literatur studiert haben, unbekannt ist. Im allgemeinen nordischen literarischen Bewußtsein hat er keinen selbstverständlichen Platz wie etwa Goethe und Schiller. Auf den im Norden oft gebräuchlichen Ehrentitel für einen großen Dichter, Dikterhövding (d. h. Dichterhäuptling), kann Grillparzer kaum Anspruch erheben. Dazu appelliert er zuwenig an die gesamte Gesellschaft. Er ist kein Dichter, der sich dem Volk gegenüber als richtunggebende Persönlichkeit darbietet; im Gegenteil, er zieht sich in fast hypochondrischer Angst in sich selbst zurück. Er ist ein ausgeprägter Individualist, der nur zum einzelnen spricht.

Ein oberflächlicher Blick auf seine Dichtung kann leicht den Anschein erwecken, daß er uns, d. h. der Gesellschaft, gar nichts zu sagen hat. Nur bei demjenigen, der sich in seine Dichtung weiterhin vertieft, vermag diese ein tiefgreifendes Erlebnis zu bewirken. In der nordischen Tradition, die von dem Dichterhelden der Romantik und vom Prinzip des großen dänischen Kritikers Georg Brandes — die Dichtung soll Probleme zur Debatte bringen — geprägt ist, kann sich ein Dichter wie Grillparzer im ersten Augenblick schwerlich behaupten, obwohl man ihn, in bezug auf die psychologische Art seiner Dichtung, aus näherer Sicht eben, als einen für unsere Zeit aktuellen Dichter charakterisieren sollte.

Die nordischen Darstellungen der europäischen Literatur sind, was Franz Grillparzer betrifft, dann auch teilweise für diese Situation typisch. Der dänische Literaturhistoriker Niels Möller zeichnet ihn z. B. in seinem Werk „Verdenslitteraturen", Bd. 3, Kopenhagen 1929, 792—793, grau in grau. Grillparzers Dichtung schließe sich ganz und gar an diejenige Deutschlands an. Er sei ein Schüler Goethes, Schillers und der Spanier. „Die Ahnfrau", so heißt es, „*ist eine Schicksalstragödie mit einer Spukdame und einem edelen verliebten Räuber.*" Seine Schauspiele seien mit dramatischem Sinn geschrieben, „*moralisch und genügend tragisch*". Ein großer Dichter sei er dennoch nicht gewesen. „*Seine Verse sind regelmäßig und verständig, doch ohne Gesang und Süße, die Sprache ist trocken und treibt selten Blüten in lebendigen Ausdrücken.*" Und mit der Bemerkung, „*er war sehr mürrisch*", beendet Möller seine kurzgefaßte Beschreibung des österreichischen Meisters, ohne mit einem einzigen

Wort die für Grillparzer so bedeutungsvolle österreichische Tradition zu erwähnen.

Diese Tradition erwähnt der in Norwegen so berühmte Osloer Professor Francis Bull in seinem Buch „Verdenslitteraturens Historie“ (Oslo 1947) ebenfalls nicht. Auch Bull begnügt sich damit, Franz Grillparzer als einen Schüler Goethes und Schillers zu bezeichnen, doch die klassischen Ideale bei Grillparzer mischen sich nach Bull mit dem romantischen Pessimismus und dessen Mangel an Lebensmut.

Ein richtigeres Bild von Grillparzers Dichtung, doch ohne ihr die gebührende Größe zu gewähren, findet man in Lennart Breitholtz' „Västerlandets litteraturhistoria“, Bd. 2 (Stockholm 1964). Die Weimarer Tradition spüre man bei Grillparzer nur im Formellen, während der innere Gehalt seiner Dichtung von ganz anderer Art sei. Grillparzers Dramen seien sehr stark von der persönlichen Tragödie im Leben des Dichters geprägt, und hätten wenig mit Schillers hochgespanntem Idealismus zu tun. Richtiger als bei Möller und Bull wird hier behauptet, daß der Klassizismus bei Grillparzer sich mit dem Biedermeier mische, doch der frühere Liberale resignierte schließlich und akzeptierte das Prinzip des Stillstands und des friedlichen Kompromisses. Er huldigte dem Legitimismus und zeichnete die großen Heldengestalten mit ihrem himmelstürmenden Streben als wirklichkeitsblinde Phantasten.

„Die Ahnfrau“ sei eine hyperromantische Schicksalstragödie, der keiner der Gattung eigenen lugubren Standardeffekte fehle, die doch durch den persönlichen Pessimismus des Dichters geprägt werde. Im „Goldenen Vließ“ sieht der Verfasser die eitle Illusion des Lebensdranges.

Ein noch größeres Verständnis für die Dichtung Grillparzers findet man bei dem dänischen Gelehrten Erik Lunding, dem bekannten Kenner des Barocks und des Biedermeiers, die eben für Grillparzer zwei relevante Traditionen sind. In dem Band „Realism och naturalism“ (Stockholm 1962) von der „Bonniers Allmänna Litteraturhistoria“ kommt Grillparzers Eigenart deutlich zum Ausdruck: Das Grillparzersche Drama sei strukturell gesehen sehr kompliziert. Nur ausnahmsweise, wie in „Sappho“, nähere sich Grillparzer dem deutschen Klassizismus. Weitaus stärkere Einflüsse spüre man dagegen von seiten des Gegenpols des Klassizismus, nämlich des bildreichen und volkstümlich bunten Barockdramas, das nur in Österreich auch im nachbarocken Zeitalter eine Fortsetzung fände. Auch mit der eigentlichen Romantik habe der vom Josephinismus geprägte Dichter keine engere Verbindung. In seinen in gewissem Sinne realistisch gefärbten historischen Dramen finde man keine klassische Übersichtlichkeit, sondern vielmehr eine Shakespearsche Üppigkeit, und in seinen späteren Dramen, wie in „Die Jüdin von Toledo“ und „Libussa“, habe Grillparzer in Lope de Vega einen Bundesgenossen gegen das Klassisch-Einfache gefunden. Aus dieser von barocker Üppigkeit geprägten Dramatik kristallisieren sich jedoch stets auch Gedanken heraus, die dem Lebensgefühl des Biedermeiers Ausdruck verleihen.

Die äußerst kurzgefaßte Beschreibung, die ihm im Rahmen der „Bonniers Litteraturhistoria“ gewährt war, verrät jedoch eine tiefe Erkenntnis der Eigenart Grillparzers, die wiederum eine gründliche Einsicht in das geistliche Leben Österreichs voraussetzt. Für diese Einsicht zeugt Lundings Studie „Österreichisch-dänische literarische Begegnungen in der Biedermeierzeit“ (in: Festschrift für Adalbert Schmidt, Wien 1971), in der übrigens das dänische Grillparzer-Bild des 19. Jahrhunderts gezeichnet wird.

Die vollständigste und nuancierteste Beschreibung der Grillparzerschen Kunst hat Lunding in dem zwar kurzgefaßten Aufsatz in „Dizionario critico della letteratura tedesca“ gegeben[1]. Lunding verweist hier auf Grillparzers eigene Aussage über den Unterschied zwischen dem geistigen Boden in Österreich und Deutschland: trotz der größeren politischen Freiheit hebe die traditionsbewußte Natürlichkeit der Österreicher sich vorteilhaft von dem abstrakten und unruhig-forcierten Denken der Deutschen ab.

In bezug auf die Lyrik ist es für Lunding überraschend, „angesichts der stellenweise auffallenden lyrischen Klangschönheiten in Grillparzers Dramenstil (. . .), daß Grillparzers Lyrik öfters in eine geradezu prosaische Diktion abgleitet. Bewußt hat er die Klangreize des volkstümlich Liedhaften vermieden, und so ist Grillparzer in den gängigen lyrischen Anthologien nicht vertreten“. In den Epigrammen Grillparzers findet Lunding dagegen eine für das Temperament des Dichters angemessene Ausdrucksform.

Das an Nuancen reichere Werk der beiden Novellen ist für Lunding „Der arme Spielmann“, in dem aber „*der in psychologischer Distanzierung beobachteten Großstadtleben auftauchende zartbesaitete Held keine dramatischen Effekte auslöst, und so stehen die realistisch gezeichneten Einzelszenen dem Modell einer Novelle wesentlich ferner als die geballte Handlung*“ in dem von analytischer Technik und bewußtem Suchen nach grellen Effekten geprägten „Kloster bei Sendomir“.

---

[1] Prof. Lunding stellte mir den auf deutsch verfaßten Text der noch nicht erschienenen italienischen Version zur Verfügung.

In bezug auf die Dramen hebt Lunding noch einmal die Distanz zur geistigen Welt Deutschlands hervor: „Mag es sich nun um opernhafte Diktion, spanisches oder österreichisches Barockerbe oder um zeitgemäße Verwandlung ins Biedermeierische handeln, alle diese Einflußszenen und Lebenshaltungen sind durch eine unphilosophische Schlichtheit gekennzeichnet, weshalb eine fühlbare Diskrepanz zwischen Grillparzers Dramen und vielen philosophisch schwer befrachteten deutschen Auslegungen unumgänglich ist." Nur in „Sappho" spürt Lunding ein energisches Streben nach einer Annäherung an die deutsche Klassik, „*die jedoch, wie es besonders der typisch wienerische librettohafte Schluß zeigt, nur teilweise gelungen ist*". Die Tragödie „Des Meeres und der Liebe Wellen", deren Motiv „*für die klassisch-tektonische Stilform prädestiniert*" ist, sei aber in der Formulierung keine Nachfolge Goethes: „*Dafür ist das Bild der Antike dem Rokoko zu verwandt, und der Stil, schon im Titel, zu opernhaft.*"

Zu den Bemühungen der biographisch orientierten Grillparzer-Forschung, „*die dramatischen Frauengestalten auf ein Mosaik von biographischen Begegnungen zurückführen*", nimmt Lunding keine feste Stellung ein, hebt jedoch die Selbständigkeit der Kunstwerke hervor: „*Sicher ist nur, daß Grillparzer das deutsche Drama mit bisher unerreichten frauenpsychologischen Charakteristiken bereichert hat.*"

Als sehr wichtig bei Lunding muß seine Neigung hervorgehoben werden, die an der Oberfläche sichtbare Botschaft der einzelnen Dramen nicht mit der Lebensanschauung des Dichters zu identifizieren: „*Die klangschön formulierte quietistische Lehre von Taten als nur Schatten (im ‚Traum ein Leben') ist ebenso wenig wie der Fall König Ottokars als ein kompromißloses Bekenntnis Grillparzers zu einer vita contemplativa zu verstehen.*" Und in der Tragödie „Ein treuer Diener seines Herrn", dem ersten deutschen Drama, das den Stempel Lope de Vegas trägt, triumphiere die Idee des Staates als göttliches Sinnbild in dem Grad, „*daß Bancban, das Musterbild der Treue, in einer menschlicheren Sicht bis ins Fragwürdige schillert*".

Daß Grillparzer nach der Aufführung von seinem Lustspiel „Weh' dem, der lügt!" den Bühnen den Rücken kehrte, ist in den Augen Lundings „*ein Schritt, der um so verhängnisvoller war, da keiner von den bedeutenderen deutschen Dramatikern wie Grillparzer die Symbiose zwischen Drama und Theater beherrschte*". Grillparzer habe sich weder durch sprachschöpferische noch durch bildschöpferische Kraft ausgezeichnet, „*als Bühnenkünstler vermag er jedoch auf überraschende Weise Menschen und Szenen psychologisch zu vertiefen. Das Unausgesprochene erhellen blitzhaft Pantomimisches und Gestisches.*" Und auch die Requisiten, „*die nicht nur als Hinweise auf die Dingwelt zu betrachten sind, (...) erhellen, z. B. in ‚König Ottokars Glück und Ende‘, auf dem Wege der Emblematik den Ideenkern*“.

Somit könnte man eine Entwicklung des Grillparzer-Bildes im Norden feststellen, die in die Richtung eines stets größeren Verständnisses für die wahre Eigenart und Größe des österreichischen Meisters geht, wären nicht nordische Literarhistoriker schon am Anfang dieses Jahrhunderts auf überraschende Weise in die Tiefe der Grillparzerschen Tragödiendichtung eingedrungen, und zwar in jedem der drei skandinavischen Länder, sowohl in kurzgefaßten Beschreibungen in Gesamtdarstellungen der europäischen Literatur wie auch in einer großen Grillparzer-Monographie.

Schon im ersten Jahr unseres Jahrhunderts findet man in Dänemark in der „Illustreret Verdens-Litteraturhistorie“, Bd. 3 (Kopenhagen 1901), von Julius Clausen eine Beschreibung von Grillparzers Dichtung, der der Verfasser auf nur einer Seite ein in den Augen unserer Zeit viel richtigeres Bild verleiht als ein paar der späteren, oben erwähnten Darsteller. Für Clausen findet Grillparzer die Harmonie des Geistes, die Kleist gesucht, aber nicht gefunden hatte; er sei der geborene Dramatiker, mit allen Forderungen der Bühne vertraut, und er vermöge seine besten Werke („Sappho“, „Das Goldene Vließ“) in einer formschönen Sprache und einer klaren Handlung zu gestalten. Clausen betrachtet „Sappho“ als das vollkommene Meisterwerk, das allen jungen Dramatikern ein Katechismus sein solle. In diesem Drama findet Clausen Gedanken, die sich in Größe und Gewicht mit denen in Goethes „Tasso“ und „Iphigenie“ messen können, die jedoch nicht in einem Lesedrama, in einer dialogisierten Sammlung wohlformulierter Tiefsinnigkeiten zusammengefaßt, sondern in die ergreifende Macht des Lebens integriert sind. Clausen hebt somit die Bühnenvision des Dichters hervor, die seinen sämtlichen Dramen zugrunde liege, und er deutet auch die Wiener Theatertradition als den idealen Boden seiner Dramatik an.

Ein Jahr später, im Jahre 1902, erschien in Stockholm Gustaf Collijns Werk „Franz Grillparzer, Hans lifvoch verk“, bis jetzt die einzige Grillparzer-Monographie im Norden. Dieses fast 300 Seiten umfassende Buch kann noch heute als eine gute Einführung in des Dichters Leben und Werk gelten. Die meisten Dramen, die Novelle „Der arme Spielmann“ und sogar einige Gedichte werden in einem biographischen Rahmen, oftmals mit langen Zitaten in metrischer Übersetzung ausführlich präsentiert, sogar die Jugenddramen „Blanka von Kastilien“ und „Wer ist schuldig?“. Dem Leser werden hier die historischen Vorgänge genau dargestellt, sowohl in bezug auf die Genesis der verschiedenen Werke wie auch auf die Weise, auf welche die Dramen von den Kritikern aufgenommen und verschieden gedeutet wurden, dies nicht nur in Wien, sondern auch in Stockholm, wo „Sappho" 1833 und „Die Ahnfrau" 1835 im Königlichen Theater gespielt wurden. Collijns Buch ist für die historisch-biographische Methode charakteristisch, der Verfasser hat aber auch einen scharfen Blick für das Wesentliche gehabt, und es gibt kaum einen Absatz, den man als überflüssig bezeichnen könnte. Es ist ein schönes Werk, ein Gemälde von dem Dichter und seinem Werk, allerdings größtenteils vermittelnder und orientierender Art, seltener aber gibt Collijn eine deutliche eigene Interpretation der Dramen, und doch hat er die Größe der Grillparzerschen Dichtung in einer Weise gezeichnet, die noch heute, 70 Jahre später, Gültigkeit haben kann.

Als auffallend muß man Collijns hohe Schätzung der „Ahnfrau" bezeichnen. Sehr ausführlich setzt er die zwei Versionen des Dramas auseinander. Er behauptet, daß die Umarbeitung nach den Forderungen Schreyvogels aus Grillparzers ursprünglicher Tragödie ein ganz anderes Drama gemacht habe, und er zeigt, welchen langwierigen Schaden dies dem Ansehen des Dramas und des Dichters zugefügt hat. Er präsentiert auch Werners Drama „24. Februar" und Müllners „Die Schuld" und „29. Februar", um durch den Vergleich mit diesen Dramen nachweisen zu können, daß „Die Ahnfrau" keine Schicksalstragödie nach der damaligen Mode ist. Die Ahnfrau selbst ist nach Collijn keine selbständige Gestalt im Drama, wie Schreyvogel forderte, sondern vielmehr ein poetisch wirkender Faktor, ein Symbol dessen, was wir heute establishment nennen, der „*Verhältnisse, in die er [Jaromir] durch Geburt, Erziehung und andere Faktoren hineingezwungen ist*". Mit diesen Worten nimmt Collijn im Grunde genommen Piero Rismondos Deutung der Rolle Jaromirs (in einem Aufsatz in der Wiener Tageszeitung „Die Presse", Juni 1971) vorweg. Weiterhin bedauert Collijn stark, daß das Drama noch stets — im Jahre 1902 — nur in der von Schreyvogel gewünschten Form gespielt wird. Piero Rismondo muß noch — 69 Jahre später — in dem erwähnten Aufsatz dasselbe bedauern.

Übrigens bezeichnet Collijn „Des Meeres und der Liebe Wellen" als das stärkste erotische Drama der europäischen Literatur nach „Romeo und Julia", und der „Traum ein Leben" ist für ihn Grillparzers „Peer-Gynt"-Dichtung; Rustan ist Peer, Mirza Solveig und der Unbekannte der große Krumme. Er meint aber, daß das Wiener Publikum das einzige sei, das die Voraussetzungen habe, um diesen „Peer Gynt" schätzen zu können.

Unter den Spätdramen ist es nur das „Esther"-Fragment, das für ihn als große Bühnendichtung gilt. „Libussa" und „Ein Bruderzwist in Habsburg" bezeichnet er als schwache Werke, reich an Gedanken und an interessanten Versuchen, komplizierte psychologische Probleme zu lösen, jedoch für die Bühne nicht geeignet. Günstiger in dieser Hinsicht beurteilt er aber „Die Jüdin von Toledo".

Als charakteristisch für das Grillparzer-Bild Collijns könnte man die blumigen Worte anführen, mit denen er sein Vorwort beschließt: „Grillparzer gehörte nicht zu den bald erbleichten Abendschatten nach der sonnigen, strahlenden Mittagszeit der beiden Weimarer Klassiker. Dazu war er eine viel zu selbständige, ursprüngliche und realistisch angelegte Dichterindividualität. Er bereitete aber wie die Morgenröte den neuen Tag vor, der mit der modernen, gesund reformierenden Kunst hervorbrechen sollte."

Das norwegische Mitglied der skandinavischen Gesellschaft am Anfang des 20. Jahrhunderts ist Just Bing. In seiner „Europas Litteraturhistorie i det 19de Aarhundre" (Kopenhagen 1906) akzentuiert er die — im Gegensatz zu der deutschen — bedeutende Theatertradition in Wien, die die Grundlage der Grillparzerschen Dichtung bildet. Einerseits charakterisiert er das Wiener Burgtheater als den wirklichen Heimatort des klassischen deutschen Dramas, andrerseits hebt er die Bedeutung des Wiener Vokstheaters hervor und dessen Höhepunkt in Ferdinand Raimund. Schon durch diese rein historische Erkenntnis unterscheidet sich Bing positiv von jenen späteren nordischen Literarhistorikern, die Grillparzer nur in der deutschen Tradition sehen. Aber auch in bezug auf Grillparzer als Bühnendichter zeigt er im Verhältnis sowohl zu seinen Vorgängern als auch zu seinen Nachfolgern ein viel tieferes Verständnis für die Eigenart des Dichters. Grillparzer besitzt nach Bing einen erstrangigen Theaterinstinkt, und schon in der „Ahnfrau" sind Szenen, die in bezug auf dramatische Wirkkraft mit der Dramatik Kleists verglichen werden können. Sämtliche Dramen habe Grillparzer von einer Bühnenvision her geschrieben, er verstehe es meisterhaft, eine Intrige zu knüpfen und sie wieder zu lösen. Die Hauptidee seiner Dichtung sei diese: das wirkliche Glück liegt im einfachen Leben; diese Idee wird aber manchmal von einer „Nebenfarbe" geprägt, was wiederum den Dramen eine moderne Prägung verleiht. In den Dramen Grillparzers sei die Charakterzeichnung mit sicherer Hand gezogen, und eben das Moderne mache die Gestalten des Altertums und des Mittelalters so lebendig und faßbar.

Nach Grillparzer behandelt Bing die Jungdeutschen, und er stellt sofort fest, daß diese gegenüber dem österreichischen Dichter, sowohl in bezug auf das Dramatische wie auch auf die Menschenbeschreibung, weit zurückstehen.

Noch zweimal behandelt Bing Grillparzer, zunächst in dem Werk „Litteraturens indre Udvikling i det nittende Aarhundrede" (Kopenhagen 1926), wo er vor allem das Tragische bei Grillparzer untersucht. Die Grillparzersche Tragik sei nicht der Schicksalsgedanke, sondern die Nemesis-Idee. Sogar in „Des Meeres und der Liebe Wellen" findet Bing den Nemesis-Gedanken: Wenn die Frau in Hero siegt, dann siegt sie wie eine Nemesis. „*Somit verwandelt sich die äußere Schicksalstragödie in eine innere.*"

Am deutlichsten finde diese Idee ihren Ausdruck in „Libussa", die Bing auf diese Weise interpretiert: In der äußeren Handlung gibt es scheinbar keine Tragik. Das Tragische wird erst durch den besonderen Aspekt der pessimistischen Idee sichtbar, die Grillparzer bei Schopenhauer erhalten haben muß, und die man mit der modernen Theosophie vergleichen kann. Die Liebe zum Mann wird in Libussa geweckt, und der Wille zum Leben gebietet ihr, als Königin zu herrschen. Ihr von der stillen Frömmigkeit geprägtes Inneres gerät aber in Konflikt mit den im Reiche der Männer gültigen Gesetzen, sie übergibt ihrem Mann die Herrschermacht, und als sie die Männer zusammenruft, um die Stadt und die Burg zu bauen, vollzieht sich die Tragödie; die Synthese von Volk und Land wird gebrochen, das fromme, mystische Band zwischen den Menschen und der Natur wird zerrissen, die Grenze, die die Natur gesetzt hat, wird überschritten. In dem Zitat, „*Das Edle schied, sein Zeichen bleib'*", sieht Bing die Zerspaltung der Romantik; ihre Neigung nach Traum wird von der Neigung des Lebens nach Tat getrennt, die Welt des Nirvanas ist der des Karmas gegenübergestellt. Das Tragische liegt darin, daß es keine Brücke zwischen den zwei Welten gibt. Eine solche gibt es nur in der Illusion, und wo die Illusion die Führerin ist, folgt die Nemesis nach. In Bings Grillparzer-Bild stellt dies das tragische Entwicklungsgesetz für das innere Schicksal des Menschen dar.

Schließlich behandelt Bing Grillparzer in seinem größten Werk „Verdens-litteraturens historie", Bd. 3 (Oslo 1934). Etwas neues ist hier kaum zu finden, obwohl die Behandlung umfassender als in den früheren Werken ist. Sie kann aber als eine Synthese der zwei vorangegangenen Darstellungen bezeichnet werden. Die zwei Meisterwerke bleiben für Bing „Des Meeres und der Liebe Wellen" und „Libussa". Auffallend ist aber, daß „Ein Bruderzwist in Habsburg" scheinbar keinen Eindruck bei ihm hinterlassen hat; er hat dieses Drama in seinen Werken überhaupt nicht erwähnt.

Nach dem tiefen Einblick in Grillparzers dichterische Welt, dem Just Bing in seinen Werken von 1906 bis 1934 Ausdruck verliehen hat, muß man sich nur wundern, wie spätere nordische Darsteller der europäischen Literatur so schreiben können, als ob Bings Werke überhaupt nicht vorhanden wären. Jedenfalls dürfte seine rein konkrete historische Erkenntnis, die bei Bing im großen und ganzen richtig ist, während man bei den späteren auffallende Lücken feststellen muß, nicht übersehen werden. Es ist aber typisch für die Position Just Bings, jedenfalls in seinem Vaterland, daß man ihn lange nicht ernst genommen hat. In meiner eigenen Studienzeit konnte man z. B. Bing überhaupt nicht lesen. Er hat ja auch in unserem zu seiner Zeit armen akademischen Milieu keinen Lehrstuhl innegehabt. Allmählich erkennt man jedoch jetzt seinen Wert, erkennt, daß er auf einigen Gebieten die moderne Auffassung manchmal vorweggenommen hat. Meines Wissens ist Erik Lunding einer der ersten, die Bing rehabilitiert haben, und zwar in bezug auf den literarischen Barock.

Um die Jahrhundertmitte hat der bekannte schwedische Humanist Alf Ahlberg einen Aufsatz, „Grillparzers estetiska grundåskådning“ (Grillparzers ästhetische Grundanschauung), in „Festskrift till Bertil Malmberg“ (Stockholm 1949) publiziert. In manchem ist es eine Wiederholung dessen, was Gustaf Collijn in einem Kapitel über dasselbe Thema in seinem Buch im Jahre 1902 schreibt. Collijns sehr kurzgefaßte Darstellung ist zwar richtig, aber unpersönlich, indem sie größtenteils aus Zitaten von Grillparzers eigenen Notizen besteht; Ahlbergs Aufsatz dagegen ist ein Essay von hohem Gehalt, in dem Grillparzers ästhetische Anschauungen in größerem Zusammenhang gesehen werden.

Der Dualismus in Grillparzers Persönlichkeit, den Collijn dadurch darstellt, nur mit den eigenen Worten Grillparzers zu zitieren — einerseits der phantasievolle Dichter, andrerseits der Verstandesmensch —, wird bei Ahlberg durch einen Vergleich zwischen Goethe und Schiller erläutert. Schiller schreibt 1794 Goethe in einem Brief, über dessen Inhalt Goethe selbst gesagt hat, Schiller habe hier die Summe seiner (Goethes) Existenz ausgelegt: Goethes schauendes Auge behütet ihn vor den Abwegen, auf welche die Spekulation und die an sich selbst preisgegebene Phantasie einen so leicht führen könne; in seiner Intuition liege alles verborgen, was die Analyse mühsam zusammenbringe, und zwar so viel vollständiger, als die Analyse es vermöge. Schiller weise hier auf die objektive Anschauung, in deren Goethes ganze Kunst, Naturauffassung, Philosophie, Weltanschauung ihren Ursprung habe. Schiller dagegen sei in erster Linie ein Philosoph, auch als Dichter. Die Philosophie Kants sei es, die seinem Geist die Kraft gebe. Schillers Gedichte behalten darum nicht dieselbe Frischheit wie die von Goethe; es fehle ihnen an Anschaulichkeit, der unmittelbaren Anschauung des Dichters. Sie seien nur Produkte der Reflexion und seien somit nur Abstraktionen.

Dieser Gegensatz, den man in der Konfrontation von Goethe und Schiller beobachten könne, erhält infolge Ahlberg bei niemandem einen dermaßen eigenartigen Ausdruck wie bei Grillparzer. Er sei wie Goethe der naive Realist, dem die sinnliche Welt in ihrer ganzen Üppigkeit und ihrem Reichtum existiert, zugleich aber sei er auch der kritisch analysierende Denker, der kaltblütig seine eigenen Werke zergliedert. Wie bei Goethe sei die Anschauung die frische und lebendige Quelle seiner Kunst, deshalb besitzen seine besten Werke auch die seelenvolle und unmittelbare Schönheit, die Schiller nie erreicht habe. Ahlberg nimmt hier „Des Meeres und der Liebe Wellen" als Beispiel. Vielleicht suche man umsonst in der ganzen Weltliteratur ein Gedicht, das „*eine solche Fülle schierer und unmittelbarer Poesie, so schimmernde Taufrische wie in diesem Drama*" vereinige; alles sei vom Dichter unmittelbar gesehen.

Ahlberg findet in Schopenhauers Worten die für Grillparzer angemessene Definition der Dichtkunst; eine intuitive Wahrnehmung sei immer der Prozeß gewesen, in dem alle echten Kunstwerke geboren seien; aus den Begriffen kommen nur die vernünftigen Gedanken der Epigonen und übrigens alles, was für die Gegenwart bestimmt sei.

Wenige Dichter haben mehr über ästhetische Probleme gegrübelt als Grillparzer, aber wenige Dichter haben auch größere Zweifel an der Nützlichkeit eines derartigen Denkens für das Kunstwerk gehegt als er. Doch müsse man sich hüten, Grillparzer als einen Stürmer und Dränger anzusehen; eine völlige Abschaffung aller Regeln würde nur in den Wahnsinn führen. Die Phantasie müsse die Quelle der Kunst sein, sie müsse sich aber durch die Vernunft leiten lassen.

Die Anschaulichkeit bleibe aber Grillparzers erste Forderung an die Kunst, und das Kunstwerk müsse ein anschauliches Ganzes sein, das die ganze übrige Welt ersetzen könne. Und diese Forderung auf Anschaulichkeit macht Grillparzer in Ahlbergs Augen zum Realisten in tieferem Sinne.

Ahlberg behauptet am Ende seines Essays, daß Grillparzers Ästhetik — trotz des Dichters ambivalentem Verhältnis zu ästhetischen Regeln — von einer seltenen inneren Ganzheit geprägt sei. Sie sei ein Ausdruck einer ganzheitlichen Persönlichkeit, von denen die Weltliteratur nur wenige besitze. Die besten Werke Grillparzers haben eine eigenartige Anziehungskraft, die mit einem adäquaten Wort schwierig zu definieren wäre. Vielleicht, meint Ahlberg, würde man sie durch das griechische Wort „sophrosynä" am besten bezeichnen können, und dieselbe „sophrosynä" präge auch Grillparzers Auffassung von Kunst und Poesie.

In einem vornehmen Essay hat Alf Ahlberg ein vornehmes Grillparzer-Bild gezeichnet.

Schließlich bin ich dazu verpflichtet, auch meine eigenen Grillparzer-Studien über die innere Handlung in „Ein Bruderzwist in Habsburg" und die Konsequenzen, die man aus dieser für die übrigen Dramen ziehen kann, in diese Übersicht mit einzubeziehen. In diesen Studien „Versuch einer Offenlegung der inneren Handlung in Grillparzers ‚Ein Bruderzwist in Habsburg'", publiziert in den Berichtbänden des „Grillparzer-Forums Forchtenstein" 1968 und 1969 und in einer größeren Arbeit „Im Namen kaiserlicher Majestät. Zur inneren Handlung in Franz Grillparzers ‚Ein Bruderzwist in Habsburg'" (im Entstehen) bin ich von den Erfahrungen ausgegangen, die ich in meiner Studie über die biblische Tragödie des niederländischen Barockdichters Joost van den Vondel („Zwischen Himmel und Erde", Oslo 1963) gemacht habe, indem ich meine, nachgewiesen zu haben, daß die Nebenfiguren öfters in Vondels Dramatik Konkretisierungen der verschiedenen Persönlichkeitskomponenten der Hauptgestalt sind, und zwar in ihrem Verhältnis zur Hauptgestalt nach einem in Vondels Dramen sich stets wiederholenden psychosymbolischen Prinzip geordnet: Der Mensch als geistig-irdisches Wesen (das Subjektive) erfährt stets die geistig-irdische Kontroverse, und die Gebundenheit an die bestehende geistige und weltliche Ordnung (das Objektive), in die er geboren und in der er erzogen ist, ist in der menschlichen Psyche immer tief verankert.
Somit ergibt sich ein Prinzip, das man durch das Schema eines Koordinatensystems so veranschaulichen kann:

Die vier Sektoren, die auf diese Weise entstehen, bilden dann auch vier Grundelemente der menschlichen Psyche, das Subjektiv-Geistige, das Subjektiv-Irdische, das Objektiv-Geistige und das Objektiv-Irdische.

Wo eine derartige konfigurative Repräsentanz zum bestimmenden strukturellen Prinzip durchgeführt ist, ergibt sich das ganze Bühnengeschehen als eine szenische Konkretisierung der Auseinandersetzung, die sich im seelischen Bereich der Hauptgestalt abspielt.

Ursprünglich war ich der Meinung, ich hätte eine nur für Vondels Dichtung gültige Struktur nachgewiesen; in meiner späteren praktischen Arbeit mit literarischer Interpretation erfuhr ich jedoch, daß das Prinzip in Wirklichkeit bei manchem bedeutenden Dichter nachzuspüren ist. Und bei einer erneuten Konfrontation mit Grillparzers Dramatik erblickte ich sofort die großen Möglichkeiten einer nach dieser Methode vorgenommenen Interpretation. Zunächst folgte ich nur dem Grundprinzip der Methode, d. h. die Nebenfiguren als symbolische Gestaltungen der Persönlichkeitskomponenten der das Spiel beherrschenden Hauptgestalt aufzuzeigen, ohne sie endgültig in einen Sektor des Koordinatensystems hineinzuzwingen. Vergleiche mit verwandten Situationen bei Vondel erwiesen sich gelegentlich fruchtbar, wiesen jedoch auch auf einen Grundunterschied zwischen den zwei Bühnendichtern.

So ließ sich die ganze äußere Handlung in „Ein Bruderzwist in Habsburg" auf diese Weise interpretieren, und die „innere" Handlung, d. h. die dem Drama zugrunde liegenden Auseinandersetzungen im seelischen Bereich Rudolfs, wurde somit offengelegt. Auf verblüffende Weise ergab sich, wie dieses psychosymbolische Prinzip rein szenisch, pantomimisch und gestisch in diesem Drama durchgeführt ist. Es ist mir jedoch nicht möglich, im Rahmen dieser kurzen Übersicht auf überzeugende Weise die von den gängigen Auffassungen zum Teil sehr unterschiedlichen Resultate zu demonstrieren. So viel sei aber erwähnt, daß nach Beendigung der gelungenen Analyse des „Bruderzwists" und nicht zumindest durch den Vergleich der parallelen Typen in der gesamten Grillparzerschen Dramatik sich die Art der konfigurativen Repräsentanz, oder das Ordnungsprinzip der Figuren, bei Grillparzer ergab. Kann man bei Vondel eine für den Barock und für die Persönlichkeit des Dichters angemessene Repräsentanz nachweisen, so findet man bei Grillparzer innerhalb desselben oben angegebenen Schemas eine ganz andere konfigurative Repräsentanz, die für das säkularisierte Geistesleben des 19. Jahrhunderts, nicht zuletzt für den Josephinismus, der den Dichter stark beeinflußt hatte, und für die immer unsichere, zögernde Persönlichkeit Grillparzers charakteristisch ist und die sich in den verschiedenen Dramen in stets neuen tragischen Varianten wiederholt.

Ich selbst bin der Meinung, daß die von mir benutzte Methode die Offenlegung der deutlichen Struktur der schon längst erkannten psychologischen Eigenart der Grillparzerschen Dramatik ermöglicht. Wenn Benno von Wiese in seinem Werk „Die deutsche Tragödie von Lessing bis Hebbel“ auf die Auflösung und Aufspaltung des Ich bei Grillparzer „*durch die verschiedenen, in ihm divergierenden und einander entgegentretenden Möglichkeiten*“ hinweist und meint, daß er „*gerade aus dieser unheilvollen Anlage heraus (...) die Tragik der bereits in sich gebrochenen Existenz in ihren subtilsten und verästeltsten Äußerungsformen dramatisch zu gestalten*“ vermochte, so möchte ich behaupten, daß meine Methode es möglich macht, zu zeigen, wie Grillparzer diese Aufspaltung des Ich dramatisch und tragisch gestaltete.

Trotz des verhältnismäßig geringen Platzes, der Grillparzer im literarischen Bewußtsein der Skandinavier gegönnt ist, hat er doch unter den Literaturhistorikern unseres Jahrhunderts eine Reihe Liebhaber gefunden, die ihm eine dichterische Originalität und literarische Größe ersten Ranges gewähren. Und das Bild, das sich durch diese Literarhistoriker ergibt, dürfte im großen und ganzen ein für diesen vieldeutigen Dichter gültiges Bild sein, das sich der modernen Forschung anschließt[2].

[2] Nur publizierten Darstellungen und Studien ist in dieser Übersicht Rechnung getragen. Daß einige in Zeitschriften verborgene Aufsätze meiner Aufmerksamkeit entgangen sein sollten, ist immerhin möglich. Von den akademischen Diplomarbeiten an den verschiedenen skandinavischen Universitäten, die in erster Linie eine Dokumentation einer wissenschaftlichen Arbeitsmethode und selten neue Ergebnisse erzielen, habe ich die folgenden gefunden:

VERA BRAANAAS, *Tre kvinneskikkelser hos Franz Grillparzer*. Oslo 1962.

LIV GUTT, *Sappho, Medea, Hero. Tre kvinneskikkelser fra Franz Grillparzers dramaer*. Oslo 1954.

SVEN LUND, *Franz Grillparzers romantiske dramaer*. Oslo 1940.

RAUTANIEMI—LETHONEN, KERTTU RAKEL, *Franz Grillparzer ja hänen draamansa „Der Traum ein Leben“* (Franz Grillparzer och hans drama „Der Traum ein Leben“). Universität Turku, Finnland ...?

KOLBJÖRN WALSTAD, *Grillparzers drama*. Oslo 1936.

ALOIS HOFMAN
(Prag)

DIE TSCHECHISCHE REZEPTION FRANZ GRILLPARZERS IM 20. JAHRHUNDERT

Die wechselvolle Aufnahme der Werke Franz Grillparzers bei den Tschechen schon zu Lebzeiten des Dichters ist bekannt. Obwohl die meisten dramatischen Werke des österreichischen Klassikers beim tschechischen Publikum ungeteilten Beifall fanden und auf den Prager Bühnen oft früher als in anderen Ländern gespielt wurden, waren und sind eben jene drei historischen Dramen aus der böhmischen Geschichte wie mit einem Bann belegt. Die Gründe für diese emotionale Ablehnung, besonders des „Ottokar", lagen in der Epoche des nationalen Aufstiegs der Tschechen in dem staatspolitischen Gegensatz zwischen Deutschen und Tschechen, sie waren Ausdruck des allgemeinen Widerstandes gegen das Haus Habsburg[1].

Wohl hat sich die bestehende Zurückhaltung der tschechischen Bühne, die unzureichende Beachtung auch von seiten der Wissenschaft in unserem Jahrhundert nicht wesentlich geändert. An dem Anteil des Theaters gemessen, ging die Anzahl der Aufführungen sogar noch zurück. Doch werden seit der Jahrhundertwende jene Stimmen immer lauter, die sich von falschen Interpretationen und Vorurteilen frei machen und einer objektiveren Würdigung Raum geben. Künstler, Schriftsteller und Gelehrte setzen sich seither immer wieder für eine neue Einsicht von Leben und Werk Grillparzers ein, plädieren für einen ihm gebührenden Platz im tschechischen Repertoire, besonders der bis heute nichtgespielten „Libussa"[2].

---

[1] Vgl. die Arbeiten des Autors (mit weiteren Literaturangaben): Grillparzer-Forschung und -Pflege in der Tschechoslowakei, in: *Grillparzer-Forum Forchtenstein* 1967. Wien 1967, 123 ff.; Franz Grillparzer im tschechischen Geistesleben, in: *Jahrbuch der Grillparzer-Gesellschaft.* Wien 1969, 3. Folge, 7. Band, 11 ff.; Franz Grillparzers Rudolf II. und die Geschichtsforschung, in: *Grillparzer-Forum Forchtenstein* 1969. Wien 1970, 39 ff.

[2] Seit 1906 sind folgende tschechische Inszenierungen zu verzeichnen (in Klammern Datum der Premiere): „Die Ahnfrau" (Pramáti) im Prager Volkstheater „Urania" (1. 11. 1906); „Weh' dem, der lügt!" (Běda lhářům), im Prager Nationaltheater (6. 11. 1941); „Der Traum ein Leben" (Sen jako život), daselbst (1. 10. 1943); „Des Meeres und der Liebe Wellen" (Moře a láska), im Prager Städt. Theater „Na poříčí" (10. 6. 1944) und in neuer Übersetzung 1957 am Bezirkstheater in Jičín und Hořovice und auf Liebhaberbühnen. Die 1941 vom Prager Weinberger-Theater bereits einstudierte „Libussa" wurde von den deutschen Behörden zur Aufführung nicht zugelassen. Ins Slowakische wurden übersetzt und auf Liebhaberbühnen gespielt:

Diese Betrachtung will durch maßgebende Urteile über das Werk Grillparzers veranschaulichen, wie sich die ehedem subjektive tschechische Sicht allmählich in eine rechtfertigende, darüber hinaus oft auch in eine liebevoll verklärende Apotheose gewandelt hat, in eine Grillparzers Kunst adäquate Anerkennung, die bereits unmittelbar nach dem Tode des Dichters einsetzte und in den letzten Jahrzehnten eine immer kräftigere Bestätigung findet. Mögen diese gesammelten Beweise der Achtung, die tschechische Persönlichkeiten einem Großen der Weltliteratur erwiesen haben, als bescheidene Dankesbezeigung zum hundertsten Todestag Franz Grillparzers aufgenommen werden.

Der erste Tscheche, der Grillparzers Rechtfertigung bei seinen Landsleuten versuchte, war der Dramatiker Emanuel Bozděch. 1873, als er in der Prager Zeitschrift „Politik“ seinen Aufsatz „Das Verhältnis Grillparzers zu den böhmischen dramatischen Stoffen“ schrieb, waren erst sechs Jahre vergangen seit der Bildung der dualistischen österreichisch-ungarischen Monarchie, wodurch die Hoffnungen der Tschechen hinsichtlich ihrer staatsrechtlichen Aspirationen schwer enttäuscht wurden. Heinrich Laubes Worte, daß Grillparzers „Libussa“ in starkem Maße die Nationalitätenfrage berühre, die in einem gereizten Zustande liege und also „*einer parteiischen und deshalb verstörenden Aufnahme im Theater*“ ausgesetzt sei, wogen von nun an doppelt schwer. Der ungetrübte Blick Bozděchs ist in dieser Zeit um so bemerkenswerter: „Fasse ich nun noch einmal ins Auge, wie sich Grillparzer gegenüber den Stoffen verhielt, welche er der böhmischen Sage und Geschichte entlehnte, so scheint es mir, daß seiner Gewissenhaftigkeit sowie des Strebens nach Objektivität, sowohl im Ersinnen und Anordnen der Handlung als auch in der Zeichnung der Charaktere mit Anerkennung gedacht werden muß; besonders wenn man bedenkt, daß er in einer Atmosphäre lebte, welche mit argwöhnischer Geringschätzung alles dessen, was böhmisch hieß, geschwängert war. Daß er es überhaupt verstand, fremden Nationalitäten gegenüber gerecht zu sein, dafür mag außer seinen eigenen Äußerungen ‚Der treue Diener seines Herrn‘ als Zeuge dienen. Stehen da nicht der Jammerfigur des deutschen Herzogs von Meran die herrlichen Gestalten des magyarischen Bancbanus und seiner Erny gegenüber?“ Das künstlerische Gewissen setzt Bozděch über den Schall und Rauch des Tages: „Gehorcht hat er dem Geiste, der über ihn gekommen war und dessen Souveränität wir auch dann anerkennen müssen, wenn sie im einzelnen unserem durch bittere Kränkungen empfindlich gewordenen Nationalgefühle

„Sappho“, „Des Meeres und der Liebe Wellen“ und „Die Ahnfrau“. Näheres siehe Übersetzungen in der Bibliographie.

zu nahe zu treten scheint. Wenn es geschah, geschah es gewiß nicht, um das Beifallsgejohle des Pöbels zu gewinnen.“[3]

An diese Wertschätzung Bozděchs knüpfte 1905 der für das tschechische moderne Drama bahnbrechende Jaroslav Hilbert an. Er eröffnet die Reihe derer, die für eine Aufführung der „Libussa“ die Lanze brechen. „*Nur selten haben große Dichter des Auslandes ihren Traum in unsere Erde gesenkt: Grillparzer hat dies mit seinem schönsten Werk ‚Libussa‘ getan*“, beginnt Hilbert seine Apologie. „*Es war ein wirklich großer Dramatiker, der dieses schönste Schauspiel aus unserem Stoffe geschrieben hat.*“ Dennoch verhalte sich das tschechische Theater reserviert. „*Wenn Grillparzer bei uns als Dichter geringgeschätzt wird, ist das ein großer Verlust, wenn wir aber namentlich die ‚Libussa‘ ignorieren, so ist das nur unser eigener Schaden.*“ Grillparzers Vorurteile gegenüber den Slawen, polemisiert Hilbert mit jenen, die auf Grillparzers abfälliges Urteil in Libussas Weissagung im letzten Aktschluß hinweisen, entstanden doch noch in seiner Jugendzeit, da man über das russische Volk noch wenig wußte, da „*Moskau in Flammen aufgegangen war, da die Beresina die letzten Reste der Grande armée verschlungen hatte*“, da Grillparzer über Rußland nur die Vorstellung einer „*breiten Kraft*“ haben, aber nichts von seiner ebenso großen Tiefe wissen konnte. „*Erinnern wir uns, in was für einem Österreich der Dichter damals lebte: im Metternichschen Österreich. In jener Zeit durfte man über Begabung und Zukunft der Völker gar nicht sprechen. Selbst ein so loyales Stück, wie es ‚Ottokar‘ war, wurde zum Schweigen gebracht.*“ Laube, der Vertreter des französischen Salonstückes, sei der „Libussa“ kritisch gegenübergestanden in der Auffassung, daß man den fünften Aufzug weglassen sollte und daß die Szenen des ersten, in denen die Schwestern Kascha und Tetka in ihrer stolzen, ja herben geistigen Schönheit auftreten, gänzlich überflüssig seien. Wie verständnisvoller hat doch Bozděchs bewunderndes Urteil den Wert des Dramas erfaßt, meint Hilbert. „In der ‚Libussa‘ gibt es nichts Überwältigendes, nichts Elementares, im Gegenteil; das Dramatische ist fast reserviert, begleitet von tiefen, weisen Sentenzen, die leuchten, ohne zu wärmen. Das Stück ist zwar großartig in der Linienführung, doch hat es auch in seinem höchsten Schwung beherrschtes Maß, Stellen rein geistigen Interesses. Dieses Gedicht erhebt sich zu einem prachtvollen Ganzen in einigen Gestalten, die kühl das Recht ihrer Individualität wahren im Widerstand gegen Versöhnung mit den anderen und fremde Durchdringung. So Libussa, die

---

[3] Emanuel Bozděch, Dramatiker, Dramaturg und Theaterkritiker (1841—1889). Sein zit. Aufsatz erschien in der *Politik*. Prag 1873, Nr. 312, 4 und Nr. 319, 2.

als einzige die Sehnsucht spürt: mit den Menschen Mensch zu sein, und die zuletzt ihr hohes Leben für das demokratische Werk des Primislaus einsetzt, die nie von Liebe, sondern in ganzer Hingabe an ihr Volk stets nur von Pflichterfüllung spricht. Ohne jemals mit diesem Volke zu verschmelzen, gehorcht sie auch stets dieser Pflicht. Sie fordert Primislaus mit ihren Jungfrauen heraus, sie kränkt und beleidigt ihn . . . Dieser aber wächst in der Prüfung, sein Blick weitet sich, er findet festen Grund, indem er alle seine Sinne schärft, wobei sich seine Ruhe, Festigkeit, Kraft und Innigkeit entfalten, bis er als die Verkörperung des Volkes, aus dem er stammt, dasteht." Libussa nimmt ihn zum Gatten, und als sie erkennt, daß sein staatsbildender Plan, die Gründung Prags, gefährdet ist, steht sie mit der Hingabe ihres Lebens auch dieser Tat bei. „*Sie opfert ihr Glück als liebende Frau, sie gibt ihren Stand als Fürstin auf, um den schaffenden Menschen zu helfen.*"[4]

Auch der Herausgeber der „Libussa" in einer tschechischen Schulausgabe, Vojtěch Břečka, hebt die Bedeutung des fünften Aufzuges hervor. „*Gerade hier liegt das Hauptgewicht, die Schuld Libussas, und deswegen können wir seiner nicht entbehren.*" Was man gegen Grillparzer einwenden könnte, meint der Autor des Vorwortes, wäre, daß der Dichter die Liebe von Primislaus und Libussa zu kalt vorführt und der Handlung dramatische Lebhaftigkeit fehlt. Wenn man aber von der theatralischen Wirkung absieht und das Werk als Buchdrama genießt, müsse man ihm den höchsten Rang einräumen. Den Leser ergreifen besonders die mächtige Rhetorik, der Schmuck der Rede und die Tiefe der Gedanken. Der Verfasser stellt sich die Frage nach der tragischen Schuld Libussas. Sie sei darin begründet, daß Kroks Töchter andere, den Menschen übergeordnete Wesen sind. „*Ihre Aufgabe ist eine höhere, sie dürfen sich nicht auf die Stufe der übrigen Menschen erniedrigen, denn von hier käme ihr Untergang.*" Auch Libussa verfällt dem Tode, als sie die Grenze zum Volke überschreitet. „*Sie will den Vater durch die Tat ehren und vollenden, was er begonnen hat. Sie wird also Fürstin des Tschechenvolkes. Sie hat sich dem früheren Stande entrissen, dient den Menschen niederer Herkunft, verliert deshalb die Gabe der Weissagung und der Rückweg zu den Ihren ist ihr versperrt.*" Als sie sich bemüht, die frühere Seherkraft zu gewinnen, geht sie zugrunde. Libussa fällt als Opfer ihrer Liebe zu Primislaus und zum Volke, sie handelt zum Wohle des Fortschritts. „*Libussa ist die Dämmerung, Primislaus Verkünder des anbrechenden Tages.*" In der Welt des Primislaus, die dem

[4] JAROSLAV HILBERT (1871—1936) in der nationalliberalen Zeitschrift *Nová česká revue (Neue tschechische Revue)*, Prag 1904/05, 1. Halbjahr, November 1904, 43—49.

Menschlichen näher steht als dem Göttlichen, ist für sie kein Raum mehr. Gegenüber der Idealistin Libussa erstrebt der Realist Primislaus einen Staat des Rechts[5].

War es bisher nicht gelungen, Grillparzers „Libussa“ auf einem tschechischen Theater aufzuführen, kam es doch zu einem indirekten Versuch, die tschechische Auffassung szenisch zu realisieren, als es 1907 im Dresdener Residenztheater zu einer Libussa-Aufführung in deutsch-tschechischer Kooperation kam. Damals war das Drama selbst auf deutschen Szenen kaum bekannt. Es wurde ja erst nach Grillparzers Tod in Wien uraufgeführt und wurde noch später, 1900, in Berlin durch Paul Lindau inszeniert. Jaroslav Kvapil, der hervorragendste tschechische Theatermann seiner Zeit, hat in einer eingehenden Besprechung in der Zeitschrift „Zvon“ die Dresdener Aufführung festgehalten. Kvapil weiß von den Schwierigkeiten, die sich dem Regisseur aus dem Stücke selbst in den Weg stellen. „Das dramatische Gedicht hat alle großen Eigenschaften und zugleich auch seltsamen Mängel von Grillparzers Schaffen. Voller Bizarrerien, ja sogar Rätselhaftigkeiten, erhebt es sich zuweilen zu mächtigem poetischem wie auch gedanklichem Höhenflug und bei allen Unstimmigkeiten des Ganzen atmet es Größe. Durch Stoff wie Bearbeitung wird es uns nahegebracht — doch auch entrückt. Die Erhabenheit der letzten Akte läßt uns viele Szenen der vorherigen Aufzüge vergessen, in denen vieles nach der Vorstellung unserer mythischen Tradition verzeichnet, ja sogar auf den Kopf gestellt ist.“ Die Dresdener Vorstellung war nach Kvapils Anschauung besonders durch das Bestreben gekennzeichnet, die äußere Gestaltung dem nationalen Charakter der mythischen Handlung womöglich anzunähern. Dies gelang durch die tschechische Mitwirkung. So wurde die Ausstattung der „Libussa“ genau nach Zeichnungen der tschechischen Maler Josef Mánes und Mikuláš Aleš aufgebaut, und man benutzte für die Dekorationen die folkloristischen Arbeiten des Malers Jan Prousek. Selbst die Musik wurde vom tschechischen Komponisten František Picka geschaffen. „Manche der Dekorationen trugen ein selten gelungenes Gepräge, das an die besten Gemälde ihrer Art im Prager Nationaltheater erinnerte. In den Kostümen hielt sich die Ausstattung aber allzusehr an Úprkas Bilder aus der mährischen Slowakei; sie wirken malerisch, doch mitunter etwas zu bunt und unruhig, zum Nachteil der mythischen Majestät, wie sie aus dem Werke hervortritt. Schauspielerisch standen die Szenen der Wladiken, vom Dichter selbst in der Farbe allzu exponiert, an der Schwelle des Derben,

[5] Franz Grillparzer, Libussa, Telč 1906, in: *Školní knihovna (Schul-Bibliothek)*, Bd. 15, herausgegeben und eingeleitet von V. Břečka.

dagegen hatten die Szenen des Primislaus und der Libussa, sowie der Kascha und Tetka eine wundervolle und schöne Linie.“ Zum Schluß setzt Kvapil das Fragezeichen, ob und wann Grillparzers Drama auf einer tschechischen Szene erprobt wird. „Es wäre gewiß ein respektables Experiment, doch täusche ich mich wohl nicht, wenn ich sage, daß es ein Experiment auch bleiben würde. Mehr als auf einer deutschen Szene wäre der reine Genuß überschattet in Betracht dessen, was uns bei dieser Bearbeitung eines tschechischen Stoffes entfernt und vielleicht auch wenig begreiflich ist.“[6] Aus anderen Quellen erfährt man, daß diese so nützliche Mitwirkung des Prager Nationaltheaters vor allem auch dadurch von Bedeutung war, daß die Tschechen die Bühnenentwürfe und Bühnenbilder aus der szenischen Ausstattung zu Smetanas „Libussa“ zur Verfügung stellten.

„Ganz wie der Leser sie aufnimmt, so haben die Büchlein ihr Schicksal.“ Dieses lateinische Zitat trifft für des Dichters großes Gedankenspiel besonders zu. Nach dem Ersten Weltkrieg war es zur Abwechslung ein Österreicher, der gegen die Aufführung der „Libussa“ aus politischen Gründen Front machte. „Ist es in Ordnung“, fragte entrüstet in der Wiener „Neuen Freien Presse“ der Theaterkritiker W. (Hugo Wittmann) den Burgtheaterdirektor Albert Heine, unmittelbar nach der Premiere am 14. Oktober 1920, „daß eine Wiederaufnahme von Grillparzers ‚Libussa‘, diesem Hymnus auf die Zukunft des Slawentums, gerade jetzt im Burgtheater geplant und bewerkstelligt wurde, ausgerechnet in einem Augenblick, wo wir derartige Loblieder anzustimmen nicht die geringste Ursache haben? . . . Überall ringt der Deutsche um Licht und Luft, an allen seinen Grenzen wird er von Feinden bedrängt, die ihn kaum atmen lassen, und diese Zeit der ärgsten Not wählt man dort am Franzensring zur Darstellung eines dramatischen Gedichtes, das am Ende doch eine Verherrlichung des Czechenvolkes bedeutet, die Gründung der Stadt Prag besingt und festlich ausklingt in eine prophetische Verkündigung der slawischen Weltherrschaft. Man greift sich an die Stirne und fragt sich, wer diese Vorstellung veranlassen, in welchem gegenwartsfremden Kopf ein so absonderlicher Gedanke entstehen konnte . . . Es war ein Mißgriff, dieses Werk jetzt, gerade jetzt aufzuführen.“[7]

Zwei Jahre später erinnerte der tschechische Literarhistoriker Otokar Fischer bei Gelegenheit des 50. Todestages Franz Grillparzers an das noch unbereinigte Verhältnis der Tschechen zu dem großen Österreicher.

---

[6] J. K. (d. i. Jaroslav Kvapil, Lyriker und Dramatiker, 1868—1950) in der Zeitschrift *Zvon (Die Glocke)*. Prag 3. 5. 1907, 526.

[7] W. (d. i. Hugo Wittmann) „Libussa“ im Burgtheater, in: *Neue Freie Presse*. Wien 15. 10. 1920, 1 ff.

Die Nachkriegszeit war aber auch hier wenig reif, um eine kulturelle Schuld zu mahnen, und die folgenden Worte fanden demnach kein besonderes Echo. Es ist ein trauriges Jubiläum, empfindet Fischer, das die österreichische Republik, ein zerrüttetes Land, feiert, zum Andenken an den tiefen Elegiker und feinsinnigen Analytiker der menschlichen Gefühle, der vom Ruhme Österreichs träumte, zugleich aber so brennend die Trauer und Unfruchtbarkeit seiner Geburtsstadt zu zergliedern verstand. „Böhmen war für Grillparzer ein wichtiges Problem, zu dem er immer mehr zurückkehrte, bald als Politiker, bald in seinen Lebenserinnerungen, manchmal in feindlicher Weise, dann wieder versöhnlicher; die Dreizahl seiner historischen Dramen, von Primislaus Ottokar II., vom Zwist der habsburgischen Brüder Rudolf und Mathias auf der Prager Burg und die Sage von der Fürstin Libussa, zeugt davon, wie sehr ihn die Fragen wie auch die Zukunft eines Landes beunruhigten, das ihm ein aufreizendes Rätsel war. Zum Kapitel ‚Grillparzer und das tschechische Theater' ist die Rechnung bis heute nicht abgeschlossen: der Wiener Dramatiker, der den Primisliden in kniender Haltung vor dem Habsburger vorgeführt hat, wurde lange als ehrenrühriger Widersacher der Slawen verketzert." Fischer erinnert aber, daß schon vor Jahren „*ein bedeutender tschechischer Schriftsteller*" (gemeint ist der Dramatiker Jaroslav Hilbert) eine Revision des Streitfalles gefordert und empfohlen habe, die symbolische „Libussa" auf den Spielplan des tschechischen Theaters zu setzen. Diese sei wohl bereits zweimal übersetzt, doch der tschechischen Auffassung der romantischen Einlagen wegen fremd. Im neuen Staate sollten nun die Bedingungen für eine rehabilitierende Aufnahme günstiger stehen, urteilt der Verfasser. „Man wird nun bei uns, da die tschechische Dramaturgie aus dem Weltrepertoire frei wählen kann, zweifellos an einem Künstler nicht achtlos vorbeigehen, der die Antike, die Bibel, die Geschichte und besonders das erotische Leben auf eine so komplizierte und nuancierte Art sowie persönlich schmerzliche Weise aufgefaßt hat."[8]

Zur selben Zeit stellt ein Ungenannter noch einmal fest: „Es ist nicht zu leugnen, daß Grillparzer aus dem tschechischen Theater konsequent ausgeschlossen war. Ebenso unbestreitbar ist aber die Tatsache, daß wir über Libussa oder Przemysl Ottokar kein Drama haben, das Grillparzers Stücken gleichkäme an gedanklicher Auffassung, Wärme des Gefühls und künstlerischer Meisterschaft."[9]

---

[8] OT. F. (d. i. OTOKAR FISCHER, 1883—1938), Vzpomínka (Erinnerung), in: *Národní listy (Nationalzeitung)* Nr. 25. Prag 25. 1. 1922, 4.

[9] In der Theaterzeitschrift *Jeviště (Die Bühne)* Nr. 3. Prag 1922, 6.

Für die langsame Wandlung von abweisender Haltung zum tieferen Verständnis für Grillparzers Dramen aus der böhmischen Geschichte ist der Meinungswechsel Josef Svatopluk Machars kennzeichnend. Machar, der bedeutendste Vertreter der tschechischen realistischen Literaturströmung, der von 1891 bis 1918 in Wien lebte und Gegner der habsburgischen Herrschaft war, rechnete als Kritiker auch mit jeder geistigen Reaktion seines eigenen Landes scharf ab. Machars Begegnungen mit Grillparzer waren daher von dieser prinzipienfesten Wesensart bestimmt. Erst nach und nach entwickelte sich seine anfängliche Ablehnung zu einer begreifenden Anerkennung von Leben und Werk des Dichters. „In Grillparzer sah ich eine der widrigsten Erscheinungen der Weltliteratur", bekennt Machar, „sein ‚König Ottokars Glück und Ende' erregte geradezu meinen Unwillen. Ich sah in diesem Stücke eine schamlose Idolatrie der Hofburg. Auf eine solche Weise diesen mageren, bigotten und geizigen Schweizer Grafen zu verklären und solcherart meinen liebsten Przemysliden herabzusetzen — das vermag nur eine hörige, für ein zufriedenes Lächeln seines Herrn zu allem fähige Gesinnung . . ." So präsentierte sich ihm der Dichter anfangs als ein „*Österreicher bis ins Mark*", als „*Poeta laureatus des österreichischen Hofes*". Doch änderte Machar dieses subjektive Urteil in dem Augenblick, da er Grillparzers Tagebücher, besonders aber dessen Epigramme gelesen hatte. „Diese Epigramme", schreibt Machar, „sind besonders denkwürdig. Hier tritt uns eine Seele mit allen ihren Wunden, Schmerzen, mit all ihrem Haß entgegen . . . Österreich, das in jenen Versen im prächtigen Gewand des Ruhmes oder der Hoffnung stolzen Schrittes daherkam, geht hier in schmutzigen und löchrigen Kleidern herum — dieser Mensch war wirklich ein reinblütiger und aufrichtiger Österreicher! Und so ein Mensch fällt dem System des Metternichschen Österreich zum Opfer! Jenem Österreich, das sein Traum war, seine Hoffnung, sein Glaube, seine Liebe! Er büßte dafür mit der Tragödie seines Lebens."[10]

1932 erschien in Prag in der für höhere Schulen und breitere Öffentlichkeit bestimmten Buchreihe „Deutsche Lektüre" eine Anthologie unter dem Titel „Prag in der deutschen Dichtung". Hier versammelte der Prager Kritiker Paul Eisner deutsche Dichter, deren Thema die Stadt an der Moldau ist. Neben böhmendeutschen Autoren stehen hier deutsche und österreichische Namen, wie Brentano und Grillparzer. Im Kommentar zu Grillparzers „Libussa" erläutert Eisner, daß dieses

[10] J. S. MACHARS (1864—1942) Feuilletons über Wien, Kapitel: Grillparzer, in: *Macharovy spisy (Machars Schriften)*. Prag 1930, Bd. 41., 90 ff.

Drama im mythischen Gewand ein echtes Gegenstück zum „Bruderzwist" sei. „*Libussa, die Hohepriesterin des reinen Geistes, steigt zum Volke hinab, ist aber der materiellen Wirklichkeit nicht gewachsen und stirbt.*" Geist und Tat, Natur und menschliches Werk stehen in unversöhnlichem Gegensatz zueinander und sind die eigentlichen Schauspiel-Träger der schmerzlichen Handlung zwischen der Fürstin, ihrem Gemahl und dem Volke. Mit Recht werde das Drama neben Goethes „Faust" gestellt. Es ist „*die tiefste dichterische Verkörperung des Libussa-Mythus in der Weltliteratur*"[11].

Paul Eisner war es auch, der in einer Rundfrage der Zeitschrift „Čin" Grillparzers „Libussa" zu den Schätzen der Weltliteratur zählte. Als gemeinsames Kulturgut lege dieses Drama daher auch der tschechischen Nation eine hohe Verpflichtung auf. „Das hinreißende, ja einzigartige Incipit historia der tschechischen Geschichte", sagt Eisner, „der Mythus von der böhmischen Fürstin und Priesterin, dieser Anbruch des nationalen Daseins fand keinen tschechischen Dichter, der ihm vollkommen gerecht geworden wäre; in der Musik wurde er würdig durch Smetanas heiligen Genius verkörpert, in der Literatur durch Grillparzer. Dessen ‚Libussa' ist ein zeitloses Werk, da es überzeitig ist und in sich unsterbliche und ewige Werte birgt. Die Kulminationspunkte der klassischen Literatur in Österreich sind — ein wunderlicher Zufall — an die Thematik der böhmischen Geschichte gebunden: es ist Stifters ‚Witiko' und eben auch Grillparzers bis in die größten gedanklichen Tiefen eingelassenes dramatisches Mysterium von der tschechischen Fürstin."[12]

Einige Jahre danach kam es zum ersten, bis heute einzigen Versuch, die „Libussa" auf die tschechische Bühne zu bringen. Dieser Versuch — in der Zeit des Zweiten Weltkrieges gewiß auch zur Aufrichtung der Nation unternommen — scheiterte. 1941, zum 150. Geburtstag des Dichters, wurde das Drama im Prager Stadttheater auf den Weinbergen einstudiert. Die Übersetzung besorgte der Schriftsteller K. M. Walló. Des Stückes nahmen sich bewährte Kräfte an: in der Regie František Salzer, in der Ausstattung Adolf Wenig. Die Hauptrollen übernahmen namhafte Künstler: Marie Brožová und Otomar Korbelář. „Libussa" sollte am 28. Februar 1941 über die Bühne gehen, wurde aber kurz vor der Premiere von den deutschen Behörden zur Aufführung nicht zugelassen. Der Dramatiker Frank Tetauer schrieb für die Besucher, die dann nicht kommen

[11] Paul Eisner, Prag in der deutschen Dichtung, in: *Deutsche Lektüre*, Prag 1932, Band 19. (Paul Eisner, 1889—1958, Vermittler deutsch-tschechischer kultureller Wechselseitigkeit.)

[12] Paul Eisner in der Wochenschrift *Čin (Die Tat)* Nr. 14. Prag 5. 4. 1934, 316.

durften, eine Einführung. „*Für uns ist es interessant*", heißt es hier, „*wie Grillparzer in dieser böhmischen Sage Motive und Elemente in den Vordergrund stellte, die in der Tat slawisch und tschechisch sind, wie er z. B. den Geist der tschechischen Herrscheridee begriff, die zwischen Untertanen und Herren keinen Unterschied kennt.*" Tetauer zitiert die Stelle im ersten Aufzug, da Libussa das „*zweifach Recht*" ablehnt: „*Wollt eher ich an euch euch selbst als Sklaven schenken.*" Es sei gewiß, daß Grillparzer an das Thema des Libussa-Mythus mit großer Anteilnahme und Liebe herantrat und daß er in das Drama allen Reichtum seiner Gedanken über das Verhältnis des Herrschers zum Volke, über das Leben und das Regieren legte. Zum Schluß betont der Verfasser, dessen Interpretation den damaligen Machthabern freilich nicht gefallen konnte, daß Grillparzers Drama von der böhmischen Fürstin die erste dramatische Bearbeitung des Libussa-Stoffes ist, der bisher nicht einmal in der tschechischen dramatischen Literatur (mit Ausnahme der viel enger gefaßten lyrischen Dichtung Julius Zeyers „Libuše") seinen berufenen Dichter gefunden hat[13].

Nach weiteren 15 Jahren erinnerte sich die tschechische Presse wieder an Grillparzer, als der tschechische Theaterhistoriker Adolf Schnabel einen Aufsatz zum Gedenken des 165. Geburtstages des Dichters veröffentlichte. Dieser Österreicher, heißt es hier, war in seinem Werk und Leben voller Widersprüche. Wollte man ihn nach pedantischen Maßstäben einschachteln oder etikettieren, müßte man an der Tatsache vorbeigehen, daß bei ihm das Klassische wie das Romantische zu finden ist. Diese Widersprüchlichkeit besteht in der dialektischen Erklärung des Autors selbst noch in Grillparzers späterem, realistischerem Schaffen. Im Drama vom König Ottokar verurteile der Dichter die Machtgier und den Angriffskrieg, idealisiere aber zugleich auch die Habsburger-Monarchie und billige ihre Germanisierungstendenzen. Dieser treue Untertan protestiert gegen das Regime Metternichs und wird deswegen von der Zensurbehörde verfolgt. Wie Feuer und Wasser geraten diese gegensätzlichen Anschauungen aneinander und prägen sein Denken und Leben. Der politische Druck und persönliches Unglück tragen dazu bei, daß Grillparzer schließlich nur für die Schublade schreibt. Für uns Tschechen, erinnert der Verfasser, ist es bedeutsam, daß Grillparzer das Thema seines letzten Dramas aus der böhmischen Sage von der Fürstin Libussa schöpfte. Hier werde

---

[13] FRANK TETAUER, Grillparzerova „Libuše" na Vinohradech (Grillparzers „Libussa" auf den Weinbergen), in: *Městská divadla pražská (Periodikum der Prager Stadttheater)* Nr. 6. Prag, Februar 1940, 9 ff. (Frank Tetauer, 1903—1954, Dramatiker.)

auch zum erstenmal in einzigartiger Weise das Volk als eine mächtige soziale Kraft dargestellt. Die Frage also: Wohin mit Grillparzers Werk?, könne schon von diesem Standpunkt aus einfach beantwortet werden. „Selbstverständlich dorthin, wo es hingehört — in die Schatzkammer der universalen Kultur, die die großen Schöpfer der Menschheit geschaffen haben. Denn trotz mancher unrichtigen Ansichten sind Grillparzers Dramen voll von überwältigender Poesie, tiefer Kenntnis der menschlichen Psyche und lebendiger Spannung. Obwohl Grillparzer die Bedeutung der revolutionären Bestrebungen seiner Zeit nicht begriff, gehört er dennoch zur Weltliteratur, da er in seiner Dichtung als ehrlicher Künstler in der ihm eigenen Art Aufschwung der gesellschaftlichen Kräfte am Vorabend der Revolution zum Ausdruck brachte. Sein Werk eröffnete eine neue Epoche im österreichischen Drama, und er ist ihr Klassiker. Wenn man auch die Größe seiner Kunst nicht mit dem Werk Goethes messen kann, wie es einige bürgerliche Literaturtheoretiker behaupten, ist sie dennoch unsterblich."[14]

Der tschechische Kritiker Jiří Hájek forscht in neuester Zeit in einer Glosse den Gründen nach, warum gerade in Böhmen Grillparzer bis heute nicht angekommen ist, „*als ob er nie existiert hätte*". In der Zeit der nationalen Wiedergeburt habe er ein für allemal das Stigma eines Lobredners der Habsburger-Dynastie erhalten, obwohl dieser Vorwurf nur in einem Drama, dem „Ottokar", das dazu künstlerisch zu den problematischesten gehöre, erhoben werden konnte; für die realistische Ära des tschechischen Theaters sei der Dichter allzu poetisch und philosophisch gewesen, für die Avantgarde zu klassisch. Das Theater der Nachkriegszeit habe dann alle diese „*Ursachen*" als gegeben angenommen und weicht jeder Begegnung mit Grillparzer in einem großen Bogen aus. Von den böhmischen historischen Dramen ist nach Hájeks Meinung das politische Zeitstück von „König Ottokars Glück und Ende" für das tschechische Theater freilich hoffnungslos verloren. Doch das andere Stück: „*Wie bedeutsam könnte die weit über unsere Zeit in die Zukunft weisende humanistische Botschaft von unserer Bühne ertönen, die in der ‚Libussa', seinem größten philosophischen, aus der tschechischen nationalen Mythologie geschöpften Drama enthalten ist.*" Es stelle sich die „*etwas peinliche*" Frage, beschließt Hájek seinen Mahnruf, den schon vor mehr als einem halben Jahrhundert Jaroslav Hilbert oder Paul Eisner an die Dramaturgen ihrer Zeit — vergeblich — gerichtet haben: „*Wie lange wird es dauern, bis jemand in Böh-*

14 Sch. (d. i. Josef Schnabel), Oheň a voda (Feuer und Wasser), in: *Mladá fronta (Junge Front)*. Prag 15. 1. 1956 (Mit einem, von Karel Mrázek gezeichneten Bild Grillparzers.)

men (oder in der Slowakei?) den wirklichen, ureigensten Grillparzer entdeckt.“[15]

Die Feststellung Schnabels, daß es zur Charakterologie der menschlichen und künstlerischen Erscheinung Grillparzers von Bedeutung ist, daß der Dichter an der Scheide der klassischen und romantischen Periode geboren wurde, hat schon früher der 1894 geborene Prager Theaterkritiker František Götz getroffen. „*Dieser reizbare und sensitive Mann hatte das ausgeprägte Selbstbewußtsein eines Individualisten, dessen dauerndes Gefühl der Desillusion von geradezu flaubertscher Art war.*“ Obwohl der Dichter in seiner innersten Mentalität romantisch veranlagt war, habe er Schrecken vor jeder moralischen, politischen sowie gefühlsbetonten Anarchie empfunden und ein enormes Bedürfnis nach Disziplin, Ordnung und sittlicher Sicherheit gehabt. Grillparzer sei ein fast barocker Mensch gewesen, in dem mächtige gegensätzliche Kräfte einen fortwährenden Kampf geführt haben. „Seine Sinnlichkeit, gefördert durch leuchtende Bilder eines entfesselten Lebens, war mit der Notwendigkeit einer harten Askese verbunden, sein Sinn für ein erregtes Liebesleben war mit dem Bedürfnis sittlicher Zucht verknüpft. Unablässige Selbsterziehung war ihm auch in seiner dichterischen Arbeit eigen: in seinem Schaffen legte er den anarchistischen Trieben seiner romantischen Seele Fesseln an und formte dramatische Situationen, in denen er sich von der Zerstörung und menschlichen Krise loskaufte.“ Diese Selbstbefreiung sei ihm am besten in den Märchendramen gelungen. Götz führt als Beispiel das Werk „Der Traum ein Leben“ an, das die Erziehung eines haltlosen Ehrgeizigen zum Gleichgewicht im Dasein behandelt. Dann kommt der Kritiker zum eigentlichen Gegenstand seiner Betrachtung, zum Bericht über die Aufführung von Grillparzers „Weh' dem, der lügt!“ im Prager Nationaltheater am 6. November 1941. Das Lustspiel zählt er zu den anmutigsten Stücken der dramatischen Kunst Grillparzers. Es sei wohl auf dem Gegensatz von Kultur und Barbarei aufgebaut, doch den dramatischen und lustspielhaften Kern habe es erst in dem Augenblick erhalten, als der Dichter in das Werk die Problematik von Wahrheit und Lüge einführte. Damit sei ein modernes Motiv geschaffen worden, das bereits an den reifen Ibsen erinnere: die Antinomie zwischen dem absoluten Ideal der Wahrheit und der Wirklichkeit, die uns so oft vor die Notwendigkeit stellt, die Wahrheit nicht zu sagen. In diesem Gegensatz habe Grillparzer nicht nur ein starkes dramatisches Element gefunden, sondern auch eine Quelle feiner komischer Wirkungen, vor allem bei Leon, der zahlreiche Kompromisse

[15] JIŘÍ HÁJEK, Veliký neznámý (Der große Unbekannte), in: *Plamen (Die Flamme)* Nr. 3. Prag 1966, 164 f.

schließen und sich mit Lügen in aller Stille zur Wahrheit durchschlingen oder wenigstens aufrichtig lügen muß. Doch selbst der Bischof erkennt am Ende, daß es schwer ist, die Tugend der Wahrheit zu bewahren. Dieses reizende Spiel habe Grillparzer mit harter thematischer Folgerichtigkeit geschrieben. Jede neue Situation bringe einen neuen Aspekt des Konfliktes zwischen der Wahrheit und der mit dieser Wahrheit unverträglichen Realität zur Entfaltung. Alle Gestalten müssen sich mit diesem Zwiespalt auseinandersetzen. Das Schlußwort Gregors:

> „*Wer deutet mir die buntverworrne Welt!*
> *Sie reden alle Wahrheit, sind drauf stolz,*
> *Und sie belügt sich selbst und ihn, er mich*
> *Und wieder sie: der lügt, weil man ihm log —*
> *Und reden alle Wahrheit, alle, alle.*“

ist in der Auslegung des Kritikers eine Vorstufe zu Ibsens Problematik von Wahrheit und Lüge; dessen Gestalten bringen durch ihre „*idealen Forderungen*“, die sie konsequent durchzusetzen versuchen, oft viel Unheil mit sich und zerstören das menschliche, wenn auch auf der Lüge aufgebaute Glück. Grillparzer sei es gelungen, aus dem Widerstreit zwischen dem Leben und dem Imperativ der absoluten Wahrheit komische Situationen hervorzubringen, die auch in die Tiefe dringen; unter diesem Gesichtswinkel gestaltete er den komischen Kampf Leons, dessen Züge wir aus der alten italienischen und französischen Komödie kennen. So ist, schließt Götz seine Würdigung, das Lustspiel „Weh' dem, der lügt!“ ein bewunderungswürdig ausgeglichenes, durchkomponiertes, dem heutigen Menschen nahes Werk, eine in der Handlung bewegende, in der Problemstellung aktuelle und in den Situationen herzerquickende Schöpfung[16].

Noch vor diesem Aufsatz befaßte sich das Hausorgan des Prager Nationaltheaters „Národní divadlo“ mit Grillparzer und seinem einzigen Lustspiel. Wie Götz zieht der anonyme Rezensent eine Parallele zwischen dem Leben und Werk des Dichters. Die Peripetien seines Daseins, eine Kurve von wiederholtem Auf und Ab, von Erfolg und Enttäuschung, Euphorie und Depression gehe durch seinen ganzen Lebensweg. Die Rehabilitierung sei erst im späten Alter gekommen, da das dichterische Vermögen bereits verausgabt war und Grillparzer sich als ausgebranntes Wrack fühlte. Von dieser tragischen Diskrepanz sei auch das ganze Œuvre des österreichischen Dramatikers getragen, sowohl die an die Antike anknüpfenden Dramen oder die in der Tradition des Wiener Volks-

[16] G. (d. i. FRANTIŠEK GÖTZ), Grillparzerova veselohra (Grillparzers Lustspiel), in: *Národní divadlo (Das Nationaltheater)* Nr. 2. Prag 15. 9. 1941, 8.

spiels fortgeführten Stücke, die historischen wie die Liebesdichtungen. Immer sei sein Werk von einer Tragik erfüllt, vom Kampf der Elementargeister im Menschen, die der Mensch jedoch zur Ordnung und zum Gesetz zwingt. Dieses Ringen um Befreiung des einzelnen vom Sog der Leidenschaften sei für Grillparzer die höchste Form, der absolute Ausdruck aller Bestrebungen gewesen. Die Idee der in ihren Grundfesten bedrohten, aber letzten Endes siegreichen Ordnung ist für Grillparzer, dem Verfasser nach, der Kernpunkt seines dramatischen Schaffens. Ein weiterer Faktor des tragischen Gefühls liegt im Schuldbewußtsein, das den Menschen in den Abgrund führt. Mit größter Anspannung seiner Phantasie erschließt uns der Dichter die Wandlungen der menschlichen Seele auf ihrem Passionsweg. Nicht nur Grillparzers Dramen, auch das Lustspiel „Weh' dem, der lügt!" verfolgt nach Ansicht des Kritikers dieses hohe Ziel. Ein reizvolles und zartes Produkt der romantischen Weltliteratur, voll von Poesie, Witz und Zauber, sprüht das Stück seine humorvollen, lebendigen Situationen wie aus einer Fontäne. Dennoch sei der Kern des Werkes tragisch. Der Widerstreit zwischen Barbarei und Kultur ergebe — ähnlich wie in der „Medea" — eine wirksame dramatische Verwicklung. Der Kampf um die Liebe, der sich so viele Hindernisse in den Weg stellen, kann jeden Augenblick eine tragische Wendung nehmen. Der Verfasser verweist auf die These, daß jedem echten Lustspiel ein tragischer Grund innewohnt. Nur dem wirklichen Dichter gelingt es, diesem Grund seine Schwere zu nehmen, ihn zu reinigen und innerlich von allen Schlacken zu befreien. Diese Verwandlung des Tragischen in das Heitere geht den wundersamen Weg der dichterischen Chemie. Der Dichter wendet die Perspektive und führt in die Handlung einen Menschen ein, der imstande ist, die niedergehende Schicksalslawine aufzuhalten und aus dem Sturz einen Sieg zu erringen. Dieser Mensch heißt Leon. Er ist ein glänzender antitragischer Held, der Mut mit Weisheit zu verbinden weiß. Durch Leon gelingt es, das Wunder der Umgestaltung des Tragischen in den Regenbogen einer humorvollen reinen Phantasie zuwege zu bringen. „Ein einziges Mal stimmte Grillparzer ein Zauberlied an, dessen Melodie ihn aus seelischer Pein und tragischer Düsterkeit befreien sollte. Und es ist für des Dichters Schicksal kennzeichnend, daß eben dieses aufjauchzende, hochstimmige Werk bei der Erstaufführung einen Mißerfolg erleiden mußte. Was nutzte es dem Dichter, daß dem Stück nach zwanzig Jahren ein durchschlagender Erfolg doch noch beschieden war. Die Brücken, die er sich in das Land der Versöhnung und des Glückes bauen wollte, waren bereits eingestürzt. Aus seinem Verhängnis gab es keinen Ausweg . . . sein Versuch der inneren Befreiung aus tragischem Lebensgefühl scheiterte endgültig mit der Premiere des Lustspiels ,Weh' dem, der lügt!'."[17]

In einer anderen Besprechung von Grillparzers „Weh' dem, der lügt!" im Prager Nationaltheater wird die Frage gestellt, warum diesem Lustspiel seinerzeit der Erfolg versagt blieb. Die Ursache der kühlen Aufnahme sei gewesen, daß der Dichter mit seinem Stück inmitten der üppig wuchernden Romantik der dreißiger Jahre hervortrat, dessen Gestaltung durch die nüchterne Haltung des Relativisten Grillparzer gekennzeichnet war. Damit sei er seiner Zeit weit vorausgeeilt. Das Lustspielmotiv sei für die Bühne durchaus tragfähig. Grillparzer habe schon in der Spannung der Gegensätze zwischen zwei feindlichen Welten, dem Christentum und Barbarentum, der Kultur und Unbildung seinen guten Theaterinstinkt bewiesen. Doch die Bedeutung des Stückes liege darin, daß der Dramatiker in das gigantische Ringen zweier historischer Epochen ein kleines, lebendiges Menschlein eingeschoben habe. Mit dem Küchenjungen Leon gebe Grillparzer den scharfsinnigen Beweis, daß weder der tugendvolle Bischof Gregor noch der grimmige Bramarbas Kattwald mit ihren extremen Anschauungen recht haben und daß die Wahrheiten des Lebens in der Mitte liegen, in den Grenzen der Möglichkeiten des gesunden Menschenverstandes. Damit habe der Dichter seiner Komödie den späteren Erfolg gesichert[18].

Dieser kritischen Auswahl sind noch zwei Betrachtungen beizufügen, die sich mit Grillparzers „Der Traum ein Leben" befassen. Der bereits erwähnte Otokar Fischer versucht in der Studie „ ,Das Leben ein Traum' und ,Der Traum ein Leben' " Calderons Bühnendichtung mit Grillparzers Drama in eine gedankliche Vergleichung zu bringen und streift das Motiv vom träumenden und erwachenden Menschen auch in Shakespeares „Der Widerspenstigen Zähmung", in Gerhart Hauptmanns „Hanneles Himmelfahrt", bei August Kotzebue u. a. Er kommt zum Schluß, daß Grillparzers Traumhandlung psychologisch am tiefsten gestaltet worden sei. Der bekannten Feststellung, daß „Der Traum ein Leben" im engsten Verhältnis zur österreichischen Überlieferung der Wiener Volksbühne steht, schließt sich auch Fischer an. Die in der Wiener Posse gebrauchte Schablone von Spiel im Spiel habe aber Grillparzer zur höchsten Meisterschaft gebracht. Doch einige Effekte des Dramas erinnern auch an die Tradition der Oper, wie die ferne musikalische Begleitung der Hörner-,

---

[17] ANONYM, Grillparzer a jeho jediná veselohra (Grillparzer und sein einziges Lustspiel), in: *Národní divadlo* Nr. 1. Prag 1. 9. 1941, 67.

[18] B. (vermutlich JAN BARTOŠ, 1893—1946, Dramatiker), Grillparzer na Národním divadle (Grillparzer im Nationaltheater), in: *Lidové noviny*, Prag, 8. 11. 1941, 4.

Flöten- und Harfentöne, die kriegerische Musik, die von Nebelschleiern bedeckte Gegend oder die zwei Genien. Trotz diesem übernommenen Kulturgut neben den unbedeutenden Anleihen von Voltaire oder Calderon sei Grillparzers Märchenspiel als Ganzes ein höchst persönliches, unter Schmerzen geborenes Werk, das ihn vierzehn Jahre lang quälte, jedoch eine originelle Lösung des metaphysischen Geheimnisses eines auf dem Theater gestalteten Traumerlebnisses gebracht habe. Grillparzer, fährt Fischer fort, hat die aus orientalischer Phantasie entsprungene und in Spanien ethisch und katholisch vertiefte Fabel, in der das Leben dem Träumen gleichgesetzt ist, um eine Weisheit bereichert: „*Schatten sind des Lebens Güter*". Der Widerspruch von Sein und Schein habe in Grillparzers Erfahrungen seinen Grund, der Dichter habe selbst ausgesagt, daß er sein Leben lang ein Träumender gewesen sei, es gebe auch viele Zeugnisse von Selbstbetrachtungen schmerzlichster Art, von seinen melancholischen Stimmungen. Diese leidenden Zustände, die auch von anderen Künstlern bekannt sind, erklären zum Teil, schließt der Verfasser, wie, je nach dem Temperament eines Denkers, in der Philosophie solipsistische Richtungen entstehen, wie sich im Leben Impressionisten in Pessimisten verwandeln können, wie in der Kunst der Traum zum Bild wird, das Traumerlebnis dieselbe Geltung hat wie das Leben, das es ersetzt. Bei Grillparzer wirke die spießbürgerlich-quietistische Enderkenntnis, daß wahres Glück auf dieser Welt nur in stiller, friedlicher Selbstbescheidung zu finden ist, wie eine Warnung, mit der dem Dichter sein eigenes Streben zum Gegenstand des Spottes wird[19].

Bei Gelegenheit der Aufführung von Grillparzers „Der Traum ein Leben" im Prager Nationaltheater am 1. Oktober 1943 brachte das Blatt „Lidové noviny" eine vermutlich aus der Feder Jaroslav Kvapils stammende Besprechung unter dem Titel „Des Romantikers Protest gegen die Romantik". Der Autor geht dem Widerspruch im Schaffen des Dichters nach, den die tschechischen Kritiker immer wieder betonen: dem Gegensatz zwischen der Abneigung Grillparzers gegen das Romantische, Zuchtlose, seiner Gegnerschaft gegen den mangelnden Ordnungssinn der romantischen Schule und seinem eigenen Schaffen. Doch Grillparzer, der in der „Medea" die Worte sagen läßt: „*Was ist der Erde Glück? — Ein Schatten! Was ist der Erde Ruhm? — Ein Traum!*" und der die Fragwürdigkeit des Lebens im Drama „Der Traum ein Leben" hervorhebt, spreche hier, im Widerspruch zu dieser Gegnerschaft, die Stimmung seiner

[19] OTOKAR FISCHER, „Život-sen" a „Sen-život" („Das Leben ein Traum" und „Der Traum ein Leben"), in: *Nová revue (Neue Revue)* Nr. 7. Prag, April 1909, 413 ff.

Zeit aus, der er mit seinem ganzen Wesen angehört. Denn dies ist doch der typische Gestus der Romantiker, meint der Verfasser: rebellischer Schwung, der aber von vornherein durch skeptisch-schmerzliche Weltsicht gelähmt ist. Der Romantiker Grillparzer kämpfe zwar gegen die Romantiker, bleibe aber trotzdem als echter Sohn seiner Zeit derselben Romantik verhaftet. Die tschechische Inszenierung hat, der Kritik zufolge, den Sinn des Stückes voll erfaßt: der Traum ist hier zugleich erlebte Wirklichkeit, Wachen und Träumen im Spiel eine Einheit geworden. In der Regie Karel Dostals fand die Realität des Lebens auch im Traum ihre materielle Fortsetzung. Nur der Rhythmus des Wachens wurde modifiziert: die Bewegungen der Schauspieler waren gedämpft, anstatt Kampf und Verfolgung war die Aktion verhalten, die zum Schlag ausholenden Arme blieben — wie im Traume — in der Luft hängen. Der Kritiker ist schließlich der Auffassung, daß dem Traum als Spiegel der Schuld Rustans mehr Raum gegeben werden sollte, denn im Traum würde das symbolische Bild der seelischen Bewegung in all ihrer Qual ausdrucksvoller hervortreten[20].

Aus dieser Übersicht der tschechischen Würdigungen Grillparzers in unserem Jahrhundert ergeben sich zwei Feststellungen. Auf der einen Seite stellten wir eine bei Wissenschaft und Kritik stets existente Wertschätzung des Dramatikers fest, auf der anderen Versäumnisse in der Pflege seiner Werke durch das Theater. Stimmen, die von einer lebendigen Aktualität seiner Stücke, von ihrer Großartigkeit, besonders der „Libussa", sprechen, und Dramaturgen, die ihm zuwenig Beachtung schenken. Diese Feststellungen treffen aber im Grillparzer-Zentenarium 1972 auch anderswo zu. Vielerorts besteht eine Diskrepanz zwischen der großen Achtung vor dem österreichischen Klassiker und den von Vorurteilen geleiteten Vorstellungen von Grillparzer als einem Schiller-Epigonen. Nicht wenige Inszenierungen seiner Dramen aber, die in den letzten Jahren auf österreichischen wie deutschen Bühnen gestaltet wurden, beweisen, daß dieser österreichische Dichter gerade heute modern ist im Sinne einer existentiellen Bezogenheit, die auch die Zukunft des Menschen anspricht. Mit dem steigenden Interesse des europäischen Theaters für Grillparzers dramatisches Schaffen ist zu hoffen, daß die angeführten Aufforderungen an die tschechischen Intendanten und Regisseure, sich für Grillparzer mehr zu engagieren, eines Tages auch hier von Erfolg gekrönt sein werden.

---

[20] J. K. (vermutlich Jaroslav Kvapil), Romantikův protest proti romantismu (Des Romantikers Protest gegen die Romantik), in: *Lidové noviny (Volkszeitung)*. Prag 3. 10. 1943, 4.

BIBLIOGRAPHIE

TSCHECHISCHE UND SLOWAKISCHE ÜBERSETZUNGEN

Die tschechischen Übersetzungen dieser Jahrzehnte erreichen nicht die Anzahl der aus dem 19. Jahrhundert:

„Das Kloster bei Sendomir", von B. MAŠÍNOVÁ, in der Sammlung *Miniatura*, Bd. 1, Prag 1930.

„Das Goldene Vließ", 1. Teil: Der Gastfreund, von EUGEN STOKLAS, in: *32. Jahresbericht des Landesrealgymnasiums.* Litovel 1933. Der 2. und 3. Teil blieb nach Angabe des Übersetzers im Manuskript.

„Weh' dem, der lügt!", von Svatopluk Tkadlec. Prag 1941, im Manuskript.

„Libussa", 5. Akt, Szene: Libussas Weissagung, von FRANTIŠEK TICHÝ, in: *Jeviště.* Prag 1921, 650.

„Libussa", von K. M. WALLÓ. Prag 1941, im Manuskript.

„Der Traum ein Leben", von FRANTIŠEK HRUBÍN. Prag 1943, im Manuskript.

„Sappho", von ADOLF FELIX. Prag 1943, im Manuskript.

„Des Meeres und der Liebe Wellen", von JOSEF HROUDA (Pseudonym EVA KLENOVÁ), in: *Nová scéna*, Bd. 61. Prag 1944 und in Vervielfältigung 1957, neu übersetzt.

„Sappho", von K. M. HODRO, in der Sammlung *Javisko*, Bd. 24, Turčiansky Sv. Martin 1948.

„Des Meeres und der Liebe Wellen", von IGNÁC ŠAFÁR. Bratislava 1957, Vervielfältigung.

„Die Ahnfrau", von JAR. BARTOŠ als Puppenspiel bearbeitet. Prag 1930.

Die Übertragungen des 19. Jahrhunderts eingeschlossen, wurde das ganze dramatische Werk Grillparzers übersetzt, mit Ausnahme des „Ottokar", des „Bruderzwist", der „Jüdin von Toledo" (die Angabe A. BURKHARDS, *Grillparzer im Ausland.* München 1969, 47, von der Existenz einer Übersetzung von Lothar Suchý im Manuskript, konnte nicht verifiziert werden).

Von den Erzählungen blieb der „Arme Spielmann" unübersetzt, ebenso das epigrammatische Werk. In tschechischen kommentierten Schulausgaben wurden dagegen der „Bruderzwist", „Libussa" (1906, 1932) und der „Arme Spielmann" der Jugend vermittelt (1904, 1913, 1930).

ŞÂRÂ SAYIN
(Istanbul)

DIE GRILLPARZER-FORSCHUNG IN DER TÜRKEI

Die Zahl der türkischen Grillparzer-Forschungen ist noch nicht groß. Gleichwohl versuchen die wenigen bisher vorliegenden Arbeiten, zu eigenen Auffassungen und neuen Einsichten vorzudringen.

Die Verfasserin dieses Berichtes hat 1955 „Untersuchungen über den tragischen Vorgang im Drama Grillparzers" veröffentlicht[1]: In dieser Arbeit wird der Versuch unternommen, an Hand konkreter Textanalysen den tragischen Vorgang im Drama Grillparzers zu untersuchen. Nach eingehender Interpretation der Dramen kommt die Verfasserin zu dem folgenden Resultat: Der Mensch steht bei Grillparzer in einem Konflikt, dem er nicht auszuweichen, den er aber auch nicht zu bestehen vermag. Es ist der Konflikt zwischen weltentsagender und damit weltloser, vom Leben abgeschnittener Selbstbewahrung, die ihn freies Subjekt bleiben läßt, und der Hingabe an die Glut und Fülle des Lebens (sei es der Macht, der Liebe oder des Ruhmes), die ihn jedoch unvermeidlich „außer sich" geraten läßt, ihn der Leidenschaft und den Naturmächten unterwirft und ihn also zum bloßen Objekt übermächtiger Elementarkräfte macht.

Die Verfasserin versucht gleichzeitig zu zeigen, daß der Dichter zwar von einem pessimistischen Fatalismus dem Dasein und der menschlichen „Freiheit" gegenüber durchdrungen ist, aber in ihm doch (wieweit als Gewißheit, wieweit als Postulat, ist kaum zu unterscheiden) das unzerstörbare Gefühl einer höheren Welt des Rechts, der Ordnung, des sittlichen Gesetzes lebt. Und schließlich behauptet die Verfasserin, daß es eben dieser Glaube sei, der in Grillparzers Dramen die Wendung ins Nihilistische und Sinnlose verhindere.

Von einem ganz anderen, speziell mit der Türkei zusammenhängenden Gesichtspunkt her hat Melâhat Özgü (Universität Ankara) eine Abhandlung über das Thema: „Auf den Spuren Grillparzers in Istanbul"[2] vorgelegt.

Die Verfasserin legt ihrer Arbeit drei Gesichtspunkte zugrunde, die sie dem „Tagebuch auf der Reise nach Konstantinopel" Grillparzers entnimmt und die *„für die Geschichte und Literatur als fremdländische Belege von Gültigkeit sind"*, nämlich:

---

[1] Erschienen in: *Alman Dil ve Edebiyati Dergisi (Studien zur deutschen-Sprache und Literatur)*, Istanbul Matbaasi. Istanbul, 1955.

[2] MELÂHAT ÖZGÜ, Auf den Spuren Grillparzers in Istanbul, in: *Jahrbuch der Grillparzer-Gesellschaft*, 3. Folge, 5. Bd., 143—165, Wien 1966.

1. Grillparzers Aussagen über die Landschaft Istanbuls, über Orte, die er besichtigte, und über das Leben in Istanbul.
2. Seine Gedanken über den Sklavenhandel.
3. Sein Empfinden gegenüber den islamischen Sekten.

Was dem Fremden als „*interessant*" und „*bemerkenswert*", dem Einheimischen aber wegen der oft fehlenden Distanz als selbstverständlich erscheint, dies wird von der Verfasserin mit detaillierten Ausführungen konstatiert.

Am Schluß wird der Versuch unternommen, die Eindrücke Grillparzers in seinem Reisejournal, seine Anschauungen, mit den geschichtlichen türkischen Zeitdokumenten zu vergleichen, das „*Historische mit dem Empfinden des als Fremder in unser Land gekommenen Dichters aus Österreich zu vereinigen*".

Von der gleichen Verfasserin stammt auch ein Aufsatz anläßlich der türkischen Übersetzung von „Des Meeres und der Liebe Wellen"[3]. Auch sonst ist seit Abschluß des Zweiten Weltkriegs eine ganze Reihe von türkischen Übersetzungen von Werken Grillparzers erschienen[4].

Dieses sich steigernde Interesse läßt hoffen, daß die türkische Grillparzer-Forschung auch weiterhin, angespornt vielleicht durch die bevorstehenden Jubiläumsveranstaltungen, auf eigenen Wegen sich weiterentwickeln wird.

BIBLIOGRAPHIE

ÜBERSETZUNGEN

„Der arme Spielmann" (Fakir Çalgıcı), übersetzt von Basir Feyzioğlu — Ş. Sıtkı ilter Milli Eğitim Bakanlığı Yayınları. Ankara. 1946.
„Der Traum ein Leben" (Rüya bir hayat), übersetzt von A. Alpagut — Ş. Sıtkı ilter Milli Eğitim Bakanlığı Yayınları. Ankara. 1947.
„Des Meeres und der Liebe Wellen" (Denizin ve aşkın dalgaları), übersetzt von Vecahat Akyol, Milli Eğitim Bakanlığı Yayınları. Ankara 1950.
„Weh' dem, der lügt!" (Yalan söyleyenin vay haline), Seniha Bedri Göknil, Milli Eğitim Bakanlığı Yayınları, Istanbul 1958.
„Der arme Spielmann", (Fakir Çalgıcı), übersetzt von Nermi Esat Yankı Yayınları, Istanbul 1966.

[3] Denizin ve Askin Dalgalari, Milli Eğitim Bakanlığı Tercüme dergisi. Ankara 1951, Nr. 53—54, 379—382.

[4] Siehe Bibliographie.

JENÖ KRAMMER
(Budapest)

DAS GRILLPARZER-BILD DER UNGARN IM 20. JAHRHUNDERT

Zunächst soll die Frage gestellt werden, ob von einem solchen in Ungarn überhaupt die Rede sein kann. Der beste ungarische Kenner Grillparzers und ein großer Liebhaber seiner Kunst, Professor Dezső Keresztury, hat diese Frage am Grillparzer-Forum 1966 bereits in eher negativem Sinn beantwortet; er sagte, Grillparzer wäre in Ungarn ein Dichter für Dichter und Philosophen, über sie hinaus hätten nur die Germanisten und die eifrigsten Theaterbesucher ein Bild von Grillparzer. Die Zukunftsperspektive scheint aber nicht ganz ungünstig zu sein, und vielleicht zeichnen sich sogar die Züge einer neuen Einschätzung von Grillparzers Bedeutung in Ungarn ab.

In der Vergangenheit, im Laufe des 20. Jahrhunderts, können immerhin auf Teilgebieten gewisse charakteristisch ungarische Bewertungsversuche von Grillparzers Leben und Werk beobachtet werden. Es heißt aber streng auseinanderhalten, wie Grillparzers Bild von Literaturforschern, Germanisten und Nichtgermanisten herausgearbeitet wurde, wie und in welchem Maße seine Dramen auf der ungarischen Bühne den Theaterfreunden erschlossen, und schließlich inwieweit seine Novellen und Gedichte durch Übersetzungen den nur ungarisch Lesenden zugänglich gemacht wurden. Von diesen drei Standpunkten aus versuchen wir die Wandlungen in der Grillparzer-Bewertung während der sieben vergangenen Jahrzehnte des 20. Jahrhunderts zu verfolgen. Dabei zeichnen sich gut unterscheidbar drei Perioden ab: 1. die Zeit von 1901 bis 1918, bis zu dem Zusammenbruch der Doppelmonarchie; 2. die Zeit zwischen den zwei Weltkriegen bzw. bis 1945 und 3. die gegenwärtige Zeit von 1946 bis zum Gedenkjahr 1972.

Die Grillparzer-Forschung vor dem Ersten Weltkrieg dreht sich hauptsächlich um die Frage von Grillparzers Verhältnis zum Ungartum, wie es in seinen Äußerungen und in seinem Werk zum Ausdruck kommt. Begreiflicherweise rückt da der Vergleich der beiden Bank-Dramen in den Vordergrund, jenes des ungarischen Dramatikers József Katona, „Bánk bán“, das geradezu zu der klassischen Nationaltragödie der Ungarn geworden ist, und jenes von Franz Grillparzer: „Ein treuer Diener seines Herrn.“ Merkwürdigerweise wurden beide Dramatiker im selben Jahr, 1781, geboren, Katona als Sohn eines armen Handwerkers in Kecskemét, Grillparzer hingegen aus einer vornehmen Beamtenfamilie in Wien. Der verschiedenen sozialen Schicht messen einige ungarische Forscher eine besondere Bedeutung bei.

Die vergleichende Analyse beider Bank-Dramen beschäftigte bereits zu Beginn des Jahrhunderts junge Germanisten. So erscheint im Jahresbericht des Gymnasiums einer Vorstadt von Budapest (Rákospalota) aus der Feder eines Deutschlehrers (Vilmos Szigeti) eine Studie über Franz Grillparzer als Schöpfer historischer Dramen, in der vor allem das Drama, „Ein treuer Diener seines Herrn", und die Bank-Frage überhaupt erörtert wird, natürlich vom ungarischen Gesichtspunkte aus. Es wird betont, daß die Bank-Tragödie von Katona die Auflehnung gegen jedwelche Fremdherrschaft und auch die ungelöste soziale Frage zum Gegenstand hat, und der Konflikt in Bank dadurch nicht einfach zwischen der Staats- und Privatsphäre entsteht, sondern noch tiefer wurzelt, während bei Grillparzer die nationale und soziale Unterdrückung des Volkes als bewegende Kraft sich kaum geltend macht. Dem „Bruderzwist" gegenüber zeigt Szigeti wenig Verständnis und sieht darin einfach reaktionäre Gesinnung. Ein anderer Dissertant, János Szirák, veröffentlicht beinahe zur selben Zeit ebenfalls eine Studie über die beiden Bank-Dramen im Jahresbericht eines Gymnasiums mitten in der ungarischen Tiefebene, im Marktflecken Mezőtur, er bringt aber für Grillparzers Bank-Drama wenig Verständnis auf, bezichtigt den Dichter vielmehr eines puren Servilismus.

Beide jungen Germanisten mögen aus der Besprechung geschöpft haben, die 1902 in der ungarischen wissenschaftlich-philologischen Zeitschrift erschienen war über einen Aufsatz von O. E. Lessing-Dilg im Euphorion 1901. In dieser Besprechung wird betont, daß Bancbanus von Grillparzer kein alltäglicher Held ist, er kann auch energisch und recht männlich auftreten, nur mit den Rebellen mag er keine gemeinsame Sache machen und kann gegen die Mitglieder des königlichen Hauses nicht die Hand erheben, weil ihm dies sein dem König gegebenes Wort verbietet. Der Rezensent bedauert, daß der Verfasser des Euphorionaufsatzes Katonas Tragödie nicht kennt. Ein Bedauern dem ungarischerseits auch später noch des öfteren Ausdruck gegeben wird.

Über die Bank-Frage hinaus beschäftigt die Forscher auch im allgemeinen Grillparzers Verhältnis zum Ungartum. Wie ein Trauma lasten noch zu Beginn des Jahrhunderts seine Äußerungen über die rebellischen Ungarn und ihre Kulturlosigkeit auf den ungarischen Forschern und Lesern, und wenn von einer Wandlung des Grillparzer-Bildes in Ungarn gesprochen werden kann, so trifft dies, wie wir in der Schilderung der Entwicklung später nachweisen werden, vor allem die allmähliche Milderung oder gar Auflösung dieses Traumas, obwohl freilich, wie auch Dezső Keresztury feststellt, *„einige abwehrend-kritische*

Äußerungen, vor allem aber die in der Radetzky-Ode zum Ausdruck gebrachte Stellungnahme" in Ungarn nie vergessen werden.

Das Verhältnis Grillparzers zu Ungarn wird bereits 1902 in einem Zeitschriftaufsatz von Dr. Tivadar Stracha geschildert, zusammenfassend und tiefschürfend wird aber die Frage 1912 von Sándor Galamb behandelt in einer Studie („Grillparzer und Ungarn"), die er in der Festausgabe von germanistischen Arbeiten zu Ehren des damaligen Seniors der ungarischen Germanisten, Professor Gustav Heinrich, erscheinen ließ. Diese Festausgabe enthält „Philologische Aufsätze über die ungarisch-deutschen Beziehungen", ein Forschungsgebiet, das in den damaligen germanistischen wissenschaftlichen Untersuchungen den Hauptakzent trug. Redigiert wurde die Sammlung von Robert Gragger, dem späteren Professor für ungarische Literatur und Sprache an der Universität Berlin.

Sándor Galamb prüft in der genannten Studie sehr ausführlich und gründlich den Fragenkomplex, er schildert das Wesen des österreichischen Patriotismus Grillparzers, als eine Bildung von welthistorischer Bedeutung im Vielvölkerstaat und bemerkt, daß Grillparzer dabei von den zusammensetzenden Elementen nur drei ganz ernst nimmt: den deutschen, tschechischen und ungarischen Teil, deren Kämpfen in den zwei Dramen „König Ottokars Glück und Ende" und „Der Bruderzwist in Habsburg" eine bedeutende Rolle zukommt. Aus dem „Bruderzwist" zitiert Galamb die bekannte Stelle, in der Rudolf die angebotene Hilfe mit den Worten zurückweist:

„*Davon kein Wort! Der König ist dahin.*
Ich geb' ihn auf. Allein das Königtum
Möcht' ich der Welt erhalten, der's vonnöten.
Mein Bruder herrscht in Ungarn und in Östreich,
Er will's in Böhmen auch, nicht künftig, jetzt.
Wohlan, es sei darum; denn keine Teilung
Verträgt, was alle Teile eint zum Ganzen."

Galamb folgert daraus, Grillparzer hätte ein sehr klares Bild von der Bedeutung des einheitlichen Staates und der Dynastie gehabt, er wußte aber das Wesen der damaligen Unabhängigkeitsbestrebungen der einzelnen Nationalitäten nicht richtig zu erfassen und einzuschätzen. Er hatte wohl viel Sinn für die ethnographischen Eigenheiten, hielt aber den Nationalismus für eine schädliche Mode, für eine gefährliche Zeiterscheinung. Daß er die Ungarn für ungebildet, ja zu einer höheren Bildung ungeeignet hielt, erklärt Galamb damit, daß er eben keinen Zugang hatte zu der eben zu jener Zeit großartig aufblühenden ungarischen Literatur und seinen genialen Vertretern (Vörösmarty, Arany, Petőfi u. a.). Wäre ihm das möglich gewesen, so hätte dieser edle, von tiefer Humanität durchdrungene Geist bestimmt anders geurteilt.

Sándor Galamb anerkennt, daß in Grillparzers Werk wohl auch für die Ungarn schmeichelhafte Bemerkungen zu finden sind, so auch im Bancbanus-Drama, diese ergeben sich seiner Meinung nach aber eher aus der dramatischen Situation als aus der für die Ungarn günstigen Stellungnahme des Dichters.

Galambs Studie erschien kurz vor dem Ersten Weltkrieg. Im selben Jahr veröffentlichte Professor Gustav Heinrich den ersten Teil seiner positivistisch-gründlichen Untersuchungen über die Schicksalstragödie, in denen auch über Grillparzer so manches ausgesagt wird. Er hält Grillparzer für den größten österreichischen Dramatiker, und dieser seiner Meinung gibt er auch in seiner in ungarischer Sprache herausgegebenen Universalgeschichte der Weltliteratur (III. Band) Ausdruck. Das Etikett „*Österreichs Klassiker*", „*Österreichs größter Dramatiker*" bleibt für lange Zeit das übliche Klischee, mit dem in Ungarn Grillparzer bedacht wurde.

Der Erste Weltkrieg brachte darin kaum eine Wendung. Der Zusammenbruch der Monarchie verminderte dann in Ungarn die Zahl derer, die durch Lektüre die österreichische Literatur unmittelbar kennenlernen konnten. So erhöhte sich die Bedeutung der Übersetzungstätigkeit (auch aus dem Deutschen), und in der Tat wuchs zwischen den zwei Weltkriegen die Zahl der Übersetzungen. Bis dahin kannte man in ungarischer Übersetzung jene Dramen von Grillparzer, die schon zu seiner Lebzeit, besonders aber um die Jahrhundertwende, auf ungarischen Bühnen aufgeführt wurden („Die Ahnfrau", „Die Argonauten", „Medea", „Sappho", „Des Meeres und der Liebe Wellen"). Auch die beiden berühmten Novellen: „Der arme Spielmann" und „Das Kloster bei Sendomir" wurden bereits Ende des 19. und Anfang des 20. Jahrhunderts in ungarischer Übersetzung mehrmals veröffentlicht, und auch eine 1926 herausgegebene Sammlung von Novellen enthält Grillparzers „Das Kloster bei Sendomir". Es kann also angenommen werden, daß der ungarische Leserkreis sich über Grillparzer vor allem durch seine Novellen ein gewisses Bild geschaffen hatte. Es lebte aber ein besonderes Grillparzer-Bild auch in dem theaterliebenden Ungarn der Jahrhundertwende dank der berühmten Tragödin Mari Jászai, denn ihre Medea- und Sappho-Gestaltungen gehörten zu den großen Theatererlebnissen ganzer Generationen. Dieser Umstand verdient besondere Beachtung, es zeigt sich dabei, wie hervorragende Schauspieler und Schauspielerinnen dramatischen Werken auch in einer fremden Sprache volles Leben zu verleihen vermögen, wie sich durch ihre Darstellungen ein bestimmtes, oft sehr charakteristisches Bild vom Dramatiker den Zuschauern und sonst auch einem breiteren Kreise der fremden Nation einprägt und in ihm noch lange Zeit wirksam bleibt. Man kann also mit Recht von einem Grillparzer-Bild in Ungarn sprechen, wie es durch die Bühnendarstellung Mari Jászais zu einer bestimmten Zeit herausgebildet wurde.

Grillparzers Novelle: „Der arme Spielmann" blieb zwischen den zwei Weltkriegen nicht nur eine beliebte Lektüre auch bei nur ungarisch Lesenden, sondern wurde auch zum Gegenstand wissenschaftlicher Analyse. Die spätere hervorragende, unlängst verstorbene Übersetzerin Klára Szőllősy schrieb ihre Dissertation über das Thema „Der Tonkünstler, wie er in der deutschen Literatur dargestellt wird". Diese auf Grund einer vergleichenden Betrachtung deutscher literarischer Werke aus verschiedenen Jahrhunderten erarbeitete tiefschürfende, geistreiche Studie (erschienen 1936) behandelt ausführlich auch Grillparzers Novelle. Von E. T. A. Hoffmanns Kapellmeister Kreisler ausgehend, stellt Frau Szőllősy fest: während Kreislers Gestalt zwar pathetisch wirkt, aber nicht tragisch genannt werden kann, hat der arme Spielmann Grillparzers ein nicht nur trauriges, sondern auch tragisches Los. In den Grundzügen seines Wesens, in der begeisterten Liebe für die Musik gleicht er dem vorhergezeichneten Typ, nur fehlt hier, trotz der schwärmerischen Hingabe, der Funken des wahren Talents, wodurch diese am Rande des Lächerlichen in einer verzerrten Tragik ausklingt. Die Musik bleibt aber für ihn dennoch die größte Wohltat des Lebens. Frau Szőllősy erinnert in diesem Zusammenhang an Grillparzers Verhältnis zur Musik. In seiner Kindheit war er nicht imstande, das Klavierspielen zu erlernen, als Jüngling improvisierte er aber stundenlang am Klavier, drückte alle seine Gefühle durch Musik aus. Dann begann er zu dichten, und die Quelle der Musik versiegte in ihm, sein schöpferisches Genie fand für sich eine neue, entsprechendere Ausdrucksweise. Dem Musiker in ihm stellte er in seiner Erzählung „Der arme Spielmann" ein lebendes Denkmal. — Frau Szőllősys Interpretation trug vielleicht dazu bei, daß der arme Spielmann bei vielen Ungarn mit Grillparzer identisch wurde.

Ein Jahr nach Erscheinen von Frau Szőllősys Dissertation hat die Übersetzung von Friedrich Schreyvogls zweibändigem Grillparzer-Roman das Leben und die Kunst des großen Österreichers in Ungarn in den Blickpunkt des Interesses gerückt. Der Übersetzer Aladár Schöpflin, selber Schriftsteller und Kritiker, langjähriger Mitarbeiter der modernen ungarischen literarischen Zeitschrift „Nyugat“ (Westen), eröffnete mit dieser Übersetzung die Reihe einiger Grillparzer-Aufsätze, die knapp vor und nach dem „Anschluß“, offensichtlich in den kritischen Jahren Österreichs, auf den großen Humanisten hindeuten wollten, den sie als den wahren, unverfälschten Vertreter eines edlen Österreichertums betrachteten. So hat der große ungarische Dichter Miklós Radnóti Friedrich Schreyvogls Roman in einer liberal-radikalen Tageszeitung (Magyar Hirlap, 21. März 1937) besprochen, wobei er Gelegenheit fand, auf Grillparzers Humanität hinzuweisen. (Diese Rezension wurde später in den Band „Prosa, Novellen und Studien“ von Miklós Radnóti aufgenommen.) — Auch in eine von Dezső Keresztury 1940 in ungarischer Übersetzung herausgegebene deutsche Anthologie „A Német Irodalom Kincseshása“ („Schatzkasten der deutschen Literatur“) wurden einige Leseproben aus Grillparzers Werken aufgenommen: so aus „Sappho“ in der Übersetzung von Géza Képes, aus „Der arme Spielmann“ (übersetzt von Margit Mikes) und „Über Beethovens Grab“ (übersetzt von Joseph Szauder). Das Jubiläumsjahr 1941 gab dann Gelegenheit zur Veröffentlichung weiterer ungarischer Würdigungen Grillparzers und seines Werkes, wobei sich wieder ausschließlich bekannt humanistisch gesinnte Gelehrte und Literaten zu Worte meldeten.

So erschien in der bereits erwähnten Zeitschrift „Nyugat“ aus der Feder des bekannten fortschrittlichen ungarischen Literaturwissenschaftlers Gábor Halász ein Artikel mit dem Titel: „Der Schicksalsdichter“. Er hebt darin hervor, daß Grillparzer gegen die Benennung „Schicksalstragödie“ protestiert hatte, weil er nicht die Konvention einer literarischen Gattung für wesentlich und wichtig hielt, sondern das unüberwindliche innere Angstgefühl, nicht die dramatische, sondern die psychologische Realität. In diesem Sinne läßt Grillparzer Kafka vorahnen. Seine Frauengestalten Sappho, Hero, Medea ringen trotz ihrer Weiblichkeit eher mit der Liebesproblematik des Mannes und gleichen bei aller psychologischen Treue mehr einem Altjunggesellen, ihrem Schöpfer, Grillparzer.

Anfang der vierziger Jahre, inmitten der verhängnisvollen Krise Mitteleuropas, wandelt sich also das Grillparzer-Bild der wenigen Ungarn, die ihn kannten, in der Richtung einer tiefenpsychologischen Erfassung des Wesens seiner dichterischen Persönlichkeit und seiner Kunst. Im Jubiläumsjahr der 150. Wiederkehr von Grillparzers Geburtstag erschienen noch weitere Artikel über ihn in ungarischen Zeitschriften. Von diesen gilt Dezső Kereszturys Beitrag in der Zeitschrift „Tükör“ (März 1941) als eine der wichtigsten ungarischen Grillparzer-Würdigungen überhaupt. In Punkte gefaßt, entwirft er ein köstliches, sehr zutreffendes, zwar kurzes, aber vielseitiges Grillparzer-Bild und versucht auch das Verstummen des Dichters, sein zwei Jahrzehnte langes Schweigen, zu deuten. Es ist nicht zu verkennen, daß diese Ausführungen Kereszturys gleichzeitig fühlen lassen, wie aktuell Grillparzers seinerzeitige Verhaltensweise nun auch in den barbarischen Jahren des Zweiten Weltkrieges geworden ist, und daß Grillparzers Schweigen eigentlich etwas Demonstrationsartiges an sich hatte. Keresztury untersucht auch die vermutlichen Beweggründe zu diesem Schweigen Grillparzers. „Er folgte" — meint Keresztury — „lieber seinem Gewissen als dem Wagemut vieler Zeitgenossen, hielt sich abseits statt zu kämpfen, zog sich zurück bei vollen Kräften und überließ seinen Platz marktschreierischen Frechlingen, zudringlichen Ellbogenmenschen. Er sehnte sich nach dem Menschen, der aus der Natur kommend durch die Zivilisation in die Sphäre einer höheren Kultur hinaufgestiegen ist, dorthin, wo Trieb und Wissen, frische Lebenskraft und bindende Tradition nicht mehr feindlich einander gegenüberstehen." — Auch Keresztury hebt die Rolle hervor, die die Musik in Grillparzers Leben spielte, er zitiert jene Zeilen, die er bei der ersten Begegnung mit dem tauben Beethoven in dessen Kommunikationsheft geschrieben hatte: *„Ich habe durch die Musik die Melodie des Verses gelernt"*. — Und sein ganzes Leben lang empfand er eigentlich, daß in der abstrakten, herrlichen Scheinwelt der Musik sich alles auflöst, was als erdgebundener Wunsch, zügellose Leidenschaft, Friedenlosigkeit, Zerrüttung den Menschen stört und plagt. — In seinem Artikel erwähnt Keresztury, daß er Gelegenheit hatte, den Festlichkeiten zu Ehren des 150. Geburtstages in Wien beizuwohnen und so persönliche Eindrücke von den Ehrungen, die dem Dichter in seiner Heimatstadt zuteil wurden, mit nach Hause bringen konnte. Kereszturys Artikel selbst wächst aber über den Rahmen eines Gelegenheitsbeitrags weit hinaus, er entwirft ein Grillparzer-Bild, das für immer Gültigkeit haben wird und dabei von geradezu klassischer Prägung zeugt. In den damaligen barbarischen Jahren wirkt er als mutige Offenbarung tiefster Humanität. Schade, daß der Artikel, nur in einer Zeitschrift erschienen, für die Nachwelt heute nicht mehr leicht zugänglich ist. Keresztury hat seine Grillparzer-Würdigung auch in deutscher Sprache im „Pester Lloyd" veröffentlicht (Nummer 21, Jahrgang 88, 41).

Anläßlich des Gedenkjahres führte das Ungarische Nationaltheater Grillparzers „Ein treuer Diener seines Herrn" auf. Der Übersetzer des Grillparzer-Romans von Schreyvogl, der schon genannte Kritiker der Zeitschrift „Nyugat", Aladár Schöpflin, schreibt in seiner Theaterkritik, er wäre nicht überzeugt, daß die Wahl des Bancbanus-Stückes glücklich gewesen wäre. „Sappho“ oder „Medea“ hätten Grillparzers Wesen dem ungarischen Publikum von einer günstigeren Seite vorgestellt. „Das Drama ‚Ein treuer Diener . . .‘ wirkt auf uns Ungarn“ — heißt es in Schöpflins Rezension — „ein wenig befremdend, unsere Denkweise versteht nicht ganz die bis zu den letzten Konsequenzen getriebene Loyalität wie sie Grillparzer verkündet und findet diese eines Mannes nicht ganz würdig. Auch wir Ungarn waren und sind loyal, aber eine Loyalität, die selbst dann nicht in loderndem Zorn entbrennt, als die geliebte Frau in den Tod getrieben wird, können wir nicht gutheißen. Wie anders ist unser Bánk bán.“

Der Zufall wollte (oder war es Absicht?), daß mit der Bancbanus-Uraufführung in Ungarn im Jahre 1941 gleichzeitig eine zweite deutsche Übersetzung von Katonas „Bánk bán“, die von Jenő Mohácsi, erschienen ist. Sie wird in der Märznummer von „Nyugat“, in der auch Gábor Halász' Artikel über Grillparzer *„den Schicksalsdichter“* steht, von Professor Joseph Turóczi-Trostler besprochen. So wurden die beiden Bank-Dramen wieder einmal konfrontiert. (Eine mit moderner philologischer Akribie und profunder Kenntnis beider Werke durchgeführte vergleichende Analyse erschien 1970 in der ungarischen philologischen Zeitschrift „Filológiai Közlöny“ aus der Feder Professor Ernst Joseph Görlichs, eines Wahlburgenländers: „Grillparzer und Katona“. Diesen wertvollen Beitrag zum ungarischen Grillparzer-Bild wollen wir am Ende unseres gegenwärtigen Berichtes noch eingehender besprechen.) Von der Übersetzung Mohácsis behauptet Professor Turóczi-Trostler, sie halte sich unbedingt an den *„sakralen“* Text des Dramas, das er zwar in der gegenwärtigen gesprochenen deutschen Sprache vermittelt, daß an dieser Sprache aber auch das gehobene Pathos der deutschen Jamben-Tradition hafte, mit dessen Kolorit und *„Edelrost“*. Nach Turóczis Meinung wäre dies der einzige Weg, dem neuen zeitgenössischen Publikum das, was ihm sonst unverständlich bliebe, nämlich den Hintergrund des Bánk-bán-Dramas, die ungarisch-menschliche und nationale Tragik, aufzuschließen und annehmbar zu machen. (Eine frühere Übersetzung von Katonas „Bánk bán“, die von József Vészi stammt, hält Turóczi für interessanter und dem ungarischen Wesen näherstehend, bei der Uraufführung in Berlin, 1911, hatte das Stück aber in dieser Übersetzung keinen Erfolg. Turóczi meint, die Übersetzung Mohácsis würde dem Drama mehr Glück bringen.)

In dem ersten Jahrzehnt nach dem Zweiten Weltkrieg ist über österreichische Literatur in Ungarn wenig geschrieben worden, und auch

Übersetzungen sind nur recht spärlich gewesen. Die sechziger Jahre brachten dann eine Wendung, vor allem auf dem Gebiet der Vermittlung österreichischer Lyrik. So nahm bereits 1958 Lőrinc Szabó in seinen Band von Übersetzungen „Örök barátaink“ („Ewige Freunde“) zwei Gedichte von Grillparzer auf („Der Kuß“, „An eine matte Herbstfliege“). Im selben Jahre hat auch László Kálnoky in seiner Anthologie von Übersetzungen ein Gedicht von Grillparzer veröffentlicht. Es schien also die Zeit für den lyrischen Dichter Grillparzer herangereift zu sein. Um die Jahrhundertwende wurde mehr der Dramatiker in ihm bevorzugt, dann folgte der Erzähler und nun lernten die ungarischen Leser auch einige Gedichte von ihm kennen. Die von Dezső Keresztury redigierte, 1963 erschienene „Anthologie Deutscher Dichter“ enthält drei Gedichte von Grillparzer (Übersetzungen von Lőrinc Szabó, István Eörsi, A. Károly Berczeli), die 1968 herausgegebene, von Gábor Hajnal betreute „Anthologie Österreichischer Dichter“ bereits schon sieben. („Zwischen Gaeta und Capua“, übersetzt von Lászlo Kálnoky; „Der Kuß“, übersetzt von Lőrinc Szabó; „Gedanken am Fenster“ und „Liszt“, Übersetzungen von Zsuzsanna Takács; „Allgegenwart“, übersetzt von L. Kálnoky; „Die tragische Muse“ und „Der Fischer“, Übersetzungen von Dezső Keresztury.)

Die 175. Wiederkehr des Geburtsjahres von Grillparzer gab Gelegenheit, auch in Ungarn einmal wieder seiner dichterischen Persönlichkeit und seiner Dichtung zu gedenken. Diesmal war es die Zeitschrift für Weltliteratur „Nagyvilág“ („Große Welt“), die einen längeren Essay veröffentlichte. Sein Verfasser, der bekannte ungarische Essayist Géza Hegedüs, behandelte darin unter dem Titel: „Ahnfrau und Goldenes Vließ“ („Ősanya és aranygyapju“) die Frage einer tiefenpsychologischen Deutung von Grillparzers „Ahnfrau“ und seiner Trilogie. Er meint, Grillparzer wäre darüber hinaus, daß er seinem Kreis und seiner Zeit Ausdruck gibt, von allgemeinerer Gültigkeit, also eine wahre, weltliterarische Erscheinung. Sein Lebenswerk gehöre in eine der literarischen Hauptströmungen und bilde ein Bindeglied zwischen älteren wirksamen künstlerischen Ergebnissen und neueren modernen literarischen Bestrebungen ... Man entdeckt auch in seiner Schicksalstragödie den Kern jener Angst vor dem Ungewissen, die dann bei Maeterlinck und Kafka Fortsetzung findet, um die Herausbildung eines wesentlichen Zuges der Literatur von heute vorzubereiten. Ein sprechender Beweis dafür, daß von ungarischen Literaten eher der psychologische Charakter von Grillparzers Dramen erkannt und in ganz modernem Sinn umgedeutet wird. (Géza Hegedüs nahm dann seinen Aufsatz auch in seinen 1968 herausgegebenen Essayband: „Der Kentaur und der Engel“ [„A kentaur és az angyal“] auf.)

In den unmittelbar vorangegangenen Jahren hat sich in Budapest Professor Antal Mádl bemüht, zunächst mal unter den Germanistikstudenten an der Universität, dann auch in seiner wissenschaftlichen Arbeit, Grillparzer einen bedeutenderen Platz einzuräumen. In seiner literarhistorischen Untersuchung: „Politische Dichtung in Österreich“ und besonders in seinem auf der Tagung der Internationalen Lenaugesellschaft gehaltenen Vortrag „Grillparzer und Lenau“ versucht er der Bedeutung Grillparzers in seiner Zeit und seinem Verhältnis zum Vormärz und zu den verschiedenen Nationalitäten gerecht zu werden. Für sehr bedeutend halten wir eine seiner Schlußfolgerungen: „Aber auch das Verhältnis der österreichischen Literatur des vorigen und unseres Jahrhunderts zu der ihrer östlichen und südöstlichen Nachbarn — bis heute zum großen Teil noch Neuland — kann nur durch solche vergleichende Betrachtungen wie man sie neuerdings betreibt, geklärt werden.“

Ein schönes Beispiel dieser vergleichenden Betrachtungsweise bietet die schon erwähnte Studie des österreichischen Professors Ernst Joseph Görlich in der ungarischen Philologischen Zeitschrift: „Grillparzer und Katona“ (in ungarischer Sprache). In den einleitenden Zeilen betont E. J. Görlich die Notwendigkeit ähnlicher vergleichender Studien, wie sie Antal Mádl vorschlägt. Die Begründung dazu: „Es ist bekannt, daß die politischen und ökonomischen, aber auch die kulturellen Beziehungen in bezug auf die ehemalige österreichisch-ungarische Monarchie nur wenig aufgearbeitet sind. Eine der Hauptursachen dieser Erscheinungen ist zweifellos in dem Umstand zu suchen, daß auf dem Gebiet der Literaturwissenschaft — vielleicht zwangsweise — eine derart große Spezialisierung eingetreten ist, daß die Forscher infolge des sie überschüttenden Materials dagegen gar nicht recht anzukämpfen vermögen. Bei der Literatur der Völker im Donautal kommt noch jenes eigenartige Moment hinzu, daß die jugoslawischen, ungarischen und tschechischen Forscher die deutsche Sprache im allgemeinen beherrschen, während die österreichischen kaum ungarisch oder slawisch lesen und deshalb über die Literatur der Nachbarvölker wenig wissen. Wenn wir noch das bekannte ‚Slavica non leguntur‘ (was auch durch das ‚Hungarica non leguntur‘ ergänzt werden kann) dazurechnen, so tut sich eine ganze Reihe von Möglichkeiten der Mißverständnisse auf.“

Eine neue Perspektive erschließt sich da: die österreichischerseits gerechtere Bewertung der ungarischen Literatur und der ungarischen Entwicklung überhaupt. Görlichs vergleichende Analyse der beiden

Bank-Dramen, des großen österreichischen und des ungarischen Autors eröffnet auch den Weg zu einem tieferen Verständnis beider Dichter. Grillparzer vertritt aus Überzeugung die barocke Staatsidee, Katona tritt für die Rechte der neuen, aufwärtsstrebenden gesellschaftlichen Schichten ein, es verbindet aber beide die gleiche tiefwurzelnde, erhabene Humanität. Bei Katona handelt es sich um die Sorgen und das Elend eines ganzen Volkes, bei Grillparzer um eine ethische Frage, um die Frage der Erhaltung des einheitlichen Staatsgedankens zum Wohl aller, auch wenn dies von jedem einzelnen (und auch von den Nationen) Verzicht und schmerzliche Opfer verlangt. Ein solcher Leidensweg war Grillparzers Leben.

Die von Antal Mádl und Ernst Joseph Görlich geforderte und in Aussicht gestellte vergleichende Betrachtungsweise paralleler österreichischer bzw. ungarischer literarischer Erscheinungen verspricht auch ungarischerseits in bezug auf Grillparzer neue Erkenntnisse und Bewertungen. Die zunehmende Zahl der Übersetzungen seiner Gedichte trägt dazu bei, daß ein vollendeteres Grillparzer-Bild auch im Auge jener ungarischen Leser entsteht, die deutsch nicht verstehen.

Zum Abschluß ist es vielleicht nicht uninteressant festzustellen, wie die verbreitetsten ungarischsprachigen Handbücher für die Geschichte der Weltliteratur über Grillparzer schreiben. Die zwei bekanntesten sind wohl die von Mihály Babits, dem großen modernen Dichter (erschienen in den dreißiger Jahren), und die von Antal Szerb, dem ausgezeichneten Essayisten und Schriftsteller (Anfang der vierziger Jahre). Babits geht bei der Bewertung Grillparzers von der vergleichenden Sicht der Bank-Dramen aus und urteilt streng über den Bancbanus: das Drama „Ein treuer Diener seines Herrn" wäre eine Apotheose der Servilität, während der „Bánk bán" von Katona zum Unabhängigkeitsgeist anfeuert. Im weiteren führt Babits aus, daß Grillparzer in seinem Schaffen durch seinen vertieften Pessimismus und seine verhängnisvolle Schicksalstheorie geleitet wurde. Er kam zur Erkenntnis, daß die Fatalität auf verschiedenen Ebenen sich geltend macht und daß die im Staatswesen z. B. eine höhere sei als die im individuellen Leben. Antal Szerb hingegen findet, daß der eigentliche Wert Grillparzers in die Zukunft weist, er hätte einen erstaunenswerten Sinn für die seelischen Nuancen, für die verborgensten inneren Probleme gehabt. Hätte er unter gesünderen gesellschaftlichen Verhältnissen gelebt und nicht in der falschen und schlafsüchtigen Ära des Metternichschen Zeitalters, so hätte er vielleicht den Weg zu freieren Ausdrucksmöglichkeiten gefunden und wäre den großen Franzosen seiner Zeit ebenbürtig.

Die Grillparzer-Bewertungen dieser beiden Handbücher für Geschichte der Weltliteratur müssen bei unseren Erwägungen über das Grillparzer-Bild der Ungarn deshalb voll beachtet werden, weil sie jahrzehntelang und auch heute noch als Quelle zur weltliterarischen Orientierung der nur ungarisch Lesenden dienen. In der Zukunft wird diese Aufgabe dem Lexikon für Weltliteratur zufallen, einer grandiosen Unternehmung, deren erster Band bereits erschienen, der zweite in Druck ist. Im dritten wird über Grillparzer ein ausführliches Bild geboten mit reichen bibliographischen Angaben.

BIBLIOGRAPHIE

SÁNDOR GALAMB, Grillparzer és Magyarország, in: *Philogiai dolgozatok a magyar-német èrintkezèsekröl.* Szerkesztette Gragger Robert, Budapest, Hornyánsky Viktor, 1912, 171—183.

ERNST JOSEPH GÖRLICH, Grillparzer és Katona, in: *Filológiai Közlöny* 1970, 1—2, 199—214.

GÁBOR HÁLASZ, A végzet költője, in: *Nyugat*, XIV/4, 1941, április 1, 163.

GÉZA HEGEDÜS, Ősanya és aranygyapju, in: *Nagyvilág*, 1966, 21. (Auch im Essayband: *A kentaur és az angyal*, Budapest 1968, 364—373.)

DEZSŐ KERESZTURY, Grillparzer, in: *Tükör* 1941, március IX/3, 102—104.

DEZSŐ KERESZTURY, Ungarn, in: *Grillparzer Forum Forchtenstein. Vorträge, Forschungen, Berichte* (1966) 116—119.

ANTAL MÁDL, *Geschichtsbetrachtung in der Literatur des österreichischen Vormärz: Grillparzer und Lenau*, Sonderabdruck aus dem Lenaualmanach 1967/68.

KLÁRA SZŐLLŐSY, *A zenemüvész. Összehasonlitó tanulmány a német irodalom köréből*, Budapest 1936.

KONRAD SCHAUM
(Denver)

DIE GRILLPARZER-FORSCHUNG IN AMERIKA IM 20. JAHRHUNDERT

I

Wenn sich Grillparzer als „*Dichter der letzten Dinge*“ bezeichnet, so verstand er die eigenen dichterischen Formen und Gestalten als Träger eines Ursprünglichen und Grundsätzlichen, dessen Vergegenwärtigung ihm als Notwendigkeit seiner Zeit und Umstände erschien. Aber gerade indem er über die Vielfalt und den Wechsel der Gegebenheiten auf ein Bleibendes und Wirkliches hinauszugreifen bemüht war, gewinnt sein Werk eine orientierende, klärende und sichernde Funktion, die an keine Zeit und Nationalität gebunden ist. Wo er sein Können, Wissen und Wesen als individueller Mensch und als Teil einer besonderen kulturellen Entwicklung erfüllt, reicht er über seine eigenen ästhetischen, psychischen und geistigen Gehalte hinaus auf das ewig Wiederkehrende menschlichen Daseins.

Der Beitrag, den die Literaturwissenschaft in Amerika für die Entwicklung des Grillparzer-Verständnisses in diesem Jahrhundert und besonders in den letzten 25 Jahren geleistet hat, liegt im großen und ganzen in der Wiederentdeckung dieses „*Letzten*“, das sich für den Dichter auch als das „*Alte unter immer neuen Umständen*“ erwies. Die unpathetische Echtheit und Wirklichkeitsnähe seiner Gestaltungen, die Menschlichkeit und Vielfalt seiner Figuren und Situationen sowie die zeitlose Wahrheit seiner Gehalte und Ideen bilden eine unerschöpfliche Quelle der Reflexion und des Selbstverständnisses. Zwar kann trotz der beachtlichen Fortschritte, die die Grillparzerstudien in Amerika gemacht haben, nicht von einer weitreichenden Popularität gesprochen werden. Grillparzers Dichtungen enthalten auch insofern ein „*Letztes*“ als sie ein im Grunde nie ganz erfaßbares Verhältnis zwischen individuellen und objektiven Kräften, zwischen Eigenexistenz und geschichtlich-zeitlichen Gegebenheiten zum Gegenstand der Darstellung machen. Sie enthalten unendliche Einsichten in das Ausmaß und die Grenzen menschlichen Handelns, begrenzen sich aber nicht in der Unmittelbarkeit naiver Vergegenwärtigung, sondern verlangen die erschließende und sinnbildende Teilnahme am schöpferischen Prozeß.

II

Die nachfolgende Charakterisierung der Grillparzer-Forschung in der Neuen Welt erhebt nicht den Anspruch, im philologischen Sinne vollständig zu sein, sondern versucht lediglich, die wichtigsten Impulse und Leistungen der beständig im Wachsen begriffenen Forschung zu umreißen. Zur genaueren Übersicht dessen, was im einzelnen zur Erweiterung des Grillparzer-Bildes getan wurde, sei auf die bibliographischen Arbeiten von O. P. Straubinger[1] und A. Burkhard[2] verwiesen, die von einer kritischen Darstellung M. R. Jessens[3] ergänzt werden. Straubinger hat in vorbildlicher Weise das vervollständigt, was in Österreich durch K. Vancsa, T. Berger und H. Seidler zur allgemeinen Orientierung geleistet wurde.

Unter den allgemeinen Darstellungen hat am Anfang des Jahrhunderts vor allem O. E. Lessing den Versuch unternommen, die Eigenart Grillparzers im Vergleich zu Schiller zu kennzeichnen. Er stellte besonders an Hand von „Blanka v. Kastilien" eine starke Abhängigkeit von Schiller fest[4], kommt allerdings erst in seiner reiferen Publikation[5] zu Einsichten, die anregend gewirkt haben. Was Lessing als „*neues Drama*" versteht, wird zwar in etwas einseitiger Anlehnung an die ästhetischen Aspekte Hegels und Hebbels entwickelt, sucht aber die geistigen Grundlagen zu erfassen, die sich aus den gesellschaftlichen und politischen Zusammenhängen der Epoche ergeben. Lessing macht auf Begriffe der Gemeinschaft, des Kollektivs, der überpersönlichen Notwendigkeit im Werk Grillparzers aufmerksam, die vom Einzelmenschen verlangen, sich einem Ganzen einzuordnen. Positivistische Gelehrsamkeit verführte Lessing weiterhin[6], zahlreiche motivische Parallelen aufzudecken, ohne daß die Vergleiche zwischen Medea und Kleists Penthe-

---

[1] O. P. STRAUBINGER, Grillparzer-Bibliographie 1937—1952, in: *Jahrbuch der Grillparzer-Gesellschaft*, 3. Folge, I (1953). — O. P. STRAUBINGER, Grillparzer's Reception in England, in: *Moderne Sprachen* 4 (1959). — O. P. STRAUBINGER, Grillparzer-Forschung und -Pflege in aller Welt: USA (1946—1966), in: *Grillparzer-Forum Forchtenstein* 1967. Heidelberg 1968. — O. P. STRAUBINGER, Grillparzer-Forschung und -Pflege in aller Welt: USA (Bericht), in: *Grillparzer-Forum Forchtenstein* 1968. Heidelberg 1969.

[2] A. BURKHARD, *Franz Grillparzer in England und Amerika.* Wien 1961. — A. BURKHARD, Grillparzer in aller Welt, in: *Jahrbuch der Grillparzer-Gesellschaft,* 3. Folge, V (1966). — A. BURKHARD, *Grillparzer im Ausland.* Cambridge, Mass. 1969.

[3] M. R. JESSEN, Conflicting Views in the Evaluation of Grillparzer, in: *Modern Language Quarterly* 15 (1954).

[4] O. E. LESSING, *Schillers Einfluß auf Grillparzer.* Madison 1902.

[5] O. E. LESSING, *Grillparzer und das neue Drama.* München und Leipzig 1905.

[6] O. E. LESSING, Motive aus Schiller in Grillparzers Meisterwerken, in: *Journal of English and Germanic Philology* V (1903/05).

silea oder Schillers Johanna, und zwischen Ottokar und Tell oder Wallenstein, zu einem wesentlichen Verständnis von Grillparzers Menschengestaltung führten.

Die Vorstellung, daß Grillparzer eng mit den barocken und volkstümlichen Traditionen Österreichs verbunden sei, hat G. Pollak[7] zur Grundlage für seine Einführung benutzt, die sich stark auf das Ottokar-Drama konzentriert. Auch das Verhältnis zur Romantik[8] und verwandten ästhetischen Darstellungsmitteln[9] und Themen[10] fand früh Beachtung. Unbedeutend ist ein früher Vergleich mit Shakespeare[11], wie überhaupt zahlreiche Gegenüberstellungen zu den Großen der Weltliteratur oft nur zu Feststellungen des Epigonenhaften bei Grillparzer führten. Daß die dramatische Eigenart des Dichters aus dem Zusammenhang der Werke selbst gewürdigt werden kann, hat der amerikanische Grillparzer-Übersetzer Henry Stevens[12] erkannt. Seine Übertragungen haben neben denen A. Burkhards wesentlich dazu beigetragen, den österreichischen Klassiker in den englisch sprechenden Ländern einem größeren Publikum zu erschließen.

Längere Jahre nach dem Ersten Weltkrieg finden sich kaum allgemeine Darstellungen, die Beachtung verdienen. Erst im Jahre 1936 erscheinen eine Reihe von Studien, die sich um die geistige Haltung des Dichters bemühen. D. Lasher-Schlitts[13] erschließende Darstellung ist mehr als der Titel besagt, denn sie spiegelt das soziale und kulturelle Leben, in dem der Dichter verankert war. M. Schütze[14] verweist auf humanistische und psychologische Züge bei Grillparzer, während E. H. Zeydel[15] die Auseinandersetzung zwischen Grillparzer und Tieck

---

7 G. POLLAK, *Franz Grillparzer and the Austrian Drama*. New York 1907.

8 E. J. WILLIAMSON, *Grillparzer's Attitude Toward Romanticism*. Diss. University of Chicago 1910.

9 E. A. HERRMANN, Histrionics in the Dramas of Franz Grillparzer, in: *Modern Philology* 2 (1912).

10 F. C. DE WALSH, *Grillparzer as a Poet of Nature*. New York 1910.

11 A. E. ZUCKER, Grillparzer and Shakespeare, in: *Modern Language Notes* 31 (1916).

12 H. STEVENS, Description in the Dramas of Grillparzer, in: *Publications of the Modern Language Association* 26 (1918).

13 D. LASHER-SCHLITT, *Grillparzer's Attitude toward the Jews*. New York 1936.

14 M. SCHÜTZE, Toward a Modern Humanism, in: *Publication of the Modern Language Association* 51 (1936).

15 E. H. ZEYDEL, Tieck und Grillparzer, in: *Germanisch-Romanische Monatsschrift* 24 (1936).

analysiert, um der Haltung des letzteren mehr Gerechtigkeit zu verschaffen. F. W. Kaufmann[16] setzt die Diskussion zum Einfluß der deutschen Klassik und idealistischen Gedankenwelt auf Grillparzer fort, ohne jedoch die dichterische Leistung selbst wesentlich in Betracht zu ziehen. Die äußere Beobachtung, daß sich Grillparzer im „Goldenen Vließ" von idealistischen Prinzipien erstmalig emanzipiert habe, überzeugt kaum. F. O. Noltes[17] Vergleiche bleiben viel zu sehr im allgemeinen, um anregend zu wirken. Zwei weitere Publikationen Kaufmanns[18] suchen die geistesgeschichtlichen Zusammenhänge zu verdeutlichen, wobei der Gegensatz zu Hegel und zu Hebbel sowie das geistige Verhältnis zu anderen Zeitgenossen umrissen wird.

Einen wahrhaft anregenden und für Amerika durchaus neuen Aspekt bietet die Studie von H. Lenz[19] über Grillparzers politische Ideen. Hier werden geistige Realitäten berührt, die zutiefst auf die dramatischen Formen Einfluß ausübten. Begriffe des Humanen, des Notwendigen, des Gewissens und des Dienstes werden zum ersten Mal voll und im rechten Zusammenhang gewürdigt. Die realistischen Züge im Gegensatz zum barocken Erbe werden betont und durch alle wesentlichen Leistungen verfolgt. — Eine ausgezeichnete Formstudie, die die innere Struktur und Kontinuität der dramatischen Gestaltung behandelt, stammt von T. C. Dunham[20]. Daß die großen Monologe die innere Bewältigung des Schicksals spiegeln und den dramatischen Aufbau bestimmen, wird an Hand des „Vließes" und des Hero-Dramas überzeugend herausgearbeitet. — Unvergleichlich eingehende Kenntnisse der geistigen, sozialen und politischen Situation Wiens bilden die Grundlage zweier biographischer Studien D. Lasher-Schlitts[21]. Hier werden bedeutende Bildungselemente berührt, die nicht an der Oberfläche liegen; besonders die Rolle Schreyvogels für Grillparzers Entwicklung wird einer unbestechlichen Prüfung unterzogen. — Das Interesse an Bildungs-

[16] F. W. KAUFMANN, Grillparzer's Relation to Classical Idealism, in: *Modern Language Notes* 51 (1936).

[17] F. O. Nolte, *Grillparzer, Lessing, Goethe in the Perspective of European Literature.* Lancaster 1938.

[18] F. W. KAUFMANN, Grillparzer's Position in Nineteenth-Century Thought, in: *Modern Language Notes* 53 (1938). — F. W. KAUFMANN, *German Dramatists of the Nineteenth Century.* Los Angeles 1940.

[19] H. LENZ, Franz Grillparzer's Political Ideas, in: *Journal of English and Germanic Philology* 37 (1938).

[20] T. C. DUNHAM, The Monologue as Monodrama in Grillparzer's Hellenic Dramas, in: *Journal of English and Germanic Philology* 37 (1938).

[21] D. LASHER-SCHLITT, Hebbel, Grillparzer, and the ‚Wiener Kreis', in: *Publication of the Modern Language Association* 61 (1946).

zusammenhängen und an literaturgeschichtlichen Aspekten haben die Studien F. D. Horvays[22] und P. Drakes[23] motiviert, wobei auch hier die Kategorie des Biedermeier zum Verständnis der dichterischen Leistung wenig beigetragen hat. P. K. Whitackers[24] sorgfältige Untersuchung des Ideals der „*Sammlung*“ in bezug auf Sappho, Hero und Libussa bleibt leider ohne weitere Auswertung für den dramatischen Formcharakter der entsprechenden Werke. F. D. Horvays[25] Bemühungen um geistesgeschichtliche Perspektiven werden mit dem Versuch fortgesetzt, das Verhältnis von Goethe und Grillparzer zu klären, beschränken sich allerdings fast ausschließlich auf Grillparzers Urteile über Goethe und kommen über vage Epochenbegriffe kaum hinaus. Unergiebig ist ebenfalls P. Drakes[26] Annahme, daß der Traum zur romantischen Ausflucht vor der eigenen Unzulänglichkeit wurde.

Die Entdeckung sittlicher Größe steht in den Nachkriegsjahren im Vordergrund des Interesses. F. E. Coenens[27] einsichtiges Buch befaßt sich mit den männlichen Vertretern der Pflicht, Gerechtigkeit, Treue und Ehre in den Dramen. Als eine Art Ergänzung dazu hat R. B. Brundrett[28] die Bedeutung der ethischen Gehalte in Grillparzers Dramen behandelt und geht auf die Traditionsgebundenheit selbst zurück, durch die die Haltung der Moral, Disziplin, Wertanerkennung usw. in den dramatischen Figuren motiviert wird. W. Vordtriede[29] versucht an Hand von „Sappho“ die problematische Trennung von Kunst und Leben nachzuweisen, die dann am Ende des Jahrhunderts zum bestimmenden Thema wurde. Eine der bedeutendsten Leistungen dieser Jahre ist G. Steins[30] anregende Arbeit, die Grillparzers Verhältnis zu den geistigen

---

[22] F. D. HORVAY, *Grillparzer as a Critic of German Literature*. Diss. Washington University St. Louis 1949.

[23] P. DRAKE, *The Biedermeier Element in Grillparzer*. Diss. University of Pennsylvania 1949 (als Buch: Waco 1953). — P. DRAKE, Grillparzer's Self-Identification with Rousseau, in: *Modern Language Notes* 64 (1949).

[24] P. K. WHITAKER, The Concept of ‚Sammlung‘ in Grillparzer's Works, in: *Monatshefte* 41 (1949).

[25] F. D. HORVAY, Goethe and Grillparzer, in: *Germanic Review* 25 (1950).

[26] P. DRAKE, Grillparzer and the Dream, in: *Modern Language Quarterly* 12 (1951).

[27] F. E. COENEN, *Grillparzer's Portraiture of Men*. Chapel Hill 1951.

[28] R. B. BRUNDRETT, *Franz Grillparzer and Living Tradition*. Diss. Washington University St. Louis 1954.

[29] W. VORDTRIEDE, Grillparzers Beitrag zum poetischen Nihilismus, in: *Trivium* 9 (1951).

[30] G. STEIN, *The Inspiration Motif in the Works of Franz Grillparzer*. Diss. New York University 1951 (als Buch: The Hague 1955).

Impulsen und Tendenzen seiner Zeit neu formuliert und einen Zusammenhang zwischen geistigem Leben und schöpferischer Leistung deutlich macht. Die Vielfalt zeitlicher Elemente, die sich in Grillparzers Geisteswelt begegnen, haben ihn zu einem eigenen Beitrag der humanistischen und ästhetischen Entwicklung seiner Epoche geführt, der im wesentlichen auf den zentralen Begriffen der Sammlung und Begeisterung beruht. Die Nähe zur Romantik wird stärker in den Vordergrund gerückt als es Grillparzers Geistesart entspricht, aber es gelingt G. Stein, die ganze Breite der intellektuellen Kräfte aufzuzeigen. — Beiträge zur Wirkungsgeschichte lieferten E. Reinhold[31], der die Aufnahme Grillparzers in England diskutiert, und E. Kostka[32], der das Verhältnis zu den östlichen Ländern behandelt. J. F. Brookes[33] Betrachtung bleibt sehr im Stofflichen verhaftet.

Der Autor[34] selbst hat eine Interpretation des dramatischen Werkes vom Standpunkt der Bild- und Symbolgestaltung unternommen und die Grillparzer eigenen ästhetischen Mittel und poetischen Leistungen zu würdigen gesucht. Dabei finden Tagebücher und theoretische Schriften des Dichters in bezug auf die innere Struktur und Absicht der Dramen besondere Beachtung. — Die Betonung der Eigenart Grillparzers hat die Aufmerksamkeit für die realen psychologischen Elemente geschärft, so daß A. D. Klarmann[35] ihn als Vorläufer moderner Dichtung verstehen kann, wie überhaupt grundlegende und überzeitliche menschliche Probleme bei Grillparzer herausgearbeitet werden. — Welcher Reichtum an individuellen dichterischen Zügen im Bereich einer lebendigen Theatertradition zur tatsächlichen Wirkung gelangt ist, hat N. Fürst[36] in seinem anregenden Buch lebendig beschrieben. Unvergleichlich ist die Sicherheit und Bildlichkeit, die Fürst in der Auswertung der Tatsachenfülle und Breite der Aspekte beweist. Das Buch hat viel dazu beigetragen, Grillparzers dichterische Eigenart im Zusammenhang mit der Bühnentradition richtig zu bewerten. — Wertvolle Ergänzungen und Erweiterungen zur Erkenntnis der verschiedenen Einflüsse, die

[31] E. Reinhold, *The Reception of the Work of Grillparzer in England in the Light of Cultural Patterns of the Time.* Diss. University of Michigan 1954.

[32] E. Kostka, Grillparzer and the East, in: *Monatshefte* 47 (1955).

[33] F. J. Brooke, *Man-Woman Relations in the Dramas of Kleist and Grillparzer.* Diss. University of North Carolina 1954.

[34] K. Schaum, *Die Bild- und Symbolgestaltung in den Dramen Franz Grillparzers.* Diss. Princeton University 1955.

[35] A. D. Klarmann, Grillparzer und die Moderne, in: *Die Neue Rundschau* 67 (1956).

[36] N. Fürst, *Grillparzer auf der Bühne.* Wien und München 1958.

Grillparzer ausgeübt hat, bieten die neueren Studien O. P. Straubingers[37].

Eine Würdigung der musikalischen Interessen des Dichters bietet P. Neumarkt[38], während R. B. Brundrett[39] eine wichtige Bewertung der Beziehung zum Volk unternimmt, die Grillparzer stärker mit den realistischen Tendenzen des 19. Jahrhunderts verbindet. Eine interessante Einsicht in das schöpferische Prinzip bietet W. A. Littles[40] Studie über das Phänomen des Sehens, die von einer Untersuchung der typischen Eigenart der Selbstbiographie[41] fortgesetzt wird. Das Verhältnis zu Goethe und den bedeutenden Dichtern Europas hat F. D. Horvay[42] in umsichtiger Weise herausgearbeitet. Im Unterschied zu Schiller erkennt E. Krispyn[43], daß Grillparzer den Chor auf eine weit realistischere, reflexionslose Weise verwendet. — H. Schmidt[43a] hat eine klare und umsichtige Einführung veröffentlicht, die die gesamte Wiener Kultur- und Theatertradition berührt und an Hand von drei Werken („Ottokar", „Traum ein Leben" und „Der arme Spielmann") die wichtigsten Entwicklungsstufen Grillparzers und seine dichterische Eigenart umreißt.

Im Nachwort einer Sammlung biographischer Skizzen analysiert

---

[37] O. P. Straubinger, Grillparzer in der Parodie des Alt-Wiener Volkstheaters, in: *Jahrbuch der Grillparzer-Gesellschaft*, 3. Folge, III (1960). — O. P. Straubinger, Die französischen Nachbildungen von Grillparzers Gedicht ‚Des Kindes Scheiden', in: *Jahrbuch der Grillparzer-Gesellschaft*, 3. Folge. V (1966). — O. P. Straubinger, Hans Christian Andersens Beziehungen zu Franz Grillparzer und Wien, in: *Jahrbuch der Grillparzer-Gesellschaft*, 3. Folge, VIII (1970). — O. P. Straubinger, Prolegomena zu Grillparzer im Urteil seiner Zeitgenossen, in: *Grillparzer-Forum Forchtenstein* 1969. Graz 1970.

[38] P. Neumarkt, *Grillparzer's Contribution to Music with Special Consideration of his ‚Musikalischer Nachlaß'*. Diss. New York University 1958.

[39] R. B. Brundrett, The Importance of ‚das Volk' in Grillparzer's Life and Writing, in: *Germanic Review* 35 (1960).

[40] W. A. Little, *The 'Eye-Complex' in the Dramas of Franz Grillparzer*. Diss. University of Michigan 1962.

[41] W. A. Little, Grillparzer's Excursion into Autobiography, in: *Kentucky Foreign Language Quarterly* 11 (1964).

[42] F. D. Horvay, Goethe and Grillparzer, in: *Germanic Review* 25 (1950). — F. D. Horvay, Grillparzer as a Critic of European Literature, in: *Studies in Germanic Language and Literature*. Washington 1963.

[43] E. Krispyn, Grillparzer and the Chorus, in: *Modern Language Quarterly* 25 (1964).

[43a] H. Schmidt, Franz Grillparzer. 1791–1872, in: *Einführung in die deutsche Literatur*, hrsg. v. J. Geary und W. Schumann. New York 1964.

H. Politzer[44] die psychologische Entwicklung Grillparzers, wobei alle Züge betont werden, die die meisten Anklänge an Freuds Schulbeispiele besitzen. Hier wird die seelische Grundverfassung des Dichters zu erklären versucht und beobachtet, wie viele der psychischen Schwierigkeiten, Hemmungen und Komplexe sich sublimierend zu poetischen Impulsen und Gebilden verdichtet haben. Den gleichen Aspekt entwickelt H. Politzer[45] in der Bewertung der Tagebücher, die für ihn auch „*im Zustand der Selbstzerstörung einen hohen Geist*“ erkennen lassen. Im Grunde aber ist Grillparzers geistige Leistung für Politzer ganz auf seelische Gebrechen und Neurosen gegründet. Mehr auf die Weite seiner geistigen Herkunft bezogen ist eine Gesamtdarstellung Grillparzers von H. Politzer[46], worin die Grundthematik von Psychologie und Mythos in lebendiger Weise herausgearbeitet wird. Hier ist ein bedeutender Versuch zu einer „psychischen Biographie“ gemacht worden, wie sie kaum einem anderen Dichter zuteil geworden ist. Weitere Studien H. Politzers[47] befassen sich mit der Polarität von geistiger Isolierung und sinnlicher Verworrenheit, wie sie in der Gegenüberstellung von Turm und Tier verkörpert wird, und mit der Problematik des erotischen Erwachsen im Gedicht „Cherubin“.

In den vergangenen Jahren hat sich G. Stein[48] mit den Stellengesuchen Grillparzers befaßt, wogegen O. Dornberg[49] den Gebrauch der historischen Quellen untersucht, ohne allerdings auf Grillparzers eigene Gestaltung der Geschichte und die Art seines historischen Sinnes näher einzugehen. Wenig ergiebig und auf äußere Beobachtungen beschränkt bleibt D. R. Hilts[50] Versuch, Grillparzers österreichische Form der

---

[44] H. POLITZER, Nachwort zu ‚Grillparzer über sich selbst‘ in: *Grillparzer-Forum Forchtenstein* 1965. Wien 1966.

[45] H. POLITZER, Der arme Hofrat. Franz Grillparzer in seinen Tagebüchern, in: H. P., *Das Schweigen der Sirenen*. Stuttgart 1968.

[46] H. POLITZER, Franz Grillparzer, in: *Deutsche Dichter des 19. Jahrhunderts*, hrsg. v. B. v. WIESE. Berlin 1969.

[47] H. POLITZER, Der Turm und das Tier aus dem Abgrund. Zur Bildsprache der österreichischen Dichtung bei Grillparzer, Hofmannsthal und Kafka, in: *Grillparzer-Forum Forchtenstein* 1968. Heidelberg 1969. — H. POLITZER, Franz Grillparzers ‚Cherubin‘, in: *Grillparzer-Forum Forchtenstein* 1969. Graz 1970.

[48] G. STEIN, Die Stellengesuche Grillparzers. Einblicke in ein Dichterschicksal, in: *Jahrbuch der Grillparzer-Gesellschaft*, 3. Folge, IV (1965).

[49] O. DORNBERG, *Grillparzer's Historical Plays: Facts — Sources — Treatment*. Diss. Ohio State University 1966.

[50] D. R. HILT, *A. W. Schlegel and his Theories as Reflected in Parallel Plays of Grillparzer and Rivas*. Diss. University of Arizona 1967.

Romantik mit der spanischen des zeitgenössischen Duque de Rivas zu vergleichen. Der Verfasser[51] hat die Bedeutung überpersönlicher Kräfte und Geschehnisse für Grillparzers Dichtung hervorgehoben, und vor kurzem das Verhältnis von Drama und Geschichte behandelt[52]. Im letzten wird die ungewöhnliche Nähe Grillparzers zu den historischen und politischen Mächten seiner Zeit und seines Landes betont, die nicht nur seine Dichtungen entscheidend motiviert, sondern zugleich einen neuen Dramentypus hervorgebracht hat, der die Auseinandersetzung des Menschen mit vielfältigen und eigengesetzlichen Lebensbedingungen spiegelt. C. S. Bakers[53] Dissertation behandelt die Verwendung von Metapher und Gleichnis in einzelnen reiferen Dramen des Dichters. Die Ausgewogenheit von direkter Sprache, metaphorisch vertiefenden Sprachgestaltungen und Gestik, wie sie vor allem im „Bruderzwist" die Darstellung beherrscht, wird eindringlich diskutiert.

III

Größere Beachtung als die allgemeinen, umfassenden und vergleichenden Aspekte haben in Amerika die einzelnen Werke gefunden. Unter den zahlreichen Einzelstudien befinden sich bedeutende und erschließende Beiträge zur Erkenntnis der dramatischen und epischen Dichtung Grillparzers. Viele dieser Arbeiten sind aus intensiven Textanalysen hervorgegangen, wie sie der Praxis der fortgeschrittenen Seminare an den hiesigen Universitäten entspricht. Dabei ist durchaus nicht der Dichter über dem Werk vergessen worden, wofür viele psychologische und biographische Verweisungen zeugen; aber wesentlicher als das Erforschen von Voraussetzungen, Bezügen und Wechselwirkungen ist den meisten Interpretationen der Reichtum der dichterischen Form selbst, die Bildlichkeit und Vielgestaltigkeit der dramatischen Struktur sowie die zeitlose Verbindlichkeit menschlicher Wahrheit, wie sie nur in der poetischen Gestalt zu erfassen ist.

Der „Ahnfrau" hat zuerst H. M. Wolff[54] eine eingehende Untersuchung gewidmet. Er sieht eine gewisse Diskrepanz zwischen der sich

---

[51] K. Schaum, Grillparzers Begriff des Schicksals, in: *Kentucky Foreign Language Quarterly* 13 (1966).

[52] K. Schaum, Drama und Geschichte bei Franz Grillparzer, in: *German Quarterly* 44 (1971).

[53] C. S. Baker, *The Use of Metaphor and Simile in the Drama of Franz Grillparzer*. Diss. Cornell University 1971.

[54] H. M. Wolff, Zum Problem der ‚Ahnfrau', in: *Zeitschrift für deutsche Philologie* 62 (1937).

am Transzendenten, unbegreiflichen Schicksal orientierten Borotin-Tragödie und der Jaromir-Tragödie, die den Kern der Handlung bildet. Das dem allgemeinen Leben angeglichene Drama der Zufälle, das ohne Konsequenz und Notwendigkeit abläuft, widerspricht die Tragödie der Liebe, die auf Erlösung und Rückkehr einer harmonischen Weltordnung angelegt ist. Vermutlich hat Grillparzer in beiden Handlungsabläufen die Wirkung ein und derselben Lebensgesetzlichkeit angenommen, obwohl er stilistisch die Verschiedenheit der Motive nicht immer zu einem Ganzen verbinden konnte. Wolff ist es zu verdanken, daß im Vergleich mit Werner und Müllner die Eigenart des dichterischen Ansatzes bei Grillparzer deutlich in den Blickpunkt gerückt wird. — W. Paulsens[55] Buch über die „Ahnfrau" zählt zu den aufschlußreichsten und anregendsten Arbeiten der jüngeren Vergangenheit. Es deckt viele Züge Grillparzers auf, die später zu Reife und Erfüllung gelangen. Aus umfassender Kenntnis der sozialen und kulturellen Umstände, ebenso wie der inneren Erlebnisgehalte des Dichters wird der Durchbruch zum Dichterischen beschrieben, das in der Gestaltung von menschlichen Begegnungen kulminiert. — E. Krispyn[56] geht auf den ethischen Gehalt des Dramas ein und sucht die Mythe vom „guten" Räuber Jaromir zu zerstören. Grillparzer habe sich in der Lüge Jaromirs selbst angeklagt und seinem eigenen Schuldgefühl Ausdruck gegeben, so daß dieses Drama eigentlich als Bekenntnisdichtung aufzufassen sei. Dabei wird der Begriff des Schicksals stark relativiert und nur an Äußerlichkeiten gebunden.

„Sappho" stand früh im Mittelpunkt der Betrachtung. O. E. Lessing[57] hebt hervor, daß es sich weniger um ein Künstlerdrama, sondern um die Liebestragödie einer alternden Frau handelt. In sicherer Nachzeichnung der dramatischen Struktur entdeckt er keine eigentliche Kluft zwischen Kunst und Leben, sondern der Konflikt wächst für ihn aus der Seele Sapphos selbst hervor, insofern sie das Schwinden der Realitätsgrundlage nicht anerkennen kann. — W. H. Root[58] hat später im Vergleich zu Th. Mann den stark vereinfachenden Kunst-Leben-Gegensatz wieder betont, ohne überzeugend zu wirken. — A. D. Klarmann[59] macht

[55] W. PAULSEN, *‚Die Ahnfrau'. Zu Grillparzers früher Dramatik*. Tübingen 1962.

[56] E. KRISPYN, Grillparzer and his ‚Ahnfrau', in: *Germanic Review* 38 (1963).

[57] O. E. LESSING, Sappho-Probleme, in: *Euphorion* 10 (1903).

[58] W. H. ROOT, Grillparzer's ‚Sappho' and Th. Mann's ‚Tonio Kröger', in: *Monatshefte* 29 (1937).

[59] A. D. KLARMANN, Psychological Motivation in Grillparzer's ‚Sappho', in: *Monatshefte* 40 (1948).

auf den komplizierten psychologischen Mechanismus der Charaktere aufmerksam und sieht im tragischen Bruch und Abfall der erhabenen Künstlerin zur leidenschaftlich eifersüchtigen Frau das zentrale Motiv. — Die vorher erwähnte Studie W. Vortriedes[60] geht auf „Sappho" besonders ein und bezeichnet das Drama als „*Exegese des sentimentalischen Dichters*", die unmittelbar zum poetischen Nihilismus hinführt. Denn hier zeigt sich nach Vordtriede, daß die Welt der Kunst und des absoluten Geistes vom realen Leben unwiderruflich geschieden sei. Drang nach Leben, nach bürgerlicher Daseinswärme ist Abkehr vom Gemäßen, Verrat am Geist. Daß sich dabei eine Romantisierung der Kunst ergibt, die Grillparzer fremd war, wird man kaum übersehen können. — Einen guten Vergleich zwischen Sappho und Schillers Johanna zieht R. B. Brundrett[61], wobei die größeren humanistischen Kräfte in Grillparzers Drama unterstrichen werden. Vor allem wird in der Selbstüberwindung eine Art der Erfüllung gesehen, die von hoher seelischer Kraft zeugt. — Auf die Struktur des Dramas ist R. C. Cowen[62] eingegangen und hebt die Vielfalt der Darstellungsmittel, vor allem die Bildhaftigkeit, die Behandlung der Zeit und charakteristische Handlungsführung hervor.

Zum „Goldenen Vließ" hat T. C. Dunham[63] zwei beachtliche Studien geliefert. Die erste sucht im Vergleich zu Euripides den besonderen Strukturcharakter von Grillparzers Trilogie zu umreißen, während sich die zweite auf die Symbole und Bilder als Spiegelungen der irrationalen Bereiche des Menschen richtet. Hier wird die Weite der Motivgestaltung sichtbar sowie die verschiedenen Schichten des Verstehens. Besonders eindringlich wird das Höhlensymbol behandelt, wobei betont wird, daß das Mythische stärker mit dem Ethischen verbunden bleibt, d. h. mit der Abgründigkeit individuellen Wollens, weniger mit dem elementaren Bereich der Sinne. — Meine eigene Deutung der Trilogie[64] geht von Grillparzers Gedanken zur menschlichen Entwicklung und Verwandlung innerhalb der realen Gegebenheiten der Welt aus. Aus dem Zusammenhang dessen, was Medea aus inneren Kräften wird und

---

[60] Vgl. Anm. 29.

[61] R. B. Brundrett, The Role of the Ego in Grillparzer's ‚Sappho' and Schiller's ‚Jungfrau', in: *German Quarterly* 31 (1958).

[62] R. C. Cowen, Zur Struktur von Grillparzers ‚Sappho', in: *Grillparzer-Forum Forchtenstein* 1968. Heidelberg 1969.

[63] T. C. Dunham, Medea in Athens and Vienna, in: *Monatshefte* 38 (1946). — T. C. Dunham, Symbolism in Grillparzer's ‚Das Goldene Vließ', in: *Publications of the Modern Language Association* 75 (1960).

[64] K. Schaum, Gesetz und Verwandlung in Grillparzers ‚Goldenem Vließ', in: *Deutsche Vierteljahresschrift* 38 (1964).

aus raumzeitlichen Grundlagen menschlichen Daseins erfährt, entfaltet sich ihr Schicksal. Grillparzer gestaltet diesen Lebensgang mit strenger Kausalität und Notwendigkeit als eine Art mythischer Grundform menschlicher Existenz. Daß Medea trotz dieses unaufhaltsamen Wachsens und Reifens ihrer seelischen Vermögen an die Macht des Sinnlichen, des Wollens, des Geistes, der Willkür, d. h. an die realen Gegebenheiten des äußeren Geschehens gebunden bleibt, wie sie in den Gestalten von Vater, Bruder, Phryxus und Jason, sowie dem größeren Gegensatz von Kolchis und Griechenland, Ursprung und Zivilisation verkörpert werden, bildet „*die große Tragödie des Lebens*". Grillparzer gibt uns ein Sinnbild des im geschichtlich-realen Leben stehenden Menschen, der die äußersten Möglichkeiten zeitlicher Existenz erschöpft.

Am „Ottokar" hat H. Salinger[65] eine starke Abhängigkeit von Shakespeares „Macbeth" festzustellen vermeint, da der „*überwältigende Ehrgeiz*" des zentralen Charakters im Mittelpunkt des Interesses stand. Gewisse Parallelen zu Shakespeare werden überzeugend aufgezeigt, beziehen sich allerdings kaum auf die wesentlichen Züge dieses Dramas. Die Schwierigkeit beim Ottokar-Drama ist auch hier, daß selten die „Historie", die breit angelegte Lebensentwicklung, mit der psychologischen Charakterstudie verbunden werden kann. — H. Geitz[66] vertritt die Ansicht, daß Grillparzers Hinwendung zur Geschichte als eine Art intellektuelles Abenteuer zu verstehen sei, da es eben im Grunde nur um das Menschliche, nicht um die Ereignisse und äußeren Zusammenhänge gehe. — Dagegen hat W. Silz[67] in einer eingehenden Studie den großen Nuancenreichtum und die wichtigsten Formkonturen dieses Dramas herausgearbeitet. Hier werden die realistischen Züge deutlich gemacht, besonders die „*gemischten*" Eigenschaften des Helden, dessen Schicksal sowohl von eigenem Tun als auch von überpersönlichen, unberechenbaren Geschehnissen abhängt.

Am „Treuen Diener seines Herrn" haben sich seit je die Geister geschieden, da es verständlicherweise schwer fällt, sich über die Vorstellung des Heldischen im neueren Drama zu einigen. O. E. Lessings[68] Einsichten in den Wandel dramatischer Formen im 19. Jahrhundert haben ihn früh zu einer temperamentvollen Apologetik Bancbans ver-

[65] H. Salinger, Shakespeare's Tyranny of Grillparzer, in: *Monatshefte* 13 (1939).

[66] H. Geitz, *Grillparzer's Turn to the Historical Drama ‚König Ottokars Glück und Ende‘*. Diss. University of Wisconsin 1961.

[67] W. Silz, Grillparzer's ‚Ottokar‘, in: *Germanic Review* 39 (1964).

[68] O. E. Lessing, Bemerkungen zu Grillparzers Bancbanus, in: *Euphorion* 8 (1901).

anlaßt. Er nimmt vor allem gegen den Vorwurf eines *„niedrigen Servilismus“* Bancbans Stellung und weist auf die überpersönlichen Notwendigkeiten hin, die für Grillparzer ebenso zur menschlichen Wirklichkeit gehören wie das Recht auf Individuation. Auch H. W. Reichert[69] betont die Unterschiede zum klassischen Heldenideal und weist mit Recht darauf hin, daß Bancban kein intellektueller oder körperlicher Riese zu sein braucht, um in seiner ethischen Haltung ernst genommen zu werden. Hier steht ein gelungen dargestellter Charakter mit allen menschlichen Stärken und Schwächen einer bedeutenden Situation gegenüber, an der er wächst, indem er sie richtig erfaßt, an der er aber ebenso tragisch scheitert, weil er sie als einzelner niemals vollständig beherrschen kann. Meine eigene Darstellung über das Problem des Tragischen[70] in diesem Drama richtet sich auf die tragische Ironie, die der gesamten Dichtung zugrunde liegt. Es ist kein Charakterstück im herkömmlichen Sinne mehr, da die mögliche Gebundenheit des Menschen an überindividuelle Notwendigkeiten im Mittelpunkt steht, die nicht auf Veranlagung und Neigung, sondern auf ethisch-humaner Verpflichtung beruht. Treue gegenüber einem Verbindlichen und Allgemeinen exponiert ihn zwar dem Einbruch willkürlicher und sinnlicher Kräfte der Natur und macht die tragische Erfahrung unvermeidlich, bedeutet aber zugleich auch die einzige Möglichkeit der Überwindung des Tödlichen in der Gemeinschaft. Weitergeführt wurde dieser Ansatz in einer Gesamtanalyse des Dramas[71], in der vor allem auf die bestimmende Kraft der sozialen, politischen und ethischen Lage des Menschen bei Grillparzer hingewiesen wird. Wahrheit liegt nicht nur im einzelnen, sondern auch in dem, was die Grundlage menschlicher Existenz bewahrt, so daß der Begriff der Pflichttreue in einen weiteren Zusammenhang gerückt wird. — Im Gegensatz dazu sieht H. Politzer[72] in Bancban die Verkörperung alles Hinfälligen, Schwachen und Negativen, dessen Pflichttreue nichts als Verwirrung und Hilflosigkeit bedeutet. Grillparzer habe in Selbstironie eine erschütternde *„Vision vom beamteten Ich, das Bild des steinernen Hofrats“* gezeichnet, um in der Gestalt eigene psychische Probleme und Hemmungen zu *„erledigen“*. Das

[69] H. W. Reichert, The Characterization of Bancbanus in Grillparzer's ‚Ein treuer Diener seines Herrn‘, in: *Studies in Philology* 46 (1949).

[70] K. Schaum, Zum Problem des Tragischen in Grillparzers ‚Treuem Diener‘, in: *German Quarterly* 31 (1958).

[71] K. Schaum, Grillparzers Drama ‚Ein treuer Diener seines Herrn‘, in: *Jahrbuch der Grillparzer-Gesellschaft*, 3. Folge, III (1960).

[72] H. Politzer, Verwirrung des Gefühls: Franz Grillparzers ‚Ein treuer Diener seines Herrn‘, in: *Deutsche Vierteljahresschrift* 39 (1965).

Ganze gewinnt als Geschlechterkampf für Politzer tiefenpsychologische Beispielhaftigkeit, worin sich zweifellos Anklänge an Grillparzers psychische Konstitution finden, aber doch von der Darbietungsform und dichterischen Absicht recht distanziert erscheint.

Die dramatische Skizze „Melusina“ ist von P. K. Whiteaker[73] als die typische Tragödie der künstlerischen Existenz interpretiert worden, die sich in der romantisierten Form einer metaphysischen Allegorie darstellt. Angesichts der Vielgestaltigkeit und Dynamik der Grillparzerschen Dichtung überzeugt jedoch die vereinfachte Gegenüberstellung von „*hoher*“ Kunst und „*niedrigem*“ Leben kaum.

„Des Meeres und der Liebe Wellen“ wurde erstmalig von A. A. Scott[74] näher untersucht, ohne daß im Vergleich zu Houwalds „Leuchtturm“ die Bedeutung dieses Dramas näher erfaßt und formuliert wird. — Daß Hero im falschen Vertrauen auf die im Licht symbolisierten Kräfte der Leidenschaft die wahre Erfüllung ihrer Liebe verfehlt, hat H. Politzer[75] in einer feinfühligen Studie dargestellt. Der Durchbruch durch die Scheinhaftigkeit der Welt gelingt nur in einem sehr begrenzten Maße, und es wird Hero selbst zugeschrieben, daß sie im „Turm“ der Isolierung befangen bleibt. Eine neuere Studie H. Politzers[76] führt diese Gedanken weiter aus und begründet die im wesentlichen als nihilistisch bezeichnete Wirkung des Dramas im Unvermögen, echte Liebeskräfte gegenüber äußeren und inneren Einschränkungen zu entfalten. — D. Lasher-Schlitt[77] spricht von einer „*Tragödie der verbotenen Liebe*“, die aus der Hemmungslosigkeit und Unkontrollierbarkeit der Leidenschaften erwächst, da nichts im vorangegangenen Leben auf die Gewalt einer solchen Kraft vorbereitet hatte. Hero und Leander wurden zu Opfern ihrer gehemmten und verdrängten Sinne. Daß auch hier Gedankengänge vorherrschen, die der dichterischen Leistung und den ihr eigenen Wirkungsmöglichkeiten nur bedingt entsprechen, muß mit einigem Bedauern festgestellt werden. Nicht im Unvermögen der wahren Erfüllung der Liebe, sondern das Bewahren und weitere Entfalten der Lebens-

---

[73] P. K. WHITAKER, The Tragic Artist in Grillparzer's ‚Melusina‘, in: *Monatshefte* 50 (1958).

[74] A. A. SCOTT, Grillparzer's ‚Des Meeres und der Liebe Wellen‘ and Houwald's ‚Leuchtturm‘, in: *Modern Language Review* 13 (1918).

[75] H. POLITZER, Der Schein von Heros Lampe, in: *Modern Language Notes* 72 (1957).

[76] H. POLITZER, Größe des Mittelmaßes: Franz Grillparzers Hero, in: *Helen Adolf Festschrift*. New York 1967.

[77] D. LASHER-SCHLITT, Grillparzer's ‚Hero und Leander‘. Eine psychologische Untersuchung, in: *Jahrbuch der Grillparzer-Gesellschaft*, 3. Folge. III (1960).

kräfte in einer vom Menschen entstellten und entfremdeten Welt bildet das zentrale Problem. — Klare und kenntnisreiche Hinweise auf biographische Grundlagen bietet O. P. Straubinger[78] und gibt ein deutliches Bild der Wirkung des Dramas auf das zeitgenössische Publikum.

„Der Traum ein Leben" hat die amerikanische Literaturwissenschaft lediglich zu zwei Vergleichen angeregt: R. O'Connell[79] stellt, wie später D. R. Hilt, das Drama dem ähnlichen Stück des Grafen Rivas gegenüber, wobei festgestellt wird, daß beide Autoren auf Lope de Vega zurückgehen, Grillparzer jedoch kaum eine andere spanische Quelle benutzt hat. — R. Immerwahr[80] gibt eine kenntnisreiche und interessante Darstellung des Traummotivs in der Weltliteratur. Bei Grillparzer sieht er den Typus des Traum-Leben-Motivs verwirklicht, der einen Gegenpol zum romantischen Traum darstellt und stärker auf sittliche Wirkung abgestellt ist. Zwar sind indirekte Einwirkungen orientalischer Dichtungen nicht ausgeschlossen, jedoch kann R. Immerwahr die Nähe Grillparzers zu taoistischen und buddhistischen Behandlungen nicht weiter begründen.

Zu „Weh' dem, der lügt!" hat R. Angress[81] einen recht unbefriedigenden Aufsatz veröffentlicht, der im Vergleich zum „Goldenen Vließ" darlegen soll, daß Grillparzer hier einer „*optimistischen*" Anwandlung erlegen sei und eine Art Puppentheater beabsichtigt habe. Da das Lustspiel auf keinen Fall auf einen tragischen Konflikt angelegt war, kann man wohl auch kaum vom Vermeiden des Tragischen sprechen. Nach der bedeutenden Analyse F. Martinis ist eine solche Behandlung kaum in Betracht zu ziehen.

„Libussa" wurde von F. M. Wassermann[82] unter Verwendung zahlreicher biographischer und zeitgeschichtlicher Elemente behandelt. Selbstdarstellung, weltanschauliches Bekenntnis und Kritik am Metternich-Regime scheinen für Wassermann dieses Drama mit allzuviel Gedanklichem zu beladen, so daß er es als Kunstwerk nicht ernst nimmt. Auch nimmt er an, daß hier Grillparzers Ideal der Stille und Tiefe zurück-

---

78 O. P. Straubinger, ‚Des Meeres und der Liebe Wellen' im Urteil der Zeit, in: *Grillparzer-Forum Forchtenstein* 1968. Heidelberg 1969.

79 R. O'Connell, ‘El desengono en un sueno’ and Grillparzer's ‚Der Traum ein Leben', in: *Philological Quarterly* 40 (1961).

80 R. Immerwahr, Das Traum-Leben-Motiv bei Grillparzer und seinen Vorläufern in Europa und Asien, in: *Arcadia* 2 (1967).

81 R. Angress, ‚Weh' dem, der lügt!': Grillparzer and the Avoidance of Tragedy, in: *Modern Language Review* 66 (1971).

82 F. M. Wassermann, Grillparzer's ‚Libussa'. Selbstbekenntnis und Kulturkritik, in: *Monatshefte* 45 (1953).

gezogenen Lebens zum Ausdruck gebracht sei. — T. C. Dunham[83] widmet eine gute Studie der Symbolik des Dramas, die ihm in mancher Hinsicht als die vielgestaltigste unter allen Dichtungen erscheint. Die Bedeutung liegt jedoch in keiner Weise nur am Ideenreichtum, sondern in der Fülle und Überzeugungskraft der Anschauung. Zentral für „Libussa" ist das Kreis-Symbol, das in Kette, Gürtel und Krone die einzelnen Entwicklungsstufen begleitet und zu weitreichenden Bedeutungsassoziationen anregt. An Hand dieses dominierenden Strukturprinzips gibt T. C. Dunham eine eingehende Interpretation des gesamten Dramas. — Weniger ergiebig ist die angebliche Strukturanalyse J. D. Barlows[84], die das Drama im Grunde als Sexual-Tragödie zu deuten versucht. Es wird angenommen, daß Libussa sexuell und emotionell sowohl an den Vater Krokus als auch an Primislaus gebunden sei. Lediglich der 5. Akt weiche vom psychologischen Thema ab und befasse sich mit politisch-historischen Ideen, die Grillparzer leider nicht mit der Sexualität zu verbinden wisse (!).

Der „Bruderzwist in Habsburg" hat kaum die Beachtung in Amerika gefunden, die diese reife Dichtung Grillparzers verdient. F. M. Wassermann[85] geht von der Annahme aus, daß Rudolf als Geistmensch einfach nicht zu handeln verstehe und daher in Passivität vor jeder Entscheidung zurückscheue. Die kühne Idee, daß er sowohl Barockgestalt als auch der seiner selbst unsicher gewordene moderne Mensch sei, führt kaum zu tieferen Einsichten. Eine gewisse Naivität liegt in der Vorstellung, daß man Rudolfs Wesen und herrscherliche Situation leicht durchschauen kann und genau weiß, wie er hätte handeln sollen. — Ein durchaus neuer Zugang zum „Bruderzwist" ist H. Politzers[86] Behandlung des Verhältnisses von Rudolf und Don Cäsar. Dabei wird die rigorose Härte und fühllose Unbeugsamkeit des Vaters unterstrichen, die auf sein kaiserliches Amt ein entsprechendes Licht wirft. — E. Sanders[87] versucht in einer Strukturanalyse des Dramas die schöpfe-

[83] T. C. DUNHAM, The Circle Image in Grillparzer's ‚Libussa', in: *Germanic Review* 36 (1961).

[84] J. D. BARLOW, *The Dramatic Structure of Grillparzer's ‚Libussa'*. Diss. New York University 1967.

[85] F. M. WASSERMANN, Kaiser Rudolf und seine Umwelt in Grillparzers ‚Bruderzwist'. Die Tragödie des Herrschers zwischen Weisheit und Tat, in: *Monatshefte* 43 (1951).

[86] H. POLITZER, Grillparzers ‚Bruderzwist' — Ein Vater-Sohn-Konflikt in Habsburg, in: *Festschrift für B. Blume*. Göttingen 1967.

[87] E. SANDERS, *Franz Grillparzers ‚Ein Bruderzwist in Habsburg'*. Diss. Princeton University 1967.

rische Eigenart Grillparzers zu verdeutlichen, vor allem im Hinblick auf die Vergegenwärtigung elementarer Lebensmächte. Sanders beobachtet die Weite und dynamische Bewegung innerhalb des dramatischen Vorgangs, die neue Daseinslagen für das Individuum schaffen. — O. Dornberg[88] bemerkt im Unterschied zu den Quellen, daß Grillparzer bewußt Historisches und Zeitgeschichtliches miteinander vereint. Rudolfs Problematik spiegelt zu einem gewissen Grade die Situation Metternichs und mache dadurch akute politische Aspekte lebendig.

Die „Jüdin von Toledo" ist in Amerika mehrere Male zum Gegenstand ausführlicher Untersuchungen gemacht worden. Der bereits erwähnte Aufsatz von H. Lenz über Grillparzers politische Ideen ist durch eine Interpretation der „Jüdin" ergänzt worden und als Buch erschienen[89]. Lenz zeigt, wie die institutionellen Mächte (Staat, Ehe, Gesellschaft) den Vertretern individuellen Lebens feindlich gegenüberstehen. Grillparzers Absicht war es, König Alfons über seine Lebensform hinauswachsen zu lassen, um das Notwendige und Allgemeine bewältigen zu können. Jedoch wendet der Tod Rahels dieses ideale Ziel in das traurige Bild des Geschlagenen, der sich der leblosen Staatsidee mit zerstörtem Gefühl unterwirft. Trotz einer gewissen Einseitigkeit wird man Lenz' These ernst nehmen müssen. — R. C. Cowen[90] sieht in der Charaktergestaltung Rahels einen Triumph der Humanität über erstarrte veräußerlichte Lebensformen. Allerdings hat es Grillparzer fern gelegen, unbedingte Entgegensetzungen zu schaffen, und er bewertet den Prozeß der Entwicklung höher als rational fixierbare Positionen. — Ganz unkonventionell und im Stil einer gedrängten, scharf konturierenden Nacherzählung gibt E. A. Blackall[91] eine Art Wirkungsanalyse des Dramas. Ohne vorgefaßte Normen und unzutreffende Klischees zu verwenden, spiegelt diese Darstellung den Reichtum der dichterischen Orchestrierung und sucht den Vorgang stets im Auge zu behalten. Die Charaktere erscheinen oft in ironischem Licht und bleiben als Träger elementarer Impulse dem überwältigenden Geschehen untergeordnet. Blackall berührt wesentliche Züge der Grillparzerschen Darstellungsweise und erkennt, wie eng alles Individuelle mit den politisch-sozialen Daseins-

[88] O. Dornberg, How Historical is Grillparzer's Rudolf II?, in: *Modern Austrian Literature* 2 (1969).

[89] H. Lenz, *Franz Grillparzer's Political Ideas and ,Die Jüdin von Toledo'*. New York 1938.

[90]. R. C. Cowen, The Tragedy of ,Die Jüdin von Toledo', in: *German Quarterly* 37 (1964).

[91] E. A. Blackall, ,Die Jüdin von Toledo', in: *Interpretationen* 2, hrsg. v. J. Schillemeit. Frankfurt 1965.

gegebenheiten verbunden ist. — E. Krispyn[92] verdanken wir eine ideenreiche und umsichtige Deutung, die erneut die Funktion der Entwicklung hervorhebt. Was sich hier im Individuellen ebenso wie im Bereich des Staates vollzieht, vergegenwärtigt den mythischen Vorgang vom Fall, eine Art Urgeschichte seelischer Entfaltung. Krispyn zieht dabei gute Vergleiche zu verwandten Motiven in früheren Dramen. — Ähnliche Aspekte hat auch H. Politzer[93] verfolgt, allerdings steht für ihn nicht Alphons, sondern Rahel als Verkörperung des Ursprungs des menschlichen Lebens im Mittelpunkt. Die psychologischen Perspektiven und Begriffe Politzers finden in einer sorgfältigen und geistreichen Analyse der wesentlichsten Darstellungselemente mehr Überzeugungskraft als in anderen Zusammenhängen.

Abschließend sei noch auf einzelne Behandlungen der Grillparzerschen Novellen eingegangen. W. Paulsen[94] hat als erster überzeugend auf die starken autobiographischen Züge des „Armen Spielmanns" verwiesen. Er macht die eigene epische Struktur Grillparzers, in der latente dramatische Konflikte eingebaut bleiben, vor allem im Vergleich mit Kleists Erzählweise deutlich. Im „Kloster bei Sendomir" sieht Paulsen einen Ausdruck von Selbsturteil, das Grillparzer über sich fällte zu einem Zeitpunkt, da er zwischen Liebe und Freundschaft tiefe Spannungen empfand. In der Darstellung Paulsens hat die Prosa für Grillparzer einen betont bekenntnishaften Charakter. — W. Silz[95] bietet eine exakte Formanalyse des „Armen Spielmanns", wobei die Ausgewogenheit der formalen Mittel, die möglichen Beziehungen von Autor, Erzählung und Leser sowie die rechte Verteilung subjektiver und objektiver Elemente deutlich und überzeugend behandelt werden. W. Silz lenkt damit den Blick von rein psychologischen Aspekten auf die ästhetische Leistung. Er nimmt die Gestalt Jakobs in ihrer ganzen Personalität ernst und weist auf die Integrität dieses Charakters inmitten zwingender und determinierender Umstände. — Eine beachtliche und grundlegende Darstellung der Novelle stellt die Studie H. Politzers[96] dar; sie geht auf zahlreiche Einzelheiten aus Grillparzers Leben als Basis der Formen und

---

[92] E. KRISPYN, Grillparzer's Tragedy ‚Die Jüdin von Toledo', in: *Modern Language Review* 60 (1965).

[93] H. POLITZER, Franz Grillparzers Spiel vom Fall: ‚Die Jüdin von Toledo', in: *Zeitschrift für deutsche Philologie* 86 (1967).

[94] W. PAULSEN, Grillparzers Erzählkunst, in: *Germanic Review* 19 (1944).

[95] W. SILZ, Grillparzer — ‚Der arme Spielmann', in: W. S., *Realism and Reality*. Chapel Hill 1954.

[96] H. POLITZER, *Franz Grillparzers ‚Der arme Spielmann'*. Stuttgart 1967.

Motive ein, ist mit erfrischender Ironie geschrieben und vermeidet jede falsche Idealisierung. Hier wird der realistische Charakter, die epische Distanz und die Bedeutung der Lebensentwicklung für Grillparzer betont. Jakob wird im Zustand äußerster Isolierung gesehen, der an einer pathologischen Verwirrung des Gefühls leidet und in der Musik zu einer scheinbaren Bewältigung seiner seelischen Beschränkungen gelangt, die mögliche Entfaltung in der Liebe jedoch tragisch verfehlt. In diesem Aspekt erscheint Grillparzers Erzählung fast wie eine große Ironisierung alles Romantischen. — Auf spezifische Erlebnisgehalte in der Novelle geht auch A. Gutmann[97] in ihrem lebendig stilisierten Aufsatz ein, macht aber zugleich die Grenze zum ästhetischen Bereich in diesem Werk sichtbar. — W. Paulsen[98] hat noch einmal die Bauformen und Stilprinzipien der Erzählung im Verhältnis zu Tagebüchern, Studien und Satiren untersucht. Er überzeugt uns von den zahlreichen kritisch-satirischen Momenten dieser Dichtung, die gegen das Bürgertum gerichtet sind. Bestimmte Verfallserscheinungen der sozialen und politischen Welt finden hier eine realistische Bewertung. — O. K. Liedke[99] ist in seiner Analyse von den Strukturelementen ausgegangen und sieht die klassische Sonatenform in dieser Erzählung verwirklicht. Als Grundthema nimmt er einen Wechsel von Enttäuschung und ironischer Erfüllung an, wobei er aus dem kunstvollen Aufbau des Werkes folgert, daß es Grillparzer ebenso um die Vergegenwärtigung von Schicksalsentwicklungen ging wie um Charaktergestaltung.

Zum „Kloster bei Sendomir" hat der Verfasser selbst[100] eine kurze Interpretation veröffentlicht. Grillparzer stellt die Menschen in dieser Geschichte in eine umfassende Entwicklung der Vorgänge, die determinierend auf ihre eigene Existenz einwirkt. Eine Grunderfahrung des Menschen ist es in diesen Zusammenhängen, daß er Kräfte zu beschwören vermag, die den Bereich individuellen Erkennens und Wollens weit übersteigen. Dadurch sieht sich der einzelne einer Dynamik und Vielfalt des Lebens ausgesetzt, die sich seiner Einsicht und Initiative entzieht. — Eine nähere Analyse der Elga-Figur in dieser Novelle unter-

---

[97] A. Gutmann, Grillparzers ‚Der arme Spielmann'. Erlebtes und Erdichtetes, in: *Journal of the International A. Schnitzler Association* 6 (1967).

[98] W. Paulsen, Der gute Bürger Jakob. Zur Satire in Grillparzers ‚Armen Spielmann', in: *Colloquia Germanica* 2/3 (1968).

[99] O. K. Liedke, Considerations in the Structure of Grillparzer's ‚Der arme Spielmann', in: *Modern Austrian Literature* 3 (1970).

[100] K. Schaum, Grillparzers ‚Kloster bei Sendomir', in: *Wort in der Zeit* 8 (1962).

nimmt R. L. Lawson[101]. Er sieht diesen Frauencharakter vor dem sozialen Hintergrund Wiens und weist mit Recht nach, daß das moralische Problem erst durch Wesensverschiedenheit der Menschen und durch gesellschaftliche Unterschiede eine tragische Verschärfung erfährt.

Zusammenfassend sei bemerkt, daß die Erweiterung und Vertiefung, die die Grillparzer-Forschung in Amerika in den letzten Jahrzehnten erfahren hat, durchaus zur Erwartung berechtigt, daß das wissenschaftliche Bemühen um das Werk des großen Österreichers nicht nur entsprechend fortgesetzt wird, sondern daß auch sein Einfluß im Bildungsprozeß jüngerer Generationen beständig wächst und an Bedeutung gewinnt.

---

[101] R. L. Lawson, The Starost's Daughter: Elga in Grillparzer's ‚Kloster bei Sendomir', in: *Modern Austrian Literature* 1 (1968).

ALEXANDER V. MICHAILOW
(Moskau)

GRILLPARZER IN DER SOWJETUNION

Ein Bericht über die Grillparzer-Aufnahme in der UdSSR könnte den Titel tragen: „Grillparzer als eine unbekannte Größe." Das bedeutet nicht, daß Grillparzer in der Sowjetunion völlig unbekannt ist, was auch nicht möglich sein könnte. Es gibt Ausgaben von Grillparzers Dramen in russischer Sprache, und es gibt auch einige wissenschaftliche Arbeiten, die sich mit Grillparzer befassen. Woran es aber fehlt und was Grillparzer trotzdem zu einer unbekannten Gestalt in der Geschichte der Kultur macht, das liegt tief im Wesen der russischen Kultur (und der Sowjetkultur) selbst und im Wesen des Österreichischen.

Die Grundlage heutiger russischer Kunst bleibt die große Realistik des 19. Jahrhunderts, die in der Sowjetunion besonders gepflegt wird als das bedeutendste Kulturerbe. Aber sie ist nicht nur dadurch wichtig, daß ihre Traditionen in Kunst und Literatur weiter erhalten werden, sondern in erster Linie dadurch, daß ihre Lebenserfahrung zu eigen gemacht und weiterentwickelt wird. Es ist eine geschichtliche Bestimmtheit, die das Verhältnis zu anderen Kulturen im großen regelt und die die Bedeutung des Nationalen in der Geschichte zu schätzen lehrt. Und es ist eine lebendige Tradition da, die den Bestrebungen der modernen technischen Kultur, zu einer „überzeitlichen" nivellierenden Totalität der Kultur überhaupt zu kommen, entgegenwirkt, indem sie das Volksmäßige einer jeden Kultur hervorhebt. Die russische und die österreichische Kunst und Kultur werden für einander „schwierig" dadurch, daß ihre Lebenserfahrung und Lebensdeutung, trotz aller Zeittendenzen, in ihrem Boden auf je eine besondere Weise wurzeln. Aber das „Schwierige" kann zu einer echten Feuerprobe einer jeden Kultur werden. Solche Kulturen sind gerade dadurch für einander wichtig. Das kann an dieser Stelle leider nicht ausgeführt werden.

Wenn Wolfgang Paulsen schreibt: Franz Grillparzer bleibt bis jetzt „der Dichter der ‚Ahnfrau'"[1], ist es treffend gesagt, obwohl das unbeweisbare ästhetische Bewerten dieses „berüchtigten" Theaterstücks — es sei „für uns" verloren — immerhin zweifelhaft ist; das, was dieses Drama vor den späteren und reiferen auszeichnet, ist nicht etwa Frische oder das Stürmen und Drängen, das einem Jugendwerk anhaftet, sondern es ist die Kraft des Unbewußten, die trotz allem diesem Drama eigen ist und die nicht auf eine Eroberung der Welt, im Theaterpublikum

[1] W. PAULSEN, *Die Ahnfrau. Zu Grillparzers früher Dramatik.* Tübingen 1962, 8.

verkörpert, durch das Theater Verzicht leistet, die sich um keine Schönheit an sich kümmert, sondern die darauf angelegt ist, daß sie einfach da ist mit ihrer ganzen ungeheuren Einwirkung auf die Zuschauer, mit der Einwirkung des Ungeheuren: inwiefern das Drama ein poetischer Erguß ist ... So werden die Vorzüge dieses dramatischen Werkes vor allen anderen im Schaffen des Dichters klar; zugespitzt: der Zuschauer oder der Leser braucht keiner Vorzüge erst bewußt zu werden. Auf diese Weise ist es ein Stück, mit dem man — was gewiß relativ zu verstehen ist — frei schalten und walten darf, und das einzige solcher Art in Grillparzers Werk; also braucht man nicht, wenn man nicht will, das National-Eigentümliche im Drama zu ergründen und stößt man dabei doch nicht auf die Grenzen des Verständnisses: dadurch bleibt das Drama etwas Verständliches an sich — also kein Problem des „Verstehens"; als ein „verständliches" Werk gewinnt es das an Schönheit, was es als Kunstwerk sonst verlieren würde — eine wunderbare Dialektik der „Kunstrezeption". Für alle anderen Dramen Grillparzers aber kann es fremde Leser, Zuschauer und Forscher geben: vor solche tritt das Drama als das Fremde, das in seiner Fremdheit erfahren sein will; das Drama birgt seinen einmaligen Sinn in der Tiefe, und der Sinn fällt mit der Seinserfahrung des Volkes in der Geschichte zusammen. Man kann nicht Grillparzers Dramen „abstrakt" lesen, als „Kunstwerke" überhaupt, in einem universalen Umkreis der für die moderne Kultur überhaupt zugänglichen und erreichbaren Kunstwerke, sondern wie kaum ein anderes setzt sich das Werk des größten Dichters Österreichs dem nivellierenden Geiste entgegen und tritt vor uns als eine schwierige Kunst, exemplarisch für das hermeneutische Problem der Kunsterfahrung. Mit der einen Ausnahme der „Ahnfrau".

Wenn also Alexander Blok, von der berühmten Schauspielerin Vera Komissarshewskaja aufgefordert, an der letzten Jahrhundertwende gerade „Die Ahnfrau" ins Russische übersetzt, so folgt er, der bis dahin kein einziges Stück Grillparzers je gelesen hat, einem bestimmten geschichtlichen Zwang. Daß ein großer russischer Dichter sich der „Ahnfrau" angenommen hat, ist nicht nur ein Glücksfall in der Geschichte der Beziehungen zwischen den beiden Kulturen, sondern auch ein Schritt innerhalb vorgezeichneter Logik.

Diese Übersetzung Bloks wurde oft nachgedruckt, als Einzelausgabe allerdings nur einmal[1a]. Der Dichter hat seine Vorgänger nicht gekannt

[1a] „Pantheon", 1909 (1908); *F. Grillparzer, Dramen.* Bd. 1, Moskau-Petrograd 1923 (durchgesehen); BLOK, Ges. Werke in 12 Bänden, Bd. VII, Leningrad 1934; Ges. Werke in 8 Bänden, Bd. IV, Moskau-Leningrad 1961;

(es lagen damals nicht weniger als vier Übersetzungen dieses Stücks ins Russische vor, einige zwar nur im Manuskript). Bloks Übersetzung wurde auch in Szene gesetzt (im „Dramatischen Theater" von Vera Komissarshewskaja, sie hat selbst 1909 die Bertha gespielt).

Blok hat „Die Ahnfrau" echt dichterisch und echt psychologisch nacherlebt, wie es seiner ganzen europäischen Epoche hochentwickelter Gefühlskultur entsprach. Blok sieht dabei Grillparzer in der Nähe von E. A. Poe und Henrik Ibsen („Rosmersholm"). Er ist vor allem nicht bereit, Grillparzer als einen spezifisch österreichischen Dichter zu verstehen und zu deuten; das „Österreichische" als ein Prinzip der Ausdeutung sagt ihm entschieden nicht zu, sondern, ohne je erfahren worden zu sein, wird es von vornherein abgelehnt. Andererseits ist es ein besonders feiner Zug, daß Blok in dem frühen Drama Grillparzers einen geschichtlichen Zusammenbruch zu sehen imstande ist, der symbolisch für eine allgemeine Katastrophe der Weltgeschichte steht, eine Art Untergang des Abendlandes. In dieser Hinsicht und Deutung gehört Grillparzers Drama nicht der Vergangenheit an. In diesem Sinne geschieht das symbolische Drama erst jetzt und erst recht jetzt, vor uns. „*Je mehr Grillparzer sich in seinen düsteren Mystizismus vertieft*" — schreibt Blok in seinem Vorwort —, „*desto mehr möchte ich das Drama rein publizistisch auf den Verfall des russischen Adels transponieren!*" Aber das, was mit dem Wort „*publizistisch*" unscharf umschrieben wird, enthüllt sich als eine Elegie in Prosa auf den russischen Adel, auf seine Lebensführung und auf seine Berufung in der Geschichte; seine Verdienste um die russische Kunst und Kultur sind, Blok zufolge, überhaupt nicht zu überschätzen. Damit schlägt Blok eine — nicht mehr zerstörbare — Brücke zwischen dem für ihn sehr fremden Dichter und seinem eigenen Welterlebnis. Im Psychologischen verwurzelt, ist Bloks Deutung der „Ahnfrau" nicht allgemein gültig und nicht andernorts nachvollziehbar. Aber seine poetische Deutung Grillparzers in der vollgültigen Nachdichtung der „Ahnfrau" hat den Zugang zu Grillparzer für die russischen Leser eröffnet. Da der russische Dichter sich 1917 zu dem neuen Staate offen bekannte, liegt hier eine ununterbrochene Tradition in der Grillparzer-Rezeption vor. Für diejenigen Russen, die Grillparzer überhaupt kennen, ist die Bekanntschaft mit dieser Übersetzung unerläßlich. Aber in den meisten Fällen — das konnte ich rein praktisch feststellen (und es war auch vorauszusehen) — begnügt man sich damit, daß man das Drama

„Na dal'nem gorizonte" (Bloks Übersetzungen), hrsg. von A. Ssamojlow, Moskau, „Progress", 1970 (in der Reihe „Meister der Nachdichtung", Bd. XII); Ges. Werke in 6 Bänden, Bd. IV, Moskau 1971.

Grillparzers nur in der einzig in Betracht kommenden Übersetzung Alexander Bloks kennenlernt.

Nach 1917 sind in der Sowjetunion zwei russische Grillparzer-Auswahl-Ausgaben erschienen, außerdem wurde ein Drama als Einzelausgabe gedruckt: „Libussa", übertragen von einem in damaliger Zeit sehr aktiven Übersetzer deutscher Dichtung, W. Sorgenfrei[2].

Die 1923 begonnene und leider nicht weitergeführte Ausgabe, deren II. Band im Manuskript liegen blieb, erschien in der von Maxim Gorki angeregten und geplanten Reihe: „Die Weltliteratur", die für die Sowjetkultur in den leidvollen zwanziger Jahren von größter Bedeutung war. Der erste Band dieser äußerst sorgfältig edierten Ausgabe enthält „Die Ahnfrau", „Die Jüdin von Toledo" und „Weh' dem, der lügt!"[3]. Die Übersetzungen wurden von dem bekannten Dichter N. Gumiljow und einem sehr renommierten Dichter und Übersetzer, M. Losinski, überholt; der 1921 verstorbene Blok konnte seine Übersetzung noch 1918 überarbeiten. Der Herausgeber war der bekannte Altphilologe polnischer Herkunft, Thaddäus Zielinski, der bald nach der Oktoberrevolution von St. Petersburg nach Warschau ging. Th. Zielinski hat für diese Ausgabe ein ausführliches Vorwort geschrieben, jedes Drama mit einer besonderen Einführung und einem sehr detaillierten Kommentar versehen. Von den für ihn selbstverständlichen Grundsätzen einer Einfühlungsästhetik ausgehend, hat Zielinski in seinem Anmerkungsteil die Dramen Grillparzers gründlich erläutert, d. h. in erster Linie psychologisch und dann von der Technik des Dramas her und literaturgeschichtlich. Das, was ihm als Ziel vorschwebte, war wohl keine einfache Leseausgabe, sondern eine viel anspruchsvollere Studienausgabe, in die der Leser sich vertiefen und versenken konnte und wo er seine Eindrücke mit Hilfe der gründlicheren Erkenntnisse des Herausgebers korrigieren mußte. Zielinski kannte sich in der Literaturgeschichte der Neuzeit gut aus; er hat auch Grillparzer eingehend studiert. Daß er „Die Jüdin von Toledo" für ein frühes Stück Grillparzers hält, besagt dabei nicht viel. Als ein Altphilologe bezeugt uns Zielinski Grillparzers echtes und lebendiges Verhältnis zur Antike; Zielinski zufolge enthalten Grillparzers Studien zum antiken Drama manche Erkenntnisse, die spätere Ergebnisse der philologischen Forschung vorwegnehmen; in einem Einzelfall, der für alle anderen stehen

---

[2] FRANZ GRILLPARZER, *Ljubuscha (Libussa)*. Übertragen und mit einer Einführung von W. SORGENFREI, Petrograd 1919.

[3] FRANZ GRILLPARZER, *Pjessy (Dramen)*, Bd. I, Moskau-Petrograd 1923. Enthält: „Die Ahnfrau" von A. BLOK, „Die Jüdin von Toledo" von STAFEN TUSHIMA, „Weh' dem, der lügt!" von E. MALKINA übersetzt.

mag, konnte Grillparzer feststellen, daß Aischylos' Prometheus desmōtēs nicht den ersten, sondern den letzten Teil der Trilogie bildet; in der verwickelten Frage der Katharsis-Deutung war Grillparzer ein Vorgänger Nietzsches („Die Geburt der Tragödie ...“); Grillparzer entdeckte für sich Euripides' wahre Bedeutung und schrieb eine echte Apologie dieses von den Romantikern noch nicht nach Gebühr geschätzten Dichters; Grillparzer fühlte als erster die Größe seines „Herakles“, so daß er hier Ulrich von Wilamowitz-Moellendorff vorarbeitete. Daß die von Th. Zielinsky für Grillparzer geleistete Arbeit dem heutigen Stand der Forschung nicht mehr entspricht, kann uns nicht Wunder nehmen, aber dieser Umstand fällt auch nicht entscheidend ins Gewicht, wenn man bedenkt, daß die Ergebnisse der Grillparzer-Forschung nie auf Russisch dargelegt wurden und daß Zielinskis Arbeit sich doch an ein relativ breites Publikum wendete, das sie jetzt, nach Verlauf von fünfzig Jahren, mit ihrer Auflage von 4150 Exemplaren nicht mehr erreicht. Daß das Schicksal dieser Ausgabe nicht günstig war, folgt schon daraus, daß sie erst mit einer großen Verspätung (von einigen Jahren) erscheinen konnte.

Die zweite Grillparzer-Ausgabe stammt aus dem Jahre 1961[4]; sie erschien in der Reihe „Bibliothek des Dramatikers“ und enthält „Sappho“, „König Ottokars Glück und Ende“, „Des Meeres und der Liebe Wellen“ (zum erstenmal auf Russisch!), „Der Traum ein Leben“, „Die Jüdin von Toledo“, „Libussa“. Aber auch jetzt sind in der russischen Sprache noch immer nicht zugänglich: „Das Goldene Vließ“, „Ein Bruderzwist in Habsburg“, „Ein treuer Diener seines Herrn“ — also Grillparzers Meisterwerke.

Die beiden Novellen Grillparzers sind in einer Anthologie österreichischer Erzählungen des 19. Jahrhunderts enthalten[5]. Hier hat der Übersetzer die dem Musikspiel gewidmeten Teile des „Armen Spielmanns“ in ihrem Wortsinn leider durchaus nicht verstanden. Dadurch ist der Sinn dieser Novelle arg entstellt bzw. undurchsichtig geworden.

Für eine mehrbändige Sammlung der „Dokumente zur Geschichte der Ästhetik“ wurde vom Verfasser dieses kurzen Berichts eine sehr

---

[4] FRANZ GRILLPARZER, *Pjessy (Dramen)*. Hrsg. von E. ETKIND. Leningrad-Moskau 1961. Enthält: „Sappho“ von T. GNEDITSCH, „König Ottokars Glück und Ende“ von P. KARP, „Des Meeres und der Liebe Wellen“ von W. SCHOR, „Der Traum ein Leben“ von SW. SWJATZKI, „Die Jüdin von Toledo“ von N. SNEGOWA, „Libussa“ von N. RYKOWA übersetzt.

[5] *Awstrijskaja nowella XIX weka (Österreichische Novelle des 19. Jahrhunderts)*. Moskau 1959, 25—79.

knappe Auswahl aus den Ästhetischen Studien Grillparzers getroffen[6]. Was die Grillparzer-Studien, die in der UdSSR erschienen sind, anbetrifft, so sind sie bis jetzt nicht zahlreich; der wichtige Anteil von Prof. Th. Zielinski an der Ausgabe von 1923 wurde bereits erwähnt.

W. Wolkenstein, der sich zeit seines Lebens mit der Technik des Dramas befaßte (sein Buch zu diesem Thema wurde mehrmals aufgelegt), wollte in den ersten Jahren der Revolution vielleicht auf Grillparzer aufmerksam machen, indem er sehr kurze Aufsätze in verschiedene Theaterzeitungen aufnehmen ließ — in die „Shisn iskusstwa" und in den „Westnik teatra" (textlich beide fast identisch)[7]. Diese den Umfang eines Lexikon-Artikels nicht überschreitenden Aufsätze würden noch keiner Erwähnung wert sein, wenn nicht gewisse typische Tendenzen darin spürbar wären; so hält Wolkenstein „Die Jüdin von Toledo" für das beste von Grillparzers Stücken und er glaubt, daß es der Technik des russischen Dramas am nächsten steht (wie übrigens auch ‚Des Meeres und der Liebe Wellen'). W. Sorgenfrei hat seine „Libussa"-Übertragung mit einer Einführung versehen.

Erst das Jahr 1941 brachte eine Grillparzer gewidmete Veröffentlichung, die von einem bekannten Theaterforscher, B. W. Warneke, herrührt. Eine sauber gearbeitete Studie von ihm erschien damals an einer sehr entlegenen Stelle, in den wissenschaftlichen Beiträgen der Universität Odessa, unter dem Titel „Klassik und Romantik. Franz Grillparzer."[8] Der Verfasser ist in seiner Abhandlung einer gefährlichen Klippe entgangen — Grillparzer allgemein zu charakterisieren; er bringt dagegen kurze, aber konkrete Ausführungen zu einigen Fragen der Grillparzer-Forschung. ‚Das Goldene Vließ' wird besonders eingehend betrachtet, von dem der Verfasser sagt, eine so tiefe Lösung des tragischen Konflikts habe weder Euripides noch Seneca im entferntesten vorgeschwebt: in diesem Drama sei ein Stoff — „*im Spektrum des Weltschmerzes*" — glänzend bearbeitet, der von der gründlichsten Kenntnis antiker Dichter zeuge. Der Aufsatz von B. W. Warneke könnte wenigstens den Theaterforschern Anregungen geben, wenn er nicht zu

[6] „*Istorija estetiki. Pamjatniki mirowij estetitscheskoj mysli*" *(Geschichte der Ästhetik. Denkmale des ästhetischen Denkens)*, Bd. III, Moskau, „Iskusstwo", 1967, 461—471.

[7] W. WOLKENSTEIN, Teatr Grillparzera (Grillparzers Theater), in: *Westnik teatra*, Moskau 1919, Nr. 34, und: *Shisn' iskusstwa*, Leningrad 1920, Nr. 596—597.

[8] B. W. WARNEKE, Romantism i klassizism. Franz Grillparzer, in: „*Odes'kij dershawnyj pedagogitscheskij institut. Naukowi sapiski*", Bd. VI, Odessa 1941, 7—27.

äußerst ungünstiger Zeit im Druck erschienen wäre, dabei in einer Auflage von im ganzen 300 Kopien. Andererseits konnte B. W. Warneke auf seinen 20 Seiten gewiß in kein Neuland vorstoßen, um so mehr, als einige Voraussetzungen dafür wahrscheinlich doch fehlten (am Ende seiner Abhandlung glaubt der Verfasser ausdrücklich auf Adolf Bartels' Geschichte der deutschen Literatur verweisen zu müssen). Es ist bemerkenswert, daß B. W. Warneke eine Aufführung von „Weh' dem, der lügt!" auf Ukrainisch in Odessa (im Jahre 1918) erwähnt; an dieser Aufführung haben namhafte Schauspieler teilgenommen (Gnat Jurá u. a.).

Außer der sehr knappen Einführung von E. Etkind in der Grillparzer-Ausgabe von 1961 brachte die Nachkriegszeit bis jetzt eine gründliche Studie von L. J. Lobko und die erste russische Grillparzer-Dissertation von K. M. Asadowski.

Die erstere bildete einen Teil der vom gleichen Verfasser bearbeiteten Geschichte des österreichischen Theaters im 18. und 19. Jahrhundert in der von Prof. S. S. Mokulski begonnenen Geschichte des Theaters in Westeuropa[9]. Der Verfasser sieht in Grillparzer einen echten Nationaldichter, und das ist der Grund, warum Grillparzer für uns besonders wertvoll ist. Als dramatischer Dichter ist Grillparzer auf dem Wege zum realistischen Drama, er wirft in seinem Schaffen vor allem psychologische Probleme auf und verläßt dabei nie den Boden der Gegenwart; seine Dramen sind nie ohne den höheren ethischen Sinn; geschichtlich ist für Grillparzer das Wiener Volkstheater von größter Bedeutung; Sappho, Medea, Hero sind als Menschentypen eigentlich von Wien geprägt — sie sind „*typische Wiener Gestalten*"; die tragische Größe und eine schlichte Menschlichkeit gehen immer Hand in Hand in Grillparzers Trauerspielen. Einige Dramen werden besonders eingehend betrachtet: „König Ottokars Glück und Ende"; „Weh' dem, der lügt!" — das „*demokratischeste*" Stück Grillparzers, in dem das Echo der Revolution von 1830 nicht zu überhören ist; „Libussa", ein Drama der Weltanschauungen, wo das feudale Weltbild mit dem kapitalistischen in Konflikt gerät, wie dies in Österreich vor 1848 der Fall war; Grillparzer verzichtet hier zum Teil auf seine konservativen Überzeugungen, doch ohne einen Druck seines Dramas zu wagen.

---

[9] L. I. Lobko, Awstrijskij teatr (Das Theater in Österreich). In: „*Istorija sapadnoewropejskogo teatra*" *(Geschichte des Theaters in Westeuropa)*, hrsg. von Prof. S. S. Mokul'ski, Prof. G. N. Bojadshiew und E. L. Finkelstein, Bd. IV, Moskau 1964, 243—310 (Grillparzer: 275—290).

Die Dissertation von K. M. Asadowski (Leningrad)[10] ist als Ganzes nicht gedruckt; Teile sind in Zeitschriften erschienen („Der tragische Konflikt in Grillparzers Dramatik", „Lope de Vega und Grillparzers Dramen"[11]). Die Dissertation hat das Verdienst, die erste große Arbeit über Grillparzer in russischer Sprache zu sein. In dieser Hinsicht ist sie hoch einzuschätzen. Nach einem in manchen Zügen leider verzeichneten Literaturbericht (ein Auszug daraus ist ebenfalls gedruckt) folgen besondere Kapitel über die österreichische Dramatik der Jahrhundertwende: das Ritterdrama, M. Collin, H. Collin, J. Schreyvogel u. a. Diese Dichter und Schriftsteller werden sehr eingehend charakterisiert, die betreffenden Ausführungen werden leider nicht immer in bezug zu Grillparzer gebracht. Der Gedanke, an Grillparzer in erster Linie von dem historischen Drama heranzugehen, ist an sich fruchtbar. Doch sieht der Verfasser Grillparzer allzu ausschließlich von der österreichischen Aufklärungsideologie beeinflußt. Die Tradition des Wiener Volkstheaters wird dabei grundsätzlich für nicht wichtig gehalten, und in der Betonung des Barock als einer für Grillparzer lebendigen Überlieferung wird sogar eine gefährliche Tendenz der Literaturwissenschaft gesehen (trotz der hohen Einschätzung, die die Arbeiten von Friedrich Sengle finden). Im weiteren versucht der Verfasser die widerspruchsvolle Linie der Entwicklung in Grillpazers Dramatik nachzuzeichnen; die Entwicklung im Ideengehalt der Dramen wird als solche betont; Grillparzers Weltbild bleibt aber immer humanistisch und nicht eindeutig pessimistisch („Libussa"). Wenn auch in Grillparzer die Tradition der josephinischen Aufklärung ihren Höhepunkt erlebt, so überragt Grillparzer die zeitgenössische Dramatik Österreichs um vieles — an philosophischer Tiefe und allgemein-menschlichem Gehalt, so daß Grillparzer literaturgeschichtlich am besten nicht unter seine österreichischen Zeitgenossen, sondern unter die deutschen „klassischen" Autoren von Schiller bis Hebbel einzuordnen wäre. Ein Anhang ist dem Thema „Grillparzer in Rußland"

---

[10] K. M. ASADOWSKI, *Franz Grillparzer — nazional'nyj dramaturg Awstrii* (istoki i filosofsko-estetitscheskaja problematika twortschestwa) *(Franz Grillparzer als ein nationaler dramatischer Dichter Österreichs* [Herkunft seines Schaffens und seine philosophischen und ästhetischen Probleme]) Diss. Leningrad 1971.

[11] K. M. ASADOWSKI, Teatr Lope de Vega i dramaturgija Grillparzera (Das Theater von Lope de Vega und Grillparzers Dramen), in: „*Utschjonye sapiski Leningradskogo pedagogitscheskogo instituta im.* A. J. Herzena", Bd. 362, Leningrad 1968, 283—301. — DERS., Tragitscheskij konflikt w dramaturgii Grillparzera (Der tragische Konflikt in Grillparzers Dramatik), in: „*Filologitscheskie nauki*" 2 (1969) 15—24.

gewidmet und enthält neue Dokumente zur Entstehung der Nachdichtung Bloks.

Zum 100. Todestag Grillparzers am 21. Januar 1972 hat der Verfasser dieses Berichts zwei umfangreiche Vorträge gehalten: im Institut für die Geschichte der Künste und im Puschkin-Museum der bildenden Künste (am 1. und 2. Februar)[12].

Ein Bericht über die Grillparzer-Aufnahme in der Sowjetunion muß mit der Tatsache rechnen, daß die Sowjetkultur viele alte eigenständige Kulturen in sich begreift, die ihr besonderes Verhältnis zur Kunst und Kultur Österreichs haben können. Unser Bericht bleibt aber im Umkreis des Russischen.

Wenn die Ernte dem Anschein nach auch dürftig ausgefallen ist, so birgt doch unsere Gegenwart ungeahnte Möglichkeiten: die Frage ist, daß sie verwirklicht werden. Die Begegnung zwischen grundverschiedenen Kulturen kann im Wesenhaften — oder überhaupt nicht geschehen. Das scheinbar fehlende Verhältnis zu Grillparzer aber ist hinlänglich reif, zu einem echten und eigenständigen zu werden. Dazu gibt es Voraussetzungen. Bei dem allgemeinen Aufschwung, den die humanistischen Studien in der Sowjetunion besonders im letzten Jahrzehnt nehmen, wird das Bedürfnis fühlbar, in früher ungeahntem Ausmaße alle Epochen der Kulturgeschichte zu durchforschen. Dabei wäre ja schon rein theoretisch unwahrscheinlich, daß man nicht einmal auf die österreichische Kulturgeschichte stoßen würde, als auf ein wissenschaftlich interessantes Gebiet. Und doch darf dieser Hang zum Universalen sich nicht einseitig als eine nur wissenschaftliche Forschung mißverstehen. Das Wissenschaftliche steht vorerst für das viel tiefere Bedürfnis der Kultur, das Fremde kennenzulernen, in seinem Wesen zu erfahren, sich in ihm zu spiegeln und dadurch bereichert zum Eigenen zu kommen. So ist die Grillparzer-Aufnahme in der Sowjetunion erst an Perspektiven reich. Und doch ist dieser verborgene Reichtum nichts Eitles. Aber nur die wissenschaftliche Forschung sorgt bis jezt dafür, daß die Perspektiven zum Wirklichen werden. Man darf nicht erwarten, daß der Leser plötzlich Interesse an Grillparzer oder Stifter gewinnt, darf nicht hoffen, daß

---

[12] Die größeren Lexikon-Aufsätze mögen hier trotz ihrer Kürze nicht unberücksichtigt bleiben:

Die Große Sowjetenzyklopädie, 1. Aufl., Bd. 19, Moskau 1930.

Die Große Sowjetenzyklopädie, 2. Aufl., Bd. 12, Moskau 1952.

Literaturenzyklopädie, Bd. 3, Moskau 1930 (von F. P. Schiller).

Literaturenzyklopädie, Bd. 2, Moskau 1964 (von N. Weselowskaja).

Theaterenzyklopädie, Bd. 2, Moskau 1963 (von N. Weselowskaja).

die gültigen Übersetzungen ihrer Werke unvermittelt entstehen (dazu bedarf es einer langen Zeit, wie der Fall Shakespeares uns lehrt). Also übernimmt die Forschung, ihrer Pragmatik ergeben, kaum bewußt, die Sorge, daß das Wesentliche einer fremden Kultur für das Eigene unverloren bleibe, daß es einmal im Leben selbst vielleicht erfahren werde.

BOSHIDARA DELIIWANOWA
(Sofia)

GRILLPARZER IN BULGARIEN

Grillparzer im Spiegel der bulgarischen Literaturkritik

Die Anfänge der Grillparzer-Rezeption reichen in das letzte Jahrzehnt des 19. Jahrhunderts zurück. In der zweiten Hälfte der neunziger Jahre wird Grillparzer zunächst von der bulgarischen Literaturkritik (1895), dann für die bulgarische Übersetzungsliteratur (1896) entdeckt. Beziehungen zwischen den zwei aufeinanderfolgenden Ereignissen sind nicht zu dokumentieren.

Jedenfalls ist das Aufgreifen Grillparzers zu diesem Zeitpunkt mit Folgerichtigkeit aus den Bemühungen der nicht zahlreichen bürgerlichen Intelligenz abzuleiten, die Entwicklung der bodenständigen Kultur tatkräftig zu unterstützen. Der Prozeß geistiger Gärung in der Atmosphäre nach 1878, der in den neunziger Jahren — der Zeit der Umwertung optimistisch-demokratischer Vorstellungen und naiv-patriotischer Inhalte — sich noch mannigfaltiger gestaltet, schwemmt den Begriff des „Europäertums" an die Oberfläche — die Bezeichnung für die Haltung jener Intellektuellen, die ihre Begegnung mit der europäischen Kultur (meist während ihres Studiums) für die Förderung der nationalen ausnützen wollen.

Von einem „*aufklärerischen*" Standpunkt aus handelt der Absolvent der Leipziger Universität, der bedeutendste Kritiker der neunziger Jahre, der um die Jahrhundertwende für eine „*moderne*", d. h. eine nationalpsychologische Kunst eintritt — Dr. Krastjo Krastew (1866—1919). Von ihm stammt der erste kritische Beitrag (1895) zu Grillparzer, der in einer Reihe von Artikeln über J. Swift, H. Ibsen, Shelley, W. Shakespeare, Spinoza, Sokrates u. a. die „*Methode der Demonstration der Popularisierung bereits entdeckter Wahrheiten*" zum Zweck, „*eher ästhetische Bildung, als ästhetische Erudition zu vermitteln*" vertritt[1]. Der Artikel ist eine Impression einer während Krastews Deutschland-Aufenthalt 1895 erlebten Inszenierung des Trauerspiels „Des Meeres und der Liebe Wellen". Er demonstriert die psychologische Betrachtungsweise Volkelts, mit dem Krastew persönlich bekannt war und dessen Werk „Grillparzer als Dichter des Tragischen" (1890) er nach eigenen Zeugnissen gut kannte. Das

---

[1] Man vgl. in den *Literarisch-philosophischen Studien* Krastews, Plowdiw 1898, die Artikel „Die Ästhetik als Wissenschaft", 3—36 und „Des Meeres und der Liebe Wellen", 71—87.

Verfahren ist als psychologisch-analytisch mit Hinweisen auf die Ästhetik Volkelts und die Psychophysik Fechners zu bestimmen. Ausgangspunkt der Analyse ist die antike Sinnlichkeit, die in einer „*lebensfreudigeren, mit unserer Natur mehr in Einklang stehenden Weltanschauung*" Niederschlag findet. Die Frage nach der tragischen Schuld wird nicht angeschnitten, weil sie für den Kritiker inhaltsleer ist, insofern die Liebe als das Gefühl, das erst dem Menschen die natürliche Erfüllung bringt, schon an sich und auf dem antiken Hintergrund um so mehr Selbstverständlichkeit geworden ist. Volkelts „*unschuldig-schuldige*" Hero ist frei von jeder Schuld[2]. Was für engere Beziehungen hat Krastew mit der Grillparzer-Forschung?

1. Die Auffassung, daß sich der Mensch durch die Liebe am Leben beteiligt.

2. Die Erkenntnis von der Bedeutung der szenisch-theatralischen Mittel, der Bühnen- und Dinggestaltung, der Gegenständlichkeit in Grillparzers Drama.

3. Die Meinung über die psychologische Raffinesse der Grillparzerschen Handlungsführung.

4. Die Ansicht über die „*enge Verbindung von Mensch und Werk*"[3]. Besonderheiten des Artikels: größere Auszüge aus Szenen, die sich durch poetische Schönheit besonders auszeichnen, werden im Wortlaut — deutsch oder bulgarisch — gebracht, um dem Leser „*die Anmut des Originals*" wenigstens anzudeuten. Der Artikel ist ein Beispiel emotional ansprechender, werbender Analyse.

Das Buch von Prof. Michail Arnaudow „Psychologie des literarischen Schaffens" (1920) wendet sich dagegen an einen engeren Kreis von Fachleuten, ist also nicht geeignet, Grillparzers Namen bekannter zu machen. Zum ersten und zugleich zum letzten Mal werden hier — spora-

---

[2] Vgl. J. VOLKELT, *Ästhetik des Tragischen*, München 1897, 135—137.

[3] W. WEISS, Die Entwicklung des Grillparzer-Bildes von A. Sauer bis zur Gegenwart, in: *Neue Beiträge zum Grillparzer- und Stifter-Bild*. Wien 1965, 56. Zu den allgemein anerkannten Grundsätzen der Grillparzer-Forschung vgl. auch: G. KLEINSCHMIDT, *Illusion und Untergang. Die Liebe im Drama Fr. Grillparzers*. Lahr/Schwarzwald 1967; G. BAUMANN, *Fr. Grillparzer. Versuche zur Erkenntnis*. Heidelberg 1969; B. BREITENBRUCH, *Ethik und Ethos bei Grillparzer*. Berlin 1965; W. NAUMANN, *Fr. Grillparzer*. Stuttgart, Berlin, Köln, Mainz 1967; J. KAISER, *Grillparzers dramatischer Stil*. München 1961; U. FÜLLEBORN, *Das dramatische Geschehen im Werk Fr. Grillparzers*. München 1966; U. HELMENSDORFER, *Grillparzers Bühnenkunst. Studien*. Bern 1960; H. GMÜR, *Dramatische und theatralische Elemente in Grillparzers Dramen*. Winterthur 1956.

disch-unzusammenhängend — Reflexionen Grillparzers zu Fragen der Literaturkritik und Ästhetik berührt.

Im Grillparzer-Jahr 1922 erscheinen zwei Beiträge in der Presse, von denen nur derjenige des russischen Literaturhistorikers P. Kogan durch sachkundige Wiedergabe von Fakten für die bulgarische Situation bemerkenswert ist. Nur der Wert der Antike-Stücke wird hervorgehoben. Grillparzers Platz in der Literatur — „*Klassiker oder Romantiker*" — wird nicht ermittelt.

Die Mehrzahl der Grillparzer-Beiträge stammt aus dem Jahr 1941 — elf — und steht im Zeichen mangelhafter Information und eklektischer Vorstellungen. Grillparzer erscheint als „*der Nachfolger Goethes, Schillers, Kleists, Shakespeares*", „*der Vorläufer Hauptmanns und Wedekinds*", „*der Klassiker*", „*der Romantiker*", „*Klassiker und Romantiker zugleich*", „*der Romantiker, der sich den modernen Denkformen des 19. Jahrhunderts zuwendet*", „*die Brücke zwischen zwei Generationen*".

Ausgesondert zu werden verdienen:

1. Der Beitrag der Germanistin Dr. Ljuba Dramaliewa in der Zeitung „Literaturen glass" („Stimme der Literatur", 1941, Nr. 505), die als erste Grillparzers historische Dramen in den Vordergrund rückt, jedoch nur um Grillparzer als „*Tragiker der Willenlosigkeit*" zu charakterisieren, dessen Loyalität zur Habsburger-Monarchie ihn „*zum Sprecher ihrer politischen Tendenzen*" werden läßt, dessen Inkonsequenz zum Verrat „*am geistigen Erbe*" der Französischen Revolution führt. Die Einseitigkeit des Urteils gründet sich auf die Nichtbeachtung aller Momente der Krisensituation in Österreich und auf die Nichterfassung des ganzen Komplexes sozialer und geschichtlicher Voraussetzungen für die österreichische Literatur im 19. Jahrhundert[4].

2. Der Artikel von Prof. Michail Arnaudow in der Zeitschrift „Balgarska missal" („Bulgarischer Gedanke", 1941, 148—151), in dem er die Eigenart Grillparzers im Gegensatz zu Goethe und Schiller auszuarbeiten versucht. In der Fragestellung klingt die beachtenswerte These an, Grillparzer sei „*Klassiker aus Überzeugung und Romantiker aus Temperament*"[5]. Indem er Grillparzers Passivität und Unentschlossenheit, seine Philosophie der Selbstbeschränkung im Gegensatz zu den Bemühungen Goethes, „*des Apostels der Tat*", „*das positive Ideal anzuwenden*", auf die

---

[4] Hierzu vgl. E. FISCHER, *Fr. Grillparzer. Ein großer österreichischer Dichter*. Wien 1946 und C. TRÄGER, Geschichte, „Geist" und Grillparzer, in: *Weimarer Beiträge*, III, Weimar 1961.

[5] Vgl. G. RINDAUER, *Das Problem des Tragischen in Grillparzers Studien zur Dramaturgie*. Diss. Wien 1956, 30.

individuell-psychische Veranlagung zurückführt, werden bei Arnaudow die Grenzen der psychologischen Betrachtungsweise sichtbar. Das Problem, warum der Optimismus des 18. Jahrhunderts ins 19. nicht hinüberzuretten war, bleibt offen.

3. Der Beitrag der Germanistin Jeanne Nikolowa in der Zeitschrift „Utschilischten pregled“ („Schulrundschau“), 1942 als Nachhall auf das Grillparzer-Jahr erschienen. Ihre Grundthese: Grillparzer, „*der Dichter der Zwiespältigkeit*“, spiegelt die Ambivalenz seines Charakters in den Situationen seiner Helden, die an der Grenze zwischen zwei feindlichen Welten stehen. Die Evidenz dieses Gedankens wird durch die sich daran anschließenden Einzelinterpretationen nicht bestätigt. Die für die Grenzsituation so aufschlußreiche Vließ-Trilogie — etwa vom Schillerschen Standpunkt aus „*Schicksalstragödie – Charaktertragödie*“ ohne Rücksicht auf den „*sentimentalen*“ Dichter als Typ, als gesellschaftlich-soziale Erscheinung betrachtet — trägt zur Klärung des Grundproblems nichts bei. Trotz einigen subtilen Beobachtungen werden Ähnlichkeit mit und Unterschiede zu Goethe, Schiller und den Romantikern nicht begründet.

Von einer systematisch betriebenen Grillparzer-Forschung in Bulgarien kann keine Rede sein. Der Begeisterung für Grillparzers Liebesdramen entsprungen, und zwar unter dem starken Eindruck eines unmittelbaren Erlebnisses, erfährt diese Linie keine bedeutsame Entwicklung weder durch die Bühne, was vielleicht die eigentliche Absicht jener ersten Anregung gewesen war, noch in der Literaturkritik, die nur aus konkreten Anlässen auf Grillparzer zurückgreift (50. Todestag, 150. Geburtstag). Die Beiträge zur Erläuterung des Grillparzer-Bildes entbehren meist den Wert wissenschaftlich fundierter Darstellungen, sind ja auch in der Mehrzahl Zeitungsnotizen. Die wenigen beachtenswerten Beiträge, die immerhin der Situation Rechnung tragen müssen, daß ein für das breite Publikum fast unbekannter Dichter dargestellt wird, zeigen mit der deutschsprachigen Grillparzer-Forschung gewisse Berührungspunkte. Das ist auch selbstverständlich — sie sind von Autoren verfaßt, die Literatur und Kulturgeschichte, meist noch Ästhetik und Philosophie des deutschsprachigen Raumes kennen. Das gilt vor allem für Dr. Krastew, den Schüler Wundts und Volkelts, gleichfalls für Prof. M. Arnaudow, den Schüler Iwan Schischmanows. In der Auffassung L. Dramaliewas, die Grillparzer als Produkt der Metternichzeit qualifiziert, klingt die Grundposition Ferdinand Kürnbergs an: „*. . . ein josefinisches Reis, bestimmt, josefinische Früchte zu tragen . . . wuchs in umgekehrter Richtung. Es wurde nicht der Ausläufer Josefs, es wurde der Anfang Metternichs. Die Kraft trug nicht Kraft, sondern Selbstbeschränkung, Selbstverleugnung,*

Entsagung.“[6] In der Problemstellung bei J. Nikolowa machen sich Einflüsse der Barockthese und der existenzphilosophisch begründeten Interpretation J. Müllers bemerkbar[7].

Weder die Frage nach den literarischen Vorbildern noch nach der literaturgeschichtlichen Einordnung Grillparzers wird befriedigend gelöst. Viel zu sehr wird die Bedeutung der Klassiker — Goethes und Schillers, teilweise Shakespeares — betont. Das so bedeutende Erlebnis der spanischen Literatur bleibt fast unberührt, die nationalösterreichische Tradition — das Wiener Volkstheater und das Barock — ebenfalls. Da Grillparzers Verhältnis zu seiner Gegenwart entweder gar nicht oder einseitig berücksichtigt wird, können die historischen Wurzeln seiner Resignation nicht erklärt werden, was seinerseits die Bestimmung von Platz und Originalität des Dichters erschwert.

GRILLPARZER IN DER BULGARISCHEN ÜBERSETZUNG

Die eigentliche Begegnung des bulgarischen Publikums mit Grillparzer erfolgte mittels Übersetzungen und Bühnenaufführungen.

Die Aufnahme des für Bulgarien ersten Grillparzerschen Werkes — der Novelle „Das Kloster bei Sendomir“ (Zeitschrift „Balgarski pregled“ — „Bulgarische Rundschau“, 1896) — ist nicht nur durch das Ereignishafte der „*unerhörten, in sich abgeschlossenen Begebenheit*“ bedingt, das sie zum fesselnden Lesestoff für breiteste Leserkreise macht; in ihrer konkreten Formgebung spricht sie mit dem feinsten Psychologismus der Gestaltung den Hang der Zeit zur psychologischen Durchdringung der Stoffe an. Unter den Bedingungen der beschleunigten kulturellen Entwicklung der bulgarischen Nation auf Grund interner und externer Einflüsse werden chronologisch ungleich aufgekommene Ideen und Strömungen wirksam. Um die Jahrhundertwende werden die jahrzehntelangen Distanzen in der Aufnahme merklich abgekürzt. Ein gewisser Parallellismus der Übersetzungsliteratur zur vorliegenden Vielfalt geistiger Strömungen in der bulgarischen Literatur, der vom Formenreichtum kritisch-realistischer Verhaltensweisen über den ethisch-psychologischen Realismus vom Typ eines Pentscho Slawejkow[8] und über die Anfänge sozialistischer Poesie bis zur Erlebniswelt moderner europäischer geisti-

---

[6] Zitiert nach C. TRÄGER, Geschichte, „Geist“ und Grillparzer, a. O., 456.

[7] Vgl. W. WEISS, Entwicklung des Grillparzer-Bildes . . . und J. MÜLLER, *Grillparzers Menschenauffassung*, Weimar 1934.

[8] Vgl. *Geschichte der bulgarischen Literatur*, Bd. 3, 278—290, Sofia 1970.

ger Bewegungen, d. h. bis zum bulgarischen Symbolismus 1905, reicht, ist unverkennbar.

Nicht nur thematisch, auf der Basis einer ausgeglichenen Entwicklung der Genres — wie im Falle der epischen Kurzformen — kann die Übersetzungsliteratur Widerhall finden. Das bulgarische Theater, das noch in den Anfängen steckt, ist vielfach auf Übersetzungsstücke angewiesen. Darin macht sich der Rückstand, der die Entwicklung der Gattungen auf dramatischem Gebiet immer noch kennzeichnet, bemerkbar. Die manchmal zweifelhaften Qualitäten der übernommenen dramatischen Werke hängen auch damit zusammen. Die nationalen Bemühungen sind nun auf die Schaffung des sozial-psychologischen Dramas gerichtet und werden 1911 und 1913 (mit den Werken Jaworows „Am Fuße des Witoscha-Gebirges" und „Wenn der Blitz einschlägt") von Erfolg gekrönt; die Überwindung des Rückstandes ist nach den ersten 15 Jahren erreicht.

Die früheste Übersetzung eines Grillparzerschen Stückes — „Sappho" (in der Zeitschrift „Balgarska sbirka" — „Bulgarische Sammlung") — aus dem Jahre 1905 ist das Werk einer der drei größten Schauspielerinnen aus der Zeit des aufblühenden bulgarischen Theaters — Rosa Popowa (1882—1949) — einer vielseitig begabten Frau, die sich auch als Regisseurin, Dichterin und Kunstkritikerin mit Erfolg versucht. Zwar weilt Rosa Popowa nach 1906 mehrmals in Wien, wo sie Verbindungen zur Wiener Theaterwelt (Josef Kainz) unterhält. Die Übersetzung liegt jedoch vor der Wiener Zeit und ist wahrscheinlich das Produkt der Kontakte, die R. Popowa auf dem gesamtslawischen Treffen der Kunst in Belgrad 1902 — vor allem zum Königlichen Serbischen Theater in Belgrad und zum Lessing-Theater zu Berlin — anknüpft[9]. In der Spielzeit 1902/03 ist aber gerade Grillparzers „Sappho" in zwei Berliner Schauspielhäusern — im Schillertheater und im Friedrich-Wilhelm-Theater — zu großem Erfolg gelangt. Die von außen gekommenen Anregungen und die persönliche Vorliebe dieser für die bulgarischen Verhältnisse als Typ ganz neuartigen Repräsentantin der intellektuellen Emanzipation der Frau für den Sappho-Stoff, die eine Identifizierung mit der dramatischen Heldin nicht ausschließt, sowie die Möglichkeiten tragischer Gestaltung, die in der Titelrolle stecken und sie für die Tragödin Rosa Popowa — wie übrigens für eine Reihe großer europäischer Interpretinnen des Tragischen — anziehend machen, fallen mit gewissen

---

[9] Vgl. biographische Angaben über Rosa Popowa im Zentralen Staatlichen Archiv für Geschichte; auch *Festschrift zu Ehren von Rosa Popowa und Manja Ikonomowa*, Sofia 1926.

kulturgeschichtlichen Gesichtspunkten zusammen. Bis zum heutigen Tag wird das Drama der Antike auf der bulgarischen Bühne kaum gepflegt. Lange Zeit gilt Grillparzers „Sappho“ neben Auszügen aus Aischylos, Sophokles und Euripides, die Rosa Popowa mit ihrem Wandertheater aufführt, als Muster antik-klassischer Kunst. Das Stück spielt also die Rolle eines — aus heutiger Sicht — Ersatzes für Werke der antiken Kunst. Für Popowa ist das „*Klassische*“ — auch „Sappho“ — nicht nur in kunstgenetischer oder unmittelbar darstellerischer Hinsicht interessant, sondern auch als Mittel, den Geschmack des Publikums durch das ästhetische Ideal der klassischen Schönheit, der edlen Einfalt als Reaktion auf das „*Zuviel der brutal-romantischen Unvollkommenheiten*“, auf das „*falsche Pathos*“ umzuformen[10]. Das ästhetische Programm und die künstlerische Praxis der Rosa Popowa überschneiden sich im wesentlichen mit An- und Absichten der Bahnbrecher des Modernen im bulgarischen Theater, Pentscho Slawejkow und Matej Ikonomow. Die objektive Einschätzung ihres Beitrags zur Gestaltung einer Theaterpolitik im Lande für die Entwicklung des ästhetischen Geschmacks und des bulgarischen Dramas wird die Bedeutung der Bemühungen von Popowa erkennen helfen. Der gegenwärtige Stand der Forschung ermöglicht keine Verallgemeinerungen.

Die letzten größeren Grillparzer-Übersetzungen — der Trauerspiele „Sappho“, „Des Meeres und der Liebe Wellen“ und des Gedichts „Ruhe“ — sind aus Anlaß des Grillparzer-Jahres 1941 von dem talentierten Übersetzer Dr. Dimitar Stoewski besorgt. Die Hero-Tragödie ist zunächst für die Inszenierung im Nationaltheater Sofia bestimmt, „Sappho“ für den ersten Band der vom Deutschen Wissenschaftlichen Institut in Sofia geplanten Grillparzer-Ausgabe. Der erste Band enthält beide Antike-Stücke und als Einleitung einen Auszug aus dem Buch J. Müllers „Grillparzers Menschenauffassung“.

Die Qualitäten der Übersetzungen entsprechen mit wenigen Ausnahmen dem erreichten Stand der Übersetzungsliteratur.

Von überraschender Qualität ist die älteste Übersetzung der Novelle „Das Kloster bei Sendomir“ (1896) im Unterschied zur zweiten aus dem Jahre 1914, deren Schwächen so zahlreich und unerklärlich sind, daß sie schwer qualifiziert werden könnte. Eine gute Beherrschung der Fremdsprache und ein feines Gefühl für die Muttersprache, was in den neunziger Jahren nicht ohne weiteres anzutreffen ist, charakterisieren den ersten Grillparzer-Übersetzer. Auffallend ist sein Streben nach prägnanter,

[10] Vgl. Selbstdarstellung in: *Führende Frauen Europas*. München 1930.

übersichtlicher Form des Satzes, was sich übrigens auch in einigen nicht adäquaten Varianten äußert, die vor allem die Behandlung des erweiterten Attributs, der adverbial und attributiv gebrauchten Partizipialkonstruktionen, der zusammengesetzten Substantive oder der zusammengesetzten substantivierten Redeteile betrifft. Die Attributsätze für das erweiterte Attribut, die Einschübe für die Partizipialkonstruktionen, das Bestimmungswort mit dem nachgestellten Attributsatz oder die analytische Wortgruppe für die Zusammensetzungen erschweren die Syntax des bulgarischen Satzes, ergeben stilistisch unschöne Varianten und werden vom Übersetzer regelmäßig ausgelassen oder gekürzt. Statistisch überwiegen die Fälle der nicht exakten Übersetzung — 38, gegen 30 falsche Stellen und Wörter, 20 Ellisionen und 12 mißlungene, wörtlich übertragene Stellen. Sonst liest sich die Übersetzung glatt. So veranlaßt dieses Bild zur Annahme, daß wir es mit einem begabten unerfahrenen Übersetzer zu tun haben, dem eine längere Praxis die Exaktheit des Ausdrucks in der Muttersprache verliehen haben würde.

In der Sappho-Übersetzung der Rosa Popowa sind 100 Zeilen des Originals ausgelassen, was 3,7% vom Umfang des vorliegenden bulgarischen Textes ausmacht; 120 Zeilen sind nicht exakt übersetzt und 108 entstellt, was jeweils 5,16% und 4,64% des Originaltextes darstellt.

Der Text ist sinngemäß übertragen. Die Sinnentstellungen beruhen auf der Unkenntnis der Vieldeutigkeit, auf der Verwechslung der Bedeutungen gleich- oder ähnlich lautender Wörter. Insofern die Übersetzung für das Wandertheater der Popowa bestimmt war, dessen Regie sie gleichfalls führte, wäre es legitim, gewisse Berührungspunkte zwischen Sprachgestaltung und szenisch-dramaturgischer Konzeption zu suchen. Angesichts der unsicheren Behandlung des deutschen Sprachstoffes ist aber Vorsicht geboten. So wäre eine gewisse Hervorhebung der Züge des in Sappho melancholisch verliebten Jünglings Phaon nur mit Vorbehalt als das objektive Ergebnis, nicht als das subjektive Vorhaben der Übersetzerin festzuhalten. In der Behandlung der Sappho-Gestalt ist dagegen auf Grund von zusätzlichen Regieanweisungen und Textverschiebungen im 5. und 6. Auftritt des letzten Aufzugs eine Tendenz zur Erhöhung der Heldin durch pathetisch-erhabene Tragik zu spüren, die mit der literarisch-dramaturgischen Analyse des Stückes, dem sogenannten Resümee, das Popowa ihren Aufführungen als Einleitung für das Publikum vorangestellt hat, Gemeinsames aufweist: die fast an Verabsolutierung grenzende Wertschätzung des hohen Auftrags der Kunst und des Künstlers schließt Überbetonungen nicht aus. Dieselbe Tendenz wurde im graphischen Bild des Satzes nachgewiesen, wo die Vorliebe der Übersetzerin für das Ausrufungszeichen, das andere Satzzeichen des Originals ersetzt oder dort beibehalten wird, wo es dem Sinn der gebotenen bulgarischen Variante nach nicht zu erwarten wäre, für eine stellenweise auftretende Forcierung der Aussage spricht. Trotz den sprachlichen und besonders den metrisch-rhythmischen Schwächen der Übersetzung, die auf kontrastiver Basis — im Vergleich zur Übersetzung Stoewskis — noch deutlicher hervortreten, ist der Beitrag der R. Popowa gebührend einzuschätzen, da er beinahe bahnbrechend für die Übertragung längerer Versgebilde ist — bis 1905 sind nur drei Versdramen Schillers in Versen, deren Qualität gleichfalls zu wünschen übrig läßt, übertragen worden.

Durch besondere künstlerische Qualitäten zeichnen sich die Übersetzungen aus, mit denen Dr. Dimitar Stoewski im Grillparzer-Jahr 1941 das Gedächtnis des österreichischen Klassikers ehrt. Ein Gegner der äquilinearen Übertragung, die durch Kürzungen die „*Immanenz der Bildhaftigkeit, die innere Einheitlichkeit des Systems künstlerischer Mittel stört und somit die Aussage schmälert*“[11], gibt Stoewski die Gedanken des Autors vollständig wieder. Die Übersetzung des Trauerspiels „Des Meeres und der Liebe Wellen“ hat etwa 33% an Umfang im Vergleich zum Original gewonnen. Aus den — in der Regel längeren — mehrsilbigen bulgarischen Wortvarianten ergeben sich mehrere Zeilen mit „*unbesetzten*“ metrischen Einheiten, die Stoewski so auszufüllen versteht, daß die eingesetzten „*Füllwörter*“ keinen Stilbruch bewirken: einerseits sind es Zeit und Ort angebende Adverbien, die einen aus dem Kontext verständlich gewordenen Bezug benennen, andererseits den Kern der Aussage treffende Einschübe, die dramaturgisch tragende Momente verstärken; beides beweist nicht nur das poetische Talent, sondern auch die geistige Nähe des Übersetzers zum Original. Der Blankvers des Originals ist hier (wie in „Sappho“) einwandfrei korrekt nachgestaltet. Die Musikalität, die gerade dieses Drama Grillparzers in so reichem Maße auszeichnet, ist in der bulgarischen Übersetzung erhalten geblieben. Die Theaterkritiken zur Inszenierung des Stückes im Nationaltheater nennen als wesentlichen Grund für den großen Erfolg die wunderbaren Verse des Übersetzers, in denen das bulgarische Wort — „*geschmeidig und ausdrucksvoll*“ — glänzt.

Gedanklich-emotional wahr und formal präzise sind die Nachgestaltungen der Gedichte „Ruhe“ (bulgarischer Titel„ Прошка“) von Stoewski 1941 und „Erinnerung“ durch Geo Milew 1922. Trotz gewissen, durch die Schranken der aufrechterhaltenen gekreuzten Reime notwendig gewordenen Abweichungen vom konkreten Wortlaut im Gedicht „Ruhe“

---

[11] Gespräch mit Dr. D. Stoewski, geführt am 22. 10. 1971 (B. D.)

sind Grundstimmung und Grundgedanke nachempfunden und nachvollzogen worden. Durch die Aufgabe der gekreuzten Reime in „Erinnerung" hat dagegen der hervorragende bulgarische Dichter Geo Milew (1895—1925) die weitestmögliche Annäherung an das Original erreicht und somit eine Nachdichtung geschaffen, die ihren dichterischen Qualitäten nach dem Original gleichgestellt werden kann.

Grillparzer auf der bulgarischen Bühne

Obwohl die Mehrzahl der Übersetzungen dem Leserpublikum den unverfälschten Grillparzer zeigt, sind die Möglichkeiten der Bühne und die Wirksamkeit des gesprochenen Wortes weit bedeutsamer für die Popularisierung des Autors.

Die zwei Tragödien Grillparzers werden mehrmals auf verschiedenen Bühnen gespielt — vom Städtischen Schauspielhaus in Russe, vom Nationaltheater in Sofia, vom Theater der Stadt Burgas. Hinsichtlich der Aufführungen kann eine gewisse Traditionalität festgestellt werden. Es ist sehr wahrscheinlich, daß der „Sappho"-Inszenierung 1915 in Sofia eine in Russe 1910/11 vorausgegangen ist, die eine Realisierung der zu dieser Zeit am Schauspielhaus als Regisseurin tätigen R. Popowa gewesen sein soll. 1941/42 spielt man das Stück in Russe nach derselben Textvorlage, der Übersetzung R. Popowas, wobei Tatscho Tanew als Regisseur fungiert, der bei der „Sappho"-Aufführung 1915 im Nationaltheater Sofia die Rolle Phaons verkörpert hat. Zweimal wird die „Sappho"-Inszenierung von einer Frau realisiert, die Regie und Titelrolle übernimmt — das erste Mal von Rosa Popowa, das zweite Mal von Slatina Nedewa am Nationaltheater Sofia (nach dem Text von Rosa Popowa). Beide gehören zu den glänzendsten Vertreterinnen der bulgarischen Schauspielkunst aus der ersten und der zweiten Generation nach Entstehung des bulgarischen Nationaltheaters. Diesen Künstlerinnen ist das Verdienst hoch anzurechnen, Grillparzers Tragödie durch ihre Wandertruppen in mehreren Städten Bulgariens bekannt gemacht zu haben. Ab November 1911 bis Mitte 1912 tritt R. Popowa in Anchialo, Stara Sagora, Haskowo, Tarnowo, Sopot und Warna auf. Slatina Neweda spielt bis 1920/21 die Titelrolle im Nationaltheater in Sofia. 1922/23 besucht sie mit ihrem Kammertheater die Städte Plowdiw, Sliwen, Warna, Schumen. Sappho wird zur Glanzrolle beider Interpretinnen. Den größten Erfolg erntet die Inszenierung der Tragödie „Des Meeres und der Liebe Wellen" 1941/42 — eine Inszenierung des großen Meisters der bulgarischen realistischen

Bühne, N. O. Massalitinow. Die Interpretation von Petja Gerganowa in der Titelrolle (29mal) wird zum großen Ereignis der Spielzeit 1941/42. Die Aufnahme des Stückes ist außerordentlich positiv. Die „Sappho“-Inszenierung in Russe wird gleichfalls positiv aufgenommen; Näheres über die Resonanz der „Sappho“-Inszenierung in Burgas 1942/43 fehlt.

Aus der dramaturgischen Konzeption der einzelnen Inszenierungen sind verallgemeinernde Schlußfolgerungen schwer zu ziehen, insofern sie letzten Endes von einer jeweils individuellen Auffassung abhängen. In der Inszenierung der R. Popowa tritt die Künstlerin Sappho in den Vordergrund, Slatina Nedewa bringt dem breiten Publikum den Konflikt näher, indem sie den Gegensatz „*Liebe als Traum*“ und „*Liebe als Realisierung*“ akzentuiert. Ähnlich zeigt die Interpretation von Gerganowa in ihren Grundaspekten den Vorrang des Naturgesetzes, des menschlichen Herzens, als Rechtfertigung des Menschendaseins hervorhebend, eine weitere „*Versinnlichung*“ des Verhältnisses Hero–Leander, und erinnert somit an die Deutung Dr. Krastews.

In der thematischen Aufnahme des Grillparzerschen Dramenwerks wiederholt das bulgarische Theater die gesamteuropäische Situation[12], das dort vorherrschende Interesse für Grillparzers Antike-Stücke wird auch vom bulgarischen Zuschauer geteilt. Nicht so sehr die Probleme der nationalen österreichischen Geschichte an sich, vielmehr die Resignation als Grundhaltung — in historischem Aspekt nicht zeitgemäß, in psychologischem zu modern, um Verständnis zu finden — hätte dem Publikum den Zugang zu den historischen Dramen Grillparzers erschwert. Bemerkenswert sind die Einwände der Theaterkritik in den Betrachtungen zum Ausklang der Spielzeit 1915, die Vergleiche zieht zwischen „Kabale und Liebe“ und „Sappho“ und die dabei deutlich hervortretende Passivität der Grillparzerschen Charaktere, die Verinnerlichung der Konflikte als handlungsärmer, ja unwirksamer als die pathetische Expressivität und die Emphase des Schillerschen Stils empfindet und darin Gefahren für den Erfolg des Grillparzerschen Stückes erblickt.

Die Wege der Grillparzer-Rezeption werden auch aus der gesamteuropäischen Situation verständlich. Nachdem Heinrich Laube einmal die Grillparzer-Renaissance (1849—1867) eingeleitet hat, was wiederum die allmähliche Durchsetzung mancher Grillparzerschen Stücke — vor allem der Antike-Dramen — auf den deutschsprachigen Bühnen in den

---

[12] Vgl. N. FUERST, *Grillparzer auf der Bühne*. Wien, München 1958.

[13] Vgl. G. SCHÄBLE, *Franz Grillparzer*. Velber b. Hannover 1967, 135.

neunziger Jahren und um die Jahrhundertwende zur Folge hat, spricht man von einer neuen und letzten Grillparzer-Renaissance in der Zeit des Zweiten Weltkrieges — diesmal durch den Burgtheater-Direktor Lothar Müthel provoziert[13]. Zwar kommt die erste Grillparzer-Renaissance für das erst 1878 von türkischer Fremdherrschaft befreite Bulgarien zu früh, doch die anderen Höhepunkte erlebt es mit. In den neunziger Jahren erscheint die Besprechung der Hero-Tragödie. Zu dieser Zeit ist die Tragödie die meistgespielte auf den deutschsprachigen Bühnen. Anfang des neuen Jahrhunderts — 1905 — wird „Sappho" übersetzt. Gerade in den unmittelbar vorausgegangenen Jahren — um 1902/03 — ist das Stück das nun meistgespielte auf den deutschsprachigen Bühnen. Die Anzahl der Aufführungen steigt in den Jahren 1903/04 bis 1907/08 weiter an[14]: um 1910/11 folgt die bulgarische Inszenierung von „Sappho". Mittelbare Beeinflussung über andere slawische Literaturen und Bühnen ist unwahrscheinlich. Erstens ergeben sich keine sinnvollen zeitlichen Überschneidungen[15] wie etwa beim Vergleich mit der Situation vor allem auf den deutschen Bühnen. Zudem sind die ersten „*Anhänger*" Grillparzers in Bulgarien, Dr. Krastjo Krastew und die Schauspielerin Rosa Popowa, dem deutschsprachigen Kulturraum zugewandt. Sie sind auch die einzigen, die Grillparzers Werke in ein aufklärerisch-ästhetisches Programm einschließen, das kulturgeschichtlichen Zwecken dienen soll. Aber die Bemühungen der äußerst dünnen Schicht von Intellektuellen verlaufen so disparat, daß weder eine massivere Einwirkung noch schwerwiegendere Folgen für den Kulturprozeß eintreten hätten können.

---

14 Vgl. N. Fuerst, *Grillparzer auf der Bühne.*

15 Vgl. A. Burkhard, *Grillparzer im Ausland.* Selbstverl. 1969.

HEINZ KINDERMANN
(Wien)

PROFILWANDEL DER GRILLPARZER-AUFFÜHRUNGEN IM 20. JAHRHUNDERT

1.

Die Bühnengeschichte eines Autors ist mehr als die chronikalische Ablaufschilderung der Werkaufführungen. Sie ist ein symptomatischer Teil der allgemeinen Theatergeschichte, die in diesem Fall anvisiert und selektiert wird von der Frage her, in welcher Weise das Theater und sein Publikum den Dramen des betreffenden Autors in den einzelnen geschichtlichen Entwicklungsphasen und in bestimmten Wirkungsräumen gerecht wurden. Die Analyse involviert zeitkritische Aspekte ebenso wie stilkritische, kunstgeschichtliche ebenso wie geistesgeschichtliche und sozialkritische. Handelt es sich dabei um einen Autor vom Rang und von der Sonderprägung Grillparzers, dann spielen dabei auch Konfrontationsprobleme eine Rolle, die sowohl innerhalb des Heimatbereichs des Dichters, als auch im übrigen deutschen Sprachraum für die einzelnen Epochen und Wirkungsräume bestimmte politische Affinitäts-Spannungen offenbaren, von denen aus sich die vorhandene oder die mangelnde Aufnahmebereitschaft erklären läßt.

Die Zahl zeitlich und regional umfassenderer Vorarbeiten ist nicht sehr groß. Norbert Fürst hat 1958 sein Buch „Grillparzer auf der Bühne", von wesentlichsten Stadien im deutschen Sprachraum ausgehend, erscheinen lassen und dabei jedes Drama für die Entwicklung von der Uraufführung bis zum Erscheinungstermin des Buches gesondert im Wechselbild der Inszenierungen und Darstellungsweisen analysiert[1]. Susanne Jauker ergänzte diesen ersten Versuch 1962 sehr beträchtlich mit ihrer Dissertation: „Die Uraufführungen Franz Grillparzers auf dem Burgtheater."[2] Der Verfasser des vorliegenden Beitrages versuchte 1966 in seinem Festvortrag bei einer Grillparzerfeier der Österreichischen Akademie der Wissenschaften, das Wechselspiel zwischen Grillparzer und dem Theater seiner Zeit zu durchleuchten[3]. Für den Zeitraum von 1945 bis 1968 unternahm es Dietrich Hübsch in seiner zweibändigen Disser-

---

[1] N. Fürst, *Grillparzer auf der Bühne. Eine fragmentarische Geschichte.* Wien 1958.

[2] S. Jauker, *Die Uraufführungen Franz Grillparzers auf dem Burgtheater.* Diss. Wien 1962.

[3] H. Kindermann, Grillparzer und das Theater seiner Zeit. Sonderdruck aus dem *Anzeiger der Phil.-hist. Klasse der Österr. Akademie d. Wissenschaften*, Jg. 1966.

tation: „Grillparzer-Aufführungen im deutschsprachigen Raum von 1945 bis April 1968"[4], ein Entwicklungsbild, nach Regisseuren und Dramen geordnet, zu entwerfen. Und Arthur Burkhard erwähnte in seinem Buch: „Grillparzer im Ausland"[5] viele Grillparzer-Aufführungen in nichtdeutschen Ländern.

Was hingegen auf den nachfolgenden Blättern angestrebt wird, möchte — angesichts des begrenzten Raumes — nur als Versuch gewertet werden, den Profilwandel der Grillparzer-Inszenierungen im 20. Jahrhundert in knappen Zügen zu charakterisieren und zu motivieren. Dabei wird insbesondere von den Burgtheater-Aufführungen und wenigen anderen Paradigma-Aufführungen in Österreich ausgegangen, denen fallweise, für bezeichnende Konstellationen, Beispiele aus dem übrigen deutschen Sprachraum gegenübergerückt werden. Auf diese Weise kann eine homogene Vergleichsbasis geschaffen werden, die Konfrontationen einzelner theatralischer Entwicklungsphasen mit dem dramatischen Lebenswerk Grillparzers zu Symptomdeklarationen werden läßt. Ob eine Epoche fähig ist zur theatralischen Rezeption Grillparzers oder ob er ihr verschlossen bleibt; und wenn ja: mit welchen künstlerischen Mitteln, mit welchen ideellen, politischen oder sozialen Akzentuierungen dies geschieht — all dies sagt über die Epoche selbst mindest ebensoviel aus wie über die Wandlungsfähigkeit des Grillparzer-Bildes im Angesicht der einander ablösenden Zeitalter[6].

2.

Als Laube, der liberale Burgtheaterdirektor, den man nach Abschluß der Achtundvierziger Revolution geholt hatte, einen Monat nach seinem Amtsantritt in der amtlichen „Wiener Zeitung" anonym seine programmatischen Erklärungen in der Form eines Forderungskatalogs veröffentlichte[7], hieß es dort, man müsse die Reform des Burgtheaters nur stufenweise vornehmen, weil es *„geradezu gefährlich"* sei, *„mit gewaltsamen Versuchen an einen so feinen Organismus"* heranzutreten.

---

[4] Diss. Wien 1968.

[5] Cambridge, Mass. 1969.

[6] Eine Bühnengeschichte Grillparzers im nichtdeutschen Bereich Europas, in Amerika und Ostasien müßte erst geschrieben werden. A. BURKHARDS Buch: *Grillparzer im Ausland* gibt erste, aufzählende Hinweise.

[7] Erstmalig nach Verifizierung auf Grund des im Nachlaß befindlichen Manuskripts publiziert von H. KINDERMANN in: Heinrich Laube und seine Welt. Aus Wiener Handschriftenschätzen, in: *Maske und Kothurn*, Jg. 2, 1956, 223 ff.

Es klingt wie heute geschrieben, wenn er von der „*politischen Frage*" spricht, „welche ja bis in die verstecktesten Winkel eines öffentlichen ersten Theaters hineinspielt. Ist man etwa irgendwo in Europa jetzt in der Lage, darin Schritt und Tritt fest vorzeichnen zu können, darin Grenze und Perspektive genau abzumessen? Billige Freiheit einerseits, geachtete Autorität andrerseits — wie mühsam entwickeln sie sich überall aus dem jetzigen Chaos!" Nur allzuoft, meint Laube, streife nun eine Theaterdirektion mit jedem Stück, mit jeder Szene „*an irgendeine wund gewordene Stelle des Gesellschaftslebens*". Freilich: „*um verstanden zu werden, um wirksam zu werden*", müsse dieses Theater „*in der Sprache dessen reden können, zu dem es spricht; um günstig wirksam zu werden, muß es dem Lebensprinzip seines Staates im wesentlichen angehören*". Als aber Laube sich fragte, welcher Art demnach der Spielplan des Burgtheaters sein müsse, erläuterte er, man dürfe dabei „*nichts entbehren, was zum Ganzen der Gesellschaft gehört, und sie kann auch nicht eine einzelne Richtung dieser Gesellschaftswelt parteiisch bevorzugen lassen auf Kosten des Ganzen*". Dementsprechend habe das Burgtheater nicht nur einem „*Tendenzpublikum*" zu dienen, sondern für die Gegenwarts- und Vergangenheitsdramatik weltoffen zu bleiben, ohne darüber die Dramatik der Heimat zu vernachlässigen: „Die vaterländische Produktion hat das erste Anrecht auf jegliche Förderung . . . die Hauptstücke eines Grillparzer sollen auf dem Burgtheater niemals fehlen. Der erste Dramatiker Österreichs, edel, rein und schön in all seinen Werken, füllt ja eine erste Stelle aus in der deutschen dramatischen Literatur, und es wird eine Zeit kommen, in welcher man unbegreiflich finden wird, daß ‚Sappho', ‚Medea', ‚Des Meeres und der Liebe Wellen', ‚Ein treuer Diener seines Herrn', ‚Ottokar' Fremdlinge werden konnten auf dem Burgtheater. Wenn sie nicht besetzt werden können, so fordern diese Stücke allein schon gebieterisch, daß man nach ihnen die Lücken des Personals abschätzt, und daß alles aufgeboten werde, die noch fehlenden Personen unter den allerdings spärlich vorhandenen Kräften des deutschen Theaters für das Burgtheater zu gewinnen."

Fragen wir nach der Verwirklichung dieser Forderung, dann ergibt sich, daß Laube tatsächlich den Versuch unternommen hat, während seiner Direktionszeit einige der wesentlichsten Werke Grillparzers, im Sinne seiner „*Wortregie*", neu für den Spielplan zu gewinnen und dabei gleichzeitig die Ensembleergänzung im Hinblick auf die tragenden Grillparzer-Rollen vorzunehmen. Im November 1850 setzte diese Laubesche Grillparzer-Renaissance mit einer Neuinszenierung der „Medea" ein, wobei Anschütz den Kreon, Auguste Koberwein die

Kreusa, Josef Wagner den Jason und Julie Gley-Rettich die Medea spielten. Im Oktober 1851 ließ er den „Treuen Diener seines Herrn" mit Auguste Koberwein als Erny, Ludwig Löwe als Bancban, Christine Enghaus-Hebbel als Gertrude und Dawison als Herzog Otto folgen. Im November 1851 kam „Des Meeres und der Liebe Wellen" mit Maria Bayer-Bürk als Hero, mit Anschütz als Oberpriester, mit Josef Wagner als Leander und Friedrich Devrient als Naukleros heraus. Während diese Inszenierung, mit wechselnden Besetzungen, bis zum Januar 1898, also 47 Jahre hindurch, im Spielplan verblieb, wurde die erwähnte „Medea"-Inszenierung Laubes gar bis zum Januar 1912, durch alle sonstigen Stil- und Konstellationswandlungen hindurch, weitererhalten. „Des Meeres und der Liebe Wellen" wurde in Laubes Fassung während dieser 47 Jahre 82mal, Laubes „Medea"-Inszenierung innerhalb von 62 Jahren 63mal gegeben. Im Oktober 1852 folgte Laubes „Sappho"-Einrichtung mit Julie Gley-Rettich in der Titelrolle, Josef Wagner als Phaon und Elise Schönhoff als Melitta. Diese Inszenierung fand aus Rollenbesetzungsgründen keinen Anklang. Vor allem schien Julie Gley-Rettich der Sappho-Gestalt nicht gewachsen. So kam es nur zu sechs Aufführungen, wogegen Laube im selben Augenblick, in dem er eine optimale Besetzung hatte, 1865, die „Sappho" mit Charlotte Wolter in der Titelrolle, mit Krastel als Phaon und Friederike Bognar als Melitta, völlig neu eingerichtet herausbrachte. Diese Inszenierung wurde, mit wechselnden Besetzungen, bis 1909 mehr als 70mal gegeben. Im Januar 1856 ließ Laube „König Ottokars Glück und Ende" folgen mit Josef Wagner als Ottokar, mit Julie Gley-Rettich als Margarethe, mit Carl Albrecht Fichtner als Rudolf von Habsburg und Anschütz als Horneck. Diese Inszenierung blieb bis 1876 im Spielplan und wurde bis dahin nur 19mal wiederholt. Im Oktober 1857 wurden die ersten beiden Teile des „Goldenen Vließ": „Der Gastfreund" und „Die Argonauten" nachgeholt. Ludwig Löwe gab den Aietes, Zerline Würzburg-Gabillon die Medea, der junge Sonnenthal den Phryxus, Christine Hebbel-Enghaus die Gora, Josef Wagner den Jason. Wie zumeist waren diese ersten beiden Teile der Trilogie nicht allzu begehrt: sie wurden bis 1884 nur 12mal angesetzt.

Insgesamt also konnte Laube alle sechs von ihm programmatisch geforderten Hauptwerke Grillparzers im Zuge seiner sehr bewußt gepflegten Grillparzer-Renaissance herausbringen.

Was die ganze Reihe von Laubes Grillparzer-Neuinszenierungen auszeichnete, war, wie Bäuerles Theaterzeitung (18. Oktober 1857) es ausdrückt, der Weg zu einem viel „*besseren Verständnis*" dieser „*Meister-*

werke" mit Hilfe einer „*lobenswerten Präzision*". Laubes „*Wortregie*" trachtete, dem Doppelbödigen der Grillparzerschen Diktion gerecht zu werden und auch die aktionelle Pause, die zu den wichtigsten theatralischen Kunstmitteln Grillparzers gehört, ins Visuelle oder in die akzentuierte Wortmelodie umsetzen zu lassen. Wie sich aus den oben angeführten Besetzungen ergibt, konnte Laube allmählich ein ganzes Ensemble von spezifischen Grillparzer-Spielern verpflichten oder erziehen. Josef Wagner, der damalige Hamlet des Burgtheaters, spielte dabei eine ebenso wichtige Rolle wie Julie Gley-Rettich, die freilich oft mit dem Schatten der leidenschaftssprühenden Sophie Schröder, der Trägerin so vieler weiblicher Grillparzer-Rollen bei ihrer Uraufführung, zu kämpfen hatte. Als Grillparzer während des Lebensausklangs der Künstlerin versuchte, ihre Leistung als Darstellerin seiner Medea und seiner Sappho August von Littrow-Bischoff gegenüber zu charakterisieren, meinte er, sie von der Explosivkraft der Schröder abhebend: „. . . den Anlauf der Begeisterung zu nehmen, dazu fehlte ihr die Fähigkeit. Sie versetzte häufig auf den Boden der Reflexion, was der Phantasie angehören sollte, und wenn sie den Ausbruch der Leidenschaft mit mächtigen Mitteln auch darzustellen wußte, der Ausdruck der leidenschaftlichen Natur lag ihrem Wesen fern, wie auch ein gewisser Reiz der Anmut und Lieblichkeit, obschon sie eine interessante, bedeutende, ja eine schöne Erscheinung war." Gerade dieser Intellektakzent freilich war für Laubes Wortregie erwünscht. Josef Wagner aber vereinigte beides: Leidenschaft und Intellekt. Über ihn heißt es in Bäuerles Theaterzeitung: „*Herr Wagner zählt diese Partie (Jason) zu seinen schönsten. Der Wechsel der Leidenschaft von den kosenden verlockenden Tönen der Lust zu dem Ungestüm der Entrüstung gelingt ihm aufs trefflichste.*"

Noch viel bezeichnender war Laubes Eingriff in die Grillparzer-Renaissance mit Hilfe von „Des Meeres und der Liebe Wellen". Speziell für die Darstellung der Hero ließ er die blonde, schlanke Dresdener Heroine Marie Bayer-Bürk nach Wien kommen. 1831 war das Werk bei der Uraufführung fast durchgefallen, weil die beiden Schlußakte nicht „*ankamen*". Die älteren Burgschauspieler waren deshalb hinsichtlich einer Wiederaufnahme skeptisch. Laube jedoch legte gerade sein Regiehauptgewicht auf diese letzten beiden Akte und erzielte so, dank auch der neuen „*träumerisch-versonnenen*" Hero, wie er am 30. November 1851 an Grillparzer schrieb, „*einen völligen Triumph . . . Gestehe ich's Ihnen im Vertrauen, ich habe die Bayer vorzugsweise dieser Rolle wegen jetzt in der aufmerksamsten Theatersaison hergesprengt. Es kann Hero niemand so sprechen, und es gibt in unserer Literatur keine Liebes-*

tragödie, welche so schön wäre." Im letzten Akt hatte Laube — wie er nachher in seinem „Burgtheater"-Buch schilderte — „*ein Treppenhaus im Tempel*" errichten lassen, das bis an die Soffitten reichte, „um malerische Wirkung zu gewinnen für das Ende, eine auch äußerlich hilfreiche Wirkung für die Seele der Hero, welche aufwärts ringt nach Vereinigung mit der entflohenen Seele Leanders. Ich ließ mich nicht stören durch den Einwand, ob solch ein Treppenhaus anzubringen sei für ein altgriechisches Tempelgebäude . . ., da die Idee des Kunstwerkes, welches ich versinnliche, maßgebend ist für mich . . . Diese Szenierung kam der aufwärts drängenden Stimmung des Schlusses sehr zustatten; der Schluß wirkte erhebend, und der Erfolg des Stückes war ungeteilt . . . Frau Bayer trug wesentlich dazu bei. Die griechische Anmut und Ruhe war ihrem Körper und ihrem Tone in seltenem Grade zu eigen, und die schließliche Energie eines sinnlichen Mädchencharakters trat doch überzeugend zutage . . . Dies ist allen Wienern unvergeßlich. Mir ist es unvergeßlich, daß durch diesen Triumph der Szene der dramatische Dichter Grillparzer für uns neu geboren wurde." Das Publikum aber ließ — wie die „Wiener Allgemeine Zeitung" berichtet — „*keine der herrlichsten Stellen . . . ohne lauten Beifall vorübergehen*".

Damit allein schien die von Laube angebahnte Grillparzer-Renaissance (die nach dem einstigen Durchfall der Uraufführung von „Weh' dem, der lügt!" und dem grollenden Rückzug des Dichters selbst doppelt nötig schien) gesichert. Denn auch der im Monat vorher (Oktober 1851) von Laube neuinszenierte „Treue Diener" erfuhr nun seine neue, gesteigerte Rechtfertigung infolge einer Neuinterpretation, die auch hier wieder das Schwergewicht auf das Finale legte. Am 19. Oktober 1851 schrieb Laube an Grillparzer, er könne ihm mitteilen, „daß die Aufführung Ihres Bancbanus gestern einen außerordentlich günstigen Erfolg gehabt hat. Auch der letzte Akt, welcher für minder wirksam gilt, erhielt die Aufmerksamkeit und den Anteil dergestalt, daß am Schluß . . . das ganze übervolle Haus mit einem rauschenden Beifall dem Dichter dankte . . . Offen gestanden: Niemand hatte eine so große Wirkung von Bancbanus erwartet, und Zuhörer von 1829 (Uraufführung) versichern, der Erfolg von 1851 sei größer gewesen als der damalige". Die „Wiener Allgemeine Zeitung" vom 21. Oktober 1851 aber schildert, wie sehr das Publikum das Werk mit neuen Augen sehen gelernt habe, wie es bei manchen Szenen „*förmlich elektrisiert*" gewesen und immer wieder „*in einen Beifallssturm*" ausgebrochen sei. Ja, Grillparzer wird, speziell auf den Einsatz des 5. Aktes hin, mit Shakespeare verglichen. Bis 1869 wurde diese Inszenierung 18mal gegeben.

Auch Laubes Neuinszenierung des „Ottokar" wurde bis 1876 fast unverändert 19mal gespielt. Die Erstaufführung dieser Neuinszenierung (Januar 1856) gestaltete sich, nach dem Urteil von Bäuerles „Wiener Theaterzeitung" „*zu einem wahren Festabend, sowohl für Künstler als Publikum*". Josef Wagner wurde von Laube zu einer ausgesprochen psychologischen Durchgestaltung des Ottokar gebracht (während es Ludwig Löwe bei der Uraufführung vorwiegend auf ein tragisches Fassadenspiel ankam). Und Carl A. Fichtner entwickelte seinen Rudolf von Habsburg zu einer Synthese von „*Taubenunschuld*" und „*Schlangenklugheit*" (Speidel).

Die Neugewinnung von Grillparzers „Sappho" freilich gelang Laube — wie erwähnt — erst im zweiten Anlauf. Der erste Versuch mit Julie Gley-Rettich, die die Titelrolle schon seit 1831 (!) gespielt hatte, mußte mißlingen, weil die Darstellerin noch zusehr im Deklamatorischen einer abgelaufenen Epoche befangen war. Der konservativere Teil des Publikums ging freilich auf diese rhetorische Leistung ein, so daß es in der „Wiener Allgemeinen Zeitung" vom 6. Oktober 1852 hieß: „. . . Der Monolog im dritten Akt, wo sie Mann und Weib in der Liebe gegeneinanderstellt . . ., wurde mehrere Male durch den stürmischen Beifall des Publikums unterbrochen. So ging es bis zum Schluß . . . Die Momente des höchsten Affekts wie der Ruhe sind in Attitüde und Gebärde der Antike abgelauscht, es ist Sappho, die wir schauen . . ." Laube selbst freilich war nicht dieser Meinung. Er setzte „Sappho" in dieser Besetzung von 1852 bis 1861 nur sechsmal an — und wartete auf die seiner Meinung nach „*deckende*" Besetzung: auf Charlotte Wolter, die dem Burgtheater ab 1862 zur Verfügung stand. Im Dezember 1865 übernahm die Wolter die Gestalt der Sappho. Laube meinte von ihr, sie habe „*den Dämon*"; „*sie fiel wie eine Elementarkraft ins Burgtheater*". Sie ließ ihre tragische Gestaltungskraft nicht aus einer Bildungswelt, aus einem genauen Wissen um die Zusammenhänge wachsen, sondern bei ihr kam alles aus Gefühl, Trieb und Instinkt. Ihre selbstverständliche Natürlichkeit, ihre adelige Haltung, ihr Feuer der Leidenschaft, ihr Urlaut der Hingabe an Liebe und Tod — das alles war ihr in tausend Varianten angeboren. Sie packte jede Rolle wie das Leben selbst: mit einer ungeheuren Vitalität. Sie spielte nicht Sappho, sie war es — vulkanisch und doch adelig, im Erostrunkenen und im tödlichen Verzicht. Wieder und wieder wurde vom Publikum gerade diese „Sappho"-Inszenierung Laubes gewünscht, allein bis zur Schließung des alten Burgtheaters (1888) mit Charlotte Wolter dreißigmal.

Es darf nicht unerwähnt bleiben, daß eine rumänische Schauspielerin, die zu aller Überraschung in kurzer Frist zur überragenden Tragödin auch am deutschsprachigen Theater wurde, Agathe Barsescu, großen Anteil an einer Grillparzer-Neubelebung hatte. Allein am Burgtheater, dem sie, seit Adolf Wilbrandts Regime, von 1883—1890 angehörte, spielte sie mit ihrem leise fremdartig klingenden Timbre der Intonation und mit ihrer östlichen Mimik und Gebärde die Hero (ab 1883), die Berta (in der „Ahnfrau", ab 1885), die Mirza (in „Traum ein Leben", ab 1885) und die „Esther" (ab 1888). Alle diese Rollen trug sie aber bei ihren zahllosen Gastspielen durch die halbe Welt.

Auch bei der Eröffnung des Neuen Burgtheaters war Grillparzer vertreten: sein Fragment „Esther" wurde nach Beethovens Ouvertüre „Die Weihe des Hauses" und gefolgt von „Wallensteins Lager" aufgeführt. Schon 1868, fünf Jahre nach der Erstveröffentlichung, war dieses Werk, in dem Grillparzer nach einer Äußerung gegenüber Auguste von Littrow-Bischoff „*Ideen von Staatsreligion und Duldung*" inmitten aller Erosturbulenz „*aussprechen*" wollte, unter der kurzen Direktionszeit von August Wolff in den Spielplan des Burgtheaters aufgenommen worden[8]. Sonnenthal gab den König, Förster den Mardochai, Friederike Bognar die Titelrolle und Lewinsky den Haman. Es ging also auch hier, wie unter Laube, um ein Ensemble der großen Sprechkunst und einer real-pathetischen Gebärdenführung, hell-dunkel im Kontrastbetonenden und voll der scharfen Konturen. War das nur ein Pietätsakt, ein „Decorum"? Nein, gerade „Esther" wies den Weg zu einem neuen Grillparzer, zu dem, der seine Spätwerke vor dem Theater verschloß, weil er Sorge hatte, man könnte sie entweder mißverstehen oder ihnen szenisch und darstellerisch noch nicht gerecht werden. Wie bezeichnend, daß gerade „Esther" dann im Zeitalter des Naturalismus und Impressionismus, dank dem Vorangehen von Josef Kainz, zu einem der meistgepielten Grillparzer-Werke wurde und keineswegs nur in Wien, sondern in Berlin ebenso wie in Hamburg. Der für dieses Werk erforderliche Profilwandel der Inszenierung und Darstellung: Profilwandel gegenüber dem bisherigen Burgtheaterstil, selbst noch zu Laubes Zeiten, war bei den frühen Wiener Aufführungen noch keineswegs erreicht. Er gelang erst, seit Kainz mit seiner Gestaltung der Königs-Rolle den eigentlichen Nerv des Stückes bloßlegte. So kam es, daß Grillparzer seine großen Alterswerke auch weiterhin noch vor dem Zugriff der Bühnen verschloß.

Allerdings hatte Grillparzer noch bei Lebzeiten den „Bruderzwist in Habsburg" dem inzwischen grollend ins Wiener Stadttheater über-

---

[8] Einen Monat vor der Burgtheater-Erstaufführung hatte man das Werk zu wohltätigen Zwecken in der Wiener Hofoper aufgeführt.

siedelten Laube — für eine posthume Uraufführung — zugesagt. Grillparzer hatte Bedenken, Persönlichkeiten des Habsburgischen Hauses auf die Bühne des Burgtheaters zu bringen. Der neue Burgtheaterdirektor, Franz Dingelstedt, aber, ein liberaler Repräsentant des Historismus auf der Szene, ein „*Bildregisseur*" (im bewußten Gegensatz zu Laubes „*Wortregie*") sah es als eine Ehrenpflicht an, alle drei Nachlaßwerke Grillparzers, den „Bruderzwist", „Libussa" und „Die Jüdin von Toledo", am Burgtheater herauszubringen. Also kam es zu der für damals noch einmaligen Situation einer doppelten Uraufführung des „Bruderzwist": am Burgtheater und am Stadttheater, beide nur durch vier Tage getrennt (September 1872). Dem Hof hatte Dingelstedt zugesagt, „*Darstellung und Szenierung im Burgtheater*" würden „*durch diskrete Behandlung Anstöße mildern oder beseitigen*", wiewohl „*einzelne Züge des großen Historienbildes . . . frappant an Zustände der Gegenwart mahnen*" würden[9].

Dingelstedt reizte am „Bruderzwist" neben der überragenden Gestalt Kaiser Rudolfs II., die er porträtnah herausarbeiten lassen wollte, alles ins Optische Umzusetzende der von Grillparzer vorgeführten Auflösungs- und Wandlungserscheinungen des staatlichen und sozialen Gefüges; und eben darin waren sicherlich, neben allen verhängnisvollen Zauderersymptomen, die „*frappanten*" Gegenwartsanalogien zu suchen. So preist Dingelstedt dem Obersthofmeisteramt an: „Vortreffliche Einzelheiten: das Lagerleben und Soldatentum in voller Auflösung aller Sitte und Satzung, die Zersetzung der Stände, die ersten Regungen eines sich neu bildenden Bewußtseins in Fürsten, Völkern, Individuen. Die Wirkung auf der Bühne eine ungeheure. Das Bild Kaiser Rudolfs allein trägt das Stück, so effektvoll eingeführt, so fest und so charakteristisch durchgeführt wie kaum ein anderes desselben Meisters."

Hier kam, mit Lewinsky in der Titelrolle, eine Aufführung aus dem Geist des Makart-Zeitalters zustande, getragen nicht nur von den bedeutendsten damaligen Burgschauspielern (u. a. Sonnenthal, Baumeister, Mitterwurzer, Ernst Hartmann, Krastel, Gabillon, Förster, Hallenstein, Meixner), sondern auch effektgesteigert durch die Historienmalereimeisterschaft des „*Hoftheatermalers*" Hermann Burghart, der den Prager Szenen den Atem beklemmender „*Echtheit*" schenkte. Auch die Kostüme des berühmten Kostümzeichners Franz Gaul beschworen das historische

---

[9] Vgl. K. GLOSSY, *Aus der Briefmappe eines Burgtheaterdirektors*. Wien 1925. Dazu: CH. CHALAUPKA, *Dingelstedt als Regisseur*. Diss. Wien 1957; und S. JAUKER, *Die Uraufführungen Franz Grillparzers auf dem Burgtheater*. Diss. Wien 1962.

Lebensgepräge herauf. Lewinskys Rudolf freilich brach aus der bloßen Historienvergegenwärtigung aus: sein Spiel lebte von einem psychologischen Realismus, der auch das Nichtgesagte spüren ließ.

Mit all diesem Prunk und mit der Qualität dieser Darsteller konnte Laube im privaten Stadttheater nicht wetteifern. Sein Rudolf-Darsteller Theodor Lobe bot ein Freskogemälde, eine überaus publikumswirksame Theatralisierung, wiewohl Laube neuerlich auf das pointierte Wort achtete. So hieß es in der „Neuen Freien Presse" (1. Oktober 1872): „... *Ist Lewinksy größer in der Zeichnung, so glänzt Lobe durch das Kolorit; er schafft eine gröbere aber einheitliche Gestalt, dem Kenner allenfalls weniger gerecht als Lewinskys Kabinettstück, aber für die Bühne brauchbar und im Licht der Lampen ungleich effektvoller.*" Bei Laube spielte das Optische eine Sekundärrolle; es ging ihm um deutende Gestaltverwirklichung durch Wort und Gebärde. In beiden Fällen aber — sie waren gleich erfolgreich — triumphierte eine maßvoll-realistische Grillparzer-Verkörperung über das bisherige romantisch-differenzierte, dabei noch von der Pathostradition belastete Grillparzer-Bild, nur eben bei Dingelstedt im Sinne eines da und dort glättenden malerischen Historismus, bei Laube in dem eines sinnerschließenden „*Kolorits*".

In einem strukturell ähnlichen Sinn brachte das Burgtheater, nach der Prager Uraufführung, 1873 „Die Jüdin von Toledo" heraus. Sonnenthal als König Alphons traf das Affektiv-Zwiespältige besser als Charlotte Wolter den launenhaften Mutwillen der Rahel. Es sei ein Mißgriff, „*die leichtblütige, kokette, sinnlich bestrickende Jüdin Rahel unserer genialen Tragödin*" anzuvertrauen, rügte die „Augsburger Allgemeine Zeitung". Auch in diesem Fall wieder bediente sich Dingelstedt — wie im „Bruderzwist" — historisierender Dekorationen und Kostüme, diesmal erfüllt von orientalischem Prunk und Farbenzauber. Bezeichnenderweise erfuhr auch dieses Werk, wie „Esther", seine eigentliche Erweckung erst mit Hilfe der impressionibel-sensitiven Darstellungskunst von Josef Kainz; und auch das wieder nicht am Burgtheater, sondern zuerst am Deutschen Theater in Berlin[10].

Der „Libussa"-Gestalt wurde Charlotte Wolter bei der Uraufführung (Januar 1874) wesentlich besser gerecht als der Rahel. Sie betonte — in einem dämonisch-schwarzen, mit Goldornamenten und wallendem Schleier verzierten, „*sprechenden*" Kostüm von Gaul — das Tragisch-Seherische der Gestalt und spielte fast das ganze Stück hindurch mit „*starrer Maske*". Sonnenthal aber gab den Primislaus „*edel, mann-*

[10] Vgl. S. JAUKER a. O.

haft, kühn und geistvoll"[11]. Die Aufnahme beim Publikum war „*eine bis auf den letzten Akt beinahe enthusiastische*"[12].

3.

Man muß diesen Entwicklungszug der Grillparzer-Inszenierungen im intimen „alten" Burgtheater am Michaelerplatz kennen, um beurteilen zu können, welche Faktoren den Profilwandel derjenigen Aufführungen bewirkten, die sodann im weiträumigen, monumentalen, zuerst als „kalt" empfundenen neuen Haus am Ring zustande kamen.

Von „Esther" als einem der Eröffnungsstücke (1888) war schon die Rede. Der eigentliche Durchbruch für die Grillparzer-Pflege im neuen Haus am Ring kam, als, beeinflußt von überraschend neuen dramaturgischen Deutungen des Werkes durch Alfred von Berger[13], August Förster, der im November 1888 die Leitung des Burgtheaters übernommen hatte, eine Neuinszenierung der „Jüdin von Toledo" wagte. Er durfte es, weil nun endlich eine gültige Rahel-Darstellerin gefunden war: Babette Reinhold, die nachher auch die Wiener Partnerin von Kainz in dieser Rolle wurde. Nun freilich, in Försters Inszenierung, trat der aus Ungarn stammende Emmerich Robert an Stelle Sonnenthals als König auf. Und auf seine Königsgestalt traf zu, was Hermann Bahr generell über seine Selbstspielerdüsternis sagte: „Durch alle Gestalten, die er gab, drang die schwarze Flamme seines Wesens, durch alle Worte, die er sprach, sein sonderbarer Klang, so fremd, so seltsam, so von jenseits durch ... In den paar trüben, ächzenden und wie gesprungenen Tönen seiner müden Kehle war soviel Schmerz des Stolzes, Gram und Ekel aufgehäuft, daß wir durch sie über alles, was uns droht, erschraken; und im Kampf seiner vehementen und zuckenden Gebärden war mehr Verheißung von Größe als oft die Worte der Poeten haben." Über Babette Reinholds Rahel aber berichtet Helene Richter, ihre jugendliche Schönheit habe sich „*in seltenem Grade für die Darstellung der Rahel, dieser Kaprice an sich*", geeignet. „Ihre hohe Stimme, ... ihre schlaff artikulierende, energielose Sprache, die niemals weit hat zum Kleinkindergelalle, lieh sich dem launenhaften Geständel aufs glücklichste ... Sie war das frühreife und niemals mündige, gleichzeitig ungekünstelte und kokette orientalische Kinderweib, ein Zwitterding von Urwüchsigkeit und Raffinement, verspielt, verzärtelt, trotzig, tändelnd und plappernd,

[11] *Deutsche Zeitung*, 22. Januar 1874.

[12] Ebenda.

[13] A. von Berger, *Dramaturgische Vorträge*. Wien 1890.

ohne intellektuales Gegengewicht ganz und gar den Impulsen ihres Sinnenlebens hingegeben.“ Schon diese Besetzung mit Robert und Babette Reinhold deutet an, daß hier der Versuch unternommen wurde, Grillparzers Werk dem Zeithorizont, dem neu erwachten psychologischen Interesse an Flackerndem, an Menschlich-Vieldeutigem anzunähern. Eben diese Inszenierung aber war es, in die später Kainz, der das gesamte „Klassiker“-Profil der Burgtheateraufführungen veränderte, als Nachfolger von Emmerich Robert eintrat, so daß sie (später mit Rosa Albach-Retty) bis zu Kainzens Tod weiterverwendet werden konnte.

Als 1890 einer der seltsamsten Burgtheaterdirektoren, der Jurist Max Burckhard, ein hochbegabter, vielseitig gebildeter Außenseiter, sein Amt antrat, wollte auch er, inmitten seines Breschenlegens für die moderne Dramatik von Ibsen und Gerhart Hauptmann, zum hundertsten Geburtstag eine Grillparzer-Renaissance herbeiführen — freilich eine, die zugleich ein Anvisieren vom Standort eines naturalistischen Zeitalters erlauben sollte[14]. Diese Bemühungen setzten im Januar 1891 mit einer Neuinszenierung von „König Ottokars Glück und Ende“ ein. Burckhard versprach sich viel von einer psychologischen Kontrastierung der beiden Herrscher und von einer Spiegelung im insgeheim damit zu vergleichenden Gegenwartsprofil mancher europäischer Herrschergestalten. Inwieweit dies mit Hilfe einer Besinnung auf das spezifisch Österreichische gelingen konnte, ergibt sich aus Ludwig Hevesis Charakterisierung dieser Neuinszenierung: „Es war trostreich zu sehen, wie das Burgtheater sich an diesem Abend auf sich selbst besann und wie die Zuschauer nach allen den Norwegern, Berlinern und Parisern doch wieder den alten Wiener als ihren Mann, als ihr Fleisch und Blut bejubelten ... Es lag etwas Eigenes in der Luft, etwas Aufgeregtes und Befriedigtes.“ Im ganzen überschichteten sich in dieser Aufführung noch der Wille zum Historisch-„*Echten*“, besonders im optischen Gepräge von Dekoration und Kostüm, mit dem Streben nach einer gegenwartsbezogenen Klassikerinterpretation, wobei manche differenzierende Deutung vom äußeren Erscheinungstyp her vorgenommen wurde: „... *Man denke an den verblüffenden Gegensatz zwischen dem überköniglichen Pomp des Böhmen-Königs und dem allerschlichtesten Aufzug des Kaisers. Ein monumentaler König des Mittelalters und ein Pflichtmensch der Neuzeit.*“ Sonnenthals

[14] Vgl. H. BRUNOW, *Das Burgtheater unter der Leitung Max Burckhards.* Diss. Wien 1923. Dazu H. BAHR, Erinnerung an Burckhard. Jetzt in: H. BAHR, *Kulturprofil der Jahrhundertwende.* Essays, ed. H. KINDERMANN, Wien 1962, 261 ff.; ausführlicher in: H. BAHR, *Erinnerungen an Max Burckhard.* Berlin 1913.

Rudolf von Habsburg sei „*fest und mild zugleich, ein schlichter Mensch und ein majestätischer Kaiser*“ gewesen; Krastels Ottokar dagegen wird von den Kritikern als Darsteller voll des auftrumpfend-überschäumenden Temperaments charakterisiert, während Zerline Gabillon als unglückliche Margarethe „*vorsichtig die leisen Schattierungen der Rede abgewogen*“ habe, „*um nicht aus eigenem Ausdruck voller zu werden, als diese Dulderin werden soll*“[15].

Während eine Neuaufnahme des „Treuen Dieners“, trotz Baumeisters gradlinigem Bancban, an dieser Schicksalswende keinen Erfolg hatte, blieb die Gedenkfeier vom 14. Februar 1891, mit Lewinsky als nervös-fahrigem „Hannibal“ und mit einem szenischen Epilog „Ein Traumbild“ von Alfred von Berger (mit Lewinsky als Dichter, Charlotte Wolter als tragischer Muse und Stella Hohenfels als Genius des Todes), von Anfang an nur für wenige Aufführungen gedacht. Und als 1893 eine Neuinszenierung der ersten beiden Teile des „Goldenen Vließ“ („Der Gastfreund“ und „Die Argonauten“) völlig scheiterte, ließ man im Burgtheater den Versuch, Grillparzer für das moderne Theater zu gewinnen, vorerst auf sich beruhen. Nicht Grillparzer, sondern Gerhart Hauptmann wurde damals zum wichtigsten Burgtheater-Autor: „Einsame Menschen“ (1891), „Kollege Crampton“ (1892), „Hanneles Himmelfahrt“ (1893) gaben dem zeitbezogenen Spielplan und dem Spielstil die Signatur.

4.

Völlig neue Impulse erhielt die Grillparzer-Pflege des Burgtheaters erst, als Josef Kainz dort sein Engagement antrat (1898/99). Er gehörte zu den Hauptrollenträgern, deren Dominanz und Eigenart selbst schon fertige oder seit Jahren erprobte Inszenierungen von Grund auf zu wandeln wußte. Kainz unternahm es, Dramen der Klassiker dadurch zu Bühnenbegegnungen von leidenschaftlicher Gegenwartsnähe werden zu lassen, daß er den Inszenierungen den Atem seines eigenen Spiels verlieh. Kainz setzte sich gegen vieles Bisherige zur Wehr und rückte an die Stelle eines epigonalen Pathosspiels, aber auch an die Stelle naturalistisch unterspielender Veralltäglichung seine modern-impressionible Darstellungskunst, die mit einemmal statt historisierender Züge das ewig Menschliche bloßlegte.

Als Josef Kainz mit erst 51 Jahren von einer tückischen Krankheit dahingerafft wurde (1910), schrieb Richard Specht, der Herausgeber der besten damaligen Literatur- und Theaterzeitschrift Österreichs, des

---

[15] In: *Fremdenblatt*, Wien, Jg. 1891, 13. Januar.

„Merker", noch unter dem unmittelbaren Eindruck der schauspielerischen Lebensleistung des weltberühmten Bühnenkünstlers, in seinem Nekrolog, daß das Darstellergeheimnis von Kainz keineswegs in seiner schauspielerischen Technik liege. Vielmehr ist es dies, meint Specht, „daß — wie bei jedem schöpferischen Theaterkünstler, wie bei Gustav Mahler oder Max Reinhardt — unter seinem Blick jedes Drama gleichsam jungfräulich und neu wurde; daß er nie bloß die Rolle, sondern immer das ganze Drama in all seinen inneren Beziehungen zu der von ihm dargestellten Gestalt erlebte, unbekümmert um jede Tradition, um alles, wie man es ‚immer machte', und daß er auf solche Weise vermochte, die klassischen Jünglingsgestalten — und späterhin mehr als bloß die Jünglinge — zu spielen, als wären es Wesen von heute, dem Fühlen und Verstehn der jetzigen Generation gemäß, keine ‚idealisierten' und akademischen Figuren, die schön in Versen sprechen, sondern Menschen, deren ganze Atmosphäre er auf die Bühne brachte, deren ganzes früheres Erleben in den eben dargestellten Szenen mitschwang. Nicht mehr die pathetischen Muskelmänner von einst, sondern Nervenmenschen . . ., sensibel, kompliziert und vor allem wahr . . . Man hat ihn den Entdecker der Nerven in der Schauspielkunst genannt, und ihm war es vorbehalten, . . . die teuersten Gestalten der Dichtkunst für unser modernes Empfinden zu retten; er hat in unvergeßlich prachtvollen Verkörperungen der Menschen Schillers, Goethes, Shakespeares, Hebbels, Grillparzers und Kleists im einzelnen vollbracht, was Reinhardt für das ganze Drama dieser Dichter vollbringt."[16] Man könnte dieser Feststellung von Richard Specht noch viele ähnlich lautende zur Seite stellen. Sie alle sprechen von dieser wandelnden und verwandelnden Kraft, die mit Hilfe von Kainzens alles Bisherige beiseite schiebender, typisch impressionistischer Schauspielkunst Dramen Shakespeares oder solche des 18. Jahrhunderts oder Werke des frühen und mittleren 19. Jahrhunderts so verkörpern und wirken ließen, als seien sie eben entstanden und für die Menschen des beginnenden 20. Jahrhunderts entworfen[17].

Kainz sprengte schon während seiner Tätigkeit am Berliner Deutschen Theater, in täglich neuem Widerspiel gegenüber den naturalistischen Unterspielmethoden, die dort Otto Brahm eingeführt hatte, die überalterte Pathoskonvention, jedoch ohne dabei die Fähigkeit zur

---

[16] *Der Merker*, Jg. I, 1910, Heft 24, 952 f.

[17] Vgl. H. KINDERMANN, Joseph Kainz und der Wandel der Klassikerinszenierungen an der Jahrhundertwende, in: *Maske und Kothurn*, Jg. XIV., 1968, 1 ff; dazu: J. EGGERS, *Die Verwirklichung des Impressionismus in der darstellerischen Kunst durch Josef Kainz.* Diss. Wien 1964.

Begeisterung, das Wundern, das Überreden und das Ausgreifen in den Phantasieraum über Bord zu werfen. Auf all das aber hatte ja der Naturalismus verzichtet. Kainz verfügte über eine nervöse Feinfühligkeit, die ihm eine subtile Abstufung der Werte in seinem Spiel erlaubte. Nun galt nicht mehr die absichtliche Gleichordnung von Nebensächlich und Wichtig, wie der naturalistische Spielstil sie gefordert hatte; sondern für Kainz gab es eine neue Rangordnung des Eindrucksmäßig-Entscheidenden oder des Stellvertretend-Symbolischen, demgegenüber die anderen Faktoren sich zu bescheiden hatten. Seine Spielakzentuierung galt dem Symptomatisch-Einmaligen, in dessen Bereich ein Einzelzug oft das Lebensganze zu deuten hatte.

Während die Naturalisten jegliches Äußere für den Spiegel des Inneren nahmen, wußte Kainz genau Bescheid um die so oft in Erscheinung tretende Diskrepanz zwischen Außen und Innen. Er strebte deshalb nach einem Durchleuchten alles Äußeren, nach einer Transparenz der verkörperten Gestalten, nach ihrem psychischen Röntgenbild gleichsam. Kainz ging dabei in seiner reizbar-impressioniblen Haltung von den Gemäßheitsvorstellungen aus, denen zufolge die Perspektiven jedes Ich ihre eigenen ethischen Gesetzlichkeiten und ihre eigenen Horizont-Koordinaten besitzen. Sein Spiel hatte deshalb viel gemeinsam mit den zur gleichen Zeit bewußt werdenden Relativitätsvorstellungen.

Kainz raste oft durch ganze Kaskaden von Versgebilden, um mit einemmal wie ein Raubvogel auf einen Begriff, auf ein Wort loszustürzen und es hell aufleuchten zu lassen, weil von ihm aus plötzlich längst Vertrautes in den Klassikerdramen einen völlig neuen, bisher noch unerschlossenen Sinn erhielt.

Zugleich mit dieser impressioniblen Meisterung des Wortes erwachte in Kainz auch eine neue, impressionible Spieldynamik, die ihre darstellerische Verwirklichung aus einem unmittelbar aufeinanderfolgenden Aufsuchen all der vielen Gesichter zustande brachte, die jeder Mensch, ewig sich wandelnd, oft von Minute zu Minute wechselnd, an sich trägt.

Bei aller nervösen und reizsamen Sensibilität im Erhaschen des bezeichnendsten Augenblicks und der Lebenseinmaligkeit war der Spielgestus von Kainz zugleich erfüllt von sprühender Vitalität. Und doch trug er in seine Vitaldynamik einen Zug hinein, der vieles vom bis heute noch gültigen Menschenbild des 20. Jahrhunderts vorwegnahm. Denn ob Kainz moderne Rollen spielte oder ob er als Hamlet und als Franz Moor, als Rustan und als Romeo, als Mortimer und als Prinz Heinz in Shakespeares „Heinrich IV.“, als Prinz von Homburg und als König Alphons in Grillparzers „Jüdin von Toledo“, als Orest, als

Tasso oder als Don Carlos, als Mephisto oder als Marc Anton auf der Bühne stand — alle diese Gestalten, deren jede er unverwechselbar abzugrenzen wußte, erhielten von ihm gleichwohl einen gemeinsamen Nenner, der seither längst zur Signatur im Antlitz unsres ganzen Jahrhunderts wurde und den Gerhart Hauptmann früh schon als Titel über eines seiner Dramen geschrieben hatte: „Einsame Menschen."

Gerade darin aber traf sich Kainz mit dem Menschenbild Grillparzers, der selbst ein Einsamer war und fast in jedem seiner Dramen die Einsamen in ihrer Konfrontation mit Andersgearteten zeigte, ihr leichtes Wundwerden, ihr zögerndes Nähern, und ihr Nicht-entscheiden-Können, ihre Schneckenhaustaktik und ihre Lebensdistanz offenbarte. Das galt für Kainzens Darstellung des König Alphons in der „Jüdin von Toledo" ebenso wie für seinen Leander und selbst für seinen Leon, aber erst recht für seinen Rustan[18].

Sehr anschaulich schildert der skandinavische Erzähler Herman Bang, selbst ein sensibler Impressionist, wie Kainz mit einer einzigen Gebärde Grillparzers „Des Meeres und der Liebe Wellen" eine ganz neue Wendung gab: „Es kommt in ‚Des Meeres und der Liebe Wellen' eine Szene vor, wo Leander und sein Freund im Tempelhof warten, während die Priesterinnen an ihnen vorüberschreiten. Unter ihnen ist Hero. Sie kommt Leander nahe, ihre Augen begegnen sich, sie ist vorbeigeglitten... Aber Kainz' Leander ist langsam, ganz langsam, im Staube auf die Knie gesunken, wie jemand, zu Tode getroffen, stumm zusammenbricht. Dieser Kniefall sagt, daß diesen Jüngling jetzt sein Schicksal ereilt hat. Hier ist es mit dem Aufruhr zu Ende. Dieser Rebell hat die Waffen gestreckt. Die Tat des Ungeduldigen ist nun geworden: das Weltmeer zu durchmessen und sie zu erreichen . . ."[19]

Seinen Leon in „Weh' dem, der lügt!" spielte Kainz als „unansehnlichen, ewigen Jüngling mit der schneidenden Stimme, mit der blitzendsten Schärfe der Sprache und der größten Intelligenz . . . Dazu kam seine werbende Liebe für Grillparzerschen Geist und die vibrierende Nervosität, die mit des Dramatikers nervöser Dynamik Schritt hielt."[20] Kainzens Vorgänger, Ernst Hartmann, hatte den Leon *„im Zeichen liebenswürdigster Anmut"*, wie einen *„verkappten Königssohn"* gespielt; Kainz dagegen kam in *„einer schmierigen Küchenschürze"* daher und machte aus ihm — dem Wiener Volkstheater nahe — *„einen ungehobelten*

[18] Vgl. H. GLÜCKSMANN, Josef Kainz im Dienste Grillparzers, in: *Grillparzer-Jahrbuch* Bd. 33, Wien 1935.

[19] Vgl. H. BANG, *Josef Kainz.* Berlin 1910, 49 f.

[20] Vgl. N. FÜRST, *Grillparzer auf der Bühne.* Wien 1958, 183 f.

Menschen von prickelndem Geist und Temperament ... Kainz löste im Zuschauer Spannung und Erschütterung aus, Hartmann ein wohltuendes und befreiendes Lächeln ..." (Helene Richter).

Wie aber die Rolle des abenteuerlustigen, weltsüchtigen, nach ungemäßer Größe greifenden Rustan zu Kainzens Lieblingsrollen gehörte, die er in München vor König Ludwig II., aber auch am Berliner Ostend-Theater und am Burgtheater zu neuen, Wunschtraumziele aufschlüsselnden Wirkungen brachte, so vermochte er auch der Gestalt des König Alphons in „Die Jüdin von Toledo" Züge abzugewinnen, die schon weit in die psychischen Transparenzmöglichkeiten des 20. Jahrhunderts hereinreichten. Ein Krankheitsbild der Seele wurde von Kainz bloßgelegt. Herman Bang, der auch den Werdeprozeß dieser Rollengestaltung miterlebte, schilderte die Art, in der Kainz das Inszenierungsbild des ganzen Stückes umstrukturierte, folgendermaßen: „Des Lebens Höchstes ist also eine Krankheit. Eine Krankheit ist also das einzige, das des Atmens wert ist. Diese Krankheit, die das Leiden aller Leiden des Lebens ist, ist zugleich, recht besehen, nur ein Spiel der Triebe, das uns verächtlich macht; es ist eine Gaukelei der Sinne, die uns dumm und feig macht, und sie ist eine Triebherrschaft, unter der wir lügenhaft und ränkevoll werden, betrügerisch und moralisch häßlich. Josef Kainz weiß das. Darum hat er seinen Rollen den König in der ‚Jüdin' eingefügt. Man kennt das Stück. Der König war ein Held in der Schlacht und der Weise seines eigenen Rats. Von Männern erzogen, wußte er wenig von Genuß, von der Pflicht wußte er alles. Da begegnete er auf seinem Wege der ‚Jüdin'. Und er war gefangen. Er liebt sie. Aber des Königs Liebe ist kein Rasen, oder sie ist auf jeden Fall ein Rasen, dessen er selbst spottet und das er mit der Lauge seines Hohns übergießt. Er kennt die Nichtigkeit des Triebspiels. Er gibt ihm dennoch nach — das ist wahr —, aber er rächt sich zum mindesten, indem er sich unterwirft: ironisch beobachtet er seine eigene Entwürdigung. Die Bitterkeit der Ironie fuhr in einem plötzlichen Tonfall wie ein eisiger Hauch durch die Kainzsche Diktion. Dieser König machte sich spottend über jene Liebe lustig, die ihn zerstörte. Es gab eine Szene in diesem Stück, die unvergleichlich wirkte. Wie so oft zuvor bei Josef Kainz war es ein Auftritt, wo er ohne Worte wirkte. Die Jüdin ruhte unter ihrem Thronhimmel. Der König saß lange Zeit stumm auf einer Bank ganz drüben auf der anderen Seite der Bühne. Er hatte kein Wort zu sagen — aber er verwandte kein Auge von ihr. Und alles: sein Blick, seine Stellung auf der Bank, seine akzentuierte Unbeweglichkeit — eine nonchalante und unverschämte Unbeweglichkeit — verriet dasselbe kalte Staunen: — Ist es dieses ‚Wesen', ist es diese

‚Figur', die dich toll macht? Ist sie es, die deinen Thron entehrt und dein Bett schändet — ist sie es dort drüben, die wie eine Katze zwischen zwei Kissen spielt? All das lag in seinem Blick und seiner Stellung. Plötzlich springt er dann auf, vom Trieb gepackt, und er eilt über die Bühne — und er springt hinauf, auf das Lager, als wollte er ihr Gewalt antun — während er unmerklich die Achseln zuckt."[21]

Vom Ganzen aber dieser von Kainz ausgehenden wandelnden Kraft, die eigentlich für die Grillparzer-Inszenierungen in Berlin und in Wien die Signatur des 20. Jahrhunderts erstmalig in voller Konsequenz zur Geltung brachte, gilt Speidels Beurteilung schon des Debutgastspiels als König Alfons: „Wenn wir uns fragen, welche Wirkung Kainz im Burgtheater hervorbringen wird, so kann man sagen: eine zerstörende und eine aufbauende. Eine so lebensvolle Persönlichkeit, die mit Entschiedenheit auf den Grundsätzen der modernen Darstellungsweise fußt, kann es im Burgtheater nicht beim Alten lassen. Seine bloße Gegenwart ist ein Protest gegen das Alte. Er wird das Veraltete nicht etwa gewaltsam, aber durch sein Beispiel in seinem Bestand erschüttern. Und dann wird er das Lebensfähige zu sich bekehren und verwandte Kräfte an das Burgtheater ziehen. Das ist die aufbauende Wirkung. Und daran hängt vielleicht die Zukunft des Burgtheaters."[22]

5.

War die Ära Kainz durch ein Sichtbarmachen der sensiblen „*Nervenmenschen*" und Einsamen Grillparzers vom Hauptdarsteller her gekennzeichnet — im gleichen Zeitalter des Impressionismus vollzog sich auch manche neue generelle Sinndeutung Grillparzerscher Werke, weil man glaubte, nun erst, in Übereinstimmung mit eigenen Sichtmöglichkeiten und Lebensimpulsen, das Eigentliche des betreffenden Dramas gefunden zu haben.

So erging es vor allem mit „Des Meeres und der Liebe Wellen", dem damals im ganzen deutschen Sprachraum meistgespielten Werk Grillparzers. Seit kein Geringerer als Theodor Fontane sich in Worten hoher Anerkennung über dieses Werk im Sinne eines Exemplums für die Gegenwart geäußert hatte — „Das Zeichen, in dem dieses Stück siegt, ist seine Lauterkeit; und ihr Modernen, die ihr den Zug des Herzens als ein neues Evangelium predigt, lernt hier, daß es, um das Richtige zu treffen, auf das Herz ankommt . . . Wer das Gesetz, ohne es anzuzweifeln und zu

---

[21] H. BANG a. O. 52 ff.

[22] Vgl. auch P. WIEGLER, *Josef Kainz.* Berlin 1941, 83.

verhöhnen, einfach durchbricht und die Konsequenzen seines ‚ich tat nur was ich mußte' willfährig auf sich nimmt, dem jubeln immer die Herzen zu. Und von Rechts wegen." —, seitdem galt „Des Meeres und der Liebe Wellen" als leuchtendes Zeichen für ein Durchbrechen des Gesetzes aus innerer Notwendigkeit. Damit aber war ein Zug getroffen, der damals besonders der jungen Generation am Herzen lag. Das „*Recht auf Liebe*" auch außerhalb des Gesetzes oder gegen das Gesetz: das war nun der Richtpunkt aller der vielen Neuinszenierungen im Berliner Königlichen Schauspielhaus (mit Clara Meyer als Hero, 1874) und in den ganzen Theaterzentren Deutschlands, Österreichs und der Schweiz. Norbert Fürst charakterisiert dieses Inszenierungsstadium von „Des Meeres und der Liebe Wellen" sicherlich richtig: „. . . Aber auch die feinsten Nerven kamen auf ihre Rechnung. Schließlich geschah in dem Drama auf unvergleichliche Weise, was die Zeit glaubte: der Sieg des Nervenbündels über den Ideenapparat, der Sieg des Instinkts über eine Weltanschauung. Und er wurde empfunden nicht als tragische Niederlage, sondern als Apotheose."[23] Die „*mit den Nerven denkende*" Hero wurde nun gefeiert. Das vor allem war der tiefe Sinn schon der Neuinszenierung am Berliner Deutschen Theater (1885), in der Kainz den Leander, Teresina Geßner jedoch die Hero in dieser neuen impressioniblen Sicht gab. Lotte Medelsky aber vermochte ab 1908 am Burgtheater (mit Gerasch als Leander und K. Löwe als Oberpriester) mit Teresina Geßner zu wetteifern, weil sie, wie Buschbeck es in seiner Medelsky-Monographie charakterisiert, „*die Hingabe an das geweckte Gefühl, sein Atmen und Wachsen, sein Ausschwärmen und sein Einbeziehen, seine Verdichtung bis zum Allmächtigwerden, die Verklärung des Gefühls durch gänzliches Versinken in einem Augenblick*" zu verbinden wußte mit feinnerviger Reagierfähigkeit, mit einer gleichzeitigen Verwundbarkeit und Bereitschaft zur überwindenden Emphase[24].

Nicht unähnlich nimmt sich das Bühnenschicksal von „König Ottokars Glück und Ende" im Zeitalter des Impressionismus aus. Die Impulse zur Neuinterpretation gingen auch in diesem Fall weniger vom Burgtheater aus (1908), wo Georg Reimers den Ottokar allzu geradlinig-draufgängerisch und Sonnenthal einen schlicht-hoheitsvollen Rudolf von Habsburg gab. Die Wendung zu einer neuen Inszenierungsmöglichkeit zeigte sich wesentlich schärfer in Berlin, wo bei der Neueinstudierung auf der Krollschen „Interimsbühne" 1905 Adalbert Matkowsky mit seinem Ottokar dem Werk eine neue, fast ins Psychopathische weisende

[23] Vgl. N. FÜRST a. O., 160.
[24] Vgl. E. BUSCHBECK, *Die Medelsky*. Wien 1922.

Wendung verlieh. In der ein wenig konservativen Kritik der „Vossischen Zeitung“ (A. Klaar) hieß es bezeichnenderweise u. a.: „. . . Wenn der Künstler die Rede zerhackt, um das Ungestüme und Fahrige zu markieren, wenn er im Wirbel der Rede die Worte wegschnellt . . ., wenn er die wichtigen Worte Ottokars an Margaretens Bahre in ein Stöhnen und Seufzen des Schwerbelasteten auflöst, so können wir die Empfindung darstellerischer Willkür nicht unterdrücken . . .“ Und Julius Bab fügt die Beobachtung hinzu: „Mit Herrschergewalt schaltet Matkowsky über den Stoff der Dichterworte — nur den Sinn, die Stimmung der ganzen Situation, der Szene oder des Aktes strebt er an. Den Wert der einzelnen Sätze wirft er fort. Kraftstellen hasten klanglos vorüber, wenn sie ihm nicht den Schlüssel geben zu jenem Gesamtsinn, den sein stürmisches Miterleben endlich an einem lang ersparten Punkte erschließt“[25].

6.

Einer der energischesten Verfechter einer notwendigen Grillparzer-Renaissance aus dem Geist des 20. Jahrhunderts war Alfred von Berger, ein Wiener Philosoph und Theatermann, der zum Erneuerer des Hamburger Theaters und schließlich — zu spät — Burgtheaterdirektor wurde. Er war ein abgesagter Gegner des Naturalismus, gleichzeitig ein Vorkämpfer für neuromantische und symbolistische Dramatik auf den von ihm geleiteten Bühnen. Wenn er z. B. für Schnitzler eintrat, dann für dessen Werke mit metaphysischer Perspektive. Das Geheimnis des Lebens sollte inmitten aller Seinswirklichkeit spürbar werden. „*Niemals aber*“, so erläuterte Berger diese Wesensverwandtschaft zwischen Schnitzlers Dramatik und seiner eigenen Regieauffassung, „*zerreißt der darüber gearbeitete Traumschleier, niemals, trotz aller Wahrheit und Lebendigkeit der Darstellung, wirft uns die Empfindung, einen Naturabklatsch vor uns zu haben, aus der Welt der Poesie in die nüchterne Wirklichkeit.*“

Den gleichen „*modernen*“ Spielstil jedoch wollte Berger auch auf die Klassiker anwenden: „Meine Meinung ist nun, daß der moderne Darstellungsstil nur der Fortbildung bedarf, um auf die Werke der Klassiker nicht nur anwendbar zu sein, sondern um ihnen junges, überraschendes Blut einzublasen. Die Darstellungsweise der modernen Wirklichkeit ist schon geschaffen; nun gilt es auch, den modernen schauspielerischen Ausdruck für das Getragene, Schwungvolle und Begeisterte

---

[25] J. Bab, *Kainz und Matkowsky*. Berlin 1912.

zu erfinden ... Man muß das Moderne in den Klassikern nur ans Licht spielen und szenieren." Dies alles aber müsse geschehen, ohne den naturalistischen Schauspielern, „*die oberflächliche Imitationsgabe mit dem Talent verwechselten*", nachzugeben [26].

Schon in Hamburg inszenierte Berger selbst eine Reihe von Grillparzer-Werken in diesem Sinne, so vor allem Grillparzers „Sappho" mit Franziska Ellmenreich (1901). Er siedelte das Werk „*zwischen Psychologie und Theatralik*" an und bevorzugte „*impressionistische Dekorationseffekte*". Die Darstellerin der Titelrolle aber erzog er dazu, von den Wolter-Ausbrüchen wegzukommen und eine „*stillere Sappho*" „*als je eine über die Hoftheater gegangen war, eine verinnerlichte Sappho*" zu spielen. Ebenso brachte er in Wien dann Hedwig Bleibtreu (1910) dazu, ihre Sappho nicht mit dem „*Pathos der Leidenschaft*" zu bewältigen, sondern mit dem „*Pathos des Geistes ... ihr Drama war eine fortschreitende Entkörperung; deshalb lagen ihre stärksten Wirkungen in den letzten Akten*" [27]. Die ganze Inszenierung Bergers aber war auf Entgrenzung gestimmt, mit Meeresrauschen und Sphärenmusik begleitet und auf einen „*geheimnisvollen Ton*" gestimmt [28]. Auch Baron Bergers letzte Wiener Inszenierung war Grillparzer gewidmet: im Juni 1912 brachte er „Der Traum ein Leben" neu heraus. Rustan war Alfred Gerasch, Zanga der schon zum Expressiven neigende Albert Heine; als Mirza gastierte zuerst eine ganz unzulängliche deutsche Schauspielerin; aber unmittelbar nach diesem Debakel übernahm bezeichnenderweise Ida Orloff diese Rolle, also die gleiche Darstellerin, für die Gerhart Hauptmann seine „Elga" (nach Grillparzers Novelle „Das Kloster bei Sendomir") entworfen hatte. Als Gülnare brillierte in ihrer liebevollen Hoheit, sehr zurückgenommen, die bildschöne Else Wohlgemuth, den König spielte Max Devrient, der damalige Fürstendarsteller, und den Mann vom Felsen der Charakterdarsteller Otto Tressler. Noch bis tief in den Ersten Weltkrieg hinein wurde diese für eine neuromantische Wendung der Grillparzer-Regie exemplarische Inszenierung von Baron Berger weitergezeigt.

Im Ersten Weltkrieg selbst aber wurde die Grillparzer-Pflege im Burgtheater — nun vorerst (1912—1917) unter der Direktion von Hugo Thimig — zu einer Art von Selbstbestätigung Österreichs in Zeiten der

---

[26] Vgl. P. Schmidsberger, *Alfred Freiherr von Berger. Tradition und Moderne*. Diss. Wien 1959. Dazu: K. Schrögendorfer, *Schicksal Burgtheater. Alfred Freiherr von Berger und der Anbruch der Moderne*. Graz 1966.

[27] Vgl. N. Fürst a. O. 50.

[28] Vgl. H. Wittmann in: *Neue Freie Presse*, 3. 3. 1910.

Bedrängnis und des drohenden Zerfalls. In den stürmischen, noch aufschwungsgläubigen Beginnjahren des Ersten Weltkriegs spielte man im Burgtheater Kleists „Hermannsschlacht" und Goethes „Götz von Berlichingen", beide in der Regie des jungen Arthur Holz, des ersten Nur-Regisseurs am Burgtheater, und beide in einer Art von Jugendstilmonumentalität. Gleichzeitig begann der Siegeszug Schönherrs im Burgtheater mit dem „Weibsteufel" und mit „Volk in Not". Da der Hof Kleists „Hermannsschlacht" mißbilligend als *„eine recht unnötige Hinweisung auf Deutschlands Einheit unter Preußens Führung"*[29] ansah, bemühte sich die Burgtheaterdirektion, das Spezifisch-Österreichische als Gegengewicht im Spielplan zur Geltung zu bringen. Grillparzer erschien in solchem Zusammenhang als wichtigster Zeuge. So kam es schon 1915 zu einer Neuinszenierung der „Ahnfrau" unter Albert Heines straffer, auf stilisierende Überhöhung bedachter Regie, mit Gerasch als Jaromir, Lotte Medelsky als Bertha und Pittschau (ab 1917 Max Devrient) als Borotin[30].

Schon wenige Monate danach aber (Dezember 1915) versuchte es Thimig mit einer von Arthur Holz inszenierten, ausgesprochen impressioniblen Aufführung des „Treuen Diener seines Herrn". Thimig erläutert die Intentionen: „Das Bestreben, das Psychologische der Dichtung herauszuarbeiten, das Ganze auf einen Ton zu stimmen, der Pathos und theatralische Lautheit ausschließt, machte die Vorstellung wirklich interessant, und sie strömte echte und tiefe Wirkung aus. Paulsen als Bancban von gewinnender Schlichtheit, Einfachheit und ohne Gefühlsduselei wäre vollkommen, wenn sein Persönliches Größe hergäbe. Die Bleibtreu als Königin und Siebert als König ersten Ranges. Das Äußere des Bildes, das Milieu, war in einfacher, aber charakteristischer Linie von Maler Wilke vorzüglich gestellt." Der Erfolg dieser Aufführung — der künstlerische und politische — ermutigte Thimig, im Januar und Februar 1917 „Das Goldene Vließ" an zwei Abenden in der Regie von Arthur Holz neu herauszubringen und in dichtem Anschluß daran einen ganzen Grillparzer-Zyklus zu wagen. Mit Ausnahme des „Bruderzwist" und der „Libussa" konnte das Burgtheater nun sämtliche Hauptwerke Grillparzers vor Augen führen: so sehr waren sie ins „stehende" Repertoire neuerlich eingegangen. Zum bisher schon Vertrauten wurde „Esther" in Albert Heines Regie mit Else Wohlgemuth in der Titelrolle und dem sensitiv-impressioniblen Harry Walden als König am gleichen

---

[29] Vgl. *Hugo Thimig erzählt*, ed. F. HADAMOVSKY, Wien 1962, 227.

[30] Zu Albert Heine vgl. auch für die folgenden Abschnitte: W. STUCKENHOFF, *Albert Heine, der Schauspieler und Regisseur*. Diss. Wien 1966.

Abend (15. April 1916) hinzugefügt, an dem im Burgtheater erstmalig Gerhart Hauptmanns „Elga“, diese düster aufrauschende Eifersuchtstragödie nach Grillparzers Erzählung „Das Kloster bei Sendomir“ mit Lilli Marberg, einer Schauspielerin voll der erotischen Ausstrahlung, in Szene ging (Regie: Arthur Holz). Im „Goldenen Vließ“ hatte sich indessen (als Medea Hedwig Bleibtreu alternierend mit Anni Rosar) dank Arthur Holz' Regie, eine bedeutsame Neuwendung ergeben. Während Charlotte Wolter ihre Medea „*klassizierend*“-hoheitsvoll angelegt hatte, spielten Anni Rosar und Hedwig Bleibtreu sie als „*wilde Kolcherin*“, als „*Naturgeschöpf mit urwüchsigen Trieben*“, als „*Barbarenweib*“. Dadurch kam der Kontrast der beiden Gegnerinnen (Kreusa: Else Wohlgemuth) als Kontrast nicht nur zweier Charaktere, sondern „*zweier Kulturen*“ zur Geltung.

Dieser Vorstoß zur Kulturkontrast-Gestaltung beherrschte seitdem auch die zahllosen „Medea“-Aufführungen, die im Deutschland der Zwischenkriegsjahre in großer Zahl erfolgreich in Szene gingen: in Hamburg, in Dresden, in München (mit Pirchans Treppenaufbau) und in Berlin (wo in der Volksbühne „Medea“ 1919—27 von 20.000 Besuchern gesehen wurde; und wo Agnes Straub 1933—36 eine erschreckend-exotische Medea verkörperte), oder auch noch in der Düsseldorfer Inszenierung mit Elisabeth Flickenschildts ergreifend um ihr Menschenrecht kämpfende Medea.

7.

In diesem Zusammenhang muß besonders hervorgehoben werden, in welcher Weise das Berliner (Königliche) Schauspielhaus schon während des Krieges und knapp danach, im Zeitalter dann des steil aufsteigenden Expressionismus, die „Medea“-Aufführungen durch ganz besonders geartete Schauspielerinnen neu akzentuieren ließ. Als Tilla Durieux 1915, von Reinhardt kommend, ans Berliner Hoftheater verpflichtet wurde, vertraute man ihr, die bei Reinhardt den Puck als wahre Raubkatze gespielt hatte, die Medea an, weil man — mit Recht — annahm, ihrem „*häßlichen Typ*“ werde „*das Primitive und Barbarische*“ Medeas besonders gut liegen. Es fiel ihr im ersten Augenblick schwer, sich gegenüber „*dem schwungvollen Pathos*“ der Hoftheaterkollegen zu halten, dem sie nur ihre „*harte Realität entgegenzusetzen*“ hatte und „*da die Wahrheit der Lüge gegenüber immer im Nachteil ist*“[31]. Kreusa aber war die blutjunge, herb-hoheitsvolle Helene Thimig.

[31] Vgl. Tilla Durieux, *Eine Tür steht offen*. München 1954.

Als jedoch nach dem Zusammenbruch von 1919 in der neuen deutschen Republik Leopold Jessner an die Spitze des Berliner Staatstheaters trat und mit ihm der politisch akzentuierte Expressionsismus Einzug hielt, wurde die Rolle der Medea 1924 Gerda Müller anvertraut. In einer Kritik von Paul Oskar Höcker[32] wird der Wandel „*der schmächtigen, geschmeidigen, jungen, blitzschnell sich wandelnden Wildkatze*“ in die „*starke, große Löwin*“ bewundert. Die Szene habe den expressiv stilisierten Tempel gezeigt, „*dahinter neigt sich der Strand zum Meer . . . In Gewitterstimmung wie in Sonnenfreude spielte die Szene mit. Starke Silhouetten-Wirkungen, wenn der Vorderteil der Bühne im Dunkeln liegt.*“

In einem ganz ähnlichen Sinn der Wertsetzungen und der expressiven Darstellungsformen brachte das Burgtheater 1920 unter Albert Heines Leitung und unter der ausgesprochen expressionistischen Regie von Franz Herterich eine Neuinszenierung der „Libussa“ heraus. Das hatte natürlich nun, nach der Verselbständigung der Tschechoslowakei, auch seinen politischen Sinn. Die Titelrolle spielte Lotte Medelsky, ihre Schwestern Hedwig Bleibtreu und Maria Mayer und den Primislaus Franz Höbling. Oskar Maurus Fontana charakterisierte Lotte Medelsky als expressive Eruptivdarstellerin; sie sei „die erste deutsche Schauspielerin, in der der von unten kommende und nach oben langende Mensch sich nicht bürgerlich beruhigen ließ, sich nicht gebildet stilisierte und kostümierte, sondern weiter in Flamme und Glut blieb . . . In die klassischen Formen drang durch die Medelsky die erwachende Vorstadt mit ihrem Schrei, mit ihrer Wildheit . . .“[33] Herterichs Inszenierung ging, wie er selbst es erläutert[34], darauf aus, „die ersten Bilder, in denen Libussa eine Art Amazonenregime auf kommunistischer Grundlage aufbauen will, in ihrer Mystik und sagenhaften Romantik schon so stark zu betonen, daß die Verbindung mit dem Schluß aufrecht bleibt und nicht nur als allzu schwerer Rahmen für das eingeschlossene Lustspiel wirkt. Die Seherkraft, die sich in der großen Libussa-Prophezeiung offenbart“, erfordere von der Inszenierung „*unglaubliche Spannungen*“ und „*Übergänge von einem Extrem ins andere . . .*“

Die Verbindung von Expression und Strenge, von Komödiantischem und Eruptiv-Emphatischem, die Herterich in seiner „Libussa“-Inszenierung gelang, blieb ihm ebenso treu als er, unterstützt durch die parallelen Bemühungen des Bühnenbildners Remigius Geyling, des Erfinders der Projektionen auf den Rundhorizont, in ähnlich-expressiver Weise

---

32 *Velhagen und Klasings Monatshefte*, Jg. 1924, Oktoberheft.

33 N. FÜRST a. O., 242 f.

34 *Jahrb. d. Grillparzer-Ges.*, Jg. 1931.

1926 auch „Der Traum ein Leben" (mit dem rasanten Paul Hartmann als Rustan, mit Andersen als infernalischem Zanga und Else Wohlgemuth als schlichter Mirza) inszenierte und als er drei Jahre später (1929), neuerlich mit Hilfe von Geylings Bühnenbildern, „Des Meeres und der Liebe Wellen" (mit Elisabeth Kallina als Hero und Helmut Lohner als Leander) neu herausbrachte[35]. Paul Hartmann aber und Hilde Wagener trugen Raoul Aslans Inszenierung der „Jüdin von Toledo" (1930), die neuerlich Geyling mit seinen Rundhorizontprojektionen ausstattete. Waren Herterichs Grillparzer-Inszenierungen sehr herb in ihrer spannungsgeladenen Intention — Aslan suchte nach einer expressiven Melodie, nach musikalischen Lösungen dieser tragischen Affekte. Auch er verblieb sehr bewußt noch im expressiven Bereich, aber das Vulkanische erhielt gleichsam Distanz; und die psychischen Abläufe wurden transparent.

8.

Man könnte fragen, ob der seit 1918 vollzogene politische Wandel, der Zerfall der Donaumonarchie, der Übergang zur neuen, wesentlich kleiner gewordenen Republik, eine einschneidende Veränderung der Grillparzer-Pflege in Wien, besonders am Burgtheater, herbeigeführt habe. Die Struktur der einstigen Hoftheater erfuhr zweifellos beim Übergang zu nun dem Volksganzen verpflichteten Staatstheatern eine ebenso schwerwiegende Veränderung wie die Struktur des Publikums, in dem nunmehr die einstige Dominanz des Adels in den Logen nicht mehr anzutreffen war. An die Stelle des Adels traten nun die Finanzprominenz und das Patriziertum, das bis dahin das Parkett beherrscht hatte. Weite Kreise des Bürgertums rückten im Parkett und Parterre nach. Kunststellen der einzelnen politischen Parteien sorgten aber auch dafür, daß Arbeiter und Angestellte Burgtheateraufführungen zu sehen bekamen. Und das nun republikanische Unterrichtsministerium, das diese volksbildnerischen Bestrebungen unterstützte, ermöglichte auch hunderttausenden junger Menschen — aus Wien und aus den Bundesländern — in besonderen Vorstellungen für die studierende Jugend den Zugang zum Burgtheater.

Wie sah das Echo dieses neu geschichteten Publikums auf die Dramenwelt Grillparzers aus? Und in welchem Maße konnten die Direktoren in dieser Ära der ersten österreichischen Republik Grillparzer

---

[35] Vgl. K. M. Gassner, *Die Burgtheaterdirektion Franz Herterichs*. Diss. Wien 1948.

von einer neuen, nun aktuell anmutenden Seite präsentieren? Von den intensiven Bemühungen Franz Herterichs, dies in einem lodernd-expressiven Sinn zu tun, war schon die Rede; ebenso von der neuen Perspektive, die die politische Konstellation für eine Neuentdeckung der „Libussa" bot. Als nach der kurzfristigen zweiten Burgtheaterdirektion des Dichters Anton Wildgans 1932 der bis dahin in Hamburg tätig gewesene Theaterroutinier Hermann Röbbeling an die Spitze des traditionsreichen Hauses trat, schien es fraglich, ob nun die Möglichkeit für eine neue, gegenwartsbezogene Grillparzer-Pflege möglich sei. Röbbeling brachte nicht nur Grillparzers „Sappho" 1936 mit Else Wohlgemuth in der Titelrolle und Fred Liewehr als Jason in der Regie Friedrich Rosenthals[36] und wenige Monate später „Das Goldene Vließ" in einer für einen Abend bestimmten, komprimierten Einrichtung von Friedrich Schreyvogl in Regie und Bühnenbild Franz Herterichs heraus, in der Maria Eis eine völlig pathosfreie Medea — anfangs „*amazonenhaft wild und störrisch*", dann aber, von Jason bezaubert, „*als Schlafwandlerin des Schicksals*"[37], und schließlich als vernichtende Flamme der rächenden Eifersucht gab; sondern Röbbeling überraschte sein Publikum mit der an Herder geschulten Idee eines ganzen Zyklus: „Stimmen der Völker im Drama"[38]. Und den ersten Abend widmete er Österreich. Er hatte Ernst Lothar dafür gewonnen, das Grillparzer-Werk kongenial zu inszenieren, das, von den damaligen Krisenzeiten der ersten Republik her, rückschauend den Werdeprozeß am tiefsten als typisch österreichisches Phänomen begreifen ließ: den „Bruderzwist in Habsburg". Diese im Oktober 1932 zustande gekommene Neuinszenierung, die sosehr wirkte, daß sie bis zum Januar 1938 dreiundvierzigmal wiederholt werden mußte (eine für das Burgtheater hohe Zahl), hatte in Aslans Rudolf II. einen genialen Darsteller des großen Zauderers: „*. . . Eine Majestät und zugleich das Gespenst der Majestät. Mit der Gestalt dieses in farbig düsterer Pracht Untergehenden gab Aslan auch ihr pompös ergreifendes Requiem*"; so charakterisiert O. M. Fontana Aslans Gestaltung der dominierenden Kaiserpersönlichkeit in dieser Staatstragödie, die zugleich eine typisch österreichische Charaktertragödie ist. Ernst Lothar standen aber auch sonst mit Hennings (Matthias), Marr (Max), Balser (Ferdinand), Tressler (Herzog Julius) und Heine (Kardinal Klesel) die besten Darsteller zu

36 Vgl. W. B. FISCHER, *Friedrich Rosenthal, Regisseur, Programmatiker und Wanderbühnenleiter*. Diss. Wien 1965.

37 ERWIN RIEGER in: *Neue Freie Presse*, 4. 9. 1936.

38 T. KULCZICKY DE WOLZKO, *Hermann Röbbeling und das Burgtheater*. Diss. Wien 1950.

Gebote, über die das Burgtheater damals verfügte. Sie alle waren an diesem „*Requiem*“ aktiv und passiv beteiligt; sie alle wurden von Lothar einbezogen in dieses Kräftespiel des vielfach selbstverschuldeten Untergangs. Es war ein szenisch deutendes Abschiednehmen von einstiger Größe, ein verstehendes Einblickgewinnen in eine Krisenkonstellation, von der her vieles Weitere begreifbar wurde.

Die Antithese dazu konnte in den Zeiten der nationalsozialistischen Besetzung Österreichs nicht ausbleiben. Als 1941 Grillparzers 150. Geburtstag gefeiert wurde, fügte der damalige Reichsdramaturg Rainer Schlösser in die für das ganze großdeutsche Reich obligate Spielplananregungsliste, die einem Befehl recht nahe kam, auch Grillparzer-Aufführungen ein. So etwa ging damals eine ganze Welle der „Ottokar“-Aufführungen durch das deutsche Sprachgebiet. Sie wurden — am deutlichsten ausgeprägt in der Inszenierung Hans Schallas am Berliner Staatstheater mit Rochus Glieses gotischen Dekorationen, mit Bernhard Minetti als fast psychopathisch von Selbstüberschätzung bis zu argwöhnender Demütigung gleitendem Ottokar und Paul Hartmanns „*selbstlos der Reichsidee dienendem deutschen Kaiser*“ (Ruppel) Rudolf von Habsburg[39], mit Maria Koppenhofer als leidgeprüfter Margarete von Österreich und Pamela Wedekind als „*böse stichelnder*“ Kunigunde — vom Publikum als Verherrlichung des Reichsgedankens genommen, wiewohl dem Regisseur viel Allgemeineres und Tieferes, vielleicht auch Vorausschauendes: der Fall des Anmaßenden, vorgeschwebt war.

Im Burgtheater jedoch, das damals der keineswegs konformistischen Direktion Lothar Müthels anvertraut war, versuchte man, einen ganzen Grillparzer-Zyklus zustande zu bringen. Karlheinz Stroux brachte eine atemberaubend dahinstürmende „Ahnfrau“-Neuinszenierung mit Aslan als Borotin, Liewehr als Jaromir, Erika Pelikowsky als Bertha und Hennings als Hauptmann zustande. Sie mußte bis 1944 vierunddreißigmal gegeben werden, weil an die Stelle des Schauder- und Geistertheaters die entblößt-menschliche Seinserprobung in chaotischer Zeit getreten war. Lothar Müthel zeigte in seiner „Libussa“-Neuinszenierung von 1941 — mit Hedwig Pistorius in der Titelrolle, Balser als Primislaus und Maria Eis als Kascha — weniger das slawische Werden als die Volkwerdung schlechthin, den Kulturwachstumsprozeß einer jungen Gemeinschaft. Das Schwergewicht dieser Inszenierung lag bei Balsers Primislaus, bei seinem Herübertasten vom gelösten Humor zur Hoheit

[39] K. H. Ruppel, *Berliner Schauspiel*. Berlin 1943, 206 ff. Zu Paul Hartmann, auch in den folgenden Abschnitten: D. Mihelic, *Paul Hartmann*. Diss. Wien 1959.

der Verkündung: „. . . Im Element dieses männlichen, keuschen Humors lebt jetzt am Burgtheater unter der dichterisch noblen Regie Lothar Müthels dieser Primislaus in Grillparzers ‚Libussa'. Wie wundervoll löste Balser in der wärmenden Flamme dieser gläubigen Heiterkeit die zaghaft schönen, zaudernd andächtigen und leise erschauernden Verse Grillparzers. Wie vereinigte diese Gestaltung Zartheit mit Größe, Milde mit Kraft" (Ihering).

Im Rahmen des gleichen Jubiläums-Grillparzer-Zyklus des Burgtheaters gastierte das berühmte Bochumer Ensemble unter seinem Leiter Saladin Schmitt mit dem „Bruderzwist". Saladin Schmitt, seit 1918 Intendant des Bochumer Theaters, hatte das große Verdienst, inmitten des Ruhrgebietes eines der besten deutschen Theater ins Leben zu rufen; alljährlich setzte er sich ein wichtiges Zyklusziel[40]. Die Mehrzahl der Premieren im betreffenden Spieljahr waren diesem Zyklusziel gewidmet. Und für diese weitschauenden Aufgaben und Leistungen gewann Saladin Schmitt mit Hilfe eines homogenen Ensembles, aus dem viele künftige Größen der deutschen Schauspielkunst hervorgingen, ein Publikum, das vom Kumpel bis zum Generaldirektor reichte. Saladin Schmitt war von Haus aus ein Grillparzer-Anhänger; früh schon (1919) hatte er dem Österreicher eine seiner berühmt gewordenen Inszenierungen gewidmet. Also kam es auch 1941 wieder zu derartigen Vorbereitungen. Aus ihnen aber erwuchs die fast ungekürzte „Bruderzwist"-Aufführung, die nach Wien, ins Burgtheater, geladen wurde. Mit Hilfe von Dekorationsprojektionen Johannes Schröders kam ein rasch fluktuierender Szenenwechsel all der stilisierten Monumentalräume zustande. Als Rudolf II. aber fungierte Heinz Moog, der die Rolle so überzeugend lebensnah spielte, daß die beängstigende Frage über das Was-nun des künftigen Reichsschicksals wie ein über die Zeiten wegleuchtendes Menetekel erschien — insgeheim von Saladin Schmitt gedacht als Warnsymbol der eigenen deutschen Situation von 1941. Moog wurde unmittelbar darauf ans Burgtheater verpflichtet. Den Darsteller des Matthias aber ließ Schmitt in der Schlußszene die Krone so eng an sich pressen, „*bis sie seinen zitternden Händen entglitt — eine Mimik als Illustration zu den letzten Worten seiner Rolle: ‚Mea culpa*'"[41]. Es läßt sich leicht verstehen, daß diese Interpretation Saladin Schmitts damals keineswegs nur in Theaterkreisen leidenschaftlich diskutiert wurde; denn auch diese

---

[40] Vgl. H. D. Schrage, *Saladin Schmitt am Stadttheater Bochum*. Diss. Wien 1967. Dazu: *Saladin Schmitt, Blätter der Erinnerung*. Hrsg. von der Stadt Bochum. Bochum 1964.

[41] Vgl. *Shakespeare Jahrbuch*, Jg. 1952.

Symbolgebärde hatte über die Textbezogenheit hinaus eine zeitbezogene Bedeutung, die verstanden, wenn auch aus naheliegenden Gründen nicht offen zugegeben wurde. Diese Inszenierung wurde nicht nur in Bochum und Wien, sondern auch in Weimar und Köln mit gleichem Erfolg gezeigt.

Ja, die Idee der Wiedererweckung wirkte so nachhaltig, daß Lothar Müthel noch zu Ende des gleichen Jahres 1941 am Burgtheater eine eigene „Bruderzwist"-Neuinszenierung, und hier mit Werner Krauß als Rudolf II., herausbrachte[42]. Und auch diesmal wieder war das Echo — aus vielen Gründen — so stark, daß binnen zweier Monate 28 Wiederholungen erforderlich wurden, ein im als Repertoiretheater geführten Burgtheater außergewöhnlicher Fall. Für die Kenner aus dem Stammpublikum des Burgtheaters war sicherlich der Vergleich der drei Interpretationen: Aslan in Lothars Regie, Moog in Saladin Schmitts Regie, Werner Krauß in Lothar Müthels Regie, von besonderem Reiz. Aber die tiefere Bedeutung dieser Müthel-Inszenierung mit Werner Krauß lag auf ganz anderer Ebene. Müthel gab — im Gegensatz zu Saladin Schmitt — nicht die fast ungekürzte Fassung, sondern eine energisch gestrichene und zugunsten der Hauptgestalt gestraffte dramaturgische Bearbeitung. So konzentrierte sich das Hauptinteresse auf Werner Krauß' Rollengestaltung, wiewohl auch alle übrigen Rollen mit ersten Kräften besetzt waren (u. a. Matthias = Hennings, Max = Maierhofer, Ferdinand = Woester, Leopold = Liewehr, Klesel = Bettac, Herzog Julius = Marr und Wallenstein = der noch blutjunge Curd Jürgens!). Siegfried Melchinger, der seine Rezension der Wiener Müthel-Inszenierung[43] einleitet mit den Worten: „*Die grandiose Konzeption eines das ganze Sein umfassenden Dramas, gesehen im tragischen Aspekt einer Zeitenwende, wird die besten unseres Theaters von nun an entscheidend beschäftigen.*" Und er schließt sein Referat: „*Es war der größte Abend des Burgtheaters seit langer Zeit. Der Erfolg war dementsprechend ungewöhnlich.*"

Was aber lockte an dieser gestrafften Inszenierung sosehr, für die Wilhelm Reinking mächtige Architekturen entworfen hatte, die er „*hoch aufrichtete oder weit in die Tiefe führte*", so daß er „*die Faszination des Irrationalen*" erzwang, „*des Steinerngrauen, oder des Dämmerndfahlen*"? Im Dekorativen und im Inszenatorischen wurde „*der historischen eine dämonische Wirklichkeit zugesellt*". Vor allem aber „*befreite*"

---

[42] Zu Werner Krauß vgl. auch weiterhin: W. GOETZ, *Werner Krauß*. München 1954. — *Werner Krauß, Das Schauspiel meines Lebens*. Ed. H. WEIGEL. Stuttgart 1958.

[43] *Neues Wiener Tagblatt*, 8. 12. 1941.

Müthel nach Melchingers Aussage die Tragödie „*aus ihrer vermeintlich individualistischen Struktur*". Wiewohl „*das hintergründige Element der Gärung, der freche Geist der Zeit, die Zersetzung des Zweifels*" von Müthel nur drohend-hintergründig erkennbar gemacht, also gegenüber dem Originaltext etwas abgeschwächt wurden, kam doch die Staatstragödie, dieses Knistern in jeglichem Gebälk, der Versuch des Zusammenhaltens bei gleichzeitigem Unterminieren durch viele, teils ehrgeizige, teils egozentrische, teils ehrlich ratende Kräfte, wie ein gespenstisch leise vorwärtsdringendes Gefahrennetz zum Vorschein.

Der aber, der dieses Zusammenhalten als wahre Sisyphusarbeit widerwillig auf sich nahm, der Kaiser, wurde von Werner Krauß rauh, skurril, ganz und gar jenseits von Aslans Hoheit und Lothars Abschiedsstimmung gespielt. „*Die Faszination der Figur ist beispiellos*", beschreibt Melchinger die Leistung von Krauß: „*Es ist wie immer bei diesem Genialsten aller Verwandler das Leibliche, von dem sie ausgeht. Von der Stützung auf den Krückstock her prägt sich die Gestalt. Die Schwäche in den Knien frißt sich in die Haltung des ganzen Abends hinein.*" Trotz Krücke schnellen seine Schritte einher. Die Häßlichkeit seines Gesichtes, seine „*Gedunsenheit ist fast brutal*". Sein selbstauferlegtes Alleinsein proklamiert er als „*Ingrimm der verletzten Würde*". Und Melchinger fügt hinzu: „*Dieser Mensch ist verschlossen, schwermütig, leidend ohne Glück, weil er Kaiser ist. Er sieht die Würde vor sich, aber sie ist jenseits von ihm, sie ist nicht er selbst.*" Von diesem „*maßlos erlittenen Zwiespalt*" aus spielt er auch das Politische bedrängend: mit raschen, für einen Kaiser viel zu kurzen und viel zuwenig bezwingenden Gesten beschreibt er die Konzeption des Duldens, Ausgleichens, des „*Züngleins an der Waage*". Der Kaiser — ein Berufener, dem alles in den Händen zerbricht, ein wider Willen Dirigierender, der die Distanz nie zu überwinden und deshalb die Widerstände nicht zu bannen versteht. „*Seine Faszination der Verwandlung geschieht hinter einer magisch geschlossenen vierten Wand. Das eben ist freilich sein Genie, daß sie auch noch das Letzte so immanent verleiblicht, den Tod.*"

Melchinger beanständet — vom 1941 nur begrenzt offen Aussprechbaren her — an Müthels Inszenierung, daß „*der Aufriß der Zeit, so monumental er historisch-politisch gestaltet war*", der „*Transparenz*" entbehre, „*mit der die konkrete Zeitwende in die gegenwärtige hinüberleuchten müßte*". Aber von heute gesehen, läßt sich erkennen, warum Müthel (dessen Dramaturg damals Herbert Ihering war!) gerade nicht eine äußerliche Analogie anstrebte, sondern den Isolierten an der Spitze des Reiches zeigte, der die anvertraute Würde zwar erkannte, ihr aber nicht gewachsen war und dem allein schon deshalb, nicht nur wegen der Lemurentaktik der offenen und geheimen Widersacher, alles Überantwortete zerbrechen mußte.

Noch gegen Ende der gleichen Spielzeit 1941/42 inszenierte Müthel den „Bruderzwist" am Berliner Staatstheater, neuerlich mit den Dekorationen Reinkings, die nach K. H. Ruppels Überzeugung[44] „*eine gleichsam metaphorische Suggestion*" erreichten, „*am stärksten in der wahrhaft grandiosen räumlichen Konzeption des riesigen Zimmers auf der Prager Burg ... Kahl und weit mit seinen grausteinernen Mauern und der hallenden Leere ...*", und neuerlich mit Werner Krauß als Rudolf II., sonst aber in einer ausgesprochen Berliner Besetzung (u. a. Walter Frank = Matthias, Will Dohm = Max, Bernhard Minetti = Wallenstein). Auch Ruppel kommt zum gleichen Resultat wie Melchinger, wenn er Werner Krauß als Rudolf II. charakterisiert: „Konzentrierter, vergeistigter, suggestiver hat Werner Krauß nie gespielt. Ist er eindringlicher in der bald launisch verdrossenen, bald geheimnisvoll beschwörenden Sprache? Fasziniert er mehr durch die wortkarg gesteigerte stumme Gebärde? Es ist erstaunlich, wie Krauß alle diese Züge auf einen Zug zurückführt: diesem Herrscher fehlt gänzlich die Gabe der majestätischen Geste. Seine kurzen ungeduldigen Handwinke können wohl einen Höfling zum Verstummen bringen, aber niemals Rebellen gebieten ... eine adelige aber unkaiserliche Natur ..." Die gemeinsame Meinung aller damaligen Berliner Kritiker, die sonst oft Grillparzer sehr skeptisch gegenüberstanden, sprach Richard Bie noch einmal rückschauend 1944 aus: „*So* (d. h. in Müthels Inszenierung mit Werner Krauß als Rudolf II.) *wird das Werk zur Entdeckung unserer Zeit.*" Es wurde nicht nur zur „*Entdeckung*", es wurde in dieser Form zu einem theatralischen Signal — und zu einem, das sich nicht in den Strom des damals Gewünschten begab, sondern in seiner ragenden künstlerischen Höhe und ideellen Einsamkeit zum Nachdenken, zum Bedenklichwerden zwang. Wundert es uns, daß unter der gleichen Burgtheaterdirektion von Lothar Müthel Herbert Waniek 1942, als Abschluß des Grillparzer-Zyklus, Grillparzers „Traum ein Leben", mit Liewehr als Rustan und Woester als Zanga, mit Erika Pelikowsky als Mirza, Steinböck als König und Maria Holst als Gülnare, zu einem unüberhörbaren Warnruf an diejenigen werden ließ, die sich anmaßen, Abenteuerlich-Großes zu wollen, ohne solchen Aufgaben gewachsen zu sein; und die selbst vor Lüge und Verbrechen nicht zurückscheuen, um ihr Wunschtraumziel zu erreichen[45]?

---

[44] Vgl. K. H. RUPPEL, *Berliner Schauspiel*. München 1943, 213 ff.

[45] Vgl. F. WAGNER, *Herbert Waniek als Regisseur*. Diss. Wien 1959.

9.

Wie aber nimmt sich das Profil der Grillparzer-Inszenierungen im letzten Vierteljahrhundert, also seit 1945, aus? Hat man nun überhaupt Verständnis für Grillparzer? Haben sich markante gemeinsame Züge der Bühneninterpretation herausgebildet, die etwa mit der neuen politischen Situation zusammenhängen? Oder geht es nun um das Bestreben nach „werktreuen“ Inszenierungen ohne unmittelbaren Zeitbezug? Und erstreckt sich eine neue Nachkriegs-Grillparzer-Pflege nur bzw. vorwiegend auf Österreich oder auch auf den übrigen deutschen Sprachraum? Und gibt es in Österreich selbst Unterschiede zwischen Grillparzer-Inszenierungen während der Besatzungszeit (1945—1955) und zwischen Grillparzer-Inszenierungen in der seit 1955 frei gewordenen, neutralen Zweiten Republik? Auch wäre zu fragen, ob diese Nachkriegs-Grillparzer-Inszenierungen in Österreich sich in wesentlichen Elementen von denen in Deutschland oder in der Schweiz unterscheiden. Und nicht zuletzt wäre zu fragen, ob Grillparzer-Inszenierungen dieses letzten Vierteljahrhunderts in erster Linie aus ideellen Beweggründen auf die Spielpläne gesetzt wurden oder ob etwa Rollenprobleme eine entscheidende Bedeutung erhielten.

Im wieder selbständig gewordenen Österreich, der Zweiten Republik also, galt, besonders im ersten Jahrzehnt einer Viermächtebesatzung (1945—1955), jede neue Grillparzer-Aufführung als ein geistiges und politisches Heimatsuchen, als Versuch des Wiederfindens im Eigensten. Dies war selbst noch die Grundintention des in der Burgtheaterära Haeussermans 1957—1967 initiierten Grillparzer-Zyklus, so ungleich auch die Resultate der einzelnen Neuinszenierungen bewertet wurden. So differierend alle die österreichischen Bemühungen um Grillparzer in diesem Zeitabschnitt hinsichtlich ihrer künstlerischen Qualität, ihrer Stilstruktur und ihrer Wirkung anmuten: sie waren alle geeint durch eine Art von Bekenntnischarakter, durch eine Sehnsucht nach einem neuen österreichischen Selbstverstehen im Spiegel Grillparzers. Dazu kam, daß man im Land Sigmund Freuds plötzlich viele „präfreudianische“ Züge in Grillparzers Dramen zu entdecken glaubte. Die amerikanische Neuentdeckung Freuds wirkte überdies auf den Kontinent, besonders aber auf Österreich und den übrigen deutschen Sprachraum, intensiv zurück. So lag es nahe, die Brücke zur Gegenwart auch auf diesem interpretatorischen Weg zu schlagen. Gerade dieses „präfreudianische“ Element gab auch vielen Aufführungen in der Deutschen Bundesrepublik sowie in der Schweiz nun das akzentuierende Gepräge.

Als der 1957 begonnene Grillparzer-Zyklus des Burgtheaters noch inmitten des Weges war und nicht alle bisherigen Neuinszenierungen glückten, erhob der beste Grillparzer-Kenner unter den gegenwärtigen Wiener Theaterkritikern, Piero Rismondo, mahnend seine Stimme, indem er die Richtlinien umschrieb, die berücksichtigt werden sollten, wenn eine Grillparzer-Renaissance auf den Bühnen des deutschen Sprachraums (also nicht nur Österreichs) das Publikum von heute erreichen, gewinnen und bewegen sollte: „... Die vier Hauptmotive", heißt es in diesem Essay Rismondos[46], „um die es bei jeder (heutigen) Grillparzer-Inszenierung geht, sind: 1. das Gegen- und Ineinanderspiel verschiedener Kulturen, Rassen, Sitten, Weltbetrachtungen. 2. Der Zusammenstoß zweier Zeiten, der Abklang der einen, die Heraufkunft der anderen; der Mensch in der Zeitwende, die Tragik des Humanen, das über alle Umbrüche und Zusammenbrüche hinweg als ein innerlich gehütetes Geheimnis in die Ewigkeit gerettet werden soll. 3. Die Ablösung des ‚Charakters' auf der Bühne durch den Menschen in seiner Vielschichtigkeit, Mehrdeutigkeit; in einem Menschen können mehrere Menschen wohnen, die alle ihre Schatten werfen, und erst in bezug auf die Ewigkeit löst sich ihr Widerspruch auf. 4. Der theatralische Ursprung in der Wiener Volkskomödie; das Textbuch der ‚Zauberflöte' übte auf den Knaben Grillparzer einen unauslöschlichen Eindruck — er ist in vielfachen Sublimierungen in fast allen Grillparzer-Stücken nachzuweisen. In diesen angedeuteten vier Komponenten spiegelt sich die Welt des alten Habsburger-Reiches, dessen Untergangsahnung Grillparzer schon verschlossen in sich trug. Aus ihr erwuchs ihm der prophetische Geist weit in die Zeiten und Zeitenwenden voraus, er erleuchtet seinen aus komödiantischen Wurzeln sich groß erhebenden Stil. Dies muß gezeigt werden, befreit von allen ‚Klassiker-Konventionen'. Denn Grillparzer war kein ‚Klassiker' im Sinne einer Nachfolge Goethes und Schillers, er war ein Erster, der die Problematik des Menschentums vorwegnahm, wie sie die Welt heute erfüllt ..."

Dieses weit über seine eigene Zeit Hinausweisende Grillparzers, dieses mit heutigem Denken und Vorstellen Verwandte in ihm selbst und in seiner theatralischen Menschengestaltung sind die Ursache für viele Grillparzer-Inszenierungskonzepte und -Darstellerkonzepte im letzten Vierteljahrhundert. Rismondo berührt freilich nicht die Schwierigkeit, die oft zum Mißlingen dieser Vorhaben beiträgt: die hohe Sprachkunst

---

[46] In: *Wiener Theaterjahrbuch*, Bd. 9. Wien 1959. — Vgl. zum ganzen Abschnitt 9 auch: D. HÜBSCH, *Grillparzer-Aufführungen im deutschsprachigen Raum von 1945 bis April 1968*. 2. Bde. Diss. Wien, 1968.

Grillparzers ist mit seinem ideell in die Zukunft Weisenden nicht konform. Grillparzers interjektionenreiche Dialogsprache und dramatische Versgestaltung lebt noch in vielen Momenten aus dem Duktus des beginnenden und mittleren 19. Jahrhunderts, während seine Vorstellungswelt, seine Art der Menschendurchleuchtung, sein Erkennen der Gegensatzpositionen vielfach schon in unser 20. Jahrhundert vorausweist. Diesen Widerspruch von an sich oft vollendeter Sprachdiktion und Andersartigkeit von Ideenführung oder Menschenbild zu meistern, gelang bisher bis zur Bruchlosigkeit nur an besonders glückhaften Wendungen der neuesten Bühnengeschichte Grillparzerscher Dramen.

Die Art der Überbrückung und die Art der bühnenmäßigen Erschließung des auf uns Zukommenden in Grillparzers Werk hängt einerseits vom Profil der betreffenden Regisseure und der von ihnen herangezogenen Hauptrollenträger, andrerseits von den Kulturzentren ab, in denen Grillparzer präsentiert wurde, also auch von der Eigenart des Publikums und seiner Empfängnisbereitschaft.

Ernst Lothar, einer der beharrlichsten Grillparzer-Regisseure, der Senior unter ihnen, hat derartige Versuche schon vor dem Zweiten Weltkrieg im Theater in der Josefstadt unternommen. Als er 1935 die Direktion dieser Reinhardt-Bühne übernahm, wollte er einen „*Spielplan der Dichtung*" durchsetzen. Er hatte dabei das Ziel vor Augen, Werke vorwiegend klassischer Autoren, die seiner Meinung nach zu Unrecht in Vergessenheit geraten seien, der gegenwärtigen Generation wiederzuschenken. Vor allem sollte angesichts der bedrohlichen Nachbarschaft des inzwischen nationalsozialistisch gewordenen Deutschland das „*Österreichische*" in diesem „*Spielplan der Dichtung*" eine dominierende Rolle spielen, sonst aber das Spezifisch-Humane betont werden. Diesem Zweck sollte insbesondere ein ganzer „Festspiel-Zyklus" dienen, in dessen Rahmen neben Lessings „Nathan", Anzengrubers „Viertem Gebot", Goethes „Geschwistern", Mells „Apostelspiel" und Gorkis „Nachtasyl" insbesondere Grillparzers „Treuer Diener" (mit Bassermann als Bancban) und „Die Jüdin von Toledo" (mit Ernst Deutsch als König) zu überzeugenden Erfolgen geführt werden konnten[47].

Ernst Lothar selbst betrachtete den „Treuen Diener" als Grillparzers „modernstes, zukunftsweisendes Werk ... Der Untertan Bancban wird Ahnherr einer Gestaltenreihe: der Mensch, der jedes Glanzes ermangelt, es sei denn eines klaren Erkennens der Grenzen und der tragischen Pflicht, in ihnen zu verharren."[48]

[47] Vgl. A. Bauer, *Das Theater in der Josefstadt zu Wien.* Wien 1957, 173 f.

[48] In: *Die bessere Welt.* Wien 1955.

Die Aufführung aber rief „*eine Welle von Begeisterung, wie man sie in Wien selten erlebt hat*“, hervor, weil Lothar es vermocht hatte, seine Darsteller zu einem völlig verhaltenen Spiel zu erziehen, wie es im Kammerspielhaus des Theaters in der Josefstadt das Gegebene schien, also zum Gegenteil dessen, was früher am Burgtheater üblich war. Aber Bassermanns von der Moderne herkommende Darstellungsmöglichkeit der leisen Zwischentöne ermöglichte eben dieses Zurücknehmen der Intonation, so daß von dorther das Ganze der Inszenierung sein verinnerlichtes Gepräge erhielt. In einer der Kritiken heißt es deshalb: „Wie großartig weiß Bassermann die Passivität in den Mittelpunkt der Darstellung zu rücken. Wie erschütternd ist sein Zusammenbruch an der Leiche seiner Frau. Kein lauter Ton, kein Schrei . . . Wie grandios bringt er die Steigerung der letzten Szene, da der alte Mann, vom Bruder und von allen Freunden verlassen, seinem Herrn allein die Herrschaft retten muß . . .“[49]

Dazu kam das überraschende Herüberwechseln Christel Mardayns vom Lustspiel zur Gestaltung einer Königin Gertrud voll der „*philinenhaften Anmut*“. Und ebenso eindringlich wirkte die verinnerlichte Glut Kitty Stengels als Erny: „Hier formt sich eine rührende, schon mit dem Klang eines einzig schönen Organs zum Gefühl sprechende Frauengestalt, eine Leistung, die sich, geführt vom Regisseur, zu einer Wirkung steigert, durch die man an ganz starke Momente der Wessely, der Dorsch und der Bergner erinnert wird.“[50]

Hatte Lothar hier schon versucht, die sprachlichen Schwierigkeiten einer Transponierung in die Apperzeptionsformen des 20. Jahrhunderts mit Hilfe von Schauspielern zu überwinden, die sonst gewohnt waren, modernste Gegenwartsdramatik zu spielen, so griff er bei seiner Josefstadt-Inszenierung der „Jüdin von Toledo“ (1937) schon vom Dramaturgischen her verändernd ein, indem er eigene Einschübe — wie Edwin Rollett beanständet — „*in den ehrwürdigen Text einfügte*“. Gleichwohl verstand die Kritik, was diese Textveränderungen veranlaßt hatte: „In alledem aber“, so heißt es in Rolletts Besprechung[51], „tut sich freilich das künstlerische Grundprinzip seiner Neuinszenierung kund: die Haupt- und Staatsaktion . . . wird nach Möglichkeit zurückgedrängt, der Hofstaat und sein Zeremoniell auf ein Mindestmaß eingeschränkt, alles Pathos aufgelockert und der Vers, wo immer es angeht, in ein naturalistisches Parlando aufgelöst. Hiedurch werden kammer-

---

49 Vgl. *Neuigkeits-Weltblatt*, 8. 12. 1935.

50 In: *Neues Wiener Journal*, 8. 12. 1935.

51 In: *Neue Freie Presse*, 11. 2. 1937.

spielartige Wirkungen erzielt; und da Lothar das Drama vor allem als eine Tragödie der Versuchung empfindet, betont er das Problematische der königlichen Ehe schon zu Beginn mit fast vehementer Intensität." Kitty Stengels Rahel vereinigte Züge der Zurückhaltung mit „*betörender Sinnlichkeit*". Über Ernst Deutschs König aber heißt es bei Rollett: „*Seit Josef Kainz hat man wohl kaum einen interessanteren Alfons auf der deutschen Bühne gesehen. In der Erscheinung schlank und jünglingshaft und mit einem Antlitz, das zuweilen an die spanischen Köpfe eines Greco erinnert.*"

Nach solchen erfolgreichen Versuchen knapp vor der Besetzung Österreichs und seiner Eingliederung in das Großdeutsche Reich lag es nahe, nach Beendigung des Krieges den aus der Emigration zurückgekehrten Ernst Lothar neuerlich mit Grillparzer-Inszenierungen zu betrauen, weil man hoffte, er werde den nun erforderlichen neuen Ton ebenfalls treffen. Diese Erwartungen erfüllten sich zum größeren Teil, obwohl die Zäsur des Krieges und die Neustrukturierung der Lebensvorstellungen, damit aber auch die komplementäre Neustrukturierung der theatralischen Erfordernisse und der ursächlich mit ihnen zusammenhängenden Erwartungshaltung des Publikums, vor allem der jüngeren Generation, grundlegende Veränderungen verlangt hätten. Lothar versuchte in seinen Nachkriegs-Grillparzer-Inszenierungen wieder anzuknüpfen beim vor Kriegsausbruch in der Ersten Republik Erreichten; er vertiefte freilich zugleich alle psychologischen Elemente dort, wo sie ans Psychopathische grenzen.

1949 wurde Lothar eingeladen, im Ronacher, dem Ausweichraum des durch Bomben zerstörten Burgtheaters, „König Ottokars Glück und Ende" zu inszenieren. Er setzte dabei nicht nur seine in der Josefstadt begonnenen sprachlichen Veränderungen fort, sondern er nahm auch einschneidende Szenenumstellungen, Szeneneinschübe und manchen Austausch der Dialogpartien vor. „*Auch sonst*", so tadelt Edwin Rollet, „*gibt es der Eigenmächtigkeiten nicht wenig, die zum Teil unbegründet und unlogisch sind*"[52]. Rollett belegt dieses Verdikt mit einer Fülle der von Lothar seiner Meinung nach unnötig oder unberechtigt vorgenommenen Veränderungen: „*... Nicht nur Aufbau und Logik, auch die Poesie kommt bei solcher Modernisierung zu Schaden ...*"

Lothars Regieleistung und die der Schauspieler machte diese dramaturgischen Abweichungen sosehr wett, daß ein Großteil der Presse die Darstellung und Inszenierung bejahte. Balsers Ottokar wird von

[52] In: *Wiener Zeitung*, 8. 11. 1949.

Rudolf Holzer als „*ein an einer Zeitwende zerschellender Trieb- und Ich-Mensch*" geschildert, Aslans Rudolf von Habsburg hingegen als „*ein großer Herr, ein Mann, der in Tat und Sein die Erfüllung sieht: der Realist seiner Zeit*". Hlawas Dekorationen seien in ihrem malerischen Gepräge Ausdruck der politischen und heimatlichen Sinngebung in einer nichthistorisierenden Art. Der Beifall des Publikums schien Lothar recht zu geben; bis 1951 wurde seine Inszenierung 44mal im Ronacher gegeben.

In seiner Ronacher-Inszenierung des „Treuen Diener" (1951) reduzierte Lothar die Zahl seiner sprachlichen und dramaturgischen Veränderungen. Er verwendete Hlawas frühere Monumentaldekorationen aus seiner noch historisierenden Entwicklungsphase, so daß alles nach vorwärts Weisende der Inszenierung diesmal von den Schauspielern kommen mußte. Balsers Bancban wurde zu einem „*Grau-in-Grau-Menschen*" (R. Holzer). Edwin Rollet rühmt an Lothars Schauspielerführung besonders das Herausarbeiten der Familienähnlichkeit der Geschwister: Otto von Meran (Albin Skoda) und Königin (Judith Holzmeister) in sprachlicher, mimischer und gestischer Parallelität. Beide überzeugen durch die „*Ungehemmtheit in Geste und Aktion; derselbe Überschwang in Selbstbewußtsein und Neigungen, dieselbe unstete Fahrigkeit*"[53]. Skoda durchrase „die seelische Skala von widerwärtigem Hochmut zu erbärmlichster Zerbrochenheit. Otto ist pathologisch in echt Grillparzerschem Sinn, und Skoda lebt ihn menschlich nach — zertreten, zerknirscht, keine Spur von Irrsinn mehr."[54]

Es zeigt sich also, daß Lothar hier schon mit jenen Zügen operierte, die vorhin als die nun zutage tretenden „präfreudianischen" Elemente in Grillparzers Menschenbild bezeichnet wurden. Auch diesmal ging das Publikum mit; bis 1954 wurden 34 Wiederholungen erforderlich.

In dieselbe Richtung aber wies schließlich — nun schon wieder im restaurierten Burgtheater selbst — Lothars Neuinszenierung der „Jüdin von Toledo" (1956). Fast alle Kritiker nahmen auf das Freud-Nahe der Inszenierung und des Dramas selbst Bezug: es gehe da um „*ein Ehebruchsdrama, randvoll mit dem Wissen um das Lauern des Unbewußten hinter dem Wachsein der Seele*" (G. Müller). Lothar habe vor allem Annemarie Düringers „*Kind-Weib Rahel*" dahin gebracht, dieses „*Lauern des Unbewußten*" zum Ausdruck zu bringen. O. M. Fontana deutet ihre Darstellung: „. . . Vielmehr hat sie das Irrlichternde, mit sich und den anderen Spielende, das abenteuerlich Verlockende, aber

[53] In: *Wiener Zeitung*, 11. 10. 1951.

[54] R. HOLZER in: *Die Presse*, Wien, 11. 10. 1951.

auch vom Abgrund Verlockte, das Glitzernde, aber auch das Verwunschene. Eine Amokläuferin ihrer Begierden steht da vor uns ..." Walter Reyer als König aber erscheine als „*Mensch des Augenblicks, getrieben von seinen Empfindungen, mit raschen Entschlüssen, ein König und ein Liebender* ..."[55]

„Des Meeres und der Liebe Wellen" war von Lothar schon 1946 bei den Salzburger Festspielen inszeniert worden. Paula Wessely, die unter Heinz Hilperts Regie die Hero zuerst in Berlin, am Deutschen Theater, dann inmitten des Krieges, 1940, am Josefstädter Theater gespielt hatte, war in Salzburg als Partnerin des ins Besessen-Leidenschaftliche hinüberweisenden Horst Caspar eine von Innen her brennende Hero, eine schließlich Verglühende. Bei Lothars Burgtheater-Inszenierung der Hero-Tragödie (1958) standen dem Regisseur für das Liebespaar Aglaja Schmid und Andreas Wolf zu Gebote. Wie die Thematik des Stücks nun, völlig neu gewendet und geradezu aktuell, von Kritik und Publikum gesehen wurde, ergibt sich am deutlichsten aus O. M. Fontanas Kritik[56], in der es u. a. heißt: „... Dürfen eine Gesellschaft, eine Kollektivnorm den Menschen irgendwelchen Kategorien und Ideologien ausliefern und damit seine eigentliche Natur auslöschen? Haben nur die Gesellschaft und die Kollektivnorm ein Recht auf den Menschen, nicht aber dieser — und er vor allem — ein Recht auf sich selbst?" Lothar erfüllte nicht alle Wünsche der Kritiker in seiner Inszenierung, weil er mehr vom Herausarbeiten der Individualzüge als vom ideellen Gesamtbild der Spannungspositionen ausging. Teo Ottos Bühnenbilder unterstrichen die Antithese vom Unermeßlichen des Meeres und unerträglicher Enge der Priesterinnenzelle. Aglaja Schmid verfügte noch nicht über den Urlaut des Leidens, den Paula Wessely beherrschte. Aber vor allem in den ersten drei Akten ist ihr das Gegenüber von herber Keuschheit und jähem Erwachen des Weibtums und der Hingabebereitschaft vollendet gelungen. Ihr suchendes Auge, ihre tastenden Hände wissen bald schon um das Ins-Leere-Greifen und um das Entgleiten der dauernden Erfüllung. Hingegen ließ Andreas Wolf den Regisseur im Stich. Das Premierenpublikum jubelte zwar Aglaja Schmid zu, die jüngere Generation aber schloß sich manchen negativen Kritiken[57] an, weil sie die von Fontana skizzierte Thematik, die nun, im politischen Gegenwartsleben, auf den Nägeln brannte, im Gesamtbild dieser Inszenierung nicht gespiegelt fand.

---

[55] In: *Die Presse*, Wien 27. 3. 1956.

[56] In: *Die Presse*, 22. 4. 1958.

[57] Vgl. besonders die von PAUL BLAHA im *Express*, Wien, 21. 4. 1958.

Wie Lothar kam auch Heinz Hilpert von Grillparzer-Inszenierungsversuchen aus der Zeit vor 1945 her[58]. Er liebte vor allem und inszenierte deshalb wiederholt „Des Meeres und der Liebe Wellen": 1937 am Deutschen Theater in Berlin, 1954 am Deutschen Theater in Göttingen, 1965 in Münchner Cuvilliéstheater. In München hatten schon 1940 Angela Salloker und 1943 Heidemarie Hatheyer grundverschiedene Hero-Gestaltungen erprobt.

Bewußter als Lothar strebte Hilpert nach einer dem unpathetisch gewordenen 20. Jahrhundert gemäßen Inszenierungsform. Wie er im Text alles Arabeskenhafte, Ornamentale und Sentimentale wegließ, so stimmte er auch die drei Inszenierungsvarianten auf unantikisch-nacktes Menschsein, auf die zeitlos-menschliche Tragik, in die jedes Individuum gestellt ist: zwischen Trieb und Satzung. Das ewige Aufbegehren des Trieberfüllten gegen Satzung und Norm stand in der Mitte aller drei Hilpert-Inszenierungen, die er deshalb auch umbenannte in „Hero und Leander" (in Analogie zu „Romeo und Julia").

Sollte diese Rückführung auf eine Urspannung des Menschengeschlechts gelingen, dann mußte die Hero mit einer Schauspielerin besetzt werden, der dieser Urlaut vom Pianissimo bis zur Ekstase eine angeborene Selbstverständlichkeit war. Hilpert fand sie in Paula Wessely, „*einer Volksschauspielerin von naturhafter Empfindung*". „Er nahm dem Stück", so schildert Richard Bie den ersten Eindruck, „den strengen linearen Stil einer nachempfundenen Antike und führte es zurück auf die einfache volkstümliche Ballade vom Liebesglück und Liebestod Heros... So folgt sie mit fraulicher Sicherheit ohne priesterliche Gewissensnot der Stimme des Blutes", erst beseligt in der Erfüllung, dann aber „elementar im ausbrechenden Klagezorn gegen die Götter ... Paula Wessely erfüllte den ebenmäßigen Sprechstil der Dichtung mit einem selig-unseligen Naturlaut, der dem Volkslied nahekam. Heimlich spielte das Stück am Donaustrand statt am Hellespont."[59] Es war ein Grillparzer auf dem Weg zu Ödön von Horvath. Auch Albin Skodas Leander schlug diesen Weg ein. Beide spielten ja vorher und nachher derart volksnahe Rollen. Paula Wessely gelang die „*unablässige Steigerung*" „*vom strahlend-lächelnden Mädchen*" zur laut und zugleich doch sehr leise verzweifelnden Frau. In ihrer Anklage gegen die Götter „*zerbrach sie so mit letzter Unbedingtheit das eigene Herz, daß hier wohl manchem zum erstenmal der Sinn dieses Liebestods erschütternd faßlich wurde*". So schildert es der

---

58 Vgl. zu Heinz Hilpert: J. WONDRA, *Heinz Hilpert*. Diss. Wien 1970.

59 Vgl. R. BIE, *Schauspieler, Regisseure, Intendanten*. München 1944.

Josefstadt-Dramaturg Ibach in seiner Monographie „Die Wessely"[60] — und er zeichnet damit aus nächster Nähe den völlig ins Jetzt gerückten, weil überzeitlich-menschlichen Eindruck auf, den die Wessely auch noch bei der Josefstädter Inszenierung Hans Thimigs (1940), in der Paul Hubschmid den Leander spielte, erweckt hat.

Bei der Göttinger Inszenierung von 1954 stand Hilpert als Bühnenbildner Wilhelm Preetorius zur Seite, der mit klar stilisierten, „*fast geometrisch einfachen Spielflächen*" operiert, um eine „*Konzentration auf das Wort und die psychologischen Zusammenhänge*" zu ermöglichen[61].

Da es in Göttingen keine großen Künstler des Naturlauts gab, ging Hilpert den entgegengesetzten Weg: er wählte für die drei tragenden Rollen ganz junge, damals noch unbekannte Schauspieler: Elisabeth Müller, die dann bald im Film zu großem Ansehen kam, den früh verstorbenen, vorher aber am Wiener Volkstheater bekannt und beliebt gewordenen Friedrich Palkovits als Leander und den heute in vorderster Linie wirkenden Charakterdarsteller Klaus Behrendt als Naukleros. Elisabeth Müller gelangen vor allem die Partien einer „*Traumwandlerin der Liebe, blind für die rings lauernden Gefahren*"; Palkovits, „*eine Entdeckung Hilperts*", verlieh der Leander-Gestalt eine „*Stimme, rauh von Leidenschaft, das Gesicht zuckend vor Erregung, feurig und zart zugleich, ein Naturgeschöpf und Opfer des Eros*" zugleich, während Behrendt den Naukleros voll der unbekümmerten „*natürlichen Frische*" spielte. Jugend von heute also spielte — unter Hilperts Anleitung — sich selbst in diesen Grillparzer-Rollen und sprach eben deshalb in Göttingen gerade auch die akademische Jugend an.

Im intimen Münchner Cuvilliéstheater (1965) machte Hilpert bei seiner „Hero"-Inszenierung nach der Charakterisierung von W. Drews[62] „*Kammermusik nach seiner konzertanten Weise*". Das allzu opulente Bühnenbild Jan Schlubachs — „*die Bauten wirkten, als seien sie mit ihren roten Sandsteinfassaden dem Bezirk des Heidelberger Schlosses entlehnt*"[63] — halfen nur wenig zur Verwirklichung von Hilperts Ziel: „*Sinnbilder aus Geist und Wort*" zu gestalten. Was Hilpert an Kammerspielmäßigem herausholen wollte, mußte von den Schauspielern kommen. Elisabeth Orth spielte als Hero zum Verstext „*stets noch Gegensätze eines Lebens hinzu*". Sie spielte also auf zwei Ebenen zugleich: auf der vorgegebenen und auf der des ureigenen Lebens. Sie erwacht zu

---

[60] Wien 1943.

[61] Vgl. D. HÜBSCH a. O. 16.

[62] In: *Münchner Merkur*, 8. 2. 1965.

[63] ERICH PFEIFFER-BELLI in: *Die Welt*, 27. 2. 1965.

diesem ureigenen Leben erst, „*wenn sie Leander beherbergt*". Die Klage an der Leiche Leanders aber „*widerhallt vom Schmerz der Welt. Der leidvolle Aufschrei beschwört den Tod, der die gleiche Macht hat, zu trennen und zu vereinen.*"[64]

Als Hilpert 1957 in Göttingen „Weh' dem, der lügt!" (mit Bühnenbildern von Preetorius) neuerlich mit ganz jungen, hochbegabten Schauspielern inszenierte, ließ er die Leon-Gestalt, diesen von Hans Wurst herkommenden Zeugen dafür, daß es im Bereich des Unvollendet-Menschlichen eine absolute Wahrheit nicht geben kann, in der Darstellung von Peter Maertens zu metaphysischer Bedeutung aufwerten: „In der zentralen Rolle des Leon debütierte Peter Maertens. Ohne jemals die Gestalt zu verzerren, steigerte er diesen dreisten Naturburschen zu einer Art von Gottforderer empor, der in seiner großen Szene schließlich, zum Himmel hinauf drohend, das Wunder verlangt und dabei doch immer ein handfester Kerl mit Mutterwitz und Herzenstakt bleibt"[65].

In diesen Erneuerungsversuchen schlug Heinz Hilpert also einen ganz anderen Weg ein als Lothar. Er ging auf den überzeitlichen Urgrund der zwischenmenschlichen Spannungen zurück, legte im Wechselspiel der Kräfte die Grundaffekte bloß und rückte ihr Austragen der Humankonflikte den Mächten des Außermenschlichen gegenüber. Auf diese Weise wirkten Hilperts Grillparzer-Inszenierungen durch ihr Herausfiltern des in allen Epochen Gültigen: archaisch und heutig zugleich.

Die dritte Variante von Grillparzer-Inszenierungen im letzten Vierteljahrhundert verdanken wir Heinz Dietrich Kenter. Er hat neben einer Heidelberger Inszenierung von „Weh' dem, der lügt!" (1952) vor allem mit seiner Essener Inszenierung von „König Ottokars Glück und Ende" (1954) sowie mit seinen zwei exemplarischen Inszenierungen des „Bruderzwist" in Essen (1956) und Bern (1958) weithin sichtbare Bühnenrealisierungen aus dem Geist unseres Jahrhunderts geschaffen; und er hat überdies mit seiner Inszenierung der „Jüdin von Toledo" (1967) mitgewirkt beim Aufbau eines besonderen Forchtensteiner Stils von Grillparzer-Freilichtinszenierungen im Schatten der gewaltig-mittelalterlichen Burg an der brisanten Dreiländerecke des Burgenlands.

Kenter war als junger Regisseur in den zwanziger Jahren einer der Rufer zur Neuen Sachlichkeit. Er erkennt in Grillparzer einen der ersten deutschsprachigen Dramatiker, deren Bühnengestalten „*nicht mehr an der Wirklichkeit vorbeigehen, um, unabhängig von ihr, zu wünschen, zu fordern, zu träumen . . .*", vielmehr konfrontiere Grillparzer „*den Men-*

[64] W. DREWS in: *Münchner Merkur*, 8. 2. 1965.
[65] Vgl. W. FEHSE in: *Göttinger Presse*, 25. 11. 1957.

schen mit der Wirklichkeit, mit jener Wirklichkeit, die sich als Staat darstellt. Er konfrontiert den Staat und das Ich, das Einzelwesen und das Gemeinwesen ..."[66] Kenter sieht Grillparzer dicht neben Büchner und als Vorgänger Ferdinand Bruckners. In einer Abhandlung Kenters, die überschrieben ist: „Der Irrtum über Franz Grillparzer"[67] heißt es, Grillparzers drei große Nachlaßwerke „enthalten weitaus mehr staatspolitische Weitsicht und neue szenische Einsichten, als in der gesamten dramatischen Produktion seiner Zeitgenossen zu spüren ist, das ‚Junge Deutschland' und Friedrich Hebbel inbegriffen — mit Ausnahme den einen, der Georg Büchner heißt. Aber man muß die letzten Dramen Grillparzers wirklich vom staatspolitischen Bekenntnis her, von dem Gedanken einer neuen Ethik unter Menschen und von einer neuen Sicht auch auf die gewandelte Ästhetik der Schauspielkunst her aufschlüsseln und szenisch gestalten ..." Kenter hat diese Inszenierungsweise vom Vorausweisenden in Grillparzers Menschenbild her auch auf alle zwischenmenschlichen Spannungselemente erstreckt, so daß K. H. Ruppel in seiner Besprechung von Kenters Essener Inszenierung des „Ottokar" erklären durfte: „Was aber in dieser ausgezeichneten Essener Aufführung geradezu wie eine Entdeckung wirkt, ist, daß man hier nicht nur Grillparzers Rückverbindung zu Lope und Calderon, sondern auch seine Vorausnahme Ferdinand Bruckners gezeigt bekommt. Ich dachte bei der Führung der pikanten Komödie zwischen der koketten Königin Kunigunde und dem frechen, verräterischen Ritter Zawisch von Rosenberg inmitten der von dynastischer Glorie überstrahlten Geschichtshandlung immerfort an Bruckners ‚Elisabeth von England': Das hat dieselbe provozierende und zuweilen fast arrogante Intimität, dieselbe Lust an der momentanen Indiskretion, dieselbe Geneigtheit, die eben noch opernhaft-pompös dargestellte Historie plötzlich aus der (entlarvenden) Perspektive des Boudoirs zu sehen. Wiener Lässigkeit breitet sich mit einemmal inmitten schillerisch fundamentierter Dramenarchitektur aus: Hast-du-nicht-Gesehen, ist das Konversationsstück da, wo du noch aufs Pathos der Tragödie gestimmt bist ..."[68] Und Albert Schulze-Vellinghausen zielt auf das gleiche Phänomen in Kenters Inszenierung ab, wenn er, fast überrascht, feststellen muß: „... *Immerhin aber findet man sich mitten in diesem heraldischen Apparat plötzlich in den Gefilden der Wiener Tiefenpsychologie. Also in einem sehr wissenden Klima ...*"

---

[66] In: *Die Bühnen der Stadt Essen, Programmhefte der Spielzeit 1955/56*, 169 ff.

[67] In: *Die Bühnengenossenschaft.* Hamburg, 8. Jg., Nr. 1 (1966).

[68] In: *Süddeutsche Zeitung*, München 1954.

In einem analogen Sinn des demaskierenden Transparentmachens hat Kenter den „Bruderzwist" in Essen (1956 mit Claus Clausen als Rudolf II.) und in Bern (1958 mit Helmuth Ebbs in der Hauptrolle) stark gestrafft herausgebracht. So heißt es z. B. über Claus Clausens Rudolf im Hinblick auf dessen das Wort oft schon vorwegnehmende Mimik und Gestik: „... wenn er, spannungsvoll vom Dichter angekündigt, grau, gebrochen, fahrig erscheint, hält man den Atem an. Lebenshaß und Menschenverachtung sind auf der Bühne lange nicht mehr so bitter, ingrimmig und eisig vorgestellt worden. Die ganze Tragödie ist klar, noch ehe Clausen das erste Wort gesagt hat. Und auch das Wort steht ihm zu Diensten, wenn Clausen dann die Gestalt entwickelt, schichtweise enthüllt, bis sie in den Sog des Geschehens gerät und zerstoßen wird."[69]

Was Kenter von Lothar und von Hilpert unterscheidet, ist sein Gewichtlegen auf Grillparzers schon in unser 20. Jahrhundert vorausweisendes Erkennen der harten Konfrontation von Ich und Staat, sein demaskierendes Akzentuieren der zwischenmenschlichen Spannungsfelder im Bezirk der Herrschenden ebenso wie in dem der Beherrschten.

Wie aber nimmt sich gegenüber diesen drei richtunggebenden Grillparzer-Regisseuren Leopold Lindtbergs Art aus, die Brücke zwischen Grillparzer und der Gegenwart zu schlagen? Lindtberg hat in Zürich und in Wien „Weh' dem, der lügt!", und, ebenfalls im Burgtheater, sowohl „Traum ein Leben" als auch das „Goldene Vließ" (an einem Abend) und wieder in Zürich „Medea" inszeniert, in Forchtenstein jedoch den „Bruderzwist" mit Matthias Wieman herausgebracht. Ist für diese zwischen 1952 und 1969 liegenden Inszenierungen, von denen vorerst die Forchtensteiner Freilichtaufführung, weil anderen Gesetzlichkeiten unterworfen, auszuschalten wäre, eine gemeinsame Leitlinie zu finden?

Für Lindtberg, der Grillparzers Lustspiel erstmalig schon 1940 in Zürich inszeniert hatte, ist die neue, auf uns zuführende Weltsicht des Dramatikers vor allem in seinem Erkennen der Völker- und Rassengegensätze, der aus ihren Angriffsflächen resultierenden Menschheitskatastrophen und in seinem Versuch des Überwindens im Lustspiel, des warnenden Verhängnisbloßlegens in der Trilogie, gegeben. Von diesen Aspekten her ließ er das Lustspiel 1952 in Zürich (mit ironischen Bühnenbildern Teo Ottos, die von mittelalterlichen Vorlagen ausgingen, und mit Peer Schmidt als Leon), 1958 am Wiener Burgtheater (ebenfalls mit Teo-Otto-Bühnenbildern und mit Peter Broglié als Leon, mit Woester

---

[69] *Düsseldorfer Nachrichten*, Mai 1956.

als Bischof Gregor) in Szene gehen. „Als ein Märchengleichnis vergegenwärtigt uns Leopold Lindtberg das dramatische Gedicht. Auch der Gegensatz diesseits und jenseits des Rheins, von Christus und Wotan, von Abendland und Waldland wird zwar mit heiterer Laune, aber scharf hervorgehoben. Hart auf der einen Seite das Sprachliche, fließend weich auf der anderen Seite . . . Lindtberg setzt alles in Anschauung und Bewegung um, das Wort so gut wie die Gestik. Von hoch oben schwingt sich oder springt Leon zu Boden, um seine Fährnisse zu bestehen. Durch die Verse weht ein frischer Wind, bläst das bieder Bedächtige fort und weht sie zu der Gefahr hin, die Leben heißt . . .“[70]

Diese Gefahr aus dem Kontrast der Lebensformen zeigte Lindtberg aber noch viel schärfer betont in seiner Wiener Inszenierung des „Goldenen Vließ“ (1960) sowie in seiner Züricher „Medea“-Inszenierung (1963). 1948 hatten Liselotte Schreiner und Fred Liewehr in Rotts „Medea“-Inszenierung Ähnliches in Ansätzen versucht. Über Liselotte Schreiners Medea hieß es beim Pariser Burgtheater-Gastspiel, sie lehne sich, ihr Gesicht von widersprechenden Leidenschaften zerfurcht, mit rauher Stimme und schließlich klagend wie ein wildes Tier, gegen ihr Schicksal auf. Lindtberg jedoch erklärte, die Trilogie „*schöpfe ihre tiefe Bedeutung aus ihrem politischen und ethischen Hintergrund. Es stelle das Ende nationalistischen Versagens dar.*“ Überall in dieser Trilogie seien „*Relationen zur Gegenwart herzustellen, . . . immer seien es akute und beängstigende neuralgische Punkte in unserer Gegenwart, die Grillparzer im historisch psychologischen Gleichnis*“ des „Goldenen Vließ“ vor Augen führe[71].

Im dramaturgischen Aufbau seiner Kontamination für einen Abend und in der Regieakzentuierung gelang es Lindtberg, das Notwendige in der Katastrophe dieser Seinserprobung zweier grundverschiedener Lebensformen vor der Lockkraft des heißbegehrten Goldenen Vließes greifbar deutlich zu machen. Es gelang Lindtberg trotz vieler unerbittlicher Streichungen, das Aufeinanderprallen der düsteren, triebhaften Kolcherwelt und der hellen Griechenwelt ebenso sichtbar zu machen wie die divergierenden Lebens- und Denkformen von Jason und Medea. In immer enger werdenden Gefährdungskreisen machte Lindtberg — weit über den Text hinaus — hörbar, sehbar und fühlbar, wie Jason und Medea ihre Daseinsgrenzen überschreiten, weil sie sich aus ihren Herkunftsträumen und menschlichen Bindungen lösen; wie sie ins Nichts taumeln, weil sie aus den wesenseigenen Kraftfeldern heraustreten und sich in ein Niemandsland begeben, das in dieser Sphäre der Intransigenz

---

[70] O. M. FONTANA in: *Die Presse*, Wien 4. 6. 1958.

[71] Vgl. D. HÜBSCH a. O. 60 f.

selbst dann das Land der Preisgegebenheit und der Vernichtung sein müßte, wenn nicht von vornherein schon eine Urschuld dieses Zusammenfinden und diesen doppelten Verrat, den Medeas an ihrer Heimat und den Jasons an Medea, der Mutter seiner Kinder, belastete[72]. Wie Caspar Neher in seinen Symboldekorationen, so zielte Lindtberg immer wieder auf eine antithetische Inszenierung ab. Und die Hauptdarsteller: Heidemarie Hatheyer als Medea, Walter Reyer als Jason, Sonja Sutter als Kreusa, folgten willig diesem Regiekonzept. Über Heidemarie Hatheyers Medea berichtete damals der Verfasser: „... *Das Urhaft-Dunkle gelingt ihr ebenso wie das Sprunghafte der Zuneigung und des Hasses, das Lauernde und die Unsicherheit in einer ihr fremden Welt, die lodernde Rache und das großartig Ausschwingende im Überwindertum des Ausklangs.*“[73] Lindtberg inszenierte bewußt auf der von ihm gewählten dramaturgischen Linie: streng und archaisch. Das einzige moderne Moment, das er sich gestattete, war die Herausarbeitung des „*Konfliktes Kolcher – Hellenen zur Profiliertheit modernen Rassenwahns* ...“[74]. Über Lindtbergs Züricher „Medea“-Inszenierung aber (1963) berichtet die berühmte Schweizer Kritikerin Elisabeth Brock-Sulzer: „... Höhepunkt ist zweifellos die Szene zwischen Jason und Medea (Peter Arens und Heidemarie Hatheyer), die damit endet, daß Medea wenigstens eines ihrer Kinder behalten darf. Nur zwei Menschen auf der Bühne, gegeneinander gespannt in jener mörderischen Liebe, die Haß heißt, und aneinander gebunden von gemeinsamer Sünde. Bald standen sie weit getrennt, dann rasten sie blutrünstig gegeneinander, nur noch Bewegung, Kampf, der zur wilden Tanzgebärde aufgipfelte. Die beiden Darsteller erinnerten da manchmal an japanische Schauspieler. So kann man eben Strindberg spielen, so Racine. Das war ganz großes Theater, dem man atemlos folgte. Mit barem Entsetzen ...“[75]

Nichts ist für Lindtbergs gesamten Auffassungshorizont bezeichnender als die Kennzeichnung von Grillparzers Ziel, die für die Wiener, aber auch für die Züricher Inszenierung Lindtbergs zum Leitbild wurde: „... Anders als Euripides in der klassischen Medea will Grillparzer an seiner Heldin das Drama der völligen Verlorenheit des Menschen in einer feindlichen, pharisäischen Umgebung sichtbar machen und zugleich zeigen, wie die angeblich höher Entwickelten im Entscheidenden, im Menschlichen, versagen. Durch das Verbrechen anderer, der

---

72 Vgl. H. KINDERMANN in: *Österr. Neue Tageszeitung*, Wien 6. 12. 1960.

73 Ebenda.

74 PETER WEISER in: *Frankfurter Allgemeine Zeitung*, 10. 12. 1960.

75 In: *Die Tat*, Zürich 30. 9. 1963.

‚Zivilisierten', wird Medea zum äußersten Verbrechen, zum Mord an ihren Kindern getrieben ... Das Vließ ist dem Dichter Symbol des Sittengesetzes, des Göttlichen, das zum Fluch wird, zum Verhängnis, wo Nationalismus und Chauvinismus seinen Sinn entstellen. Vieles in dieser Tragödie weist in die Moderne, nimmt manches von Dostojewski voraus — zum Beispiel dort, wo Medea Jason den Weg der Reue und Sühne gehen heißt —, oder von Strindberg — in den Eheszenen —, oder entwickelt beinahe existenzialistische Gedanken, etwa in bezug auf den Entschluß der Medea, ihre Kinder zu töten: Wie weit kann der Mensch aus dem Menschlichen herausgelöst, aus dem Menschlichen hinausgeworfen werden?"[76]

Man könnte neben diese schon in die Geschichte des deutschsprachigen Theaters eingegangenen Grillparzer-Regisseure vergleichend auch einige aus der mittleren oder jüngeren Generation rücken, etwa G. F. Hering mit seinen „Bruderzwist"-Inszenierungen in Stuttgart (1953) und Darmstadt (1963); oder Franz Reichert mit seiner Hannoveraner „Bruderzwist"-Inszenierung (1965), oder Karlheinz Stroux mit seinen „*entfesselten*" Düsseldorfer „Weh' dem, der lügt!"-Inszenierungen (1961), die zahlreichen Grillparzer-Inszenierungen Gustav Mankers für ein breiteres Publikum am Wiener Volkstheater, oder Haeussermans exemplarische „Weh' dem, der lügt!"-Inszenierung 1970 in Forchtenstein: es waren bezeichnende, die heutige Visierstruktur kennzeichnende Varianten der schon für das letzte Vierteljahrhundert gefundenen Brückenschlagmöglichkeiten. Jedes Zeitalter ermöglicht durch die Besonderheit seines geschichtlichen, sozialen, psychologischen und ästhetischen Horizonts eine bestimmte Anzahl von Retrospektivvisierpunkten. Jede neue Radikalwendung der Zeitstruktur, des Welt- und Menschenbildes, eröffnet neue Visierpunkte. Das überzeitlich und überregional gültige Drama schenkt jeder dieser neuen Visierfähigkeiten und Filterungsprozesse neue Möglichkeiten der Bühneninterpretation. Grillparzers dramatisches Werk hat bisher noch jeder Neuwendung der europäischen Mitte im Bühnenleben standgehalten und an jeder Wegkehre völlig andere Perspektiven eröffnet. Und das nicht nur in der überkommenen Guckkastenbühne, sondern Jahr für Jahr wieder im Freilichttheater am Fuße der Burg Forchtenstein, so daß sich dort mit Hilfe markanter Regisseurpersönlichkeiten seit 1959 ein besonderer Forchtensteiner Stil der Grillparzer-Inszenierungen entwickeln konnte.

---

[76] Diogenes, Aus einem Gespräch mit Prof. Leopold Lindtberg, in: *Die Tat*, Zürich 27. 9. 1963.

Natürlich bildeten sich im Lauf der Jahrzehnte auch sonst bestimmte Zentren der theatralischen Grillparzer-Pflege heraus. Außer Wien und den Hauptstädten der österreichischen Bundesländer gehören dazu vor allem Zürich, Bochum, Hamburg, Hannover, Nürnberg und München. Fragt man aber, ob in diesem 20. Jahrhundert bestimmte Grillparzer-Werke bevorzugt wurden — sei es aus ideellen Gründen oder aus Gründen der eben nun wirksamen Rollen, dann muß hervorgehoben werden, daß außer der schon ausführlich begründeten Vorliebe für „Medea" — bis zur Burgtheater-Inszenierung Adolf Rotts (1970) mit Martha Wallners sehr verinnerlichter Medea — vor allem „Weh' dem, der lügt!" zahlenmäßig an der Spitze liegt. Diese Bevorzugung des Grillparzerschen Lustspiels setzte schon ein, als in der Ära Heine am Burgtheater zum 50. Todestag des Dichters (1922) Hans Thimig den Leon und die eben von den Berliner Reinhardtbühnen in ihre Heimat zurückgekehrte Auguste Pünkösdy die Edrita spielten und dabei einen völlig neuen, beschönigungsfreien Ton anschlugen, einen, der betont unkonventionell, forsch und lebenerobernd klang. Diese Linie wurde in Herbert Wanieks Burgtheater-Inszenierung von 1934 mit Hermann Thimig als Leon und Alma Seidler als Edrita konsequent fortgesetzt. Sie findet auch bei all den vielen Aufführungen des Grillparzerschen Lustpiels im gesamten deutschen Sprachgebiet, bis heute noch vorwaltend, ihre Entsprechung. Nur Helene Thimig setzte ihrer „Weh' dem, der lügt!"-Inszenierung am Josefstädter Theater (1954) Sordinen auf, wiewohl sie alle die jungen Rollen mit wirklich jungen Kräften: Nicole Heesters, Helmut Lohner, Franz Messner, Bruno Dallansky, besetzen konnte, während den Bischof der weltüberlegen-weise Gustav Waldau spielte. Hingegen siedelte das Ulmer Theater 1963 die Gestalt Leons in der Nähe Nestroys an; mehr noch: mit Hilfe einer „*grotesk-verfremdenden Weise*" wollte man „Weh' dem, der lügt!" auf einer zu Jarrys „König Ubu" führenden Linie für heute erfaßbar machen[77]. Es geht bei diesem Siegeszug gewiß um einige besonders glückliche Rollen; mehr noch aber um ein Problem des 20. Jahrhunderts von infernalischer Bedeutung: um das Spiel von Wahrheit und Lüge als Spiel um Leben und Tod im Zusammenleben der Menschen unserer Zeit — und um die immer aktuelle Frage von der absoluten Wahrheitsmöglichkeit des ewig Unvollendet-Menschlichen.

Die bezeichnendste Grillparzer-Entdeckung unseres 20. Jahrhunderts aber heißt: „Bruderzwist in Habsburg". In keiner modernen Staatstragödie spielt der Begriff der „*Ordnung*" eine beschwörendere

[77] Vgl. H. R. Hilty, Kommunikation mit Grillparzer, in: *Ulmer Theater* 63/13.

Rolle als in diesem Pandämonium der Staatsproblematik und der Tragik des Herrschens. „*Die Zeit bedarf des Arztes*" — welche Epoche verstünde diesen Notruf Grillparzers besser als die unsere? Der große Alleingang zuerst von Raoul Aslan, dann von Werner Krauß, wurde schon in Ursache und Wirkung analysiert. Werner Krauß hat in seinem Spätstadium unter Josef Gielens Regie (Burgtheater 1957), die weltgeschichtliche Weite spüren ließ und in Stefan Hlawas weiträumigen Bühnenbildern dimensionsgleiche Entsprechung fand, die Rolle Rudolfs II. noch einmal aufgegriffen. Er wirkte entrückter als in den vierziger Jahren. „Seine metallische Stimme erhebt sich oft zum Ton des Propheten. Sein lauerndes Auge ist immer auf der Wacht. Seine unsicheren Schritte und seine abwinkenden Hände zeigen Ohnmacht und Vergeblichkeit eines Großen. Eine unheimliche Aura des Untergangs strahlt von dieser Gestalt aus . . ."[78] Nach dem Tod von Werner Krauß wollte das Burgtheater 1963 den Grillparzer-Zyklus mit einer Neuinszenierung des „Bruderzwist" beschließen. Sie ist, teils von Kurt Horwitz, teils von Franz Reichert, regielich betreut und von Clemens Holzmeisters grauschwarz-düsteren Bühnenarchitekturen umgeben, nicht bruchlos gelungen. „An die Stelle von Werner Krauß' metallischer Stimme, seines immer mißtrauisch lauernden Blickes und seines tastenden Schreitens tritt bei Attila Hörbiger menschliche Wärme und Nähe, auch in den Augenblicken der Abwehr. Werner Krauß' Aura des Untergangs ersetzt Attila Hörbiger durch ein Zerbrechen an der eigenen Schwäche, durch ein geheimes Lieben auch dort, wo er glaubt, fluchen oder verurteilen zu müssen; und durch ein sehnsüchtiges Friedensbegehren im Geist der Duldsamkeit."[79] Daß Matthias Wieman die Rolle des Rudolf, als seine letzte überhaupt, in Forchtenstein unter Lindtbergs Regie zu einsam ragender Größe führte, darf als Vermächtnis an die künftige Schauspielergeneration angesehen werden. In einer der Kritiken heißt es: „Matthias Wieman befreit den Kaiser Rudolf aus der lang gepflegten mystischen Verdunkelung und öffnet neue Aspekte des Rollencharakters. Sein Rudolf ist ein Weltmann, der sich von der Welt abgewandt hat, weil er sie durchschaut und nicht bereit ist, ihre Bedingungen zu akzeptieren; kein Eigenbrötler und Zauderer, sondern ein Philosoph, der aus klar formulierten Erkenntnissen (die nichts mehr von visionären Prophetien an sich haben) die Konsequenzen zieht, absolut im Anspruch, den er an die Erfüllung der erkannten Ordnungsgesetze bindet, skeptisch bis zur Handlungsunfähigkeit im Vertrauen zu den Möglichkeiten des Herrschers.

[78] Vgl. H. KINDERMANN in: *Österr. Neue Tageszeitung*, Wien 25. 12. 1957.

[79] Ders., ebenda 24. 12. 1963.

Die unvergleichliche Modernität dieser Gestalt kann nicht besser, klarer, eindringlicher gezeigt werden.“ [80] Vor Wieman aber hatten auch Theodor Loos und Willy Birgel dieser Rolle ihre Meisterschaft geschenkt: Theodor Loos in Stuttgart unter Herings Regie; und Willy Birgel in Zürich unter der Regie von Oskar Wälterlin, der in weltpolitisch-krisenhafter Zeit das Züricher Schauspielhaus zur wichtigsten Bühne des deutschen Sprachraums gemacht hatte. Als Birgel 1960 unter Wälterlins Regie Rudolf II. spielte, hieß es in der Züricher „Weltwoche“ [81]: „Das Ereignis und Erlebnis des Abends war Willy Birgel. Sein Kaiser Rudolf ist bei weitem die geschlossenste, eindrücklichste und eigenartigste Leistung, die dieser Schauspieler auf der Pfauenbühne gestaltet hat. Dieser, in eine fremde, geheimnisvolle Welt eingesponnene Fürst, dem das Regiment Stück für Stück entgleitet und der die Fetzen der Macht dann plötzlich wieder gierig an sich reißt, der fast in einem Atemzug sein geliebtes Prag verflucht und segnet, dieser zugleich erschreckende, erschütternde und rührende alte Mann wird von Birgel mit so viel zarter Kraft, mit einer solchen Fülle von Einzelzügen, Schattierungen, Genieblitzen dargestellt, daß es einem den Atem verschlägt, das Herz stocken macht.“ Elisabeth Brock-Sulzer aber schließt ihre „Bruderzwist“-Kritik ab: *„Grillparzers Rudolf II. ist eine der großen Theaterfiguren Europas . . .“* [82]

Hätte die Grillparzer-Rezeption auf den deutschsprachigen Bühnen des 20. Jahrhunderts nichts als diese Wiederentdeckung des „Bruderzwist“ als ein gerade uns wieder tief berührendes Werk gebracht — es wäre viel damit erreicht. So aber ist diese Entdeckung nur ein Teil einer vielschichtigen Wiedererweckung. Sie geht gewiß nur ruckweise und partiell vor sich. An vielen Stellen des deutschen Sprachgebietes kennt man Grillparzers Lebenswerk noch immer nicht, oder man ist noch in Vorurteilen befangen, oder man wagt nicht, die Kluft zwischen vorausweisender Idee, vorausweisender Menschengestaltung und historisch bedingtem Sprachduktus zu überwinden. Aber wie einst die Stunde Büchners kam, wird vielleicht auch einmal die Grillparzers anbrechen.

---

80 Vgl. J. Jürg in: *Volksblatt*, Wien 3. 6. 1969.

81 Manuel Gasser, Jg. 1960, 2. 12.

82 In: *Die Tat*, Zürich 28. 11. 1960.

BILDTEIL

Abb. 1. G. Franceschinis Kostümfigurine für Julie Gley-Rettich als „Medea" (Burgtheater 1850). Theatersammlung der Österr. Nat.Bibl.

Abb. 2. Charlotte Wolter als „Medea" (Burgtheater 1873). Theatersammlung der Österr. Nat.Bibl.

Abb. 3. Eröffnungsvorstellung des Neuen Burgtheaters: „Esther" (14. 10. 1888). Theatersammlung der Österr. Nat.Bibl.

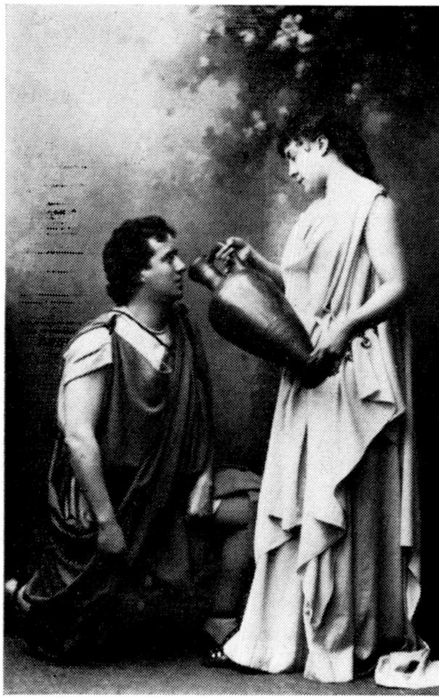

Abb. 4. Agathe Barsescu als Hero und Karl Wagner als Leander in „Des Meeres und der Liebe Wellen“ (Burgtheater 1883). Theatersammlung der Österr. Nat.Bibl.

Abb. 5. Rosa Albach-Retty als Rahel und Josef Kainz als König Alfons in „Die Jüdin von Toledo“ (Burgtheater Kainz ab 1897 Albach-Retty ab 1908). Theatersammlung der Österr. Nat.-Bibl.

Abb. 6. Gilbert Lehners Bühnenbild zu „Das Goldene Vließ“ (Burgtheater 1893). Theatersammlung der Österr. Nat.Bibl.

Abb. 7. Remigius Geylings Bühnenbild zu „Der Traum ein Leben" (Burgtheater 1922, R.: F. Herterich). Theatersammlung der Österr. Nat.Bibl.

Abb. 8. Remigius Geylings Bühnenbild zu „Des Meeres und der Liebe Wellen" (Burgtheater 1929, R.: F. Herterich). Theatersammlung der Österr. Nat.Bibl.

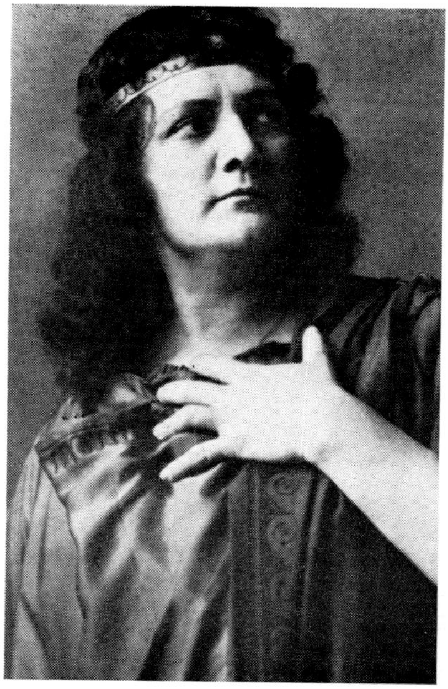

Abb. 9. Hedwig Bleibtreu als „Medea" (Burgtheater 1918, R.: A. Holz). Theatersammlung der Österr. Nat.-Bibl.

Abb. 10. Lotte Medelsky als Medea und Alfred Gerasch als Jason in „Das Goldene Vließ" (Burgtheater 1917, R.: A. Holz). Theatersammlung der Österr. Nat.Bibl.

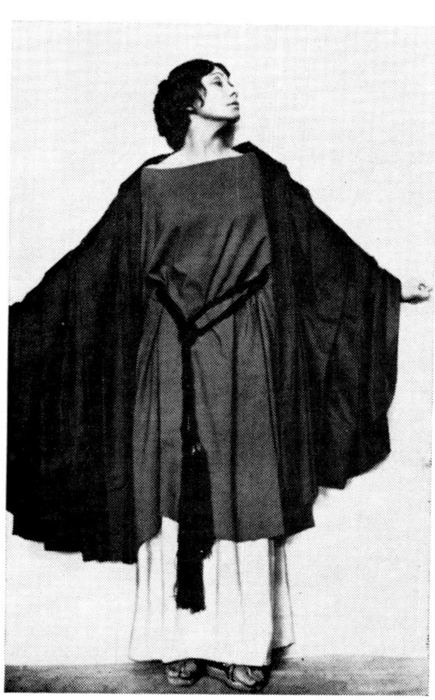

Abb. 11. Tilla Durieux als „Medea" (Münchner Nationaltheater 1919). (Archiv-Bild).

Abb. 12. Josef Kainz als Leon in „Weh' dem, der lügt!" (Burgtheater 1898). Theatersammlung d. Österr. Nat. Bibl.

Abb. 13. Stefan Hlawas Bühnenbild zu „Der Traum ein Leben“ (Burgtheater 1942, R.: H. Waniek). Theatersammlung der Österr. Nat.Bibl.

Abb. 14. Johannes Schröders Bühnenbild zu „Bruderzwist in Habsburg“ (Bochum 1941, R.: S. Schmitt). Archiv des Stadttheaters Bochum.

Abb. 15. Maria Eis als Medea und Heinz Woester als Jason in „Das Goldene Vließ" (Burgtheater 1936, R.: F. Herterich). Theatersammlung der Österr. Nat.Bibl.

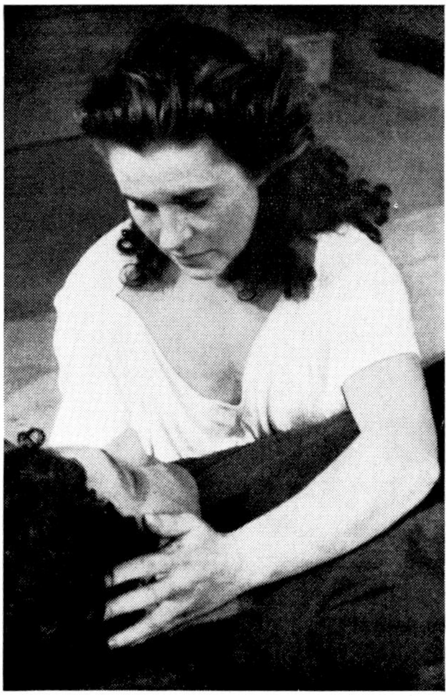

Abb. 16. Paula Wessely als Hero und Paul Hubschmid als Leander in „Des Meeres und der Liebe Wellen" (Josefstadt 1940, R.: H. Thimig).

Abb. 17. Raoul Aslan als Rudolf II. in „Bruderzwist in Habsburg" (Burgtheater 1932, R.: E. Lothar). Theatersammlung der Österr. Nat.Bibl.

Abb. 18. Heinz Moog als Rudolf II. in „Bruderzwist in Habsburg" (Bochum 1941, R.: S. Schmitt). Archiv des Stadttheaters Bochum.

Abb. 19. G. Neumann-Spallarts Bühnenbild zu „Medea“ (Burgtheater 1948, R.: A. Rott). Theatersammlung der Österr. Nat.Bibl.

Abb. 20. Erika Pelikovsky als Bertha und Raoul Aslan als Borotin in „Die Ahnfrau“ (Burgtheater 1941, R.: K. Stroux). Theatersammlung der Österr. Nat.Bibl.

Abb. 21. Horst Caspar als Leander in „Des Meeres und der Liebe Wellen“ (Salzburger Festspiele 1946, R.: E. Lothar).

Abb. 22. Elisabeth Müller als Hero und Fritz Palkovits als Leander in „Des Meeres und der Liebe Wellen“ (Göttingen 1954, R.: H. Hilpert).

Abb. 23. Judith Holzmeister als Kunigunde und Albin Skoda als Zawisch in „König Ottokars Glück und Ende“ (Burgtheater 1955, R.: A. Rott). Theatersammlung der Österr. Nat.Bibl.

Abb. 24. Annemarie Düringer als Rahel in „Die Jüdin von Toledo“ (Burgtheater 1968, R.: K. Meisl, B.: L. Eck). Photo Hausmann.

Abb. 25. Fritz Judtmanns Bühnenbild zu „Jüdin von Toledo“ (Burgtheater 1956, R.: E. Lothar). Theatersammlung der Österr. Nat.Bibl.

Abb. 26. Szene mit Claus Clausen als Rudolf II. in „Bruderzwist in Habsburg" (Essen 1956, R.: H. D. Kenter). Archiv Kenter.

Abb. 27. Szene aus dem 4. Akt von „König Ottokars Glück und Ende" (Essen 1954, R.: H. D. Kenter). Archiv Kenter.

Abb. 28. Werner Krauß als Rudolf II. in „Bruderzwist in Habsburg“ (Burgtheater 1957, R.: J. Gielen). Photo Hausmann.

Abb. 29. Stefan Hlawas Bühnenbild zu „Bruderzwist in Habsburg“ (Burgtheater 1957, R.: J. Gielen). Theatersammlung der Österr. Nat.Bibl.

Abb. 30. Szene aus „Weh' dem, der lügt!" mit Peter Broglé als Leon und Aglaja Schmid als Edrita (Burgtheater 1957, R.: L. Lindtberg, B.: T. Otto). Photo Hausmann.

Abb. 31. Peter Broglé als Leon in ,,Weh' dem, der lügt!" (Burgtheater 1957, R.: L. Lindtberg). Theatersammlung der Österr. Nat.Bibl.

Abb. 32. Liselotte Schreiner als Medea und Fred Liewehr als Jason in ,,Medea" (Burgtheater 1948—1958, R.: A. Rott). Photo Kössler.

Abb. 33. Szene aus ,,Weh' dem, der lügt!" mit Peer Schmidt als Leon (Zürich 1952, R.: L. Lindtberg).

Abb. 34. Heidemarie Hatheyer als „Medea“ (Zürich 1963, R.: L. Lindtberg).

Abb. 35. Erika Pluhar als Mirza in „Traum ein Leben“ (Burgtheater 1966, R.: W. Gerhard). Photo Hausmann.

Abb. 36. Aglaja Schmid als Hero und Paul Hartmann als Oberpriester in „Des Meeres und der Liebe Wellen“ (Burgtheater 1958, R.: E. Lothar). Photo Hausmann.

Abb. 37. Attila Hörbiger als Rudolf II. in „Bruderzwist in Habsburg“ (Burgtheater 1968, R.: L. Lindtberg). Photo Hausmann.

Abb. 38. Willy Birgel als Rudolf II. in „Bruderzwist in Habsburg“ (Zürich 1960, R.: O. Wälterlin).

Abb. 39. Walther Reyer als Ottokar in „König Ottokars Glück und Ende“ (Burgtheater 1965, R.: K. Meisel). Photo Hausmann.

Abb. 40. Szene aus dem 2. Akt von „Libussa" (Burgtheater 1967, R.: L. Epp, B.: St. Hlawa). Photo Hausmann.

Abb. 41. Matthias Wieman als Rudolf II. in „Bruderzwist in Habsburg" (Burgspiele Forchtenstein, R.: L. Lindtberg). Archiv der Burgenländischen Festspiele.

NAMEN- UND TITELREGISTER

In dieses Register wurden Personen, Dichter und ihre Werke, Schauspieler, Regisseure und Bühnenbildner aufgenommen, insofern sie in Zusammenhang mit Grillparzer, der Grillparzer-Forschung und Aufführungen seiner Werke erwähnt werden. Nicht berücksichtigt wurden die Übersetzer und die Autoren der Literatur über Grillparzer, die im Text, den Anmerkungen und Bibliographien der einzelnen Beiträge angeführt werden.

GRILLPARZERS WERKE